westermann

Ursula Kasch, Lars Klausnitzer

W0470399

Holzer Stofftelegramme Kauffrau/-mann für Büromanagement

Gestreckte Abschlussprüfung Teil 1
Informationstechnisches Büromanagement, Lernfelder 2 – 4

9. Auflage

Bestellnummer 38002

Buch +Web (mit Webcode im Buch)	Zu diesem Produkt sind digitale Zusatzmaterialien kostenlos online für Sie erhältlich. Sie können diese ganz einfach über die Eingabe des nachfolgenden Codes im Suchfeld unter www.westermann.de abrufen. **WBB-38002-009** Sollten Sie zu diesem Produkt bereits eine BiBox mit Material erworben haben, so sind die Zusatzmaterialien selbstverständlich dort bereits integriert.

Zusatzmaterialien zu „Holzer Stofftelegramme Kauffrau/-mann für Büromanagement“

Für Lehrerinnen und Lehrer

Lösungen zum Schulbuch: 978-3-427-15047-3
Lösungen zum Schulbuch Download: 978-3-427-15052-7

BiBox

BiBox Einzellizenz für Lehrer/-innen (Dauerlizenz)
BiBox Klassenlizenz Premium für Lehrer/-innen und bis zu 35 Schüler/-innen (1 Schuljahr)
BiBox Kollegiumslizenz für Lehrer/-innen (Dauerlizenz)
BiBox Kollegiumslizenz für Lehrer/-innen (1 Schuljahr)

Für Schülerinnen und Schüler

BiBox

BiBox Einzellizenz für Schüler/-innen (1 Schuljahr)
BiBox Einzellizenz für Schüler/-innen (4 Schuljahre)
BiBox Klassensatz PrintPlus (1 Schuljahr)

Druck und Bindung: Westermann Druck GmbH, Georg-Westermann-Allee 66, 38104 Braunschweig

ISBN 978-3-427-**38002**-3

Vorwort

Dieses Buch gewährleistet ein **systematisches Fitnesstraining für den Unterricht, Klassenarbeiten und Teil 1 der Prüfung zum/-r Kaufmann/-frau für Büromanagement.** Die Stoffinhalte und deren Reihenfolge entsprechen **exakt** dem Lehrplan für **Baden-Württemberg.** Die für Teil 1 der gestreckten Abschlussprüfung relevanten Lernfelder 2, 3 und 4 werden zum besseren Verständnis um ein Grundlagenkapitel ergänzt. Mithilfe des Grundlagenkapitels wird eine Basis für die kaufmännischen und informationstechnischen Inhalte geschaffen.

Die Kapitel sind einheitlich aufgebaut und bestehen aus:

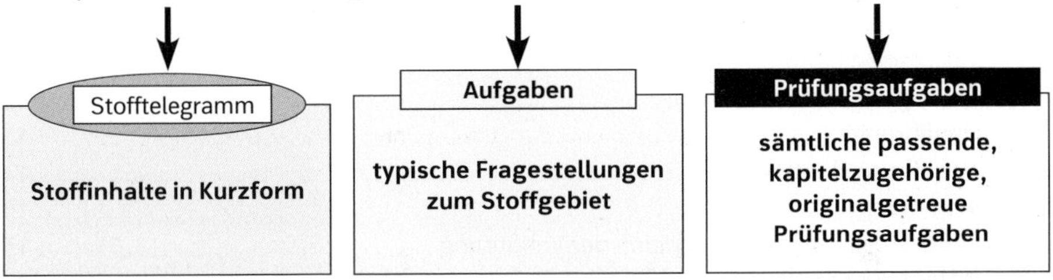

Einsatzmöglichkeiten:

- **systematische Nachbearbeitung** eines Stoffgebietes
- **eigenverantwortliche Kontrolle** anhand der Übungsaufgaben in Kombination mit dem Lösungsbuch
- **gezielte Vorbereitung auf Klassenarbeit und Teil 1 der Abschlussprüfung**
- **Übungsphasen während des Unterrichts**
- **Sammlung von Hausaufgaben**

Ergänzt werden die Aufgaben durch Vorlagen und umfangreiche Anlagen in den Webcode-Materialien. Sollten Korrekturen notwendig sein, finden Sie diese ebenfalls dort.

Dem Leser[1] wird empfohlen, die Aufgaben nicht nur „klassisch" mit Papier und Bleistift zu lösen, sondern die Aufgaben auch unter Zuhilfenahme einer Tabellenkalkulation und einer Textverarbeitung zu lösen. Die Bearbeitung der Aufgaben mithilfe gängiger Bürosoftware ist wesentlicher Bestandteil der Abschlussprüfung Teil 1. Für die Erstellung des Buches wurden hier Microsoft® Word® und Excel® verwendet, jedoch eignen sich auch andere gängige Textverarbeitungs- und Tabellenkalkulationsprogramme.

Zusätzliches Material zu einzelnen Themen finden Sie auf www.westermann.de über die ISBN.

Die Autoren wünschen dem Leser eine effektive und systematische Unterrichtsnachbereitung und Prüfungsvorbereitung.

Das **Lösungsbuch (Bestell-Nr. 15047)** mit **ausführlichen Antworten** ist getrennt erhältlich.

Zusätzlich ist folgender Titel erhältlich:

Holzer Stofftelegramme
Stofftelegramme Kaufmann/-frau für Büromanagement Teil 2
Gestreckte Abschlussprüfung Teil 2
Kundenbeziehungsprozesse, Wirtschafts- und Sozialkunde
Bestell-Nr. 15056

[1] *Aus Gründen der besseren Lesbarkeit wird auf die gleichzeitige Verwendung der Sprachformen männlich, weiblich und divers (m/w/d) verzichtet. Sämtliche Personenbezeichnungen gelten gleichermaßen für alle Geschlechter.*

Inhaltsverzeichnis

Grundlagenkapitel

Lernfeld 2: Büroprozesse gestalten und Arbeitsvorgänge organisieren

Lernfeld 3: Aufträge bearbeiten

Lernfeld 4: Sachgüter und Dienstleistungen beschaffen und Verträge schließen

Prüfungsaufgaben Informationstechnisches Büromanagement

Grundlagenkapitel

1 Rechtsgrundlagen

1.1 Rechtsordnung

Stofftelegramm

Die Rechtsordnung ist die Summe aller Rechtsvorschriften in einem Land. In Deutschland wird die Rechtsordnung auf der Basis des Grundgesetzes und der darauf aufbauenden Gesetze, z. B. im BGB, geformt.

Völkerrecht	**EU-Recht**	**Verfassung (Grundgesetz)**	
Privatrecht		Öffentliches Recht	
allgemeines Privatrecht	**spezielles Privatrecht**		Baurecht
BGB	HGB		Umweltrecht
	GmbHG		Kartellrecht
	JArbSchG		Steuerrecht
	BBiG		Sozialrecht
	ArbZG		...
	...		...

1.2 Rechtssubjekte

Stofftelegramm

Rechtssubjekt ist, wer in der Lage ist, Träger von Rechten und Pflichten zu sein.

Rechtssubjekte		
Natürliche Personen	Juristische Personen	
	öffentlichen Rechts	privaten Rechts
• Christina, fünf Jahre alt • Helmut, 50 Jahre alt • Wilfried, 17 Jahre alt • ...	• Landkreis Ravensburg • Stadt Biberach • ...	• GmbH • AG • Genossenschaft • ...

1.3 Rechtsobjekte

Stofftelegramm

Rechtsobjekte sind Gegenstände, auf die sich ein Herrschaftsrecht (z. B. Besitz und Eigentum) bezieht.

Sachen	Rechte
körperlich – materiell	nicht körperlich – immateriell
• bewegliche Sachen: Sachen, Waren etc., aber auch Tiere • unbewegliche Sachen: Grundstücke, Häuser	z. B. Forderungen, Nutzungsrechte, Patente, Lizenzen, Stimmrechte

1.4 Rechts- und Geschäftsfähigkeit

Stofftelegramm

- **Rechtsfähigkeit** ist die Fähigkeit, Träger von Rechten und Pflichten zu sein.
- **Geschäftsfähigkeit** ist die Fähigkeit, selbstständig Rechtsgeschäfte zu tätigen.

Lebensalter		
Geburt bis 7. Jahr	Vollendung 7. Lebensjahr bis 18. Jahr	ab Vollendung 18. Jahr (Volljährigkeit)
Jeder Mensch ist ab Vollendung der Geburt **rechtsfähig** (§ 1 BGB).		
geschäftsunfähig § 104 BGB	beschränkt geschäftsfähig § 106 BGB	voll geschäftsfähig § 2 BGB
• Alle Willenserklärungen sind nichtig. • Sie können keine Rechtsgeschäfte gültig abschließen.	Abschluss von Rechtsgeschäften i. d. R. nur mit Einwilligung des gesetzlichen Vertreters	Abschluss aller Arten von Rechtsgeschäften

Ende von Rechts- und Geschäftsfähigkeit

Die **Rechtsfähigkeit** endet mit dem Tod der natürlichen Person. Bei juristischen Personen endet sie durch Löschung des Registereintrags (z. B. Löschung des Vereins Muster e. V. aus dem Vereinsregister) oder durch staatlichen Hoheitsakt.

Die **Geschäftsfähigkeit** hängt vom Alter und vom geistigen Zustand ab (§ 104 Abs. 2 BGB), sie endet naturgemäß mit dem Tod oder wenn sich jemand dauerhaft im Zustand krankhafter Störung der Geistestätigkeit befindet (vgl. § 104 Abs. 2 BGB).

1.5 Besitz und Eigentum

Stofftelegramm

- **Besitzer** ist, wer die **tatsächliche** Gewalt über eine Sache hat (§ 854 BGB).
- **Eigentümer** ist, wer die **rechtliche** Herrschaft über eine Sache hat (§ 903 BGB).

Beispiel: *Christina liest ein Buch, welches sie von Manfred geborgt hat. Christina ist Besitzerin des Buches und Manfred Eigentümer.*

1.6 Rechtsgeschäfte

Stofftelegramm

Willenserklärung (WE) = eine Äußerung mit dem Ziel, bewusst eine Rechtsfolge herbeizuführen → **Rechtsgeschäft**

Beispiel: *Ida, 21 Jahre, schenkt ihrem Freund eine PlayStation.*
Willenserklärung (von Ida) + Willenserklärung des Freundes (Annahme der PlayStation) = Rechtsgeschäft (Schenkung)

Eine Willenserklärung eines beschränkt Geschäftsfähigen ist unter gewissen Voraussetzungen ebenfalls gültig, z. B. bei Zustimmung der Eltern oder Einkäufen mit dem Taschengeld.

Voraussetzungen einer Willenserklärung:

- **Handlungswille**: WE muss **gewollt** sein.
  Beispiel: *Im Zustand der Bewusstlosigkeit ist keine WE möglich (§ 105 BGB).*
- **Erklärungswille:** Die WE muss **bewusst** abgegeben werden.
  Beispiel: *Ein Käufer möchte 19 Platten kaufen, spricht aber undeutlich ins Telefon und kauft 90 Platten (§§ 119, 120 BGB).*

Mögliche Formen einer Willenserklärung:

- schriftlich oder mündlich → z. B. schriftlicher Vertrag oder Preisverhandlung und Kauf auf dem Wochenmarkt
- durch schlüssiges Handeln (aktiv) → z. B. Legen der Ware aufs Kassenband
- durch schlüssiges Handeln (Schweigen) → z. B. stillschweigende Verlängerung eines Handyvertrages

Rechtsgeschäfte			
Einseitige Rechtsgeschäfte		**Zwei- oder mehrseitige Rechtsgeschäfte**	
Willenserklärung von nur einer Person erforderlich		mehrere übereinstimmende Willenserklärungen erforderlich	
Nicht empfangsbedürftig	**Empfangsbedürftig**	**Einseitig verpflichtende Geschäfte**	**Mehrseitig verpflichtende Geschäfte**
WE wird auch wirksam, ohne dass sie der anderen Person zugeht.	WE wird erst wirksam durch Zugang bei der anderen Person.	Nur eine Person hat Verpflichtungen aus dem Geschäft.	Mehrere Personen haben Verpflichtungen aus dem Geschäft.
• Testament • Auslobung eines Finderlohns	• Anfechtung • Kündigung • Mahnung	• Bürgschaft • Schenkung (siehe Beispiel oben)	• Mietvertrag • Arbeitsvertrag • Kaufvertrag • ...

1.7 Nichtigkeit und Anfechtung

Stofftelegramm

Nichtigkeit = Unwirksamkeit (von Anfang an)
Anfechtung = rückwirkende Beseitigung einer Willenserklärung → WE wird nichtig (§ 142 BGB)

Beispiel: *Eduard kauft im Zustand sehr starker Alkoholisierung das Auto des Barkeepers.*
→ Das Rechtsgeschäft ist von Anfang an **nichtig** (§ 105 BGB).

Beispiel: *Versprechen oder Verschreiben bei einer Bestellung*
→ Der Kunde kann seine Bestellung **anfechten** (§ 119 BGB).

Gründe der Nichtigkeit		
Geschäftsunfähigkeit (§ 105 Abs. 1 BGB)	Christina, fünf Jahre, kauft eine CD.	WE und Rechtsgeschäfte von Anfang an ungültig
Bewusstlosigkeit (§ 105 Abs. 2 BGB)	Ein bewusstloser oder sehr stark alkoholisierter Mensch kann keine WE abgeben.	
Scheingeschäft (§ 117 BGB)	Zum Schein (um Kosten zu sparen) wird der Kauf eines Grundstückes zu einem viel niedrigeren Preis beurkundet, als tatsächlich bezahlt wird.	
Scherzgeschäft (§ 118 BGB)	In seiner Lieblingseisdiele sagt Peter voller Begeisterung über das Eis: „Das Eis ist so gut, da kaufe ich gleich den ganzen Laden."	
Verstoß gegen Formvorschriften (§ 125 BGB)	Kündigung eines Mitarbeiters per SMS	
Verstoß gegen gesetzliche Verbote (§ 134 BGB)	Verkauf von verschreibungspflichtigen Medikamenten bei eBay	
sittenwidriges Rechtsgeschäft und Wucher (§ 138 BGB)	Gewährung eines Darlehens zu 90 % Zinsen pro Jahr	

Schwebend unwirksam	
Vertrag eines beschränkt Geschäftsfähigen (§ 108 BGB)	Franz, 16 Jahre, kauft sich einen neuen Laptop. Erst durch die Zustimmung eines gesetzlichen Vertreters wird der Kaufvertrag gültig, ohne die Zustimmung bleibt er zunächst ungültig.

<table>
<tr><th colspan="3">Gründe für die Anfechtung</th></tr>
<tr><td>Erklärungsirrtum (§ 119 Abs. 1 BGB)</td><td>Bei der Bestellung im Katalog unterläuft dem Besteller ein Zahlendreher bei der Bestellnummer.</td><td rowspan="5">WE und Rechtsgeschäft werden durch Anfechtung rückwirkend ungültig gemacht.</td></tr>
<tr><td>Inhaltsirrtum (§ 119 BGB)</td><td>Karl aus Sachsen bestellt in einem Ulmer Gasthaus ein normales Bier. Er erwartet, dass ihm ein Pils gebracht wird, der Ober serviert ihm aber eine Halbe (ein helles Bier anstelle eines herberen Pils).</td></tr>
<tr><td>Falsche Übermittlung (§ 120 BGB)</td><td>Bei der Bestellung mittels Faxformular werden einige Bestellnummern nur undeutlich übertragen. Demnach wird andere Ware geliefert als erhofft.</td></tr>
<tr><td>Arglistige Täuschung (§ 123 BGB)</td><td>Bei eBay wird lediglich die Verpackung eines hochwertigen Laptops versteigert. Beim flüchtigen Betrachten der Auktion kann man das aber nicht erkennen.</td></tr>
<tr><td>Widerrechtliche Drohung (§ 123 BGB)</td><td>Ein vermeintlicher Parkplatzwächter deutet einem Autofahrer einen großen Schaden an, wenn dieser nicht für den Wachservice zahlen würde.</td></tr>
</table>

1.8 Verjährung

Stofftelegramm

§ 214 BGB Wirkung der Verjährung

(1) Nach Eintritt der Verjährung ist der Schuldner berechtigt, die Leistung zu verweigern. […]

1.8.1 Verjährungsfristen

Dauer	
ein Jahr	**Gewährleistungsfrist beim Verbrauchsgüterkauf für gebrauchte Sachen** Ansprüche aus Sachmängelhaftung verjähren nach einem Jahr, wenn nicht länger vereinbart (§ 476 Abs. 2 BGB).
zwei Jahre	**Gewährleistungsfrist beim Verbrauchsgüterkauf für neue Sachen** (§ 438 Abs. 1 Nr. 3 BGB und § 476 Abs. 2 BGB) Beginn mit Übergabe der Sache; Ansprüche können nach Ablauf der Frist nicht mehr geltend gemacht werden.
drei Jahre	**regelmäßige Verjährungsfrist** (§ 195 BGB) Sie beginnt mit dem Ende des Jahres, in dem der Anspruch entstanden ist. **Beispiel:** *Der Kaufpreis für eine Ware ist am 25.08.2025 fällig. Der Anspruch auf Zahlung des Kaufpreises ist am 01.01.2029 (Beginn der Frist 31.12.2025 + 3 Jahre = 31.12.2028) verjährt.* Arglistig verschwiegene Mängel verjähren ebenfalls nach drei Jahren. **Beispiel:** *Der gekaufte Pkw hatte anstatt 45.000 km 80.000 km Laufleistung. Der Anspruch z. B. auf Kaufpreisminderung oder Rücktritt verjährt nach drei Jahren. Berechnung siehe oben.*
fünf Jahre	**Gewährleistungsansprüche bei Bauwerken** (§ 438 Abs. 1 Nr. 2 BGB) Sie beginnt ab Übergabe des Werkes. **Beispiel:** *ein eventueller Schaden, den ein Dachdecker bei der Neueindeckung eines Daches verursacht hat oder der durch nichtsachgerechte Ausführung (des Werkes) verursacht wurde*
zehn Jahre	**Ansprüche auf Übertragung eines Rechtes an einem Grundstück oder Löschung eines Anspruches aus dem Grundbuch** (§ 196 BGB) Beginnt ab Fälligkeit des Anspruchs. **Beispiel:** *Beim Kauf eines Grundstückes wurde vereinbart, dass der alte Grundstückseigentümer ein fünfjähriges Wegerecht hat. Nach Ablauf der fünf Jahre muss dieses Recht aus dem Grundbuch gelöscht werden. Der Anspruch auf Löschung verjährt demnach im 15. Jahr des Kaufes (zehn Jahre nach Fälligkeit). Vergisst der Eigentümer oder Rechteinhaber die Löschung, bleibt dieses Recht nach den zehn Jahren bestehen.*
30 Jahre	**Schadenersatzansprüche aus Verletzung von Leben und Gesundheit** (§ 199 Abs. 2 BGB) **im Grundbuch eingetragene Rechte** (§ 438 Abs. 1 Nr.1 BGB) **Beispiel:** *Beim Kauf wurde vereinbart, dass das Grundstück frei von Rechtsmängeln übergeben wird. Im Grundbuch stellt sich heraus, dass ein Nießbrauch (unentgeltliches Nutzungsrecht) eines Alteigentümers im Grundbuch steht. Dieser muss gelöscht werden. Der Anspruch auf Löschung verjährt nach 30 Jahren.* **Ansprüche nach § 197 BGB:** z. B. Rechte aus einer Zwangsvollstreckung; Rechte, die im Zuge eines Insolvenzverfahrens entstanden sind; ... Beginnt ab Fälligkeit des Anspruchs.

1.8.2 Hemmung

Die Hemmung verlängert die Verjährungsfrist um die Dauer des Ergebnisses plus eine gesetzlich festgelegte Frist.

Beispiel: *Der Schuldner und der Gläubiger verhandeln über die Höhe der Forderung. Wenn die Verhandlungen (plus drei Monate) abgeschlossen sind, läuft die Verjährung weiter, d. h., der Rest der Frist läuft noch entsprechend ab.*

Gründe der Hemmung laut BGB

§ 203 BGB	Hemmung der Verjährung bei Verhandlungen **Beispiel:** *siehe oben*
§ 204 BGB	Hemmung der Verjährung durch Rechtsverfolgung **Beispiel:** *Der Gläubiger erhebt Klage auf Zahlung des Kaufpreises. Für die Dauer des Rechtstreites plus sechs Monate ist die Verjährung gehemmt.*
§ 205 BGB	Hemmung der Verjährung bei Leistungsverweigerungsrecht **Beispiel:** *Der Schuldner darf eine Zahlpause einlegen.*
§ 206 BGB	Hemmung der Verjährung bei höherer Gewalt **Beispiel:** *Dem Gläubiger war es unmöglich, innerhalb der letzten sechs Monate seine Ansprüche geltend zu machen, da er sich in einem Gebiet befunden hatte, in dem es eine starke Überschwemmung gab. (Er musste z. B. erst die Schäden an seinem Haus beseitigen.)*
§ 207 BGB	Hemmung der Verjährung aus familiären und ähnlichen Gründen **Beispiel:** *Die Verjährung aus Ansprüchen, die Ehegatten gegeneinander haben, ist so lange gehemmt, wie die Ehe dauert.*
§ 208 BGB	Hemmung der Verjährung bei Ansprüchen wegen Verletzung der sexuellen Selbstbestimmung (im Geschäftsleben nicht relevante Art der Hemmung)

1.8.3 Unterbrechung bzw. Neubeginn der Verjährung

Wenn der Schuldner seine Schuld anerkennt, z. B. durch Teilzahlung der Forderung, oder wenn der Gläubiger eine Vollstreckung beantragt, beginnt die Verjährungsfrist von Neuem (§ 212 BGB).

1.8.4 Ablauf der Verjährung

Leistet der Schuldner nach Ablauf der Verjährung, kann er das Geld nicht zurückfordern, auch wenn er eigentlich nicht mehr hätte zahlen müssen.

1.9 Zustandekommen von Verträgen

Stofftelegramm

Vertrag: Rechtsgeschäft von mindestens zwei Vertragspartnern.

Zustandekommen: durch zwei übereinstimmende Willenserklärungen – Antrag und Annahme. Es entsteht ein Anspruch auf Einhaltung aller mit dem Vertrag verbundenen Pflichten.

1.10 Wichtige Vertragsarten

Stofftelegramm

Vertragsart	Gegenstand	Beispiel(e)
Kaufvertrag (§§ 433–479 BGB)	Der Verkäufer verpflichtet sich, dem Käufer die Sache zu übergeben und das Eigentum zu verschaffen. Der Käufer verpflichtet sich, den Kaufpreis zu zahlen.	*Christina kauft im Buchhandel ein BGB. Nach Zahlung des Kaufpreises erhält sie das Buch und das Eigentum am Buch.*
Mietvertrag (§§ 535–580 BGB)	Der Vermieter verpflichtet sich, dem Mieter während der Mietzeit die Sache zum Gebrauch zu überlassen. Der Mieter zahlt die Miete.	*Christian mietet für 360,00 EUR im Monat seine erste Wohnung. Henry mietet über das Wochenende ein Cabrio für 120,00 EUR.*
Pachtvertrag (§§ 581–597 BGB)	Wie Mietvertrag; zusätzlich darf der Pächter die Früchte aus der Mietsache ziehen (Erträge).	*Ida hat einen Kleingarten gepachtet und baut dort Gemüse an. Henry pachtet einen Imbisswagen, um dort Würstchen zu verkaufen.*
Werkvertrag (§§ 631–649 BGB)	Der Unternehmer verpflichtet sich, das Werk zu erstellen. Der Besteller verpflichtet sich, den vereinbarten Preis zu zahlen. **Der Erfolg ist geschuldet.**	*Ida lässt in ihrem Garten für 500,00 EUR einen Brunnen bohren.* *Henry beauftragt einen Fliesenleger, sein Bad neu zu fliesen.*
Werklieferungsvertrag (§ 650 BGB)	Zusätzlich zum Werkvertrag wird eine bewegliche Sache hergestellt oder verkauft.	*Henry beauftragt den Fliesenleger, ihm zusätzlich zum Fliesenlegen passende Badmöbel zu verkaufen.*
Dienstvertrag (§ 611 BGB)	Der Dienstgeber verpflichtet sich, die Dienste zu erbringen; der Dienstnehmer verpflichtet sich, die vereinbarte Vergütung zu zahlen. **Nur die Leistung ist geschuldet, nicht der Erfolg.**	*Christian lässt sich beim Steuerberater beraten.*
Arbeitsvertrag (§§ 611–630 BGB)	Der Arbeitnehmer schuldet dem Arbeitgeber eine vereinbarte Arbeitsleistung, der Arbeitgeber zahlt das vereinbarte Gehalt. **Die Arbeitszeit ist geschuldet.**	*Henry tritt seinen neuen Arbeitsplatz an, bei einer 38-Stunden-Woche bekommt er 3.800,00 EUR brutto.*
Kreditvertrag (§§ 488–515 BGB)	Der Darlehensgeber verpflichtet sich, dem Darlehensnehmer einen bestimmten Geldbetrag gegen Zins (i. d. R.) und Tilgung zu überlassen.	*Ida nimmt für das neue Auto ein Privatdarlehen in Höhe von 10.000,00 EUR auf. Sie zahlt das Darlehen vier Jahre lang in Raten zurück bei einem Zinssatz von 2 % p. a.*

Aufgaben

1. Wer ist eine natürliche Person, wer eine juristische Person? Ordnen Sie zu.
   a) Helmut, 54 Jahre alt
   b) Müller GmbH
   c) BMW AG
   d) Anton, ein Jahr alt
   e) Stadt Ulm
   f) Rechtsanwalt Herbert Korrekt
   g) Auszubildende zur Kauffrau für Büromanagement Ida Berger
   h) Ravensburger AG
   i) Jurastudent Christian Schnell

2. Beurteilen Sie, wer Eigentümer und wer Besitzer ist.
   a) Ida leiht sich aus der Stadtbücherei „Holzer Stofftelegramme“ aus.
   b) Fred hat eben bei MediaMarkt einen neuen MP3-Player gekauft und zeigt diesen Ida.
   c) Herrn Mayer wird auf dem Wochenmarkt das Handy gestohlen.
   d) Herr Müller fährt den neuen Renault des Carsharing-Vereins „teilAuto Biberach/Riss e. V.“.
   e) Christine findet den Schlüssel von Oma Elfriede.

3. Beurteilen Sie, ob eine Willenserklärung vorliegt.
   a) Herr Mayer legt seine Einkäufe auf das Kassenband im Supermarkt, um diese zu bezahlen.
   b) Der Junggeselle Christian macht nach zehn Bier der Barfrau einen Heiratsantrag.
   c) Andi bestellt ein Buch bei einem Onlineshop.
   d) Heinz steigt nach einer Party ins Taxi und bittet den Fahrer, ihn nach Hause zu fahren.
   e) Oma Elfriede klickt versehentlich auf ein Werbebanner und hat wohl ein Abo für Klingeltöne abgeschlossen.
   f) Fred, 16 Jahre, unterschreibt gemeinsam mit seiner Mutter den Ausbildungsvertrag zum Kaufmann für Büromanagement.
   g) Christian (wieder nüchtern) schenkt der Barfrau Pralinen als Entschuldigung.
   h) Das Fitnessstudio Klug & Fitt verlängert seine Verträge automatisch nach einem Jahr.
   i) Die Werkzeug GmbH verschickt an ausgewählte Kunden ein Angebot.

4. In welcher Form liegen die Willenserklärungen in Aufgabe 3 vor?

5. Begründen Sie, warum es sich bei einem Testament um eine einseitige, nicht empfangsbedürfte Willenserklärung handelt.

6. Begründen Sie, warum eine Kündigung empfangsbedürftig ist, um wirksam zu werden.

7. Warum braucht ein Arbeitsvertrag mindestens zwei übereinstimmende Willenserklärungen und welchen Inhalt haben diese üblicherweise?

8. Welche übereinstimmenden Willenserklärungen werden bei einem Kaufvertrag abgegeben?

9. Ordnen Sie zu: geschäftsunfähig – beschränkt geschäftsfähig – geschäftsfähig.
   a) die Zwillinge Linus und Britta, 12 Jahre alt
   b) Waldi, der Hund von Frau Müller
   c) Helmut, 54 Jahre alt, Rechtsanwalt
   d) Auszubildende Ida Berger, 21 Jahre alt
   e) Anton, ein Jahr alt
   f) Frieda, sechs Jahre alt, Eisliebhaberin
   g) Auszubildender Winfried,17 Jahre alt
   h) Junggeselle Christian, 25 Jahre alt, sehr stark alkoholisiert

10. Erläutern Sie den Unterschied zwischen Anfechtung und Nichtigkeit.

2 Das ökonomische Prinzip

2.1 Zielformulierung

Stofftelegramm

Ein messbares (quantifizierbares) Ziel gibt an, dass ein erwünschter Zustand in einer bestimmten Zeit und in einem bestimmten Ausmaß erreicht werden soll.

Beispiel: *Steigerung des Umsatzes innerhalb eines Jahres um 10 %*

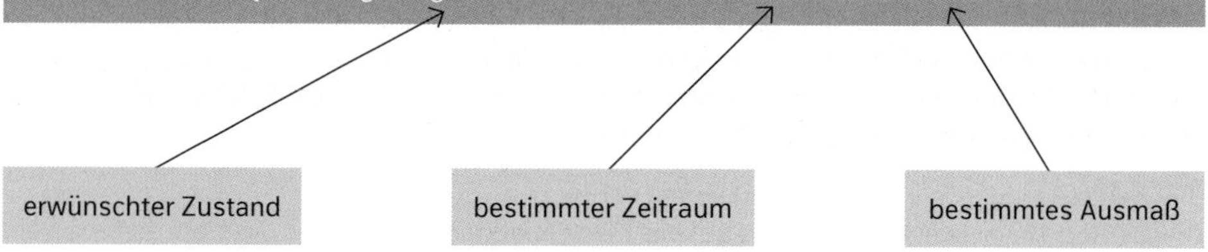

2.2 Minimalprinzip

Stofftelegramm

= ein gegebenes Ziel mit möglichst minimalen Mitteln erreichen

Beispiel: *100.000 Blatt 80-g-Papier zum günstigsten Preis kaufen*

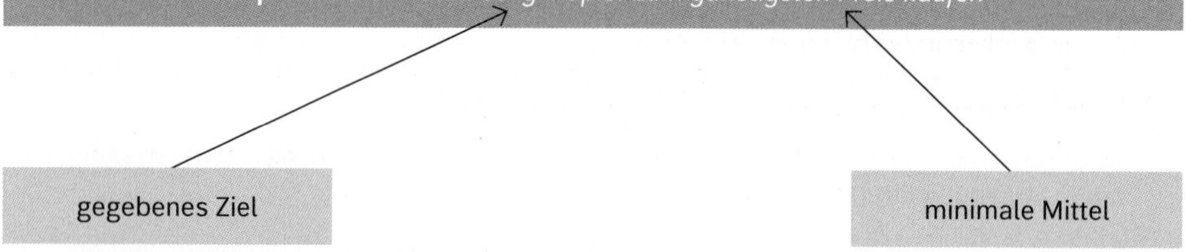

2.3 Maximalprinzip

Stofftelegramm

= mit gegebenen Mitteln eine möglichst maximale Zielerreichung ermöglichen

Beispiel: *innerhalb von zwei Stunden möglichst viele Bestellungen bearbeiten*

Aufgaben

1. Formulieren Sie je ein Ziel aus dem Bereich des Einkaufs, Verkaufs und Personals.

2. Ordnen Sie zu: Minimalprinzip – Maximalprinzip.
   a) Hans kauft mit 50,00 EUR so viele Süßigkeiten wie möglich.
   b) Ein Firmenwagen soll die Strecke nach Stuttgart mit so wenig Benzin wie möglich fahren.
   c) Ein Holzeinkäufer soll 500 m^3 Fichtenholz zum günstigsten Preis einkaufen.
   d) Die benötigten Teile sollen aus der Stahlplatte mit dem geringsten Verschnitt geschnitten werden.
   e) Eine Sachbearbeiterin soll die günstigste Versicherung für Firmenwagen finden.
   f) Für maximal 50.000,00 EUR soll das Firmengebäude neu gestrichen werden.
   g) Christine möchte in ihrem Urlaub so viele Sehenswürdigkeiten wie möglich besichtigen.

Vernetzungsaufgabe: Ökonomische Prinzipien

Teil 1: Wissensüberprüfung

1. Nennen Sie das Minimal- und das Maximalprinzip.

2. Beschreiben Sie kurz, was das Minimalprinzip bedeutet.

3. Erklären Sie in eigenen Worten das Maximalprinzip.

Teil 2: Anwendung und Zuordnung

4. Ordnen Sie die folgenden Beispiele dem entsprechenden Prinzip (Minimal- oder Maximalprinzip) zu.
   a) Ein Unternehmen versucht, den maximalen Gewinn aus einem festgelegten Budget für Marketingmaßnahmen zu erzielen.
   b) Eine Firma strebt danach, den Energieverbrauch zu minimieren, während die Produktionsmenge konstant bleibt.
   c) Eine Teamleiterin möchte mit ihrem begrenzten Team die höchstmögliche Anzahl an Projekten abschließen.

Teil 3: Kritisches Denken

5. Begründen Sie, warum das Minimalprinzip in der Budgetplanung eines Unternehmens wichtig ist.

6. Erklären Sie, wie das Maximalprinzip bei der Personalentwicklung angewendet werden kann.

Teil 4: Praxisbeispiel

7. Finden Sie ein Beispiel aus dem Büromanagement, bei dem das Minimal- oder Maximalprinzip angewendet wird. Beschreiben Sie die Situation und erklären Sie, welches Prinzip angewendet wird und warum.

3 Einsatz einer Tabellenkalkulation[1]

3.1 Zellbezüge

Stofftelegramm

Excel und jede andere Tabellenkalkulation adressiert die Felder einer Tabelle mit einem Koordinatensystem (Buchstaben für Spalten und Zahlen für Zeilen).

Relativer Zellbezug

A	B	C	D
Artikelbezeichnung	Nettopreis	Menge	Summe
Aktenvernichter D	200,00 €	5	=B2*C2
Kopierer A3	399,00 €	2	798,00 €
Luftbefeuchter	260,00 €	1	260,00 €
Bürostuhl Mega	499,00 €	10	4.990,00 €
Zwischensumme			7.048,00 €

← D2

Beispiel: *Um die Rechnungssumme auszurechnen, müssen die Nettopreise und die Mengen multipliziert und anschließend die Einzelwerte summiert werden. Wenn in der Tabelle lediglich die Preise und die Mengen gegeben sind, trägt man in die erste zu berechnende Zelle die Multiplikation Preis · Menge ein (Feld D2). Wenn man die Zelle D2 in die Zellen D3–D5 kopiert (zieht), werden die Formeln relativ zur Zeile geändert, vgl. folgende Abbildung.*

	A	B	C	D
1	Artikelbezeichnung	Nettopreis	Menge	Summe
2	Aktenvernichter D	200	5	=B2*C2
3	Kopierer A3	399	2	=B3*C3
4	Luftbefeuchter	260	1	=B4*C4
5	Bürostuhl Mega	499	10	=B5*C5
6	Zwischensumme			=SUMME(D2:D5)

[1] *Alle Verweise auf Funktionen und Informationen über Syntax stammen aus Microsoft Excel. Erläuterungen der Syntax → vgl. Excel-Hilfe.*

Absoluter Zellbezug

	A	B	C
1	Bezahlung für den Babysitter		
2		8,00 €	pro Stunde
3		Arbeitsstunden	Bezahlung
4	Montag	4	=B4*$B$2
5	Dienstag	5	40,00 €
6	Mittwoch	7	56,00 €
7	Donnerstag	10	80,00 €
8	Freitag	2	16,00 €
9	Samstag	4	32,00 €
10	Sonntag	3	24,00 €

Beispiel: *Gegeben ist die Arbeitszeit pro Tag und jede Stunde wird gleich vergütet. Zur Kalkulation der täglichen Bezahlung trägt man in die Zelle C4 einen Zellbezug zur Zelle B4 (Stunden) ein; diesen multipliziert man mit der Zelle B2 (Stundenvergütung).*

Wenn man jetzt die Zelle C4 in C5 usw. kopieren würde, so würde der Zellbezug von B4 zu B5 und von B2 zu B3 usw. wandern (vgl. Abbildung Zellbezug Fehler). Um dies zu verhindern, „friert“ man den Zellbezug auf die Zelle B2 ein. Dazu wird vor den Buchstaben und die Zahl jeweils ein „$“ gesetzt ($B$2). In Excel kann man diesen absoluten Zellbezug durch das Drücken der Funktionstaste „F4“ automatisieren.

	A	B	C
1	Bezahlung für den Babysitter		
2		8,00 €	pro Stunde
3		Arbeitsstunden	Bezahlung
4	Montag	4	32,00 €
5	Dienstag	5	#WERT!
6	Mittwoch	7	28,00 €
7	Donnerstag	10	=B7*B5
8	Freitag	2	14,00 €
9	Samstag	4	40,00 €
10	Sonntag	3	6,00 €

Zellbezug Fehler

Bezahlung für den Babysitter		
	8,00 €	pro Stunde
	Arbeitsstunden	Bezahlung
Montag	4	32,00 €
Dienstag	5	=B5*$B$2
Mittwoch	7	56,00 €
Donnerstag	10	80,00 €
Freitag	2	16,00 €
Samstag	4	32,00 €
Sonntag	3	24,00 €

Zellbezug Lösung

3.2 Einfache Funktionen

Stofftelegramm

Beispielzahlen			Ergebnis	Funktion	Syntax
20	12	8	40	=SUMME(B2:D2)	**SUMME(Zahl1;[Zahl2];...)**
addiert alle Werte miteinander					
20	12	8	20	=MAX(B3:D3)	**MAX(Zahl1;[Zahl2];...)**
gibt den größten Wert innerhalb einer Argumentliste wieder					

Beispielzahlen			Ergebnis	Funktion	Syntax
20	12	8	8	=MIN(B4:D4)	**MIN(Zahl1;[Zahl2];...)**
gibt den kleinsten Wert innerhalb einer Argumentliste wieder					
20	12	8	1920	=PRODUKT(B5:D5)	**PRODUKT(Zahl1;[Zahl2];...)**
multipliziert die Argumente miteinander					
			16.03.2016	=HEUTE()	
gibt das aktuelle Datum wieder					
			7	=TAG(HEUTE())	
gibt den aktuellen Tag wieder (Zahl)					
20	12	8	13,33	=MITTELWERT(B8:D8)	**MITTELWERT(Zahl1;[Zahl2];...)**
gibt den Durchschnitt (Mittelwert) von einer Gruppe Zahlen wieder					
20	12	8	3	=ANZAHL(B9:D9)	**ANZAHL(Wert1;[Wert2];...)**
zählt die Werte einer Liste					

3.3 Erweiterte Funktionen

3.3.1 WENN

Stofftelegramm

WENN(Prüfung;Dann_Wert;[Sonst_Wert])[1]

Argumente	Beschreibung
Prüfung (erforderlich)	Hier wird die Bedingung formuliert, z. B.: Ein Wert soll größer als x sein.
Dann_Wert (erforderlich)	Berechnung oder Wert, der ausgeben werden soll, wenn die Bedingung erfüllt wird (wahr ist)
Sonst_Wert (nicht erforderlich)	Alternative, wenn die Bedingung nicht wahr ist

Beispiel: *Für eine Liste mit Artikeln, deren Lagerbestand bekannt ist, soll für alle Artikel, bei denen der Lagerbestand kleiner als 480 Stück ist, der Wert „bestellen" ausgeben werden. Für die Artikel, bei denen der Lagerbestand größer ist, soll der Wert „ausreichend" ausgegeben werden.*

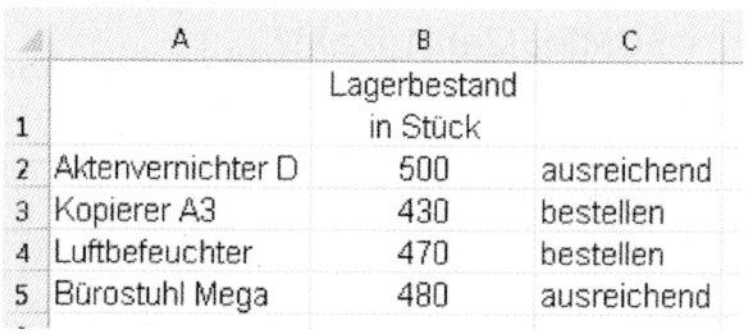

	A	B	C
1		Lagerbestand in Stück	
2	Aktenvernichter D	500	ausreichend
3	Kopierer A3	430	bestellen
4	Luftbefeuchter	470	bestellen
5	Bürostuhl Mega	480	ausreichend

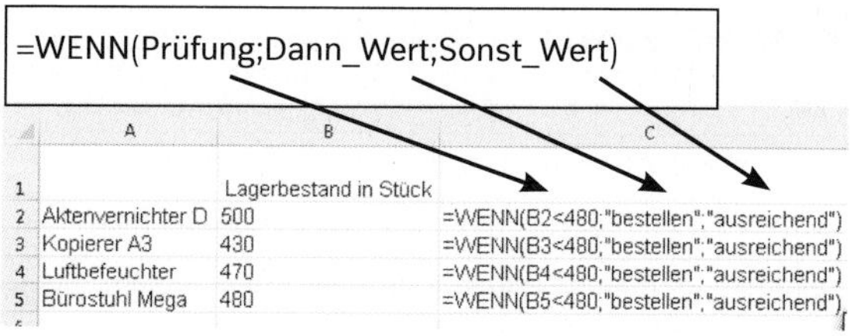

	A	B	C
1		Lagerbestand in Stück	
2	Aktenvernichter D	500	=WENN(B2<480;"bestellen";"ausreichend")
3	Kopierer A3	430	=WENN(B3<480;"bestellen";"ausreichend")
4	Luftbefeuchter	470	=WENN(B4<480;"bestellen";"ausreichend")
5	Bürostuhl Mega	480	=WENN(B5<480;"bestellen";"ausreichend")

[1] *Mit Excel 2019 änderte Microsoft die Bezeichnung der drei Argumente auf WENN(Wahrheitstest;Wert_wenn_wahr;Wert_wenn_falsch).*

3.3.2 SUMMEWENN

Stofftelegramm

SUMMEWENN(Bereich;Suchkriterien;[Summe_Bereich])

Argumente	Beschreibung
Bereich (erforderlich)	In diesem Bereich wird nach Übereinstimmung mit dem Suchkriterium gesucht und anschließend der Wert addiert, wenn in Summe_Bereich keine Angabe steht.
Kriterien (erforderlich)	Suchkriterium → Suchkriterien in Textform oder Kriterien, die logische oder mathematische Symbole enthalten, müssen in doppelte Anführungszeichen (") gesetzt werden. Bei numerischen Suchkriterien sind keine doppelten Anführungszeichen erforderlich.
Summe_Bereich (nicht erforderlich)	Die tatsächlich zu addierenden Zellen, wenn andere Zellen addiert werden sollen, als im Argument ***Bereich*** angegeben sind.

Beispiel 1: *Addieren Sie alle Zahlen, die größer als 1.500 sind, und alle, die kleiner oder gleich 1.500 sind.*

	A	B
1	663	
2	2073	**Summeriere alle Werte >1500**
3	1657	5717
4	180	=SUMMEWENN(A1:A10;">1500")
5	918	
6	536	**Summeriere alle Werte <=1500**
7	67	2450
8	1987	=SUMMEWENN(A1:A10;"<=1500")
9	16	
10	70	

Beispiel 2: *Addieren Sie alle Umsätze der entsprechenden Städte (Summe_Bereich und Bereich sind unterschiedlich).*

E	F	G	H		J
Stadt	**Umsatz**				
Laupheim	117.194,00 €		**Summe der Umsätze**		
Biberach	52.432,00 €		Laupheim	424.430,00 €	Funktion mit direkter
Ulm	41.193,00 €		=SUMMEWENN(E2:E17;"Laupheim";F2:F17)		Eingabe des Kriteriums
Wangen	64.049,00 €		Biberach	125.228,00 €	
Ravensburg	239.823,00 €		=SUMMEWENN($E$2:$E$17;H5;$F$2:$F$17)		
Laupheim	61.232,00 €		Ulm	465.070,00 €	Funktion mit Verweis auf das
Biberach	23.583,00 €		=SUMMEWENN($E$2:$E$17;H7;$F$2:$F$17)		Kriterium z.B. H5 und als
Ulm	211.432,00 €		Ravensburg	432.576,00 €	kopierbare Formel vgl.
Wangen	103.787,00 €		=SUMMEWENN($E$2:$E$17;H9;$F$2:$F$17)		absolute Zellbezüge
Ravensburg	157.802,00 €		Wangen	369.070,00 €	
Laupheim	231.912,00 €		=SUMMEWENN($E$2:$E$17;H11;$F$2:$F$17)		
Biberach	49.213,00 €				
Ulm	212.445,00 €				
Wangen	201.234,00 €				
Ravensburg	34.951,00 €				
Laupheim	14.092,00 €				

Kriterium (Pfeil auf "Laupheim" in der Formel)

Bereich (Spalte E)

Kriterium (Pfeil auf H11 in der Formel)

Summe_Bereich (Spalte F)

3.3.3 ZÄHLENWENN

ZÄHLENWENN(Bereich;Suchkriterium)

Argumente	Beschreibung
Bereich (erforderlich)	In diesem Bereich wird nach Übereinstimmung mit dem Suchkriterium gesucht und anschließend gezählt.
Suchkriterium (erforderlich)	Suchkriterium → Suchkriterien in Textform oder Kriterien, die logische oder mathematische Symbole enthalten, müssen in doppelte Anführungszeichen (“) gesetzt werden. Bei numerischen Suchkriterien sind keine doppelten Anführungszeichen erforderlich. Es kann nur ein Suchkriterium verwendet werden! Will man mehrere Kriterien verwenden, muss man auf die Funktion ZÄHLENWENN ausweichen.

Beispiel: *Aus einer Tabelle mit Blumennamen sollen alle Einträge je Blume gezählt werden.*

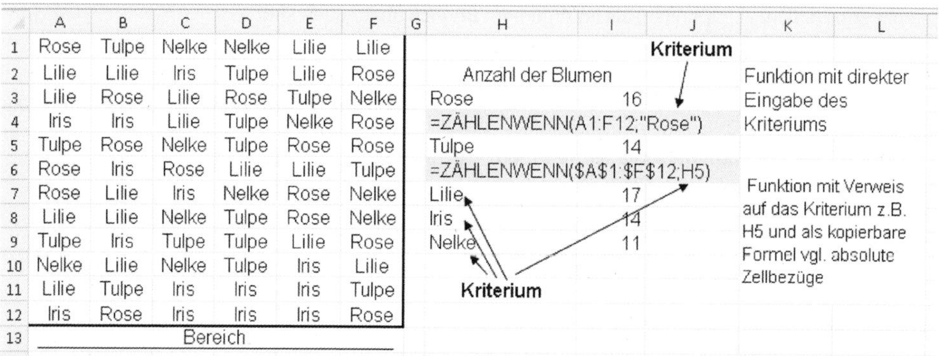

	A	B	C	D	E	F
1	Rose	Tulpe	Nelke	Nelke	Lilie	Lilie
2	Lilie	Lilie	Iris	Tulpe	Lilie	Rose
3	Lilie	Rose	Lilie	Rose	Tulpe	Nelke
4	Iris	Iris	Lilie	Tulpe	Nelke	Rose
5	Tulpe	Rose	Nelke	Tulpe	Rose	Rose
6	Rose	Iris	Rose	Lilie	Lilie	Tulpe
7	Rose	Lilie	Iris	Nelke	Rose	Nelke
8	Lilie	Lilie	Nelke	Tulpe	Rose	Nelke
9	Tulpe	Iris	Tulpe	Tulpe	Lilie	Rose
10	Nelke	Lilie	Nelke	Tulpe	Iris	Lilie
11	Lilie	Tulpe	Iris	Iris	Iris	Tulpe
12	Iris	Rose	Iris	Iris	Iris	Rose
13			Bereich			

3.3.4 SVERWEIS[1]

SVERWEIS(Suchkriterium;Matrix;Spaltenindex;[Bereich_Verweis])

Argumente	Beschreibung
Suchkriterium (erforderlich)	Wert, nachdem gesucht werden soll
Matrix (erforderlich)	Zellbereich (i. d. R. Spalten und Zeilen), in dem sich der Vergleichswert zum Suchkriterium und der Rückgabewert befinden. Das Suchkriterium muss in der ersten Spalte sein!
Spaltenindex (erforderlich)	Nummer der Spalte (beginnend mit 1 für die Spalte ganz links in der Matrix), die den Rückgabewert enthält
Bereich_Verweis (optional)	Wahrheitswert, der angibt, ob **SVERWEIS** eine genaue Entsprechung oder eine ungefähre Entsprechung suchen soll

[1] *SVERWEIS = senkrechter Verweis.*

Beispiel: *Wir haben eine Liste aller Verkäufer und ihrer getätigten Umsätze. Um die Provision der Verkäufer zu berechnen, muss man den individuellen Provisionssatz der Verkäufer mit dem Umsatz multiplizieren.*

Problem: Der Provisionssatz wird nicht in der Umsatztabelle geführt, sondern in einer separaten Tabelle. Man könnte die Prozentsätze manuell eintragen, dies ist aber bei einer Tabelle ab zehn Einträgen nicht mehr effektiv.

Der SVERWEIS übernimmt anhand eines Kriteriums den Prozentsatz aus einer separaten Tabelle.

Voraussetzungen:

1. Die Werte in der Matrix (im Beispiel separate Tabelle mit den Provisionssätzen) müssen sortiert sein (über die erste Spalte). Im Beispiel alphabetisch aufsteigend nach Namen.
2. Jedes Suchkriterium darf nur einmal in der Matrix vorkommen, bei Mehrfacheinträgen wird **nicht** immer der erste genommen.

	B	C	D	E	F	G	H
1	Verkäufer	Umsatz	Provisionsatz	Provision			
2	Heinz	84.372,00 €				Provisionssatz	
3	Heinz	29.130,00 €				Bert	6,50%
4	Bert	57.819,00 €				Fred	3,00%
5	Heinz	54.738,00 €				Heinz	7,50%
6	Fred	52.618,00 €				Peter	5,00%
7	Fred	57.397,00 €					
8	Heinz	56.261,00 €					
9	Heinz	38.216,00 €					
10	Bert	30.099,00 €					
11	Fred	36.618,00 €					
12	Bert	65.457,00 €					
13	Fred	47.681,00 €					
14	Peter	27.759,00 €					
15	Heinz	50.886,00 €					
16	Fred	73.743,00 €					

3. Fehlt ein Suchkriterium in der Matrix, wird der nächste Ersatzwert genommen, z. B. der Wert, der alphabetisch vor dem gesuchten Eintrag liegt.

Spaltenindex

① ②

	A	B	C	D	E	F	G	H
1	Datum	Verkäufer	Umsatz	Provisionsatz	Provision			
2	04.02.2016	Heinz	=SVERWEIS(B2;$G$3:$H$6;2)				Provsionssatz	
3	07.02.2016	Heinz	69.48	SVERWEIS(Suchkriterium; **Matrix**; Spaltenindex; [Bereich_Verweis])				0%
4	10.03.2016	Bert	71.151,00 €	6,50%	4.624,82 €		Fred	3,00%
5	26.03.2016	Heinz	78.298,00 €	7,50%	5.872,35 €		Heinz	7,50%
6	30.03.2016	Fred	52.425,00 €	3,00%	1.572,75 €		Peter	5,00%
7	16.04.2016	Fred	87.234,00 €	3,00%	2.617,02 €			
8	21.05.2016	Heinz	26.247,00 €	7,50%	1.968,53 €			
9	19.07.2016	Heinz	27.896,00 €	7,50%	2.092,20 €			
10	03.09.2016	Bert	44.903,00 €	6,50%	2.918,70 €			
11	07.09.2016	Fred	59.961,00 €	3,00%	1.798,83 €			
12	07.09.2016	Bert	61.856,00 €	6,50%	4.020,64 €			
13	07.10.2016	Fred	34.890,00 €	3,00%	1.046,70 €			
14	16.11.2016	Peter	67.895,00 €	5,00%	3.394,75 €			
15	18.11.2016	Heinz	36.126,00 €	7,50%	2.709,45 €			
16	22.12.2016	Fred	49.538,00 €	3,00%	1.486,14 €			

MATRIX

Suchkriterium

Der SVERWEIS nimmt das Kriterium und durchsucht die Matrix nach dem Kriterium (Suchrichtung → Spalte 1 von oben nach unten und die folgenden Spalten). Anschließend gibt er den Wert zurück in der x-ten Spalte, in der die Zeile des gefundenen Kriteriums steht. Die Angabe des Spaltenindex gibt Information über die x-te Spalte, in der folgenden Tabelle Spalte 2.

	B	D	E	F	G	H
1	Verkäufer	Provisionsatz	Provision			
2	Heinz	=SVERWEIS(B2;$G$3:$H$6;2)	=D2*C2		Provisionssatz	
3	Heinz	=SVERWEIS(B3;$G$3:$H$6;2)	=D3*C3		Bert	0,065
4	Bert	=SVERWEIS(B4;$G$3:$H$6;2)	=D4*C4		Fred	0,03
5	Heinz	=SVERWEIS(B5;$G$3:$H$6;2)	=D5*C5		Heinz	0,075
6	Fred	=SVERWEIS(B6;$G$3:$H$6;2)	=D6*C6		Peter	0,05
7	Fred	=SVERWEIS(B7;$G$3:$H$6;2)	=D7*C7			

Aufgaben

Aufgabe 1[1]

Eine kleine Fluggesellschaft überwacht ihre Flugzeuge durch die jährliche Erfassung der Flugstunden. Sie sind damit beauftragt, die Entwicklung der Flugstunden sowohl in Bezug auf jede einzelne Maschine als auch in Bezug auf die gesamte Flotte (= alle Flugzeuge) durchzuführen. Die Berechnungen sollen jeweils für das einzelne Flugzeug wie auch für die gesamte Flotte durchgeführt werden.

Entwicklung der Flugstunden							
Flugzeug	Flugstunden im Jahr				Statistik		
					Flugstunden		Prozentuale Veränderung zwischen 2010 und 2013
	2010	2011	2012	2013	Durchschnitt 2010-13	Abweichung 2013 vom Durchschnitt	
F0001	4.520	4.862	5.210	5.310			
F0002	5.650	5.850	6.100	6.250			
F0003	3.520	4.520	3.620	4.320			
F0004	5.620	5.420	4.920	4.500			
F0005	1.210	4.500	2.040	3.650			
Flotte							

Statistische Auswertung:

1. Erstellen Sie die Tabelle genau wie oben dargestellt.
2. Berechnen Sie mit einer kopierfähigen Formel die durchschnittlich über die Jahre 2010 bis 2013 geleisteten Flugstunden.

[1] *Prüfung: Informationsverarbeitung Bürokaufmann: Informationsverarbeitung (1) W 2014/15.*

3. Berechnen Sie mit einer kopierfähigen Formel die im Jahre 2013 aufgetretenen Abweichungen der Flugstunden vom jeweils eigenen Durchschnittswert.
4. Berechnen Sie mit einer kopierfähigen Formel die prozentuale Veränderung der Flugstunden von 2010 zu 2013.
5. Formatieren Sie die Flugstunden wie vorgegeben und die Prozentwerte mit zwei Nachkommastellen.

Aufgabe 2[1]

Ein Baumarkt bietet seine Waren in verschiedenen Städten an. Die Tabelle zeigt die tatsächlich erzielten Absatzzahlen des ersten Halbjahres 2014. Für das zweite Halbjahr ist eine Steigerung um 7,5 % geplant. Sie sind damit beauftragt, eine Analyse der Absatzzahlen durchzuführen und eine entsprechende Beurteilung vorzunehmen.

Absatzanalyse Bersch-Bohrmaschinen 2014					
geplante Absatzsteigerung im 2. Halbjahr			7,50 %		
Filiale	1. Halbjahr	2. Halbjahr	Gesamt-absatz	Anteil Filiale der Filialen am Gesamtabsatz	Beurteilung
		in Stück			
Memmingen	25.817				
Ravensburg	19.443				
Friedrichshafen	23.195				
Überlingen	16.170				
Summe der Verkäufe:					....
Durchschnitt				....	....

1. Erstellen Sie die Tabelle wie oben dargestellt.
2. Berechnen Sie mit einer kopierfähigen Formel für jede Filiale die geplanten Absatzzahlen für das zweite Halbjahr.
3. Berechnen Sie mit einer kopierfähigen Formel die voraussichtlichen Absatzzahlen für das Gesamtjahr.
4. Berechnen Sie jeweils mit einer kopierfähigen Formel die Summe der Verkäufe und die Durchschnittswerte.
5. Berechnen Sie mit einer kopierfähigen Formel den prozentualen Anteil der einzelnen Filialen am voraussichtlichen Gesamtabsatz.
6. Erzeugen Sie mit einer kopierfähigen Formel einen Beurteilungstext. Wenn der Gesamtabsatz der Filiale unter dem Durchschnitt liegt, soll der Text „Aktion" erscheinen, ansonsten soll das Feld leer bleiben.
7. Formatieren Sie die Stückzahlen wie vorgegeben und die Prozentwerte mit einer Nachkommastelle.

---

[1] *Prüfung: Informationsverarbeitung Bürokaufmann: Informationsverarbeitung (1) W 2014/15.*

Freie Aufgabe 1 (WENN)

Öffnen Sie die Datei *01-Grundlagenkapitel_Kap.3_Parkhaus* aus den Webcode-Materialien.

Parkhaus GmbH

Gebühren:	**bis**	**1,00 h**	**kostenfrei**
	ab	**1,00 h**	**1,50 €/h**

Dauerparker	Fahrzeug	Parkdauer in Min.	Kostenpfl. Parkdauer in Min.	Dauerparker?	Gebühr
JA	BC-YB 952	342	282	0	- €
	BC-GE 445	375	315	315	7,88 €
JA	BC-KW 845	655	595	0	- €
	BC-IL 430	432	372	372	9,30 €
	BC-HK 256	16	0	0	- €
JA	BC-VJ 31	231	171	0	- €
	BC-BR 541	53	0	0	- €
	BC-OA 975	369	309	309	7,73 €
	BC-MA 884	4	0	0	- €
	BC-VB 653	512	452	452	11,30 €

Summe der Parkgebühren	391,13 €
Durchschnittliche Parkdauer in Min.	335,92
Durchschnittliche kostenpflichtige Parkdauer in Min.	280,67

1. Errechnen Sie die Spalte „Kostenpfl. Parkdauer in Min." und „Gebühr". Berücksichtigen Sie dabei folgende Punkte:
   - Die erste Stunde im Parkhaus ist kostenfrei, danach betragen die Gebühren 1,50 EUR/Stunde.
   - Dauerparker zahlen keine Gebühren und haben somit keine kostenpflichtige Parkdauer.
   - Die Formeln sind so zu gestalten, dass die Gebühr jederzeit geändert werden kann. Außerdem sollte die Möglichkeit bestehen, die kostenfreie Parkzeit zu ändern (Angabe der Parkzeit in Stunden, d. h., eine Stunde und dreißig Minuten entsprechen 1,5 h).[1]
2. Formatieren Sie die Tabelle wie in der Abbildung.
3. Errechnen Sie die Felder „Summe der Parkgebühren", „Durchschnittliche Parkdauer in Min." und „Durchschnittliche kostenpflichtige Parkdauer in Min.".

Freie Aufgabe 2 (SVERWEIS)

In einer Schule sollen die Noten in den Zeugnissen nicht mehr als Ziffern gedruckt werden, sondern als Text (vgl. Tabelle rechts). Da jeder Schüler eine Note in Deutsch, Mathe und Englisch ausgewiesen hat, besteht keine Möglichkeit, die Daten manuell einzutragen.

1	sehr gut
2	gut
3	befriedigend
4	ausreichend
5	mangelhaft
6	ungenügend

[1] *Hinweis: Sollten Sie Schwierigkeiten bei der Umsetzung haben, dann lassen Sie diesen Punkt weg.*

Öffnen Sie die Datei *01-Grundlagenkapitel_Kap.3_SVERWEIS* aus den Webcode-Materialien und bearbeiten Sie diese nach dem Vorbild der Abbildung Lösungsausschnitt.

Web

Anschließend errechnen Sie neben der Tabelle mit den Noten die Anzahl der vergebenen Noten und die Durchschnittsnote für die drei Fächer.

	Mathe	Deutsch	Englisch
1 sehr gut	9	6	7
2 gut			
3 befriedigend			
4 ausreichend			
5 mangelhaft			
6 ungenügend			

Schüler		Mathe	TEXT	Deutsche	TEXT	Englisch	TEXT	
Tischer	Alfred	**2**		**4**		**4**		1 sehr gut
Weber	Annemarie	**1**		**2**		**4**		2 gut
Günther	Beate	**3**		**1**		**2**		3 befriedigend
Werner	Birgit	**5**		**4**		**4**		4 ausreichend
Hose	Dieter	**3**		**5**		**2**		5 mangelhaft
Meder	Doris	**3**		**2**		**3**		6 ungenügend

Lösungsausschnitt:

Schüler		Mathe	TEXT	Deutsch	TEXT	Englisch	TEXT
Tischer	Alfred	**2**	gut	**4**	ausreichend	**4**	ausreichend
Weber	Annemarie	**1**	sehr gut	**2**	gut	**4**	ausreichend
Günther	Beate	**3**	befriedigend	**1**	sehr gut	**2**	gut
Werner	Birgit	**5**	mangelhaft	**4**	ausreichend	**4**	ausreichend
Hose	Dieter	**3**	befriedigend	**5**	mangelhaft	**2**	gut
Meder	Doris	**3**	befriedigend	**2**	gut	**3**	befriedigend

Wiederholungsübungen

Summe, Mittelwert, MAX

Gegeben sei eine Liste von Mitarbeiterinnen und Mitarbeitern mit ihren jeweiligen Arbeitsstunden und Stundensätzen. Verwenden Sie die Funktionen SUMME, MITTELWERT und MAX, um die Gesamtzahl der Arbeitsstunden, den durchschnittlichen Verdienst und den höchsten Stundensatz zu berechnen.

Mitarbeiter	Arbeitsstunden	Stundensatz (Euro)
Anna	35	15
Bernd	40	18
Clara	38	17
David	42	20
Elisa	30	16
Felix	45	19
Greta	32	15
Hans	40	18
Ina	36	17
Jonas	41	20

Wenn

Monat	Einnahmen	Ausgaben
Januar	12,00 €	8,00 €
Februar	15,00 €	10,00 €
März	11,00 €	12,00 €
April	14,00 €	9,00 €
Mai	13,00 €	8,50 €
Juni	16,00 €	11,00 €
Juli	15,50 €	9,50 €
August	14,50 €	10,00 €
September	12,50 €	12,50 €
Oktober	17,00 €	11,50 €
November	14,00 €	10,50 €
Dezember	18,00 €	12,00 €

1. Geben Sie diese Daten in Excel ein.
2. Erstellen Sie eine neue Spalte für den **„Gewinn“**.
3. Verwenden Sie eine Formel, um den Gewinn zu berechnen: **Einnahmen – Ausgaben**.
4. Fügen Sie eine weitere Spalte „Status“ hinzu.
5. Nutzen Sie die WENN-Funktion, um zu überprüfen, ob der Gewinn positiv oder negativ ist:
   - Wenn der Gewinn positiv ist, soll die Zelle „Profit“ anzeigen.
   - Wenn der Gewinn negativ oder null ist, soll die Zelle „Verlust“ anzeigen.

Lernfeld 2: Büroprozesse gestalten und Arbeitsvorgänge organisieren

1 Gestaltung der Arbeitsumgebung

Die Arbeitsumgebung hat eine entscheidende Wirkung auf die Leistungsbereitschaft, die Motivation und das Wohlbefinden der Beschäftigten. Studien belegen, dass Mitarbeiterinnen und Mitarbeiter, die ihre Arbeitsumgebung positiv bewerten, engagierter, kreativer und produktiver sind.

1.1 Gesetzliche Vorschriften zur Arbeitsplatzgestaltung

Stofftelegramm

Zur Einrichtung von Arbeitsplätzen sind eine Reihe von Gesetzen und Verordnungen zu beachten, um die Grundqualität der Arbeitsumgebung zu sichern.

Rechtliche Vorschriften zur Arbeitsplatzgestaltung

Gesetze	Verordnungen
• Arbeitsschutzgesetz (ArbSchG) • Arbeitssicherheitsgesetz (ASiG) • Arbeitszeitgesetz (ArbZG)	• Arbeitsstättenverordnung (ArbStättV) • Unfallverhütungsvorschriften (UVV)

Arbeitsschutzgesetz (ArbSchG)
Nach dem Arbeitsschutzgesetz hat ein Unternehmen dafür zu sorgen, die Sicherheit am Arbeitsplatz und den Schutz der Gesundheit der Beschäftigten sicherzustellen und ggf. nachzubessern, wenn offenkundige Mängel bestehen.

Arbeitssicherheitsgesetz (ASiG)
Hierbei handelt es sich um ein Gesetz zu Betriebsärzten, Sicherheitsingenieuren und anderen Fachkräften für Arbeitssicherheit. Es regelt die Pflichten des Arbeitgebers zur Bestellung von Betriebsärzten und Fachkräften für Arbeitssicherheit zum Arbeitsschutz und zur Unfallverhütung.

Arbeitszeitgesetz (ArbZG)
Im Arbeitszeitgesetz sind die Rahmenbedingungen für die Arbeitszeiten der Arbeitnehmerinnen und Arbeitnehmer festgelegt. Es regelt nicht nur die Arbeitszeiten, sondern auch Ruhepausen, Überstunden sowie Sonn- und Feiertagsarbeit und ist für Arbeitgeber und Arbeitnehmerinnen und Arbeitnehmer verbindlich.

Arbeitsstättenverordnung (ArbStättV)
Die Arbeitsstättenverordnung soll der Sicherheit und dem Gesundheitsschutz der Beschäftigten beim Einrichten und Betreiben von Arbeitsstätten dienen. Sie macht u. a. Vorgaben zur Arbeitsplatzbeleuchtung, zum Raumklima und zur Belüftung sowie Vorschriften für Arbeitsräume, Aufenthaltsräume und sanitäre Anlagen.

Arbeitnehmerinnen und Arbeitnehmer, die ausschließlich an Bildschirmgeräten arbeiten, wurden bis Dezember 2016 durch die Bildschirmarbeitsverordnung (BildscharbV) besonders geschützt. Inzwischen wurde die Arbeitsstättenverordnung novelliert und die Bildschirmarbeitsverordnung in den Anhang der Arbeitsstättenverordnung, Abschnitt 6 „Anforderungen und Maßnahmen zur Gestaltung von Bildschirmarbeitsplätzen", integriert und an die heutige Arbeitswelt angepasst. Sie dient dazu, Arbeitsplätze so zu gestalten, dass Gesundheitsbeeinträchtigungen durch Bildschirmarbeit vermieden werden.

Unfallverhütungsvorschriften (UVV)
Hier handelt es sich um rechtsverbindliche Vorschriften der Berufsgenossenschaften als Träger der gesetzlichen Unfallversicherung über vorbeugende Maßnahmen, die Schäden durch Unfälle oder Berufskrankheiten vermeiden oder einschränken sollen.

1.2 Büroraumkonzepte

1.2.1 Büroraumkonzepte für klassische Arbeitsmethoden – Old Work

Stofftelegramm

Die klassische Büroraumplanung – **Old Work** – ist abhängig von der Unternehmensstruktur, der organisatorischen Aufgabenstellung, den Funktionsabläufen, den Tätigkeiten der Mitarbeiterinnen und Mitarbeiter, der hierarchischen Ordnung und nicht zuletzt von den baulichen Gegebenheiten.

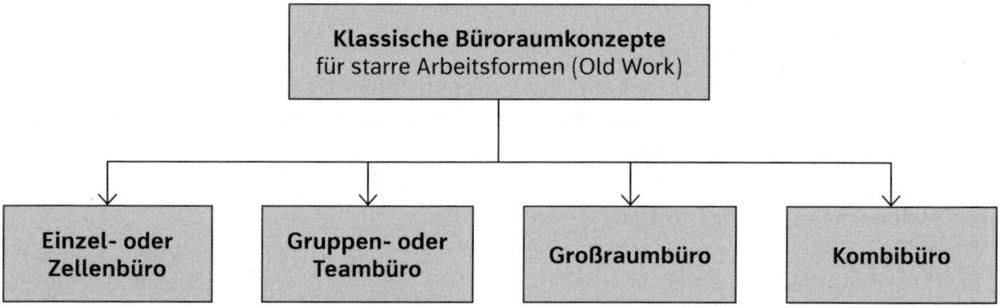

Einzel- oder Zellenbüro
Das Einzelbüro ist eine Büroraumform, die meist als Ein- oder Zweipersonenbüro genutzt wird. Aus wirtschaftlichen und arbeitsablauftechnischen Gründen ist sie jedoch nur für wenige Mitarbeiterinnen und Mitarbeiter geeignet und i. d. R. meist den Vorgesetzten vorbehalten, die repräsentieren, aber auch vertrauliche Gespräche führen müssen.

Einzel- oder Zellenbüro	
Vorteile	Nachteile
• spezifisches und konzentriertes Arbeiten ist möglich • geeignet für vertrauliche Gespräche • individuelle Raumgestaltung	• fehlende oder mangelnde Kommunikation mit anderen Mitarbeitern/Mitarbeiterinnen • lange Wegzeiten • hoher Raumbedarf

Gruppen- oder Teambüro

Diese Büroraumform ist für Teams geeignet, die einem Aufgabenbereich angehören oder in einer Abteilung (z. B. Einkauf, Verkauf, Personalabteilung) arbeiten. Die Anordnung der Arbeitsplätze ist flexibel und jederzeit veränderbar. Unter Gruppen- oder Teambüros versteht man Räumlichkeiten für ca. drei bis 25 Personen.

Gruppen- oder Teambüro	
Vorteile	Nachteile
• bessere Raumausnutzung • erhöhter Kommunikationsaustausch • gemeinsame Nutzung von Arbeitsmitteln	• Störungen durch Besucher, Telefongespräche, Büromaschinengeräusche • eingeschränktes individuelles Arbeiten • verminderte Privatsphäre

Großraumbüro

In einem Großraumbüro werden viele, an einem Arbeitsablauf beteiligte Unternehmensbereiche räumlich zusammengefasst, um Arbeitsprozesse zu optimieren. Durch bewegliche Stellwände, Schränke und Wandsysteme können mit geringem Aufwand Arbeitsbereiche voneinander getrennt werden, sodass ein Raum-in-Raum-System entsteht. Meist wird eine künstliche Beleuchtungsquelle sowie Klimaanlagen eingesetzt. Großraumbüros haben eine Bürofläche von mehreren Hundert Quadratmetern.

Großraumbüro	
Vorteile	Nachteile
• kurze Kommunikations- und Transportwege • Optimierung der Arbeitsabläufe • Förderung der Teamarbeit • wirtschaftliche Flächennutzung	• erhöhter Lärmpegel • eingeschränktes konzentriertes Arbeiten • keine individuell regulierbaren Umgebungsbedingungen (Klima, Beleuchtung) • fehlende Privatsphäre

Kombibüro

Bei dieser Raumform werden individuelle Arbeitsplätze in Form von Einzelbüros an der Außenseite des Bürogebäudes angeordnet. Die Wände zwischen den Räumen sind geschlossen, die Wände zu einem Gemeinschaftsraum raumhoch verglast. Dadurch können alle Mitarbeiter/-innen an ihrem Arbeitsplatz die Umweltbedingungen individuell einstellen. In der innen liegenden Gemeinschaftszone befinden sich alle Einrichtungen, wie Kopiergeräte, Drucker, Registratur, Poststation, Teeküche und Pausenecken, die gemeinsam genutzt werden können. Das Kombibüro lässt verschiedene Arbeitsformen dahin gehend zu, als genügend Räume für konzentriertes Arbeiten zur Verfügung stehen, jedoch gleichzeitig die Mitarbeiterinnen und Mitarbeiter in einem Arbeitsteam miteinbezogen werden können.

Kombibüro	
Vorteile	Nachteile
• Kombination von Einzel- und Teamarbeit • geringerer Lärmpegel • störungsfreies und kreatives Arbeiten ist möglich • individuelle Arbeitsplatzgestaltung	• Mehrkosten durch erhöhten Flächenbedarf • geringer Stauraum am Einzelarbeitsplatz • Mitarbeiter/-innen fühlen sich durch Glaswände kontrolliert • Gemeinschaftszone ohne Tageslicht

1.2.2 Büroraumkonzepte für non-territoriale Arbeitsmethoden – New Work

Stofftelegramm

Die Büroraumplanung muss die heutigen flexiblen Arbeitsmodelle und Arbeitsformen – **New Work** – berücksichtigen und benötigt eine Mischung von offenen Teamflächen, geschlossenen Rückzugsräumen, Kommunikations- und Sozialbereichen.

Non-territoriale Büroraumkonzepte
für flexible Arbeitsformen (New Work)

→ von starren Kombi- oder Großraumbüros hin zu flexiblen Raumkonzepten z. B. Businessclub, Open Space

→ von starren Arbeitsmodellen und Arbeitsformen hin zu flexiblen Arbeitsformen und Raumkonzepten z. B. reversibles Büro, non-territoriales Büro

Beim Businessclub, Open Space wandeln sich die bisherigen Kombi- bzw. Großraumbüros hin zu Bürokonzepten ohne feste Arbeitsplätze. Genutzt werden diese von Mitarbeiterinnen und Mitarbeitern, die nicht ständig einen persönlichen Arbeitsplatz benötigen (z. B. Teilzeitkräfte, Außendienstmitarbeiter/-innen, Handelsvertreter/-innen), also nur zeitweilig im Unternehmen tätig sind. Diese Art der Arbeitsorganisation nennt sich **Desksharing**. Je nach aufgabenspezifischen Aspekten wählen die Mitarbeiterinnen und Mitarbeiter ihre abschließbaren Rollcontainer oder Aktenkoffer aus und nutzt nach Voranmeldung oder spontan den Arbeitsplatz.

Businessclub	
Vorteile	Nachteile
• effizientere Büroflächenauslastung • hohe Flexibilität und schnelle Anpassung an unterschiedliche Anforderungen • Nutzung allgemeiner Ressourcen	• evtl. Engpässe durch Überbelegung • keine individuelle Arbeitsplatzgestaltung möglich • eingeschränkte Privatsphäre

Reversibles Büro

Das reversible Büro ist ein flexibles Raumkonzept, das einen Baukörper benötigt, dessen Flächen als Einzel-, Gruppen- oder Kombibüro usw. genutzt und schnell an neue Anforderungen angepasst werden kann. Voraussetzung dafür sind anpassbare und flexible Raummodule, Trennwandsysteme, Möbel und Technik.

Reversibles Büro	
Vorteile	Nachteile
• flexible und effektive Flächennutzung • verschiedene Raumformen möglich • individuelle Anpassung an die Nutzer	• großer Raumbedarf auf einer Ebene • hohe Investitionskosten • große Geschosshöhe

Non-territoriales Büro

Das non-territoriale Büro bezeichnet ein multifunktionales Büroraumkonzept, ohne feste Zuordnung von Arbeitnehmerinnen und Arbeitnehmern und Arbeitsplätzen. Allen Mitarbeitenden wird ein Netzwerk von Schreibtischen, Büroausstattung, technischen Hilfsmitteln und Büroräumen zur Verfügung gestellt. Durch dieses Bürokonzept kann man schnell den wechselnden Anforderungen des heutigen Büroalltags gerecht werden indem ständig zwischen Einzel-, Projekt und Teamarbeit gewechselt wird und sich somit auch die Kommunikations- und Konzentrationsanforderungen ständig ändern.

Non-territoriales Büro	
Vorteile	Nachteile
• flexible Arbeitsplätze sparen Geld • ruhige Bereiche können durch die Schaffung verschiedener Arbeitsplatzlösungen entstehen • mehr Sauberkeit durch täglich geräumte Arbeitsplätze	• schwierigere Organisation für Mitarbeiter/-innen mit vielen Unterlagen, Akten • individuelle, ergonomische Einrichtung nicht möglich durch andauernden Wechsel • höherer Stressfaktor durch täglich neuen Arbeitsplatzwechsel

Businessbüro

Ein Businesscenter vermietet vollständig ausgestattete Büroräume mit Einzelarbeitsplätzen oder Teambüros. Diese können für einen gewissen Zeitraum, z. B. für eine Projektbearbeitung, angemietet und genutzt werden. Am Projektende wird der Vertrag wieder aufgelöst.

Businessbüro	
Vorteile	Nachteile
• Standort ist flexibel auswählbar • es entstehen keine Anschaffungskosten für eigene Infrastruktur • leicht kalkulierbare Kosten	• meist nur in größeren Städten • Stress durch ständig neues Eingewöhnen • keine individuelle Arbeitsplatzgestaltung möglich

1.2.3 Funktionale Arbeitsbereiche innerhalb hybrider Bürokonzepte – New Work

Stofftelegramm

Bei der heutigen Büroraumplanung gilt es neu zu denken. Die Konzepte wirken sich auf die Zufriedenheit und Leistung der Mitarbeiterinnen und Mitarbeiter aus.

Einzelne Mitarbeiter/-innen nutzen die Bereiche spontan für unterschiedliche Aktivitäten:

- für kurze zeitliche Arbeitseinheiten, z. B. als Arbeitskabine für Videokonferenzen, Telefongespräche
- als Rückzugszelle
- als Orte des Denkens – fördert kreative Gedanken mitten im Büroleben und schützt vor Ablenkungen

Ausstattungsbeispiele:

- einladende Lounges mit adäquater Präsentationstechnik
- ansprechende Designs und ausgestattet mit allen technischen Schnittstellen
- schallgedämmt und schallabsorbierend

Rückzugsorte – funktionale Arbeitsbereiche für einzelne Mitarbeiter/-innen –	
Workunits	**Loungebereich**

Think Tank	**Persönlicher Bereich**

Nutzungsmöglichkeit: • **Hot Desk: Arbeitsplatz für kurze Arbeitsphasen** • **Think Tank: Arbeitsplatz für konzentriertes Arbeiten** • **Desksharing: flexible Arbeitsplatznutzung nach anstehenden Arbeitsaufgaben**	

Mehrere Mitarbeiter/-innen nutzen die Bereiche spontan für unterschiedliche Aktivitäten:

- für Meetings
- als inspirierende Orte des Austausches und der Regeneration
- als Orte der Begegnung und Vernetzung

Ausstattungsbeispiele:

- gemütliche Sitzmöbel für das Wohlbefinden
- einladende Designs
- repräsentative Möbel mit innovativer technischer Ausstattung für Präsentation und Kommunikation

Open-Space-Meetingpoints – funktionale Arbeitsbereiche für mehrere Mitarbeiter/-innen –	
Büroschaukel für Meetings	Bereiche zur Zusammenarbeit
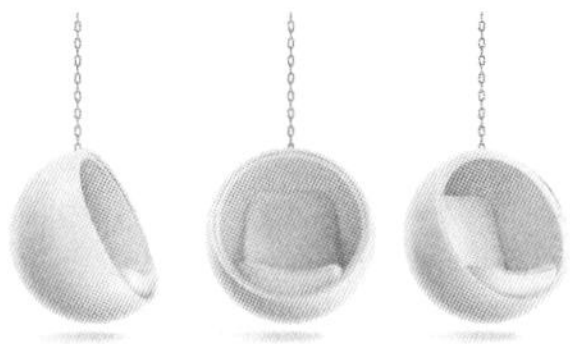	
Soundroom – Meetingpoint	Meetingpoint – Alm Lounge

Nutzungsmöglichkeit: • **Meetingpoint: Begegnungspunkt für kurze Abstimmungen, informelle Gespräche** • **Büroschaukel: kreativer Ort für z. B. Brainstorming** • **Lounge: gemütliche Bereiche zum Entspannen und um das Wohlbefinden zu fördern**	

1.3 Ergonomische und ökologische Arbeitsumgebung

Stofftelegramm

Der Begriff **Ergonomie** setzt sich aus den griechischen Wörtern „ergon" (Arbeit) und „nomos" (Gesetz, Regel) zusammen. Darunter versteht man die Anpassung der Arbeitsbedingungen an den Menschen. Ziel ist es, eine gute Arbeitsatmosphäre zu schaffen und bestmögliche Arbeitsbedingungen so zu gestalten, dass der Beschäftigte seine Arbeitsaufgabe optimal erfüllen kann. Wird die Arbeitsumgebung von den Mitarbeiterinnen und Mitarbeitern positiv bewertet, so sind sie engagierter, kreativer und produktiver.

1.3.1 Ergonomie am Arbeitsplatz

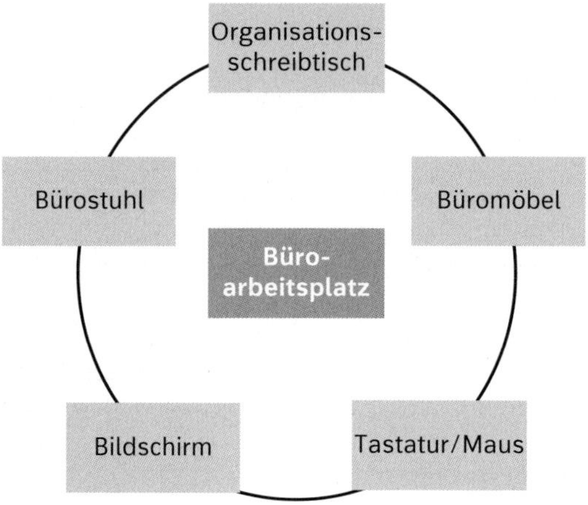

Organisationsschreibtisch
Ein Organisationsschreibtisch ist mit einer elektromotorisch höhenverstellbaren und neigbaren Arbeitsplatte ausgestattet, um individuelle Arbeitsbedingungen zu schaffen. Unterschiebbare Schrankelemente besitzen eine flexible Inneneinrichtung und können jederzeit nach den entsprechenden Gegebenheiten ausgetauscht werden.

Bürostuhl
Da die Büroarbeit überwiegend im Sitzen ausgeführt wird, ist ein ergonomisch gestalteter Bürodrehstuhl unbedingt erforderlich, um möglichen Rückenschäden vorzubeugen. Wichtige Anforderungen sind:

- höhenverstellbar mittels Sicherheitsgasdruckfeder und Sitzfederung
- permanent neigbare Rückenlehne mit individueller Gewichtseinstellung
- flexible und bewegungsfördernde Rückenlehne
- Sitzneige- und Sitztiefenverstellung
- anatomisch geformte Sitzfläche mit abgerundeter Vorderkante
- höheneinstellbare Armlehnen
- luftdurchlässiger, antistatischer und rutschfester Bezugsstoff, der austauschbar ist
- atmungsaktive Polsterung

Dynamisches Sitzen
Die Büroarbeit am Schreibtisch findet größtenteils im Sitzen statt, und das oft viele Stunden. Dieser Bewegungsmangel führt zu Fehlstellungen, Verspannungen, Rückenschmerzen und vermindert die Leistungsfähigkeit. Um diese statischen Belastungen zu vermeiden, sollte der Bürostuhl ein dynamisches Sitzen ermöglichen.

Dynamisches Sitzen bedeutet, dass die Sitzposition möglichst häufig gewechselt wird. Das Sitzmöbel folgt den Bewegungen des Benutzers und ermöglicht eine bequeme Sitzposition, z. B. sich bequem nach hinten lehnen, nach vorne beugen, aufrecht sitzen, drehend nach links oder rechts bewegen. Die Wirbelsäule ist dabei stets abgestützt. Mindestens viermal in einer Stunde sollte die Sitzposition verändert werden.

Vorteile:

- Entlastung der Muskulatur und Minderung von Verspannungen
- erhöhte Leistungsfähigkeit durch bessere Durchblutung des Gehirns
- Fehlbelastungen und Haltungsstörungen werden vermieden
- Vorbeugung von Stress durch Anregung des Stoffwechsels
- durch aktives Sitzen wird die Rumpfmuskulatur auf natürliche Weise trainiert

Büromöbel

Büroschränke und -container müssen an die jeweiligen Anforderungen zur Aufbewahrungsmöglichkeit von Arbeitsmitteln angepasst sein. Bei hohem Papieraufkommen eignen sich Schubladenschränke mit Hängeregistratur. Darüber hinaus gibt es Aktenschränke, Schiebetürenschränke, Rollladenschränke, Kombischränke und variable Schranksysteme. Die Platzierung der Büromöbel sollte dem Arbeitsablauf angepasst und daher möglichst in greifbarer Nähe sein.

Bildschirm

Die Anforderungen an einen Bildschirmarbeitsplatz sind in der Bildschirmarbeitsverordnung (BildscharbV) und in der Arbeitsstättenverordnung (ArbStättV) geregelt. Die heutigen Flachbildschirme benötigen weit weniger Platz, sie sind blendfrei, strahlungsarm und energiesparend. Der Abstand zum Bildschirm richtet sich nach der Bildschirmgröße. Der Monitor sollte frontal zum Gesichtsfeld stehen und leicht nach hinten gekippt sein. Empfehlenswert ist die Positivdarstellung der Schrift, d. h. dunkle Schrift auf hellem Untergrund.

Ergonomie am PC-Arbeitsplatz

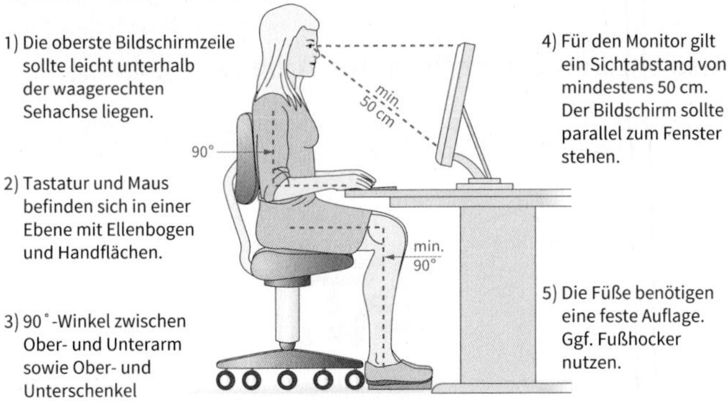

Der Bildschirm sollte parallel zur Fensterfront platziert werden, um ein Blenden durch einfallendes Licht zu verhindern.

Tastatur und Maus

Die Tastatur muss unabhängig vom Bildschirm aufgestellt werden und sollte neigbar sein. Eine Handballenauflage sorgt dafür, dass das Handgelenk nicht zu sehr abknickt. Eine optimale Anpassung an die individuellen physiologischen und anatomischen Bedürfnisse der Benutzer wird durch eine Delta-Tastatur erreicht, die sich horizontal und vertikal stufenlos verstellen lässt. Sie ermöglicht eine natürliche Haltung von Armen und Händen und somit ein ermüdungsfreies Schreiben.

Ergonomisch geformte Tastatur

Ergonomisch geformte Hochkantmaus

Vorteile der Ergonomie am Arbeitsplatz

- niedrigere Arbeitsbelastung
- Steigerung der Leistungsfähigkeit
- zunehmende Motivation und Arbeitszufriedenheit
- verbessertes Betriebsklima
- weniger chronische gesundheitliche Beschwerden
- Imageaufwertung für das Unternehmen

1.3.2 Ökologie am Arbeitsplatz

Immer mehr wird bei der Arbeitsplatzgestaltung auf ökologische Aspekte Wert gelegt. Die Arbeits- und Büroumgebung sollte im Sinne von umweltfreundlichen Materialien und Produkten ökologisch und nachhaltig sein. Unabhängige und anerkannte Umweltzeichen und Labels helfen bei der Umsetzung.

Das älteste Umweltzeichen Deutschlands ist der **Blaue Engel.** Dieser garantiert, dass das jeweilige Produkt (z. B. Papier) umweltfreundlich ist und keine Schadstoffe enthält. Bei Kopierern, Druckern und Bildschirmen sollte zusätzlich auf das **TCO-Prüfsiegel** geachtet werden. Dieses Siegel besagt, dass die zertifizierten Produkte die Kriterien in Bezug auf Ergonomie, Emission, Energie und Umwelt erfüllen. Die Prüfung nach **GS-Zeichen** bezieht sich auf Arbeitssicherheit, Ergonomie und Gesundheitsschutz und ist im Produktsicherheitsgesetz geregelt.

1.4 Einflussfaktoren einer effizienten Arbeitsumgebung

Stofftelegramm

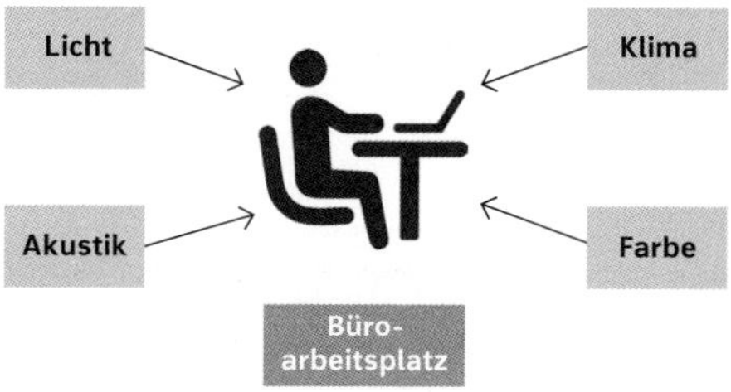

Neben den Büroraumformen und der ergonomischen Arbeitsplatzgestaltung werden die Arbeitszufriedenheit und die Leistungsfähigkeit in hohem Maße von der Arbeitsumgebung beeinflusst. Folgende Raumfaktoren spielen dabei eine wichtige Rolle:

Licht	Akustik
Voraussetzungen für optimale Beleuchtung: • gleichmäßige Ausleuchtung • Beleuchtungsstärke mindestens 500 Lux • Lichteinfall von links • blendfrei (ohne Reflexblendung) • Vermeidung von Schatten • Tageslicht vor Kunstlicht • Leuchtstofflampen parallel zur Fensterfront	**Maßnahmen zur Verminderung von Geräuschstörungen:** • Vorhänge und Teppichboden • schalldämmende Decken- und Wandverkleidungen • Stellwände mit Schallschutz • schallisolierte Fenster • geräuscharme Büromaschinen • lärmintensive Geräte in andere Räume stellen
Klima	**Farbe**
Voraussetzungen für optimale klimatische Verhältnisse: • Temperatur 21–22 °C • relative Luftfeuchtigkeit 40 %–60 % • Luftbewegung 0,1–0,15 m/Sek. • Zugluft vermeiden • Klimaanlagen erfüllen folgende Aufgaben: Heizung, Kühlung, Luftbefeuchtung, Luftzusammensetzung, Luftentstaubung und Geruchsbeseitigung.	**Psychologische Wirkung der Farben auf den Menschen:** • warme Farben: Gelb, Orange und Rot wirken anregend, lebhaft und erregend; für Räume mit wenig Sonnenlicht • kalte Farben: Grün und Blau wirken sehr beruhigend und natürlich; für konzentriertes Arbeiten • Pflanzen als Raumschmuck steigern das Wohlbefinden.

Aufgaben

1. In Ihrem Unternehmen soll die Marketingabteilung neu konzipiert und mit ergonomischen Arbeitsplätzen ausgestattet werden. Ihre Chefin bittet Sie um Ihre Unterstützung. Nennen Sie drei Gesetze bzw. Verordnungen, die bei der Einrichtung der Büroarbeitsplätze relevant sind.
2. Vergleichen Sie das Gruppen- oder Teambüro mit dem Großraumbüro und nehmen Sie dazu Stellung.
3. Was verstehen Sie unter dem Begriff Ergonomie und welche Vorteile sind für Arbeitnehmerinnen und Arbeitnehmer sowie Arbeitgeber damit verbunden?
4. Sie sind unzufrieden mit Ihrem Bürostuhl und möchten Ihren Chef überzeugen, dass dieser durch einen neuen ersetzt werden sollte. Welche Anforderungen stellen Sie an Ihren neuen Bürodrehstuhl?
5. Ihre Kollegin klagt über Augenbeschwerden, die durch die Arbeit am Bildschirm entstanden sind. Wie sollte der Bildschirmarbeitsplatz optimal gestaltet sein?

2 Belastungen am Arbeitsplatz und Strategien zur Bewältigung

Durch die immer härter werdenden Leistungsanforderungen in den Unternehmen bleiben Belastungen am Arbeitsplatz, die Auswirkungen auf die Gesundheit haben, nicht aus.

2.1 Psychische, physische und soziale Belastungen

Stofftelegramm

Psychische Belastungen	Physische Belastungen	Soziale Belastungen
• erschwerte Arbeitsbedingungen • geistige Über- oder Unterforderung • Zeitdruck • Mobbing	• kein ergonomisch gestalteter Arbeitsplatz • belastende Einflüsse aus der Arbeitsumgebung • ungünstige Körperhaltung	• Doppelbelastungen • ungünstige Arbeitszeiten • drohende Arbeitslosigkeit • Berufspendeln

Stress und/oder Burn-out

Stress

Stress wird als Reaktion unseres Organismus auf bestimmte Belastungssituationen definiert, die der Körper als Schädigung oder Bedrohung bewertet und die seine Fähigkeiten zur Bewältigung der Aufgaben übersteigen. Chronischer Stress kann zu körperlichen oder seelischen Erkrankungen führen, doch jeder Mensch geht unterschiedlich mit Stress um.

Auswirkungen durch Stress	Stressbewältigung
• gesundheitliche Beeinträchtigungen • Nachlassen der Arbeitsleistung • unzureichende Qualität der Arbeit • Unzufriedenheit, Gereiztheit • beginnende Depression • Burn-out-Syndrom	• Entspannungsübungen • bewusste Pausen einlegen • ausreichend Schlaf • ausgewogene Ernährung • Sport • realistische Ziele setzen

Eustress: **positiv empfundener Stress**
Dieser Stress wird nicht als Belastung empfunden. Wird eine Tätigkeit mit Begeisterung und Freude erledigt, kann diese auch unter Zeitdruck ausgeführt werden ohne Stressempfinden.

Disstress: **negativ empfundener Stress**
Stress wird negativ verspürt, wenn er über eine längere Zeit besteht. Dann wirkt sich Stress schädlich auf die Gesundheit aus und kann zu Burn-out führen.

Mobbing (Psychoterror)

Nach dem Bundesarbeitsgericht lautet die Definition von Mobbing „rechtswidriges Gesamtverhalten". Mobbing am Arbeitsplatz bedeutet eine konfliktbelastete Beziehung von einem oder mehreren Mitarbeitenden oder Vorgesetzten zu einer einzelnen Person, die systematisch und oft über einen längeren Zeitraum schikaniert, diskriminiert und angefeindet wird. Die Mobbinghandlungen zielen meist darauf ab, die betroffene Person aus dem Arbeitsverhältnis zu drängen. Mobbing macht krank und verursacht Stress, dessen Folgen zu Depression und Burn-out führen.

Strategien des Mobbingopfers
- Mobbingsituation analysieren
- selbstbewusst auftreten und sich nicht lange in der Opferrolle aufhalten
- frühzeitig aktiv werden und in die Offensive gehen
- überlegt agieren
- den Mobbenden um ein Vier-Augen-Gespräch bitten
- Konflikte direkt ansprechen
- Hilfe bei unbeteiligten und vertrauenswürdigen Kollegen und Kolleginnen holen
- eine Beschwerde beim Arbeitgeber oder Betriebsrat einreichen nach dem Betriebsverfassungsgesetz (BetrVG)

Maßnahmen des Unternehmens
Für ein Unternehmen bedeutet Mobbing langfristig gesehen erhöhte krankheitsbedingte Fehlzeiten des Betroffenen. Das Leistungsverhalten des Mobbingopfers lässt nach und dadurch die Qualität der Arbeit. Das Betriebsklima verschlechtert sich; dies hat oft eine höhere Personalfluktuation zur Folge, was wiederum dem Image des Unternehmens schadet. Vonseiten des Unternehmens sind daher folgende Maßnahmen zu ergreifen:
- Mitarbeiter/-innen für das Thema sensibilisieren
- frühzeitig zwischen den beteiligten Personen eingreifen
- Aufgaben und Verantwortlichkeiten klar definieren
- Führungskräfte dahin gehend schulen
- evtl. einen Mediator von außen hinzuziehen
- Mitarbeiterseminare zum Thema Kommunikation und Konfliktbewältigung anbieten

Burn-out

Bei Burn-out handelt es sich um einen physischen und psychischen Erschöpfungszustand, der bis hin zum Zusammenbruch reichen kann. Dieser Prozess entsteht nicht von heute auf morgen, sondern geht schleichend einher. In der Anfangsphase des Burn-out-Syndroms zeigen sich Symptome wie ständige Müdigkeit, Antriebslosigkeit und Erschöpfung. Dadurch entsteht ein starkes Ungleichgewicht zwischen den Anforderungen und der Belastbarkeit der betroffenen Person. Für die Arbeitswelt ist Burn-out ein ernst zu nehmendes Problem.

Prävention und Gegenmaßnahmen
- grundlegende Ordnung am Arbeitsplatz
- Tagesplan für die anstehenden Arbeiten erstellen
- effektives Selbstmanagement
- realistische Ziele setzen
- Aufgaben delegieren
- Kollegium um Unterstützung bitten
- bewusst sinnvolle Pausen einlegen
- Beruf und Privatleben strikt trennen

Bore-out

Das Bore-out-Syndrom bezeichnet einen Zustand der ständigen Unterforderung im Beruf und ist das parallele Gegenstück des Burn-out-Syndroms. Die Betroffenen bezeichnen diesen Zustand, inhaltlich nicht gefordert zu sein, als angstvollen Zustand. Anstatt die Situation anzusprechen, täuschen sie vor, ausgelastet zu sein, und entgehen so dem Risiko, Arbeiten zu erhalten, die keine Freude machen. Ähnlich wie beim Burn-out werden die Symptome wie Antriebs- und Schlaflosigkeit, Anfälligkeit für Infektionskrankheiten, Kopf- und Magenbeschwerden genannt. Man ist ausgebrannt vor Langeweile.

Gegenmaßnahmen:

1. Ehrliche Dokumentation:
   - womit man seinen Arbeitstag tatsächlich verbringt
   - was die tatsächliche und was die Scheinarbeit ist
   - was besonders langweilig ist
   - was besonders Freude macht

2. Gespräch mit dem Vorgesetzten suchen:
   - erklären, dass man mehr kann
   - man gerne neue, anspruchsvollere Aufgaben übernehmen möchte
   - um berufliche Perspektiven zu erhalten

3. Aktive Freizeitgestaltung durch:
   - körperlich fordernde Aktivitäten, als Gleichgewicht zur täglichen Arbeit, z. B. Outdooraktivitäten
   - geistig fordernde, kreative Aktivitäten, z. B. Fotografieren, Kochen, Malen

2.2 Maßnahmen zur Erhaltung und Förderung der Gesundheit

Stofftelegramm

Die Gesundheitsförderung der Mitarbeiterinnen und Mitarbeiter am Arbeitsplatz ist ein wesentlicher Bestandteil des betrieblichen Gesundheitsmanagements. Es umfasst Maßnahmen sowohl für Arbeitnehmerinnen und Arbeitnehmer als auch für Arbeitgeber:

Maßnahmen der Mitarbeiter/-innen	Maßnahmen des Arbeitgebers
• Arbeitsplatz nach den eigenen Bedürfnissen ausrichten • Stressmanagement anwenden • auf gesunde Ernährung achten • Ausgleichssport betreiben • kurze Entspannungsübungen einbauen • sinnvolle Pausen einlegen • auf die richtige Sitzhaltung achten • effektives Zeitmanagement nutzen • Treppe statt Aufzug benutzen • sinnvolle Verteilung von Sitzen (50 %), Stehen (25 %) und Gehen (25 %) • dynamisches Sitzen	• ergonomische Arbeitsplatzgestaltung • Berücksichtigen der Arbeitssicherheit • flexible Arbeitszeiten • hohe Arbeitsbelastungen ausgleichen • gesundheitsförderndes Kantinenessen • Präventionsmaßnahmen anbieten • Kurse zur Bewegungsförderung, Ernährung, Stressbewältigung und Raucherentwöhnung • Führungskräfteseminare zum Umgang mit belasteten Mitarbeitern und Mitarbeiterinnen • Ansprechpartner/-in für Probleme (Mobbing)

Aus diesen Maßnahmen ergeben sich Vorteile für Beschäftigte und Arbeitgeber:

Vorteile der betrieblichen Gesundheitsförderung	
für die Mitarbeiter/-innen	für den Arbeitgeber
• Senkung gesundheitlicher Risiken • Verringerung von Arbeitsbelastungen • mehr Wohlbefinden • höhere Lebensqualität • Erhaltung der Leistungsfähigkeit • mehr Mitgestaltung beim Arbeitsplatz und Arbeitsablauf • erhöhte Arbeitszufriedenheit	• höhere Motivation der Beschäftigten • größere Leistungsbereitschaft • Steigerung der Qualität und Produktivität • geringere krankheitsbedingte Kosten • weniger Fluktuation • verbessertes Betriebsklima • besseres Image des Unternehmens

2.3 Arbeitssicherheit

Stofftelegramm

Im Arbeitssicherheitsgesetz (ASiG) wird die arbeitsmedizinische und sicherheitstechnische Betreuung von Unternehmen geregelt. Alle Mitarbeiter/-innen sind für die Arbeitssicherheit im Büro mitverantwortlich. Eine Fachkraft für Arbeitssicherheit prüft die Büros auf Risiken, um Arbeitsunfälle zu vermeiden. Sicherheit und Gesundheit am Arbeitsplatz sind wichtig für den persönlichen Erfolg, aber auch für das Unternehmen.

Allgemeine Gefahren im Büro

- Lebensgefahr bei durch Materialien oder Altpapier blockierten Notausgängen
- Gefährdung durch abgestellte Kisten oder Kartons in häufig benutzten Durchgangsbereichen
- Stolperfallen bei unsachgemäß verlegten Kabeln
- schlechte Sicht durch unzureichende Arbeitsplatzbeleuchtung
- unsachgemäßer Umgang mit dem Schneidegerät

- gesundheitliche Beeinträchtigung durch Emissionen aus Druckern und Kopierern
- Stoßgefahr bei zu niedrig platzierten Regalen in Kopfhöhe
- Verletzungen durch scharfe Ecken und Kanten an Büromöbeln
- Fallrisiko bei unebenen, abgenutzten, glatten oder nassen Böden
- Sturzgefahr bei Verwendung eines Bürorollstuhls als Leiterersatz
- Probleme bei offen stehenden Schubladen oder Schranktüren
- Verletzungen durch herumliegende Stecknadeln, Reißzwecken oder andere scharfe, spitze Gegenstände

Gefahrenquelle Strom

Der Umgang mit elektrischem Strom, elektromagnetischen Feldern und statischer Elektrizität birgt ein Risiko am Büroarbeitsplatz. Das Stromnetz darf nicht durch zu viele angeschlossene Geräte überlastet werden. Auch Mehrfachsteckdosen besitzen eine Maximalbelastung, die nicht überschritten werden darf. Ansonsten kann es zu Kurzschlüssen kommen. Die elektrische Sicherheit hängt von technischen und organisatorischen Maßnahmen sowie von rechtlichen Normen ab. Daher sollte auf folgende Punkte geachtet werden:

- regelmäßige Überprüfung auf Funktionsfähigkeit und Sicherheit durch eine Fachkraft
- Bedienungsanleitungen zu elektrischen Geräten lesen und beachten
- besondere Vorsicht bei Verwendung von Mehrfachsteckdosen und Verlängerungskabeln
- gefährliche Zonen unbedingt sichtbar kennzeichnen
- beim Verlassen des Büros alle Computer und elektrischen Geräte ausschalten
- Der Arbeitgeber ist verpflichtet, nur Geräte mit einem GS- oder VDE-Prüfzeichen oder anderen gleichwertigen Prüfsiegeln anzuschaffen.

Präventionsmaßnahmen zur Vermeidung und Verringerung des Risikos und möglicher Folgeunfälle

- Gefahren des Risikos erkennen
- Abschätzen des Risikoniveaus
- notwendige Maßnahmen zur Entfernung der Gefahrenquellen ergreifen
- Ordnung und Sauberkeit am ergonomisch gestalteten Arbeitsplatz
- Tritte und Leitern verwenden statt rollender Bürostühle
- Treppen und Absätze freihalten
- Notausgänge nicht mit Materialien blockieren
- elektrische Steckdosen nicht überlasten
- Heizgeräte nicht zu nah an Wände oder andere Flächen stellen
- Vorschläge und Ideen zum Arbeitsschutz unterbreiten
- Drucker und Kopiergeräte in einem separaten Raum unterbringen
- Betriebsanweisungen beachten
- Schubladen und Türen nicht offen stehen lassen
- keine Stolperfallen durch Telefon-, Computer- oder Verlängerungskabel
- bei der Anschaffung von Büromöbeln auf scharfe Ecken und Kanten verzichten

Aufgaben

1. Psychische, physische und soziale Belastungen am Arbeitsplatz können zu Stress führen.
   a) Zählen Sie die Auswirkungen auf, die durch Stress entstehen.
   b) Durch welche Maßnahmen kann Stress bewältigt werden?
2. Erklären Sie die zwei Arten von Stress.
3. Im betrieblichen Gesundheitsmanagement werden Maßnahmen zur Erhaltung und Förderung der Gesundheit der Beschäftigten geregelt.
   a) Welche Maßnahmen sollten vom Arbeitgeber durchgeführt werden?
   b) Mit welchen Vorteilen kann der Arbeitgeber beim Einsatz der Maßnahmen rechnen?
4. Welche Gefahren im Büro beeinträchtigen die Gesundheit der Beschäftigten?

3 Arbeitsprozesse effizient gestalten

3.1 Methoden des Zeitmanagements

Stofftelegramm

Zeitmanagement ist das systematische und konsequente Planen der zur Verfügung stehenden Zeit, um optimale Arbeitsergebnisse ohne Stress zu erzielen. Um mit der Ressource Zeit effizient, effektiv und stressfrei umzugehen, sollten nachstehende Vorgänge beachtet werden.

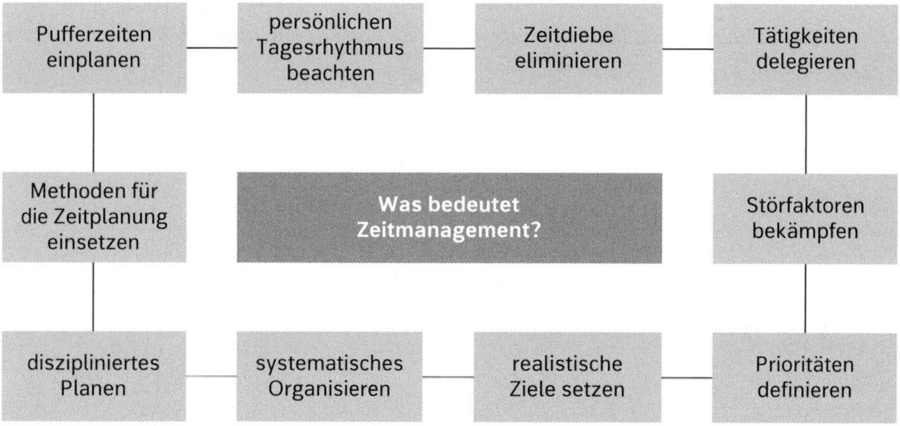

Grundsätzlich muss bei der Festlegung von Terminen die zur Verfügung stehende Zeit genau geplant werden. Für ein effektives Zeitmanagement haben sich folgende Methoden bewährt:

- ABC-Analyse
- Alpen-Methode
- Eisenhower-Prinzip
- Pareto-Prinzip

ABC-Analyse
In der ABC-Analyse werden Aufgaben, Probleme oder Aktivitäten in drei Aufgabenbereiche bzw. Dringlichkeitsstufen eingeteilt: A-, B- und C-Aufgaben. Priorität haben die A-Aufgaben, die am stärksten zum Erfolg führen. Bei den B-Aufgaben sind Zeitaufwand und Ertrag gleichrangig. Die C-Aufgaben beanspruchen die meiste Zeit bei geringstem Arbeitserfolg.

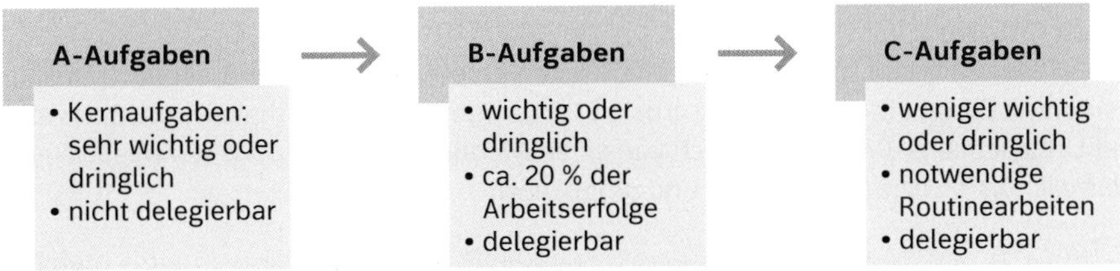

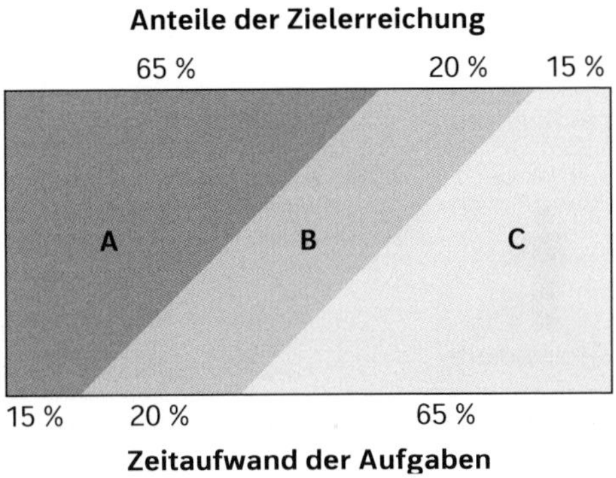

Mit der Erledigung der **A-Aufgaben** werden 65 % der Ziele mit nur 15 % Zeitaufwand erreicht. Bei den **B-Aufgaben** entspricht der Anteil zur Zielerreichung dem gleichen Zeitaufwand für die Erledigung. **C-Aufgaben** sind „Zeitfresser“, die am wenigsten zum Erfolg beitragen und delegiert werden können.

Alpen-Methode

Die Alpen-Methode ist eine einfache Technik aus dem Zeitmanagement und zielt darauf ab, den Tagesablauf anhand von Tagesplänen zu strukturieren. Bei dieser Methode wird mit wenig Aufwand ein effektives Zeitmanagement erreicht.

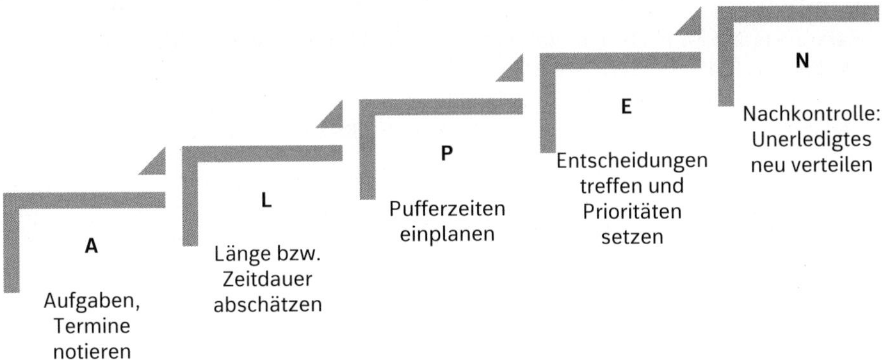

Eisenhower-Prinzip

Der Name dieser Zeitplanungsmethode geht auf den amerikanischen General und späteren US-Präsidenten Dwight D. Eisenhower zurück. Er erkannte, dass jede Tätigkeit immer sowohl von einer Dringlichkeits-Priorität als auch von einer Wichtigkeits-Priorität bestimmt ist: Nicht alles, was wichtig ist, ist auch dringlich und umgekehrt.

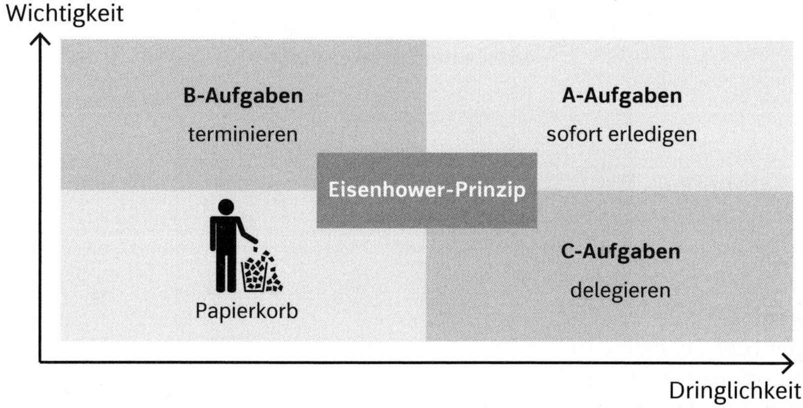

Die Einteilung der Aufgaben in „wichtig" und/oder „dringend" steigert die Effektivität. A-Aufgaben sind wichtig und dringend, B-Aufgaben sind wichtig, aber nicht unbedingt dringend. C-Aufgaben sind notwendige Aufgaben, die delegiert werden können, und Aufgaben, die weder wichtig noch dringend sind, gehören in den Papierkorb. Mithilfe des Eisenhower-Prinzips kann festgestellt werden, ob eine Aufgabe sofort, später oder gar nicht bearbeitet werden muss. Hilfreich ist hier, eine To-do-Liste zu erstellen, in der die einzelnen Tätigkeiten eingetragen werden.

Pareto-Prinzip

Das Pareto-Prinzip ist nach dem italienischen Wirtschaftswissenschaftler und Soziologen Vilfredo Pareto (1848–1923) benannt. Er untersuchte Ende des 19. Jahrhunderts die Verteilung des Volksvermögens in Italien und fand heraus, dass 80 % des Vermögens bei 20 % der Familien angesiedelt waren – daher auch der Begriff „80-zu-20-Regel".

Das Pareto-Prinzip lässt sich auch auf die Arbeitsplanung übertragen. Untersuchungen zur Arbeitseffektivität haben ergeben, dass 20 % der Aktivitäten so wichtig sind, dass sie mit ihrer Erledigung 80 % des möglichen Erfolgs erzielen. Die Effektivität einer Tätigkeit lässt sich daher nicht unbedingt an deren Bearbeitungszeit festmachen.

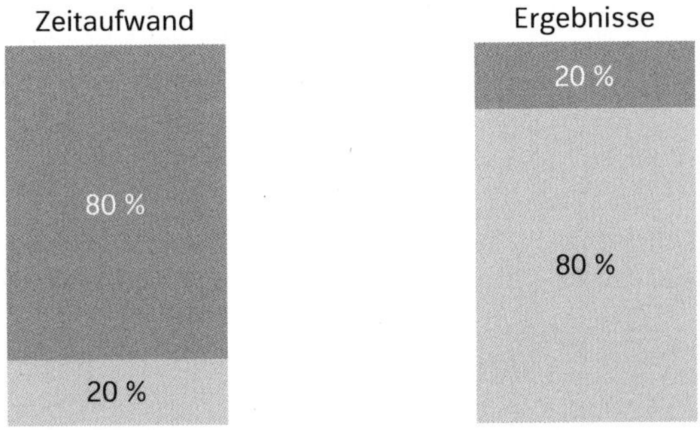

3.2 Störungen, Zeitdiebe und Zeitfallen

Stofftelegramm

Störungen
Störungen bzw. Unterbrechungen beeinträchtigen den Arbeitsablauf und behindern eine effiziente Zielerreichung. Daher ist die Störungsbeseitigung eine wichtige Kerndisziplin der Arbeitsmethodik. Es werden zwei Arten von Störungen unterschieden:

Äußere Störungen

- Störungen durch Personen
- Störungen durch Reize

↓

- Kollegium und Vorgesetzte
- Telefonanrufe
- unangemeldete Besucher

- E-Mail-Flut
- Smartphone-Nutzung
- Umgebungsgeräusche
- ungünstiges Raumklima

Innere Störungen

- psychologisch bedingte Störungen
- selbst verursachte Störungen

↓

- Lustlosigkeit
- Geschwätzigkeit
- Scheinarbeit

- Unordnung
- schlechte Zeiteinteilung
- falsche Zielsetzung

Zeitdiebe und Zeitfallen
Zeitfresser im Arbeitsalltag sind Aktivitäten, die zu viel Zeit in Anspruch nehmen und trotzdem wenig zum Ergebnis beitragen. Meist werden diese durch falsche Vorgehensweisen selbst verursacht.

Zeitdiebe, Zeitfallen	Problembeseitigung
fehlende Ziele	• Ziele exakt festlegen • Was sollte • Was kann } ich erreichen? • Was will
Perfektionismus	• eigene Ansprüche anpassen • sich nicht mit anderen vergleichen • klar und strukturiert vorgehen
planloses Arbeiten	• Prioritäten setzen • Tagesziele schriftlich notieren
Unangenehmes aufschieben	• besser zuerst erledigen • Aufgaben in kleine Schritte zerlegen
mangelnde Selbstdisziplin	• kontrolliert die eigenen Pläne umsetzen • aktiv werden • sich eine Belohnung versprechen
nicht Nein sagen können	• lernen, Nein zu sagen • Aufgaben an andere delegieren
zu lange Besprechungen und Meetings	• Tagesordnung einhalten • Zeitlimit setzen • Kommunikationsregeln beachten
unangesagter Besuch von Kollegen/ Kolleginnen	• Gespräche planen • Unwichtiges delegieren
häufige Telefonanrufe	• Rückruf vereinbaren • „stille Stunde" einführen und im Tagesplan festhalten
ungünstige Arbeitsbedingungen	• Ursachen beseitigen • Absprache mit Kollegen und Kolleginnen

3.3 Selbstmanagement

Stofftelegramm

Das Selbstmanagement ist untrennbar mit dem Zeitmanagement verbunden. Der Arbeitsalltag soll mit hoher Motivation und einer effektiven Zielsetzung geplant und organisiert werden. Selbstbeobachtung heißt, sich sein Denken, Fühlen und Handeln bewusst zu machen.

Welche Ziele werden damit verfolgt?

Steigerung und Effizienz der eigenen Arbeitsleistung → Prioritäten und Schwerpunkte durch sinnvolle Vorbereitung → Entscheidung, Planung und Gestaltung der Handlungen

Selbstkontrolle durch Selbstbeobachtung

Um Selbstmanagement zu betreiben, muss eine Selbstkontrolle durch Selbstbeobachtung durchgeführt werden:

Selbst- beobachtung → Selbst- instruktionen → Zielerklärung → Zielsetzung → Selbstkontrolle

Durch eine Selbstbeobachtungsanalyse können Fehler aufgespürt werden sowie Lösungskonzepte oder neue Erkenntnisse für eine künftige Bearbeitung gewonnen werden. Die Selbstkontrolle ist eng mit dem Erfolg verknüpft und immer dann entscheidend, wenn Hindernisse überwunden werden müssen.

- realistische Ziele setzen → keine Selbstüberschätzung
- Ziele in Teilziele zerlegen → Überforderung wird vermieden.
- Ziele schriftlich formulieren → bessere Visualisierung
- Versuchungen minimieren → Selbstdisziplin führt zum Erfolg.

Aufgaben

1. Für ein effektives Zeitmanagement können verschiedene Methoden eingesetzt werden. Nennen Sie vier Möglichkeiten und erklären Sie diese kurz.
2. Zählen Sie vier Zeitdiebe bzw. Zeitfallen auf und erklären Sie, wie sie zu beseitigen sind.
3. Welche Ziele sollen beim Selbstmanagement erreicht werden?

4 Terminplanung

4.1 Termine planen

Stofftelegramm

Im Arbeitsalltag eines Unternehmens ist die Terminplanung ein wichtiger Faktor. Werden Termine nicht eingehalten, kann dies zu weitreichenden Konsequenzen führen.

Folgen unzureichender Terminplanung	
Besuchstermin übersehen	→ Besucher ist verärgert und muss wiederkommen
Zahlungstermin nicht eingehalten	→ kein Skontoabzug möglich → Mahngebühren und Säumniszuschläge fallen an
Material/Ware nicht nachbestellt	→ Maschinen stehen still → Kapazitäten werden nicht ausgelastet
Liefertermin vergessen	→ Kunden sind verärgert, Kunden gehen verloren
keine Rechnung geschrieben	→ Forderungen verjähren (Umsatzverlust)
Doppelbelegung	→ Schwierigkeiten beim Umplanen

Regeln für eine effektive Terminplanung

- neue Termine sofort eintragen, evtl. noch nicht feststehende Termine entsprechend kennzeichnen
- Urlaubszeiten und Brückentage berücksichtigen
- Terminhäufungen vermeiden
- bei aufeinanderfolgenden Terminen Pufferzeiten einplanen
- Termin-Tagesplan erstellen
- wichtige Termine auf den Vormittag legen
- Mittagspausen möglichst nicht kürzen oder unterbrechen
- bei bestimmten Terminen Unterlagen rechtzeitig bereitlegen/beschaffen
- am Vortag Termine für den nächsten Tag überprüfen
- bei Änderung eines Termins sofort die Beteiligten informieren
- Alternativtermine anbieten
- Termine kontrollieren und überwachen
- am Ende eines Arbeitstages erledigte Termine abhaken, nicht erledigte Termine neu planen

4.2 Terminarten

Stofftelegramm

Bei der Terminplanung wird zwischen **fixen** (festen, regelmäßigen) Terminen und **variablen** (beweglichen, veränderbaren) Terminen unterschieden.

Terminarten

fixe Termine	variable Termine
• Steuertermine • Ausstellungen, Messen • Hauptversammlungen • regelmäßige Sitzungen • Jubiläen • Geburtstage • Ferien Fixe Termine werden zu Jahresbeginn bzw. sofort nach Bekanntgabe eingetragen.	• Geschäftsreisen • Besprechungen, Tagungen • interne Konferenzen • Termine für Wiedervorlage • Telefonkonferenzen • Einladungen • Zahlungs- und Liefertermine Variable Termine haben i. d. R. einen zeitlichen Spielraum und müssen mit den fixen Terminen abgestimmt werden.

4.3 Terminplanungsinstrumente

Stofftelegramm

Um die zahlreichen Termine eines Unternehmens festhalten und kontrollieren zu können, wird ein Terminplanungsinstrument benötigt. Es gibt eine Vielzahl von Planungshilfen, wobei oft mehrere davon in einem Betrieb vorzufinden sind.

Terminplanungsinstrumente

• Terminkalender • Terminplaner • Planungstafeln	• Terminmappen • Terminkarteien • elektronische Terminüberwachung

Der **Terminkalender** in Papierform ist immer noch ein beliebtes Hilfsmittel. Auf dem Markt gibt es viele verschiedene Ausführungen. Termine können in Jahresübersichten, Tages- oder Wochenplanern eingetragen werden. Der Taschenkalender (Timer) eignet sich v. a. für Mitarbeiterinnen und Mitarbeiter, die häufig unterwegs sind.

Der **Terminplaner** hängt an der Wand und zeigt die Jahresübersicht in Monaten, Wochen und Tagen an. Er wird insbesondere für langfristige Planungen von Terminen eingesetzt. Kleinere Betriebe setzen ihn als Urlaubsplaner ein, um die Urlaubszeiten ihrer Mitarbeitenden festzuhalten und somit eine genaue Übersicht zu erhalten.

Planungstafeln sind großformatig und bieten eine gute Übersicht über das ganze Jahr. Sie werden vorwiegend eingesetzt als Belegungsplaner, z.B. in Hotels für Zimmerbuchungen oder in Schulen für Stunden- und Raumbelegungen. Die am meisten benutzten Tafeln sind Steck-, Haft- oder Magnettafeln, für die es eine Vielzahl von farbigen Symbolen und Ordnungsmitteln gibt.

Terminmappen werden eingesetzt für Schriftstücke, die termingebunden sind und wieder vorgelegt werden sollen. Dazu werden Hängemappen oder -taschen eingesetzt sowie Pultordner mit Fächern für die Tage 1 bis 31 oder die Monate 1 bis 12. Die Terminmappen sollten morgens geleert werden, um alle Termine für die Tagesplanung zu berücksichtigen.

Terminkarteien: Für jeden Tag bzw. jeden Monat wird eine Karteikarte angelegt. Die Terminkartei eignet sich besonders für immer wiederkehrende Termine. Die bearbeitete Tages- oder Monatskarte wird von vorn nach hinten eingeordnet.

Für die **elektronische Terminplanung** mit einem Computer, Handy oder Organizer bietet sich der Einsatz entsprechender Anwendersoftware (z.B. Microsoft Sharepoint) an. Auf diesem Gebiet steht inzwischen eine Vielzahl von Terminbearbeitungsmöglichkeiten zur Verfügung, z.B. der elektronische Terminkalender, Programme für Netzplantechnik oder automatische Überwachung von Liefer- und Zahlungsterminen. Häufig stehen die Programme in Verbindung mit einer E-Mail-Funktion (z.B. Outlook).

Vorteile der elektronischen Terminplanung:
- einfache und schnelle Verwaltung von Terminen
- Terminerinnerung durch akustisches Signal oder per SMS
- Zugriff auf Termine jederzeit möglich
- automatische Synchronisation mit Terminen auf mobilen Geräten
- dauernde Aktualisierung
- Terminüberschneidungsprüfung
- ständiger Abgleich mit Termindaten von anderen Mitarbeitern und Mitarbeiterinnen
- Verknüpfung von Terminen aus Dokumenten oder Aufgaben
- übersichtliche Darstellung von freien Terminen
- Textrecherche nach Stichworten
- Passwortschutz
- Ausdruck der Termine auf Papier (z. B. Tagesterminplan)

Nachteile der elektronischen Terminplanung:
- abhängig von der Energieversorgung
- für schnelle Aufzeichnungen (Notizen) ungeeignet
- möglicher Datenverlust bei Abhandenkommen des mobilen Gerätes
- schlechtere Übersichtlichkeit auf dem mobilen Gerät

4.4 Terminüberwachung

Stofftelegramm

Es reicht nicht aus, Termine sorgfältig zu planen, sie müssen auch eingehalten und überwacht werden. Damit kein Termin übersehen wird, ist eine tägliche Kontrolle notwendig:

- alle Terminmittel täglich durchsehen
- Terminerinnerungen mit Datum festhalten
- Rücksprachetermine kontrollieren
- zurückgegebene Unterlagen vermerken
- Wiedervorlage organisieren

Aufgaben

1. Welche Termine sollten bereits zu Jahresbeginn in den Terminkalender eingetragen werden? Nennen Sie Beispiele.
2. Was versteht man unter fixen und variablen Terminen?
3. Für die Terminüberwachung gibt es eine Anzahl von Hilfsmitteln. Nennen und beschreiben Sie diese kurz in Stichworten.
4. Was muss bei der Terminplanung beachtet werden, damit keine Probleme entstehen?

5 Sitzungen und Besprechungen

5.1 Vorbereitung von Sitzungen und Besprechungen

Stofftelegramm

Die Vorbereitung von Sitzungen und Tagungen bedarf einer sorgfältigen Planung und Koordinierung mit allen Beteiligten. Für größere Veranstaltungen können Checklisten oder gar Netzpläne eingesetzt werden. Checklisten sind sehr hilfreich, um den Überblick zu behalten.

Checkliste zur Vorbereitung:

- Zweck der Tagung, Zielsetzung
- Zeitplan erstellen
- Teilnehmerkreis auswählen
- Tagungsort, Tagungsraum auswählen
- Tagesordnung festlegen
- Referenten/Referentinnen anschreiben
- Zuständigkeiten, Aufgabenverteilung festlegen
- Einladungsschreiben verschicken
- Bewirtung vorbereiten
- Ausstattung des Tagungsraumes
- Protokollführung beauftragen
- Arbeitsunterlagen, Infomappe
- Rahmenprogramm
- Pressemitteilung, Presseempfang

Festlegung der Tagesordnungspunkte

In der Tagesordnung werden die Besprechungspunkte aufgeführt, mit denen sich die Teilnehmerinnen und Teilnehmer einer Sitzung befassen werden. Sie wird i. d. R. mit dem Einladungsschreiben zugesandt oder erst bei der Besprechung auf den Tisch gelegt.

Ausstattung des Tagungsraumes

Technische Ausstattung	
• Beamer mit Anschluss für Laptop oder PC • Visualizer • Presenter • Mikrofon und Lautsprecheranlage • Simultananlage • ggf. WLAN-Schlüssel für Teilnehmer/-innen	• Flipchart mit Schreibstiften • Whiteboard mit Folienstiften • Copyboard • Metaplantafeln, Pinnwände, Magnettafeln • Moderatorenkoffer • Verlängerungskabel

Die benötigten Geräte und Hilfsmittel sind rechtzeitig auf ihre Funktion hin zu überprüfen und bereitzustellen. In der Nähe des Tagungsraumes sollten Telefon, Fax, Kopierer und Aktenvernichter zur Verfügung stehen.

Schaffung einer angenehmen Arbeitsatmosphäre

Bei der Auswahl des Tagungsraumes ist darauf zu achten, ob eine ausreichende Belüftung, Heizung und Beleuchtung vorhanden sind. Wird bei der Veranstaltung Filmmaterial eingesetzt, so ist eine Verdunklung notwendig. Die Arbeitsatmosphäre hängt aber auch von der Raumgröße, den möglichen Lärmquellen und der Raumdekoration ab. Raumschmuck in Form von Blumen, Pflanzen und Bildern erzeugt eine positive Einstellung der Teilnehmer/-innen.

Sitzordnung

Eine gut durchdachte, verbindliche Sitzordnung kann dazu beitragen, dass sich die Teilnehmerinnen und Teilnehmer schneller kennenlernen. Bei der Anordnung der Tische und Stühle ist v. a. darauf zu achten, dass alle Teilnehmenden eine gut Sicht auf den Dozenten bzw. die Dozentin und die Projektionswand haben. Von der Anzahl der Tagungsteilnehmer hängt auch die Art der Bestuhlung (runde Tische, U-Form, Blockform, T-Form, V-Form, Stuhlreihen) ab.

Beidseitig beschriftete **Tischkarten** mit den Namen der Teilnehmerinnen und Teilnehmer werden am Eingang des Tagungsraumes aufgestellt. Alle Teilnehmenden nehmen sich ihre Tischkarte und suchen sich ihren Platz selbst aus. Bei größeren Veranstaltungen ist es notwendig, für die Teilnehmerinnen und Teilnehmer **Namensschilder** anzufertigen.

Einladungsschreiben

Die beste Einladung ist diejenige, die genau informiert. In den meisten Fällen werden schriftliche Einladungen verschickt. Sie müssen die Teilnehmerinnen und Teilnehmer mindestens drei bis vier Wochen vor dem Veranstaltungstermin erreichen (bei ausländischen Gästen noch früher).

Checkliste für Einladungsschreiben:

- Anlass bzw. Thema der Veranstaltung
- Zeitplan für die Tagung (Datum, Beginn, Ende)
- Tagungsort mit genauer Anschrift sowie Stockwerk und Raum
- Stadtplan bzw. Skizze über Zufahrtsmöglichkeiten für Pkw-Fahrer
- Parkmöglichkeiten
- Erreichbarkeit mit öffentlichen Verkehrsmitteln für Bahnreisende
- Tagesordnung (Programmablaufplan)
- Namen der Referenten und Referentinnen
- Hinweis auf Unterlagen, die mitzubringen sind
- Hinweis auf Kleidung bei festlichen Anlässen
- Teilnehmergebühren (Zahlungsart, Bankverbindung)
- Anmeldeschluss (Antwortkarte beilegen)
- Klärung von Kostenübernahmen
- Unterkunftsregelung
- Rahmenprogramm (Abendveranstaltung, Stadtführung, Ausflüge)

Auf der Grundlage der zurückgeschickten Teilnehmerkarten kann im Voraus schon eine Teilnehmerliste erstellt werden. In diese können sich die Anwesenden dann eintragen.

Tagungsprogramm

Das Tagungsprogramm ist inhaltlich wesentlich umfangreicher als die Tagesordnung. Es enthält den genauen Ablauf der Sitzung mit Uhrzeitangabe, Beginn, Ende, Pausenregelung, Mittagessen, Dauer der Referate und Workshops, Hinweisen auf Diskussionsmöglichkeiten und Rahmenprogramm.

Rahmenprogramm

Bei mehrtägigen Veranstaltungen wird häufig ein Rahmenprogramm für die Teilnehmenden und eventuelle Begleitpersonen geplant. Dadurch wird eine Tagung aufgelockert. Die Teilnehmerinnen und Teilnehmer können dabei auch nichtfachliche Gespräche führen, die Atmosphäre ist zwangloser und die Gäste sind motivierter. Zu beachten ist ein Hinweis bei der Einladung auf entsprechende Garderobe.

Möglichkeiten für ein Rahmenprogramm	
• Betriebsbesichtigung • Stadtführung • Besuch von Museen oder Sehenswürdigkeiten • Konzert oder Theaterbesuch • Fahrten in die nähere Umgebung • Schifffahrt auf See oder Fluss	• regionale Besonderheiten • gesellige Unterhaltung • festliche Veranstaltung • sportliche Veranstaltung • Abendessen in einem ausgefallenen Restaurant

5.2 Durchführung von Sitzungen und Besprechungen

Stofftelegramm

Zu Beginn und während der Veranstaltung sollte eine damit betraute Person den Tagungsablauf begleiten. Damit keine wesentlichen Punkte vergessen werden und ein reibungsloser Ablauf gewährleistet ist, kann der Einsatz einer Checkliste hilfreich sein.

Checkliste zur Durchführung von Sitzungen und Besprechungen:

- ankommende Teilnehmer/-innen in Empfang nehmen
- gleichzeitig die Anwesenheitskontrolle durchführen
- Betreuung der Teilnehmer/-innen während der Veranstaltung
- Informationsmaterial und Sitzungsunterlagen verteilen
- besondere Vorkommnisse der Sitzungsleitung mitteilen (Verspätung von Referent/-in)
- Teilnehmer/-innen durch Sitzungsleiter/-in begrüßen
- organisatorische Hinweise geben zu Pausenregelung und Essenszeiten
- Referenten/Referentinnen und Ehrengäste den Teilnehmenden vorstellen
- auf Tagesordnungspunkte hinweisen
- Ergebnisse bzw. Entscheidungen besprechen und notieren
- bei mehrtägigen Veranstaltungen Hinweise geben auf das Programm des nächsten Tages
- Teilnehmer/-innen verabschieden

5.3 Nachbereitung von Sitzungen und Besprechungen

Stofftelegramm

Nach einer Veranstaltung fallen Abschlussarbeiten an. Das Protokoll muss geschrieben und an die Teilnehmer/-innen versandt werden, Dankschreiben an die Referentinnen und Referenten müssen zugestellt werden und die Abrechnung der Dienstleistungen ist durchzuführen. Abschließend bietet sich eine Manöverkritik mit allen Beteiligten an. Kritikpunkte sind sorgfältig festzuhalten und den Unterlagen beizufügen, um bei weiteren Veranstaltungen darauf zurückgreifen zu können.

Checkliste zur Nachbereitung von Sitzungen und Besprechungen:
- Protokoll schreiben, vervielfältigen und den Teilnehmern zusenden
- Informationsmaterial zusammenstellen und verteilen
- Dankschreiben an die Referenten/Referentinnen und den oder die Gesprächsleiter/-in
- Abrechnung mit Hotel, Referenten/Referentinnen und sonstigen Beteiligten
- Bezahlen von Trinkgeldern (Kellner/-in, Garderobenpersonal usw.)
- Ermittlung der Gesamtkosten
- Konferenzbeschlüsse umsetzen bzw. kontrollieren
- Aufräumen der Tagungsräume
- Versorgen der Geräte, Hilfsmittel, Materialien
- Anberaumen einer Manöverkritik für alle an der Veranstaltung Beteiligten (Verantwortliche und Mitarbeiter/-innen): „Was kann beim nächsten Mal besser gemacht werden?"

Kostenabrechnung

Anfallende Kosten bei einer größeren Veranstaltung können sein:
- Fahrtkosten
- Verpflegungskosten
- Übernachtungskosten
- Tagungsgetränke
- Kosten für das Rahmenprogramm
- Referenten/Referentinnen, Dozenten/Dozentinnen
- Dolmetscher/-innen
- Kosten für technische Ausstattung
- Miete für Tagungsraum
- Kosten für Raumschmuck
- Werbegeschenke, Präsente
- Arbeitsmappe (Tagungsmappe)

5.4 Protokolle

Stofftelegramm

Ein Protokoll ist eine förmliche Niederschrift und enthält die wesentlichen Schritte eines Gesprächsablaufs bzw. einer Sitzung oder Besprechung.

Es dient als Erinnerung und Information für die Gesprächsteilnehmer sowie für Personen, die nicht teilgenommen haben, aber ebenfalls zu informieren sind. Zum Beispiel bei Mitgliederversammlungen oder Sitzungen von Betriebs- oder Personalräten ist ein Protokoll erforderlich.

Protokolle können ein wichtiges Beweismittel sein bei Unklarheiten und Rechtsstreitigkeiten. Fakten und Sachverhalte werden darin dokumentiert und dienen somit als Arbeitsgrundlage oder auch als Kontrollinstrument. Beim Schreiben von Protokollen ist es äußerst wichtig, dass der Verlauf sachlich, richtig, neutral, objektiv und in einer verständlichen Sprache und übersichtlichen Darstellung wiedergegeben wird.

In der Regel wird ein Protokoll im Präsens (Gegenwartsform) geschrieben, die Redebeiträge in der indirekten Rede.

Tischvorlagen oder Präsentationen, die ggf. als Informations- bzw. Entscheidungsgrundlage verwendet werden und Aufschluss über das Zustandekommen von Beschlüssen geben, sollten dem Protokoll als Anlage beigefügt werden.

Vor der Sitzung muss geklärt werden, wer das Protokoll führt und welche Protokollart gewünscht wird.

Protokollarten

Die Art der Protokollform, die Verwendung findet, richtet sich nach den inhaltlichen Anforderungen. Verlaufs- und Ergebnisprotokolle sind die am häufigsten verwendeten Protokollformen.

Protokollart	Beschreibung
Wortprotokoll (bei Gerichtsverhandlungen, Parlamentsdebatten, Tarifverhandlungen)	• ausführlichste Art des Protokolls • erfasst alle Aussagen exakt in ihrem wörtlichen Wortlaut • enthält alle Einzelheiten einschließlich Zwischenrufen • erfordert besondere Geschicklichkeit und Schnelligkeit vom Protokollführer • Mitschnitt der Sitzung auf Band empfohlen
Verlaufsprotokoll (bei Hauptversammlungen, Ausschusssitzungen, Verbandstagungen, Fachtagungen)	• sinngemäße Wiedergabe der Beschlüsse ohne wörtliche Rede • Aufzeigen des Weges zu den Beschlüssen • Äußerungen mit Namen der Redner wiedergeben • chronologische Darstellung des Verlaufs der Sitzung • Fachkenntnis des Protokollführers, Wichtiges von Unwichtigem zu unterscheiden
Kurzprotokoll (bei allen Besprechungen, Meetings)	• knappe Wiedergabe der Beschlüsse und Ergebnisse • enthält die wichtigsten Diskussionsbeiträge • Äußerungen von Rednern kurz wiedergegeben • erfordert vom Protokollanten Sachwissen
Ergebnisprotokoll (bei allen Besprechungen, Meetings)	• knappe und klare Formulierung der Ergebnisse, Beschlüsse und Anträge • kein Aufzeigen, wie es zu den Beschlüssen gekommen ist • vom Inhalt und Umfang her kurze, aber unmissverständliche Darstellung
Gedächtnisprotokoll (bei allen Besprechungen, Meetings und Ereignissen)	• Sonderform des Protokolls • subjektive Darstellung eines Gesprächs, Vorfalls oder Geschehens

Protokollart	Beschreibung
	• an keine besondere Form gebunden • dient als Erinnerungsstütze
Simultanprotokoll (bei allen Besprechungen)	• wird während der Sitzung direkt auf dem PC/Laptop geschrieben • Protokoll wird über einen Beamer für alle sichtbar gemacht • Text wird gemäß den Wünschen der Teilnehmer/-innen angepasst

Protokollrahmen

Zum Schreiben von Protokollen wird ein Protokollrahmen verwendet, der die äußere Form, die wichtigsten Punkte und verbindliche Regeln für den Aufbau enthält.

Zur rationellen Verarbeitung von Protokollen wird ein Protokollrahmen gerne auch als Dokumentvorlage (Basisdokument) erstellt. Das heißt, auf Grundlage der Dokumentvorlage wird vom Protokollrahmen eine Kopie erstellt, wenn dieser geöffnet wird.

In den Webcode-Materialien finden Sie eine Word-Datei und eine Word-Dokumentvorlage als Muster für einen Protokollrahmen: *LF02_Kap.5_Muster_Protokollrahmen* (Word-Dokument); *LF02_Kap.5_Muster_Protokollrahmen* (Word-Dokumentvorlage). Web

Aufbau eines Protokolls

Protokollkopf
• Protokollbezeichnung • Anlass • verantwortlicher Veranstalter, Unternehmen • Bezeichnung der Besprechungsgruppe • Datum, Zeit (Anfangs- und Schlusszeiten) • Ort, Raum • Vorsitz, Leiter/-in oder Moderator/-in • Teilnehmer/-innen (An- und Abwesende) • Protokollführung
Protokollhauptteil
• Thema/Tagesordnungspunkte (TOP) • Termin-/Aktionsspalte • Verlauf, Beschlüsse und Ergebnisse der Veranstaltung
Protokollschluss
Ein Protokollschluss beinhaltet folgende Angaben: • Protokollbeschlüsse • Ort und Datum der Erstellung des Protokolls • rechtsverbindliche elektronische oder handschriftliche Unterschrift von Protokollführung und Sitzungsleitung Ein Protokoll wird am Protokollschluss unterschrieben. Ein Protokollant bestätigt mit der Unterschrift den Inhalt, die Leitung bestätigt mit der Unterschrift die Richtigkeit des Protokolls. • Anlagen • Verteiler

Das Protokoll ist unmittelbar nach der Sitzung zu erstellen. Wichtige Beschlüsse, Anweisungen und Termine sind unbedingt zu beachten und zu kontrollieren. Die Überwachung dieser Aktivitäten obliegt dem Protokollanten.

Genehmigung und Beweisfunktion des Protokolls
Ein Protokoll muss genehmigt werden. Der Inhalt ist den Beteiligten laut § 162 ZPO vorzulesen oder zur Durchsicht vorzulegen. Über eine Anerkennung kann in einer Folgesitzung abgestimmt werden. Wurde das Protokoll an die Teilnehmerinnen und Teilnehmer verteilt, so haben diese eine bestimmte Frist, um einen Widerspruch einzulegen. Ist diese Frist verstrichen, so gilt das Protokoll als anerkannt.

Aufgaben

1. Welche Punkte sollte ein Einladungsschreiben zu einer mehrtägigen Veranstaltung enthalten?
2. Nennen Sie den Unterschied zwischen einer Tagesordnung und einem Tagungsprogramm.
3. Was versteht man unter einem Rahmenprogramm?
4. Sie sollen vor einer größeren Tagung den Sitzungsraum überprüfen. Worauf müssen Sie achten? Denken Sie auch an die Hilfsmittel.
5. Nach einer Tagung fallen Abschlussarbeiten an. Um welche handelt es sich?
6. Wie ist ein Protokoll aufgebaut? Geben Sie die Details an.
7. Welche Eigenschaften zeichnen ein Ergebnisprotokoll aus?

6 Postbearbeitung

6.1 Posteingang

Stofftelegramm

Das Informationsmanagement spielt in allen Unternehmen eine vorrangige Rolle. Ohne Informationen ist kein erfolgreiches und effizientes Handeln möglich. Wie kommen Informationen in ein Unternehmen?

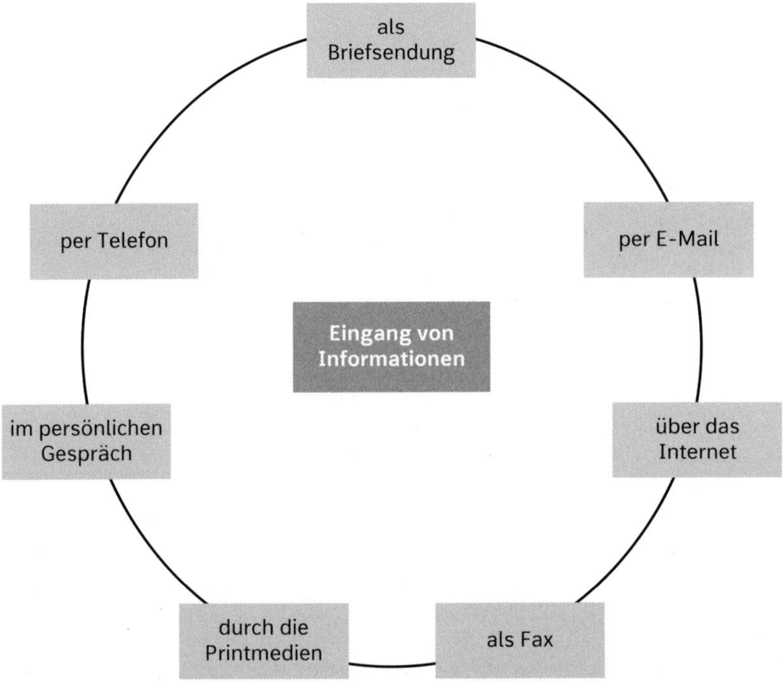

Um einen reibungslos funktionierenden Informationsfluss zu gewährleisten, kommt den **Informationswegen** besondere Bedeutung zu. Je kürzer diese sind, umso schneller kann agiert werden.

Postvollmacht

Je nach Größe eines Unternehmens oder einer Behörde wird einem oder mehreren Beschäftigten eine Postvollmacht erteilt, die dazu berechtigt, Postsendungen gegen Unterschrift in Empfang zu nehmen. Das Unternehmen stellt dadurch sicher, dass nur befugte Personen die Post entgegennehmen dürfen.

Brief- und Postgeheimnis

Brief- und Postgeheimnis sind Grundrechte und im Artikel 10 des Grundgesetzes verankert. Das **Postgeheimnis** betrifft ausschließlich Postangestellte, die für Postsendungen vom Einlieferungszeitpunkt an bis zur Auslieferung beim Empfänger zuständig sind. Das **Briefgeheimnis** schützt alle schriftlichen Mitteilungen zwischen einem Absender und einem Empfänger vor Unbefugten. Es gilt für jeden, egal ob Chef/-in, Verwandte/-r oder Mitbewohner/-in. Wer das Briefgeheimnis verletzt, macht sich strafbar.

6.1.1 Arbeitsablauf beim Posteingang

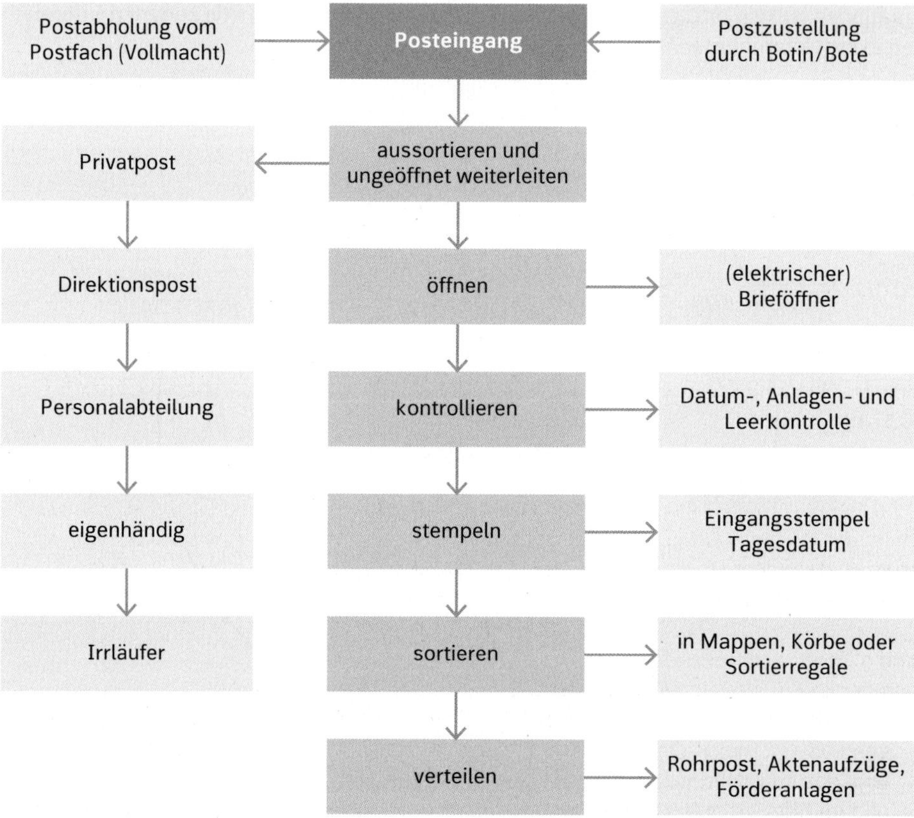

Postfach

Nahezu jedes Unternehmen hat bei seiner Postfiliale ein Postfach angemietet, aus dem die Briefpost jederzeit abgeholt werden kann. Ein Postfach kostet eine Jahresmiete von 29,90 EUR für Privat- und 49,90 EUR für Geschäftskunden. Zwei Schlüssel sind kostenfrei enthalten. Jeder weitere Schlüssel (max. fünf Schlüssel) kostet 7,00 EUR.

Ist eine Postsendung mit einem Zusatz wie z. B. „Einschreiben" oder „Eigenhändig" versehen, befindet sich stattdessen ein Auslieferungsbeleg im Postfach, welcher besagt, dass diese Sendung vom Empfänger oder einer beauftragten Person gegen Unterschrift am Ausgabeschalter abgeholt werden kann.

Vorteile	• flexible Abholung der Post mehrmals am Tage • sichere Aufbewahrung vor unbefugtem Zugriff der Eingangspost • schnellere Bearbeitung durch Abholung der Post vor Arbeitsbeginn
Nachteile	• zusätzliche Fahrt- und Wegekosten • Nur berechtigte Personen können nachzuweisende Postsendungen aus dem Postfach abholen.

Sortieren der Eingangspost

In der betrieblichen Poststelle wird die Eingangspost vorsortiert nach Geschäftspost, Privatpost und Postsendungen an die Geschäftsleitung und Personalabteilung. Irrläufer (falsche Adressierung) werden an die Post zurückgegeben.

Geschäftspost	Privatpost
Mouse & Co. Herrn Tobias Mertens Postfach 12 34 70173 Stuttgart	Herrn Tobias Mertens Mouse & Co. Postfach 12 34 70173 Stuttgart

Zusätze wie z. Hd. (= zu Händen), i. H. (= im Hause), i. Fa. (= in Firma) und c/o (= care of) haben keine verbindliche Aussagekraft hinsichtlich der Unterscheidung zwischen Geschäfts- und Privatpost. Maßgebend ist die Reihenfolge in der Anschrift.

Öffnen der Geschäftspost

In der Regel wird die Post mit einem Brieföffner (Handmesser) geöffnet. Ab einem Postvolumen von bereits 50 Briefsendungen pro Tag empfiehlt sich ein elektrischer Brieföffner. Für hohes Postaufkommen in Großbetrieben werden Posteingangssysteme eingesetzt, die die Massenpost automatisch schnell und einfach öffnen.

Kontrollieren der Geschäftspost

Nach der Entnahme des Schriftguts aus dem Briefkuvert muss kontrolliert werden, ob

- das Briefdatum und das Datum des Poststempels nicht zu stark voneinander abweichen. Dies ist wichtig bei Terminangelegenheiten. Zur Information an den Empfänger wird das Kuvert an den Brief geheftet (Datumskontrolle).
- alle im Brief aufgeführten Anlagen vorhanden sind. Bei Fehlen einer Anlage wird ein Vermerk für den Empfänger angebracht, damit sichergestellt wird, dass diese Anlage nicht innerbetrieblich verloren ging (Anlagenkontrolle).
- alle Unterlagen aus dem Briefkuvert entnommen wurden (Leerkontrolle).

Stempeln der Briefe

Der Eingangsstempel mit Tagesdatum wird im Briefkopf des eingegangenen Schriftstücks auf ein freies Feld platziert, damit schnell erkennbar wird, ob das Eingangsdatum deutlich vom Briefdatum abweicht. Zugleich wird die innerbetriebliche Bearbeitungszeit des jeweiligen Dokuments sichtbar. Es darf kein Eingangsstempel auf Urkunden, Vertragsunterlagen, Zeugnissen, Zeichnungen, Manuskripten und Patenten angebracht werden.

Eingangsstempel können neben dem Datum weitere Merkmale aufweisen, wie z. B. die Uhrzeit (wichtig bei Terminangelegenheiten oder bei Gerichtsunterlagen) oder Bearbeitungs- und Erledigungsfelder zur schnelleren Bearbeitung.

Sortieren der Dokumente
Die gestempelten Schriftstücke werden aufgrund des Betreffs oder Inhalts nach Abteilungen, Sachgebieten oder Sachbearbeitern vorsortiert. Je nach Größe und Organisationsablauf des Unternehmens wird die Post in gekennzeichnete Mappen, Körbe oder Regale mit einzelnen Fächern gelegt.

Verteilen der Schriftstücke
Je nach Unternehmen gibt es verschiedene Möglichkeiten, die vorsortierte Post an die jeweiligen Empfänger zu verteilen:

Manuell	**Selbstabholung**	Jede Abteilung holt ihre Post in der Poststelle selbst ab.
	Zustellung durch Boten	Ein zentraler Botendienst transportiert die Post in Mappen, Körben und Postwagen.
Automatisch	**Rohrpost**	Das Schriftgut wird gerollt in Rohrpostbüchsen eingelegt. Durch Druck- und Saugluft werden die Büchsen durch ein Leitungssystem befördert.
	Aktenaufzüge	In mehrstöckigen Bürogebäuden mit höherem Schriftgutaufkommen eignen sich Aktenaufzüge.
	Schriftgutförderanlagen	Schienen- oder Bandförderanlagen transportieren in Behältern das Schriftgut zur Empfangsstation.

6.1.2 Posteingangssysteme

Zur schnellen Verarbeitung hohen Postvolumens wird in größeren Betrieben ein Posteingangssystem verwendet, bei dem alle Arbeitsschritte des Posteingangs von einem Gerät durchgeführt werden. Es dient zum Öffnen der Briefe, zur Entnahme des Inhaltes, Leerkontrolle, Identifizierung, Datierung und Heftung, Sortierung und Vorbereitung, zum Verteilen oder Scannen der Briefe.

Vorteile:
- schnelle Bearbeitung → hohe Zeiteinsparung
- reduziert die Fehlerhäufigkeit
- durch Baukastenprinzip auf individuelle Wünsche anpassbar

6.2 Postausgang

Stofftelegramm

Zur Informationsverarbeitung in einem Unternehmen gehört neben dem Posteingang auch der Postausgang, d. h., die bearbeiteten Schriftstücke verlassen zum Informationsaustausch das Unternehmen. Beim Postausgang unterscheidet man zwei grundsätzliche Arbeitsabläufe:

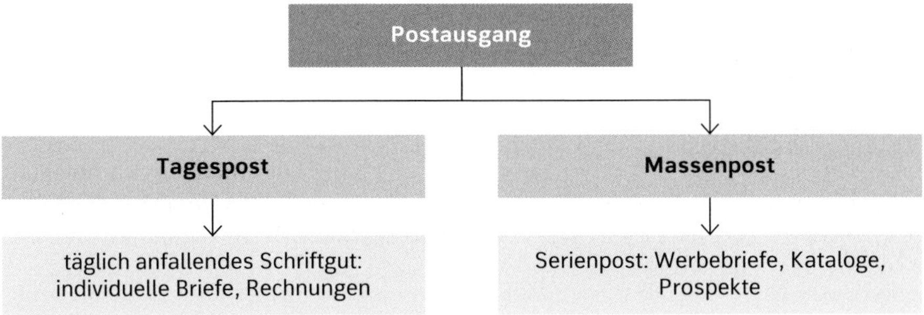

6.2.1 Arbeitsablauf beim Postausgang

Adressieren	• i. d. R. beim Verfassen des Dokuments • ansonsten Adressetiketten schreiben
Zusammentragen	• Postsendungen aus mehreren Teilen an einen Empfänger • Brief mit Anlagen
Kontrollieren	• vollständige Anschrift • fehlende Unterschrift • fehlende Anlagen
Falzen	• je nach Größe entsprechende Falzart wählen • Falzmaschine
Kuvertieren	• in Fensterkuverts, ansonsten zusätzlich adressieren • Kuvertiermaschine
Schließen	• selbstklebende Briefhüllen • Briefschließmaschine
Wiegen und Frankieren	• Gewichtsermittlung durch Briefwaage • verschiedene Abrechnungsarten bei Frankiermaschinen

Adressieren

Da die Post in mittelständischen und großen Unternehmen meist in einer zentralen Poststelle bearbeitet wird, werden die zu versendenden Dokumente von den einzelnen Abteilungen und Sachbearbeitern zur Poststelle gebracht oder von dort abgeholt. Die Post wird i. d. R. bereits beim Verfassen adressiert und in Fensterbriefhüllen versandt. Bei der Massenpost werden die Adressen aus einer Datenbank auf Etiketten oder direkt auf die Briefhüllen gedruckt.

Zusammentragen

Postsendungen, die aus mehreren Teilen bestehen (wie Anlagen, Kataloge und Preislisten), müssen zusammengetragen werden, um sie zu kuvertieren. Dies kann manuell erledigt werden oder bei hohem Postvolumen mittels einer Zusammentragmaschine.

Kontrollieren

Der Postbearbeiter wirft vor dem Kuvertieren noch einen Blick auf die Anschrift, prüft sie auf Vollständigkeit, kontrolliert die aufgeführten Anlagen und schaut nach der vollzogenen Unterschrift.

Falzen oder Falten

Für die Post aufbereitetes Schriftgut wird gefaltet, um Portokosten zu sparen. Auf den erstellten Schriftstücken befinden sich Faltmarken, die das Falten erleichtern. Der Einsatz von Falzmaschinen ist bei hohem Postaufkommen empfehlenswert. Es gibt verschiedene Falzarten. Häufig verwendete Falzarten sind:

Einfach- oder Bruchfalz	Zickzack- oder Leporellofalz	Wickelfalz	Kreuzfalz

Kuvertieren

Je nach Größe der zu versendenden Post wird der entsprechende Briefumschlag nach DIN-Norm 678 verwendet. Auch dieser Arbeitsschritt lässt sich durch eine Kuvertiermaschine erheblich erleichtern.

Schließen

Um diesen Vorgang zu vereinfachen, werden selbstklebende Briefumschläge oder solche mit Adhäsionsverschluss (Klebestreifen) verwendet. Beim Einsatz von Falz- und Kuvertiermaschinen können diese mit einer Briefschließmaschine kombiniert werden.

Wiegen und Frankieren

Das Gewicht der Ausgangspost ist maßgebend für das Postentgelt. Mechanisches Wiegen mit einer Briefwaage ist nicht mehr zeitgemäß und zudem zeitaufwendig und ungenau. Bei elektronischen Briefwaagen dagegen werden nach Eingabe von Versandart und Zusatzleistung das genaue Gewicht und gleichzeitig das automatisch ermittelte Porto angezeigt.

6.2.2 Frankiermöglichkeiten

Am Beispiel der Deutschen Post AG kann das Frankieren (= Freimachen, durch Bezahlung für die Beförderung und Zustellung der Sendung) der Ausgangspost auf unterschiedliche Weise erfolgen:

Frankierung über die Poststelle oder den Briefmarkenautomaten:	
Briefmarke	Entsprechend dem ermittelten Wert für die jeweilige Sendung wird die klassische Briefmarke in der Poststelle oder über einen Briefmarkenautomaten erworben und auf dem Produkt aufgeklebt.
Sonderbriefmarke	Sonderbriefmarke mit monatlich wechselnden Motiven bzw. regelmäßig erscheinen Marken mit dem „Plus“ (mit Zuschlägen zur Unterstützung von Hilfsorganisationen und gemeinnützigen Zwecken) – besonders werbewirksam für Unternehmen

Frankierung am PC online über den Onlineshop der Deutschen Post:	
Internetmarke	Wird online erworben, als Internetmarke ausgedruckt und auf den Brief geklebt.
Individuelle Internetmarke	Wird online erworben und kann individuell gestaltet werden, z. B. mit unterschiedlichen Hintergründen, Vorlagen und Bildern.
Umschlag mit individueller Briefmarke	Das Layout von Umschlag und Briefmarke ist online individuell gestaltbar, z. B. mit Firmenlogo, Werbe- oder Wunschschriftzügen.
Frankierung über die Post & DHL App für Smartphone oder Tablet:	
Briefmarke mit Matrixcode	Als Marke zum Ausdrucken: Über die Auswahl „Als Marke zum Ausdrucken“ erhält man nach der Onlinebezahlung die Briefmarke als PDF zum Download direkt in der App sowie im Nachgang per E-Mail. Die Briefmarke muss ausgedruckt, ausgeschnitten, auf den Brief aufgeklebt und abgeschickt werden.
Mobile Briefmarke #PORTO	Als Code zum Beschriften: Über die Post & DHL App wird (nur innerhalb Deutschlands) über die Auswahl „Code zum Beschriften“ ein passendes Porto ausgewählt. Nach erfolgter Onlinebezahlung erhält man direkt in der App einen zweizeiligen Code, der aus **#PORTO** und einer **8-stelligen Zeichenfolge** besteht – zusätzlich per E-Mail im Nachgang. Code per Hand mit dunklem Stift (Kugelschreiber oder Filzstift) rechts oben, zweizeilig und gut lesbar auf den Brief oder die Postkarte schreiben und in den Briefkasten werfen. Nach dem Kauf ist die mobile Briefmarke (Code) noch 14 Tage gültig. Beispiel für einen Code: **#PORTO** **1MV6TER9**

Weitere Frankiermöglichkeiten:

Digitale Frankiermaschine	
Der Frankierabdruck wird in blauer Farbe und gut lesbar direkt auf die Sendung (in der Frankierzone) oder auf einem selbstklebenden Frankierstreifen angebracht. Der Frankiervermerk besteht aus • **einem lesbaren Klartext,** • einem **verschlüsselten Matrixcode sowie einem Barcode für Zusatzleistungen** und ggf. einem **Freibereich** für Werbe- bzw. Zusatztexte.	
Frankierservice der Deutschen Post AG	
Übernimmt das Frankieren von Sendungen. Frankiert werden folgende Produkte: Briefe und Postkarten – mit diversen Zusatzleistungen, Bücher- und Warensendungen, Dialogpost und Streifbandzeitungen sowie Postzustellungsaufträge. Bezahlt wird das Entgelt der jeweiligen Sendungen zuzüglich einer mengenabhängigen Bearbeitungspauschale.	Vorteile: • Ressourcen werden eingespart • Frankierentgelt wird korrekt ermittelt • keine Mindestmenge • keine Ausgaben für eigene Frankiersysteme

6.2.3 Poststraße

Der Begriff „Poststraße“ steht für eine Zusammensetzung von leistungsfähigen Maschinen, die die meisten Tätigkeiten beim Postausgang vollautomatisch erledigen. Dazu gehören z. B. die Zusammentrag-, Brieffalz-, Kuvertier-, Briefschließ- und Frankiermaschine. Schon bei einem täglichen Postvolumen von 100 Postsendungen lohnt sich der Einsatz einer Poststraße.

6.3 Versandarten

Stofftelegramm

Die Deutsche Post AG ist aktuell der größte Anbieter im Dienstleistungssektor Briefversand. Beispielhaft für viele weitere private Dienstleister folgen einige Versandmöglichkeiten der Deutschen Post AG.

Versandarten: Basisprodukte

Versendungsart	Gewicht	Größe	Höhe	Formate
Standardbrief	bis 20 g	min. 14 × 9 cm max. 23,5 × 12,5 cm	bis 0,5 cm	C6, B6, DL
Kompaktbrief	bis 50 g	min. 10 × 7 cm max. 23,5 × 12,5 cm	bis 1,0 cm	C6, B6, DL
Großbrief	bis 500 g	min. 10 × 7 cm max. 35,3 × 25 cm	bis 2,0 cm	C5, B5, C4, B4
Maxibrief	bis 1.000 g	min. 10 × 7 cm max. 35,3 × 25 cm	bis 5,0 cm	C5, B5, C4, B4

Für die Wirtschaftlichkeit ist auch die richtige Wahl der Sendungsart maßgebend: Beispielsweise ist eine Sendung bis zu 1.000 g als Maxibrief um fast die Hälfte billiger als ein Päckchen. Auch die Büchersendung ist wesentlich preisgünstiger als die Basisprodukte.

Versandarten: Kostengünstige Beförderung

Überwiegend für den Einzelversand	
Warensendung	Mit der Warensendung können Bücher, Kataloge und kleinere Gegenstände, z. B. Ersatzteile, kleine elektronische Geräte, Handyzubehör, Datenträger, Textilien, Haushaltswaren und vieles mehr, zum günstigen Preis verschlossen versendet werden.
Blindensendung	Kostenloser Versand von Medien für Blinde und Sehbehinderte. Die Umhüllung der Sendung darf grundsätzlich nicht verschlossen sein und muss die Bezeichnung „Blindensendung/Cécogramme“ tragen.
Streifbandzeitung	Kleine Mengen von Pressepost, z. B. Nachbestellungen oder Belegexemplare von Zeitschriften, können kostengünstiger als ein Brief als Streifbandzeitung versendet werden.

Überwiegend für den Einzelversand	
Postkarte	Geeignet für begrenzte Mitteilungen, im geschäftlichen Briefverkehr von geringer Bedeutung.
Pluskarte	Vorfrankierte Postkarte – sofort versandfertig mit echter, aufgedruckter Briefmarke. Die Pluskarte kann auch individuell gestaltet werden.
DHL Päckchen	Versand von kleineren Gegenständen, Höchstgewicht bis 2.000 g, briefliche Mitteilungen erlaubt, Versandschein zur Adressierung.
DHL Pakete	Höchstgewicht 31,5 kg, Haftung bei Verlust oder Beschädigung bis 500,00 EUR, zusätzliche Transportversicherung möglich, Versandschein zur Adressierung, durch Barcode Sendungsverfolgung möglich.

Überwiegend für den Mengenversand	
Dialogpost	Als DIALOGPOST gelten alle Sendungen, die einen rein werblichen Hauptzweck haben, z. B. Mitteilungen, die der Kunden- oder Mitgliederbindung und -gewinnung dienen. Diese können preiswert versandt werden. Voraussetzungen: Mindestmenge 5.000 Stück bundesweit oder 200 Stück für dieselbe Leitregion (Übereinstimmung der ersten beiden Stellen der Postleitzahl).
Dialogpost Manager	Der DIALOGPOST MANAGER ist eine Versandsoftware der Post mit Funktionen wie Adressmanagement, Portooptimierung, automatischer Erstellung und Prüfung der Anrede.
Postaktuell	Unadressierte inhaltsgleiche Werbesendungen (Werbeprospekte, Flyer) werden an ausgewählte Haushalte mit der Tagespost oder an alle Haushalte zugestellt.
Postwurfspezial	Teiladressierte Prospekte und Werbungen werden zielgenau an einzelne vorher ausgewählte Haushalte verteilt.

6.3.1 Zusatzleistungen beim Postversand

Mit den Zusatzleistungen bietet die Deutsche Post AG eine besondere Behandlung der Sendungen an. Die Kosten dafür werden **zuzüglich** zum Beförderungsentgelt der Basissendung erhoben.

Zusatzleistungen: Schnelle Beförderung

Plusbrief	Briefumschlag mit aufgedruckter Briefmarke sorgt für einen schnellen und effizienten Briefversand und verleiht dem Brief eine individuelle Note.
DHL ExpressEasy	• Die Zustellung von Briefsendungen erfolgt innerhalb Deutschlands am nächsten Werktag. • Auf Wunsch kann die Zustellung vor 09:00 Uhr, 10:00 Uhr oder 12:00 Uhr erfolgen – Zusatzkosten fallen hierfür an.

Zusatzleistungen: Sichere und schnelle Zustellung

Das jeweilige Zustellverfahren wird dokumentiert und in der Regel am nächsten Werktag nach Einlieferung zugestellt. Die Deutsche Post AG haftet bei Verlust oder Beschädigung individuell. Per Internet, App oder Kundenservice werden kostenlos Informationen zum Status der Sendung grundsätzlich bereitgestellt.

Einschreiben*	Die Zustellung erfolgt nur gegen Unterschrift des Empfängers oder eines Empfangsberechtigten (z. B. Ehepartner/-in, Poststelle). *Gut geeignet z. B. für Gutscheine oder Tickets, Kündigungen, Vertragsunterlagen.*
Einschreiben Einwurf	• Die Zustellung erfolgt über den Briefkasten. • Der Zusteller dokumentiert den Einwurf in den Briefkasten des Empfängers. *Gut geeignet z. B. für Gutscheine oder Tickets, Fristsachen wie z. B. Bewerbungen, Steuererklärung.*
Einschreiben Rückschein	• Der Empfänger bzw. Empfangsberechtigte dokumentiert den Empfang der Sendung mit seiner Unterschrift, z. B. auf dem Handscanner des Zustellers. • Die Zustellbestätigung wird automatisch an die Absenderadresse geschickt und enthält die digitalisierte Empfängerunterschrift und ein Sendungsbild. *Gut geeignet z. B. für Erklärungen gegenüber Behörden, Widersprüche, Ausweise, Kfz-Briefe.*
Einschreiben Wert*	• WERT bietet für den Versand von Briefen (National und International) die Möglichkeit einer erhöhten Haftung. Nur in Verbindung mit einem EINSCHREIBEN. • Die Sendung muss in der Filiale eingeliefert und bezahlt werden und wird über einen Einlieferungsbeleg bestätigt. • Die Sendung darf nicht als WERT gekennzeichnet sein. • Die Zustellung erfolgt gegen Unterschrift des Empfängers oder eines Empfangsberechtigten. *Zulässige Inhalte in WERT: z. B. Wertpapiere (Eintrittskarten, Fahrkarten, Gewinnanteilsschein, Bargeld u. a.), Wertgegenstände (gültige Telefon-/Pay-TV-Karten, Edelmetalle, Schmuck, Kunstgegenstände, eBay-Verkäufe u. a.)*
Postzustellungsauftrag	• Der Postzustellungsauftrag ist nur für Behörden, Gerichte und Gerichtsvollzieher sowie Schiedspersonen vorgesehen. • Amtliche Schriftstücke werden rechtswirksam zugestellt. • Die Auslieferung wird mit einer Zustellungsurkunde dokumentiert, die an den Absender zurückgeht. *Gut geeignet z. B. für gerichtliche Vorladungen, Bußgeld- und Mahnbescheide.*

* Die Online-Empfangsbestätigung erfolgt jeweils mit Unterschrift.

6.3.2 E-POST MAILER

Mittels der Software E-POST MAILER und einer Registrierung für den Service können Briefe kostengünstig als Hybridpost national und international versendet werden. Die Deutsche Post übernimmt den Ausdruck, das Kuvertieren und Frankieren. Die Zustellung erfolgt auf dem klassischen Postweg in den Briefkasten der Empfänger. Zusatzleistungen mit klassischer Zustellung per Postboten sind gegen Entgelt (Briefversand plus Zusatzleistung) möglich.

6.4 Kurierdienste

Stofftelegramm

Neben der Deutschen Post AG gibt es zahlreiche Anbieter für Kurier-, Express- und Paketdienste, abgekürzt als **KEP-Dienste** bezeichnet. International wird auch der Begriff „CEP service", für „Courier, Express and Parcel", verwendet.

Vor dem Postversand lohnt sich ein Angebotsvergleich. Neben den unterschiedlichen Auswahlkriterien wie Kosten, Zustellungszeit, Sicherheit, Rechtsverbindlichkeit, Vertraulichkeit wird inzwischen verstärkt auf das Umweltmanagement bei Brief- und Paketdienstleistern geachtet.

Gegenstand der Dienstleistungen:
- **Kurierdienste** liefern Kuriersendungen aller Art bis zu einer gewissen Größe schnellstmöglich im Auftrag eines Einlieferers persönlich an den Kunden/Empfänger aus. Die Zustellung erfolgt oft zu Nachtzeiten oder am Wochenende.
- **Paketdienste** liefern in der Regel werktäglich zu den postüblichen Zustellzeiten aus.
- **Expressdienste** stellen die Sendungen mit einer Garantie eines bestimmten Zustelldatums zu. Ein Spezialbereich der Expressdienste ist der Nachtexpress. Sendungen werden optional und quittungslos an zuvor definierten Übergabeplätzen vor dem Arbeitsbeginn zugestellt.

KEP-Dienste:
- Deutsche Post DHL Group
- DHL Express
- DPD Deutschland (Dynamic Parcel Distribution GmbH & Co. KG)
- GLS (General Logistics Systems)
- UPS (United Parcel Service)
- TNT-Express
- FedEx (Federal Express)
- trans-o-flex Logistics Group
- Hermes Logistics Group
- GO! Express & Logistics (General Overnight)

Digitalisierung und Onlinehandel verändern die KEP-Branche. Durch den Aufbau dezentraler Lager von Onlinehändlern in Ballungsräumen werden klassische Standardpaketservices in lokale Kurierservices umgewandelt, die die Zustellung übernehmen. Dieses neue Serviceangebot bezeichnet man als **Same Day Delivery**.

Aufgaben

1. Welche Kontrollen sind beim Öffnen der Eingangspost notwendig?
2. Welche Möglichkeiten der Postverteilung gibt es in Großbetrieben?
3. Welche Falzarten eignen sich für Fensterbriefhüllen DL?
4. Nennen Sie Maschinen, die beim Postausgang als Poststraße zusammengefügt werden (Reihenfolge beachten).
5. Füllen Sie die nachstehende Tabelle mit den Basisprodukten bei Inlandsbriefen aus:

Versendungsart	Gewicht	Größe	Höhe	Formate
Standardbrief				
Kompaktbrief				
Großbrief				
Maxibrief				

6. Was verstehen Sie unter „DIALOGPOST"?
7. Wie unterscheidet sich das Einschreiben vom Einschreiben Einwurf?
8. Ein mehrseitiges Angebot soll als Standardbrief versandt werden. Wie viele Blätter A4 (80 g/m^2) darf die Briefsendung höchstens umfassen?
9. Sie sollen ein Paket mit einem Gewicht von 35 kg versenden. Welche Gewichtsbeschränkung gilt für Pakete der Deutschen Post AG und welche Beförderungsmöglichkeit gibt es in diesem Fall?
10. Was bedeutet die Zusatzleistung Einschreiben Rückschein?
11. Durch welche Zusatzleistungen kann eine Briefsendung z. B. garantiert am nächsten Werktag vor 09:00 Uhr zugestellt werden?
12. Folgende Sendungen befinden sich im Postausgangskorb zum Versand. Welche geeignete Versandmöglichkeit wählen Sie jeweils?
    a) Dichtungsringe für eine Maschine, 15 g, mit Rechnung
    b) Buch mit persönlichem Brief, Gewicht 400 g
    c) 1.400 unadressierte Werbesendungen an alle Haushalte des selektierten Verteilgebiets
    d) Patentunterlagen an das Patentamt

7 Aufbewahrung von Dokumenten und Schriftstücken

7.1 Aufbewahrungsgründe

Stofftelegramm

Für die im Arbeitsalltag anfallenden Schriftstücke und Dokumente gilt es zu entscheiden, welche Bearbeitungsprozesse sie durchlaufen, wie lange sie aufbewahrt werden müssen und in welcher Form die Aufbewahrung erfolgen soll.

Gesetzliche Gründe

- nach § 257 und § 261 HGB sowie § 147 AO (Abgabenordnung)
- Handelsbriefe, Auftragsunterlagen = 6 Jahre
- Inventare, Handelsbücher, Bilanzen, Jahresabschlüsse, Rechnungen = 10 Jahre

Betriebliche Gründe

- als Beweismittel
- als Arbeitsunterlage
- als Vorlage bei gleichgelagerten Fällen
- zur Auskunft
- zur Kontrolle
- als Nachweis für das Finanzamt

7.2 Wertigkeitsstufen

Stofftelegramm

Da nicht alle Schriftstücke den gleichen Wert haben, werden sie in verschiedene Wertigkeitsstufen eingeteilt. In welche Wertigkeitsstufen die jeweiligen Schriftstücke eingeordnet werden, wird i. d. R. in einem Schriftgutkatalog festgelegt.

Wertstufe	Schriftgutart	Aufbewahrungsfrist
Tageswert	Werbesendungen, unverlangte Angebote, Zeitungen, Prospekte, einmalige Informationen, Einladungen	keine; nach Kenntnisnahme vernichten
Prüfwert	Mahnungen, interessante Angebote ohne Auftragsfolge, Bewerbungen, Preislisten, Statistiken	unterschiedlich, je nach Aktualität der Unterlagen
Gesetzeswert	Unterlagen zum lückenlosen Nachweis eines Handelsgeschäftes und steuerrechtlich bedeutende Unterlagen: empfangene und abgesandte Handelsbriefe, Bestellungen, Rechnungen, Kassenbelege, Buchungsbelege	**6 Jahre:** Handelsbriefe, Frachtbriefe, Lieferscheine **10 Jahre:** Handelsbücher, Inventare, Bilanzen, Rechnungen, Quittungen
Dauerwert	Firmengründungsunterlagen, Grundstücksunterlagen, Patentschriften, Verträge	langfristig oder dauernd, je nach Bedeutung für das Unternehmen

Die Aufbewahrungsfrist beginnt mit dem Ende des Kalenderjahres, in dem das Schriftstück empfangen oder abgesandt wurde bzw. die letzte Eintragung gemacht wurde.

Meist wird zu viel Schriftgut aufbewahrt. Damit die Aktenberge nicht zu hoch werden, sollten folgende grundsätzliche Voraussetzungen geschaffen werden:

- unwichtiges Schriftgut aussondern und vernichten
- Mehrfachablagen vermeiden
- Schriftgutverwaltung sinnvoll organisieren

7.3 Ordnungssysteme

Stofftelegramm

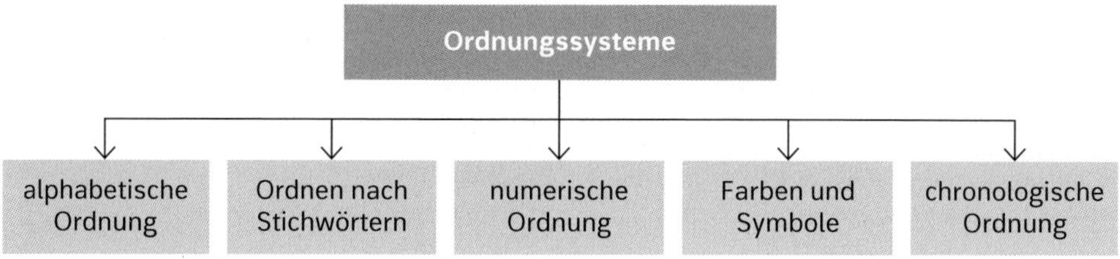

Alphabetische Ordnung

In der DIN-Norm 5007 sind vom Normenausschuss Bürowesen (Nbü) im DIN, Deutsches Institut für Normung e. V., die deutschen Einheits-Abc-Regeln als Grundlage für eine einheitliche Ordnung festgelegt worden.

Ordnen von Namen natürlicher Personen	Beispiele		
Für die Einordnung werden die Namen nach ihren Anfangsbuchstaben und der Reihenfolge der weiteren Buchstaben nach dem ABC geordnet.	*B**a**der* *Ba**u**der* *D**r**iemel* *D**u**nker* *Klu**g**e* *Klu**p**fer*		
Die Umlaute „ä“, „ö“, „ü“ werden wie „ae“, „oe“, „ue“ behandelt und hinter „ad“, „od“, „ud“ eingeordnet.	*F**a**erber* *F**ä**rber*	*Bär, **K**laus* *Baer, **M**arkus*	
„ch“, „ck“, „sch“, „sp“, „st“ werden wie zwei bzw. drei einzelne Buchstaben angesehen. „ß“ wird wie „ss“ behandelt, Reihenfolge: „ss“, „ß“.	*Fle**ch**ner* *Fle**ck**el* *Ha**ss**ler* *Ha**ß**ler* ***Sch**liesser* ***Sp**echt*		
Ausnahme: In Registraturen können „Sch“ und „St“ am Wortanfang eine selbstständige Ordnungsgruppe bilden.	***S**auter* ***S**inz* ***S**org*	***Sch**äfer* ***Sch**öpf* ***Sch**uler*	***St**raub* ***St**röhle* ***St**ühler*

Ordnen von Namen natürlicher Personen	Beispiele	
Beim Ordnen von Personennamen ist der Familienname erstes Ordnungswort, anschließend folgen die Vornamen als weitere Ordnungswörter. Abgekürzte Vornamen gelten als eigenständige Wörter. „Gebr.“, „Geschw.“ werden wie Vornamen behandelt.	*Keller* *Keller, **E**.* *Keller, **Eva*** *Keller, **Ge**br.* *Keller, **Gi**sela*	*Keller, **K**urt-Heinz* *Keller, **R**.* *Keller, **Ro**lf* *Kolb, **G**ertrud* *Kolb, **Ges**chw.*
Vorsatzwörter wie „von“, „van“, „zum“, „de“ oder „du“ werden nicht berücksichtigt. Ebenso bleiben akademische Grade und Adelstitel unberücksichtigt. Zusammengesetzte Familiennamen folgen den einfachen Familiennamen.	*Bois, Marcel **du*** *Dahlborn, Markus **von*** *Dahlborn, Martin, **Dr.*** *Dahlborn-**Grube**, Silke*	

Ordnen von Namen juristischer Personen und Institutionen	Beispiele
Juristische Personen und Institutionen werden im Allgemeinen unter ihrem vollständigen Namen eingeordnet. Feststehende Abkürzungen werden wie ein Wort behandelt. Verhältniswörter, Bindewörter und Artikel bleiben unberücksichtigt. Am Anfang stehende Verhältniswörter dagegen werden eingeordnet.	***A**DAC* ***Ma**schinenfabrik Wagner* *Ma**x**-Planck-Institut* ***V**erein zur **B**ekämpfung der ...* *Verein für das Wohl des Kindes* ***Z**um Goldenen Ochsen*

Numerische Ordnung

Das numerische Ordnungssystem eignet sich besonders für die Verarbeitung mit EDV-Anlagen. Die Vorteile liegen darin, dass dieses System eindeutig und logisch ist, schnell und einfach sortiert und geordnet werden kann und daher eine enorme Arbeitserleichterung bietet. Allerdings erfordert diese Ordnungsweise einen Suchindex, in dem die Namen oder Vorgänge alphabetisch geordnet sind.

Ordnen nach fortlaufenden Nummern		Suchindex		Ordnen nach Vorziffern (37 = Kunden)	
2201	Becker, Kurt	**Arnold-Werke**	**2206**	37.1	Abler, Christoph
2202	Driemel, Tim	Becker, Kurt	2201	37.2	Brinke, Elfriede
2203	Morgen, Nicole	Bühler, Ingrid	2207	37.3	Frey, Stefan
2204	Ziegler, Jörg, AG	Driemel, Tim	2202	37.4	Klose, Sebastian
2205	Gantner-Mode	Gantner-Mode	2205	37.5	Krause, Nadine
2206	**Arnold-Werke**	Morgen, Nicole	2203	...	
2207	Bühler, Ingrid	Ziegler, Jörg, AG	2204	37.43	Schramm, Jochen

Dekadische Ordnung (Zehnernummerierung)

Bei der dekadischen Ordnung wird in Hauptgruppen, Gruppen und Untergruppen mit je zehn Unterteilungen (0–9) geordnet. An der ersten Ziffer der Gruppen und Untergruppen ist die Hauptgruppe erkennbar. Daher nennt man diese Ordnungsnummern auch „sprechende Nummern“. Die dekadische Ordnung wird v. a. für die Erstellung von Aktenplänen sowie in der Buchführung (im Kontenrahmen bzw. in Kontenplänen) genutzt.

Alphanumerische Ordnung
Die alphanumerische Ordnung stellt eine Kombination zwischen alphabetischer und numerischer Ordnung dar. In der Regel übernimmt das alphabetische Ordnungsmerkmal die Grundordnung und verhindert damit eine zu hohe Nummernbildung, um übersichtlicher zu sein.

Chronologische Ordnung (zeitlich)
Die chronologische Ordnung erfasst Sachverhalte in ihrer zeitlichen Reihenfolge, z. B. nach Jahren, Monaten, Tagen. Sie wird fast immer mit einem anderen Ordnungssystem kombiniert. Die Reihenfolge bei der kaufmännischen Ablage: Das zuletzt erhaltene Schriftstück liegt oben; bei der Behördenablage liegt das zuletzt erhaltene Schriftstück unten.

Farben und Symbole
Farben sind zusätzliche Ordnungsmittel, um eine bestehende Ordnung zu ergänzen. Verschiedenfarbige Durchschläge erleichtern das Vorsortieren von Schriftstücken. Symbole tragen zur besseren Übersicht bei, z. B. auf dem Ordnerrücken oder an Planungstafeln.

Ordnen nach Stichwörtern
In kleineren Ablagen werden Einzelakten unter einem Stichwort gesammelt, z. B. „Prospekte".

7.4 Registratur

Stofftelegramm

Die Registratur ist die geordnete Aufbewahrung und Schriftgutverwaltung eines Unternehmens oder einer Behörde. In der Registratur soll das Schriftgut am rechten Ort und zur rechten Zeit bereitgestellt, vor unbefugtem Zugriff geschützt und der Aktenbestand durch Aussondern von nicht mehr benötigtem Schriftgut verringert werden. Ziel ist es, das Schriftgut effizient, reibungslos und kostensparend zu verwalten.

7.4.1 Arbeitsablauf

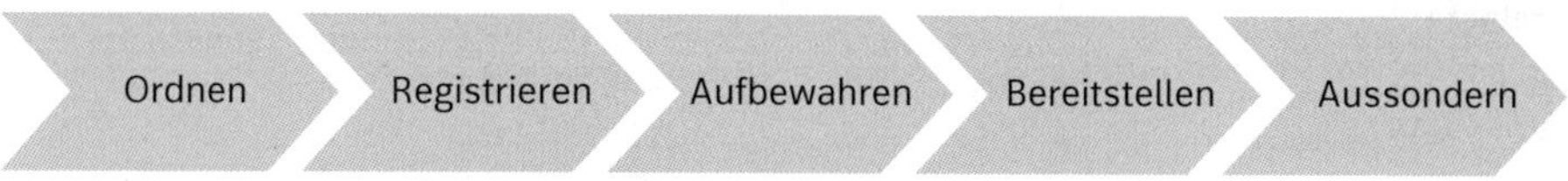

Der Standort der Registratur ist davon abhängig,
- wie oft das Schriftgut benötigt wird,
- wie viele Mitarbeiter/-innen damit arbeiten müssen,
- welchen Wert das Schriftgut hat,
- wie schnell der Zugriff erfolgen soll und
- ob es sich um aktuelle oder abgeschlossene Akten handelt.

Arbeitsplatzablage	Für aktuelles Schriftgut, das nur von einer Person bearbeitet wird, ist der Arbeitsplatz die geeignetste Unterbringung. Dies kann im oder am Schreibtisch sein, um einen schnellen Zugriff zu gewährleisten.
Abteilungsablage	Wenn mehrere Mitarbeiterinnen und Mitarbeiter aus einer Abteilung oder Gruppe die gleichen Unterlagen benutzen, müssen sie an einem Ort aufbewahrt werden, der für alle zugänglich ist. Um Wegzeiten zu vermeiden, ist es zweckmäßig, das Schriftgut in der Abteilung unterzubringen.
Zentralablage	Muss auf Schriftgut von mehreren Abteilungen zugegriffen werden, ist eine Zentralablage sinnvoll. Diese nimmt auch die Unterlagen des gesamten Betriebes auf, die nicht mehr benötigt werden. In größeren Unternehmen werden dafür spezielle Mitarbeiterinnen und Mitarbeiter eingesetzt, die die Organisation und Verwaltung des Schriftguts übernehmen. Um wirtschaftlich zu arbeiten, sollte diese Registratur zentral innerhalb des Betriebes liegen.
Altablage	Hier befindet sich Schriftgut, das nicht mehr zur Bearbeitung benötigt wird und bis zum Ablauf der Aufbewahrungsfrist gelagert wird. Die Altablage kann der Zentralregistratur angegliedert oder an einem anderen Ort untergebracht sein.
Archiv	Im Archiv befinden sich Akten, die für das Unternehmen von besonderer Bedeutung sind und dauerhaft aufbewahrt werden müssen (z. B. Gründungsunterlagen, Gesellschaftsverträge, Grundstückskaufverträge, Patente). Sie werden in feuer- und diebstahlsicheren Tresoren untergebracht.

7.4.2 Ablagearten

Wie die Schriftstücke in einem Unternehmen archiviert werden, hängt von verschiedenen Faktoren ab. Meist werden mehrere Ablagearten eingesetzt.

Loseblattablage	Das Schriftgut wird ungeheftet in Mappen oder Aktendeckeln eingelegt. Kostengünstiges und zeitsparendes System, jedoch dürfen die Akten nicht zu umfangreich sein, da sich sonst die Suchzeiten erhöhen.
Geheftete Ablage	Das Schriftgut wird gelocht und in Ordnern oder Heftern nach einem Ordnungssystem abgelegt. Dem Vorteil des schnellen chronologischen Wiederfindens steht der hohe Zeitaufwand für die Ablage gegenüber.

Einzelakte	Unterlagen, die zu einem einzigen Thema oder Vorgang gehören, z. B. Personalakten, Kundenakten
Sammelakte	Unterlagen, die aus einer Vielzahl von thematisch verwandten Vorgängen bestehen, z. B. Angebote, Rechnungen

Man unterscheidet zwischen der **kaufmännischen Heftung** und der **Behördenheftung**. Bei der kaufmännischen Heftung liegt das aktuelle Schriftstück oben und ist sofort sichtbar, bei der Behördenheftung wird das neueste Dokument hinten eingefügt und ist chronologisch von oben nach unten sortiert.

Ein Aktenplan gibt Auskunft darüber, wie Akten benannt sind und wo sie sich befinden.

7.4.3 Registraturformen

7.4.3.1 Liegende Registratur

- Schriftgut in einfachen Aktendeckeln, Schnellheftern oder Jurismappen
- Schriftgutbehälter gestapelt in Regalen bzw. Schränken
- fehlende Übersicht und umständliche Bearbeitung
- nur geeignet für wenig genutzte Akten

7.4.3.2 Stehende Registratur

Ordner-Registratur

- Stehordner stehen nebeneinander bibliothekarisch in Regalen oder Rotiersäulen.
- gute Übersicht durch Beschriftung der Rückenbreite der Ordner
- Trennblätter, Registerblätter und Registerserien ermöglichen eine klare Unterteilung und Gliederung des Schriftguts.
- Die Ordner-Registratur ist für Sammelakten und umfangreiche Einzelakten (z. B. Rechnungskopien) geeignet.

Stehsammler-Registratur

- Das Schriftgut wird in Einstellmappen ungelocht oder in Einstellheftern gelocht einsortiert und in Stehsammlern aufbewahrt.
- Stehsammler stehen seitlich (lateral) nebeneinander in Regalen.
- Diese Registraturform eignet sich besonders für dünnere Einzelakten oder Prospekte.

7.4.3.3 Hängende Registratur

Vertikale Hängeregistratur

- Hängemappen, -taschen, -hefter und -sammler hängen hintereinander auf Schienen durch seitlich überstehende Hängenasen.
- in Schubladenauszügen untergebracht
- schnellste Loseblattablage
- hervorragend geeignet als Arbeitsplatzregistratur
- Die Kennzeichnung durch Vollsichtreiter und Sichtleisten schafft eine ausgezeichnete Übersicht.

Laterale Hängeregistratur (= Pendelregistratur)

- Schriftgutbehälter (= Pendelmappen, -taschen, -hefter und -sammler) werden seitlich (lateral) nebeneinander in Profilschienen eingehängt.
- Raumausnutzung bis zur Griffhöhe möglich
- gut geeignet für Einzelakten in größeren Mengen, z. B. Versicherungsverträge

7.5 Elektronische Archivierung

Stofftelegramm

Die elektronische Archivierung setzt sich in den Unternehmen immer mehr durch. Neben einer enormen Raumersparnis beschleunigt sie den Informations- und Kommunikationsfluss und beeinflusst den Arbeitsprozess.

7.5.1 Digitale Dateiablage

In der digitalen Arbeitswelt wird die Korrespondenz, neben der bisherigen Papierform, zusätzlich oder anstatt in digitaler Form im Unternehmen abgelegt. Damit keine wertvolle Zeit durch das Suchen von Dateien und Dokumenten verschwendet wird, sollte man in Unternehmen sinnvolle Speicherregelungen und eine einheitliche Vorgehensweise bei den Benennungen von Dateien vereinbaren. Das Deutsche Institut für Normung (DIN) empfiehlt in der DIN 5008, zwei oder drei Teile in den Dateinamen aufzunehmen: das Erstelldatum, den Namen einer Bezugsperson und ein Stichwort zum Themeninhalt.

Beispiel:
2025-02-15-NikiKG-Bestellung.docx

Dateien, die sich noch in Bearbeitung befinden, sollten durch einen Zusatz kenntlich gemacht werden.

Beispiel:
2025-02-15-NikiKG-Bestellung_Fassung01.docx
2025-02-18-NikiKG-Bestellung_Fassung02.docx
2025-02-20-NikiKG-Bestellung_Endfassung.docx

Auf Leerzeichen, Sonderzeichen, Umlaute und ß sollte im Speichernamen verzichtet werden.

7.5.2 Dokumentenmanagementsystem (DMS)

Definition:
Ein DMS ist ein Managementsystem zur Organisation und Verwaltung von Dokumenten und kann ein papierloses Büro möglich machen, sofern auf eine zusätzliche Papierablage gänzlich verzichtet wird. Der Begriff DMS setzt sich aus drei Begriffen zusammen:

1. Das **Dokument** ist das Objekt eines DMS, der Informationsträger, der systematisch gemanagt werden soll.
2. Das (Dokumenten-)**Management** ist der organisatorische, strukturelle Teil des DMS, der die Abläufe und Strukturen zur Handhabung der Dokumente sowie die Aufgabenbereiche realisiert.
3. Das **System** ist die Summe aller Systemkomponenten, aller Bausteine, aus denen sich ein DMS aufbaut.

Anwendung: Eingangspost, Faxe, E-Mails, Dokumente aus allen Abteilungen eines Unternehmens, Fotos, Bücher, Zeitschriften – kurz: alle Papierdokumente von der Visitenkarte bis zur DIN-A0-Zeichnung

Zu archivierende Dokumente — *Erfassen der Dokumente* — *Indexieren der Dokumente* — *Archivieren der Dokumente* — *Recherchieren der Dokumente*

Vorteile:

- große Zeitersparnis durch schnelles und sicheres Wiederfinden der Dokumente
- Platzersparnis durch effiziente Komprimierung auf Festplatte, CD-ROM oder in der Cloud
- sofortiger Zugriff auf alle archivierten Dokumente
- Strukturierung von Wissen durch Anlegen einer individuellen Wissensdatenbank
- keine Papierberge mehr
- vielfältige Suchmöglichkeiten
- größere Sicherheit
- schnellerer Informationsfluss durch digitale Weiterleitung des Posteingangs
- Dokumente können direkt per E-Mail weitergeleitet werden
- Zugriffsberechtigung auf bestimmte Dokumente kann durch Passwort festgelegt werden.

7.5.3 Speichermedien

Der Begriff Datenspeicherung umfasst einen weiten Bereich an unterschiedlichen Datenträgern und Speichermedien und die jeweiligen Verfahren der Speicherung. Jedes dieser Speichermedien hat seine Vor- und Nachteile in Bezug auf Geschwindigkeit, Kapazität, Mobilität und Kosten, und die Wahl, welches zur digitalen Ablage und Datensicherung heute üblich ist, hängt von den spezifischen Anforderungen und dem Budget ab.

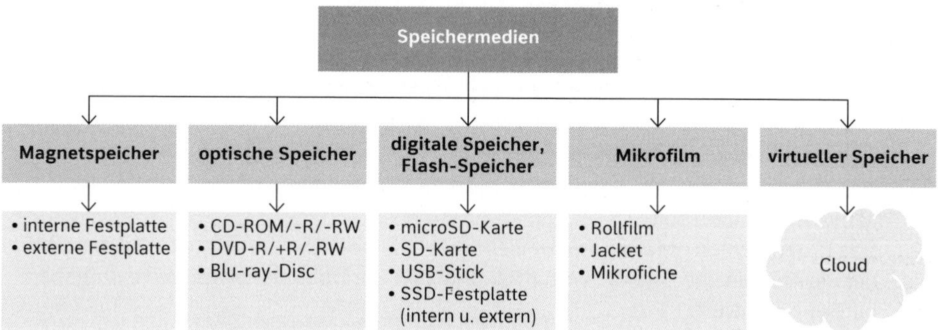

Zumal die Entwicklung fortlaufend ist, finden Sie im Folgenden einige der gängigsten Optionen und mögliche Einsatzfelder:

<table>
<tr><th colspan="2">Speichermedien zur revisionssicheren Archivierung, Sicherung und für regelmäßige Backups</th></tr>
<tr><td colspan="2">OPTISCHE SPEICHER:
• Medien und Geräte, die Licht verwenden, um Daten zu lesen und zu schreiben
• Informationen werden über einen stark gebündelten Laserstrahl in die Lackschicht/Aluminiumschicht der Kunststoffplatte eingebrannt
• ein schneller direkter Zugriff ist möglich
• können nachträglich nicht verändert werden, was sie ideal für eine revisionssichere Archivierung macht</td></tr>
<tr><td colspan="2">EINSATZ:
für langfristige Datenspeicherung und den Austausch von großen Datenmengen</td></tr>
<tr><td rowspan="2">CDs,
DVDs,
Blu-ray-Discs:</td><td>• bieten eine hohe Speicherkapazität
• sind widerstandsfähig gegen Umwelteinflüsse und magnetische Felder
• sind langlebig, aber weniger flexibel und erfordern spezielle Hardware zum Lesen und Schreiben</td></tr>
<tr><td>EINSATZ:
• zur Archivierung von Daten
• für Sicherungskopien und Back-ups
• zur Multimedia-Verteilung (Musik, Filme, Software)
• zur Speicherung von Daten in medizinischen Einrichtungen</td></tr>
</table>

<table>
<tr><th colspan="2">Speichermedien zum Datentransfer und/oder zur Datensicherung</th></tr>
<tr><td colspan="2">DIGITALE SPEICHER:
• Massenspeicher für alle Dateien
• ein dauerhaftes Ablegen von Dateien unabhängig von der Stromversorgung
• unempfindlich gegen extreme Luftfeuchtigkeit und magnetische Felder
• Schreibschutzmöglichkeit durch integrierten Schalter</td></tr>
<tr><td colspan="2">EINSATZ:
zur Datenspeicherung und zum Datentransport ohne Netzwerkverbindung</td></tr>
<tr><td rowspan="2">SD-Karten:</td><td>portables Speichermedium mit guter Speicherkapazität</td></tr>
<tr><td>EINSATZ:
Datenspeicher für Kameras und mobile Geräte</td></tr>
<tr><td rowspan="2">USB-Sticks:</td><td>portables Speichermedium mit hoher Speicherkapazität</td></tr>
<tr><td>EINSATZ:
Datenspeicherung und Datentransfer stehen hier im Vordergrund.</td></tr>
</table>

<table>
<tr><th>Speichermedien als Datenspeicher, zum Datentransfer und/oder zur Datensicherung</th></tr>
<tr><td>Interne und externe Festplatten:
bieten viel Speicherplatz und sind relativ kostengünstig</td></tr>
</table>

EINSATZ: für häufig genutzte Anwendungen, große Datenmengen und regelmäßige Back-ups	
HDD-Festplatte (Hard Drive Disk):	• arbeitet mit magnetischen Speicherplatten, auf denen verschiedene Daten durch Magnetisierung ohne Berührung gespeichert und abgerufen werden • HDD-Festplatten sind günstiger als SSD-Festplatten.
SSD-Festplatte (Solid State Disk):	• robust, schnell und langlebig • wesentlich schneller als die HDD-Festplatte, aber erheblich teurer
SSHD-Hybrid-Festplatte:	• Die Hybrid-Festplatte ist eine Kombination aus der HDD-Festplatte und der leistungsfähigeren SSD-Festplatte. • Vereinigung der Vorteile der beiden Festplattentypen: geringer Preis und hohe Leistungsfähigkeit

Speichermedien zur Datensicherung in privaten Haushalten oder Unternehmen	
NAS-Geräte (Network Attached Storage):	• bieten eine zentrale Speicherlösung, die über das Netzwerk zugänglich ist • bestehen in der Regel aus mehreren Festplatten • sind von mehreren Benutzerinnen/Benutzern und Geräten gleichzeitig nutzbar • bieten oft Sicherheitsfunktionen wie Benutzerzugriffskontrollen, Verschlüsselung und automatische Back-ups • bieten Funktionen zur Freigabe von Dateien
	EINSATZ: ideal zur Datensicherung für Haushalte oder kleine Büros, die mehrere Geräte sichern möchten
Bandlaufwerke und Magnetbänder:	• bestehen aus schmalen, langen Streifen von magnetisierbarem Material, das auf Spulen gewickelt ist • bieten trotz ihrer langsameren Zugriffszeiten eine sehr hohe Speicherkapazität • sind kosteneffektiv für die Langzeitspeicherung von großen Datenmengen
	EINSATZ: Verwendung hauptsächlich in Unternehmen für Back-up- und Archivierungszwecke

Speichermedien zur revisionssicheren Archivierung für die Ewigkeit
MIKROFILM Bei der Mikroverfilmung handelt es sich um eine Datenspeicherungsmethode, bei der Dokumente fotografiert und auf Film gespeichert werden. Die Fotos werden stark verkleinert und auf einem Mikrofilm gespeichert. Mittels Mikrofilm-Lesegerät können die Daten vergrößert und betrachtet werden. Mikrofilme können nachträglich nicht verändert werden, was sie ideal für die revisionssichere Archivierung macht. Der Mikrofilm ist ein extrem haltbares Medium, das bei richtiger Lagerung Hunderte von Jahren überdauert.
EINSATZ: • Archivierung von umfangreichen technischen Dokumentationen, z. B. in der Fahrzeugbranche • Archivierung von historischen Dokumenten, z. B. Zeitungen, Kirchenbücher, Urkunden, Grundbücher; Bauplan des Kölner Doms • Archivierung kulturgeschichtlicher Dokumente für die Ewigkeit, z. B. für Zentralbibliotheken und Staatsarchive

Speichermedien zur Datenspeicherung, Datensicherung, für den Datentransfer, Backups, die Archivierung in privaten Haushalten oder Unternehmen	
Cloud-Speicher:	• Dienste wie Google Drive, Dropbox und iCloud bieten die Möglichkeit, Daten online auf externen Servern, außerhalb des User-Standortes, zu speichern und von überall darauf zuzugreifen. • sind praktisch, aber die Sicherheit hängt vom Anbieter ab
	EINSATZ: vielfältiger Einsatz, z. B. Datenspeicher, Datentransfer, Datensicherung, Backups, Archivierung

7.5.4 Cloud-Computing

Beim Cloud-Computing nutzt das Unternehmen von einem externen Dienstleister zur Verfügung gestellte Hard- und Software über das Internet. Die Programme des Unternehmens laufen auf den Rechnern des Dienstleisters. Die Daten werden ebenfalls dort in einer sog. Datenwolke (Cloud) gespeichert. Ein Zugriff von überall aus auf die Speicher ist möglich.

Das Unternehmen bezahlt nicht die Hard- und Software, sondern lediglich deren Nutzung. Kunden können deren Cloud-Dienste über das Internet nutzen: Einloggen, Dienst ordern, bezahlen – fertig.

In der Theorie ist Cloud-Computing perfekt, doch wer seine Daten in eine Cloud auslagert, der verliert zwangsweise auch die volle Kontrolle über diese. Speicherorte und Zugriff Dritter ist nach wie vor noch nicht durchgehend geklärt.

Bekannte öffentliche Cloud-Dienstleister sind z. B. Amazon AWS, Google, Salesforce, Microsoft Azure.

7.6 Datenschutz und Datensicherheit

Stofftelegramm

Jedes Unternehmen ist verpflichtet, den Datenschutz als Kernaufgabe zu verstehen und dafür Sorge zu tragen, dass persönliche und sensible Daten vor Missbrauch und unberechtigtem Zugriff effizient gesichert sind.

Datenschutz

Der Bundes- und Landesdatenschutz besagt, dass personenbezogene Daten vor Missbrauch bei ihrer Speicherung, Übermittlung, Veränderung und Löschung zu schützen sind. Für die Einhaltung der Regelungen stehen Aufsichtsbehörden, Datenschutzbeauftragte sowie Landes- und Bundesdatenschutzbeauftragte zur Verfügung. Da schützenswerte Informationen immer häufiger digital verarbeitet und gespeichert werden, müssen Maßnahmen zur Informationssicherung durchgeführt werden.

Datensicherheit

Für die Datensicherheit gibt es Maßnahmen in technischer (Hardware), programmtechnischer (Software) und organisatorischer (Datenorganisation) Hinsicht. Eine regelmäßige gewissenhafte Datenpflege stellt die Aktualisierung und Qualität des Datensystems sicher.

Ziele:

- **Vertraulichkeit:** Informationen dürfen nur dem Personenkreis zugänglich gemacht werden, an den sie gerichtet sind.
- **Integrität:** Schutz vor unberechtigten Änderungen einer Nachricht; d. h., die Nachricht ist nicht verfälscht worden.
- **Verfügbarkeit:** Gewährleistung, dass die Daten, Programme und Hardware zur Verarbeitung zur Verfügung stehen

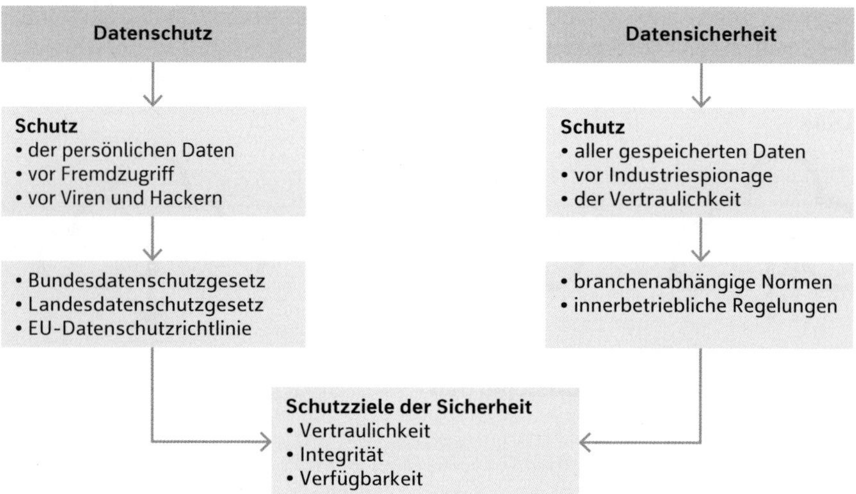

Aufgaben

1. Als Auszubildende/-r werden Sie in Ihrem Ausbildungsbetrieb in der Registratur eingesetzt. Sie sollen erklären, weshalb ein Unternehmen Schriftgut aufbewahrt bzw. aufbewahren muss.

2. Nennen Sie Kriterien, die für die Wahl des Standortes einer Ablage entscheidend sind.

3. In der Praxis hat es sich bewährt, Schriftgut an verschiedenen Standorten aufzubewahren. Welche Möglichkeiten kommen dafür infrage?

4. Geben Sie in der folgenden Tabelle je zwei Beispiele zu den Wertstufen an.

Wertstufen	Erstes Beispiel	Zweites Beispiel
Tageswert		
Prüfwert		
Gesetzeswert		
Dauerwert		

5. Öffnen Sie die Datei *LF02_Kap.7_Schriftstückablage_AB* aus den Webcode-Materialien und bestimmen Sie Web
   - die jeweilige Wertstufe des Schriftstücks (Tageswert, Prüfwert, Gesetzeswert, Dauerwert, ohne Wert),
   - ab wann man das Schriftstück vernichten darf,
   - ggf. einen geeigneten Aufbewahrungsort für das Schriftstück (vernichten, Arbeitsplatzablage, Abteilungsablage, Altablage, Archiv).

6. Nennen Sie Gründe, weshalb sich die elektronische Archivierung bzw. ein Dokumentenmanagementsystem immer mehr durchsetzt.

7. Ordnen Sie folgende Namen alphabetisch nach DIN 5007: Egon Maier, Gebr. Maier, Fritz Maler, Karl Mager, Alfred Mair, Maier & Co., Peter Meier, Martin Maiering, Otto Meyer, Markus Mahler.

8. Nachfolgende Namen sind alphabetisch zu ordnen: Rößler, Gebr.; Roessle; Roßmann, Peter; Rose, Karin; Roeßler, Annegret; Rößler, Ilse; Rößler, A.; Römer, Fritz.

9. Welcher Nachteil besteht bei der numerischen Ordnung?

10. Nach welchem Prinzip arbeitet die dekadische Ordnung?

11. Was versteht man unter chronologischer Ordnung?

8 Kommunikationsfähigkeit

Gute Kommunikation und Information sind entscheidende Faktoren für den Erfolg eines Unternehmens, aber auch für ein angenehmes Arbeitsklima. Bei der betriebswirtschaftlichen Kommunikation handelt es sich um aufgabenbezogene Informationen innerhalb eines Unternehmens oder einer Organisation. Kommunikation bedeutet: Ein Sender überträgt eine Nachricht an einen Empfänger. Aufgrund unterschiedlicher Äußerungen und Wahrnehmungen kann es zu Kommunikationsstörungen kommen.

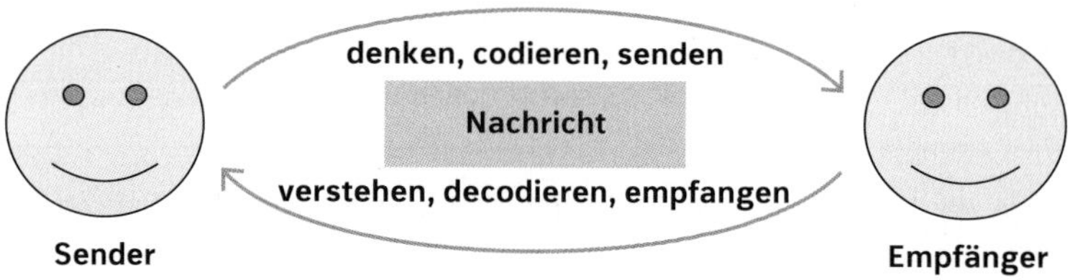

8.1 Verbale und nonverbale Kommunikation

Stofftelegramm

Kommunikation ist immer ein Austausch von Informationen zwischen zwei oder mehreren Personen. Sie kann auf verschiedene Arten erfolgen. Zwei grundlegende Formen zeichnen die zwischenmenschliche Kommunikation aus:

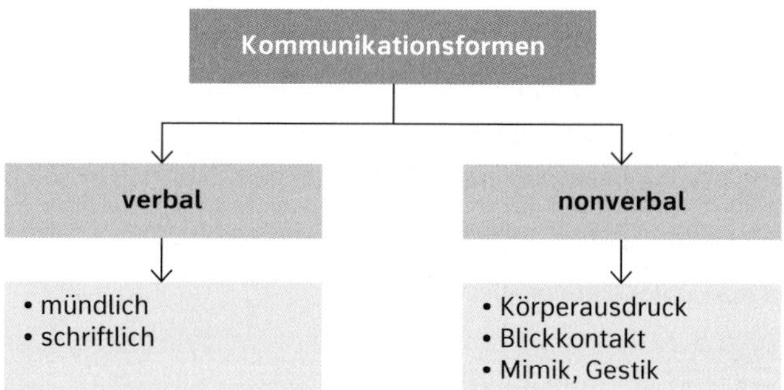

Verbale Kommunikation	• Informationsübermittlung erfolgt durch direkte persönliche Sprache oder über weite Entfernungen mithilfe von Medien. • Verständigung auch schriftlich mittels Informationsträgern
Nonverbale Kommunikation	• Kommunikation durch sichtbare Körpersprache mit Blickkontakt, Körperhaltung, Gestik, Mimik, Distanz • nicht an Sprache gebunden

8.2 Kommunikationsregeln

Stofftelegramm

Bei der Kommunikation kommt es nicht nur darauf an, **was** wir sagen, sondern auch **wie** wir es sagen. Die Stimme wird stark beeinflusst von der inneren Stimmung. Ist diese negativ, kann man mit einem Lächeln und einem freundlichen Gesichtsausdruck dem Gegenüber eine positive Stimmung zeigen. Es ist eine Frage der Selbstdisziplin, ob man andere an seinen Sorgen und seinem Ärger teilnehmen lässt. Dadurch kann die gesamte Atmosphäre verschlechtert werden.

Auch eine gute Vorbereitung auf ein Gespräch ist unbedingt notwendig und macht bereits die Hälfte des Erfolges aus.

Gespräch zielgerichtet vorbereiten	• Ziel bestimmen • inhaltlich vorbereiten • Gesprächsstrategie überlegen • den eigenen Verhandlungsrahmen klären
Sich auf den Gesprächspartner einstellen	• den Gesprächspartner als gleichberechtigten Partner betrachten • auf Wortwahl und Tonfall achten
Gesprächsteilnehmer/ -innen ausreden lassen	• der Person nicht ins Wort fallen • Das Gespräch wird sonst unproduktiv oder hektisch.
Vielredner stoppen	• sich nicht zuschütten lassen • höflich unterbrechen • genau abwägen, wo eine solche Methode angewandt werden darf
Ziel des Gesprächs im Auge behalten	• während des Gesprächs Zielsetzung beachten • sich auf Wesentliches konzentrieren
Aktiv zuhören	• Interesse am Gesprächsinhalt zeigen • nur in Ausnahmesituationen das Gespräch unterbrechen • sich dafür beim Gegenüber freundlich entschuldigen
Sich kurzfassen	• keine minutenlangen Monologe halten • Kommunikation ist immer zweiseitig. • Zeit ist Geld.
Keine Bevorzugung einzelner Gesprächsteilnehmer/-innen	• Die Gesprächsleitung achtet darauf, dass niemand zu lange redet. • andere zu Wort kommen lassen
Zusammenfassung des Gesprächsinhalts	am Ende des Gesprächs kurz zusammenfassen

Fragetechnik

Die Fragestellung spielt in der Kommunikation eine entscheidende Rolle. Damit auf eine Frage einwandfrei geantwortet werden kann, muss sie in der richtigen Form gestellt werden. Viele Fragen führen nur zu Antworten wie „Ja“, „Nein“ oder „Vielleicht“. Dadurch entsteht kein Dialog. Ein Gespräch wird lebendig, wenn zwischen offenen und geschlossenen Fragen gewechselt wird.

Offene Fragen	Geschlossene Fragen
↓	↓
beginnen mit einem Fragewort	beginnen mit einem Verb oder Hilfsverb
↓	↓
Meinungsäußerung des Gegenübers	Ja-, Nein-, Vielleicht-Antworten

Auf partnerbezogene Fragen wird der Gesprächsteilnehmer gerne antworten und sich dem Gespräch öffnen. Zudem ist bei Gesprächen zu berücksichtigen, dass der Befragte in der Lage und bereit ist, die Frage zu beantworten. Fragestellungen, bei denen die Antwortrichtung nicht erkennbar oder deren Sinn schwer verständlich ist, sollten vermieden werden: Fangfragen, Suggestivfragen, rhetorische Fragen oder provozierende Fragen.

Konfliktgespräch

Ein Konfliktgespräch bedarf einer besonders sensiblen Vorbereitung, um dem Kommunikationsaustausch eine positive und konstruktive Wendung zu geben:

- Der Beginn des Gesprächs prägt das Kommunikationsklima.
- Gesprächspartner/-in ernst nehmen
- positive Körpersprache einsetzen
- die eigene Sichtweise nicht als einzig richtige Möglichkeit darstellen
- Denkanstöße bieten
- offene Fragen deutlich herausstellen
- Fairness zeigen
- klärend zusammenfassen
- Feedback positiv formulieren

8.3 Selbstwirksamkeit und Selbsteinschätzung

Stofftelegramm

Selbstwirksamkeit bedeutet, dass wir davon überzeugt sind, über die notwendigen Ressourcen zur Bewältigung von schwierigen Aufgaben zu verfügen. Von dieser Überzeugung hängt es ab, ob wir erfolgreich sind oder nicht; d. h., unser Erfolg hängt also nicht allein von unseren tatsächlichen Fähigkeiten ab, sondern von einer starken Selbstwirksamkeit.

Selbsteinschätzung besteht darin, sich selbst richtig zu beurteilen. Eine realistische und objektive Selbsteinschätzung ist notwendig, um zu erkennen, welche Fähigkeiten man hat und welchen Aufgaben man gewachsen ist. Dazu gehören nicht nur Stärken, über die man sich besonders freut, sondern auch Schwächen, die man verbessern kann. Durch konstruktives

Feedback von Mitarbeiterinnen und Mitarbeitern sowie Vorgesetzten können wir eine objektive Selbsteinschätzung lernen.

Fragen zur Selbsteinschätzung
- Kenne ich meine Stärken, Schwächen und Ressourcen?
- Kann ich kritisch reflektieren und ggf. mein Verhalten ändern?
- Übernehme ich Verantwortung für mich selbst und meine Entscheidungen?
- Kann ich mit Emotionen – auch in Stresssituationen – adäquat umgehen?
- Bin ich kooperativ und aufgeschlossen gegenüber Kollegen und Kolleginnen?
- Kann ich Wichtiges von Unwichtigem unterscheiden?
- Kann ich mich auf das Wesentliche konzentrieren?
- Sind meine Kollegen/Kolleginnen und Vorgesetzten mit mir zufrieden?
- Bin ich zuverlässig, pünktlich und ordentlich?

8.4 Teamarbeit

Stofftelegramm

Ein Team ist eine Arbeitsgruppe gleichberechtigter Mitarbeiterinnen und Mitarbeiter mit der Zielsetzung, gemeinsam an einem Projekt, an einer Kampagne oder an Aufgaben und Lösungen zu arbeiten. Sie teilen die Aufgaben und Tätigkeiten eigenständig untereinander auf und organisieren sich selbst. Hierarchisches Denken ist in einem Team fehl am Platz. Eine gute Kommunikation ist die Basis jedes erfolgreichen Teams.

Anforderungen an Teammitglieder
Teammitglieder besitzen unterschiedliche Fähigkeiten und Kompetenzen. Sie müssen in der Lage sein, selbstständig zu planen, Ziele und Wege festzulegen, Probleme zu lösen und Entscheidungen zu treffen. Von den Beteiligten werden bestimmte Anforderungen erwartet. Außer einer Fach-, Methoden- und Medienkompetenz sind v. a. Soft Skills wichtig.

Soft-Skill-Kompetenzen der Teammitglieder	
• positive engagierte Grundeinstellung • Teamfähigkeit • Kritikfähigkeit • Durchsetzungsvermögen • Eigenverantwortung • Selbstständigkeit	• Vertrauenswürdigkeit • Empathie • Neugierde und Kreativität • Selbstvertrauen • Kommunikationsfähigkeit • Verantwortungsbewusstsein

Teamgröße
Wie viele Teilnehmerinnen und Teilnehmer in einem Team arbeiten, hängt stark von dem zu bewältigenden Arbeitsumfang ab. Es sollten jedoch so viele Teammitglieder sein, dass die Aufgaben gleichmäßig aufgeteilt werden können. Der Informationsfluss und die Koordinierung untereinander müssen reibungslos funktionieren.

Vorteile der Teamarbeit

- Reduzierung des Planungs- und Kontrollaufwands der Vorgesetzten
- Steigerung der Kreativität → dadurch bessere Ergebnisse
- schnellerer Informationsfluss und Kommunikation
- bessere Nutzung der Erfahrungen unterschiedlicher Mitarbeiter/-innen
- flexiblere Reaktion auf veränderliche Anforderungen
- wachsendes Problemverständnis der Beteiligten
- mehr Freiräume der Teammitglieder
- stärkere Identifizierung der Mitarbeiter/-innen mit dem Unternehmen
- Zunahme der Motivation und Arbeitszufriedenheit der Beteiligten

Aufgaben

1. Unterscheiden Sie verbale und nonverbale Kommunikation.
2. Nennen Sie mindestens fünf Kriterien mit kurzer Erläuterung, sich auf ein Gespräch vorzubereiten.
3. Bei der Fragetechnik unterscheidet man offene und geschlossene Fragen. Worin besteht der Unterschied?
4. Was verstehen Sie unter Selbstwirksamkeit und Selbsteinschätzung?
5. Welche Vorteile ergeben sich durch Teamarbeit?

9 Prüfungsaufgaben zum Lernfeld 2

Prüfungsaufgaben Winter 2015/2016 (Aufgabe 1, teilweise, verändert)

Die Event & Style GmbH ist eine Eventagentur. Das Unternehmen vermittelt und plant Schulungsveranstaltungen, Firmenfeiern, Produktshows, private Familienfeiern und sonstige Events auf Anfrage. Alle für eine Veranstaltung notwendigen Komponenten werden eingekauft, für die Kunden zusammengestellt und direkt fakturiert. Die Kunden erhalten „alles aus einer Hand“. Als Teamassistent/-in des Geschäftsführers, Herrn Müller, sind Sie mit der Planung und Organisation von verschiedenen Events und der Büroorganisation beschäftigt.

1.1 Zu Beginn Ihres heutigen Arbeitstages um 08:30 Uhr finden Sie in Ihrer Wiedervorlage noch einige Aufgaben vom Vortag, die Sie neben Ihrem normalen Tagesgeschäft bearbeiten müssen. Beachten Sie die handschriftlichen Anmerkungen von Herrn Müller (**Anlage 1, Belege 1–5**).

1.1.1
- Erstellen Sie für Ihren Arbeitstag eine übersichtliche To-do-Liste in einer sinnvollen, zeitlichen Reihenfolge.
- Begründen Sie für jeden Arbeitsschritt Ihrer To-do-Liste die von Ihnen gewählte Reihenfolge.

1.1.2 Beschreiben Sie unter Verwendung der vorbereiteten Tabelle (siehe Datei *LF02_Kap.9_WI_2015-2016_1_1_2_Arbeitsschritte* unter den Webcode-Materialien) die weiteren Arbeitsschritte und wählen Sie die erforderlichen Arbeits-/Organisationsmittel.

Web

Anlage 1

Beleg 1

Event & Style GmbH
Heidelberg

An	Abteilung
Max Müller	Geschäftsleitung

Telefonnotiz

Anruf von	Datum	Uhrzeit
Herrn Peter Zimmer	11.11.2015	09:30 Uhr
Firma	**☎ Nr.**	**Fax Nr.**
Catering-Service Schulze	06221 329-232	

☒ hat angerufen	☐ ruft wieder an	☒ erbittet Rückruf
☐ hat zurückgerufen	☐ möchte Sie treffen	☐ war hier

Nachricht:

Herr Zimmer bittet um einen dringenden Rückruf bezüglich des Catering-Services am geplanten Tag der Offenen Tür bei der Firma Spindler & Co. Er hat noch einige Fragen zur Organisation und zu den vereinbarten Uhrzeiten für die Anlieferung.

Bitte zurückrufen und für heute einen Termin für ein kurzes Geschäftsessen im „Piccolo Napoli" machen.

M. Müller

Datum	Uhrzeit	Aufgenommen von
11.11.2015	09:40 Uhr	*Musterschüler/-in*

Beleg 2

Unternehmensberatung PLM GmbH
Industriepark 12
68161 Mannheim

seit 1980 etablierte Consulting-Dienstleistungen für Industrie, Handel und Logistik

An die Geschäftsleitung
Event & Style GmbH
Rohrbacher Str. 90
69126 Heidelberg

Mannheim, 25. Oktober 2015

Anlage fehlt – bitte klären!
Müller

Analysebericht

Sehr geehrte Damen und Herren,

anbei übermitteln wir Ihnen den Bericht zur Analyse Ihres Unternehmens. Gemäß Auftragsstellung umfasst dieser Bericht auch Hinweise unsererseits zur Optimierung und Modernisierung Ihres Unternehmens.

Dieser Bericht ist Grundlage unseres Auswertungsgespräches, das wir für den 19. November terminiert haben. Dann können die Einzelheiten näher erläutert und geklärt werden.

Wir freuen uns auf die weitere Zusammenarbeit.

Mit freundlichen Grüßen

Unternehmensberatung PLM

Ralf Pillmayer

Ralf Pillmayer

Anlage

Geschäftsräume	Kontakt	Bankverbindung
Industriepark 12 68161 Mannheim Geschäftsführer: Klaus Lauderer Amtsgericht Mannheim HRB 1456	Tel: +49 (0)621 40221-0 Fax: +49 (0)621 40221-1 Mail: info@plm.consulting.de Internet: www.plm.consulting.de	Bank: Musterbank Bankort: Mannheim BIC: MULADEFFXXX IBAN: DE24 5005 0000 0001 2349 00

Beleg 3

> Bitte für Montag früh das Kurzprotokoll von unserer gestrigen Sitzung unterschriftsreif vorbereiten!
>
> M. Müller

Beleg 4

Eventus GmbH
Hauptstraße 5
68519 Viernheim
☎ 06204 382-0
🖷 06204 382-2

> Melden Sie mich für den 16.11. an und erinnern Sie mich an den Termin.
>
> M. Müller

Faxantwort

Ich werde an der Hausmesse in Viernheim teilnehmen.

Name: ______________________ **Vorname:** ______________________

Firma: ______________________

Ich nehme an folgendem Termin teil:

☐ **13. November** ☐ **16. November** ☐ **18. November**

Datum: ______________________ **Unterschrift:** ______________________

Beleg 5

BüroPlus GmbH

Büroartikel und Bürogeräte unter einem Dach!
Obere Hauptstraße 12
69469 Weinheim
☎ 06201 4435-0
06201 4435-66
✉ info@b-plus.de
www.b-plus.de

BüroPlus GmbH • Obere Hauptstraße 12 • 69469 Weinheim

Event & Style GmbH
Frau Maria Mustermann
Rohrbacher Straße 90
69126 Heidelberg

Frau Maier von der Buchhaltung ist erkrankt. Bitte Zahlung durchführen.
M. Müller

Datum: 3. November 2015

Rechnung Nummer 14-2765 vom 03.11.2015

Artikel	Artikelnummer	Preis pro Einheit	Menge	Gesamt
Kopierpapier A4 weiß, 80 g/m², 500 Stück/pro Paket	456-8	2,56 EUR	100 Pakete	256,00 EUR
Kopierpapier A4 reinweiß-hochglanz, 120 g/m², 500 Stück/pro Paket	459-1	4,89 EUR	25 Pakete	122,25 EUR
Kopierpapier A3 reinweiß-hochglanz, 80 g/m², 250 Stück pro Paket	378-9	4,35 EUR	50 Pakete	217,50 EUR
Gesamt				595,75 EUR
Mehrwertsteuer (19 %)				113,19 EUR
Rechnungsbetrag				**708,94 EUR**

Bei einer Zahlung innerhalb von 10 Tagen ab Rechnungsdatum erhalten Sie 3 % Skonto. Ansonsten zahlbar innerhalb von 30 Tagen netto.

Bankverbindung
TGA BANK
IBAN: DE66 6565 0065 0532 0890 01
BIC: TG14 65 65 005

USt-IdNr.: DE197531409
Steuer-Nr.: 6530675733
Handelsregister: HRA 2376 Heidelberg
Gerichtsstand: Mannheim

Geschäftsführer
Hans-Dieter Schneider
Dr. Helmut Maser

Prüfungsaufgaben Winter 2016/2017 (Aufgabe 1, teilweise, verändert)

Sie arbeiten im Bereich „Betriebliches Gesundheitsmanagement (BGM)“ des Automobilzulieferers Sommer & Rau GmbH Stuttgart. Aufgrund einer Zusatzausbildung sind Sie die/der Ergonomie-Beauftragte Ihres Unternehmens.

1.1 In der Verkaufsabteilung ist seit einiger Zeit der Krankenstand sehr hoch. Die Geschäftsleitung hat sich mit diesem Problem auseinandergesetzt und eine Befragung der Mitarbeiterinnen und Mitarbeiter durchgeführt. Heute werden Sie über das Ergebnis informiert (**Anlage 1**).

- Erstellen Sie das Informationsblatt zum Thema „Belastungen am Arbeitsplatz“ für die nächste Geschäftsleitungsbesprechung.
- Speichern Sie Ihre Dateien unter der Aufgabennummer.

1.2 Es wurde beschlossen, 20 ergonomische Bürostühle anzuschaffen. Deshalb benötigt die Einkaufsabteilung für die Anfrage eine Checkliste mit Anforderungen (sechs Anforderungen) an einen ergonomischen Bürostuhl.

- Erstellen und gestalten Sie die Checkliste.
- Speichern Sie Ihr Ergebnis unter der Aufgabennummer.

1.4 Im Rahmen Ihrer Tätigkeit im „Betrieblichen Gesundheitsmanagement (BGM)“ haben Sie sich auch mit der biologischen Leistungskurve des Menschen beschäftigt (**Anlage 3**).

Bei der nächsten Sitzung der Verkaufsabteilung soll darüber beraten werden, wann die Tätigkeiten dieser Abteilung (**Anlage 4**) inklusive Pausenregelung im Tagesablauf erledigt werden können.

- Erstellen Sie zu diesem Thema eine tabellarische Tischvorlage für diese Sitzung.
- Begründen Sie Ihren Vorschlag.
- Speichern Sie Ihr Ergebnis unter der Aufgabennummer.

Anlage 1

An:	BGM@sommer-rau-gmbh.de
Cc:	
Bcc:	
Betreff:	Belastungen am Arbeitsplatz in der Abteilung Verkauf

Sehr geehrte/-r (Prüflingsname),

das Ergebnis der Befragung unserer Mitarbeiterinnen und Mitarbeiter der Abteilung Verkauf liegt vor. Die prozentuale Auswertung der Befragung ergab, dass sich die Beschäftigten über folgende Faktoren beklagen:

54 % Rückenprobleme
17 % Lärm
21 % Stress
8 % Mobbing

Bitte erstellen Sie für die nächste Besprechung ein Informationsblatt, auf dem Sie den Sachverhalt grafisch darstellen und in einer tabellarischen Aufstellung für jeden Faktor jeweils drei geeignete Maßnahmen zur Verbesserung vorschlagen.

Vielen Dank.

Freundliche Grüße

Dr. Karin Rau

E-Mail: karin.rau@sommer-rau-gmbh.de
Internet: www.sommer-rau-gmbh.com
Telefon: 0711 100-123
Telefax: 0711 100-124

Postanschrift: Postfach 10 15, 70501 Stuttgart
Hausanschrift/Sitz: Parkstraße 62, 70569 Stuttgart
Geschäftsführer: Jens Sommer, Dr. Karin Rau
Handelsregister HRB 8399488 beim Amtsgericht Stuttgart

Anhang:	

Anlage 3

Die durchschnittliche biologische Leistungskurve des Menschen

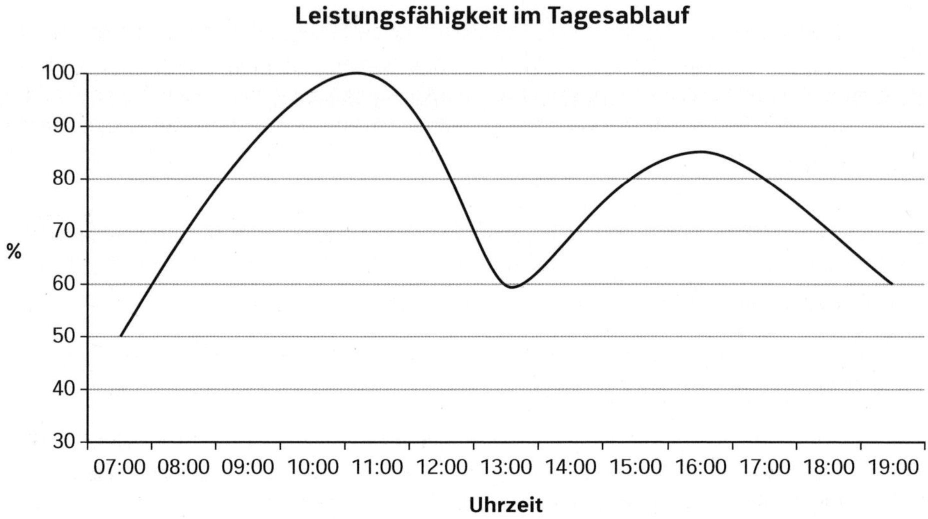

Anlage 4

Tätigkeiten der Verkaufsmitarbeiter/-innen

• Angebote formulieren an Neu- und Stammkunden
• Auftragsbestätigungen schreiben
• Rechnungen und Versandpapiere erstellen
• Tagespost lesen und sortieren
• E-Mails bearbeiten
• Terminplanung am Computer für die Kundenbetreuung und Kundenbesuche
• Ablage der Kunden- und Auftragsdokumente
• Zeitfenster für Abteilungs- und Kundenbesprechungen (ca. 90 Minuten)
• Wiedervorlage des Tages durchsehen

Prüfungsaufgaben Sommer 2017 (Aufgabe 1, teilweise)

Sie sind neu in der Abteilung Einkauf des Büromöbelherstellers Lindner GmbH (Hauptstätter Straße 1, 70173 Stuttgart, Telefon: 0711 545-18, Telefax: 0711 545-19, E-Mail: <pruefling>@lindner.de) und unterstützen Frau Adam, die Leiterin der Einkaufsabteilung.

1.1 Frau Adam zeigt Ihnen Ihren neuen Arbeitsplatz und bittet Sie, die prall gefüllte Wiedervorlagemappe (Einteilung: Tage/Monate) Ihrer Vorgängerin möglichst schnell durchzusehen. In letzter Zeit kam es innerhalb der Abteilung häufig vor, dass wichtige Unterlagen zu Terminen vergessen wurden und Unterlagen von Lieferanten nicht zeitgerecht zur Verfügung standen. In einem Brainstorming wurde nach den Gründen gesucht und diese wurden in einem Fotoprotokoll **(Anlage 1)** festgehalten.

1.1.1 Gestalten Sie auf Grundlage des vorliegenden Ergebnisses einen Leitfaden mit mindestens vier Aspekten für die richtige Nutzung einer Wiedervorlage in der Lindner GmbH.

Speichern Sie unter Anwendung der vorgegebenen Speicherregel.

1.1.2 Erstellen Sie ein Formular für eine Bearbeitungsnotiz (Papierformat A4).

Speichern Sie unter Anwendung der vorgegebenen Speicherregel.

1.2 Aufgrund eines Kundenauftrages werden für die Produktion des Schreibtisches SX 505 dringend Massivholzplatten benötigt. Aufgrund einer Recherche hält Frau Adam die Produkte der Massivholzbau GmbH für besonders geeignet. Deshalb soll ein erstes Treffen mit den zuständigen Mitarbeitern der Massivholzbau GmbH in Ihrem Unternehmen stattfinden.

1.2.1 Nehmen Sie dieses Treffen zum Anlass und erstellen Sie eine allgemeine Checkliste für Besprechungsvorbereitungen (mindestens acht Aspekte).

Speichern Sie unter Anwendung der vorgegebenen Speicherregel.

1.2.2 Beschreiben Sie unter Verwendung der **Anlage 2,**
- wie Sie sicherstellen, dass Frau Adam alle notwendigen Unterlagen für den Besprechungstermin pünktlich bekommt,
- wie Sie sich auf das Protokoll vorbereiten (mindestens vier Aspekte).

Speichern Sie unter Anwendung der vorgegebenen Speicherregel.

Anlage 1

Fotoprotokoll

Warum funktioniert unser Wiedervorlagesystem so schlecht?

Kleine Erinnerungszettel liegen in der WV.

Unterlagen werden zu spät terminiert.

Unterlagen, die für die Registratur bestimmt sind, liegen in der WV.

Komplette Vorgänge liegen in der WV.

Digitale WV und Papier-WV werden nicht konsequent geführt.

Unvollständige Unterlagen sind falsch terminiert.

WV = Wiedervorlage

Lösungsvorschläge

Leitfaden erstellen: „Richtige Nutzung der Wiedervorlage“

Bearbeitungsnotiz → Leitwörter

Vorgang

Standort der Unterlagen

Termin

Aufgabe

Notizen

Name

Abteilung

ausgestellt am

Anlage 2

An:	<pruefling>@lindner.de
Cc:	
Bcc:	
Betreff:	Besprechung mit dem neuen Lieferanten Massivholzbau GmbH

Sehr geehrte/-r <Pruefling>,

am 15. Mai 2017 um 14:00 Uhr kommen Herr Peter Sommer und Frau Susanne Weber von der Massivholzbau GmbH zu uns nach Stuttgart, um die ersten Verhandlungen mit uns zu führen.

Bitte bereiten Sie die Unterlagen der Massivholzbau GmbH bis drei Arbeitstage vor der Besprechung vor. Treffen Sie alle organisatorischen Vorbereitungen für die Besprechung.

Weiterhin bitte ich Sie, während der Besprechung das Protokoll zu führen.

Vielen Dank

Petra Adam

Prüfungsaufgaben Winter 2017/2018 (Aufgabe 1, teilweise)

Die Textilgroßhandlung Faber & Dietrich KG ist ein mittelständisches Unternehmen, das seinen Kunden hochwertige Textilien anbietet. Sie sind in der Abteilung Verkauf als Sachbearbeiter/-in tätig und unterstützen die Abteilungsleiterin Frau Lisa Kircher (E-Mail: lisa.kircher@faber-dietrich-kg.de).

1.1 Gegen Ende des Arbeitstages befinden sich auf Ihrem Schreibtisch verschiedene Schriftstücke **(Anlage 1).**

1.1.1 Entscheiden Sie, ob und mit welcher Dauer die Schriftstücke aufbewahrt werden müssen. Begründen Sie Ihre Entscheidung in einer übersichtlichen, normgerechten Tabelle.

Speichern Sie die Datei unter der angegebenen Speicherregel.

1.1.2 Erläutern Sie am Beispiel des Belegs 3 **(Anlage 1)**, wann die gesetzliche Aufbewahrungsfrist beginnt und endet.

Speichern Sie die Datei unter der angegebenen Speicherregel.

1.1.3 Ihnen ist aufgefallen, dass generell zu viele Schriftstücke abgelegt werden. Abhilfe soll ein Leitfaden schaffen, nach dem die täglich anfallenden Schriftstücke nach Wertigkeit geprüft werden können. Erstellen Sie den Leitfaden.

Speichern Sie die Datei unter der angegebenen Speicherregel.

Anlage 1

Beleg 1

Faber & Dietrich KG
Stuttgart

Faber & Dietrich KG – Postfach 10 20 30 – 70130 Stuttgart

Textilgroßhandlung

Ihr Zeichen: rl-in
Ihre Nachricht vom: 2017-11-03
Unser Zeichen: ki..
Unsere Nachricht vom:

Modehaus
Kahlmann & Werner GmbH
Frankfurter Straße 18
74072 Heilbronn

Name: Lisa Kircher
Telefon: 0711 123-456
Telefax: 0711 123-457
E-Mail: lisa.kircher@faber-dietrich-kg.de

Datum: 2017-11-09

Angebot über Kaschmirpullover

Sehr geehrte Frau Kahlmann,

vielen Dank für das angenehme Gespräch. Wie vereinbart erhalten Sie unser Angebot über die von Ihnen gewünschten 50 Kaschmirpullover, Artikel-Nr.: 193 143 11.

Preis:	2.000,00 EUR zuzüglich 19 % gesetzliche Mehrwertsteuer
Zahlungsziel:	30 Tage nach Lieferung und Rechnungsdatum
Liefertermin:	49. Kalenderwoche

Dieses Angebot ist gültig bis 15. November 2017. Es gelten die allgemeinen Geschäftsbedingungen.

Wünschen Sie weitere Informationen? Rufen Sie mich an, ich berate Sie gern.

Freundliche Grüße nach Heilbronn

Faber & Dietrich KG Textilgroßhandlung

Lisa Kircher

Anlage

Allgemeine Geschäftsbedingungen

Faber & Dietrich KG	Telefon: 0711 123-0	Geschäftsführer:	Sitz Stuttgart
Textilgroßhandlung	Telefax: 0711 123-457	Robert Faber	USt-IdNr. DE399488
Weberstraße 28	E-Mail: info@faber-dietrich-kg.de	Claudia Dietrich	Amtsgericht Stuttgart
70124 Stuttgart	Internet: www.faber-dietrich-kg.de		HRB 12209

Beleg 2

Modehaus Harenberg
Ludwigsburg

Modehaus Harenberg – Postfach 10 20 – 71649 Ludwigsburg

Ihr Zeichen: ki-li
Ihre Nachricht vom: 2017-11-04
Unser Zeichen: so-mo
Unsere Nachricht vom: 2017-10-28

Faber & Dietrich KG
Frau Lisa Kircher
Weberstraße 28
70174 Stuttgart

Name: Kathrin Müller-Schönthal
Telefon: 07141 494-610
Telefax: 07141 494-600
E-Mail: kathrin.mueller@modehaus-harenberg.de

Datum: 2017-11-08

Bestellung

Sehr geehrte Frau Kircher,

vielen Dank für Ihr Angebot. Entsprechend Ihrer Mustersendung bestellen wir:

25 Wollmäntel, Artikel-Nr. 5739, schwarz, Obermaterial: 97 % Wolle, 3 % Polyester, Futter: 100 % Polyester, gerader Schnitt, Reverskragen, Einknopf-Verschluss, Paspeltaschen

Preis: 399,00 EUR pro Stück

15 gefütterte Trenchcoats, Artikel-Nr. 3949, beige, Obermaterial: 100 % Baumwolle, Futter: 100 % Polyester, taillierter Schnitt, Zweireiher, Taillengürtel, seitliche Eingriffstaschen

Preis: 245,00 EUR pro Stück

Bitte liefern Sie innerhalb 4 Wochen frei Haus. Bei Bezahlung innerhalb von zwei Wochen nach Wareneingang ziehen wir 2 % Skonto vom Warenwert ab.

Wir freuen uns auf eine gute Zusammenarbeit.

Freundliche Grüße

Modehaus Harenberg

Kathrin Müller-Schönthal

Modehaus Harenberg	Telefon: 07141 494-0	Geschäftsführer:	Sitz Ludwigsburg
Inselstraße 18	Telefax: 07141 494-600	Kirsten Harenberg	USt-IdNr. DE399488
71640 Ludwigsburg	E-Mail: info@modehaus-harenberg.de	Petra Winter	Amtsgericht Ludwigsburg
	Internet: www.modehaus-harenberg.de		HRB 12209

Beleg 3

business hotels
Baden-Württemberg

Stuttgart

business hotels Baden-Württemberg – Postfach 10 12 – 70120 Stuttgart

Ihr Zeichen: ki-we
Ihre Nachricht vom: 2017-07-21
Unser Zeichen: kr-ka
Unsere Nachricht vom: 2017-06-29

Name: Sonja Kaufmann
Telefon: 0711 123-555
Telefax: 0711 123-556
E-Mail: s.kaufmann@business-hotels.de

Datum: 2017-09-21

Faber & Dietrich KG
Frau Lisa Kircher
Postfach 10 20 30
70130 Stuttgart

Rechnung

Sehr geehrte Frau Kircher,

vielen Dank für Ihren Auftrag. Wie vereinbart, berechnen wir Ihnen für die Tagung zum Thema „Erfolgreich verkaufen“ vom 18. und 19 September 2017 in unserem Haus:

Datum	Menge	Artikelbezeichnung	Einzelpreis	Betrag
18./19.09.2017	1	Tagungsraum „Mozart“	1.460,00 EUR	2.920,00 EUR
19.09.2017	20	Teilnehmer ohne Übernachtung	49,00 EUR	980,00 EUR
18./19.09.2017	35	Teilnehmer mit Übernachtung	178,00 EUR	6.230,00 EUR
18./19.09.2017	6	Pinnwände	12,00 EUR	144,00 EUR
18./19.09.2017	2	Moderationskoffer	20,00 EUR	80,00 EUR
19.09.2017	1	Beamer	130,00 EUR	130,00 EUR
19.09.2017	1	gesicherter Internet-Anschluss	98,00 EUR	98,00 EUR
18.09.2017	1	Rednerpult	25,00 EUR	25,00 EUR
18./19 09.2017	1	Laserpointer	10,00 EUR	20,00 EUR
18./19.09.2017	100	Kopien	0,26 EUR	26,00 EUR
18./19.09.2017	10	USB-Speicher	1,00 EUR	10,00 EUR
			Nettobetrag	**10.663,00 EUR**
			19 % MwSt.	2.025,97 EUR
			Bruttobetrag	**12.688,97 EUR**

Bitte bezahlen Sie den Rechnungsbetrag ohne Abzug innerhalb von 7 Tagen.

Freundliche Grüße

business hotels
Baden-Württemberg

i. A. Sonja Kaufmann

business hotels Baden-Württemberg Objekt Stuttgart GmBH
Ludwigsburger Straße 35/2, 70174 Stuttgart, Telefon: 0711 123-0, Telefax: 0711 123-456
business hotels GmbH Geschäftsführer Susanne Weber
HRB 123-456 Amtsgericht Stuttgart, USt-IdNr. DE44439999, Steuer-Nr.: 9989/008
Bankverbindungen: Kreissparkasse Stuttgart, Kto-Nr.: 12345, IBAN: DE95 6050 0002 0059 4958 99

Beleg 4

Faber & Dietrich KG

Stuttgart

Textilgroßhandlung

Wir haben einen geeigneten Lieferanten gefunden.

Viele Grüße

Lisa Kircher
09.11.2017

Notiz

Kon[illegible]ationsangaban	
Name/Abteilung:	Sonja Wagner, Verkauf
Datum	2017-10-20
Betreff	
Neue Lieferanten für Sportbekleidung	
Entscheidungen	
Der Herbst/Winter-Katalog soll mit einem neuen Bereich für Sportbekleidung ergänzt werden. Frau Wiedmann, Abteilung Einkauf, sucht so schnell wie möglich nach geeigneten Lieferanten.	
Weitere Schritte	
Angebote werden von der Abteilung Einkauf geprüft und an die Abteilung Verkauf zur Prüfung weitergeleitet.	

Beleg 5

Bürobedarf Groß
Stuttgart

Bürobedarf Groß – Postfach 204949 – 70187 Stuttgart

Faber & Dietrich KG
Frau Lisa Kircher
Weberstraße 28
70174 Stuttgart

Ihr Zeichen: ki-li
Ihre Nachricht vom: 2017-10-29
Unser Zeichen: sa-kr
Unsere Nachricht vom: 2017-10-15

Name: Samuel Kramer
Telefon: 0711 4567-10
Telefax: 0711 4567-11
E-Mail: samuel.kramer@buerobedarf-gross.de

Datum: 2017-11-08

Rechnung

Sehr geehrte Frau Kircher,

Sie erhielten am 5. November 2017 die am 29. Oktober 2017 bestellten Büroschränke. Wir berechnen Ihnen wie vereinbart:

Menge	Einheit	Beschreibung	Einzelpreis	Gesamtpreis
1	Stück	Büroschrank Art.-Nr. 294 499	3.500,00 EUR	3.500,00 EUR
			Nettobetrag	**3.500,00 EUR**
			+ 19 % MwSt.	665,00 EUR
			Nettobetrag	**4.165,00 EUR**

Vielen Dank für Ihren E

Freu

Büro

Samu

Ausdruck einer Rechnung, die als Anhang mit einer E-Mail eingegangen ist.

Bürobedarf Groß
Hohe Straße 249
70174 Stuttgart

Telefon: 0711 4567-0
Telefax: 0711 4567-11
E-Mail: info@buerobedarf-gross.de
Internet: www.buerobedarf-gross.de

Geschäftsführer:
Werner Groß
Max Freitag

Sitz Stuttgart
USt-IdNr.: DE399488
Amtsgericht Stuttgart
HRB 12209

Beleg 6

Kaufvertrag

zwischen

Textilgroßhandlung
Faber & Dietrich KG
Weberstraße 28
70174 Stuttgart

und

Messebau Design GmbH
Hauptstraße 199
70172 Stuttgart

Beleg 7

Privatbank Stuttgart

Kontoauszug 36

Privatbank Stuttgart — Blatt 5

Datum	Erläuterungen			Betrag (Euro)
22.10.2017	Überweisungsgutschrift Heber GmbH ReNr. 176 vom 15.10.2017 abzgl. Gutschrift und Skonto	Wert:	22.10.2017	27.841,72 +

Ihre IBAN:
DE28 3682 6043 0022 6400 09
SWIFT-BIC: PBOOFGVOKVF
www.privatbank-stuttgart.de

Beleg 8

Eingereicht von einem Außendienstmitarbeiter, der einen Firmenwagen nutzt.

Tankstelle Schneider GmbH
Schnelle Straße 1
70174 Stuttgart
Tel.: 0711 1234-0
USt-IdNr. DE263544865

* 15,16 LITER	SÄULENNUMMER 8
* SUPER E10	20,00 EUR*
1,319 EUR/LITER	
TOTAL	**20,00 EUR**
MwSt. 19 %	3,19 EUR
NETTO 16,81 EUR	BRUTTO 20,00 EUR

30.10.2017, 16:20 UHR, BEDIENER 9

VIELEN DANK UND GUTE FAHRT!

Prüfungsaufgaben Winter 2017/2018 (Aufgabe 2, teilweise)

Die Grünwatt KG, Hauptstraße 160, 70563 Stuttgart, ist als Dienstleistungsunternehmen im Bereich erneuerbare Energien tätig. Sie plant und installiert Fotovoltaikanlagen zur Stromerzeugung. Sie sind in der Abteilung Einkauf eingesetzt und unterstützen Herrn Grün bei der Optimierung der Lagerhaltung. Außerdem sind Sie Ansprechpartner/-in für die Beratungsfirma J. Fallon GmbH, die Ihr Unternehmen bei der Verbesserung der innerbetrieblichen Büroprozesse unterstützt.

2.2 Von Juli bis September war die Beratungsfirma J. Fallon GmbH mit der Prozessoptimierung der Postbearbeitung beschäftigt. Der Abschlussbericht des Beraters lässt vermuten, dass die Einrichtung einer zentralen Poststelle sinnvoll sein könnte **(Anlage 5)**.

2.2.1 Erstellen Sie den Prozess **Posteingang** für die zukünftige zentrale Poststelle. Die Tabelle soll

- die Prozessschritte,
- die jeweiligen Tätigkeiten und
- die Verbesserungen (insgesamt vier Nennungen) gegenüber der im Abschlussbericht beschriebenen jetzigen Situation darstellen. Dieser Büroprozess soll als Arbeitsvorlage in der nächsten Sitzung der Geschäftsleitung vorgelegt werden.

Speichern Sie die Datei unter Beachtung der Speicherregel.

2.2.2 Formulieren Sie auf der Basis des Abschlussberichts in einer E-Mail an Herrn Grün, w.gruen@gruenwatt.com (siehe Datei *LF02_Kap.9_WI_2017-2018_2_2_2_E-Mail* unter den Webcode-Materialien) Web

- zwei Argumente, die für eine zentrale Poststelle sprechen;
- zwei Maßnahmen, die für eine erfolgreiche Zentralisierung der Poststelle notwendig sind.

Speichern Sie die Datei unter Beachtung der Speicherregel.

Anlage 5

BERATUNGSFIRMA

J. Fallon GmbH
Spezialist für Post- und Dokumentenbearbeitungsstrategien
Gelsenkirchen

Abschlussbericht	
Thema:	**Analyse der Posteingangsbearbeitung**
Firma:	Grünwatt KG, Hauptstraße 160, 70563 Stuttgart
Berichtszeitraum:	Juli – September 2017
Berater:	Marcel Wohlfelder

Bei der Analyse der Postbearbeitung wurde Folgendes festgestellt:

Die gesamte Tagespost (ca. 100 Sendungen) wird auf einem großen Tisch verstreut. Jede Abteilung (Buchhaltung, Einkauf, Geschäftsleitung, Marketing, Personal, Versand und Vertrieb) holt im Laufe des Tages ihre Post ab. Dies ist mit langen Suchzeiten verbunden. Häufig bleiben Briefe liegen und werden erst am nächsten Tag abgeholt. Fälschlicherweise mitgenommene Post wird am nächsten Tag – zum Teil geöffnet – zurückgebracht.

Eine verlässliche Anlieferungszeit der Post gibt es nicht. Die Deutsche Post AG liefert täglich zu unterschiedlichen Zeiten zwischen 08:30 Uhr und 11:00 Uhr die Briefsendungen an.

Die jeweiligen Abteilungssekretärinnen erledigen die Bearbeitung der Post sehr unterschiedlich und unter hohem Zeitaufwand. Im Durchschnitt benötigen sie hierfür täglich ca. 2 Stunden.

Die Mitarbeiter/-innen klagen über teilweise beschädigte und unvollständige Dokumente.

Der Eingangsstempel wird von den Abteilungssekretärinnen, von den Sachbearbeitern selbst oder überhaupt nicht angebracht.

Auffällig ist außerdem, dass sachlich gleichartige Ausgangspost häufig unterschiedlich frankiert wird, was zu unnötig hohen Portokosten führt.

Die Analyse der Postbearbeitung zeigt, dass eine Poststelle die Schwachstellen im Posteingangsprozess, aber auch im Postausgangsprozess minimieren und ein effizientes und kostensparendes Arbeiten ermöglichen würde. Unklar ist jedoch, wer diese Aufgabe übernehmen kann, da es zurzeit keine Fachkräfte in diesem Bereich gibt.

Ort, Datum:	Unterschrift:
Gelsenkirchen, 06.11.2017	*M. Wohlfelder*

1 Grundlagen einer EDV-Anlage und büroübliche Anwendungen

1.1 Hardware

Stofftelegramm

Alle physischen Bestandteile einer Computeranlage, Arbeit nach dem **E-V-A-Prinzip:**
→ **E**ingabe: Tastatur, Maus, Scanner usw.
→ **V**erarbeitung: **C**entral **P**rocessing **U**nit, **G**raphics**PU**
→ **A**usgabe: Monitor, Drucker, Lautsprecher

1.2 Software

Stofftelegramm

Systemsoftware		**Anwendungsprogramme**	
Betriebssysteme	Programmiersprachen	Standardsoftware	Spezial- und Unternehmenssoftware
Windows 10, 11 …	C++, C#, JAVA, Python, Pearl, …	Textverarbeitung (MS Word, OpenOffice Writer, LaTeX, …)	ERP-Systeme (Microsoft Dynamics 365, Sage 50 Quantum, SAP S/4, …)
Mac OS		Tabellenkalkulation (MS Excel, OpenOffice Calc)	Buchhaltungssoftware (DATEV, Lexware Buchhalter, …)
Linux, Android, Unix		Datenbankanwendungen (SQL-Server, MS Access, MySQL, …)	CAD-Programme (AutoCAD)

- **Betriebssystem**: Schnittstelle zwischen Hardware, Anwendungssoftware und Anwender
- **Programmiersprachen**: Erstellung von anderen Programmen, aber auch Betriebssystemen
- **Standardsoftware**: Lösung von „Standardproblemen“ wie Textverarbeitung, Preiskalkulation und Erstellung von Präsentationen
- **Unternehmenssoftware**: Verbindung mehrerer betrieblicher Abläufe wie Finanzbuchhaltung, Auftragsbearbeitung, Beschaffung und Lager

1.3 Netzwerk

Stofftelegramm

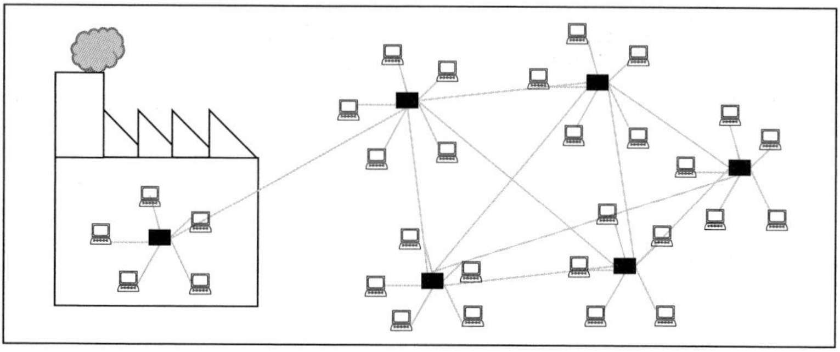

LAN
Local Area Network

WAN
Wide Area Network

2 Der Auftragsbearbeitungsprozess im Überblick

Stofftelegramm

Kundenanfrage	Angebot	Bestellung	Lieferung und Rechnungsstellung	Zahlungseingang
Unverbindliche Erkundung nach: • Produktprogramm → allgemeine Anfrage • speziellen Produkten → bestimmte Anfrage Ziel: Erhalt eines Angebotes **keine verbindliche Willenserklärung**	**Verbindliche** Willenserklärung über: • Art, Güte und Menge der Ware • Preis • Liefer- und Zahlungsbedingungen • Erfüllungsort und Gerichtsstand	**Verbindliche** Willenserklärung: stimmt mit Angebot überein → Kaufvertrag stimmt **nicht** mit Angebot überein = neuer Antrag des Kunden → kein Kaufvertrag	Termin der Leistung und/oder Rechnungsstellung = Grundlage für Fristberechnung und Verzugsbestimmung	**Kontrolle:** • Zahlungszeitpunkt • Zahlungshöhe **Bei Fehlern:** Prüfung der Rechte bei Zahlungsverzug ggf. Mahnverfahren

3 Anfragen erfassen

3.1 Wesen der Anfrage

Stofftelegramm

- **Formfrei**: mündlich, schriftlich, telefonisch, per E-Mail usw.
- **unverbindlich**, d.h., der Anfragende geht keinen Vertrag und keine rechtliche Verpflichtung ein
- Ziel:
  - Anbahnung neuer Geschäftsbeziehungen
  - Aktualisierung der eigenen Unterlagen
  - **Aufforderung zur Abgabe eines Angebotes**

Arten der Anfrage	
Allgemeine Anfrage: z. B. Bitte um Preisliste, Katalog, Muster, Prospekte	Bestimmte Anfrage: • Bitte um ein Angebot zu einem bestimmten Produkt • Informationen über Preise, Preisnachlässe, Beschaffenheit, Liefer- und Zahlungsbedingungen, Garantie und Güte der Produkte

3.2 Prüfung bei Anfrageneingang

Stofftelegramm

Ereignisgesteuerte Prozesskette (EPK) für den Auftragsprozess
Symbolik

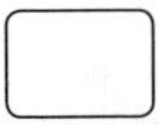	**Funktion:** Was soll gemacht werden?	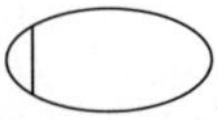	**Stelle:** Wer ist verantwortlich?
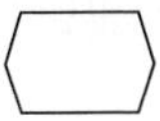	**Ereignis:** Was ist passiert?	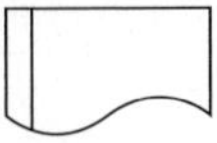	**Dokument,** welches erstellt wird
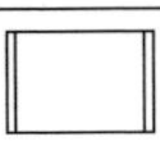	**Information:** Welche Informationen werden benötigt?		**entweder ... oder** (Nur eine Alternative ist möglich.)
	**und** → Beide Bedingungen müssen erfüllt sein.		entweder die eine **oder** andere Alternative oder beide

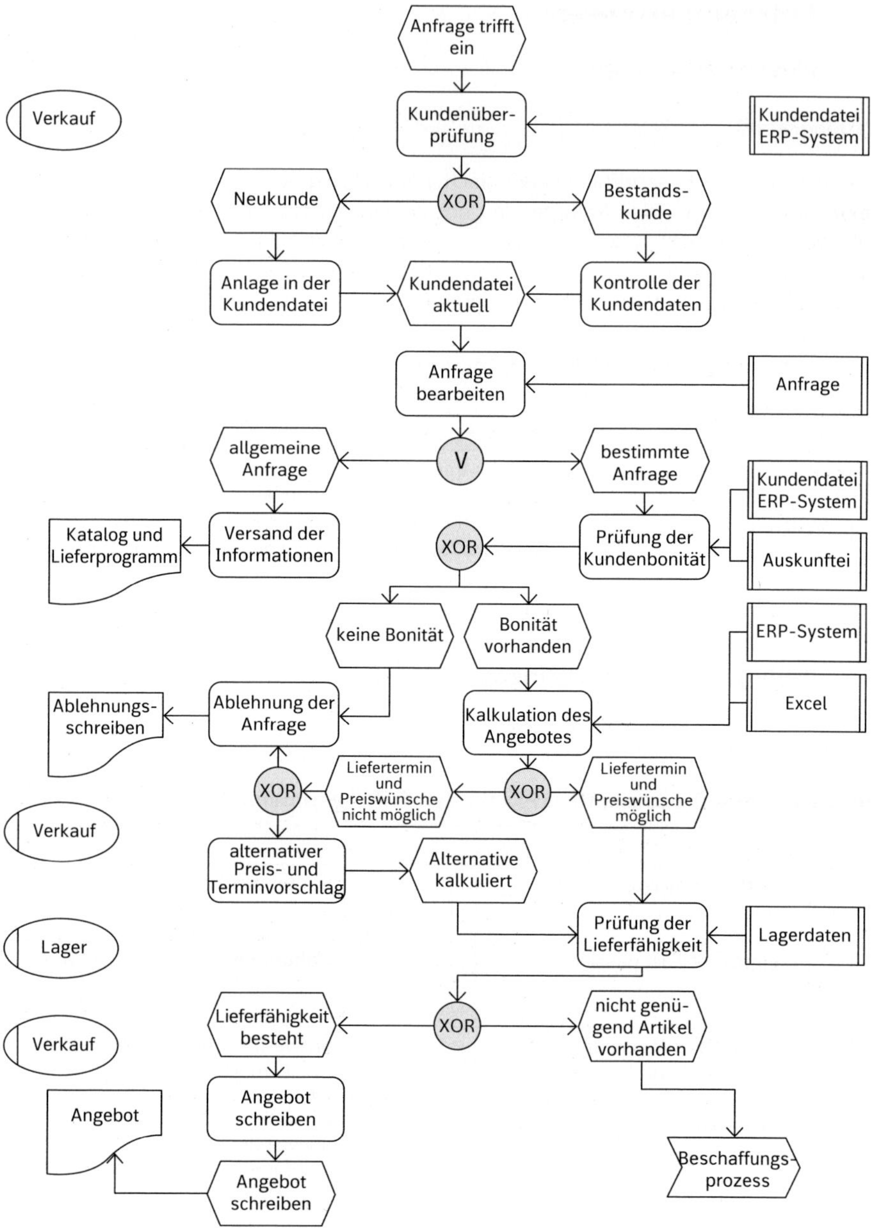
Anfrage trifft ein
Verkauf
Kundenüber-prüfung
Kundendatei ERP-System
Neukunde
XOR
Bestands-kunde
Anlage in der Kundendatei
Kundendatei aktuell
Kontrolle der Kundendaten
Anfrage bearbeiten
Anfrage
allgemeine Anfrage
V
bestimmte Anfrage
Kundendatei ERP-System
Katalog und Lieferprogramm
Versand der Informationen
XOR
Prüfung der Kundenbonität
Auskunftei
keine Bonität
Bonität vorhanden
ERP-System
Ablehnungs-schreiben
Ablehnung der Anfrage
Kalkulation des Angebotes
Excel
XOR
Liefertermin und Preiswünsche nicht möglich
XOR
Liefertermin und Preiswünsche möglich
Verkauf
alternativer Preis- und Terminvorschlag
Alternative kalkuliert
Lager
Prüfung der Lieferfähigkeit
Lagerdaten
Lieferfähigkeit besteht
XOR
nicht genü-gend Artikel vorhanden
Verkauf
Angebot
Angebot schreiben
Angebot schreiben
Beschaffungs-prozess

4 Angebote erstellen

4.1 Grundlagen

Stofftelegramm

Merke:
Das Angebot ist eine verbindliche Willenserklärung des Verkäufers, die an eine bestimmte Person oder Personengruppe gerichtet ist. Ein Angebot darf nicht an die Allgemeinheit gerichtet sein. Das Angebot stellt eine empfangsbedürftige Willenserklärung dar.

Form
formfrei; zur Beweissicherung aber besser schriftlich

EXKURS

Anpreisung (Werbung)

Ein an die Allgemeinheit gerichtetes „Angebot“ nennt man Anpreisung (Werbung).

Beispiele:

- *Zeitungsinserate*
- *Plakate*
- *Verkaufsprospekte*
- *Schaufensterauslagen*
- *Zeitschriften und Zeitungen usw.*

Die Anpreisung soll potenzielle Käufer dazu auffordern, einen Antrag (z. B. Bestellung) abzugeben, sie dient der Anbahnung eines Kaufvertrags.

4.2 Inhalt des Angebots

Stofftelegramm

Da ein Angebot grundsätzlich formfrei ist, gibt es keine Mindestinhalte. Fehlt eine Angabe im Angebot, dann tritt an deren Stelle die Regelung im HGB oder BGB.

Inhalte	Beispiele	Konsequenz beim Fehlen der Angaben
Art der Ware	*Äpfel, Mehl, Eier*	Die Art wird bestimmt durch die handelsübliche Bezeichnung.
Beschaffenheit und Güte der Ware	*Güteklasse A, fabrikneu, Typ 405, Handelsklasse II*	§ 243 Abs. 1 BGB mittlere Art und mittlere Güte
Menge	*10 Stück, 2 Liter, 2 Meter, ein Pfund, ein Dutzend*	
Preis	*netto, brutto*	§ 1 Abs. 1 PAngV Bei Endverbrauchern sind Bruttopreise anzugeben (inkl. Umsatzsteuer).
Preisnachlässe	*10 % Rabatt, 3 % Skonto*	keine → siehe LF 4, Kapitel 1.8.3 „Zahlungsbedingungen“ auf S. 189
Garantien	*zwei Jahre Garantie*	gesetzliche Gewährleistungsfristen → siehe LF 4, Kapitel 2.6 „Gewährleistung und Garantie“ auf S. 217
Lieferzeit	*Lieferung innerhalb von zwei Tagen*	§ 271 Abs. 1 BGB sofort
Lieferbedingungen	*ab Werk, frei Haus, frachtfrei*	unfrei → siehe LF 4, Kapitel 1.8.2 „Lieferbedingungen“ auf S. 187
Verpackungskosten	*Preis einschließlich Verpackung, Reingewicht einschließlich Verpackung*	Verkaufsverpackung: trägt der Verkäufer (z. B. Waschpulverschachtel) Versandverpackung: trägt der Käufer (z. B. Einwegpalette)
Zahlungsbedingungen	*zahlbar sofort, innerhalb von 14 Tagen nach Rechnungserhalt, 14 Tage 3 % Skonto; 60 Tage rein netto*	§ 271 Abs. 1 BGB sofort ohne Abzüge → siehe LF 4, Kapitel 1.8.3 „Zahlungsbedingungen“ auf S. 189
Erfüllungsort (Leistungsort)	*Ulm, Wohnort des Bestellers*	§ 269 Abs. 1 BGB Zahlung: Wohnsitz des Käufers (Geldschuldner) Ware: Wohnsitz des Verkäufers (Warenschuldner) → siehe LF 4, Kapitel 2.2 „Erfüllungsort und Gerichtsstand“ auf S. 206
Gerichtsstand	*Ravensburg, Sitz des Verkäufers*	jeweiliger Erfüllungsort → siehe LF 4, Kapitel 2.2 „Erfüllungsort und Gerichtsstand“ auf S. 206

4.3 Rechtliche Wirkung des Angebotes

Stofftelegramm

Gesetzliche Bindungsfrist
Der Anbietende ist an das Angebot gebunden (verbindliche Willenserklärung).

Angebot unter Abwesenden (§ 147 Abs. 2 BGB)	
bis unter normalen Umständen Antwort erwartet werden kann	z. B. Brief ca. eine Woche, E-Mail ca. 24 Stunden
Annahmefrist lt. BGB: Zeit für die Übermittlung des Antrages + Bearbeitung- und Überlegungszeit + Zeit für die Übermittlung der Antwort	
Angebot unter Anwesenden (§ 147 Abs. 1 BGB)	
solange das Gespräch dauert	z. B. Dauer eines Telefongespräches
Annahmefrist lt. BGB: sofort, unverzüglich	

Vertragliche Bindung und Freizeichnungsklauseln
Vertragliche Bindungsfrist: → befristet das Angebot, z. B. „gültig bis zum 28.11.20..“

Freizeichnungsklauseln:

Beispielklausel	Bedeutung
unverbindlich/freibleibend/ohne Obligo	Das Angebot kann zurückgenommen werden.
Preise freibleibend	Preis unverbindlich, kann sich ändern; Menge verbindlich
Menge freibleibend/unverbindlich	Menge unverbindlich, Preis verbindlich
solange der Vorrat reicht	Menge unverbindlich, Preis verbindlich
Zwischenverkauf vorbehalten	Menge und Preis so lange verbindlich, bis die Ware anderweitig weiterverkauft wird
solange der Vorrat reicht	

Erlöschung der Bindung an das Angebot
Wenn
- der Empfänger das Angebot ablehnt,
- das Angebot verspätet angenommen wurde,
- der Empfänger das Angebot abgeändert hat (neuer Antrag),
- der Antragende rechtzeitig widerruft.

Unverlangte Angebote und Zusendung unbestellter Ware
unverlangtes Angebot → „Werbebrief", der nicht an die Allgemeinheit gerichtet ist

Ziel: Aufbau neuer Kundenkontakte, Wiederbelebung einer Kundenbeziehung

Für die Bindung gelten die gleichen Bedingungen wie für das verlangte Angebot.

Wird mit dem unverlangten Angebot auch eine kostenpflichtige Warenprobe versandt, gilt
- **bei Privatkunden:** Schweigen des Warenempfängers bedeutet **Ablehnung** des Angebotes. → Der Empfänger muss die Ware lediglich eine Weile ordentlich aufbewahren.
- **unter Geschäftspartnern (Kaufleuten):** Schweigen des Warenempfängers bedeutet **Annahme** des Angebotes. → Es kommt ein Kaufvertrag zustande.

4.4 Beispiel eines Angebots

	Legende
①	Kunde/Adresse des Kunden
②	Kontaktdaten des Anbietenden
③	Artikelbezeichnung, Menge und Preis
④	Rabatte
⑤	Lieferzeit und Lieferbedingungen
⑥	Zahlungsbedingungen
⑦	Freizeichnungsklausel

Mouse & Co.

Mouse & Co. • Postfach 25 39 • 30160 Hannover
Better GmbH
① Hindenburgstraße 12
88400 Biberach/Riß

Ihr Zeichen: AK
Ihre Nachricht vom: 25.09.20..
Unser Zeichen: LK
Unsere Nachricht vom: 04.10.20..

Name: Linus Karl ②
Telefon: 0511 2345-12
Fax: 0511 2345-10
E-Mail: karl@mouse.com

Datum: 04.10.20..

Angebot 2025-1001

Sehr geehrter Herr Kaiser, ①

anbei erhalten Sie unser Angebot über die gewünschten Büroartikel.

③ Artikelnummer	Artikelbezeichnung	Nettopreis	Menge	Summe
2002	Aktenvernichter D	200,00 EUR	5	1.000,00 EUR
3004	Kopierer A3	399,00 EUR	2	798,00 EUR
2006	Luftbefeuchter	260,00 EUR	1	260,00 EUR
4007	Bürostuhl Mega	499,00 EUR	10	4.990,00 EUR
	Zwischensumme			7.048,00 EUR
	Rabatt	4% ④	–	281,92 EUR
	netto			6.766,08 EUR
	19 % Umsatzsteuer			1.285,56 EUR ③
	Summe brutto			8.051,64 EUR

⑤ Lieferung: 14 Tage nach Bestellung frei Bordsteinkante
⑥ Zahlbar innerhalb von 10 Tagen 3 % Skonto, 60 Tage Ziel

⑦ Menge freibleibend.

Mit freundlichen Grüßen

Linus Karl ②

Geschäftsräume
Am Welfenplatz 52
30161 Hannover

Sparkasse Hannover
IBAN: DE24 2505 0180 0008 7639 10
BIC: SPKHDE2HXXX

Postbank Hannover
IBAN: DE18 2501 0030 0000 3324 83
BIC: PBNKDEFFXXX

Handelsregister
Hannover
HRB 10047689

Aufgaben

1. Handelt es sich in folgenden Fällen um eine verbindliche Willenserklärung?
   a) Anfrage b) Anpreisung c) Angebot

2. Nennen Sie typische Inhalte einer bestimmten Anfrage.

3. Formulieren Sie eine allgemeine Anfrage.
   Informationen: Sie arbeiten bei der Mouse & Co. GmbH, Postfach 25 39 in 30160 Hannover. Nutzen Sie die Briefvorlage „LF03_Kap.4_Briefmaske“ aus den Webcode-Materialien. Sie schreiben eine allgemeine Anfrage an den örtlichen Großhändler für Büromaterial, die BüroGroßhandels KG, Bismarckring 311 in 88400 Biberach.

Web

4. Wie unterscheiden sich Anpreisung und Angebot voneinander?

5. Wie lange ist der Anpreisende in den folgenden Fällen an sein Angebot gebunden?
   a) mündliches Angebot im Geschäft
   b) Angebot gilt bis zum 25.06.
   c) Angebot wird per Fax versendet.
   d) Angebot wird per Brief versendet.
   e) mündliches Angebot während eines Telefongespräches

6. Wie kann der Anpreisende die Bindung an das Angebot einschränken?

7. Sie verschicken unverlangt an einen bekannten Geschäftspartner eine kostenpflichtige Warenprobe Ihres neuesten Produktes und ein passendes Angebot.
   a) Wie kommt ein gültiger Vertrag über die Warenprobe zustande?
   b) Was muss Ihr Geschäftspartner tun, wenn er diese Ware nicht möchte?
   c) Welchen Zweck erfüllen das unverlangte Angebot und die Warenprobe?

8. Nennen Sie drei Beispiele, in denen die Bindung an das Angebot erlischt.

5 Informationen für die Erstellung von Angeboten beschaffen

5.1 Rechenarten

5.1.1 Dreisatz

Stofftelegramm

Der Dreisatz wird auch als Verhältnisgleichung oder Proportionalität bezeichnet. Beim Dreisatz sind drei Größen gegeben, die vierte wird gesucht.

Dreisatz mit geradem Verhältnis (einfacher Dreisatz)
Beispiel 1: *„Für 800 m² Lagerfläche müssen wir 3.700,00 EUR Miete zahlen. Wie hoch wäre die Miete für 1.500 m²?"*

Hier wird vorausgesetzt, dass sich die Miete im gleichen Verhältnis (linear) verändert.

mehr m² Fläche → mehr Miete

Beispiel 2: *„Für 98 Artikel braucht eine Kassiererin durchschnittlich 4:30 Minuten (270 Sekunden). Wie viele Sekunden braucht sie für 35 Artikel?"*

weniger Artikel → weniger Zeit

Lösung 1: 2. 1.

800 m²	≙	3.700,00 EUR	$\frac{1.500\ m^2 \cdot 3.700{,}00\ EUR}{800\ m^2} = x$	6.937,50 EUR
1.500 m²	≙	1. x EUR		

2.

Lösung 2: 2. 1.

98 Artikel	≙	1. 270 s	$\frac{35 \cdot 270\ s}{98} = x$	96,4 s
35 Artikel	≙	x s		1:36 Minuten

2.

Dreisatz mit ungeradem Verhältnis (umgekehrter Dreisatz)
Beispiel 1: *„Vier Parkettleger brauchen für die 600 m² große Halle 18 Arbeitsstunden. Ein Parkettleger fehlt. Wie lange brauchen die übrigen?"*

weniger Parkettleger → mehr Zeit

Beispiel 2: *„Die Inventur des Lagers dauert mit fünf Personen acht Stunden. Wie lange dauert die Inventur mit sieben Personen?"*

mehr Personen → weniger Zeit

Lösung 1:

Diese Zeit braucht 1 Parkettleger (72 h).

4 Parkettleger	≙	18 h	$\frac{4 \text{ Parkettleger} \cdot 18 \text{ h}}{3 \text{ Parkettleger}} = x$	24 h
3 Parkettleger	≙	x h		

Zunächst müssen Sie berechnen, wie lange ein Parkettleger braucht, dann können Sie das Ergebnis durch die Anzahl der verfügbaren Personen (Einheiten) teilen.

Lösung 2:

Eine Person bräuchte 40 h.

5 Personen	≙	8 h	$\frac{5 \text{ Personen} \cdot 8 \text{ h}}{7 \text{ Personen}} = x$	5,71 h
7 Personen	≙	x h		

5.1.2 Prozentrechnen

Stofftelegramm

Grundlagen

Ein Prozent entspricht einem Hundertstel ($\frac{1}{100}$). Um zu ermitteln, wie viel ein Prozent von einer Zahl ist, muss man diese Zahl durch 100 teilen. Für andere Prozentsätze muss man das Ergebnis mit dem entsprechenden Prozentsatz multiplizieren.

Begriffe		
Grundwert (G)	100 %	$\frac{\text{Prozentwert}}{\text{Prozentsatz}}$
Prozentwert (W)	Bruchteil vom Grundwert	Grundwert · Prozentsatz
Prozentsatz (p)	z. B.: $\frac{1}{10}$ = **10** % → Verhältnis zu 100	$\frac{\text{Prozentwert}}{\text{Grundwert}}$

Beispiel: *19 % von 54,00 EUR*

Rechenweg:

Alternative 1	Alternative 2	Alternative 3
$\frac{54}{100} \cdot 19$	$54 \cdot 0{,}19$	$54 \cdot 0{,}19\,\%$
19 % → 19 Hundertstel $\left(\frac{19}{100}\right)$		
= 10,26 EUR		

Taschenrechner

Alle gängigen Taschenrechner haben eine Prozentautomatik. Alternative 3 aus oben stehender Tabelle kann man i. d. R. direkt in den Taschenrechner eintippen.

Tippen Sie im Rechner: ⑤ ④ ☒ ① ⑨ **% =**

MS Excel

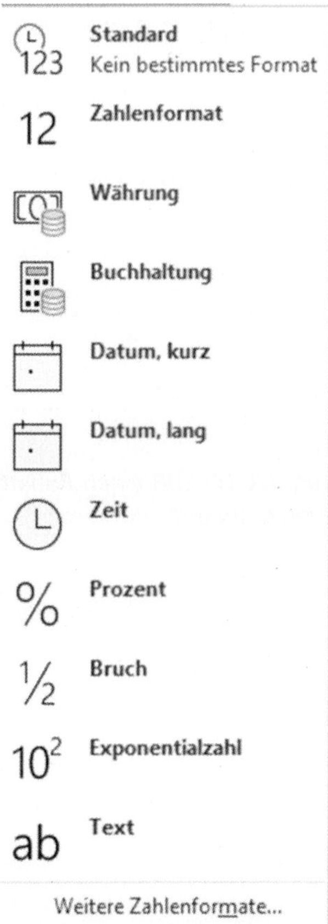

Excel hat ebenfalls eine Prozentautomatik. Tippen Sie in eine Zelle „19%“ (mit Prozentzeichen!) ein. In der Formel in Zelle D3 steht die Berechnung 54 · 19 % bzw. Zelle B3*C3.

Zelle C4 entspricht dem Wert in C3, aber als „Standard“ formatiert. C3 ist als „Prozent“ formatiert.

	B	C	D
3	54	19%	10,26
4	54	0,19	=B3*C3

Gängige Prozentsätze							
10 %	0,10	$\left(\frac{1}{10}\right)$		50 %	0,50	$\left(\frac{1}{2}\right)$	
20 %	0,20	$\left(\frac{1}{5}\right)$		75 %	0,75	$\left(\frac{3}{4}\right)$	
25 %	0,25	$\left(\frac{1}{4}\right)$		80 %	0,80	$\left(\frac{4}{5}\right)$	
$33\frac{1}{3}$ %	0,33...	$\left(\frac{1}{3}\right)$		100 %	1	1	

Grundwertberechnung

Um den Grundwert zu errechnen, sind die Größen Prozentsatz (p) und Prozentwert (W) nötig.

$$\text{Grundwert} = \frac{\text{Prozentwert}}{\text{Prozentsatz}} \cdot 100$$

$$G = \frac{W}{P} \cdot 100$$

Beispiel: *„Ein Handlungsreisender hat 3.200,00 EUR Umsatzprovision erhalten, sein Provisionssatz (p) beträgt 7 %. Wie hoch war sein Umsatz?"*

Lösung:

$$\text{Umsatz} = \frac{3.200,00 \text{ EUR}}{7} \cdot 100$$

$$= 45.714,29 \text{ EUR}$$

Wenn man hier 7 % eintippt, muss man die 100 weglassen.

Prozentsatzberechnung

Um den Prozentsatz zu errechnen, braucht man den Grundwert und den Prozentwert.

$$\text{Prozentsatz} = \frac{\text{Prozentwert}}{\text{Grundwert}} \cdot 100$$

$$P = \frac{W}{G}$$

Beispiel: *„Die Einkaufsabteilung hat bei einem Einkaufspreis von 870,00 EUR einen Rabatt von 30,00 EUR herausgehandelt. Wie viel Prozent Rabatt hat sie bekommen?"*

Lösung:

$$\text{Rabatt} = \frac{30,00 \text{ EUR}}{870,00 \text{ EUR}} \cdot 100$$

$$= 3,45\ \%$$

Rechnung „vom Hundert"

Bei der Rechnung „**vom** Hundert" wird immer von einem Grundwert ausgegangenen, der 100 % entspricht. Vergleiche die Beispiele oben.

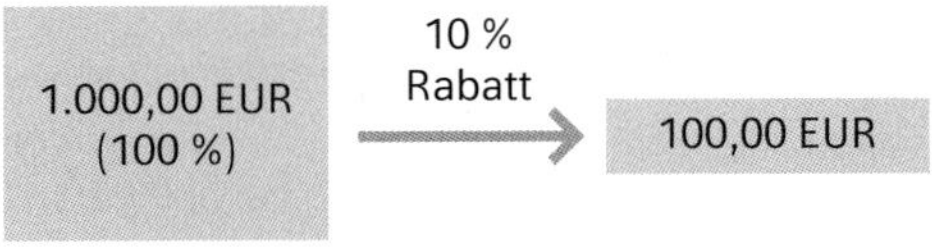

Rechnung „in Hundert"

Bei der Rechnung „**in** Hundert" beträgt der verminderte Grundwert weniger als 100 %.

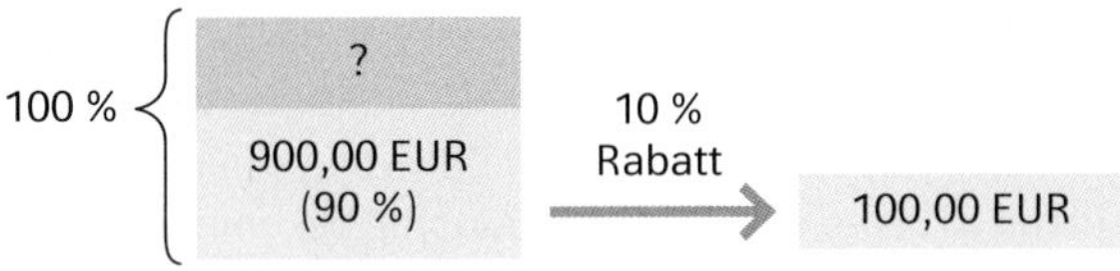

Beispiel: *„Wir haben 10 % Rabatt bekommen und 900,00 EUR bezahlt. Wie hoch war der Rechnungspreis ohne Rabatt?"*

Lösung:

90 %	≙	900,00 EUR	$\frac{900{,}00\ \text{EUR} \cdot 100\ \%}{90\ \%} = x$	100,00 EUR
100 %	≙	x EUR		

Rechnung „auf Hundert"

Bei der Rechnung „**auf** Hundert" beträgt der vermehrte Grundwert mehr als 100 %.

Beispiel: *„Nach einer Preiserhöhung von 10 % kostet das Produkt 1.100,00 EUR. Wie viel hat es vor der Preiserhöhung gekostet?"*

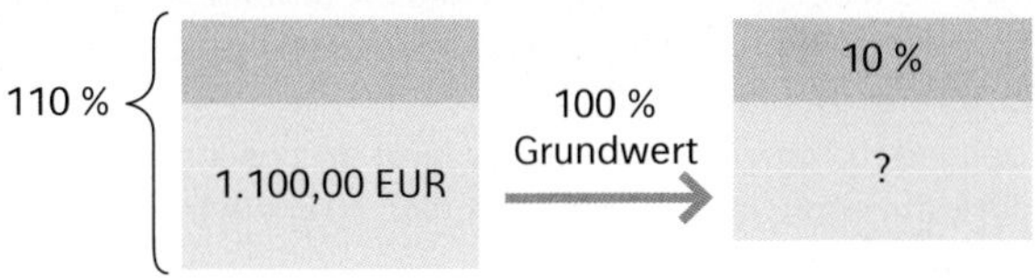

Lösung:

110 %	≙	1.100,00 EUR	$\frac{1.100{,}00\ \text{EUR} \cdot 100\ \%}{110\ \%} = x$	1.000,00 EUR
100 %	≙	x EUR		

Aufgaben

1. **Dreisatz gerades Verhältnis**
   a) Für 8 Eierkuchen (Pfannkuchen) braucht man 200 g Mehl, 180 ml Milch und 3 Eier. Wie viele Zutaten braucht man für 20 Eierkuchen?
   b) In 8 Stunden schafft ein Zeitungsausträger 275 Haushalte. Wie viele Haushalte schafft er in 13 Stunden?
   c) Für 480 kg Äpfel gab es in der Mosterei 32,50 EUR. Wie viel Geld gibt es bei 650 kg Äpfeln?
   d) Alternativ kann man für die 480 kg Äpfel auch Saftguthaben für 180 Flaschen Obstsaft bekommen. Wie viele Flaschen an Saftguthaben bekommt der Kleingärtner für seine 650 kg Äpfel?
   e) Ein Kasten Obstsaft fasst 12 Flaschen. Wie viele Kästen bekommt der Kleingärtner aus Teilaufgabe d)?
   f) Der kleine Anton hat bis zu einem Alter von 1,5 Jahren 280,00 EUR von seiner Oma geschenkt bekommen. Wie viel Geld hat er bis zu seinem 14. Geburtstag bekommen, wenn die Oma im gleichen Verhältnis weiterschenkt?
   g) In einer Kfz-Werkstatt wechselt man in 4 Stunden an 25 Autos die Reifen. Wie lange brauchen die Mechaniker für 40 Autos?
   h) Die Sekretärin Sabine S. kann in 35 Minuten durchschnittlich 13 Kundenanfragen beantworten. Wie viele Kundenanfragen kann sie in 4 Stunden und 30 Minuten beantworten?
   i) Der Landkreis gibt bei 23.500 Schülern ca. 65.700,00 EUR für die Schülerbeförderung (mit Bus und Bahn) aus. Wie viel muss er bei 19.800 Schülern ausgeben?
   j) Für 25 Milchkühe braucht ein Landwirt 380 Ar Grünfläche. Wie viel Ar Grünfläche braucht er für 10 Milchkühe?

2. **Dreisatz ungerades Verhältnis**
   a) 12 Erntehelfer brauchen für ein Gurkenfeld von 1,5 ha 7 Stunden. Wie lange brauchen 18 Erntehelfer?
   b) Der schwer beladene Sattelauflieger eines Lkw hat bei 2 Achsen eine Achslast von 9 Tonnen. Wie hoch ist die Achslast bei 3 Achsen?
   c) Bei einem Flaschenzug mit 3 Umlenkrollen wird eine Zugkraft, die 30 Tonnen entspricht, benötigt, um ein Gewicht von 90 Tonnen zu heben. Wie viele Umlenkrollen braucht es, um nur noch mit einer Zugkraft von 5 Tonnen ziehen zu müssen?
   d) Peter H. fährt die Strecke zur Arbeit jeden Tag in 25 Minuten, er fährt durchschnittlich mit 90 km/h. Aufgrund einer Baustelle kann er nur noch durchschnittlich 40 km/h fahren. Wie lange fährt er zur Arbeit? Wie lang ist sein Arbeitsweg?
   e) Für die Klassenfahrt haben sich 18 Schüler angemeldet, jeder von ihnen muss 13,80 EUR für den Bus zahlen. Wie viel müsste ein Schüler zahlen, wenn der Bus mit 32 Personen besetzt wäre und die Gesamtkosten gleich blieben?

3. **Prozentrechnung („vom Hundert")**
   Errechnen Sie den gesuchten Prozentwert.
   a) Bei einer Rechnung von 1.800,00 EUR bekommen wir 3 % Skonto.
   b) Ein Händler rechnet bei 180,00 EUR Selbstkosten mit einem Gewinnzuschlag von 15 %.

c) Ein Schüler bekommt eine Verlängerung der Prüfungszeit von 30 %. Wie viel Verlängerungszeit bekommt er bei einer Prüfungszeit von 60 Minuten, 90 Minuten und 105 Minuten?
d) 25 % der Schüler sind Linkshänder. Wie viele Linkshänder gibt es an einer Schule mit 580 Schülern?
e) Jedes Jahr werden ca. 52,8 % Jungen geboren. Wie viele Mädchen und Jungen wurden 2024 geboren, wenn es insgesamt 714.966 Geburten gab?
f) Das Jahr 2024 hatte 252 Arbeitstage. Davon fielen 3,57 % wegen Feiertagen aus. Wie viele Tage fielen aus?

4. **Prozentrechnung („in Hundert" und „auf Hundert")**
a) Mit einem Rabatt von 20 % hat die neue Küche 7.500,00 EUR gekostet. Wie hoch war der Originalpreis der Küche?
b) Nach der Preiserhöhung von 2,5 % kostet die Butter im Discounter 0,65 EUR. Wie hoch war der Preis vor der Erhöhung?
c) Für die Marathonstrecke braucht ein Läufer mittlerweile 8 % weniger Zeit und läuft die Strecke nun in 4 Stunden und 20 Minuten. Wie viel Zeit brauchte er vorher für die Strecke?
d) Da sich der Inhalt einer Packung nach dem Abfüllen um ca. 6,5 % reduziert, muss der Hersteller immer mehr einfüllen, um garantiert 800 ml in der Packung zu haben. Wie viel muss er einfüllen?
e) Durch den Einsatz moderner Energiesparlampen sparen wir 28 % Stromkosten und zahlen nur noch 590,00 EUR Energiekosten. Wie hoch wären die Kosten ohne Energiesparlampen?
f) Lars trinkt zurzeit ca. 30 % mehr Kaffee, das sind 9 Tassen Kaffee am Tag. Wie viel Kaffee trinkt er normalerweise?
g) Wie hoch ist der Wasserverbrauch eines Schwimmbades jetzt, wenn der Wasserverbrauch gegenüber den 1.600 m^3 aus dem Vorjahr um 12 % gestiegen ist?
h) Dieses Jahr sind 25,4 % mehr Strom aus regenerativen Energiequellen generiert worden als noch im Vorjahr, insgesamt 161 Terawattstunden. Wie viel Terawattstunden waren es im Vorjahr?
i) Bei der Prüfung muss der Prüfling 96 % der Fragen richtig beantworten, das sind 132 Fragen. Wie viele Fragen gibt es insgesamt?

5. **Prozentsatzberechnung**
a) Helmut hat für seinen neuen Laptop 65,00 EUR weniger bezahlt als Lutz, der das gleiche Modell für 599,00 EUR gekauft hat. Wie viel Prozent günstiger hat Helmut eingekauft?
b) Die Mayer KG hat 82 Mitarbeiterinnen und 134 Mitarbeiter. Wie viel Prozent Frauen und Männer sind bei der Mayer KG beschäftigt?
c) Christians neuer französischer Diesel-Pkw hat 32 g/m^3 CO_2-Ausstoß weniger als sein alter Diesel, dieser hatte 160 g/m^3 CO_2-Ausstoß. Um wie viel Prozent ist der CO_2-Ausstoß geringer?
d) Für einen Flug nach Madrid braucht eine Fluglinie nun nur noch 4 Stunden und 30 Minuten. Das sind 25 Minuten weniger als vorher. Um wie viel Prozent ist der Flug jetzt schneller?

e) Für neue Kunden räumen wir bei der ersten Bestellung einen Rabatt von 80,00 EUR auf Bestellwerte ab 500,00 EUR ein. Wie viel Prozent räumen wir einem Kunden ein, der genau für 500,00 EUR bestellt?

f) Aufgrund des milden Winters konnten wir unseren Ölverbrauch von 2.800 l im Vorjahr auf 2.350 l senken. Wie viel Prozent haben wir gespart?

g) Baden-Württemberg hatte im Jahr 2024 eine Bevölkerung von 11.230.740 Personen. Wie viel Prozent der Landesbevölkerung befinden sich in den einzelnen Altersgruppen und wie viel Prozent der Bevölkerung sind zwischen 18 und 65 Jahre alt?

Altersgruppe	Personen
> 75 Jahre	1.165.137
> 65 Jahre und ≤ 75 Jahre	2.376.313
≤ 18 Jahre	2.713.322

h) Durch Sturmschäden mussten Versicherungen im Jahr 2020 5,7 Mrd. EUR zahlen, 2021 waren es nur 2,0 Mrd. EUR. Um wie viel Prozent sind die Schäden in 2021 geringer ausgefallen?

6. **Grundwertberechnung**

a) 45 % der Gesamtmasse eines Brotes bestehen aus Weizenmehl, wovon der Bäcker 450 g verwendet hat. Wie schwer ist das Brot?

b) Es kamen dieses Jahr 23 % mehr Badegäste ins Schwimmbad als im Vorjahr, das waren 3.800 neue Gäste. Wie viele Gäste hatte das Bad insgesamt?

c) Um die Prüfung zu bestehen, muss der Schüler 42 Fragen richtig beantworten, das entspricht 76 % der Fragen. Wie viele Fragen hat die Prüfung?

d) Für 30 % der Gesamtfläche eines Hauses bekommt der Vermieter 350,00 EUR. Wie hoch wäre die Gesamtmiete?

e) Christina hat ihr Handyverhalten geändert. Sie telefoniert jetzt monatlich 280 Minuten weniger, das entspricht 17 %. Wie viele Minuten hat sie vorher telefoniert?

f) Das Gehalt von Azubi Andreas steigt lt. Tarif um 125,00 EUR, das sind genau 20 %. Wie hoch war sein Gehalt vor der Tariferhöhung und wie hoch ist es danach?

g) Laut Prospekt verbraucht Christians neues Auto 8 % weniger als sein altes Auto mit 7,4 l/100km. Wie viel sollte das neue Auto maximal verbrauchen?

5.2 Preise kalkulieren

5.2.1 Überblick über die Kalkulationsarten

Stofftelegramm

Vorwärtskalkulation
Ziel ist es, den Verkaufspreis eines Produktes zu kalkulieren.

Vom Einkaufspreis ausgehend werden Einkaufsrabatte abgezogen und Bezugskosten, Handlungskosten, Gewinn, Kundenrabatte sowie Provisionen hinzuaddiert, um den (Listen-)**Verkaufspreis** zu erhalten.

Rückwärtskalkulation
Ziel ist es, den maximalen (Ziel-)Einkaufspreis zu ermitteln. In den Fällen, in denen ein Listenverkaufspreis vorgegeben ist (Handel gibt Preis vor, Konkurrenzpreis, ...) wird dieses Verfahren angewendet.

Vom Listenverkaufspreis werden Kundenrabatte, Provisionen, Gewinnzuschlag, Handlungskosten, Bezugskosten abgezogen und Einkaufsrabatte hinzuaddiert, um den maximalen **Einkaufspreis** zu erhalten.

Differenzkalkulation
Ziel ist es, bei gegebenem Zieleinkaufspreis und gegebenem Listenverkaufspreis den möglichen Gewinn zu errechnen.

Die Techniken der Vorwärtskalkulation und der Rückwärtskalkulation werden bis zu den Selbstkosten bzw. bis zum Barverkaufspreis angewendet.

5.2.2 Vorwärtskalkulation

Stofftelegramm

Begriffe
Handlungskosten sind Kosten, die nicht direkt einem Produkt zurechenbar sind (Gemeinkosten), sie entstehen u. a. beim Verkauf und Lagern der Produkte (Steuern und Abgaben, Lagerkosten, Personalkosten, Abschreibungen, Werbekosten, Verwaltung, ...).

Kalkulationsschema Handelskalkulation

Listeneinkaufspreis	100 %	Bezugskalkulation	Vorwärtskalkulation
./. Liefererrabatt (**vom** Hundert)			
= Zieleinkaufspreis	100 %		
./. Liefererskonto (**vom** Hundert)			
= Bareinkaufspreis			
+ Bezugskosten			
= Einstandspreis (Bezugspreis)	100 %	Selbstkostenkalkulation	
+ Handlungskostenzuschlag (**vom** Hundert)			
= Selbstkosten	100 %		
+ Gewinnzuschlag (**vom** Hundert)		Verkaufskalkulation	
= Barverkaufspreis			
+ Kundenskonto (**im** Hundert)			
+ Vertreterprovision (**im** Hundert)			
= Zielverkaufspreis	100 %		
+ Kundenrabatt (**im** Hundert)			
= Listenverkaufspreis	100 %		

Rechenbeispiel

Ein Artikel wird uns zu einem Listeneinkaufspreis von 220,00 EUR angeboten. Bei einem Liefererrabatt von 4 % und einem Liefererskonto von 2,5 % kalkulieren wir mit 35 % Handlungskostenzuschlag und 25 % Gewinn. Den Kunden räumen wir i. d. R. 3 % Skonto und maximal 10 % Rabatt ein. Unsere Handelsvertreter erhalten 2 % für ihre Verkaufsabschlüsse.

Kalkulieren Sie den Listenverkaufspreis.

Listeneinkaufspreis	100 %		220,00 EUR		Nebenrechnung
./. Liefererrabatt (**v. H.**)	4 %		8,80 EUR	NR 1	220,00 · 4 %
= Zieleinkaufspreis		100 %	211,20 EUR		
./. Liefererskonto (**v. H.**)		2,5 %	5,28 EUR	NR 2	211,20 · 2,5 %
= Bareinkaufspreis			205,92 EUR		
+ Bezugskosten			10,00 EUR		
= Einstandspreis (Bezugspreis)	100 %		215,92 EUR		
+ Handlungskostenzuschlag (**v. H.**)	35 %		75,57 EUR	NR 3	215,92 · 35 %
= Selbstkosten		100 %	291,49 EUR		
+ Gewinnzuschlag (**v. H.**)		25 %	72,87 EUR	NR 4	291,49 · 25%
= Barverkaufspreis	95 %		364,37 EUR		
+ Kundenskonto (**i. H.**)	3 %		11,51 EUR	NR 5	siehe unten
+ Vertreterprovision (**i. H.**)	2 %		7,67 EUR	NR 6	siehe unten
= Zielverkaufspreis	100 %	90 %	383,54 EUR		
+ Kundenrabatt (**i. H.**)		10 %	42,62 EUR	NR 7	siehe unten
= Listenverkaufspreis		100 %	426,16 EUR		

Nebenrechnung:

NR 5

$$\frac{\text{Barverkaufspreis}}{100 - \text{Kundenskonto} - \text{Vertreterprovision}} \cdot \text{Kundenskonto}$$

$$\frac{364{,}37\ \text{EUR}}{(100 - 3 - 2)} \cdot 3 = 11{,}51\ \text{EUR}$$

NR 6

$$\frac{\text{Barverkaufspreis}}{100 - \text{Kundenskonto} - \text{Vertreterprovision}} \cdot \text{Vertreterprovision}$$

$$\frac{364{,}37\ \text{EUR}}{95} \cdot 2 = 7{,}67\ \text{EUR}$$

NR 7

$$\frac{\text{Zielverkaufspreis}}{(100 - \text{Kundenrabatt})} \cdot \text{Kundenrabatt}$$

$$\frac{383{,}54\ \text{EUR}}{90} \cdot 10 = 42{,}62\ \text{EUR}$$

5.2.3 Rückwärtskalkulation

Stofftelegramm

Für einen Artikel können wir nur einen Preis von 450,00 EUR am Markt verlangen. Bei sonst gleichen Kalkulationssätzen (aus der Vorwärtskalkulation) müssen wir versuchen den Einkaufspreis zu reduzieren.

Berechnen Sie den maximal möglichen Listeneinkaufspreis.

Kalkulationsschema Rückwärtskalkulation

				Rückwärtskalkulation	Rechenschritte
Listeneinkaufspreis	100 %		232,91 EUR	15.)	13.) + 14.)
./. Liefererrabatt	4 %		9,32 EUR	14.)	[13.) : 96] · 4
= Zieleinkaufspreis	96 %	100 %	223,59 EUR	13.)	11.) + 12.)
./. Liefererskonto		2,5 %	5,59 EUR	12.)	11.) : 97,5 · 2,5
= Bareinkaufspreis		97,5 %	218,00 EUR	11.)	9.) – 10.)
+ Bezugskosten			10,00 EUR	10.)	gegeben
= Einstandspreis (Bezugspreis)	100 %		228,00 EUR	9.)	7.) – 8.)
+ Handlungskostenzuschlag	35 %		79,80 EUR	8.)	[7.) : 135] · 35
= Selbstkosten	135 %	100 %	307,80 EUR	7.)	5.) – 6.)
+ Gewinnzuschlag		25 %	76,95 EUR	6.)	[5.) : 125] · 25
= Barverkaufspreis		125 %	384,75 EUR	5.)	2.) – 3.) – 4.)
+ Kundenskonto	3 %		12,15 EUR	4.)	405,00 · 3 %
+ Vertreterprovision	2 %		8,10 EUR	3.)	405,00 · 2 %
= Zielverkaufspreis	100 %		405,00 EUR	2.)	450,00 – 45,00
+ Kundenrabatt		10 %	45,00 EUR	1.)	450,00 · 10 %
= Listenverkaufspreis		100 %	450,00 EUR		

5.2.4 Differenzkalkulation

Stofftelegramm

Bei der Differenzkalkulation sind Listeneinkaufs- und Listenverkaufspreis gegeben bzw. nicht änderbar. Man muss den verbleibenden Gewinn berechnen.

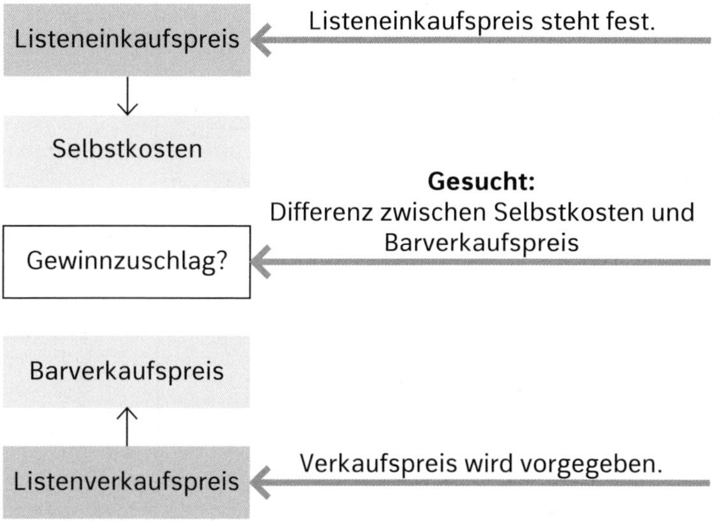

Rechenbeispiel

Der Artikel (aus der Vorwärts- und Rückwärtskalkulation) kann zu einem Preis von 220,00 EUR beschafft werden. Zudem müssen wir uns am Verkaufspreis der Konkurrenz orientieren und können einen Preis von 450,00 EUR am Markt verlangen.

Errechnen Sie den verbleibenden/möglichen Gewinn. Alle anderen Angaben bleiben gleich.

Kalkulationsschema Differenzkalkulation

Listeneinkaufspreis	100 %		220,00 EUR	Differenzkalkulation	wie Vorwärtskalkulation
./. Liefererrabatt	4 %		8,80 EUR		
= Zieleinkaufspreis		100 %	211,20 EUR		
./. Liefererskonto		2,5 %	5,28 EUR		
= Bareinkaufspreis			205,92 EUR		
+ Bezugskosten			10,00 EUR		
= Einstandspreis (Bezugspreis)	100 %		219,49 EUR		
+ Handlungskostenzuschlag	35 %		75,57 EUR		
= Selbstkosten			291,49 EUR		
+ Gewinnzuschlag		**32,00 %**	**93,26 EUR**		gesucht
= Barverkaufspreis			384,75 EUR		wie Rückwärtskalkulation
+ Kundenskonto	3 %		12,15 EUR		
+ Vertreterprovision	2 %		8,10 EUR		
= Zielverkaufspreis	100 %		405,00 EUR		
+ Kundenrabatt		10 %	45,00 EUR		
= Listenverkaufspreis		100 %	450,00 EUR		

Mit den Techniken der Vorwärtskalkulation kommt man bis zu den Selbstkosten und mit den Techniken der Rückwärtskalkulation bis zum Barverkaufspreis.

Gewinn = Barverkaufspreis – Selbstkosten

$$\text{Gewinnzuschlag (\%)} = \frac{\text{Gewinn}}{\text{Selbstkosten}} \cdot 100$$

$$= \frac{93{,}26\ \text{EUR}}{291{,}49\ \text{EUR}} \cdot 100 = 32\ \%$$

5.2.5 Handelskalkulation mit einer Tabellenkalkulation

Stofftelegramm

Runden

Auszug aus der Rückwärtskalkulation aus Kapitel 5.2.3 (siehe S. 136):

Listeneinkaufspreis		100 %				232,90598 EUR
./. Liefererrabatt		4 %				9,31624 EUR
= Zieleinkaufspreis		96 %		100 %		223,58974 EUR
./. Liefererskonto				2,5 %		5,58974 EUR

Excel rechnet immer mit allen möglichen Nachkommastellen, auch wenn bei der Formatierung „EUR“ nur zwei Kommastellen angezeigt werden. Es kann somit auch zu Rundungsdifferenzen kommen (Beispielaufgaben in diesem Buch werden i. d. R. mit Excel gerechnet).

Um Excel zum Runden zu zwingen, verwenden Sie die Funktion „RUNDEN“:

	J	K	L	M	N	O	P	Q
1								
2		Listeneinkaufspreis		1				=RUNDEN(Q4/96*100;2)
3		./. Liefererrabatt		0,04				=RUNDEN(Q4/M4*M3;2)
4		= Zieleinkaufspreis		=M2-M3		1		=Q6+Q5
5		./. Liefererskonto				0,025		=RUNDEN(Q6/O6*O5;2)
6		= Bareinkaufspreis				=O4-O5		=Q8-Q7
7		+ Bezugskosten						10
8		= Einstandspreis (Bezugspreis)		1				=Q10-Q9
9		+ Handlungskostenzuschlag		0,35				=Q10/M10*M9
10		= Selbstkosten		=SUMME(M8:M9)		1		=Q12-Q11
11		+ Gewinnzuschlag				0,25		=Q12/O12*O11
12		= Barverkaufspreis				=SUMME(O10:O11)		=Q15-Q14-Q13
13		+ Kundenskonto		0,03				=M13*$G$15
14		+ Vertreterprovision		0,02				=M14*$G$15
15		= Zielverkaufspreis		100 %				=Q17-Q16
16		+ Kundenrabatt				0,1		=Q17*O16
17		= Listenverkaufspreis				100 %		450

P	Q
	232,910 €
	9,320 €
	223,590 €
	5,590 €
	218,000 €
	10,000 €
	228,000 €
	79,800 €
	307,800 €
	76,950 €
	384,750 €
	12,150 €
	8,100 €
	405,000 €
	45,000 €
	450,000 €

„Mit der Funktion **RUNDEN** wird eine Zahl auf eine angegebene Anzahl von Stellen gerundet. Wenn beispielsweise die Zelle A1 den Wert 23,7825 enthält und Sie diesen Wert auf zwei Dezimalstellen runden möchten, können Sie die folgende Formel verwenden:
= RUNDEN(A1, 2) → RUNDEN(Zahl;Anzahl_Stellen)“[1]

Sollten Sie vergessen, die Anzahl der Stellen anzugeben, erfolgt keine Fehlermeldung. In diesen Fällen rundet Excel auf 0 Kommastellen, aus 1,5 wird dann 2!

[1] *Quelle: Hilfe Microsoft Excel.*

Vorwärtskalkulation

	A	B	C	D	E	F	G
1	Listeneinkaufspreis		1				220
2	./. Liefererrabatt (**v.H**)		0,04				=G1*C2
3	= Zieleinkaufspreis				1		=G1-G2
4	./. Liefererskonto (**v.H**)				0,025		=E4*G3
5	= Bareinkaufspreis						=G3-G4
6	+ Bezugskosten						10
7	= Einstandspreis (Bezugspreis)		1				=SUMME(G5:G6)
8	+ Handlungskostenzuschlag (**v.H.**)		0,35				=G7*C8
9	= Selbstkosten				1		=SUMME(G7:G8)
10	+ Gewinnzuschlag (**v.H.**)				0,25		=E10*G9
11	= Barverkaufspreis		=1-C12-C13				=SUMME(G9:G10)
12	+ Kundenskonto (**i.H.**)		0,03				=$G$11/$C$11*C12
13	+ Vertreterprovision (**i.H.**)		0,02				=$G$11/$C$11*C13
14	= Zielverkaufspreis		1		=1-E15		=SUMME(G11:G13)
15	+ Kundenrabatt (**i.H.**)				0,1		=G14/E14*E15
16	= Listenverkaufspreis				1		=SUMME(G14:G15)
17							

C	D	E	F	G
100,0%				220,00 €
4,0%				8,80 €
		100,0%		211,20 €
		2,5%		5,28 €
				205,92 €
				10,00 €
100 %				215,92 €
35,0%				75,57 €
		100 %		291,49 €
		25,0%		72,87 €
95,0%				364,37 €
3,0%				11,51 €
2,0%				7,67 €
100 %		90,0%		383,54 €
		10,0%		42,62 €
		100 %		426,16 €

Wenn die Formeln und Berechnungen richtig gewählt werden, genügt es, die Prozentsätze und den Einkaufspreis einzugeben. Das Programm rechnet dann alles automatisch.

Merke:
1. Formel allgemein halten
2. keine Prozentsätze in die Formel eintragen
3. möglichst mit Zellbezügen auf „Dateneingabefeldern“ arbeiten
4. Nutzung der Prozentautomatik

Rückwärtskalkulation

Vergleiche Abbildung auf S. 136.

Differenzkalkulation

	A	B	C	D	E	F	G
1	KalkulationsschemaDifferenzkalkulation						
2	Listeneinkaufspreis		1				220
3	./. Liefererrabatt		0,04				=G2*C3
4	= Zieleinkaufspreis				1		=G2-G3
5	./. Liefererskonto				0,025		=G4*E5
6	= Bareinkaufspreis						=G4-G5
7	+ Bezugskosten						10
8	= Einstandspreis (Bezugspreis)		1				=G7+G6
9	+ Handlungskostenzuschlag		0,35				=G8*C9
10	= Selbstkosten						=G9+G8
11	+ Gewinnzuschlag				**=G11/G10**		**=G12-G10**
12	= Barverkaufspreis						=G15-G14-G13
13	+ Kundenskonto		0,03				=C13*$G$15
14	+ Vertreterprovision		0,02				=C14*$G$15
15	= Zielverkaufspreis		1				=G17-G16
16	+ Kundenrabatt				0,1		=G17*E16
17	= Listenverkaufspreis				1		450

B	C	D	E	F	G
ulationsschema Rückwärtskalkulation					
	1				220
	0,04				=G2*C3
			1		=G2-G3
			0,025		=G4*E5
					=G4-G5
					10
	1				=G7+G6
	0,35				=G8*C9
					=G9+G8
			=G11/G10		**=G12-G10**
					=G15-G14-G13
	0,03				=C13*$G$15
	0,02				=C14*$G$15
	100 %				=G17-G16
			0,1		=G17*E16
			100 %		450

Aufgaben

1. Kalkulieren Sie den Listenverkaufspreis. Nutzen Sie hierfür die Vorlagen (*LF03_Kap.5_Kalkulationsschema* und *LF03_Kap.5_Kalkulationsschema-Vorlagen*), die Sie in den Webcodes finden.

Web

	a)	b)	c)	d)
Listeneinkaufspreis	580,00 EUR	100,00 EUR	250,00 EUR	750,00 EUR
Liefererrabatt	10,00 %	5,00 %	8,00 %	15,00 %
Liefererskonto	3,00 %	2,00 %	0,00 %	5,00 %
Bezugskosten	25,00 EUR	10,00 EUR	30,00 EUR	4,99 EUR
Handlungskostenzuschlag	35,00 %	30,00 %	40,00 %	35,00 %
Gewinnzuschlag	25,00 %	20,00 %	50,00 %	40,00 %
Kundenskonto	3,00 %	3,00 %	2,00 %	3,00 %
Vertreterprovision	0,00 %	1,00 %	0,00 %	10,00 %
Kundenrabatt	10,00 %	5,00 %	10,00 %	15,00 %

2. Kalkulieren Sie den maximalen Listeneinkaufspreis.

	a)	b)	c)	d)
Liefererrabatt	5,00 %	2,50 %	5,00 %	10,00 %
Liefererskonto	2,00 %	1,50 %	3,00 %	2,00 %
Bezugskosten	10,00 EUR	2,00 EUR	10,00 EUR	3,99 EUR
Handlungskostenzuschlag	30,00 %	35,00 %	35,00 %	35,00 %
Gewinnzuschlag	30,00 %	10,00 %	25,00 %	20,00 %
Kundenskonto	2,00 %	2,00 %	3,00 %	2,00 %
Vertreterprovision	2,00 %	0,00 %	2,00 %	10,00 %
Kundenrabatt	8,00 %	5,00 %	10,00 %	15,00 %
Listenverkaufspreis	990,00 EUR	200,00 EUR	450,00 EUR	1.999,00 EUR

3. Kalkulieren Sie den möglichen Gewinn in Euro und Prozent.

	a)	b)	c)	d)
Listeneinkaufspreis	250,00 EUR	100,00 EUR	300,00 EUR	750,00 EUR
Liefererrabatt	5,00 %	5,00 %	10,00 %	15,00 %
Liefererskonto	3,00 %	2,00 %	3,00 %	4,00 %
Bezugskosten	5,00 EUR	10,00 EUR	25,00 EUR	20,00 EUR
Handlungskostenzuschlag	35,00 %	30,00 %	30,00 %	35,00 %
Gewinn	?	?	?	?
Kundenskonto	3,00 %	3,00 %	2,00 %	3,00 %
Vertreterprovision	2,00 %	1,00 %	0,00 %	10,00 %
Kundenrabatt	10,00 %	5,00 %	10,00 %	15,00 %
Listenverkaufspreis	550,00 EUR	200,00 EUR	600,00 EUR	1.699,00 EUR

4. **Vermischte Aufgabe**
Die Linus KG möchte den neuen Artikel „Bürostuhl Klassik" mit in ihr Sortiment aufnehmen. Sie konnten einen Lieferanten gewinnen und müssen nun den Verkaufspreis kalkulieren. Für die angefragten 250 Stück verlangt der Lieferant 75.000,00 EUR (netto). Er gewährt der Linus KG als Neukundin einen Rabatt von 8 % und bei Zahlung innerhalb von 14 Tagen 2,5 % Skonto. Mit der hauseigenen Spedition kann die Lieferung für 1.500,00 EUR abgeholt werden. Die Linus KG rechnet intern mit einem Handelskostenzuschlag von 35 % und 25 % Gewinnzuschlag. Ihren Kunden gewährt sie i. d. R. 3 % Skonto und maximal 10 % Rabatt. Handelsvertreter setzt sie nicht ein, da sie nur über Katalog und Internet verkauft.

a) Ermitteln Sie den Listenverkaufspreis pro Stück für unseren Katalog und den Webshop, denken Sie daran, dass wir alle Preise mit 19 % Umsatzsteuer angeben müssen (brutto).

Nachdem der Artikel bisher gut verkauft wurde, stellt man in der Linus KG fest, dass ein Mitbewerber diesen für 599,00 EUR brutto anbietet.

b) Kalkulieren Sie, ob die Linus KG bei diesem Preis noch Gewinn machen würde. Allerdings erhält die Linus KG vom Lieferanten keinen Neukundenrabatt mehr, sondern nur noch 5 % „normalen" Rabatt.

Für einen Großkunden soll die Linus KG eine ganze Büroetage ausstatten. Die Konditionen des Lieferanten sind gleich geblieben (vgl. Teilaufgabe b).

c) Welchen maximalen Rabatt (in Prozent und Euro) könnte die Linus KG ihrem Kunden anbieten, wenn sie wenigstens 30,00 EUR an jedem Stuhl verdienen will und einen neuen Katalogpreis (Bruttolistenverkaufspreis) von 599,00 EUR hat?
d) Mit welchem Gewinnzuschlag rechnet die Linus KG, wenn sie wie in Teilaufgabe c) nur 30,00 EUR Gewinn machen könnte?

Der Linus KG ist ein Gewinn von 30,00 EUR pro Stuhl auf die Dauer zu wenig. Sie sollen einen günstigeren Lieferanten suchen. Gehen Sie davon aus, dass durchschnittlich 4 % Rabatt und 2 % Skonto gewährt werden. Alle anderen Angaben sind wie in Teilaufgabe b).

e) Errechnen Sie den maximalen Listeneinkaufspreis.

5. **Aufgaben mithilfe einer Tabellenkalkulation lösen**
Lösen Sie die Aufgaben 1, 2 und 3 mithilfe einer Tabellenkalkulation. Verwenden Sie, wenn möglich, kopierfähige Formeln.

6. Bei einer Besprechung haben Sie das Protokoll im Anhang angefertigt, aus dem Protokoll geht hervor, dass Herr Schmitt ein schriftliches Angebot für die Artikel erwarten wird.

a) Erstellen Sie mit einem Tabellenkalkulationsprogramm unter Verwendung kopierfähiger Formeln eine Verkaufskalkulation zur Ermittlung der Nettoverkaufspreise für das Angebot.

Verwenden Sie dazu die Daten aus dem Protokoll sowie die folgenden Angaben:
- Art.-Nr. 3932, Selbstkostenpreis: 7,95 EUR
- Art.-Nr. 4126, Selbstkostenpreis: 25,80 EUR
- Art.-Nr. 9920, Selbstkostenpreis: 0,90 EUR
- Gewinnzuschlag: 18 %

b) Erstellen Sie mithilfe der Datei *LF03_Kap.5_Geschäftsbriefmaske* in Ihrem Textverarbeitungsprogramm ein sach- und normgerechtes Angebot an die Printmaster KG, welches Frau Fischer unterschreibt.

Web

Hinweis: Für den Fall, dass Sie keine Nettoverkaufspreise ermitteln konnten, verwenden Sie folgende Werte:
- *Art.-Nr. 3932, Nettoverkaufspreis: 11,00 EUR*
- *Art.-Nr. 4126, Nettoverkaufspreis: 34,00 EUR*
- *Art.-Nr. 9920, Nettoverkaufspreis: 150,00 EUR*

Anlage

Paper & Style GmbH
Heidelberg

Ergebnisprotokoll
Kundengespräch mit Printmaster KG

Datum, Ort:	KW 28, Paper & Style GmbH, Besprechungsraum 2
Dauer:	2,5 Stunden
Vorsitz: Weitere Anwesende:	Herr Berger, Geschäftsführer Frau Fischer, Abteilungsleiterin Verkauf Herr Schmitt, Printmaster KG
Protokoll:	Ihr Vor- und Zuname
Tagesordnung:	Top 1 Vorstellung des Unternehmens und des Sortiments Top 2 Vertragsbedingungen

Top 1

Herr Berger stellt die Paper & Style GmbH vor. Im Anschluss präsentiert Frau Fischer das Sortiment anhand von Mustern. Dabei betont sie die erstklassige Qualität und die Spezialisierung auf besonders ausgefallene und individuelle Papiere.

Top 2

Herr Schmitt interessiert sich für folgende Produkte:
- 3.000 Pakete à 500 Blatt weißes Hochglanzpapier, Format A4, 120 g/m² (Art.-Nr. 3932)
- 700 Pakete à 100 Bogen weißes Papier, Format A1, 100 g/m² (Art.-Nr. 4126)
- 2.000 Stück hellgraue Karten, Format A6, 160 g/m², einfach gefalzt mit Umschlag (Art.-Nr. 9920)

Folgende Konditionen werden vereinbart: 8 % Neukundenrabatt, 2 % Skonto bei Zahlung innerhalb von 14 Tagen, 30 Tage netto. Die Paper & Style GmbH übernimmt alle Beförderungskosten.

Herr Schmitt bittet um ein schriftliches Angebot und übergibt seine Visitenkarte.

Heidelberg, tt.mm.jjjj

Printmaster KG
Peter Schmitt
Geschäftsführer
Feldbergstr. 3
68161 Mannheim

Tel. 06221 4393
E-Mail. info@printmaster.de
Internet: www.printmaster.de

Wolfgang Berger
Herr Berger, Geschäftsführer

Ihre Unterschrift
Ihr Vor- und Zuname, Protokollführer/-in

Web

7. **Aufgabe Vionic GmbH**
Berechnen Sie mit einem Tabellenkalkulationsprogramm (Datei: *LF03_Kap.5_Vionic_Kalkulation*) die Nettopreise für die verschiedenen von der Vionic GmbH angefragten Angebotskomponenten. Verwenden Sie dazu die Daten aus dem aktuellen Kalkulationsdatenblatt.

Kalkulationsdatenblatt

Hinweis: Dieses Datenblatt dient der Erstellung von individuellen Angeboten. Die Tabelle enthält Selbstkostenpreise. Der Gewinnzuschlag beträgt 25 %. Rabatte kommen nicht zum Tragen.

Kundenskonto 3 % bei Zahlung innerhalb von 7 Tagen, Zahlungsziel 30 Tage, Lieferung frei Haus.

Artikel	Beschreibung	Einheit	Selbstkosten in Euro
Catering ab 30 Personen inkl. Personal (Details: www.eventstyle.de/catering)			
Warmes Buffet Standard		pro Person	11,25
Warmes Buffet Premium	gehobenes Sortiment	pro Person	23,25
Kaltes Buffet Standard		pro Person	9,56
Kaltes Buffet Premium	gehobenes Sortiment	pro Person	18,95
Geschirr ab 50 Personen			
Geschirrdienst Warmes Buffet	Bringen, Abholen, Reinigen	pro Person	6,33
Geschirrdienst Kaltes Buffet	Bringen, Abholen, Reinigen	pro Person	4,25
Dekoration (www.eventstyle.de/deko)			
Saaldeko Standard klassisch	Trockengestecke, einfaches Besteck, Papierservietten	bis 200 m^2	400,00
		bis 400 m^2	720,00
		bis 600 m^2	1.100,00
Saaldeko Standard modern	Indirekte LED-Beleuchtung	bis 200 m^2	500,00
		bis 400 m^2	900,00
		bis 600 m^2	1.200,00
Saaldeko premium (gehobene Saaldeko)	Blumengestecke groß, Silberleuchter, Silberbesteck, Stoffservietten	je angefangene 100 m^2	300,00
Sonderservice			
Abwicklung der Einladungen	Erstellen der Einladung, Versand und Rücklauf	pro einzuladender Person	2,69
Tonanlagen	abhängig von den örtlichen Gegebenheiten		Einzelkalkulation

6 Auftragsabwicklung

6.1 Verspätete und veränderte Annahme des Angebotes

Stofftelegramm

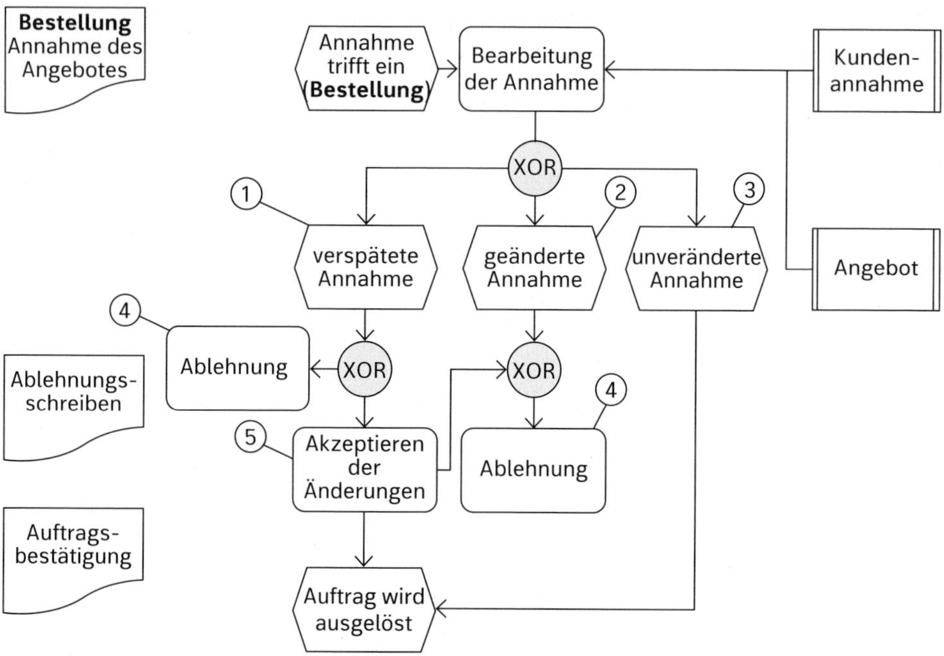

Verspätete Annahme (1)	Geänderte Annahme (2)	Unveränderte Annahme (3)
Der Verkäufer ist nicht mehr an das Angebot gebunden.	Der Verkäufer ist nicht mehr an das Angebot gebunden.	Der Verkäufer ist an das Angebot gebunden.
Die „Annahme“ des Käufers stellt einen neuen Antrag dar und fordert den Verkäufer auf, diesen anzunehmen.		Vgl. Freizeichnungsklauseln auf S. 121.
Willenserklärung (Käufer) = WE (Verkäufer) → Kaufvertrag (5)		Angebot = Annahme
oder		WE (Verkäufer) = WE (Käufer)
WE (Käufer) ≠ WE (Verkäufer) → kein Kaufvertrag (4)		→ Kaufvertrag

6.2 Überblick über den Kaufvertrag[1]

Stofftelegramm

Verpflichtungsgeschäft		Kunde und Verkäufer verpflichten sich zu etwas.
§ 433 BGB regelt die Pflichten des Käufers und des Verkäufers beim Kaufvertrag.		
Käufer	**Verkäufer**	
Hauptpflichten		
Zahlung des Kaufpreises	Verschaffung des Eigentums und Übergabe der Kaufsache (Besitz); die Sache muss frei von Rechts- und Sachmängeln sein.	
Nebenpflichten		
Annahme der Sache	Annahme des Geldes	
Erfüllungsgeschäft		**Kunde und Verkäufer erfüllen ihre Verpflichtung.**
Die Übergabe der Sache und des Geldes „erfüllt" das Geschäft wie im Kaufvertrag vereinbart.		

[1] *Vgl. zur Vertiefung LF 4, Kapitel 2 „Kaufvertrag" auf S. 206 f.*

6.3 Tätigkeiten bei der Auftragsabwicklung

Stofftelegramm

Wichtige Auftragsdokumente, erstellt mit der integrierten Unternehmenssoftware Microsoft Dynamics NAV

Büro KG
Büroartikel und Zubehör

I. Auftragsbestätigung

Büro KG * Bergstraße 15 * 89081 Ulm
Heinrich Büroartikel
Markt 12
88239 Wangen
Deutschland

Name: Linus Karl
Telefon: 0731 2422526
Telefax: 0731 2422510
E-Mail: info@buerokg.de
Internet: www.buerokg.de
VR-Bank
IBAN: DE72 6309 0100 0078 7980 10
BIC: ULMVDE66
Kunden-Nr.: 21000
Bestell-Nr.:

Datum: 04.10.20..

Auftragsbestätigung Nr. 22017

Sehr geehrte Damen und Herren,

wir bestätigen Ihren Auftrag über folgende Artikel:

Artikel-Nr.	Bezeichnung	Menge	Einheit	Preis in Euro	Rabatt %	MwSt. %	Betrag in Euro
2002	Aktenvernichter D	5	Stück	200,00	4	19	960,00
3004	Kopierer A3	2	Stück	399,00	4	19	766,08
2006	Luftbefeuchter	1	Stück	260,00	4	19	249,60
4007	Bürostuhl Mega	10	Stück	499,00	4	19	4.790,40
						Netto-Betrag	6.766,08
						19 % MwSt.	1.285,56
						Brutto-Betrag	8.051,64

Zahlungsbedingungen: 14 Tage 3 % Skonto oder 60 Tage Ziel
Lieferbedingung: frei Haus
Liefertermin: 28.10.20..

Ihren Auftrag werden wir sorgfältig ausführen.

Mit freundlichen Grüßen

Büro KG

i. A. Linus Karl

Gerichtsstand: Amtsgericht Ulm
Handelsregister: HR-A 120
Geschäftszeiten: Mo–Fr, 08:00–18.00 Uhr
Geschäftsleitung: Peter Müller
Finanzamt Ulm
Steuer-Nummer: 57060/00989
USt-IdNr.: DE471081151

Büro KG
Büroartikel und Zubehör

Büro KG * Bergstraße 15 * 89081 Ulm
Heinrich Büroartikel
Markt 12
88239 Wangen
Deutschland

Name: Linus Karl
Telefon: 0731 2422526
Telefax: 0731 2422510
E-Mail: info@buerokg.de
Internet: www.buerokg.de

VR-Bank
IBAN: DE72 6309 0100 0078 7980 10
BIC: ULMVDE66
Kunden-Nr.: 21000
Bestell-Nr.:
Auftrag-Nr.:

Datum: 04.10.20..

Lieferschein Nr. 23017

Artikel-Nr.	Bezeichnung	Menge	Einheit
2002	Aktenvernichter D	5	Stück
3004	Kopierer A3	2	Stück
2006	Luftbefeuchter	1	Stück
4007	Bürostuhl Mega	10	Stück

Ware ordnungsgemäß erhalten:

Datum, Unterschrift

Gerichtsstand: Amtsgericht Ulm
Handelsregister: HR-A 120
Geschäftszeiten: Mo–Fr, 08:00–18.00 Uhr
Geschäftsleitung: Peter Müller
Finanzamt Ulm
Steuer-Nummer: 57060/00989
USt-IdNr.: DE471081151

II. Lieferschein

III. Rechnung

Büro KG
Büroartikel und Zubehör

Name: Linus Karl
Telefon: 0731 2422526
Telefax: 0731 2422510
E-Mail: info@buerokg.de
Internet: www.buerokg.de

VR-Bank
IBAN: DE72 6309 0100 0078 7980 10
BIC: ULMVDE66
Kunden-Nr.: 21000
Bestell-Nr.:
Auftrag-Nr.:
Rechnungsdatum: 04.10.20..
Lieferdatum: 18.10.20..

Rechnung Nr. 25517

Sehr geehrte Damen und Herren,

aufgrund Ihres Auftrags stellen wir Ihnen folgende Artikel in Rechnung:

Artikel-Nr.	Bezeichnung	Menge	Einheit	Preis in Euro	Rabatt %	MwSt. %	Betrag in Euro
2002	Aktenvernichter D	5	Stück	200,00	4	19	960,00
3004	Kopierer A3	2	Stück	399,00	4	19	766,08
2006	Luftbefeuchter	1	Stück	260,00	4	19	249,60
4007	Bürostuhl Mega	10	Stück	499,00	4	19	4.790,40
						Netto-Betrag	6.766,08
						19 % MwSt.	1.285,56
						Brutto-Betrag	8.051,64

Zahlungsbedingungen: 14 Tage 3 % Skonto oder 60 Tage Ziel
Lieferbedingung: frei Haus

Wir bedanken uns für Ihren Auftrag.

Mit freundlichen Grüßen

Büro KG

i. A. Linus Karl

Gerichtsstand: Amtsgericht Ulm
Handelsregister: HR-A 120
Geschäftszeiten: Mo–Fr, 08:00–18.00 Uhr
Geschäftsleitung: Peter Müller
Finanzamt Ulm
Steuer-Nummer: 57060/00989
USt-IdNr.: DE471081151

I.	• Bei Annahme einer verspäteten oder abgeänderten Bestellung gilt die Auftragsbestätigung als **Annahme** des Verkäufers. • Eine Auftragsbestätigung ist nicht verpflichtend, aber in den oben genannten Fällen sehr sinnvoll. Sie wiederholt die vereinbarten Bedingungen und die bestellten Artikel.
II.	• Der Lieferschein wird zum Zeitpunkt der Auslieferung erstellt, dies kann vor, nach oder gleichzeitig mit der Rechnungsstellung erfolgen. • Der Lieferschein enthält i. d. R. die Menge der bestellten Artikel und unter Umständen die Anzahl der Pakete bzw. Packstücke. • Der Lieferschein ist verpflichtend, kann aber auch mit der Rechnung identisch sein (Rechnung/Lieferschein). • Das Datum der Lieferung/Leistungserstellung wird bei strittigem Rechnungsdatum als Bezugsdatum für den Verzug genommen.
III.	Die Rechnung ist ein verpflichtendes Schriftstück. Das Rechnungsdatum bzw. Datum des Rechnungseingangs ist zum Berechnen der Zahlungsfristen und evtl. des Verzuges wichtig. **Mindestinhalt der Rechnung:** • Name und Anschrift des Verkäufers • Name und Anschrift des Käufers • Steuernummer und/oder Umsatzsteuer-Identifikationsnummer • Rechnungsdatum • Zeitpunkt der Lieferung • fortlaufende Rechnungsnummer • Menge und handelsübliche Bezeichnung der Artikel • Nettopreis mit Hinweis auf Steuersätze/Steuerbefreiungen • anzuwendender Steuersatz und die auf den Nettopreis anfallende Umsatzsteuer • bei Bedarf Rabatte, Boni, Skonti, ... Fehlt das Zahlungsziel, tritt an dessen Stelle die gesetzliche Regelung (vgl. § 271 BGB).

Aufgaben

1. Welche Hauptpflichten haben Verkäufer und Käufer beim Kaufvertrag?

2. Begründen Sie, ob es in den folgenden Fällen zu einem Kaufvertrag kommt.
   a) Der Kunde bestellt telefonisch aus dem Katalog und die Ware wird sofort geliefert.
   b) Nach dem Erhalt des schriftlichen Angebots nimmt der Kunde dieses unverändert nach drei Wochen an.
   c) Der Kunde nimmt das Angebot unverzüglich an, möchte aber 10 % Rabatt mehr.
   d) Der Kunde ändert die Menge aus unserem Angebot, wir senden zu diesen Konditionen unverzüglich die Ware.

3. Nennen Sie drei Beispiele, wann Sie auf eine Auftragsbestätigung verzichten können.

4. Welche Gründe sprechen für eine Auftragsbestätigung?

5. Welche Funktion erfüllt ein Lieferschein?

7 Qualität und Kundenzufriedenheit

Neben den technischen Definitionen von Qualität bezeichnet Qualität in Bezug auf den Kunden den Zustand, in dem dieser zufriedengestellt wird. Die Kundenzufriedenheit wiederum stellt sich dar als Verhältnis von Kundenerwartungen und Bedürfnisbefriedigung. Werden die Bedürfnisse des Kunden über seine Erwartungen befriedigt, spricht man von hoher Qualität. Wenn die Erwartungen voll erfüllt werden, ist der Kunde mit der Qualität zufrieden. Wenn die Erwartungen nicht erfüllt werden, ist der Kunde mit der Qualität nicht zufrieden.

Unternehmen stehen im Spannungsfeld zwischen den von ihnen gesteckten und im Regelfall erfüllten technischen Qualitätszielen (DIN, ISO etc.) und den subjektiven Kundenerwartungen. Dadurch kann es vorkommen, dass ein technisch qualitativ hochwertiges Produkt vom Kunden als weniger hochwertig empfunden wird, weil seine Erwartungen an das Produkt nicht erfüllt wurden.

7.1 Messung der Kundenzufriedenheit

Stofftelegramm

Rücksendequote

$$\frac{\text{Summe der Rücksendungen} \cdot 100}{\text{Anzahl der Versendungen}}$$

Reklamationsquote

$$\frac{\text{Summe der reklamierten Aufträge} \cdot 100}{\text{Anzahl der Aufträge}}$$

Empfehlungsquote

$$\frac{\text{Anzahl der Empfehlungen} \cdot 100}{\text{Anzahl der Käufer}}$$

Kundenzufriedenheitsquote

$$\frac{\text{Zahl der zufriedenen Kunden} \cdot 100}{\text{Zahl der Kunden}}$$

Wiederkaufquote

$$\frac{\text{Anzahl der Wiederkäufer} \cdot 100}{\text{Anzahl der Käufer}}$$

7.2 KANO-Modell[1]

Stofftelegramm

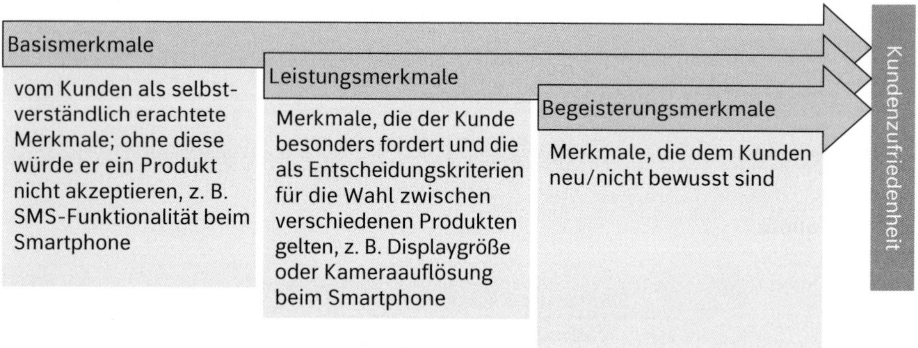

Durch den technischen Fortschritt werden die Begeisterungsmerkmale zu Leistungsmerkmalen bzw. die Leistungsmerkmale zu Basismerkmalen „herabgestuft". Merkmale, die den Kunden vor Jahren noch begeistert haben, z. B. der Tempomat oder die Freisprecheinrichtung im Auto, gelten schon fast als Basismerkmale. Ein fehlendes Basismerkmal sorgt für Enttäuschung → negative Qualität.

[1] *Nach Professor Noriaki Kano, Universität Tokio.*

8 Normgerechter Schriftverkehr

8.1 Gestaltungsvorgaben

Stofftelegramm

Angesichts der in heutigen Unternehmen, Verwaltungen und Organisationen herrschenden Informationsflut, auch „Information Overflow" genannt, wird die Forderung nach mehr Effizienz bei der geschäftsprozessorientierten Korrespondenz immer wichtiger. Die in einem Unternehmen verfassten Schriftstücke unterliegen bestimmten Gestaltungsregeln:

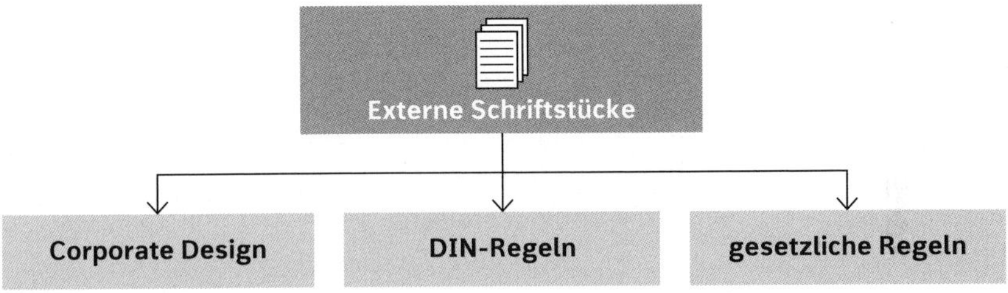

Corporate Design

Ein Corporate Design (CD) ist die visuelle Präsenz eines Unternehmens. Es bezieht sich nicht nur auf die Art und Form eines Logos, sondern schließt die einheitliche Gestaltung aller visuellen Kommunikationsmittel und Produkte eines Unternehmens zu einem unverwechselbaren Erscheinungsbild ein. Das zeigt sich speziell bei den Geschäftspapieren und Werbemitteln in Form von Logo, Farben und Formen und vielen anderen Faktoren.

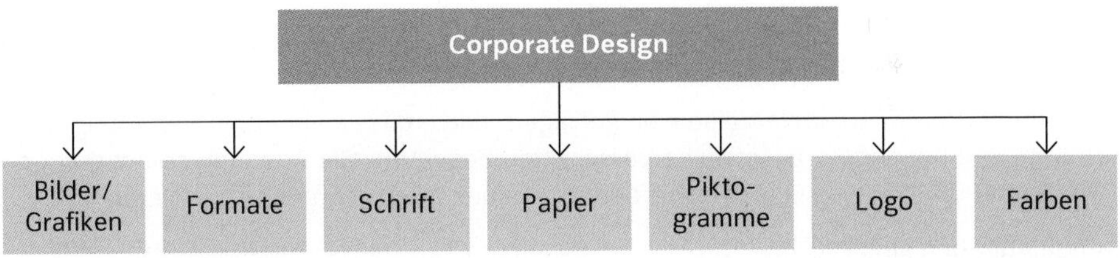

8.1.1 DIN-Regeln

Der gesamte externe Schriftverkehr im täglichen Geschäftsleben zum Austausch von Informationen unterliegt Regeln und Normen. Der Schriftverkehr beschränkt sich nicht allein auf den Geschäftsbrief, sondern schließt jede externe schriftliche Mitteilung an einen oder mehrere Empfänger ein, z. B. Angebote, Auftrags- und Anfragebestätigungen, Quittungen und Bestellscheine.

DIN 5008

Die „DIN 5008: Schreib- und Gestaltungsregeln für die Textverarbeitung" wird vom Deutschen Institut für Normung herausgegeben und legt einheitliche Normen zur Standardisierung der Prozesse in der Textverarbeitung fest. Sie legt aber nicht fest, **was** zu schreiben ist, sondern **wie** Texte in Geschäftsbriefen, Bewerbungen, E-Mails, wissenschaftlichen Arbeiten, Faxen etc. gestaltet werden sollen.

Die DIN 5008 ist zwar kein Gesetz, aber sie bietet eine Richtschnur zu einer einheitlichen Korrespondenz, an der man sich orientieren kann. Die aktuelle Anpassung der DIN 5008 fand 2020 statt und sollte eine Vereinheitlichung der nationalen und internationalen Schreibweisen erreichen.

Die DIN 5008 gibt Auskunft über:

- Satzzeichen
- Schrift- und Rechenzeichen
- Ziffern und Zahlen
- Zahlengliederungen
- Gliederung von Texten
- Hervorhebungen
- Tabellen
- Anschriften
- Briefgestaltung
- Gestaltung von E-Mails

Vorteile der DIN 5008:

- Erleichterung bei der Eingabe von Texten
- Zeiteinsparung beim Schreiben
- einfachere Verarbeitung von Informationen
- einheitliche und übersichtliche Darstellung
- bessere Informationsaufnahme
- professionelle Wirkung auf den Empfänger

8.1.2 Gesetzliche Regeln

Unternehmen, die im Handelsregister eingetragen sind, müssen bei der Gestaltung ihrer Geschäftsbriefe besondere gesetzliche Vorschriften beachten. Die Angaben sollen den Geschäftspartner über die wesentlichen Verhältnisse eines Unternehmens informieren.

Folgende Angaben sind Pflicht:

- vollständiger Firmenname wie im Handelsregister eingetragen
- Rechtsform der Gesellschaft
- Sitz des Unternehmens
- Handelsregisternummer und Registergericht
- bei einer GmbH: Geschäftsführer und Vorsitzender des Aufsichtsrats
- bei einer AG: Aufsichtsratsvorsitzender, Vorstandsvorsitzender und Vorstandsmitglieder

Für Unternehmen, die nicht im Handelsregister eingetragen sind, gelten nachstehende Pflichtangaben:

- vollständige Geschäftsanschrift
- Vor- und Nachname des Inhabers
- Gesellschaften bürgerlichen Rechts: Zusatz oder Abkürzung GbR und Gesellschafter

Es gibt keine Vorschriften, wo die Pflichtangaben auf dem Geschäftsbrief platziert werden müssen. In der Regel werden diese in der Fußzeile aufgeführt. Zusätzliche Angaben wie Telefon- und Faxnummern, E-Mail- und Internetadressen sowie Bankverbindungen sind empfehlenswert.

8.2 Formulare und Vordrucke

Stofftelegramm

Formulare, Vordrucke oder Formblätter sind Dokumente mit leeren Bereichen bzw. Formularfeldern zur Eingabe von Informationen. Im Geschäftsbereich werden Formulare außer für Briefvordrucke und Rechnungen insbesondere für Telefon- und Gesprächsnotizen, Kurzmitteilungen und Antwortkarten verwendet.

Am PC lassen sich Formulare unkompliziert und bequem erstellen – entweder zum Ausfüllen von Hand oder als Onlinebearbeitung. In diesem Fall werden Formularfelder gesetzt, die direkt angesteuert werden können und durch die der übrige Text durch einen Dokumentschutz vor unerwünschten Änderungen geschützt ist.

Vorteile

- guter Überblick durch immer gleichbleibende Strukturierung
- Schreibarbeit wird durch bereits Vorgedrucktes eingespart.
- schnelles Ausfüllen durch gleiche Reihenfolge
- Angaben können nicht vergessen werden.
- zügige Weiterbearbeitung durch Übernahme der Formularinhalte
- Der Arbeitsablauf wird erleichtert und vereinfacht.

Formulararten

Amtliche Vordrucke	Genormte Vordrucke	Frei gestaltete Vordrucke
• Einkommensteuer-erklärung • Mahnbescheid • Geburtsurkunde • Personalausweis	• Geschäftsbrief • Rechnung • Bestellung • Lieferschein • Entwurfsblätter für Vordrucke	• Telefonnotiz • Antwortkarte • Reisekostenabrechnung • Urlaubsantrag

Gestaltungsgrundsätze für Formulare

- dem Formular einen Titel geben
- den Aufbau entsprechend dem Arbeitsablauf beachten
- berücksichtigen, ob hand- oder maschinenschriftlich ausgefüllt werden soll
- Leittexte klar und verständlich formulieren
- Leitwörter nach dem OLE-Prinzip (**o**bere **l**inke **E**cke) platzieren
- Größe der Datenfelder nach der längsten Eintragung bestimmen
- geringer Wechsel in der Schriftart und Schriftgröße
- möglichst einheitliche Schreibfluchtlinien einhalten
- Kontrollkästchen besser vor der Auswahlantwort platzieren
- evtl. Falt- und Lochmarken anbringen

Name, Vorname	**PLZ, Wohnort**
Straße, Haus-Nr.	**Telefon**

Vor der Erstellung eines Formulars muss klar sein, ob dieses später handschriftlich, maschinenschriftlich oder direkt am PC, also online, ausgefüllt wird. Meist wird zur Gestaltung eines Formulars mit der Tabelle gearbeitet, da die einzelnen Elemente auf einfache Weise in die erforderliche Position gerückt werden können. Vor dem Ausdruck ist zu beachten, ob die Gitternetzlinien mit ausgedruckt werden sollen.

Formularfelder werden im Office-Programm über die Registerkarte „Entwicklertools", Gruppe „Steuerelemente" und „Vorversionstools" erstellt.

Beispiel einer Gesprächsnotiz mit Textformularfeldern

NOTIZ		
Datum 14. Februar 20..	**Uhrzeit** 10:25	**Bearbeitung bis** ooooo
Absender ooooo		
Empfänger ooooo		
Information **Betreff** ooooo		
Unterzeichner		

Beispiel für ein ausgefülltes Formular mit Formularfeld-Schattierung

NOTIZ

Datum	Uhrzeit	Bearbeitung bis
20. Februar 20..	10:25	25. Februar 20..

Absender
Oliver Schlichtig, Verkaufsabteilung

Empfänger
Herrn Krummrein, Organisation

Information

Produktpräsentation am 15. März 20..

Nachdem die Einladungen verschickt und die ersten Anmeldungen eingegangen sind, sollten wir die Informationsmappen zusammenstellen. Bitte lassen Sie mir eine Mustermappe zukommen, in der alle erforderlichen Unterlagen enthalten sind. Eventuell müssten Sie mit der Werbeabteilung Kontakt aufnehmen, um entsprechendes Informationsmaterial zu erhalten.

Bitte kümmern Sie sich noch um die technische Ausstattung im Konferenzraum 2. Wie in der letzten Sitzung besprochen, benötigen wir für die Präsentation außer Computer und Beamer noch ein Flipchart und zwei Moderationstafeln.

Mit der Bewirtung der Teilnehmerinnen und Teilnehmer habe ich den Party-Service „Gourmet“ beauftragt, der das Essen und die Getränke liefert. Außerdem übernimmt er auch die Dekoration des Speisesaals.

Unterzeichner

O. Schlichtig

Beispiel für eine Telefonnotiz als Onlineformular

SPORT **TURBINE GmbH**	Gesundheitsgasse 12 12345 Dingsda ☎ 07755 62398 📠 07755 62397 ✉ sport@turbine.de
Telefonnotiz	
Datum 27. Februar 20..	Uhrzeit 09:40
Name des Gesprächspartners Frau Hansen	Firma Kaufhaus Bergmann
Anschrift 54321 Irgendwo, Goetheallee 119	Telefonnummer 04321 98765
Um was geht es? **Bestellung von Damen-Walkingschuhen** Frau Hansen bezieht sich auf ihre Bestellung Nr. 789 von letzter Woche über je 10 Paar Walkingschuhe in den Größen 37 und 38. Dazu bestellt sie noch 10 Paar der Größe 39, die zusammen mit der Erstbestellung geliefert werden sollen.	
Bemerkungen Ich habe Frau Hansen zugesagt, dass die Auftragsbestätigung noch heute erfolgt.	
Mit der Bitte ☐ um Kenntnisnahme ☒ um Bearbeitung ☐ um Rückruf	☐ um Weiterleitung ☐ um Stellungnahme ☐ um Terminvereinbarung
Gespräch aufgenommen von Doris Mustermann	
Erledigt am	Unterschrift

8.3 Schriftliche Korrespondenz

8.3.1 Geschäftsbrief

Stofftelegramm

Geschäftsbriefe dienen der Bearbeitung eines Handelsgeschäftes nach außen zwischen Unternehmen und ihren Kunden, Lieferanten oder weiteren Dienstleistern. Der Absender ist immer ein Unternehmen, der Empfänger hingegen kann auch eine Privatperson sein. Neben der Kommunikation nach außen ist ein Geschäftsbrief die Visitenkarte eines Unternehmens und soll

- Sachverhalte verbindlich abklären,
- Aufträge oder Termine bestätigen,
- Fragen klären,
- Konditionen aushandeln und
- den Briefpartner zu Handlungen bewegen.

Folgende Arten von Geschäftsbriefen – Anfrage, Angebot, Auftrag oder Bestellung, Auftrags- oder Bestellbestätigung, Lieferschein, Rechnung, Mahnung, Zwischenbescheid – werden in schriftlicher Form oder als E-Mail auf elektronischem Wege oder als PDF übermittelt.

Bestandteile eines Geschäftsbriefes

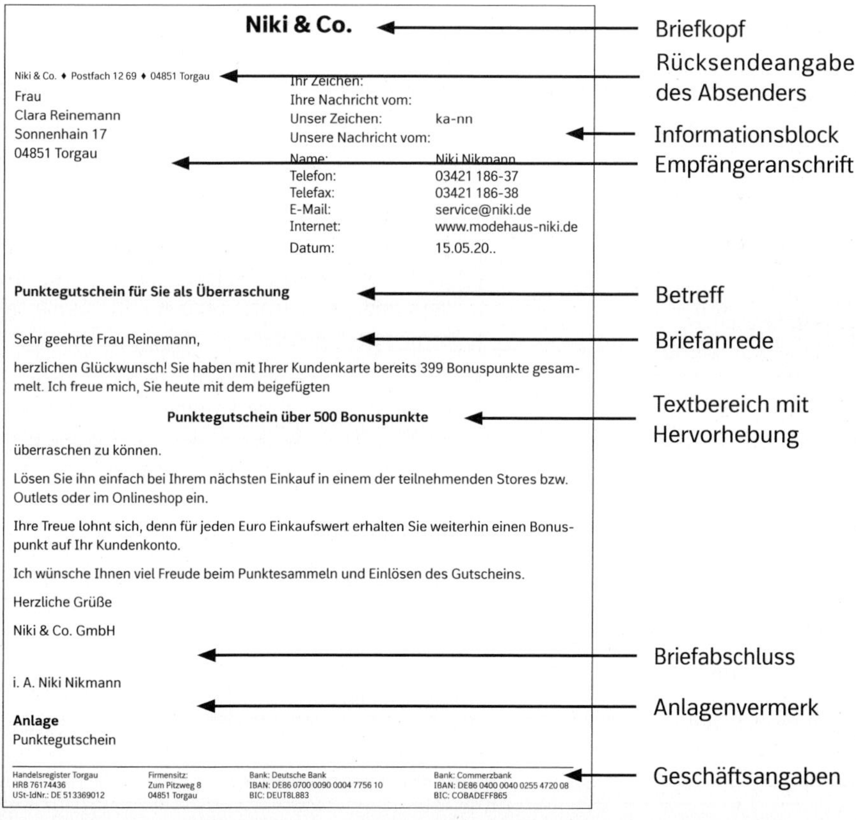

Niki & Co.

Niki & Co. ♦ Postfach 12 69 ♦ 04851 Torgau

Frau
Clara Reinemann
Sonnenhain 17
04851 Torgau

Ihr Zeichen:	
Ihre Nachricht vom:	
Unser Zeichen:	ka-nn
Unsere Nachricht vom:	
Name:	Niki Nikmann
Telefon:	03421 186-37
Telefax:	03421 186-38
E-Mail:	service@niki.de
Internet:	www.modehaus-niki.de
Datum:	15.05.20..

Punktegutschein für Sie als Überraschung

Sehr geehrte Frau Reinemann,

herzlichen Glückwunsch! Sie haben mit Ihrer Kundenkarte bereits 399 Bonuspunkte gesammelt. Ich freue mich, Sie heute mit dem beigefügten

Punktegutschein über 500 Bonuspunkte

überraschen zu können.

Lösen Sie ihn einfach bei Ihrem nächsten Einkauf in einem der teilnehmenden Stores bzw. Outlets oder im Onlineshop ein.

Ihre Treue lohnt sich, denn für jeden Euro Einkaufswert erhalten Sie weiterhin einen Bonuspunkt auf Ihr Kundenkonto.

Ich wünsche Ihnen viel Freude beim Punktesammeln und Einlösen des Gutscheins.

Herzliche Grüße

Niki & Co. GmbH

i. A. Niki Nikmann

Anlage
Punktegutschein

Handelsregister Torgau
HRB 76174436
USt-IdNr.: DE 513369012

Firmensitz:
Zum Pitzweg 8
04851 Torgau

Bank: Deutsche Bank
IBAN: DE86 0700 0090 0004 7756 10
BIC: DEUT8L883

Bank: Commerzbank
IBAN: DE86 0400 0040 0255 4720 08
BIC: COBADEFF865

Web In den Webcode-Materialien finden Sie Word-Dateien und Word-Dokumentvorlagen für Geschäftsbriefe:
LF03_Kap.8_Briefmaske_Form B_STANDARD (Word-Dokument)
LF03_Kap.8_Briefmaske_Form B_STANDARD (Word-Dokumentvorlage)
LF03_Kap.8_Briefmaske_Form B_GESTALTET (Word-Dokument)
LF03_Kap.8_Briefmaske_Form B_GESTALTET (Word-Dokumentvorlage)

Um eine rationelle Textbearbeitung zu ermöglichen, wurden in den Dokumenten Haltepunkte (Stoppcodes) positioniert, die über die Steuerungstasten Alt + F9 sichtbar gemacht werden. Mithilfe der Steuerungstaste F11 werden die Haltepunkte angesprungen und bearbeitet.

DIN-Regeln

In der **DIN 5008** sind die Schreib- und Gestaltungsregeln für die Textverarbeitung geregelt, die auch für den Geschäftsbrief maßgebend sind. Darunter fallen

- das Anschriftfeld (Größe, Anordnung der Zeilen),
- der Informationsblock,
- die Schreibweise des Briefdatums,
- die Gliederung der Telefon- und Telefaxnummern,
- der Betreff und die Anrede (Zeilenabstände),
- Hervorhebungen innerhalb des Textbereichs (Einrückung, Zentrierung, Aufzählung u. a.) und
- der Briefschluss mit Anlagen- und Verteilvermerk.

Musteraufbau eines Anschriftfeldes

Das Anschriftfeld ist 4,5 cm hoch und 8,5 cm breit und besteht aus insgesamt 11 Zeilen.

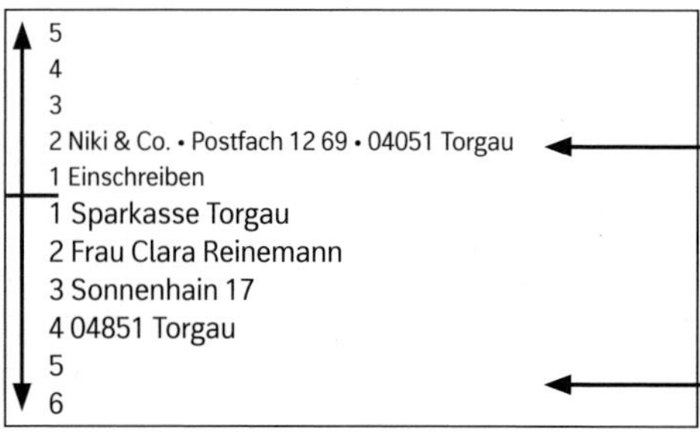

5 Zeilen in einer kleineren Schriftart sind für die einzeilige Rücksendeangabe des Absenders und evtl. Zusatzangaben bzw. Vermerke bestimmt (Aufwärtsbeschriftung).

6 Zeilen sind für die Empfängeranschrift bestimmt. Diese werden in der Schriftgröße des Brieftextes eingetragen (Abwärtsbeschriftung).

Anforderungen an die Formulierung von Geschäftsbriefen

Schreiben Sie ...	Vermeiden Sie ...
• verständlich • freundlich und höflich • prägnant und informativ • kurz und knapp • grammatikalisch korrekt • aktiv und bildhaft • persönlich	• veraltete Formulierungen (hätte, würde, könnte, dürfte) • Schachtelsätze • Abkürzungen (o. a., ggf., u. E.) • Amtsdeutsch (stattgeben) • Tippfehler • exotische Schriftarten

Der Text eines Geschäftsbriefes sollte möglichst eine Seite nicht (oder wenn, dann deutlich) überschreiten. Ein perfekter Brief ist absolut frei von Tippfehlern und grammatikalisch korrekt. Die Briefgestaltung erfolgt durch Absätze, Silbentrennung und Flattersatz, nicht jedoch durch Blocksatz.

Schon die Formulierung des **Betreffs** sollte den Empfänger überraschen und provozieren und damit sein Interesse wecken. Bewährt hat sich im Textbereich die Gliederung in

Einleitung → **Hauptteil** → **Schlussteil**

Der erste Satz eines Schreibens ist oft entscheidend, um die Aufmerksamkeit des Lesers zu gewinnen. Ein aussagekräftiger **Einleitungssatz** bringt den Adressaten dazu, den Brief weiterzulesen.

Im **Hauptteil** des Briefes wird das Anliegen des Absenders deutlich, sachlich und empfängerorientiert formuliert. Besser verwenden Sie dabei den Sie-Stil statt der Wir-Form.

Beispiel: *Sie erhalten 5 % Rabatt.* **Nicht:** *Wir gewähren Ihnen 5 % Rabatt.*

Im **Schlussteil** kann das Wesentliche nochmals herausgestellt oder dem Anliegen Nachdruck verliehen werden.

Geschäftsbrief mit Textbausteinen

Textbausteine sind vorgefertigte Texte, die entsprechend zusammengestellt einen Brief ergeben oder in einen anderen Text eingefügt werden. Innerhalb eines Office-Programms können sie per Kurzbezeichnung aufgerufen werden. Textbausteine sparen die wiederholte Eingabe immer wiederkehrender Formulierungen.

Geschäftsbrief als Schemabrief

Eine Briefvorlage mit einem **feststehenden Textteil und variablen Textstellen** wird zur rationellen Textbearbeitung erstellt. Der feststehende Textteil wird in die Vorlage übernommen. An den variablen Textstellen wird jeweils ein Stoppcode ({ }) mithilfe der Funktionstasten Strg + F9 (Word 2016) eingefügt und nach Fertigstellung des Briefes als Vorlage gespeichert. Kommt der Brief zum Einsatz, so öffnet man die Vorlage, macht mit den Funktionstasten Alt + F9 die Stoppcodes sichtbar und springt mit der Funktionstaste F11 die jeweiligen Stoppcodes ({ }) an, um diese individuell auszufüllen. Der Schemabrief wird gerne bei wiederholten Briefwechseln verwendet.

8.3.2 E-Mail

Stofftelegramm

Der Schriftverkehr mit E-Mails ist aus der modernen Geschäftswelt nicht mehr wegzudenken. Zum Erfassen einer E-Mail werden die gleichen Regeln wie beim Geschäftsbrief angewandt. Lediglich im Privatbereich wird dies lockerer gehandhabt.

Vorteile	Nachteile
• hohe Übermittlungsgeschwindigkeit • geringer Zeit- und Kostenaufwand • mobil und daher jederzeit verfügbar • internationaler Nachrichtenaustausch • Anlagen in verschiedenen Dateiformaten möglich • direkte digitale Weiterverarbeitung • Versand an mehrere Empfänger gleichzeitig möglich	• Überhäufung von E-Mails • fehlende Rechtsverbindlichkeit • Gefährdung des Datenschutzes • Nichtbeachtung als Spam • Virenproblem durch falsche Anhänge • Echtheit nicht gewährleistet • fehlende Vertraulichkeit

Aufbau einer E-Mail

Kopfzeile oder Header	Informationsteil	Abschluss
• Name des Empfängers • @-Zeichen • Provider (Anbieter) • Länderkennzeichen • alles kleingeschrieben	• geltende DIN-Regeln 5008 • gleichgestellt wie klassischer Geschäftsbrief • Betreff, Anrede, Text, Gruß, Signatur	• gesetzliche Vorgaben • Firmenname mit Rechtsform • Firmensitz • Registergericht • Handelsregisternummer

E-Mail-Anhang = Attachment

An jede E-Mail kann eine Anlage angehängt werden, in der weitere Unterlagen, ganze Dateien, PowerPoint-Präsentationen, Grafiken, Fotos usw. verschickt werden können. Damit der Anhang nicht zu umfangreich wird und dadurch zu lange Übermittlungszeiten entstehen, können mithilfe einer Software (z. B. WinZip) die Dateien komprimiert werden.

Packen/Entpacken
Um den Speicherplatz von Dateien zu verringern, werden diese durch ein Packprogramm stark komprimiert in einem Archiv zusammengefasst. Beim Entpacken wandelt das Programm die Dateien in ihre ursprünglichen Größen um.

Digitale Signatur

Die digitale Signatur wird durch den Einsatz spezieller Verschlüsselungstechnik erzeugt. Damit ist eine Überprüfung eines elektronischen Dokumentes auf eventuelle Manipulationen durch Dritte möglich. Nicht zu verwechseln mit der elektronischen Unterschrift, bei der die handschriftliche Unterschrift eingescannt, als Bilddatei abgespeichert und dann zur Textdatei hinzugefügt wird. Die digitale Signatur kann nicht verhindern, dass Dritte den Inhalt einer Nachricht lesen können.

Maßgebliche Vorschriften zur Einführung der digitalen Signatur wurden in einem gesonderten Signaturgesetz (SigG) festgeschrieben und in der Signaturverordnung (SigV) ausführlich erläutert.

E-Mail-Netiquette (E-Mail-Knigge)

- kurzer, aussagekräftiger Betreff
- höfliche Formulierung der Anrede
- kurze, prägnante und aussagefähige Sätze
- übersichtliche Darstellung mit Absätzen
- Rechtschreibregeln beachten
- nicht alles in Groß- oder Kleinbuchstaben schreiben
- Smileys gar nicht oder nur sehr sparsam einsetzen
- Grußformel nicht abkürzen
- Signatur mit Namen, Adresse, Telefon- und Faxnummer
- rechtliche Pflichtangaben beachten
- zeitnah antworten, ansonsten Zwischenbescheid geben
- bei längerer Abwesenheit eine Abwesenheitsnotiz verfassen

Aufgaben

1. Welche Faktoren kennzeichnen ein Corporate Design?
2. In welcher DIN-Norm sind die Schreib- und Gestaltungsregeln für die Textverarbeitung festgelegt?
3. Unternehmen, die im Handelsregister eingetragen sind, müssen bei der Gestaltung ihrer Geschäftsbriefe besondere gesetzliche Vorschriften beachten. Nennen Sie die wichtigsten Pflichtangaben.
4. In Ihrem Unternehmen werden häufig Formulare verwendet. Zählen Sie mindestens fünf Gestaltungsgrundsätze zur Erstellung von Formularen auf.
5. Bei der Erstellung von Formularen taucht immer wieder der Begriff „OLE-Prinzip“ auf. Erklären Sie, was darunter zu verstehen ist.
6. Der Aufbau einer E-Mail unterliegt gewissen Regeln. In welche Teile gliedert sich eine E-Mail? Erklären Sie jeweils kurz.

9 Schriftstücke vervielfältigen

9.1 Kopieren

Stofftelegramm

Zur Vervielfältigung von Originalen in kleineren Auflagen sind Kopierer auch im Computerzeitalter unentbehrlich. Leistungsfähige Kopiergeräte können stufenlos verkleinern oder vergrößern (zoomen), ohne Blattwechsel beidseitig kopieren, ausschnittweise kopieren, elektronisch sortieren und sind einfach zu bedienen. Digitale Farbkopierer mit einem Mikroprozessor ermöglichen Farbkopien auf normalem Papier, die eine sehr hohe Qualität aufweisen.

Bewertungskriterien
Für die richtige Wahl eines Kopiergerätes sind folgende Überlegungen anzustellen:

- Was muss der Kopierer können?
  → z. B. vergrößern und verkleinern, mehrseitige Vorlagen kopieren, verschiedene Formate vereinheitlichen, sortieren, heften
- Welchen Komfort soll der Kopierer bieten?
  → z. B. kurze Aufwärmzeit, hohe Kopiergeschwindigkeit, einfache Bedienerführung
- Was kostet eine Kopie?
  → abhängig von den Kosten für Toner und Wartung
- Wie wird die Anschaffung finanziert?
- Wer bietet den besten Service?
- Welcher Kopierer ermöglicht die beste Umweltverträglichkeit?
  → schadstoffarm, geringe Geräuschentwicklung

Standortwahl

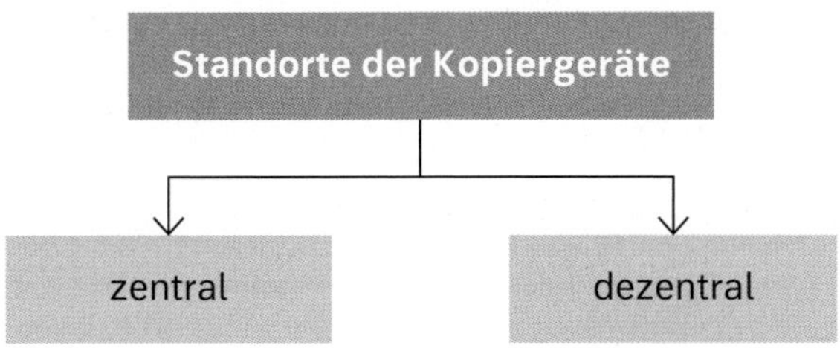

Ein wesentlicher Gesichtspunkt beim Einsatz von Kopiergeräten ist der Standort → ist eine zentrale oder dezentrale Aufstellung erforderlich?

Dies ist abhängig von

- der Art und Größe des Betriebes,
- dessen räumlicher Aufteilung,
- dem Kopiervolumen der einzelnen Abteilungen,
- der Dringlichkeit der Kopien sowie
- der Art und Größe der Vorlagen und der zu erstellenden Kopien.

Vorteile bei zentralem Standort
- Bei höherem Kopieraufkommen lohnt sich die Anschaffung eines leistungsfähigen Gerätes mit vielen Zusatzeinrichtungen (Sorter, Hefter, Locher).
- Es treten weniger Störungen durch Einsatz von Fachkräften auf bzw. diese lassen sich schneller beheben.
- Unnötiges oder unkontrolliertes Kopieren kann weitgehend ausgeschaltet werden.
- Wirtschaftlicheres Arbeiten ist durch eine bessere Auslastung des Kopiergerätes gewährleistet.

Vorteile bei dezentralem Standort
- Es entstehen keine Wege und Wartezeiten.
- Ein schnelleres Kopieren durch höhere Beweglichkeit ist möglich.
- Der Arbeitsfluss wird nicht gestört. Der Arbeitsplatz bleibt besetzt.
- Bei Störung des Kopiergerätes ist jederzeit eine Ausweichmöglichkeit gegeben.
- Die Diskretion zur Erstellung von vertraulichen Kopien bleibt besser gewahrt.

9.2 Drucken

Stofftelegramm

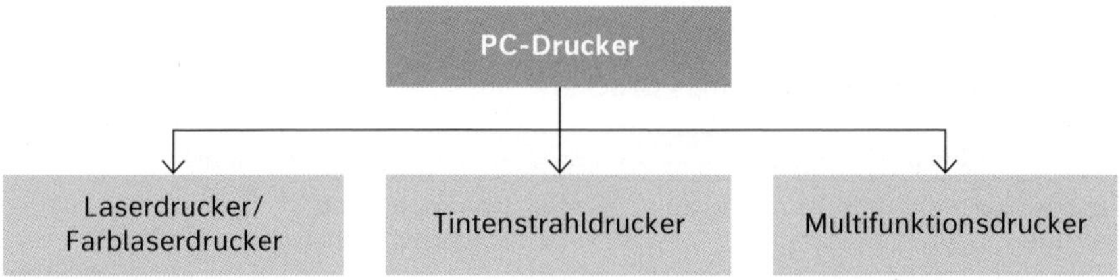

Die wichtigsten Kriterien für die Anschaffung eines Druckers sind generell:
- geringe Druck- und Wartungskosten
- sehr gute Qualität der Ausdrucke

Laserdrucker/Farblaserdrucker

Vorteile	Nachteile	Einsatz
• ausgezeichnete Druckqualität • hohe Druckgeschwindigkeit • fast geräuschlos (Arbeitsplatzdrucker) • ein- und mehrfarbige Drucke möglich	• höhere Anschaffungskosten • Qualitätsverlust bei farbigen Drucken • höherer Stromverbrauch • teure Tonerkartuschen	• für Texte und Grafiken mit hoher Druckqualität • für hohes Druckvolumen

Tintenstrahldrucker

Vorteile	Nachteile	Einsatz
• niedrige Anschaffungskosten • gute Druckqualität • sehr gute Fotodrucke • Duplexeinheit für beidseitiges Drucken	• geringe Druckgeschwindigkeit • höhere Druckkosten pro Blatt • geringe Auflösung	• für farbige Texte, Grafiken und Fotos • bei niedrigem Druckvolumen

Multifunktionsdrucker

Vielseitige und flexible Aufgaben beim Büroarbeitsprozess erfordern unterschiedliche Geräte. Bei Multifunktionsdruckern werden mehrere Funktionen in einem Gerät vereint: Drucken, Kopieren, Scannen und Faxen.

Vorteile	Nachteile	Einsatz
• kostengünstiger als mehrere Einzelgeräte • Platzersparnis • einfach zu bedienen	• bei Defekt fallen alle Funktionen aus • hoher Stromverbrauch durch 24-Stunden-Faxbereitschaft	• für kleinere Büros • bei wenig Standplatz

Auswahlkriterien für den Kauf eines Druckers

Druckerleistung	Druckqualität
• Geschwindigkeit • Speicher	• Druckauflösung • mögliche Zeichensätze
Papierverwendung	**Ökologie**
• Papierzuführung/Schächte • mögliche Papierformate • Einzelblatt automatisch • Kassettenvermögen	• Toner-Recycling • eingebaute Ozon- und Feinstaubfilter • Energieverbrauch • Prüfsiegel: Blauer Engel

9.3 Scannen

Stofftelegramm

Um Schriftstücke zu digitalisieren, wird ein Scanner benötigt. Dieser wandelt die analoge Vorlage in eine Computerdatei um und speichert sie. Scanner gibt es in unterschiedlichen Ausführungen je nach den entsprechenden Bedürfnissen.

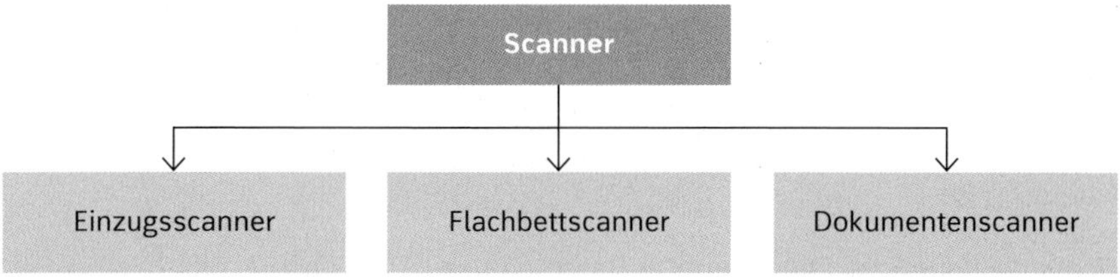

Einzugsscanner
Sie ermöglichen das automatische Scannen mehrerer einzelner Schriftstücke, die nacheinander durch einen Einzugschacht eingezogen werden. Gebundene Dokumente, Bücher oder Zeitungen lassen sich damit nicht scannen.

Flachbettscanner
Ein Flachbettscanner besteht i. d. R. aus einem Vorlagenglas, auf dem ein Blatt Papier oder eine aufgeschlagene Buchseite aufgelegt wird. Beim Scanvorgang wird die Vorlage zeilenweise mit dem Licht einer Leuchtstofflampe oder LEDs abgetastet. Die Nachteile von Flachbettscannern liegen in der geringen Geschwindigkeit und dem zeitraubenden Auflegen bei Büchern und Zeitschriften.

Dokumentenscanner
Sie können zahlreiche Vorlagen aufnehmen und automatisch nacheinander einlesen. Bei Geräten mit einer zweiten Leseeinheit können Vorder- und Rückseiten gleichzeitig aufgenommen werden. Dokumentenscanner sind ideal für Unternehmen, die auf ein papierloses Büro umstellen, indem alle Schriftstücke digitalisiert werden.

Aufgaben

1. Ein Kopiergerät soll angeschafft werden. Welche Überlegungen werden angestellt, um die richtige Wahl zu treffen?
2. Von welchen Kriterien hängt es ab, ob ein Kopiergerät zentral oder dezentral aufgestellt wird?
3. Ihre Chefin beauftragt Sie, Recherchen für einen neuen, modernen Drucker anzustellen, da der bisherige Laserdrucker den Anforderungen nicht mehr gerecht wird. Welche Überlegungen führen zu einer Kaufentscheidung? Erläutern Sie vier Aspekte.

10 Kommunikationssysteme

10.1 Telefon

Stofftelegramm

Das wichtigste Kommunikationsmittel in Unternehmen ist zweifelsfrei das Telefon. Ein weltweites Fernsprechnetz ermöglicht einen schnellen und direkten Kontakt mit dem Gesprächspartner. In Unternehmen findet man zumeist Telefonanlagen, die mit vielen Leistungsmerkmalen ausgestattet sind.

Leistungsmerkmale moderner Telefonanlagen

Anrufumleitung/ Anrufweiterschaltung	Die Anrufweiterschaltung leitet Anrufe an jeden beliebigen Telefonanschluss weiter. Es gibt vier Arten: • direkte Anrufumleitung • Anrufumleitung, wenn besetzt • verzögerte Anrufumleitung • selektive Anrufumleitung
Anklopfen	Während einer bestehenden Verbindung wird ein weiterer Anruf signalisiert. Der Anrufer hört das Freizeichen. Der Angerufene kann den Anrufer annehmen, ablehnen oder ignorieren.
Makeln	Während einer bestehenden Verbindung kann durch Rückfrage eine zweite Verbindung aufgebaut werden. Zwischen den beiden Verbindungen kann hin- und hergeschaltet werden. Der Wartende kann das aktive Gespräch nicht mithören.
Dreierkonferenz	Zwei bestehende Verbindungen können zusammengeschaltet werden. Dadurch ist eine Telefonkonferenz mit drei Teilnehmenden möglich. Alle Teilnehmer/-innen können die anderen hören.
Automatischer Rückruf	Ist ein angerufener Anschluss besetzt, erhält man ein Anrufsignal, sobald dieser Anschluss wieder frei ist. Der Anruf wird automatisch wiederholt.
Mehrfachrufnummern	Einem ISDN-Mehrwertgeräteanschluss können vom Netzbetreiber mehrere Rufnummern zugeordnet werden bzw. mehrere Endgeräte können die gleiche Nummer haben.

Telefonkonferenz
Für eine Telefonkonferenz mit mehr als drei Teilnehmerinnen und Teilnehmern benötigt man einen Telefonkonferenz-Anbieter. Dieser richtet einen sog. Telefonkonferenz-Raum ein, der rund um die Uhr genutzt werden kann. Jeder Telefonkonferenz-Raum hat einen eigenen Konferenz-PIN-Code, eine Art Sicherheitscode, damit sich nur befugte Personen in die Telefonkonferenz einwählen können.

Durchführung
1. Einwahlnummer des Telefonkonferenz-Anbieters wählen
2. nach Aufforderung den Konferenz-PIN-Code eingeben
3. Die Telefonkonferenz startet, sobald sich mindestens zwei Teilnehmer/-innen eingewählt haben.

Es gibt unterschiedliche Systeme bei Telefonkonferenzen: Dial-in-Konferenzsystem, Dial-out-Konferenzsystem und Voice-over-IP über das Internet.

- **Dial-in-Konferenzsystem:** Alle Teilnehmer/-innen wählen sich selbst zum vereinbarten Termin in das System ein. Dazu erhalten sie eine Einwahlnummer und einen PIN-Code.
- **Dial-out-Konferenzsystem:** Die Telefonnummern der Teilnehmer/-innen werden vom Telefonkonferenz-Anbieter angerufen und zu einer Telefonkonferenz zusammengeschaltet.
- **Voice-over-IP:** Darunter versteht man das Telefonieren über ein Computernetzwerk nach Internetstandards. Gespräche bzw. Telefonkonferenzen werden weltweit über das Internet geführt. Durch die Nutzung der Bildschirme können Bildmaterial und Präsentationen gezeigt werden.

Mobilfunk
Mobilfunkgeräte gibt es als Handys, Smartphones, iPhones, BlackBerrys, Tablets (iPad) und E-Reader mit sehr unterschiedlichen Leistungsmerkmalen.

Bedeutende Leistungsmerkmale für Mobiltelefone	
• Größe und Gewicht • einfache Menüsteuerung • Uhrzeit, Wecker, Kalenderfunktion • mobile Speicherkarte • Gesprächsdaueranzeige • Entgeltanzeige • Freisprechbetrieb	• Vibrationsalarm • Stand-by-Betrieb • Mailbox • Rufumleitung • Kamera- und Videokamerafunktion • Bluetooth-Schnittstelle • elektronisches Sperrschloss

SIM-Karte (Subscriber Identity Module)
Die SIM-Karte ist eine Chipkarte im Mobiltelefon und dient zur Identifikation des Nutzers im Netz. Mit der SIM-Karte stellen die Mobilfunkanbieter den Teilnehmern mobile Telefon- und Datenanschlüsse zur Verfügung.

SMS (Short Message Service) und MMS (Multimedia Messaging Service)
Bei SMS können mit dem Mobiltelefon Texte in Sekundenschnelle von Handy zu Handy übertragen werden. Mit MMS können ebenfalls in Sekunden wesentlich größere Datenmengen mit multimedialem Inhalt verschickt werden, d. h. Bilder, Fotos von der integrierten Kamera, Sound und auch Videosequenzen.

WhatsApp
Im Gegensatz zu SMS ist WhatsApp kein eigener Dienst des Mobilfunkanbieters, sondern nutzt den Internetzugang. Es ist ein Instant-Messaging-Dienst für den Austausch von Text- und Sprachnachrichten, Bild-, Video- und Tondateien sowie Standortinformationen zwischen Benutzern von Mobilgeräten wie z. B. Smartphones. WhatsApp gehört zu Facebook.

VoIP Internettelefonie

Die Technik für VoIP (Voice over Internet Protocol) ermöglicht eine kostengünstige und interessante Alternative zu Fest- und Mobilfunknetzen. Sprachsignale werden zwischen zwei Kommunikationspartnern übertragen. Bei der Internettelefonie werden die komprimierten digitalisierten Sprachsignale in kleinere Sprach-Datenpakete verpackt und über das Internet übertragen. Um eine Verbindung zum herkömmlichen Telefonnetz herzustellen, benötigt man sog. Gateways (Vermittlungsrechner, Vermittlungsübersetzer), die mit dem Computernetzwerk verbunden sind und die Anfragen in beide Richtungen weiterleiten.

Vorteile:
- kostenlose Gespräche von VoIP zu VoIP
- jederzeit und überall erreichbar
- Telefonie und Internet auf einer Leitung
- günstige Tarife ins Festnetz
- nur eine Infrastruktur → dadurch Kosteneinsparungen
- weltweite Nutzung

Videokonferenz

Videokonferenzen ermöglichen es, mit einem oder mehreren Teilnehmern so zu konferieren, als wenn alle in einem Raum wären – und das weltweit. Die Gesprächspartner können sich sehen und hören, Dokumente austauschen oder zusammen bearbeiten.

Vorteile der Videokonferenz:
- Reduzierung der Reisekosten
- schnelle und einfache Kommunikation
- Personaloptimierung durch Wegfall der Reisezeit
- direkte und persönliche Zusammenarbeit möglich
- sofortiger Austausch von Daten und Unterlagen
- Umweltverantwortung
- Wettbewerbsvorteile gegenüber Mitbewerbern

10.2 Fax

Stofftelegramm

Mit einem Faxgerät können originalgetreue Nachbildungen einer Vorlage übermittelt werden. Dabei kann es sich um hand- oder maschinenschriftliche Vorlagen sowie Zeichnungen oder Abbildungen handeln. Faxgeräte haben einen Sendeteil und einen Empfangsteil. Beim Senden wird die Vorlage fotoelektronisch Punkt für Punkt abgetastet. Die unterschiedlichen Helligkeitswerte (Rasterpunkte) werden in elektrische Signale umgewandelt und über das Telefonnetz übertragen. Im Empfangsgerät werden die elektrischen Signale durch eine Drucksteuerung mit hellen und dunklen Punkten auf ein Blatt übertragen.

Vorteile:
- direkte Übermittlung der Vorlage
- originalgetreue Nachbildung von Texten, Bildern, Zeichnungen
- automatisches Senden und Empfangen
- billiger als Briefpost (Übermittlung günstiger, Einsparung von Briefhüllen)
- übliche Tätigkeiten für Posteingang und -ausgang entfallen
- einfache Bedienung der Faxgeräte
- weltweite Übermittlung
- preisgünstige Endgeräte
- mittels Faxkarte Betrieb am PC möglich
- tragbare Faxgeräte ermöglichen Faxen von unterwegs

10.3 Internet

Stofftelegramm

Das Internet, das weltweit größte nicht kommerzielle Computernetzwerk der Welt, wurde ursprünglich für militärische Zwecke geschaffen und später von Universitäten als weltweite elektronische Bibliothek genutzt. Heute nutzen Millionen von Teilnehmern dieses Netz zum Bereitstellen und Abrufen von Informationen, zum Kommunikationsaustausch und zum Herunterladen (Downloaden) von Programmen, Grafiken, Filmen und Dateien.

Voraussetzungen für den Internetzugang
- leistungsfähiger PC
- Internetanschluss über DSL, Kabel oder Glasfaser
- passendes Modem/passender Router
- Browser (Edge, Chrome, Firefox)
- Provider
- Zugangsberechtigung

Provider
Um Zugang zum Internet zu erhalten, benötigt man einen Netzanbieter = Provider.

World Wide Web
Das WWW, auch „weltweites Spinnennetz" genannt, ist aufgrund seiner multimedialen Eigenschaften der meistgenutzte Internetdienst.

HTTP
Hyper **T**ext **T**ransfer **P**rotocol ist ein Bestandteil des WWW, mit dem die Verbindung zwischen einem Anbieter (Server) und einem Nutzer (Client) hergestellt wird. Dabei handelt es sich um einen Standard zur Übermittlung von HTML-Seiten.

HTML
Hyper **T**ext **M**arkup **L**anguage ist eine international standardisierte Dokumentensprache, mit der die WWW-Dokumente erstellt werden. Die mit dieser Sprache erstellten Dokumente enden mit .html oder .htm.

FTP
Das **F**ile **T**ransfer **P**rotocol ermöglicht die Datenübertragung von einem Rechner im Internet auf den eigenen PC (Download).

Social Media
Soziale Medien werden von Internetnutzern verwendet, um Erfahrungen, Meinungen, Eindrücke oder Informationen auszutauschen und Wissen zu sammeln. Zu diesen Medien zählen Foren, Weblogs und Microblogs wie X (ehemals Twitter) oder Mastodon, soziale Netzwerke wie Facebook, MySpace, XING, Wikis (z. B. Wikipedia), Auskunftsportale (z. B. www.wer-weiss-was.de oder www.gutefrage.net), Foto-, Musik-, Video- oder Document-Sharing-Portale wie Picasa, Flickr, MyVideo, YouTube usw.

Unternehmen befassen sich immer mehr mit dem Thema Social Media und betreiben dazu ein aufwendiges Marketing für ihre Kommunikationsziele: Image, Bekanntheit, Kundengewinnung und Kundenbindung.

10.4 Intranet

Stofftelegramm

Ein Intranet ist ein firmeninternes geschlossenes Netzwerk und dient der unternehmensinternen Kommunikation. Im Gegensatz zum Internet kann nur eine bestimmte Gruppe von Nutzern auf dieses Netzwerk zugreifen. Spezielle Zugangskontrollsysteme gewähren nur berechtigten Personen Zugriff auf das Firmennetz. Das Intranet funktioniert nach dem gleichen Prinzip wie das Internet und basiert auf denselben Techniken.

Vorteile:
- keine räumliche Begrenzung, z. B. bei Filialen und Außenstellen
- schneller Zugang für alle Mitarbeiter/-innen
- Kostenersparnis, da Informationen papierlos verteilt und archiviert werden
- Telearbeiter können von daheim auf das Intranet zugreifen.

Extranet
Das Extranet ist eine erweiterte Form des Intranets und basiert ebenfalls auf der Technik des Internets. Der Unterschied besteht darin, dass das Extranet innerhalb eines Unternehmensnetzwerkes den Nutzern zur Verfügung steht. Zugangsberechtigt sind nur Mitgliedsbetriebe mit persönlichem Log-in. Das Extranet eignet sich für Unternehmen, die ihren Mitarbeiterinnen und Mitarbeitern, Mitgliedern, Kunden, Lieferanten und Partnern bestimmte Informationen in einem geschützten Bereich zur Verfügung stellen möchten.

Aufgaben

1. Moderne Telefonanlagen weisen besondere Leistungsmerkmale auf. Erläutern Sie mindestens vier solcher Merkmale.
2. Sie betreuen heute eine neue Auszubildende und sollen ihr erklären, was eine Telefonkonferenz ist und wie sie durchgeführt wird.
3. Es gibt unterschiedliche Systeme bei Telefonkonferenzen: Dial-in-Konferenzsystem, Dial-out-Konferenzsystem und Voice-over-IP über das Internet. Erklären Sie kurz diese drei Systeme.
4. Erklären Sie, was man unter einem Intranet und einem Extranet versteht.

Lernfeld 4: Sachgüter und Dienstleistungen beschaffen und Verträge schließen

1 Beschaffungs- und Lagerhaltungsprozess im Unternehmen

1.1 Der Beschaffungsprozess im Überblick

Stofftelegramm

Die Beschaffung sorgt dafür, dass die benötigten **Waren** und **Güter** in der **benötigten Menge**, zum **günstigsten Preis**, in der **erforderlichen Qualität**, am **richtigen Ort** und zur **richtigen Zeit** vorhanden sind. Dabei sind konkurrierende Ziele zu beachten, wie z. B. geringe Lagerhaltungskosten durch geringe Lagerbestände vs. Sicherstellung der Produktion oder Lieferfähigkeit durch höhere Lagerbestände.

Bedarfsermittlung	Bezugsquellenermittlung und Lieferantenauswahl	Bestellung und Überwachung	Wareneingang und Kontrolle	Lagerung	Rechnungsprüfung und Zahlung
• Beschaffungsobjekte • Bedarfsplanung • ABC-Analyse • Zeit- und Mengenplanung (optimale Bestellmenge, Bestellverfahren etc.) • Wahl des Beschaffungsverfahrens	• Beschaffungsmarketing • Anfrage • Angebotsvergleich: a) quantitativ b) qualitativ (Lieferantenbeurteilung)	• Kaufvertrag • Erfüllungsort und Gerichtsstand • Liefer- und Zahlungsbedingungen • Terminkontrolle • Nicht-rechtzeitig-Lieferung	• unverzügliche Prüfung • Kontrolle: – Menge – Art und Güte – Beschaffenheit • Erfassung im ERP-System • ggf. Rechte aus mangelhafter Lieferung in Anspruch nehmen	• Lagerarten • Lagerorganisation • Kosten der Lagerung & Lagerkennziffern	• Vergleich Lieferschein → Rechnung → Angebot • Zahlungsarten: – bar – halbbar – bargeldlos

1.2 Beschaffungsobjekte

Stofftelegramm

Dienstleistungen	immaterielle Güter, z. B. Reinigung der Bürogebäude, Transport einer Ware, Reparatur der Heizung, Schutz und Bewachung des Werksgebäudes
Handelswaren	Waren, die nahezu unverändert weiterverkauft werden und die i. d. R. nicht in ein Produkt eingehen, z. B.: Ein Kaminbauer verkauft auch Kaminbesteck (Schaufel, Besen und Schürhaken).
Bauteile	i. d. R. fremdbezogene Teile, die weiterverarbeitet werden und in die Produktion eingehen, z. B. Kaminofentür mit Glas

Werkstoffe	Für die Produktion erforderlich, sie gehen indirekt oder direkt in das Produkt ein (Roh-, Hilfs- und Betriebsstoffe).	
Rohstoffe	Hilfsstoffe	Betriebsstoffe
• Hauptbestandteil des Produkts • direkt zurechenbar • z. B. Kacheln und Schamottesteine für einen Kamin	• Nebenbestandteil des Produkts • werden i. d. R. indirekt gerechnet • z. B. Mörtel für einen Kamin	• sind nicht Teil des Produkts • z. B. Kühlmittel für die Säge, um die Kacheln zuzuschneiden

1.3 ABC-Analyse

Stofftelegramm

Die ABC-Analyse teilt die Beschaffungsgüter in drei Kategorien ein. Ziel ist es, die Güter nach der anteiligen Höhe am Gesamtbeschaffungswert zu sortieren. Für Güter mit einem hohen anteiligen Beschaffungswert wird eine aufwändigere Beschaffung (detaillierte Beschaffung, Marktforschung, mehrere Angebote, ...) betrieben als für Güter mit einem geringen Beschaffungswert.

	A-Güter	B-Güter	C-Güter
Kumulierter Anteil am Gesamtbeschaffungswert	ca. 75 %–80 %	ca. 15 %–20 %	ca. 5 %
Beschaffungsaufwand/Sorgfalt	hoch	mittel	niedrig
Angebote	Einholung mehrerer Angebote	weniger Angebote	i. d. R. Bestellung beim Stammlieferanten
Angebotsvergleich	quantitativer und qualitativer Angebotsvergleich	unter Umständen nur Angebotsvergleich für ganze Gütergruppen	Bestellung mehrerer Artikel beim gleichen Lieferanten
Bestellmenge	Ermittlung der optimalen Bestellmenge	geringerer Aufwand bei der Ermittlung der optimalen Bestellmenge	einfache Beschaffungsmethode, z. B. Bestellrhythmusverfahren
Lagerbestände	Reduzierung der Lagerbestände	identische Lagerhaltung bei ganzen Gütergruppen, um den Kalkulationsaufwand zu reduzieren	großzügige Lagerhaltung
Kontrolle	hoher Kontrollaufwand der Lagerbestände, um Fehlmengen zu vermeiden	← Mittelweg →	einfache Kontrollmaßnahmen
Preisverhandlung	möglichst Wahrnehmung von Rabatten, Ziel: Kostensenkung	← Mittelweg →	kaum

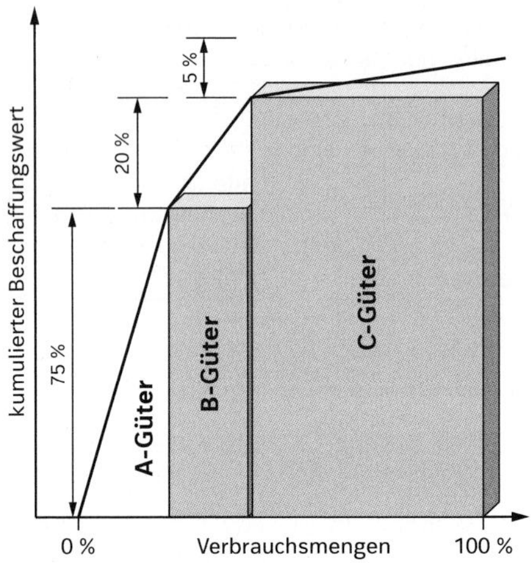

A-Güter: haben den höchsten Beschaffungswert, aber i. d. R. nur einen geringen Anteil an der Beschaffungsmenge

B-Güter: geringerer Beschaffungswert als A-Güter, aber höhere Beschaffungsmenge

C-Güter: Güter mit dem geringsten Beschaffungswert, aber i. d. R. mit der höchsten Beschaffungsmenge

Vorgehensweise

1. je Gut den Beschaffungswert ermitteln (Verbrauch • Einstandspreis)
2. Ermittlung des Gesamtbeschaffungswertes und der Menge aller Güter
3. je Gut den anteiligen Beschaffungswert am Gesamtwert ermitteln (Prozentwert)
4. je Gut den prozentualen Mengenanteil an der Gesamtmenge ermitteln
5. Sortierung aller Güter nach absteigendem prozentualen Beschaffungswert
6. Kumulieren (Aufaddieren) der prozentualen Beschaffungswerte von Gut zu Gut
7. Aufteilen der Güter in ABC, entsprechend ihres kumulierten Beschaffungswertes (A-Güter bis ca. 75 %/80 % usw.)

Artikel	Einstandspreis	Jahresbedarf	Beschaffungswert (1)	% des Wertes (3)	% der Menge (4)
40cm*40cm Edelstahlplatte	15,00 €	1.500	22.500,00 €	26,67%	1,94%
Bolzen A2	2,50 €	800	2.000,00 €	2,37%	1,03%
Gewindestange 1m M12	8,00 €	1.000	8.000,00 €	9,48%	1,29%
Kupferkabel 3*2mm 50m	2,50 €	2.500	6.250,00 €	7,41%	3,23%
Motor 4A 230V	25,00 €	500	12.500,00 €	14,82%	0,65%
Mutter M4	0,02 €	10.000	200,00 €	0,24%	12,93%
Mutter M6	0,04 €	15.000	600,00 €	0,71%	19,39%
Scharnier 3Q	7,20 €	850	6.120,00 €	7,25%	1,10%
Schraube M4	0,06 €	10.000	600,00 €	0,71%	12,93%
Schraube M6	0,08 €	15.000	1.200,00 €	1,42%	19,39%
Splint 6mm	0,02 €	20.000	400,00 €	0,47%	25,86%
SPS Steuerung V5	120,00 €	200	24.000,00 €	28,45%	0,26%
Summe		77.350	(2) 84.370,00 €	100,00%	100,00%

Artikel	% des Wertes (5)	kumulierter Wert (6)	Güter (7)		% der Menge	kumulierte Menge	
SPS Steuerung V5	28,45%	28,45%	A-Güter	79,41%	0,26%	0,26%	4,14%
40cm*40cm Edelstahlplatte	26,67%	55,11%			1,94%	2,20%	
Motor 4A 230V	14,82%	69,93%			0,65%	2,84%	
Gewindestange 1m M12	9,48%	79,41%			1,29%	4,14%	
Kupferkabel 3*2mm 50m	7,41%	86,82%	B-Güter	14,66%	3,23%	7,37%	4,33%
Scharnier 3Q	7,25%	94,07%			1,10%	8,47%	
Bolzen A2	2,37%	96,44%	C-Güter	5,93%	1,03%	9,50%	91,53%
Schraube M6	1,42%	97,87%			19,39%	28,89%	
Schraube M4	0,71%	98,58%			12,93%	41,82%	
Mutter M6	0,71%	99,29%			19,39%	61,22%	
Splint 6mm	0,47%	99,76%			25,86%	87,07%	
Mutter M4	0,24%	100,00%			12,93%	100,00%	
	100,00%				100%		

Hinweis: Die ABC-Analyse kann auch ohne die Ermittlung der kumulierten prozentualen Menge erfolgen.

Mithilfe einer Tabellenkalkulation die kumulierten Werte berechnen:

1. Daten nach absteigendem Prozentwert sortieren
2. Übernahme des Prozentwertes in der ersten Zelle (D2 → Verweis auf C2)
3. ab der zweiten Zelle (im Beispiel D3) Prozentwert + Zelle über der aktuellen Zelle (D2)
4. Kopieren der Funktion auf alle folgenden Zellen

	C	D
1	% des Wertes	kumulierter Wert
2	0,284461301410454	=C2
3	0,266682470072301	=C3+D2
4	0,148156927817945	=C4+D3
5	0,0948204338034846	=C5+D4
6	0,0740784639089724	=C6+D5
7	0,0725376318596658	=C7+D6
8	0,0237051084508712	=C8+D7
9	0,0142230650705227	=C9+D8
10	0,00711153253526135	=C10+D9
11	0,00711153253526135	=C11+D10
12	0,00474102169017423	=C12+D11
13	0,00237051084508712	=C13+D12
14	=SUMME(C2:C13)	
15		

Zweck der ABC-Analyse

- Konzentration auf die wesentlichen Beschaffungsgüter (A- und teilweise B-Güter)
- Transparenz in der Materialwirtschaft
- Grundlage für
  - Verringerung der Lagerbestände bei A-Gütern
  - Bedarfsgerechte Disposition
  - Vergleich von Eigen- oder Fremdfertigung (Make-or-buy) bei A-Gütern
  - Nutzung von just in time

Aufgaben

1. Warum erstellt man eine ABC-Analyse?
2. Wie unterscheiden sich A- und C-Güter voneinander bezüglich des Beschaffungswertes?
3. Welche Folgen ergeben sich aus der ABC-Analyse für die Beschaffung?
4. Für die Handelswaren 1–12 liegen jeweils der Jahresverbrauch und der Einstandspreis vor. Erstellen Sie eine ABC-Analyse. Der Artikel mit dem höchsten Beschaffungswert bekommt Rang 1 und der Artikel mit dem geringsten Beschaffungswert bekommt Rang 12.

A-Güter → ca. 80 % B-Güter → ca. 15 % C-Güter → ca. 5 %

Artikel	Verbrauch	Einstandspreis	Beschaffungswert	% des Wertes	Rang
HW 001	1.500 Stück	30,00 EUR			
HW 002	1.731 Stück	85,00 EUR			
HW 003	1.888 Stück	7,00 EUR			
HW 004	800 Stück	83,00 EUR			
HW 005	1.543 Stück	22,00 EUR			
HW 006	1.503 Stück	70,00 EUR			
HW 007	1.863 Stück	62,00 EUR			
HW 008	1.413 Stück	31,00 EUR			
HW 009	951 Stück	58,00 EUR			
HW 010	1.569 Stück	58,00 EUR			
HW 011	1.171 Stück	78,00 EUR			
HW 012	972 Stück	89,00 EUR			
Summe					

Rang	Artikel	% des Wertes	Kumulierter Wert	ABC-Gut
1	HW 00__			
2	HW 00__			
3	HW 00__			
4	HW 00__			
5	HW 00__			
6	HW 00__			
7	HW 00__			
8	HW 00__			
9	HW 00__			
10	HW 00__			
11	HW 00__			
12	HW 00__			
Summen				

5. Lösen Sie die Aufgabe 4 mithilfe einer Tabellenkalkulation.
6. In der Excel-Datei *LF04_Kap.1_ABC* finden Sie 500 Artikel, die aus der IUS übernommen wurden. Erstellen Sie mithilfe von Excel eine ABC-Analyse. Nutzen Sie Ihr Wissen über Excel aus dem Grundlagenkapitel. Die Verwendung einer verschachtelten WENN-Funktion ist möglich, jedoch nicht zwingend nötig, ebenfalls die Verwendung der bedingten Formatierung.

Web

1.4 Optimale Bestellmenge

Stofftelegramm

Merke:
An dem Punkt, an dem die **Summe** aus **Bestell- und Lagerkosten** am **geringsten** ist, liegt die optimale Bestellmenge.

1.4.1 Einflussfaktoren auf die Bestellmenge

Optimale Bestellmenge

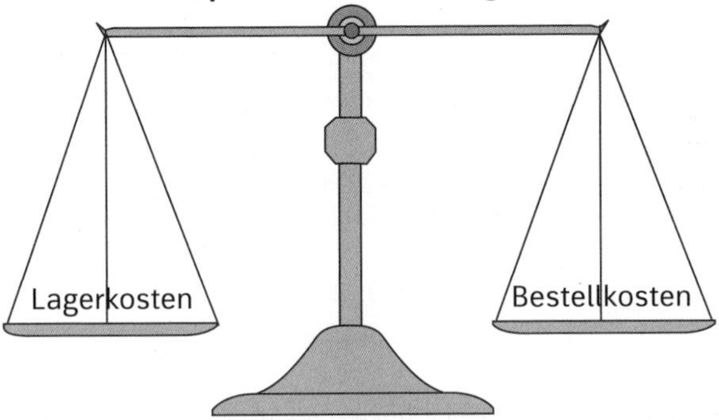

Lagerhaltungskosten	Bestellkosten
• anteilige Lagerkosten für Lagerpersonal • Zinsen für gebundenes Kapital (Kapitalbindungskosten) • Miete • Darlehenszinsen für eventuelle Kredite für Lagerhalle und Lagergut	• Sach- und Personalkosten, die für die Abwicklung der Bestellung anfallen • z. B. Schreiben einer Bestellung, Kosten für Angebotsvergleiche, Kosten für die Vertragsgestaltung

Viele kleine Bestellungen	Wenige große Bestellungen
hohe Bezugskosten → z. B. 12-mal Versandkosten für den Monatsbedarf	geringe Bezugskosten → z. B. nur einmal Versandkosten für den Jahresbedarf
geringe Lagerkosten und Kapitalbindung, da kleine Lagermenge	hohe Lagerkosten und Kapitalbindung → große Menge braucht mehr Lagerplatz, höhere Werte im Lager im Vergleich zur geringeren Menge → Kapitalbindung steigt
geringer Liquiditätsabfluss → im Vergleich zur Bestellung des Jahresbedarfes kleiner Rechnungsbetrag (Monatsbedarf)	zum Zeitpunkt der Rechnungszahlung höherer Kapitalabfluss → Belastung der Liquidität

Viele kleine Bestellungen	Wenige große Bestellungen
geringeres Lagerrisiko → Werteverlust und Verderb, bei kleinerer Menge geringeres Risiko	Höherer Wert im Lager erhöht das Lagerrisiko. → Kosten für Versicherung steigen, Wahrscheinlichkeit für Verderb steigt.
Gefahr für die Sicherstellung der Liefer- und Produktionsfähigkeit → kleine Menge schnell aufgebraucht, Problem bei Lieferverzug	Hoher Lagerbestand sichert Liefer- und Produktionsfähigkeit.
Verwaltungskosten für Bestellabwicklung höher	Wahrnehmung von Mengenrabatten eher möglich

1.4.2 Mathematische Ermittlung der optimalen Bestellmenge[1]

$$\text{optimale Bestellmenge} = \sqrt{\frac{200 \cdot \text{Jahresbedarf} \cdot \text{Beschaffungskosten je Bestellung}}{\text{Einstandspreis je Stück} \cdot \text{Lagerhaltungskostensatz}}}$$

Beispiel: *Jahresbedarf 400 Stück, Beschaffungskosten je Beschaffung 5,00 EUR, Einstandspreis 12,00 EUR/Stück, Lagerhaltungskostensatz 8 %*

$$\textit{optimale Bestellmenge} = \sqrt{\frac{200 \cdot 400 \cdot 5}{12 \cdot 8}}$$

Hier nicht 0,08 schreiben! Sonst noch mit 100 multiplizieren!

Optimale Bestellmenge: ca. 64,54972244 Stück → 65 Stück

1.4.3 Tabellarische Ermittlung der optimalen Bestellmenge

Beispiel wie oben stehend:

Jahresbedarf 400 Stück, Beschaffungskosten je Beschaffung 5,00 EUR, Einstandspreis 12,00 EUR/Stück, Lagerhaltungskostensatz 8 %

[1] *Bestellmengenformel → Andler-Formel.*

	A	B	C	D	E	F
1	(1)	(2)	(3)	(4)	(5)	(6)
2	Bestell-menge in Stück	Anzahl der Bestellungen	Beschaffungs-kosten	Durchschnittliche Lagerbestand	Lagerhaltungs-kosten	Summe aus Beschaffung und Lagerhaltungs-kosten
3		**= Jahres-bedarf/(1)**	**= (2)*Beschaffungs-kosten je Bestellung**	**= (1)/2 ==> halber Bestellbestand**	**=(4)*Lager-haltungs-kostensatz* Einstandspreis**	**=(3)+(5)**
4	1	400,00	2.000,00 €	0,50	0,48 €	2.000,48 €
5	2	200,00	1.000,00 €	1,00	0,96 €	1.000,96 €
6	10	40,00	200,00 €	5,00	4,80 €	204,80 €
7	25	16,00	80,00 €	12,50	12,00 €	92,00 €
8	40	10,00	50,00 €	20,00	19,20 €	69,20 €
9	50	8,00	40,00 €	25,00	24,00 €	64,00 €
10	60	6,67	33,33 €	30,00	28,80 €	62,13 €
11	63	6,35	31,75 €	31,50	30,24 €	61,99 €
12	64	6,25	31,25 €	32,00	30,72 €	61,97000 €
13	65	6,15	30,77 €	32,50	31,20 €	61,96923 €
14	66	6,06	30,30 €	33,00	31,68 €	61,98 €
15	75	5,33	26,67 €	37,50	36,00 €	62,67 €
16	100	4,00	20,00 €	50,00	48,00 €	68,00 €
17	150	2,67	13,33 €	75,00	72,00 €	85,33 €
18	200	2,00	10,00 €	100,00	96,00 €	106,00 €
19	300	1,33	6,67 €	150,00	144,00 €	150,67 €
20	350	1,14	5,71 €	175,00	168,00 €	173,71 €
21	400	1,00	5,00 €	200,00	192,00 €	197,00 €

Excel als Hilfsmittel zur Berechnung

	A	B	C	D	E	F
1	(1)	(2)	(3)	(4)	(5)	(6)
2	Bestell-menge in Stück	Anzahl der Bestellungen	Beschaffungs-kosten	durchschnittlicher Lagerbestand	Lagerhaltungs-kosten	Summe aus Beschaffung und Lagerhaltungs-kosten
4	1	=$I$1/A4	=B4*$I$2	=A4/2	=D4*$I$3*$I$4	=E4+C4
5	2	=$I$1/A5	=B5*$I$2	=A5/2	=D5*$I$3*$I$4	=E5+C5
6	10	=$I$1/A6	=B6*$I$2	=A6/2	=D6*$I$3*$I$4	=E6+C6
7	25	=$I$1/A7	=B7*$I$2	=A7/2	=D7*$I$3*$I$4	=E7+C7

	H	I
1	Jahresbedarf in Stück	400
2	Beschaffungskosten je Bestellung	5
3	Einstandspreis	12
4	Lagerhaltungskostensatz	0,08

1.4.4 Grafische Ermittlung der optimalen Bestellmenge

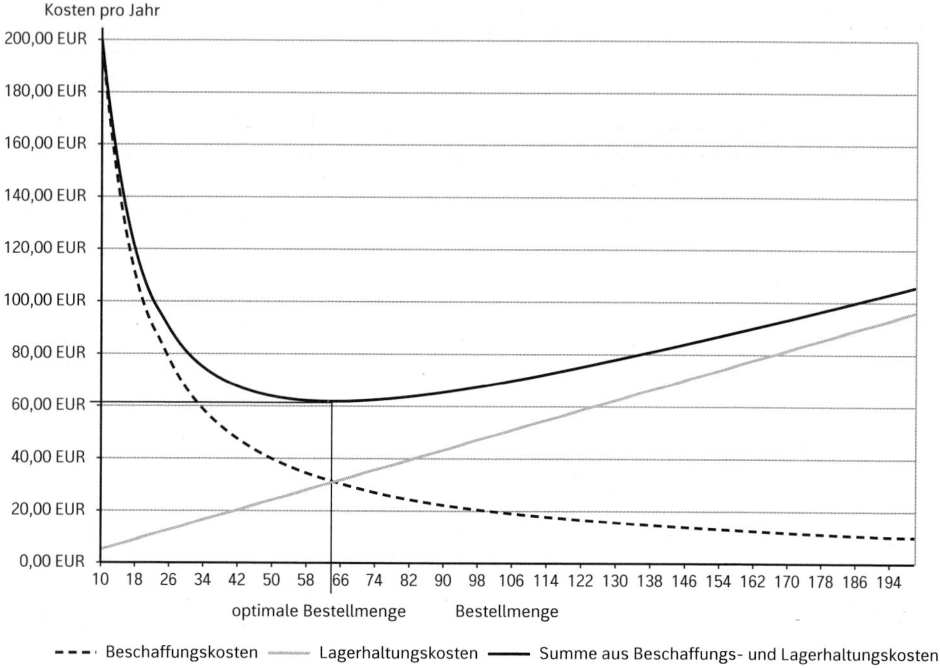

1.5 Bestellzeitpunkt

Stofftelegramm

Bestellpunktverfahren

Die Sägezahnkurve zeigt den normalen Verlauf des Lagerbestandes.

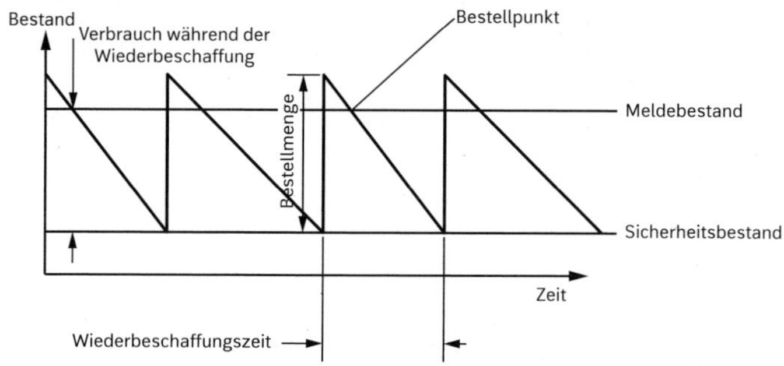

- **Meldebestand (MB):** Bei Erreichen dieses Lagerbestandes wird eine neue Bestellung ausgelöst.

$$MB = \text{durchschnittlicher Verbrauch} \cdot \text{Beschaffungszeit} + \text{Sicherheitsbestand}$$

- **Bestellpunkt:** Zeitpunkt, an dem der Meldebestand durch Verbrauch erreicht ist → Bestellung wird ausgelöst.
- **Wiederbeschaffungszeit:** Dauer vom Auslösen der Bestellung bis zum Eintreffen der Ware (ggf. mit Zeit für Angebotseinholung, Vergleich und Bestellung)
- **Sicherheitsbestand:** Nicht verplanbarer (nicht disponierbarer) Bestand, er dient nur als Sicherheit, z. B. bei Lieferverspätungen, außergewöhnlichem Bedarf oder Bestandsunsicherheit (Fehler bei der Ermittlung des Lagerbestandes).

Merkmale:
- geeignet für Artikel mit unregelmäßigem Bedarf
- Sicherheit vor Unterdeckung und Fehlbeständen
- erfordert ständige Kontrolle der Lagerbestände → durch den Einsatz einer IUS oder einer Lagerverwaltungssoftware Verringerung dieses Nachteils
- tendenziell höherer Lagerbestand

Bestellrhythmusverfahren

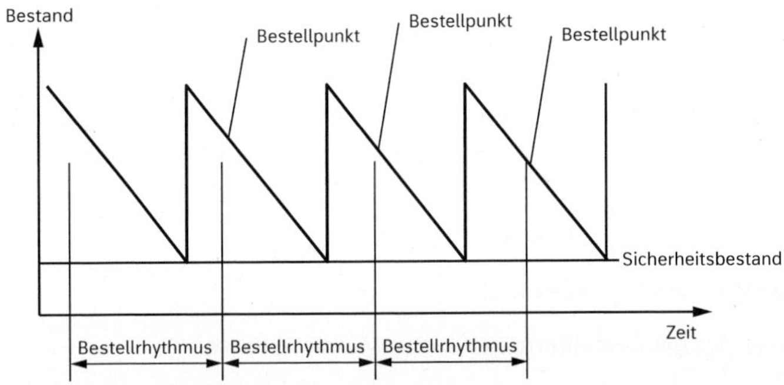

Merkmale:
- Die Bestellung erfolgt immer im festen Rhythmus (z. B. alle zehn Tage).
- geringer Verwaltungsaufwand
- nur geeignet bei relativ gleichmäßigem Verbrauch
- Risiko der Unterdeckung bei unregelmäßigem Verbrauch

Just-in-time-Beschaffung

Merkmale:
- Das Material wird fertigungssynchron direkt angeliefert.
- i. d. R. Verzicht auf Vorratslager (nur sehr geringe Bevorratung)
- Der Materialbedarf muss zeitlich und mengenmäßig genau geplant werden.
- Der Verzicht auf ein Lager senkt die Lagerhaltungskosten.
- Risiko des Produktionsstillstandes bei Lieferengpässen

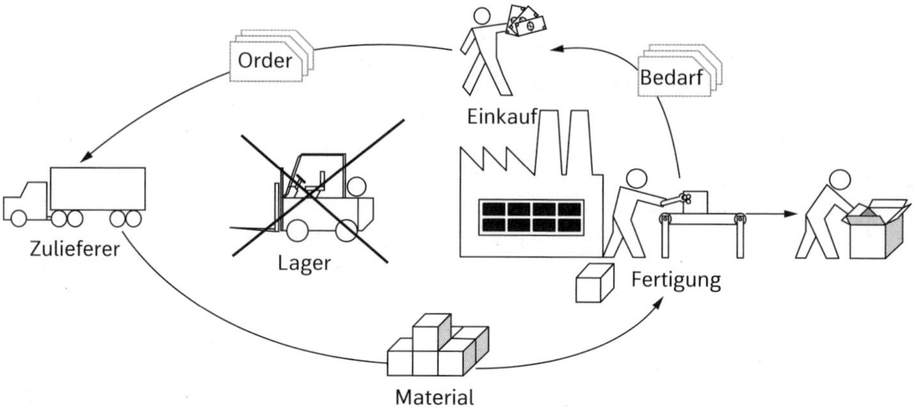

Aufgaben

Prüfungsaufgaben Sommer 2015

Aufgabe 1

Die Actions Sport GmbH produziert insbesondere Sportartikel mit Rollen und Rädern.

Zur Produktion von Rollerskates benötigen wir besonders stabile kugelgelagerte Kunststoffräder (Rollen), die wir bei der Reif KG, Heilbronn, beziehen. Dabei wird das Bestellpunktverfahren eingesetzt. Der Bedarf an Rollen beträgt 40 Stück je Kalendertag, die Wiederbeschaffungszeit sieben Kalendertage und der Sicherheitsbestand 120 Stück. Es werden bei jeder Bestellung 600 Stück bestellt. Am Abend des 1. Oktobers beträgt der Lagerbestand 640 Stück.

1.1 Beschreiben Sie kurz das Bestellpunktverfahren.

1.2 Berechnen Sie den Meldebestand.

1.3 Bestimmen Sie die Bestelltermine für den Monat Oktober.

Des Weiteren benötigen wir für die Rollerskates noch passende Stopper. Folgende Daten liegen vor:

- Jährlicher Verbrauch: 42.000 Stück
- Einstandspreis: 1,30 EUR je Stück
- Bestellkosten: 105,00 EUR je Bestellung
- Lagerhaltungskostensatz: 20 %

1.4 Erläutern Sie den Zielkonflikt bei der Beschaffung von Werkstoffen. Geben Sie drei Beispiele an.

1.5 Erläutern Sie, was unter der optimalen Bestellmenge zu verstehen ist.

1.6 Ermitteln Sie die optimale Bestellmenge (Tabelle siehe unten).

1.7 Angenommen die Bestellkosten würden sich erhöhen. Welche Auswirkungen hat dies auf die optimale Bestellmenge? Verdeutlichen Sie Ihre Aussage anhand einer Skizze.

Tabellarische Ermittlung der optimalen Bestellmenge

Bestell-menge in Stück	Anzahl Bestel-lungen	Bestellkosten in Euro	Durchschnittlicher Lagerbestand in Stück	Durchschnittlicher Lagerbestand in Euro	Lagerkosten in Euro	Gesamtkosten in Euro
4.200						
5.250						
6.000						
7.000						
8.400						

Grafik zur Ermittlung der optimalen Bestellmenge

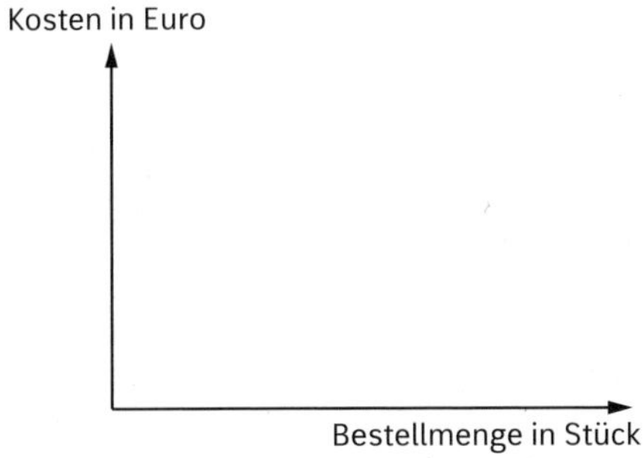

1.6 Bezugsquellenermittlung – Beschaffungsmarketing

Stofftelegramm

Ziel des Beschaffungsmarketings

Das Ziel des Beschaffungsmarketings besteht darin, die benötigten Güter in der benötigten Menge sowie der notwendigen Qualität zum möglichst günstigsten Preis zu finden.

Teile des Beschaffungsmarketings

- Beschaffungsmarktforschung
- Vertragsgestaltung mit Lieferanten (Kontrahierungspolitik)
- Qualitätspolitik
- Kommunikationspolitik auf dem Beschaffungsmarkt
- Wahl des Beschaffungsweges (Beschaffungswegpolitik)

Bezugsquellenermittlung
Woher bekommt das Unternehmen Informationen über den Beschaffungsmarkt, insbesondere über Produkte, Preise und Lieferanten?

Unternehmensinterne Quellen	Unternehmensexterne Quellen
• Lieferantendatei • integrierte Unternehmenssoftware (IUS) • Informationen von eigenen Mitarbeiterinnen und Mitarbeitern • Informationen von Einkäufern	• Internet (z. B. Wer liefert Was → www.wlw.de) • Fachzeitschriften, Kataloge • Messen, Ausstellungen • Werbeprospekte, Branchenbücher • Vertreter, andere Lieferanten • IHK, Marktübersichten von Verbänden

1.7 Anfrage

Stofftelegramm

Merke:
Die Anfrage besitzt keine rechtliche Bindungswirkung. Das Ziel besteht darin, Preise und Zahlungsbedingungen des Lieferanten in Erfahrung zu bringen (**bestimmte Anfrage**) bzw. Allgemeines über das Lieferprogramm (**allgemeine Anfrage**).

Vgl. LF 3, Kapitel 3.1 „Wesen der Anfrage“ auf S. 117.

1.8 Angebot und Angebotsvergleich

1.8.1 Angebot

Stofftelegramm

Merke:
Das Angebot ist eine verbindliche Willenserklärung des Verkäufers, die an eine bestimmte Person oder Personengruppe gerichtet ist. Ein Angebot darf nicht an die Allgemeinheit gerichtet sein. Das Angebot stellt eine empfangsbedürftige Willenserklärung dar.

Vgl. LF 3, Kapitel 4 „Angebote erstellen“ auf S. 119.

1.8.2 Lieferbedingungen

Stofftelegramm

Versandkosten national (Incoterms® 2020)[1]

<table>
<tr><th>Verkäufer</th><th>Rollgeld</th><th>Bahnhof
Verladekosten</th><th>Fracht</th><th>Bahnhof
Entladekosten</th><th>Rollgeld</th><th>Käufer</th></tr>
<tr><td>ab Fabrik,
ab Werk,
ab Lager</td><td colspan="6">Käufer übernimmt alle Beförderungskosten.
(gesetzliche Regelung bei Platzkauf)</td></tr>
<tr><td>unfrei, ab
Bahnhof hier,
ab hier</td><td>Verkäufer</td><td colspan="5">Käufer
(gesetzliche Regelung bei Versendungskauf)</td></tr>
<tr><td>frei Waggon</td><td colspan="2">Verkäufer</td><td colspan="4">Käufer</td></tr>
<tr><td>frachtfrei,
frei Bahnhof
dort,
frei dort</td><td colspan="3">Verkäufer</td><td colspan="3">Käufer</td></tr>
<tr><td>frei Haus,
frei Lager,
frei Werk</td><td colspan="6">Verkäufer trägt alle Kosten.</td></tr>
</table>

---

[1] *Für die Nutzung der Incoterms® in einem Vertrag empfiehlt sich die Bezugnahme auf den Originaltext des Regelwerks. Incoterms® ist eine eingetragene Marke der Internationalen Handelskammer (ICC). Incoterms® 2020 ist einschließlich aller seiner Teile urheberrechtlich geschützt. Die ICC ist Inhaberin der Urheberrechte an den Incoterms® 2020. Bei den vorliegenden Ausführungen handelt es sich um inhaltliche Interpretationen zu den von der ICC herausgegebenen Lieferbedingungen durch die Autoren. Diese sind für den Inhalt, Formulierungen und Grafiken in dieser Veröffentlichung verantwortlich. Der Originaltext kann über ICC Germany unter www.iccgermany.de und www.incoterms2020.de bezogen werden.*

Versandkosten international

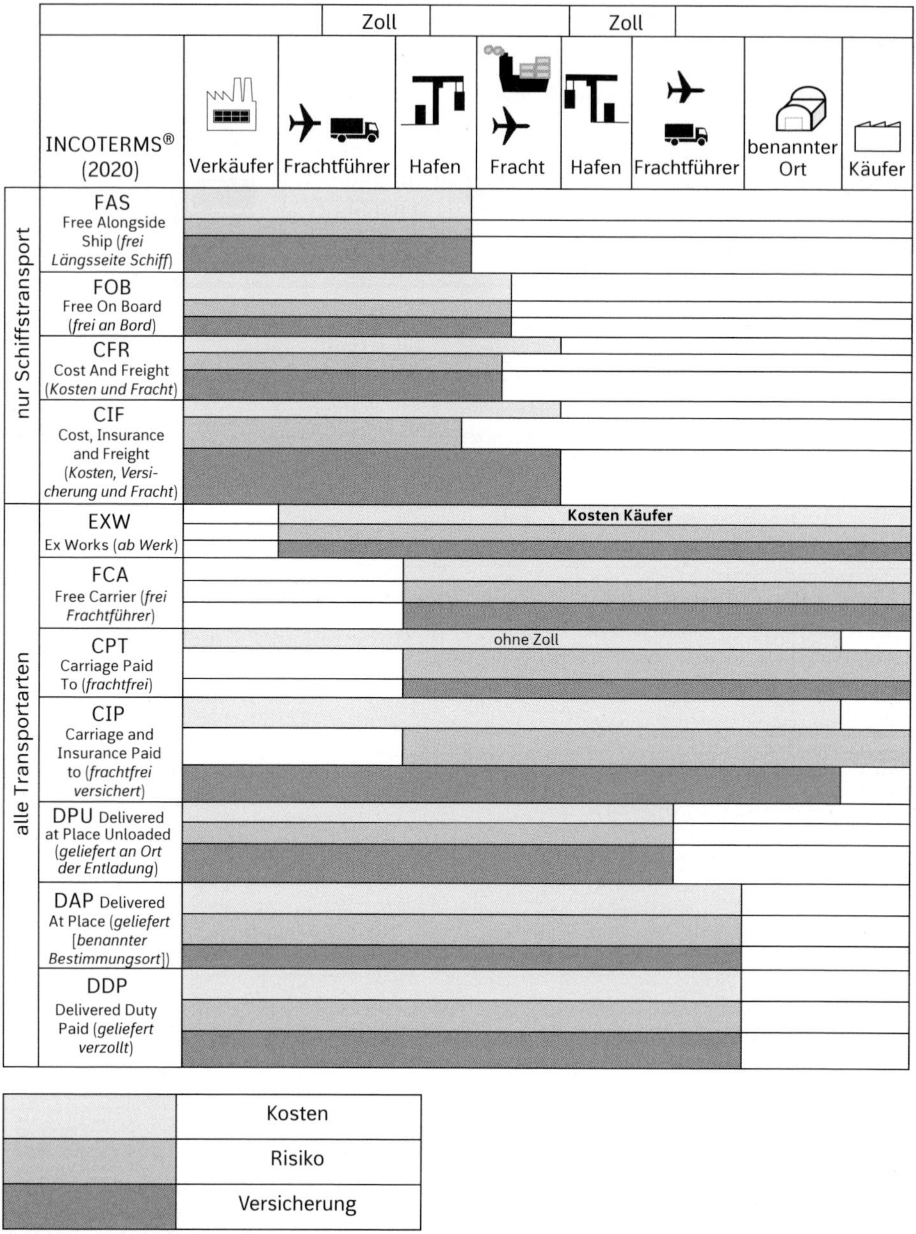

Die Incoterms® 2020 unterscheiden nach Kosten, Risiko und Versicherung, teilweise auch Zoll. Lieferer und Käufer teilen sich i. d. R. die drei Punkte.

1.8.3 Zahlungsbedingungen

Stofftelegramm

Merke:
Lieferung und Zahlung erfolgen sofort, wenn nichts weiter vereinbart wurde (gesetzliche Regelung). Die Kosten der Zahlung trägt der Käufer.

Zeitpunkt der Zahlung

Lieferung → Zeit

vor der Lieferung	mit der Lieferung	nach der Lieferung
• Vorkasse	• Barzahlung	• zahlbar auf Ziel (z. B. in zehn Tagen)
• Anzahlung	• Zahlung per Nachnahme	• Ratenzahlung
	• Teilzahlung	

Preisnachlässe

Skonto	Barzahlungsrabatt → für die Zahlung innerhalb einer gewissen Frist **Beispiel:** *zahlbar innerhalb 14 Tagen mit 3 % Skonto*
Mengenrabatt	Rabatt für die Abnahme bestimmter Liefermengen → Ziel: Verkauf größerer Mengen **Beispiel:** *bei Abnahme von 50 Stück 10 % Rabatt*
Händlerrabatt	Wiederverkäuferrabatt → Ziel: größerer Absatzbereich durch Wiederverkäufer
Treuerabatt	Rabatt bei wiederholtem Kauf → Ziel: Gewinnung von Stammkunden
Sonderrabatt	Rabatt anlässlich eines Jubiläums oder anderer besonderer Ereignisse (z. B. Geschäftsaufgabe) **Beispiel:** *10 % auf das gesamte Sortiment wegen Sortimentswechsel*
Bonus	nachträglich gewährter Rabatt, z. B. bei Erreichen eines bestimmten Jahresumsatzes → Ziel: Kundenbindung, Animation zum Wiederkauf **Beispiel:** *3 % vom Jahresumsatz als Einkaufsgutschein für das Folgejahr*

1.8.4 Eigentumsvorbehalt

Stofftelegramm

Der Verkäufer behält das Eigentum an der Sache, bis der Käufer vollständig bezahlt hat (§ 449 BGB). Dies ist nur möglich bei beweglichen Sachen.

Zahlt der Käufer nicht, kann der Verkäufer vom Kaufvertrag zurücktreten und die Sache zurückverlangen.

Der Eigentumsvorbehalt ist ein Mittel der Kreditsicherung (Ratenkauf, Zahlung auf Ziel).

Typische Klausel im Kaufvertrag/Angebot: „Die Ware bleibt bis zur vollständigen Bezahlung unser Eigentum."

Einfacher Eigentumsvorbehalt

Eigentumsvorbehalt ohne zusätzliche Vereinbarung

- Problem: Verkauft der Käufer die Sache weiter, verliert der ursprüngliche Verkäufer das Eigentum an der Sache.
- Der ursprüngliche Verkäufer darf die Sache nicht vom neuen Kunden zurückverlangen.
- Der einfache Eigentumsvorbehalt wirkt ebenfalls nicht, wenn der Käufer die Sache weiterverarbeitet, einbaut oder verbraucht (z. B.: Ein Getränkelieferant liefert unter Eigentumsvorbehalt, die Ware wird aber vom Kunden getrunken. → Ist die Sache nicht mehr vorhanden, hat auch der Eigentumsvorbehalt keine Wirkung mehr.).
- Er gilt nur für die in dieser Rechnung benannten Sachen.

Beispiel: *Hersteller L liefert regelmäßig Kühlschränke an den Elektrohandel E. L hat einfachen Eigentumsvorbehalt vereinbart. Im Oktober merkt L, dass E eine Rechnung vom Januar nie beglichen hat. Die Ware vom Januar ist aber bei E bereits verkauft worden.*

Hersteller L darf keine Ware von E zurückholen, da die dem Eigentumsvorbehalt zugrunde liegende Ware nicht mehr vorhanden ist.

Erweiterter Eigentumsvorbehalt

Es wird ein erweiterter Eigentumsvorbehalt vereinbart.

- Der Eigentumsvorbehalt erstreckt sich auf alle gelieferten Waren und Sachen (auch aus früheren und künftigen Lieferungen).
- Zahlt der Käufer nicht, kann der Verkäufer die von ihm gelieferten Waren wieder zurückholen (keine Waren von anderen Lieferanten).
- Wenn die Ware aus einer offenen Rechnung schon weiterverkauft wurde, spielt dies also keine Rolle, solange noch Ware des Verkäufers da ist.

Beispiel: *Hersteller L liefert wie im obigen Beispiel regelmäßig Kühlschränke an den Elektrohandel E. L hat diesmal erweiterten Eigentumsvorbehalt vereinbart.*

Hersteller L darf Ware im Wert der offenen Rechnung von E zurückholen, solange es sich um von ihm gelieferte Ware handelt.

Verlängerter Eigentumsvorbehalt

- Der Käufer (Zwischenhändler) tritt den Verkaufspreis an seinen Lieferanten (ursprünglicher Verkäufer) ab.
- Bei Nichtzahlung der Rechnung kann der Lieferant den Kaufpreis der Ware vom Kunden des Zwischenhändlers verlangen.

  Beispiel: *Hersteller L liefert wie im obigen Beispiel regelmäßig Kühlschränke an den Elektrohandel E. L hat diesmal zusätzlich verlängerten Eigentumsvorbehalt vereinbart.*

Hersteller L darf das Geld in der Höhe der offenen Rechnung aus den Umsatzerlösen (Kasseneinnahmen) verlangen. Theoretisch könnte er auch an die Kunden von E herantreten und verlangen, dass diese ihre Rechnungen direkt an ihn (L) begleichen.

- **Verarbeitungsklausel:** Bei Vereinbarung dieser Klausel wird der Lieferant Miteigentümer am neu produzierten Produkt, wenn Teile seiner gelieferten Ware in dem neuen Produkt verarbeitet wurden und seine Rechnung nicht gezahlt wurde.

  Beispiel: *Hersteller B liefert Kühlschrankkompressoren an L. Er vereinbart einen verlängerten Eigentumsvorbehalt mit Verarbeitungsklausel.*

  Sollte L eine Rechnung nicht begleichen, wird B Miteigentümer an den Kühlschränken. Ein Zurückholen der Kompressoren ist nicht möglich, da diese bereits in den Kühlschränken verbaut sind.

Aufgaben

1. Nennen Sie sechs Quellen, wo Sie nach neuen Lieferanten suchen können.
2. Wer trägt die Kosten für den Versand?
   a) „frei Haus“
   b) „ab Werk“
   c) „unfrei“
   d) „frei Bordsteinkante“
   e) „Fracht frei“
   f) „ab hier“
3. Welche internationalen Liefer- und Zahlungsbedingungen entsprechen den Lieferbedingungen aus der obigen Aufgabe?
4. Welche Regelung ist anzuwenden, wenn Verkäufer und Käufer nichts vereinbart haben und
   a) Verkäufer und Käufer am gleichen Ort ihren Sitz haben?
   b) ein Versendungskauf stattfindet?
5. Wer muss haften bzw. hat den Schaden zu tragen, wenn bei Vereinbarung „CFR“ das Schiff untergeht und die Ware verloren ist?
6. Wie unterscheiden sich „FAS“ und „FOB“?
7. Welcher deutschen Regelung entspricht „EXW“?
8. Warum verlangt ein Anbieter Zahlung per Vorkasse oder Nachnahme?
9. Welchen Vorteil hat die Zahlung per Nachnahme für den Kunden?
10. Welche Risiken hat der Verkäufer, wenn er Zahlung auf Ziel oder Ratenzahlung vereinbart?
11. Wie versucht der Verkäufer bei Zahlung auf Ziel die Zahlung zu beschleunigen?

12. Entscheiden Sie, welcher Eigentumsvorbehalt mindestens Sinn macht.
    a) Ein Einzelhändler für Elektrowaren verkauft überwiegend auf Rechnung und möchte bei Nichtzahlung das Eigentum an der Ware behalten.
    b) Der Großhändler für Büromaterial liefert überwiegend auf Rechnung an Einzelhändler, er sucht eine Möglichkeit, sich das Eigentum an der Ware bei Nichtzahlung wiederzuverschaffen.
    c) Der Gärtner Holz liefert und pflanzt Gehölze und Pflanzen bei seinen Kunden ein. Welche Möglichkeit der Eigentumssicherung kommt für ihn infrage?
    d) Der Versandhändler Becker verkauft Bekleidung über Kataloge und das Internet in ganz Deutschland.
    e) Ein Automobilzulieferer liefert hochpreisige Elektromotoren für den Einbau in Autos. Er möchte das Eigentum an den Motoren nicht verlieren, wenn der Kunde nicht zahlt.

1.8.5 Quantitativer Angebotsvergleich

Stofftelegramm

Ziel: Vergleich der Angebote anhand des Einstandspreises

Beispiel: *Wir benötigen für den Start des neuen Schuljahres 80 Taschenrechner vom Typ T2. Es liegen drei Angebote unterschiedlicher Lieferanten vor, für diese führen wir einen quantitativen Angebotsvergleich durch.*

	Angebot 1	Angebot 2	Angebot 3
	CalcO GmbH	Rechnerhandels KG	Bürogroßhandel GmbH
Listenpreis	35,00 EUR	40,00 EUR	38,00 EUR
Rabatt	10 %	10 % ab 25 Stück 20 % ab 50 Stück	15 %
Skonto	2 %	–	3 %
Lieferung	30,00 EUR	frei Haus	2,00 EUR je 10 Stück

		Angebot 1		Angebot 2		Angebot 3	
	Listeneinkaufspreis		2.800,00 EUR		3.200,00 EUR		3.040,00 EUR
–	Rabatt	10 %	280,00 EUR	20 %	640,00 EUR	15 %	456,00 EUR
=	Zieleinkaufspreis		2.520,00 EUR		2.560,00 EUR		2.584,00 EUR
–	Skonto	2 %	50,40 EUR	0 %	0,00 EUR	3 %	77,52 EUR
=	Bareinkaufspreis		2.469,60 EUR		2.560,00 EUR		2.506,48 EUR
+	Bezugskosten		30,00 EUR		0,00 EUR		16,00 EUR
=	Einstandspreis		2.499,60 EUR		2.560,00 EUR		2.522,48 EUR
	Einstandspreis je Stück		**31,25 EUR**		**32,00 EUR**		**31,53 EUR**

Angebot 1 stellt das günstigste Angebot dar.

1.8.6 Qualitativer Angebotsvergleich

Stofftelegramm

Ziel: Auswahl geeigneter Lieferanten anhand qualitativer Beurteilungskriterien

Für die Auswahl des richtigen Lieferanten ist üblicherweise nicht nur der Preis ausschlaggebend. Weitere wichtige Kriterien, wie z. B. Qualität, Zuverlässigkeit, Kundenservice, Umweltverträglichkeit usw., werden für die Auswahl herangezogen. Für einige Kriterien muss man auf andere Quellen als das Angebot zurückgreifen, so kann man die Zuverlässigkeit und Qualität üblicherweise nur aus der Erfahrung mit diesem Lieferanten beurteilen (auch Bewertungsportale können als Quelle dienen).

Es hat sich das Scoring-Modell bzw. die Weighted-Point-Methode (Nutzwertanalyse) für die qualitative Bewertung durchgesetzt. Diese Methode findet auch Anwendung bei anderen Bewertungen und Vergleichen (z. B. Vergleich von Bewerbungen).

Durch das standardisierte Vorgehen werden komplexe Entscheidungen nachvollziehbarer und sind nicht so leicht von den persönlichen Einstellungen des Sachbearbeiters abhängig (Vorurteile, Sympathie oder Antipathie für einen bestimmten Lieferanten).

Vorgehensweise

qualitativer Angebotsvergleich

		CalcO GmbH		Rechnerhandels KG		Bürogroßhandel GmbH	
(a)	(b)	(c)	= (b)*(c)	= (e)	= (b)*(e)	= (f)	= (b)*(f)
	Gewichtung (%)	Punktzahl	gewichtete Punkte	Punktzahl	gewichtete Punkte	Punktzahl	gewichtete Punkte
Qualität	15,00	5	75	5	75	4	60
Preis	25,00	6	150	3	75	5	125
Service	5,00	2	10	6	30	5	25
Entfernung	10,00	2	20	5	50	6	60
Lieferzeit	25,00	3	75	6	150	4	100
Zuverlässigkeit	20,00	3	60	5	100	6	120
	100,00		390		480		490

1. Spalte (a): Wahl geeigneter Kriterien (sollten üblicherweise längerfristig gewählt werden)
2. Spalte (b): Gewichtung der Kriterien (1 = unwichtig, 100 = sehr wichtig; die Summe aller Kriterien muss 100 ergeben.)
3. Spalten (c), (e) und (f): Bewertung der Lieferanten (1 = Kriterium nicht erfüllt, 6 = Kriterium voll erfüllt)
4. Spalten (b)*(c), (b)*(e) und (b)*(f): Multiplikation der einzelnen Bewertungen je Lieferant mit der Gewichtung
5. Summierung der gewichteten Punkte
6. Der Lieferant mit der höchsten Punktsumme entspricht am ehesten unseren Kriterien. Im Beispiel wäre dies der Lieferant Bürogroßhandel GmbH. → Wahl des Lieferanten

Excel
Mithilfe einer Tabellenkalkulation lässt sich der Angebotsvergleich schneller vollziehen. Unter Umständen muss man nur noch die Punktzahlen in eine vorgefertigte Maske eintragen.

	C	D	E	F
4			CalcO GmbH	
5				
6		Gewichtung (%)	Punktzahl	gewichtete Punkte
7	Qualität	15	5	=$D7*E7
8	Preis	25	6	=$D8*E8
9	Service	5	2	=$D9*E9
10	Entfernung	10	2	=$D10*E10
11	Lieferzeit	25	3	=$D11*E11
12	Zuverlässigkeit	20	3	=$D12*E12
13		=SUMME(D7:D12)		=SUMME(F7:F12)
14				

1.9 Bestellung

Stofftelegramm

- Bei unveränderter Annahme des Angebotes:

  Bestellung → Annahme (Kaufvertrag kommt zustande.)

- Bestellung ohne Angebot oder bei Veränderungen gegenüber dem Angebot:

  Bestellung → Antrag → Bestellbestätigung des Verkäufers/Lieferung = Annahme (Kaufvertrag kommt zustande.)

Bei Zustandekommen des Kaufvertrages sind beide Vertragspartner an diesen gebunden. Aus diesem Grund sollten alle nötigen Vereinbarungen bereits in der Bestellung getroffen werden.

Wichtige Inhalte der Bestellung

Produkt	genaue Beschreibung (Festlegung von Art, Menge und Güte)	
Preis	tatsächlicher Einstandspreis	
Konditionen	• Lieferbedingungen • Verpackungen und Verpackungskosten	• vereinbarte Rabatte • Skonto • Zahlungsfristen
Aufschläge	Frachtkosten, Verpackung, Versicherung, Mindermengen	
Lieferung	Liefertermin (z. B. Lieferung **bis** ..., Lieferung **am** ..., Lieferung **ab** ...)	
Leistungsort	Ort der Zahlung, Lieferort, Gerichtsstand, Gefahrübergang	
Gewährleistung und Garantie	freiwillige Garantie, Einschränkung der Gewährleistung (nur unter Kaufleuten möglich)	

Aufgaben

Übung 1

Das Unternehmen Veit Computer GmbH vertreibt Notebooks und Computer. Es soll entschieden werden, welcher Lieferant in Zukunft die Veit Computer GmbH mit völlig neu entwickelten Einsteiger-Notebooks der Marke VES beliefern soll. Dazu liegen zwei Angebote vor (**Anlage 1** und **Anlage 2**).

1.1 Wie können Unternehmen geeignete Lieferanten ermitteln?

1.2 Welche wesentlichen Bestandteile sollte ein ausführliches Angebot enthalten?

1.3 Berechnen Sie den Bareinkaufs- und Einstandspreis bei den Angeboten für 20 Notebooks.

1.4 Welche qualitativen Kriterien sind beim Angebotsvergleich außerdem zu berücksichtigen?

1.5 Vergleichen Sie die Lieferbedingungen „frei Haus" und „ab Werk" im Hinblick auf die Kosten und den Gefahrenübergang.

2. Die Veit Computer GmbH bestellt lt. Angebot (**Anlage 1**) bei dem Unternehmen Dantes GmbH 20 Notebooks. Veit möchte allerdings 15 % Rabatt abziehen.

   Erläutern Sie die Rechtslage.

Anlage 1

Dantes GmbH * Kronprinzstr. 5 * 70175 Stuttgart

Veit Computer GmbH
Mädebergstr. 15
78224 Singen

Ihr Zeichen:	54666/KB
Ihre Nachricht vom:	20.06.20..
Unser Zeichen:	bt
Unsere Nachricht vom:	
Name:	Herr Maier
Telefon:	0711 1018-0
Fax:	0711 1018-20
E-Mail:	august.maier@dantes.de
Datum:	23.06.20..

Ihre Anfrage bezüglich der Einsteiger-Notebooks von VES

Sehr geehrte Frau Köblerling,

vielen Dank für Ihre Anfrage. Wir können Ihnen die gewünschten Einsteiger Notebooks (VES 3000-20) zu folgenden Bedingungen liefern:

Preis je Stück: 650,00 EUR

Ab 20 Stück gewähren wir einen Rabatt von 10 %.
Die Lieferung erfolgt innerhalb von 10 Tagen nach Eingang der Bestellung. Die Transportkosten betragen 5,00 EUR pro Stück.
Zahlbar innerhalb 10 Tagen nach Rechnungserhalt abzüglich 2 % Skonto oder innerhalb von 30 Tagen netto Kasse.

Wir freuen uns auf Ihren Auftrag und sichern Ihnen sorgfältige Bearbeitung zu.

Mit freundlichen Grüßen

Maier

Anlage 2

Samsam Service GmbH * Bergstr. 32 * 55469 Simmem

Veit Computer GmbH
Mädebergstr. 15
78224 Singen

Ihr Zeichen:	54666/KB
Ihre Nachricht vom:	20.06.20..
Unser Zeichen:	CS
Unsere Nachricht vom:	
Name:	Herr Seitz
Telefon:	06761 1442-0
Fax:	06761 1442-30
E-Mail:	seitz@samsam.de
Datum:	23.06.20..

Anfrage Einsteiger-Notebooks von VES

Sehr geehrte Frau Köblerling,

vielen Dank für Ihre Anfrage. Wir können Ihnen die gewünschten Einsteiger Notebooks (VES 3000-20) zu folgenden Bedingungen liefern:

Preis je Stück: 600,00 EUR

Die Notebooks sind sofort lieferbar.
Für den Transport berechnen wir pro Lieferung 150,00 EUR.
Zahlbar innerhalb von 14 Tagen nach Rechnungserhalt abzüglich 3 % Skonto oder innerhalb von 30 Tagen netto Kasse.

Reparaturen organisieren wir für Sie schnell und unbürokratisch.

Mit freundlichen Grüßen

Seitz

Übung 2

Sie arbeiten bei der haNadi GmbH im Einkauf und sind für die Beschaffung von Reinigungs- und Desinfektionsmitteln mitverantwortlich. Bisher bezog die haNadi GmbH diese Mittel von zwei Lieferanten, der CLEANY KG und der San-Med GmbH (siehe Auszug aus der Lieferantenkartei unter **Anlage 1**).

Aufgrund einer Anfrage der haNadi GmbH erhalten Sie ein Angebot der Weller GmbH, 70180 Stuttgart, mit folgendem (verkürztem) Inhalt.

Weller GmbH, 70180 Stuttgart

Angebot: Spezialwischtücher zur Desinfektion „Ready-to-use“

alkoholfreie gebrauchsfertige Desinfektionstücher für alkoholempfindliches medizinisches Inventar

Listenpreis für einen Karton 10 · 50 Stück 29,90 EUR

Zahlungsbedingungen: 10 % Rabatt bei Abnahme von 20 Kartons, 3 % Skonto innerhalb von 10 Tagen oder 60 Tagen ohne Abzug.

Lieferbedingungen: frei Haus innerhalb von 10 Tagen

Die Weller GmbH genießt hinsichtlich ihrer Produktqualität einen guten Ruf, besticht durch ihr allgemein anerkanntes Umweltbewusstsein hinsichtlich ihrer Produktherstellung und ihres Materialrecyclings, ist bei Reklamationen kulant und hält Liefertermine genau ein.

1.1 Zur Ermittlung der günstigsten Bezugsquelle werden Sie beauftragt, zwischen den bisherigen Lieferanten und dem Angebot der Weller GmbH einen rechnerischen Angebotsvergleich mithilfe der Bezugskalkulation (quantitativ) durchzuführen. Gehen Sie von einer Bestellmenge von 10.000 Wischtüchern aus (**Anlage 2**).

1.2 Die haNadi GmbH ist der Meinung, dass auch ein qualitativer Angebotsvergleich durchgeführt werden sollte.
Sie erhalten den Auftrag, einen qualitativen Angebotsvergleich durchzuführen und eine Rangfolge der drei Angebote festzulegen (**Anlage 3**).

1.3 Begründen Sie nach quantitativen und qualitativen Gesichtspunkten, für welchen Anbieter Sie sich entscheiden würden.

Anlage 1 (Teil 1): Auszüge aus der Lieferantendatei der haNadi GmbH

Lieferer	10	Firma	CLEANY KG	Daimlerweg 12, 64293 Darmstadt	Herr Hayer Tel.: 06151 243512
Lieferungsbedingungen		ab Werk	innerhalb von 10 Tagen	Bezugskosten	50,00 EUR
Zahlungsbedingungen		Rabatt	5 %	Skonto	3 %/10 Tage
interne Bewertungen		Qualität: sehr gut	Umweltbewusstsein: problematisch	Kulanz: gut	Lieferzeit und Termineinhaltung: 10 Tage/pünktlich
Artikelbestellnummer	Artikelbezeichnung	letztes Angebot vom	Listenpreis	letzte Bestellung vom	Bemerkungen bzw. Beanstandungen
158764	Spezialwischtücher 1 Karton mit 50 × 20 Tüchern	07.01.20..	48,00 EUR	15.01.20..	–

Anlage 1 (Teil 2): Auszüge aus der Lieferantendatei der haNadi GmbH

Lieferer	10	Firma	San-Med GmbH	Am Weiher 11, 89079 Ulm	Frau Hallhuber Tel.: 0731 260460
Lieferungsbedingungen		gesetzliche Regelung	innerhalb von 10 Tagen	Bezugskosten	40,00 EUR
Zahlungsbedingungen		Rabatt	10 %	Skonto	2 %/14 Tage
interne Bewertungen		Qualität: gut	Umweltbewusstsein: gut	Kulanz: gut	Lieferzeit und Termineinhaltung: 10 Tage/ pünktlich
Artikelbestellnummer	Artikelbezeichnung	letztes Angebot vom	Listenpreis	letzte Bestellung vom	Bemerkungen bzw. Beanstandungen
10244	Spezialwischtücher 1 Karton mit 50 × 20 Tüchern	10.04.20..	49,50 EUR	08.10.20..	–

Anlage 2

	Weller GmbH	CLEANY KG	San-Med GmbH
= Einstandspreis (Bezugspreis)			

Anlage 3

Kriterium	Gewichtung in %	Weller GmbH		CLEANY KG		San-Med GmbH	
		Bewertung	Punkte	Bewertung	Punkte	Bewertung	Punkte
Produktqualität	40						
Umweltbewusstsein	30						
Kulanzverhalten	20						
Lieferzeit	10						
Summe	100						
	Rangfolge						

Musterprüfungsaufgabe

Aufgabe 2

Die Naturkosmetik KG ist ein Hersteller für Kosmetik in Freiburg, der hochwertige Pflegeprodukte vertreibt. Die Umsätze der Produktserie „Rose" sind im vergangenen Jahr stetig gestiegen. Aufgrund der starken Nachfrage werden die Rohstoffe für diese Produkte in noch größerer Zahl benötigt. Die Qualität der Rohstoffe hat höchste Priorität, gefolgt von dem Preis. Die Naturkosmetik KG verfügt über ein eigenes Lager. Alle gelagerten Rohstoffe und Produkte werden nach einem festen Lagerplatznummernsystem platziert.

Sie sind seit vier Wochen als Sachbearbeiterin/Sachbearbeiter in der Abteilung Einkauf tätig.

2.1 Aufgrund der erhöhten Nachfrage nach der Produktserie „Rose" überlegt die Geschäftsleitung, das Lager durch einen Neubau zu erweitern oder die zusätzlich benötigte Lagerfläche anzumieten. In einem Gespräch mit der Lagerleiterin, Frau Iris Bauer, wurden alle relevanten Informationen für die Entscheidungsfindung notiert **(Anlage 1)**.

Erstellen Sie eine normgerechte E-Mail an Frau Iris Bauer (iris.bauer@naturkosmetik.com) unter Verwendung der Datei *LF04_Kap.1_Mail*. Web

Begründen Sie Ihre Entscheidung für die Eigen- oder Fremdlagerung mithilfe der Kosten und zweier weiterer Argumente.

2.2 Der bisherige Lieferant für Kakaobutter, die Schreiber-Import AG, bietet uns 1 kg Rohkakaobutter zu einem Einstandspreis von 18,30 EUR an. Die DEBE GmbH hat uns telefonisch ebenfalls diesen Rohstoff angeboten (**Anlage 2**).

2.2.1 Berechnen Sie den Einstandspreis der DEBE GmbH für den Rohstoff Kakaobutter. Wählen Sie den preisgünstigsten Lieferanten bei einer Bestellmenge von 2.000 kg aus.

Nutzen Sie zur Berechnung das vorgegebene Schema (Datei: *LF04_Kap.1_Bezugskalkulation*) im Tabellenkalkulationsprogramm und verwenden Sie die WENN-Funktion. Web

2.2.2 Neben dem Preis sollen noch weitere Kriterien bei der Lieferantenauswahl berücksichtigt werden. Herr Otto Berger leitet ihnen dazu alle relevanten Informationen weiter (**Anlagen 3 und 4**). Nutzen Sie für die Lieferantenauswahl die Datei *LF04_Kap.1_Lieferantenauswahl* Erweitern Sie die Tabelle um die notwendigen Anforderungskriterien. Web

Begründen Sie Ihre Entscheidung mithilfe der Entscheidungsbewertungstabelle.

2.3 Sie haben sich für einen Lieferanten entschieden und möchten heute die Kakaobutter bestellen.

2.3.1 Entscheiden Sie sich für einen geeigneten Kommunikationsweg für die Bestellung anhand von zwei Argumenten.

2.3.2 Erklären Sie das Zustandekommen eines Kaufvertrages durch Ihre Bestellung mithilfe des Gesetzes (**Anlage 5**).

2.3.3 Im Zuge der Optimierung des Beschaffungsprozesses benötigt die Naturkosmetik KG ein Bestellformular.

Gestalten Sie das Bestellformular unter Verwendung der Datei *LF04_Kap.1_Bestellformular* und der Tabellenfunktion mit folgenden Leitwörtern:

- Artikelnummer
- Bezeichnung
- Menge
- Einzelpreis
- Gesamtpreis
- Gesamtbetrag
- Lieferungs- und Zahlungsbedingung
- Liefertermin
- Bemerkungen
- Ort, Datum, Unterschrift

2.4 Für die Produktion der Kosmetikreihe „Rose" wurden bisher Mengen von jeweils 900 kg Bienenwachs bestellt. Der Bedarf für das gesamte Jahr beträgt 3.600 kg und soll bestellt werden. Der Einstandspreis pro Kilogramm beträgt 10,00 EUR. Die Kosten pro Bestellung belaufen sich auf 150,00 EUR bei einem Lagerhaltungskostensatz von 4 %. Verwenden Sie die Datei *LF04_Kap.1_Bestellmenge.*

Berechnen Sie die optimale Bestellmenge mithilfe der absoluten Adressierung.

Anlage 1

Naturkosmetik KG

Gesprächsnotiz	
Von: Iris Bauer	**Abteilung:** Lager
An: Ihr Vor- und Zuname	**Abteilung:** Einkauf

☐ Kenntnisnahme ☐ Angebot ☐ Bestätigung

☒ Bearbeitung ☐ Rückruf ☐ ....

Notizen:

Entscheidung, ob zusätzlich benötigte Lagerfläche anzubauen oder anzumieten ist.

- Zusätzliche Lagerfläche für durchschnittlich 300 Säcke mit Rosenblüten
- Pro Sack wird 1 m² Lagerfläche benötigt
- Kosten der Fremdlagerung belaufen sich auf 11,00 00 EUR/m²
- Fixkosten pro Monat für Eigenlagerung 650,00 EUR
- Variable Kosten der Eigenlagerung 7,00 EUR/m²

Weitere Bearbeitung		
Erledigt am:	**Delegiert an:**	**Wiedervorlage am:**

Anlage 2

Naturkosmetik KG

Telefonnotiz

An: Ihr Vor- und Zuname	**Abteilung:** Einkauf
Anruf von: Herrn Kowaski	**Datum:** 20..-..-..
Firma: DEBE GmbH	**Telefon-Nr.:** 0711 849-245

☒ hat angerufen ☐ ruft wieder an ☐ erbittet Rückruf

☐ hat zurückgerufen ☐ möchte Sie treffen ☐ war hier

Nachricht:

Artikel-Nr. 10-456 Rohkakaobutter Listenverkaufspreis 199,50 EUR/10 kg Eimer mit 10 kg, bei einer Abnahme ab 250 kg wird 20 % Rabatt gewährt

Lieferkosten: 9,50 EUR pro 10 kg, ab 50 Eimer pauschal 250,00 EUR

Zahlungsbedingung: Zahlung innerhalb von 10 Tagen nach Rechnungseingang mit 2 % Skontoabzug oder 60 Tage netto Kasse

Lieferung innerhalb von 3 Tagen
mit Umweltmanagementsystem, zertifiziert nach ISO 14000

Datum:	**Uhrzeit:**	**Aufgenommen von:**
20..-..-..	14:30 Uhr	Iris Bauer

Anlage 3

Naturkosmetik KG

Interne Mitteilung	
Von: Otto Berger	**An:** Ihr Vor- und Zuname
Thema: Informationen	**Datum:** 20..-..-..

Nachricht:

Für die Bewertung der möglichen Lieferanten sind folgende Informationen zu beachten:

Die Verwendung von ökologisch hochwertigen Rohstoffen und der Umweltschutz sollen stets gewährleistet sein. Genauso soll die Vermeidung von Produktionsengpässen durch Lieferanten und kurze Lieferzeiten stets sichergestellt sein.

Zum bisherigen Lieferant Schreiber Import AG:

- Gütesiegel zu fair gehandelten Rohstoffen
- meist langsame Bearbeitung von Reklamationen
- meistens mittlere Qualität geliefert
- große Liefertermintreue
- kein Umweltmanagementsystem
- Lieferzeit 6 Tage

Zum möglichen neuen Lieferant DEBE GmbH:

- nach Branchenberichten sehr gute Qualität
- nach Branchenberichten häufig Verzögerungen bei Lieferung
- laut Geschäftspartnern sehr zügige Reklamationsabwicklung
- keine Angaben zu Gütesiegeln

Datum:	**Unterschrift:**

Anlage 4

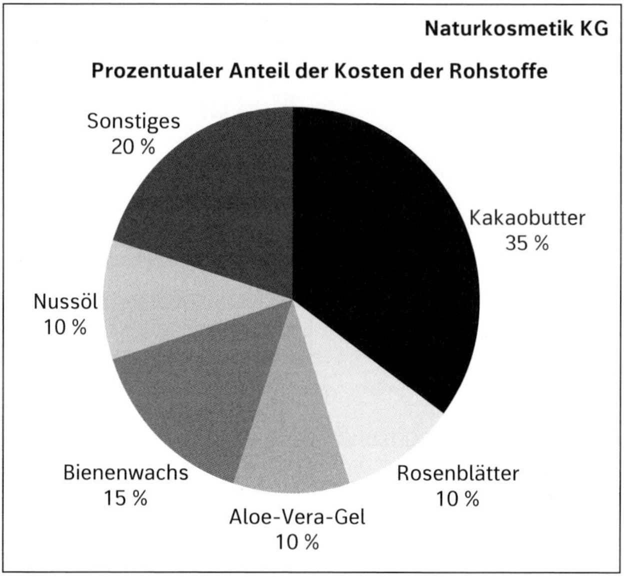

Anlage 5

Auszug aus dem Bürgerlichen Gesetzbuch (BGB)

§ 145 Bindung an den Antrag

Wer einem anderen die Schließung eines Vertrags anträgt, ist an den Antrag gebunden, es sei denn, dass er die Gebundenheit ausgeschlossen hat.

§ 146 Erlöschen des Antrags

Der Antrag erlischt, wenn er dem Antragenden gegenüber abgelehnt oder wenn er nicht diesem gegenüber nach den §§ 147 bis 149 rechtzeitig angenommen wird.

§ 147 Annahmefrist

(1) Der einem Anwesenden gemachte Antrag kann nur sofort angenommen werden. Dies gilt auch von einem mittels Fernsprechers oder einer sonstigen technischen Einrichtung von Person zu Person gemachten Antrag.

(2) Der einem Abwesenden gemachte Antrag kann nur bis zu dem Zeitpunkt angenommen werden, in welchem der Antragende den Eingang der Antwort unter regelmäßigen Umständen erwarten darf.

§ 148 Bestimmung einer Annahmefrist

Hat der Antragende für die Annahme des Antrags eine Frist bestimmt, so kann die Annahme nur innerhalb der Frist erfolgen.

Aufgabe Bezugskalkulation „Firma Ludwig Weiss GmbH“

Die Firma Ludwig Weiss GmbH kann momentan die Dokumentenscanner nicht liefern. Ihnen liegen zwei weitere Angebote vor (**Anlagen 1 und 2**). Führen Sie einen quantitativen Angebotsvergleich unter Verwendung des Bezugskalkulationsschemas mithilfe des Tabellenkalkulationsprogrammes durch (Datei: *LF04_Kap.1_Bezugskalkulation*).

Anlage 1

[...]

Angebot über Dokumentenscanner ScanFast Horizon

Sehr geehrter Herr Herbst,

herzlichen Dank für Ihr Interesse an unseren Dokumentenscannern für den professionellen Einsatz. Gern bieten wir Ihnen unser Top-Modell zu folgenden Konditionen an:

Dokumentenscanner ScanFast Horizon, Artikel-Nr. 278i9-208

Unser Listenverkaufspreis beträgt 4.190,00 EUR je Stück zzgl. 19 % USt. Ab der Abnahme von drei Scannern gewähren wir Ihnen einen Mengenrabatt in Höhe von 8 %. Für Verpackung und Transport berechnen wir 6,90 EUR je Stück, ab einer Bestellmenge von acht Scannern erfolgt die Lieferung frei Haus.

Die Lieferzeit beträgt 14 Tage ab Auftragseingang, Zahlung erbitten wir innerhalb von 14 Tagen ab Rechnungsdatum mit 3 % Skonto oder innerhalb von 30 Tagen netto Kasse.

Auf unsere hochwertigen, in Europa gefertigten Dokumentenscanner gewähren wir drei Jahre Garantie. Sie können zudem versichert sein, dass wir die Geräte kostenlos drei Jahre lang warten.

[...]

Anlage 2

[...]

Angebot über Dokumentenscanner ScanFast Horizon

Sehr geehrter Herr Herbst,

herzlichen Dank für Ihr Interesse an unseren Dokumentenscannern für den professionellen Einsatz. Gern bieten wir Ihnen unser Top-Modell zu folgenden Konditionen an:

Dokumentenscanner ScanFast Horizon, Artikel-Nr. 278i9-208

Unser Listenverkaufspreis beträgt 4.190,00 EUR je Stück zzgl. 19 % USt. Ab der Abnahme von drei Scannern gewähren wir Ihnen einen Mengenrabatt in Höhe von 8 %. Für Verpackung und Transport berechnen wir 6,90 EUR je Stück, ab einer Bestellmenge von acht Scannern erfolgt die Lieferung frei Haus.

Die Lieferzeit beträgt 14 Tage ab Auftragseingang, Zahlung erbitten wir innerhalb von 14 Tagen ab Rechnungsdatum mit 3 % Skonto oder innerhalb von 30 Tagen netto Kasse.

Auf unsere hochwertigen, in Europa gefertigten Dokumentenscanner gewähren wir drei Jahre Garantie. Sie können zudem versichert sein, dass wir die Geräte kostenlos drei Jahre lang warten.

[...]

2 Kaufvertrag

2.1 Grundlagen

Stofftelegramm

Für die Grundlagen zum Kaufvertrag beachten Sie bitte LF 3, Kapitel 6.2 „Überblick über den Kaufvertrag“ auf S. 147 und das Kapitel 1 „Rechtsgrundlagen“ auf S. 9.

Da der Kaufvertrag i. d. R. auf der Basis eines Angebotes erstellt wird, sind die wesentlichen Inhalte des Angebotes auch die Inhalte des Kaufvertrages (vgl. LF 3, Kapitel 4.2 „Inhalt des Angebots“ auf S. 119).

2.2 Erfüllungsort und Gerichtsstand

Stofftelegramm

Fall 1
V (Unternehmenssitz in Ulm) vereinbart mit K (Wohnort in Stuttgart) den Verkauf von 200 Laserdruckern. V und K haben nichts in Bezug auf Gerichtsstand und Erfüllungsort geregelt.

Wo muss V seine Leistung erbringen (Lieferung) und wo muss K seine Leistung erbringen (Zahlung)?

An welchem Ort trifft man sich bei Streitigkeiten vor Gericht?

Fall 2
V (Unternehmenssitz in Ulm) und K (Wohnort in Stuttgart) vereinbaren wie in Fall 1 den Verkauf von 200 Laserdruckern.

V schreibt in den Vertrag: „Gerichtsstand ist Ulm.“

An welchem Ort trifft man sich bei Streitigkeiten vor Gericht?

Fall 1	
gesetzliche Regelung → § 269 BGB (keine Vereinbarung im Vertrag)	
Erfüllungsort	
Ware	**Geld**
Ort des Verkäufers	Ort des Käufers
Warenschulden sind **Holschulden.** → Käufer muss die Ware abholen.	Geldschulden sind **Schickschulden.** → Käufer muss das Geld an den Verkäufer übermitteln.
Gerichtsstand (wie Erfüllungsort)	
Ort des Verkäufers	Ort des Käufers
bei Streitigkeiten über die Beschaffenheit der Ware → Ulm	bei Streitigkeiten über die Zahlung der Ware → Stuttgart
Fall 2	
vertragliche Regelung über den Gerichtsstand	
Gerichtsstand	
Ware	**Geld**
vereinbarter Ort	vereinbarter Ort
bei Streitigkeiten über die Beschaffenheit der Ware → Ulm	bei Streitigkeiten über die Zahlung der Ware → Ulm

EXKURS

Der allgemeine Gerichtsstand bei Klagen zwischen und mit Nichtkaufleuten ist der Ort des Beklagten.

Nur beim zweiseitigen Handelskauf (Kaufvertrag zwischen Kaufleuten) lässt sich der Gerichtsstand vertraglich bestimmen oder an den Erfüllungsort binden.

2.3 Allgemeine Geschäftsbedingungen (AGB)

Stofftelegramm

Merkmal

Die AGB sind vorformulierte Vertragsbedingungen, die eine Vertragspartei (Verwender) der anderen Vertragspartei bei Abschluss eines Vertrags stellt (§ 305 BGB).

Voraussetzung

Unabhängig von Form und Aussehen (Schriftart, auf Rückseite des Vertrages, Extrablatt, im Geschäft ausgehängt etc.) werden sie Bestandteil des Vertrages wenn,

- die Vertragspartei (i. d. R. der Käufer) ausdrücklich darauf hingewiesen wird

oder

- die AGB deutlich aushängen (z. B. im Supermarkt: Aushang an der Kasse, hier ist ein Daraufhinweisen aus ablauftechnischen Gründen nur schwer möglich),

- der Vertragspartner die Möglichkeit hatte, Kenntnis zu nehmen (AGB müssen zum Vertragsabschluss vorliegen, nicht erst nachträglich und man muss in der Lage sein, diese auch zu finden und zu lesen → extrem kleine Schriftart oder Fremdsprache),
- der Vertragspartner sein Einverständnis gegeben hat.

Möglicher Inhalt
- Liefer- und Zahlungsbedingungen
- Gerichtsstand
- Umtauschmodalitäten
- Gewährleistung
- Haftung

Zweck
- Rationalisierung der Vertragsverhandlungen
- Vereinheitlichung der Vertragsbeziehungen
- Abgabe von Risiken auf die Vertragspartner
- wiederholte Verwendung bei weiteren Verträgen

Vorschriften für die Einbeziehung der AGB

§ 305 b BGB	Individuelle Vertragspartnervereinbarungen haben Vorrang vor den AGB.
§ 305 c BGB	Überraschende und mehrdeutige Klauseln haben keine Wirkung. **Beispiel:** *Beim Kauf eines Hundes vom Züchter wird über die AGB ein zweijähriges Hundefutterabo abgeschlossen. → ungültige Klausel*
	Auslegung der Unterschiede geht zulasten des Verwenders.
§ 307 BGB	Bestimmungen in AGB sind unwirksam, wenn sie den Vertragspartner des Verwenders entgegen den Geboten von Treu und Glauben unangemessen benachteiligen (§ 307 Abs. 1 Satz 1 BGB). **Beispiel:** *AGB eines Nachhilfevertrages: „erstmalige Kündigungsmöglichkeit nach 14 Monaten.“[1]*
Unwirksame Klauseln	
§ 308 BGB	**Mit Wertungsmöglichkeiten[2] (Auszug):** • unangemessen lange Lieferfristen • Rücktritt des Verwenders vom Vertrag (ohne sachlichen Grund) • Änderung des Vertrages (Verwender behält sich das Recht vor, einseitig den Vertragsinhalt zu ändern → willkürlich)
§ 309 BGB	**Ohne Wertungsmöglichkeiten (Auszug):** • kurzfristige Preiserhöhung (innerhalb von vier Monaten) • Haftungsausschluss (Verwender grenzt oder schließt die Haftung bei Verschulden aus) • Verkürzung der Gewährleistungsfristen • Einschränkung des gesetzlichen Gewährleistungsrechts

[1] *Vgl. LG Gießen – Aktenzeichen: 1 S 251/11.*

[2] *Wertungsmöglichkeit bedeutet, dass ein Bewertungs- und Auslegungsspielraum vorliegt.*

§ 306 Abs. 1 BGB Rechtsfolgen bei Nichteinbeziehung und Unwirksamkeit
Sind Allgemeine Geschäftsbedingungen ganz oder teilweise nicht Vertragsbestandteil geworden oder unwirksam, so bleibt der Vertrag im Übrigen wirksam.

Für die unwirksame Klausel wird die gesetzliche Regelung angewendet.

Aufgaben

1. Beurteilen Sie in den folgenden Fällen, wo der Erfüllungsort für die Lieferung der Ware und für die Zahlung des Geldes ist liegt.
   a) Die V-GmbH mit Sitz in Wangen verkauft per Katalog an K, der in Ravensburg wohnt.
   b) Die V-KG mit Sitz in Lindau verkauft an den ortsansässigen K.
   c) V mit Sitz in Ulm vereinbart in seinen AGB, dass der Gerichtsstand Ulm sei. Er verkauft an K, der in Biberach wohnt.
   d) V mit Sitz in Riedlingen verkauft an K, der in Laupheim wohnt. In der Rechnung steht: „Erfüllungsort für die Waren und Geldschulden und der Gerichtstand ist Riedlingen."

2. Beurteilen Sie aus den Fällen in Aufgabe 1, an welchem Ort man sich bei Zahlungsstreitigkeiten und bei Problemen mit der Ware trifft.

3. Welchen Zweck erfüllen AGB?

4. Wie müssen AGB gestaltet sein, damit sie wirksamer Bestandteil des Kaufvertrages werden können?

5. Beurteilen Sie in den folgenden Fällen, ob die AGB Bestandteil des Vertrages geworden sind. Soweit erkennbar, beurteilen Sie, ob die AGB als Ganzes, in Teilen oder gar nicht Vertragsbestandteil geworden sind.
   a) Versandhändler Mayer möchte, dass seine Kunden die AGB schriftlich erhalten, und versendet diese ausschließlich mit der Rechnung.
   b) Firma Mayer hängt an jedes Angebot die AGB an.
   c) In der Filiale eines Supermarktes hängen die AGB auf großen Tafeln an der Information aus.
   d) Ein Internethändler hat einen Button im Onlineshop installiert, auf den die Kunden klicken müssen, um die AGB lesen zu können. Anschließend müssen sie bestätigen, dass sie diese gelesen haben.
   e) Ein Sportstudio schreibt in seinen AGB, dass der Kunde jährlich eine Reinigungspauschale von 250,00 EUR zahlen müsse. Darüber hinaus werden die achtseitigen AGB bei jedem Vertrag ausgehändigt.
   f) Ein Autohändler schreibt in seinen AGB, dass der Kunde nur zu ihm zum Service kommen dürfe. Andernfalls verliere der Kunde die gesetzliche Gewährleistung.
   g) Beim gleichen Autohändler steht in den AGB, dass der Kunde bei Reparaturen stets 50,00 EUR pauschale Begutachtungskosten zahlen muss. Die AGB hängen sichtbar am Eingang der Werkstatt aus.

h) Ein Teppichhändler gibt seinen Kunden stets die 60-seitigen AGB mit. Darin stehen Verhaltensregeln und Servicegebühren für den Teppich. Damit er kein Papier verschwendet, kopiert er jeweils vier Seiten auf eine DIN-A4 Seite.
i) Ein Mobilfunkanbieter schreibt in seinen AGB eine 60-monatige Mindestvertragslaufzeit vor.
j) Ein Ölhändler schreibt in seinen AGB, dass nach Bestellung die Lieferung i. d. R. in den kommenden sechs Monaten erfolgen und vom Kunden der tagesaktuelle Preis des Öls verlangt werde, wenn dieser nicht niedriger sei als der Preis am Tag der Bestellung.

2.4 Kaufvertragsarten

Stofftelegramm

a) nach Art und Güte der Ware
b) nach Zahlungsbedingungen
c) nach Lieferzeit und Lieferbedingungen
d) nach Erfüllungsort
e) nach rechtlicher Stellung der Vertragspartner

Nach Art und Güte der Ware

Kauf auf Probe	Der Käufer kann die Ware innerhalb einer vereinbarten Frist zurückgeben. **Beispiel:** *Kauf eines Buches zur Ansicht*
Kauf zur Probe	Kauf einer kleinen Menge mit der Option, bei Gefallen eine größere Menge nachzubestellen **Beispiel:** *Eine Weinhandlung kauft zwei Flaschen Wein zum Probieren. Bei Gefallen werden mehrere Kisten geordert.*
Kauf nach Probe	Der Käufer bestellt eine Probe (Muster). Der spätere Kaufgegenstand muss mit dem Muster übereinstimmen. **Beispiel:** *Ein Möbelhändler bestellt verschiedene Stoffmuster (je 10 cm^2).*
Kauf nach Sicht	Der Käufer kann die Ware vorher besichtigen. **Beispiel:** *Kauf eines gebrauchten Schreibtisches nach vorheriger Besichtigung*
Gattungskauf	Kaufgegenstand ist eine vertretbare Sache (nicht einmalige Produkte) **Beispiel:** *Kauf von 50 Kisten Golden Delicious (Äpfel), Handelsklasse A*
Stückkauf	Kauf einer nicht vertretbaren Sache (einmaliges Produkt) **Beispiel:** *Kauf eines Originalgemäldes*
Ramschkauf	Kauf eines ganzen Postens an Ware, ohne dass für einzelne Stücke die Qualität zugesichert wurde **Beispiel:** *Schnäppchenhändler Erwin erwirbt bei einem großen Teppichproduzenten verschiedene Teppiche (Restware) für einen Gesamtpreis.*

Nach Zahlungsbedingungen

Vorauszahlung	Zahlung vor der Lieferung
Barkauf	Zahlung mit der Lieferung **Beispiel:** *Ware gegen Geld*
Zielkauf	Zahlung innerhalb einer bestimmten Zahlungsfrist **Beispiel:** *zahlbar innerhalb von 14 Tagen rein netto*
Kommissionskauf	Der Lieferer bleibt Eigentümer, nicht verkaufte Ware kann zurückgegeben werden.
Ratenkauf	Zahlung in Teilbeträgen

Nach Lieferzeit und Lieferbedingungen

Terminkauf	Die Lieferung erfolgt bis zu einem bestimmten Termin. **Beispiel:** *Lieferung bis zum 23.12.*
Fixkauf	Die Lieferung erfolgt an einem bestimmten Termin. **Beispiel:** *Lieferung der Hochzeitstorte am 08.08. (Tag der Hochzeit)*
Kauf auf Abruf	Der Käufer ruft die Bestellung nach Bedarf ab. **Beispiel:** *Kauf von 100 Paletten Grillkohle, Lieferung erfolgt palettenweise bei Bedarf (aus Platzgründen).*
Bestimmungskauf (Spezifikationskauf)	Der Käufer bestellt eine bestimmte Menge einer Ware, die Eigenschaften dieser Ware werden später bestimmt, z. B. Größe, Form und Farbe (§ 375 HGB). **Beispiel:** *Ein Stoffhersteller bestellt eine große Menge Baumwollgarne (Rohstoff) beim Hersteller. Garnstärke und -farbe werden später bestimmt (spezifiziert).*

Nach Erfüllungsort

Platzkauf	Verkäufer und Käufer haben ihren Geschäftssitz am gleichen Ort.
Versendungskauf	Verkäufer und Käufer haben ihren Geschäftssitz an unterschiedlichen Orten. (Beachten Sie die Regelung zum Gefahrübergang. → Regelungen der Lieferbedingungen in LF 4, Kapitel 1.8.2 „Lieferbedingungen" auf S. 187)
Handkauf	Die Ware wird im Geschäft des Verkäufers gekauft und bezahlt.

Nach rechtlicher Stellung der Vertragspartner

Bürgerlicher Kauf	Käufer und Verkäufer sind Privatleute. **Beispiel:** *Kauf einer Ware bei einem Hausflohmarkt*
Einseitiger Handelskauf (Verbrauchsgüterkauf)	Der Käufer ist Privatmann und kauft bei einem Unternehmen eine bewegliche Sache. **Beispiel:** *Lars kauft einen DVD-Player im Elektrofachmarkt.*
Zweiseitiger Handelskauf	Käufer und Verkäufer sind Kaufleute nach HGB. **Beispiel:** *Die Heizungsfirma EBW GmbH kauft ihre Kleinteile bei der Mürth GmbH.*

Aufgaben

1. Anhand welcher Kriterien kann man Kaufverträge unterscheiden?
2. Finden Sie Beispiele für
   a) Fixkauf,
   b) Terminkauf,
   c) Kauf auf Abruf,
   d) Spezifikationskauf.
3. Um welche Art von Kaufvertrag handelt es sich in den folgenden Fällen (bei der Unterscheidung „nach Art und Güte der Ware")?
   a) Bertram kauft ein gebrauchtes Fahrrad vom Händler, nachdem er es sich genau angesehen hat.
   b) Schnäppchenhändler S kauft vom Großhändler einen Posten Töpfe und Pfannen.
   c) Ein Gemüsehändler bestellt beim Bauern 2 t Kartoffeln der Sorte Linda.
   d) Ein Malermeister kauft vom Tapetenhersteller 80 Muster der gesamten Lieferpalette.
   e) Kaffeeliebhaber Willi kauft aus der Rösterei 250 g der neuen Sorte und möchte bei Gefallen weitere 2 kg kaufen.
   f) Christa bestellt beim Onlinemodehändler zwei Paar Schuhe und möchte sich für eines entscheiden.
   g) Ein Kunsthändler verkauft einmalige Gemälde.
4. Wie unterscheiden sich der einseitige Handelskauf (Verbrauchsgüterkauf), der zweiseitige Handelskauf und der bürgerliche Kauf voneinander? Finden Sie jeweils ein Beispiel.

2.5 Kaufvertragsstörungen

2.5.1 Überblick

Stofftelegramm

Lieferverzug: Nicht-rechtzeitig-Lieferung	**Mangelhafte Lieferung: Schlechtleistung**	**Zahlungsverzug: Nicht-rechtzeitig-Zahlung**	**Annahmeverzug**
Die Ware trifft nicht rechtzeitig ein.	Mängel in Art, Qualität und Menge (subjektive und objektive Anforderungen nach § 434 BGB)	Die Zahlung der Ware erfolgt nicht oder zu spät.	Die Annahme der Ware erfolgt nicht oder zu spät.
Relevant für Teil 1 der Prüfung!			

2.5.2 Lieferverzug: Nicht-rechtzeitig-Lieferung

Stofftelegramm

Merke:
Lieferverzug liegt vor, wenn der Verkäufer schuldhaft die Ware nicht oder nicht rechtzeitig liefert.

Voraussetzungen: §§ 281, 286 BGB

1. Fälligkeit (§ 271 BGB)	Die Lieferung muss fällig sein. → Der Verkäufer hat nicht rechtzeitig geleistet. **Beispiel:** *Vereinbarung: Lieferung bis zum 23.12.* *Die Ware ist am Morgen des 24.12. immer noch nicht da. → Die Lieferung ist fällig.* Lieferung bis zum 23.12.20.. → Fälligkeit: 23.12.20.. → Lieferung ist im Verzug (vgl. 2.).
2. Mahnung (§ 286 BGB)	Der Kunde muss nach Fälligkeit anmahnen, um den Lieferer in Verzug zu setzen. **Keine Mahnung bei:** • Lieferzeitpunkt kalendermäßig bestimmbar **Beispiel:** *Lieferung nach Bestelleingang innerhalb von 14 Tagen* • Lieferzeitpunkt kalendermäßig bestimmt **Beispiel:** *Lieferung bis zum 23.12.20..* • Der Lieferer verweigert endgültig die Lieferung. • bei Fix- oder Zweckkauf, z. B. Bestellung der Hochzeitstorte auf den Tag der Hochzeit **Beispiel:** *08.08.20.. Mahnung und eventuelle Nachlieferung sinnlos* • aus besonderen Gründen **Beispiel:** *Ein Kunde bestellt den Heizungsmonteur, weil er kein warmes Wasser mehr hat. Dieser sichert zu, innerhalb der nächsten 48 Stunden zu kommen. Nach mehr als zwei Tagen ist der Monteur immer noch nicht gekommen und der Kunde beauftragt einen anderen.*
3. Verschulden (§ 276 BGB)	Der Lieferant hat die Verzögerung verschuldet, er haftet für Vorsatz und Fahrlässigkeit – auch für das Verhalten seiner Vertreter und Erfüllungsgehilfen (Mitarbeiterinnen und Mitarbeiter). • **Fahrlässigkeit:** Angemessene Sorgfalt wird außer Acht gelassen. **Beispiel:** *Der Lieferant hat vergessen, Rohstoffe bei seinem Vorlieferanten zu ordern. Aus diesem Grund kann er den Auftrag nicht ausführen und nicht liefern.* • **Vorsatz:** absichtlich rechtswidrige Handlung **Beispiel:** *Ein Gebrauchtwagenhändler verkauft den bereits verkauften, gut erhaltenen Wagen nochmal an einen anderen Interessenten, da dieser mehr zahlt. Der Wagen wird vom „neuen“ Kunden sofort mitgenommen.*

4. Nachholbarkeit der Leistung (§ 275 BGB)	Der Lieferant muss in der Lage sein, die Leistung zu erbringen. • Zerstörung eines einmaligen Bildes → Nachlieferung nicht möglich • Lieferung eines Artikels aus einer Kleinserie: Der Lieferant müsste die Serie neu auflegen, um nachzuliefern. → unverhältnismäßig hohe Kosten

Merke:
Bei Unmöglichkeit liegt **kein** Lieferverzug vor. Der Lieferer kommt nicht in Verzug, wenn er die Gründe für die unterbliebene Leistung **nicht zu vertreten hat** (z. B. bei einer Naturkatastrophe oder Streik).

Rechte des Käufers bei Lieferverzug

Ohne Nachfristsetzung	**Mit Nachfristsetzung** (Entfällt bei allen Fällen, bei denen auch keine Mahnung nötig ist, z. B. beim Fixkauf. Die Rechte können sofort in Anspruch genommen werden.)
• Erfüllung des Vertrages (§ 286 BGB) und/oder • Schadenersatz wegen verspäteter Lieferung	• Rücktritt vom Vertrag (§ 323 BGB) und/oder • Schadenersatz der Lieferung bzw. Ersatz vergeblicher Aufwendungen (§ 281 BGB)

2.5.3 Mangelhafte Lieferung: Schlechtleistung

Stofftelegramm

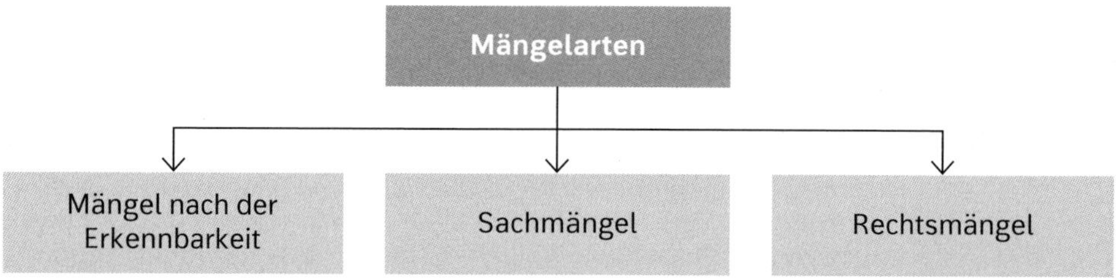

Mängel nach der Erkennbarkeit

Mängel	Beispiel
offene Mängel	*Der eben gebraucht gekaufte, fast neuwertige Pkw hat einen großen Steinschlag auf der Motorhaube.*
versteckte Mängel	*Der gebraucht gekaufte Pkw hat einen Riss in der Zylinderkopfdichtung (von außen nicht erkennbar).*
arglistig verschwiegene Mängel	*Der gekaufte Pkw mit 50.000 km hat in Wirklichkeit eine Laufleistung von 250.000 km (Verkäufer hat den Tacho manipuliert).*

Prüfung auf Sachmangel

Alle Anforderungen müssen geprüft werden, beginnend mit den:

Subjektive Anforderungen § 434 Abs. 2 S. 1 BGB

- Die Sache hat die **vereinbarte Beschaffenheit**?
- Die Sache eignet sich für die **vereinbarte Verwendung**?
- Wurde mit dem **vereinbarten Zubehör** und der vereinbarten Anleitung geliefert?

Zu-wenig-Lieferung und **Zu-viel-Lieferung** § 434 Abs. 2 S. 2
Die vereinbarte Menge wurde geliefert?

NEIN → SACHMANGEL nach § 434 BGB

Objektive Anforderungen § 434 Abs. 3 S. 1 **Nr. 1** BGB

Die Sache eignet sich für die gewöhnliche Verwendung → damit ist nicht die Meinung des Käufers zur Verwendungsmöglichkeit wichtig, sondern die allgemeine objektive Anforderung.

NEIN → SACHMANGEL nach § 434 BGB

Beispiel: *Ein als „No-Frost" beworbener Kühlschrank ist objektiv frei von Sachmängeln, wenn er eine Abtauautomatik besitzt und nicht manuell abgetaut werden muss. Die Vorstellung des Kunden, dass der Kühlschrank gar kein Eis am Kühlelement ansetzen darf, stellt somit keinen Mangel dar.*

Die öffentlich geäußerte Eigenschaft der Sache (Werbeaussage) trifft zu und die Werbeaussage war mit kaufentscheidend.

NEIN → SACHMANGEL nach § 434 BGB

Beispiel: *Der Hersteller eines Laptops bewirbt diesen mit einer Akkulaufzeit von mehr als sechs Stunden, eine kurze Laufzeit stellt somit einen objektiven Mangel dar.*

Montageanforderungen § 434 Abs. 4 BGB

- Wurde die Sache ordnungsgemäß montiert?
- Ist die Sache in ihrer Funktionsfähigkeit durch die Montage nicht beeinträchtigt?

NEIN → SACHMANGEL nach § 434 BGB

Beispiel: *Die neue Wärmepumpe wurde durch den vom Verkäufer beauftragten Monteur so eingebaut, dass die Lamellen des Wärmetauschers stark eingedrückt sind.*

Negativbeispiel: *Der Käufer hat das im Onlineshop gekaufte Fahrrad unsachgemäß montiert, sodass die Kette über die Ritzel springt. § 434 Abs. 4 Nr. 2 BGB → Der Fehler lag nicht beim Verkäufer. → Kein Mangel!*

Falschlieferung § 434 V BGB

Wurde die vereinbarte Sache geliefert?

NEIN → SACHMANGEL nach § 434 BGB

Beispiel: *Die Kundin bestellt im Reformhaus 10 kg Dinkelmehl Typ 1050. Da dieses nicht lieferbar ist, bekommt sie Dinkelmehl vom Typ 630. → Dieses eignet sich aber nicht fürs Brotbacken, sondern eher für Kuchen und Gebäck.*

Rechtsmängel

Beispiel: *Der Verkäufer eines Grundstücks verschweigt dem Käufer, dass mitten über das Grundstück ein Weg verläuft und die Nachbarn für diesen Weg ein im Grundbuch gesichertes, eingetragenes Wegerecht haben (Käufer wird zwar Eigentümer, kann aber sein Eigentum nicht vollumfänglich nutzen).*

Rechte

Vorrangiges Recht

Nacherfüllung (§ 439 BGB)
und ggf. Schadenersatz
Der Käufer hat die Wahl, der Verkäufer kann aber die eine oder andere Möglichkeit verweigern, wenn diese ihm unmöglich oder unzumutbar ist.

Beispiel: *Auf dem neu gekauften Gehäuse für einen Desktop-PC sind tiefe Kratzer. Der Kunde verlangt Nachbesserung (Neulackierung). Der Verkäufer verweigert zu Recht und bietet die Neulieferung eines Gehäuses an (unverhältnismäßig hohe Kosten der Neulackierung).*

Nachbesserung	oder	Neulieferung
	⬇	

- nach Setzung einer Nachfrist und Ablauf der Nachfrist ohne Erfolg **oder**
- erfolglose Nacherfüllung (Verkäufer verweigert, fehlgeschlagen oder unzumutbar) **oder**
- bei Fix- und Zweckkauf

Beispiel: *Zum Tag der Hochzeit ist das Hochzeitskleid falsch angepasst worden. → Nacherfüllung ist zwecklos, da nach diesem Termin das Kleid nicht mehr benötigt wird.*

Nachrangige Rechte	
• Rücktritt vom Vertrag **und ggf.** • Schadenersatz statt der Leistung **oder** • Ersatz vergeblicher Aufwendungen	**nur bei erheblichen Mängeln**
• Minderung des Kaufpreises **und ggf.** • Schadenersatz neben der Leistung	**bei geringfügigen Mängeln**

Merke:
Ein Anspruch auf Schadenersatz besteht nur, wenn es einen nachweisbaren Schaden gab und beim Verkäufer Verschulden vorlag. **Ohne Schaden kein Schadenersatz!**

Aufgaben

1. Welche Kaufvertragsstörungen gibt es?
2. Welche Ansprüche aus mangelhafter Lieferung (Schlechtleistung) kann der Käufer geltend machen?
3. Welche Rechte hat der Kunde bei Lieferverzug?

4. Ordnen Sie die Mängelarten zu.

   Mängel nach der Erkennbarkeit

   a) Das neue E-Bike hat eine schlechte Lötstelle am Akku.
   b) Der nagelneue Kinderwagen hat einen Farbfehler im Bezug.
   c) Der Teppichhändler T verkauft den neuen Kaschmirwollteppich für 2.500,00 EUR. Es stellt sich heraus, dass der Wolle 50 % einer synthetischen Faser beigemischt wurden.

   Anforderungen an einen Sachmangel (subjektiv, objektiv oder Falschlieferung)

   d) Von den bestellten sechs Porzellantassen sind nur fünf geliefert worden.
   e) Die neuen Fliesen für das Bad sind champagner-weiß, bestellt waren sie aber in Creme-Weiß.
   f) Der neue Schrank lässt sich mir der chinesischen Anleitung nicht zusammenbauen.
   g) Der in der Werbung als wasserdicht beworbene E-Book-Reader hat nach dem Badeurlaub einen Wasserschaden.

5. Erläutern Sie den Begriff „Rechtsmangel“.

2.6 Gewährleistung und Garantie

Stofftelegramm

Gewährleistung: gesetzliche Mängelhaftung

Garantie: freiwillige Verpflichtung zur Mängelbeseitigung

Kulanz: Entgegenkommen des Verkäufers, indem er auf seine ihm zustehenden Rechte verzichtet (**Beispiel:** *Er beseitigt einen Mangel, obwohl er es nicht muss, oder er tauscht die Ware bei Nichtgefallen um.*)

Merke:
Mit der Vereinbarung einer Garantie dürfen die Rechte aus Gewährleistung **nicht eingeschränkt** werden, z. B. kürzere Fristen (§ 443 BGB). Eine Garantie darf aber jederzeit die Rechte des Käufers (Verbrauchers) **verbessern**.

Fristen zur Wahrnehmung von Gewährleistungsansprüchen beim Verbrauchsgüterkauf

<table>
<tr><th colspan="2">2 Jahre (§ 438 Abs. 1 Nr. 3 BGB)</th></tr>
<tr><td colspan="2">Der Kunde hat bei Neuware insgesamt 24 Monate Zeit, aufgetretene Mängel beim Verkäufer zu reklamieren und Nachbesserung zu verlangen.</td></tr>
<tr><th>12 Monate
Beweislastumkehr (§ 477 BGB)</th><th>12 Monate</th></tr>
<tr><td>Tritt ein Mangel innerhalb der ersten zwölf Monate auf, wird vermutet, dass dieser Mangel bereits beim Kauf vorlag. Für digitale Güter gelten 24 Monate.
Zweifelt der Verkäufer daran, muss er dem Käufer nachweisen, dass dieser (der Käufer) den Mangel zu verschulden hat.</td><td>Tritt ein Mangel nach 12–24 Monaten auf, muss der Käufer grundsätzlich nachweisen, dass der Mangel bereits beim Kauf vorlag oder dieser konstruktionsbedingt ist.</td></tr>
</table>

Beispiel zur Beweislastumkehr: *Ein Kunde reklamiert nach vier Monaten ein defektes Smartphone. Der Händler prüft den Sachverhalt und lehnt Nachbesserung ab. Begründung: Hersteller von Smartphones verbauen üblicherweise Feuchtigkeitsindikatoren in ihren Geräten. In diesem Fall konnte nachgewiesen werden, dass der Schaden aufgrund von Feuchtigkeit entstanden ist.*

2.7 Fernabsatzverträge

Stofftelegramm

Als Fernabsatzverträge gelten lt. § 312 c BGB alle Verträge über die Lieferung von Waren oder die Erbringung von Dienstleistungen, die unter der ausschließlichen Verwendung von Fernkommunikationsmitteln abgeschlossen wurden (Telefon, Fax, E-Mail, Webshop, Katalog, Briefe, Shopping-App).

Der Verkäufer muss den Kunden über sein Widerrufs- oder Rückgaberecht belehren (§ 356 Abs. 3 BGB). Bei Belehrung über das Widerrufsrecht hat der Verbraucher 14 Tage Zeit, um den Kaufvertrag zu widerrufen. Unterbleibt die Belehrung, so verlängert sich die Frist um ein Jahr (gilt nur für Verträge zwischen Unternehmern und Verbrauchern).

Zweck dieser Regelung: Da der Kunde nicht die Möglichkeit hat, den Artikel vorher in Augenschein zu nehmen, steht ihm nach Abschluss des Kaufvertrags ein gesetzliches Widerrufsrecht zu.

Merke:
Für Kaufverträge im stationären Handel gibt es kein gesetzliches Widerrufsrecht von 14 Tagen. Regelungen, die dem Kunden dieses Recht zugestehen, sind i. d. R. auf Kulanzbasis oder in den AGB vereinbart.

Widerruf
Der Kunde muss ausdrücklich widerrufen, die Rücksendung der Ware genügt nicht mehr als Widerruf.

Beispiel: *„Hiermit widerrufe ich ...“, „Hiermit trete ich vom Kaufvertrag zurück.“*

Versandhändler bieten i. d. R. ein Rücksendeformular an; durch Ankreuzen des Rücksendegrundes und Rücksendung der Ware ist der Widerruf gültig.

Aufgaben

1. Worin besteht der Unterschied zwischen einer Garantie und der gesetzlichen Gewährleistung?
2. Was ist unter Beweislastumkehr zu verstehen?
3. Wie lange dauert die Gewährleistung für neue Ware und für gebrauchte Ware?
4. Welchen Grund gibt es, dass der Kunde im stationären Handel kein generelles Rückgaberecht hat, aber im Versandhandel ein Rückgaberecht von 14 Tagen?
5. Wie tritt man vom Kaufvertrag mit einem Versandhändler zurück?

3 Waren lagern

3.1 Bestellüberwachung und Wareneingangskontrolle

Stofftelegramm

Merke:
Bei Ankunft der Ware muss der Kaufmann (Kunde) die Ware unverzüglich (ohne schuldhaftes Zögern) prüfen. Offene Mängel sind sofort nach Entdeckung dem Frachtführer und dem Lieferanten zu melden.

Versäumt der Kaufmann die Prüfung, gilt die Lieferung als einwandfrei!

Sofortige Prüfung vor dem Frachtführer auf:
- Beschädigungen der Verpackung
- Menge der Lieferung/Packstücke (mit Lieferschein vergleichen)

Anschließende Prüfung:
- Übereinstimmung mit der Bestellung
- Qualität der Ware → bei Rohstoffen häufig Prüfung sofort vor dem Frachtführer (z. B. Getreide, chemische Rohstoffe etc.)
- Beschädigungen der Ware

Bestellüberwachung und Wareneingangsprozess

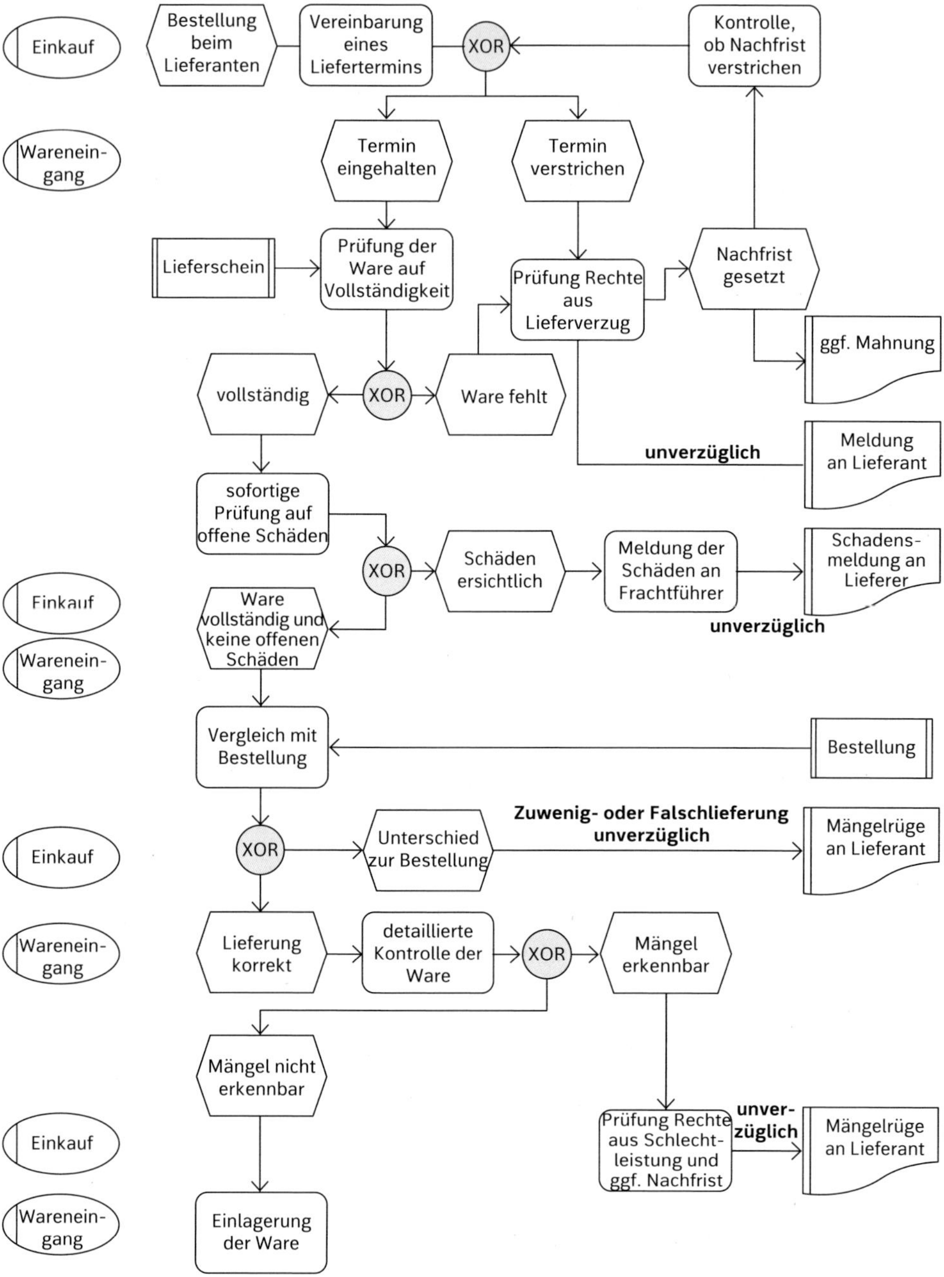

3.2 Aufgaben der Lagerhaltung

Stofftelegramm

- **Überbrückungsfunktion:** Überbrückung der Zeit zwischen der Anlieferung der Produkte und dem Bedarfszeitpunkt
- **Sicherungsfunktion:** Sicherstellung der Produktions- und Lieferbereitschaft bei Bedarfsschwankungen
- **Veredelungsfunktion/Reifungsfunktion:** Produkte gewinnen durch Lagerung an Wert oder an Qualität (z. B. Wein, Käse, Holz)
- **Preisausgleichsfunktion:** Ausgleich von Preisschwankungen bei Waren und Rohstoffen/Nutzung von Phasen günstiger Rohstoffpreise
- **Kostensenkungsfunktion:** z. B. Ausnutzung von Mengenrabatten durch Bestellung größerer Mengen

3.3 Lagerrisiken und Lagerkosten

Stofftelegramm

Lagerrisiken

- Warenverderb, Verdunstung, Diebstahl, Schwund
- Alterung der Ware
- Wertverlust durch technischen Fortschrift oder Geschmacksänderung der Kunden
- Preisverfall beim Einkauf → Ware zu teuer eingekauft

Lagerkosten

Lagerbestände	Lagereinrichtung und Gebäude	Verwaltung
• gebundenes Kapital und Zinskosten • unter Umständen Fremdfinanzierungskosten für Ware • Versicherung • Kosten durch Diebstahl und Verderb	• Lagermiete • Abschreibung für Gebäude und Einrichtung • Energiekosten • Zinsen, Abschreibung und Reparaturkosten für Lagerausstattung	• Personalkosten (Verwaltung und Lagerpersonal) • EDV-System • Sonstiges

3.4 Lagerarten und Lagerorganisation

Stofftelegramm

Lagerarten

Unterscheidung:

a) nach dem Lagerort
b) nach der Lagerorganisation
c) nach der Anordnung im Produktionsprozess
d) nach der Lagereinrichtung
e) nach der Art der gelagerten Güter

Nach dem Lagerort

Zentrallager	+ ein Lager für das Unternehmen/die Betriebsstätte + weniger Raumkosten, da nur ein Lager benötigt wird + geringere Lagerbestände + bessere Kontrolle – längere Wege/Zeitbedarf Ein Zentrallager in Filialunternehmen (Discounter etc.) wird häufig für die zentrale Beschaffung und Verteilung der Waren verwendet.
Dezentrales Lager	+ kurze Transportwege und schnellerer Zugriff auf die Ware – höhere Lagerbestände (mehrfache Sicherheitsbestände) – höhere Raumkosten
Außenlager	• Lager außerhalb der Betriebsstätte → häufig aus Platzmangel ausgelagert • für Großteile, z. B. im Kranbau, oder für selten genutzte Artikel • Vor- und Nachteile → siehe Fremdlager bzw. dezentrales Lager • zusätzliche Fahrtkosten zwischen Betriebsstätte/Hauptlager und Außenlager
Fremdlager	+ keine Aufwendungen für eigenes Lager nötig + Nur der tatsächliche Lagerplatz muss gemietet werden, wenn man nicht das komplette Lager mietet. + Das Personal wird i. d. R. vom Betreiber des Lagers gestellt. – Die durchschnittlichen Kosten je Lagereinheit sind i. d. R. viel höher als bei einem gut ausgelasteten Eigenlager (da aber nur der tatsächliche Lagerbedarf gezahlt wird, lohnen sich Fremdlager häufig für kleine Lagermengen oder an anderen Orten, wo man selbst keine Infrastruktur vorhalten kann).

Nach der Lagerorganisation

Festplatzsystem	Jeder Artikel hat immer denselben Lagerplatz. + Der Lagerarbeiter bzw. die Kommissionierung findet die Artikel auch ohne PC-Unterstützung. + ausfallsichereres System → geht auch ohne PC – Artikel, die gerade nicht da sind, belegen immer einen Lagerplatz → hohe Kosten für Lagerplätze → Platzverschwendung – kaum Platz für neue Artikel
Chaotische Lagerhaltung	Alle Artikel, die eingelagert werden, bekommen einen freien Lagerplatz, ohne dass dieser vorher festgelegt wurde. Um das System vollumfänglich zu nutzen, müssen die Artikel auf standardisierten Platten oder Kisten liegen. + keine Verschwendung von Lagerplatz → Reduzierung der Lagerkosten + jederzeit Aufnahme neuer Artikel möglich – Ohne EDV-Unterstützung funktioniert das System nicht. – Lagerarbeiter können kaum die Lagerplätze lernen (nur mit EDV möglich)

In der Praxis wird häufig eine Mischung verwendet. Am Boden sind die Griffzonen im Festplatzsystem und die Hochregale in chaotischer Lagerhaltung bestückt.

Nach der Anordnung im Produktionsprozess

Beschaffungslager	Lagerung von Roh-, Hilfs- und Betriebsstoffen oder Vorprodukten/Handelsware
Produktionslager	Teile- und Zwischenlager in der Fertigung, teilweise kleine Lager an jedem Fertigungsschritt, Handlager in der Nähe der Arbeitsplätze
Fertigerzeugnislager	Lager für die Auslieferung

Nach der Lagereinrichtung (Auswahl)
- Hochregallager
- Rollenlager
- Tanklager
- Palettenlager
- Freilager
- Etagenlager

Nach der Art der gelagerten Güter (Auswahl)
- Betriebsstofflager
- Tanklager
- Frischelager
- Rohstofflager
- Tiefkühllager

3.5 Lagerkennzahlen

Stofftelegramm

Durchschnittlicher Lagerbestand
Bewertung der Lagerbestände mit den Einstandspreisen (durchschnittlicher Lagerbestand in Euro) → durchschnittlich im Lager gebundenes Kapital

$$\frac{\text{Anfangsbestand} + \text{Endbestand}}{2} \text{ oder } \frac{\text{Anfangsbestand} + 12 \text{ Monatsbestände}}{13}$$

Lagerumschlagsgeschwindigkeit/Umschlagshäufigkeit
Die Kennzahl gibt an, wie oft das Lager in einem bestimmten Zeitraum verkauft wird (umgeschlagen wird). Der Verkauf des gesamten Lagerbestandes pro Monat ergäbe eine Lagerumschlagsgeschwindigkeit von 12.

$$\frac{\text{Umsatz}}{\text{durchschnittlicher Lagerbestand in Euro zu Verkaufspreisen}}$$

oder

$$\frac{\text{Wareneinsatz}}{\text{⌀ Lagerbestand zu Einstandspreisen}}$$

Wareneinsatz = Lagerabgänge bzw. Verbrauch pro Periode · Einstandspreis

oder

$$\frac{\text{Lagerabgänge}}{\text{⌀ Lagerbestand}}$$

Durchschnittliche Lagerdauer
gibt an, wie viele Tage zwischen Eingang und Ausgang der Ware liegen

$$\frac{360}{\text{Umschlagshäufigkeit}}$$

Sicherheitsbestand/Eiserner Bestand
Sicherheitsbestand, der nur zum Ausgleich von Nachfrageschwankungen/Bedarfsschwankungen und Lieferverzögerungen genutzt wird → Bestellpunktverfahren

durchschnittlicher Tagesbedarf · Beschaffungsdauer

Lagerzinssatz
gibt die kalkulatorischen Zinsen pro Lagerumschlag für das im Lager gebundene Kapital an (Jahreszinssatz → Zinssatz für eine alternative Geldanlage, z. B. Festgeld)

$$\frac{\text{Jahreszinssatz} \cdot \text{⌀ Lagerdauer}}{360} \quad \text{oder} \quad \frac{\text{Jahreszinssatz}}{\text{Umschlagshäufigkeit}}$$

Lagerreichweite in Tagen
gibt den Zeitraum an, wann das Lager bei durchschnittlichem Bedarf aufgebraucht ist

$$\frac{\text{⌀ Lagerbestand}}{\text{⌀ Bedarf je Tag}}$$

Aufgaben

1. Geben Sie vier Punkte an, die Sie bei der Warenannahme beachten bzw. überprüfen müssen.
2. Welche Funktionen hat die Lagerhaltung?
3. Erläutern Sie den Unterschied zwischen Festplatzsystem und chaotischer Lagerhaltung.
4. Errechnen Sie die Lagerkennzahlen anhand der folgenden Unternehmensdaten: Der Einstandspreis für die Ware beträgt 2,50 EUR und in diesem Jahr wurde mit der Ware 12.000,00 EUR Umsatz erzielt.

Lagerbestand					
01.01.	**1.524**	**31.05.**	**1.002**	**31.10.**	**2.291**
31.01.	**539**	**30.06.**	**1.485**	**30.11.**	**2.006**
28.02.	**797**	**31.07.**	**1.624**	**31.12.**	**1.791**
31.03.	**479**	**31.08.**	**1.648**		
30.04.	**1.813**	**30.09.**	**1.755**		

   a) Welche Schlüsse lassen sich aus der Lagerumschlagsgeschwindigkeit ziehen?
   Für den Monat Januar liegen neben dem Anfangsbestand noch folgende Lagerdaten vor:

14.01.	– 600	Abgang
25.01.	– 890	Abgang
28.01.	– 573	Abgang

   b) Errechnen Sie die Umschlagshäufigkeit für Januar.
   c) Gehen Sie davon aus, dass die Umschlagshäufigkeit des Januars mit der Jahresumschlagshäufigkeit vergleichbar ist und errechnen Sie die durchschnittliche Lagerdauer.
   d) Errechnen Sie bei einem Jahreszinssatz von 3,5 % den Lagerzinssatz.
   e) Wie lange reicht durchschnittlich das Lager, wenn der tägliche Durchschnittsverbrauch bei 90 Stück liegt?
   f) Errechnen Sie den durchschnittlichen Lagerbestand.
   g) Errechnen Sie das durchschnittlich im Lager gebundene Kapital.
   h) Interpretieren Sie die durchschnittliche Lagerdauer.

5. Eigen- oder Fremdlager: Die LK OHG benötigt neue Lagerfläche für ihre Produkte. Zur Auswahl stehen ein Eigenlager, welches monatlich 2.500,00 EUR Fixkosten und je eingelagerte Palette 2,50 EUR variable Kosten aufweist. Ein Fremdlager würde 15,00 EUR pro Palette und Monat kosten. Ab welcher Menge lohnt sich die Entscheidung für ein Eigenlager?

4 Rechnungen bezahlen

4.1 Zahlungssysteme

4.1.1 Zahlungsarten

Stofftelegramm

Barzahlung	Halbbare Zahlung	Unbare Zahlung
Zahler und Geldempfänger benötigen beide **kein** Bankkonto.	Zahler **oder** Empfänger benötigen ein Bankkonto zur Zahlungsabwicklung.	Zahler **und** Empfänger benötigen ein Bankkonto zur Zahlungsabwicklung.
• Münzgeld • Geldscheine	• Barscheck • Postanweisung • Zahlung mit Western Union etc. • Nachnahme • Zahlschein	• Überweisung • Kreditkartenzahlung • Zahlung mit Bankkarte

4.1.2 SEPA-Zahlungsverfahren

Stofftelegramm

IBAN: internationale Kontonummer (**I**nternational **B**ank **A**ccount **N**umber)

maximal 34 Stellen, in Deutschland nur 22 Stellen

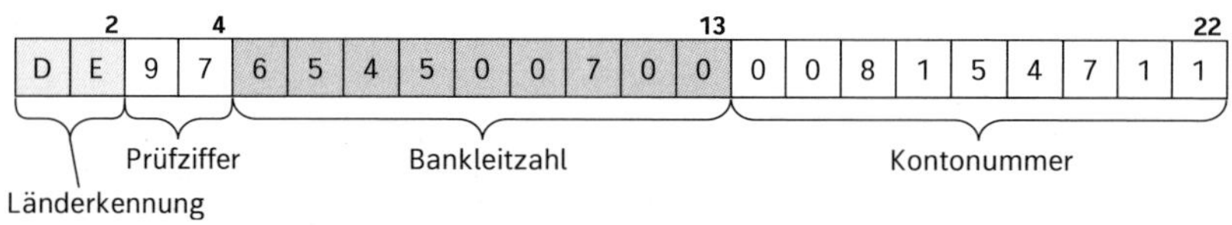

BIC: internationale Bankleitzahl (**B**usiness **I**dentifier **C**ode)

Für Zahlungen innerhalb Deutschlands ist nur die IBAN nötig, für Zahlungen ins Ausland wurde nur bis zum 01.02.2016 die BIC benötigt.

Auszug der Länder, in denen das SEPA-Zahlungsverfahren möglich ist[1]

EU-Mitgliedstaaten

- Belgien
- Bulgarien
- Dänemark
- Deutschland
- Estland
- Finnland
- Frankreich[2]
- Griechenland
- Irland
- Italien
- Kroatien
- Lettland
- Litauen
- Luxemburg
- Malta
- Niederlande
- Österreich
- Polen
- Portugal
- Rumänien
- Schweden
- Slowakei
- Slowenien
- Spanien[3]
- Tschechien
- Ungarn
- Zypern

[1] *Stand: Februar 2025.*
[2] *Inklusive der Übersee-Départements Guadeloupe, Französisch-Guayana, Martinique, Réunion, Mayotte, Saint-Pierre und Miquelon.*
[3] *Inklusive der Exklaven Ceuta und Melilla.*

EWR-Staaten

- Island
- Liechtenstein
- Norwegen

Weitere Staaten/Gebiete

- Isle of Man
- Schweiz
- Andorra
- Guernsey
- Jersey
- Albanien
- Monaco
- Großbritannien
- Montenegro
- San Marino
- Vatikanstaat

Mittlerweile umfasst der Einheitliche Euro-Zahlungsverkehrsraum 38 europäische Staaten. Aber auch in vielen anderen Ländern hat man sich dem IBAN-System angeschlossen, z. B. Bahrain, Aserbaidschan, Costa Rica etc.

Lastschrift: Aufbau und Funktion

<table>
<tr><th>SEPA-Basislastschrift</th><th>SEPA-Firmenlastschrift</th></tr>
<tr><td colspan="2">Gläubiger-ID: zur eindeutigen Identifikation des Einziehenden
Muster: DE99 ZZZ0 5678 9012 34</td></tr>
<tr><td colspan="2">Mandatsreferenz: Für jeden Kunden und Zweck muss es eine Mandatsreferenz geben.
Muster: AB08154711</td></tr>
<tr><td colspan="2">Der Einziehende muss ein schriftliches Lastschriftmandat von seinem Kunden haben.</td></tr>
<tr><td colspan="2">IBAN und BIC statt Kontonummer</td></tr>
<tr><td colspan="2">Kunden müssen über das Abbuchungsdatum informiert sein. → exaktes Fälligkeitsdatum</td></tr>
<tr><td colspan="2">Der Lastschrifteinzug muss immer vorher bei der Bank eingereicht werden und wird dann zum angegebenen Datum eingezogen.</td></tr>
<tr><td rowspan="2">Die Rückgabe der Lastschrift durch den Kunden ist innerhalb von acht Wochen ohne Angabe von Gründen möglich.

Ohne gültiges Mandat kann die Lastschrift in einem Zeitraum von bis zu 13 Monaten zurückgegeben werden.</td><td>keine Rückgabe der Lastschrift durch den Kunden möglich</td></tr>
<tr><td>Der Kunde muss zunächst das Lastschriftmandat bei seiner Bank einreichen und diese anweisen, die Lastschriften von YX immer einzulösen.</td></tr>
<tr><th colspan="2">Vertragspartner</th></tr>
<tr><td>Unternehmer ↔ Verbraucher
Unternehmer ↔ Unternehmer</td><td>Unternehmer ↔ Unternehmer</td></tr>
<tr><td colspan="2">Die Kosten trägt der Einziehende.</td></tr>
</table>

Weitere SEPA-Zahlungsverfahren

Einzelüberweisung	Dauerauftrag
• häufigste Form der unbaren Zahlung • für unregelmäßige Beträge • Die Überweisung wird von der Bank immer in der angegebenen Höhe ausgeführt (auch bei Zahlung ins Ausland). • Die Kosten trägt der Versender des Geldes.	• geeignet für wiederkehrende Zahlung in gleicher Höhe • Kosten trägt der Versender des Geldes
Beispiel: *Zahlung einer Verbindlichkeit (z. B. Handwerkerrechnung, Rechnung für eine Bestellung)*	**Beispiel:** *Zahlung der Miete oder Energiekosten*

4.1.3 Zahlung mit Debitkarten (Girocard)

Stofftelegramm

Elektronisches Lastschriftverfahren (ELV)

1. Der Händler erstellt mithilfe eines Terminals und der Girocard (früher: EC-Karte) einen Lastschriftbeleg.
2. Inhalt des Belegs: Kontodaten des Kunden, Kaufbetrag, Daten des Händlers und Bestätigung des Kunden, dass er die Zahlung (Abbuchung) zulässt
3. Der Kunde unterschreibt (keine Prüfung auf Deckung bei der Bank).
4. Der Kunde bekommt eine Quittung.
5. Die Daten aller ELVs werden an einer zentralen Stelle verarbeitet und die Beträge bei der jeweiligen Kundenbank zur Lastschrift angemeldet.
6. Einzug des Geldes vom Kundenkonto und Buchung auf Verkäuferkonto

Problem: Es kann nicht garantiert werden, dass der Kunde auch genügend Geld hat. In diesem Fall fällt die Lastschrift aus. Die Identifikation des Kunden erfolgt i. d. R. nur über seine Unterschrift. → Vorsicht Missbrauchsgefahr!

Händler nutzen das System wegen der geringen Kosten und des Geschwindigkeitsvorteils bei jeder Zahlung, da hier kein Kontakt mit der Bank entsteht.

Zahlung mit PIN

Im Gegensatz zum ELV wird hier, nachdem die Karte im Terminal steckt, eine Onlineverbindung zur Bank aufgebaut. Nach der Eingabe der zur Karte passenden PIN wird geprüft, ob der Kunde ausreichend Deckung auf dem Konto hat.

Vorteil: Der Händler erhält garantiert sein Geld und die Zahlung gelangt schneller zum Händler.

Nachteil: Die Dauer des Bezahlvorgangs ist länger als beim ELV, die Kosten sind höher als beim ELV.

Kontaktlose Zahlung

Die Debitkarten der Kreditinstitute überstützen i. d. R. das kontaktlose Zahlen. Dabei wird die Karte in die Nähe des Zahlungsterminals gehalten (1–2 cm) und die Zahlung wird ausgelöst. Bis 50,00 EUR[1] wird i. d. R. weder PIN noch Unterschrift verlangt, darüber hinaus, muss sich der Kunde mit seiner PIN authentifizieren. Bei PIN-Abfrage erfolgt die Zahlung wie unter „Zahlung mit PIN" beschrieben.

[1] *Stand Februar 2025.*

4.1.4 Scheckzahlungen

Stofftelegramm

Unterscheidung nach Einlösungsmöglichkeit	
Barscheck	Der Barscheck ist ein **halbbares** Zahlungsmittel. Der Vorlegende bekommt von einer Bank das Geld bar ausgezahlt, die Bank muss nicht prüfen, ob der Scheckvorleger auch der Scheckberechtigte ist. Der Betrag wird dann vom Konto des Ausstellers eingezogen.
Verrechnungs-scheck	Auf dem Scheckformular steht der Vermerk „nur zur Verrechnung“. Dem Einreicher wird der Betrag auf seinem Konto gutgeschrieben; für diesen Scheck benötigen Aussteller und Einreicher ein Bankkonto (**bargeldloser Zahlungsverkehr**).
Unterscheidung nach Übertragbarkeit	
Inhaberscheck	Auf dem Scheckformular ist kein Empfänger oder die Klausel „Überbringer“ vermerkt. Die Bank zahlt an jeden Überbringer aus (Inhaberpapier).
Orderscheck	Die Schecksumme wird nur demjenigen ausgezahlt, der auf dem Scheckformular steht.

4.1.5 Kreditkartenzahlung

Stofftelegramm

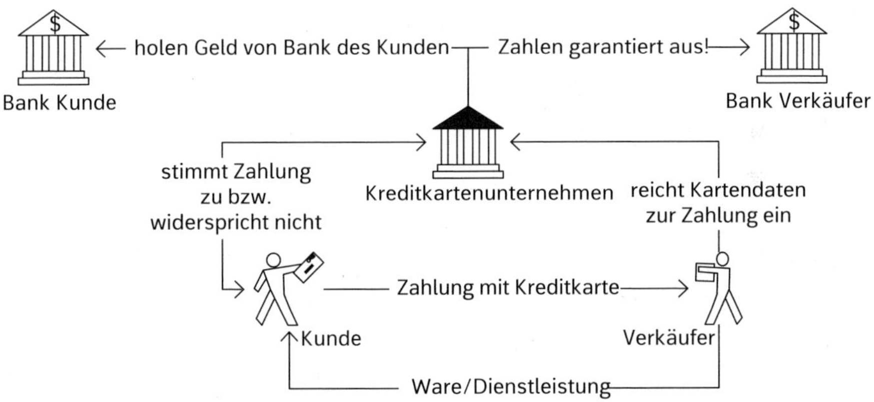

Vorteile für Verkäufer

- Mit gültigem Nachweis der Kartendaten (Unterschrift, Verifizierung durch PIN oder Prüfziffer) bekommt er sein Geld garantiert vom Kreditkartenunternehmen.
- sichere Auszahlung auch bei Kunden von außerhalb der EU und des SEPA-Zahlungsraums

Nachteile für Verkäufer

- etwas höhere Kosten als vergleichbare Zahlungssysteme
- Je nach Vertrag mit dem Zahlungsabwickler bzw. Kreditkartenunternehmen erfolgt die Überweisung der Beträge von einmal am Tag bis einmal im Monat.

Vorteile für Käufer

- Die Abrechnung der Kreditkartenunternehmen erfolgt i. d. R. nur einmal im Monat mit anschließendem Zahlungsziel, sodass man unter Umständen erst nach zwei Monaten den Betrag zahlen muss (zinsfrei).
- Die Inanspruchnahme eines Kreditrahmens ist auch über das Zahlungsziel hinaus möglich (vergleichbar mit Kontokorrentkredit).

Nachteile für Käufer

- In der Regel fallen Jahresgebühren für die Karten an.
- Die Akzeptanz dieser Karten im Inland ist nicht so hoch wie bei Girokarten der Banken.
- hohe Zinsen bei Inanspruchnahme des Kreditrahmens

Visa- und Mastercard Debitkarte

Die Zahlungsdienstleister Visa und Mastercard geben auch Karten heraus, die den Kreditkarten optisch sehr nahekommen. Auf den Karten steht aber das Wort „debit“ und nicht „credit“, das führt dazu, dass diese nicht als Kreditkarten akzeptiert werden. Die Kunden können zwar i. d. R. damit bezahlen, aber das Geld wird wie bei der Girocard direkt vom Konto abgebucht. Der Herausgeber der Karte räumt dem Kunden i. d. R. auch keinen Kreditrahmen ein, sondern nur einen maximalen Verfügungsrahmen.

In Europa ist das Maestro-System von Mastercard 2023 ausgelaufen, für V-Pay von Visa gilt dies auch. Für Verbraucherinnen und Verbraucher wird also die Debitkarte von Mastercard und Visa die Funktion der deutschen Girokarte übernehmen. Bisher hatten alle deutschen Girokarten ein „Co-Branding“[1], um im Ausland zahlen zu können.

Vorteile

- Im Onlinehandel werden diese Karten häufig akzeptiert, da die Zahlung auch international über die Zahlungsdienstleister Visa und Mastercard abgewickelt wird.
- Häufig fallen keine gesonderten Gebühren für diese Karten an.
- Der Kunde hat einen besseren Überblick über seine Ausgaben, da diese sofort gebucht werden.

Nachteil

geringere Akzeptanz als Kreditkarten, vor allem bei Mietwagenfirmen etc.

4.1.6 Moderne Zahlungssysteme

Stofftelegramm

PayPal	Zahlungsdienstleister, der den Unternehmen und den Kunden eine sichere Zahlung ermöglicht; beim Kauf einer Ware wird der Kunde auf die PayPal-Seite im Internet weitergeleitet und kann dort über seinen Account die Zahlung vornehmen. + Der Kunde kann bei unberechtigten Zahlungen das Geld zurückbuchen. + Die Zahlung wird direkt vorgenommen → schneller als Vorkasse.

[1] *Maestro oder V-Pay.*

	+ Bei Nichterhalt der Ware bekommt der Kunde sein Geld zurück. + Verkäufer bekommen ihr Geld sofort. – Für den Verkäufer fallen Gebühren an. – i. d. R. nur bei Onlineeinkäufen möglich
Klarna	Schwedischer Zahlungsdienstleister, welcher sich als Alternative zu PayPal etablieren will. Bekannt durch Zahlung auf Rechnung in den meisten Onlineshops. + Für den Anbieter: Er bekommt das Geld direkt vom Zahlungsdienstleister. + Für den Anbieter: Inkasso übernimmt der Zahlungsdienstleister. + Für den Kunden: Er muss nicht in Vorleistung gehen, bekommt die Ware und kann später zahlen. + Ein Ratenkauf ist für den Kunden über den Zahlungsdienstleister möglich. – Neben den Kosten für den Verkäufer bietet der Zahlungsdienstleister im Regelfall keine Versicherung für Fehlkäufe oder Defekt, es erfolgt meist nur eine Stundung der Rechnung.
Western Union/ Moneygram	• Der Geldversender zahlt bei einer Western-Union-Filiale das Geld ein und erhält einen Code. Mit diesem Code kann **JEDER** das Geld weltweit wieder abholen. • **Vorsicht:** Missbrauchsgefahr, es ist nicht möglich die Zahlung zurückzuverfolgen. • hohe Gebühren für Geldtransfer
Apple Pay/ Google Pay	Die Zahlung wird über die Mobilgeräte Apple oder Android autorisiert. Dazu muss der Kunde seine Bankdaten, seine Debitkarte oder seine Kreditkarte bei Apple oder Google Pay hinterlegen. Dies muss aber von der Bank des Kunden unterstützt werden. Die Zahlung selbst wird dann über Apple oder Google abgewickelt und vom Kunden eingezogen. + Durch die Bindung an ein Mobilgerät (Handy oder Smartwatch) hat der Kunde immer eine Möglichkeit, bargeldlos zu zahlen. + Zur Zahlung wird keine physische Bankkarte benötigt. + Die Sicherheit ist nicht geringer als bei der Zahlung mit Karte und Pin, da die Funktion nur auf nicht gerooteten Geräten funktioniert und ein passwort- oder codegeschütztes (Fingerabdruck , FaceID ...) Gerät voraussetzt.

4.2 Skontozahlung

Stofftelegramm

Für die Entscheidung, ob eine Skontozahlung sinnvoll ist, muss der Kaufmann die Ersparnis durch Skonto mit einer Alternative vergleichen. Üblicherweise nimmt man eine alternative Geldanlage für den Skontozeitraum oder eine Inanspruchnahme des Kontokorrentkredits als Vergleich.

Beispiel: *Die A-KG hat eine Rechnung über 6.000,00 EUR vom Lieferanten bekommen; Zahlungsbedingungen: „14 Tage 2,5 % Skonto, 60 Tage rein netto“.*

Die A-KG überlegt, ob eine Zahlung mit Skontoabzug sinnvoll ist, da sie für den Zeitraum ihren Kontokorrentkredit bei der Sparkasse (12 % Dispozins) in Anspruch nehmen müsste. Nach 60 Tagen wäre die gesamte Summe ohne Kreditaufnahme zahlbar.

Rechenweg:
Ersparnis durch Skonto → 6.000 · 2,5 % = 150,00 EUR

Kosten durch Kreditaufnahme → Annahme: Zahlung der Rechnung am 14. Tag (Maximum der Skontozahlung), Dauer der Kreditaufnahme vom 14. Tag bis zum 60. Tag = **46 Tage.** Die Kreditsumme entspricht dem Rechnungsbetrag abzüglich Skonto.

Zinsformel mit 365 Tagen im Jahr (alternativ 360 Tage pro Jahr):

$$\text{Zins} = \frac{\text{Kapital} \cdot \text{Zinssatz} \cdot \text{Tage}}{100 \cdot 365}$$

$$= \frac{5.850{,}00 \cdot 12 \cdot 46}{100 \cdot 365} = 88{,}47 \text{ EUR}$$

Antwort: Die Ersparnis von 150,00 EUR ist höher als die Kosten für die Inanspruchnahme eines Kontokorrentkredites.

4.3 Formvorschriften

Stofftelegramm

Die Regelungen sind verankert in §§ 14 ff. UStG „Ausstellung von Rechnungen“.

Rechnungen über 150,00 EUR brutto
1. vollständiger Name und vollständige Anschrift des leistenden Unternehmers und des Leistungsempfängers
2. die dem leistenden Unternehmer vom Finanzamt erteilte Steuernummer oder die ihm vom Bundeszentralamt für Steuern erteilte Umsatzsteuer-Identifikationsnummer
3. Ausstellungsdatum der Rechnung
4. Rechnungsnummer
5. Menge und Art der gelieferten Gegenstände oder Umfang und Art der sonstigen Leistung
6. Zeitpunkt der Lieferung/Leistung
7. Entgelte nach einzelnen Steuersätzen aufgeschlüsselt (0 %,7 %, 19 %) und vorher vereinbarte Rabatte
8. Bruttoentgelt (mit anzuwendendem Steuersatz)
9. Hinweis auf Aufbewahrungspflicht der Rechnungen (z. B. bei Handwerkerleistungen)
10. im Falle einer Gutschrift den Text „Gutschrift“

Diese Angaben sind für Rechnungen mit einem Betrag von **über 150,00 EUR** brutto gültig. Darunter gelten Erleichterungen für sog.

Kleinbetragsrechnungen
1. vollständiger Name und vollständige Anschrift des leistenden Unternehmers
2. Ausstellungsdatum der Rechnung

3. Menge und Art der gelieferten Gegenstände oder Art und Umfang der sonstigen Leistung
4. Entgelt und Steuerbetrag für die Lieferung oder Leistung in einer Summe
5. Steuersatz oder
6. im Fall einer Steuerbefreiung ein Hinweis darauf, dass für die Lieferung oder sonstige Leistung eine Steuerbefreiung gilt

Merke:
Unternehmer müssen selbst erstellte Rechnungen und erhaltene Rechnungen zehn Jahre aufbewahren (auch als elektronische Kopie möglich, z. B. Scan oder Datensatz in der IUS).

Aufgaben

1. Welche Vorteile bietet der bargeldlose Zahlungsverkehr für Unternehmen im Vergleich zu Bargeld?

2. Entscheiden Sie, ob man folgende Fälle am besten per Überweisung, Dauerauftrag oder Lastschrift zahlen sollte.
   a) monatliche Miete
   b) Rechnung für die neuen Schuhe aus dem Versandhandel
   c) monatliche Telefonrechnung (keine Flatrate)
   d) Einkauf beim Discounter
   e) monatliche Stromrechnung und Jahresrechnung
   f) monatliche Kosten für die Musikschule

3. Für den Unternehmer stellt sich die Frage, ob er folgende Rechnung mit Skontoabzug begleichen soll oder ob er das Zahlungsziel maximal ausnutzt. Für die Inanspruchnahme des Skontos muss er sich kurzfristig von seiner Bank Geld leihen, dieses steht ihm zu 8,5 % p. a. zur Verfügung. Mit Ablauf des Zahlungszieles werden ihm aber Forderungen beglichen, sodass er sich dann kein Geld leihen muss.

   Beurteilen Sie, ob sich eine Inanspruchnahme des Skontos lohnt.
   a) Rechnungssumme 2.500,00 EUR, zahlbar mit 3 % Skonto innerhalb von 14 Tagen oder innerhalb von 30 Tagen rein netto
   b) Rechnungssumme 1.800,00 EUR, zahlbar mit 2,5 % Skonto innerhalb von zehn Tagen oder innerhalb von 20 Tagen ohne Abzüge
   c) Rechnungssumme 3.000,00 EUR, zahlbar mit 1,5 % Skonto innerhalb von 14 Tagen oder innerhalb von 60 Tagen ohne Abzug

5 Prüfungsähnliche Gesamtaufgabe[1]

Die Dreier GmbH ist ein Großhändler für Bastel- und Hobbybedarf. Dreier bezieht die Rohmaterialien weltweit und konfektioniert große Mengen und Abmaße auf verkaufsfertige Größen. In zwei Standorten arbeiten insgesamt 150 Mitarbeiterinnen und Mitarbeiter, davon 25 in der Verwaltung. Das Lager der Dreier GmbH ist auf die beiden Standorte (Entfernung ca. 6 km) und ein Fremdlager verteilt. Mit insgesamt 25.000 Artikeln bietet das Sortiment alles für den Hobbybedarf. Im Bereich der Bevorratung wird die chaotische Lagerhaltung und im Bereich der Kommissionierung das Festplatzsystem angewendet.

Sie sind im Einkauf und der Lagerverwaltung tätig.

1. Anhand folgender Lagerdaten sollen Sie entscheiden, für welche Artikel sich eine detaillierte Beschaffungsplanung lohnt.

Weihnachtssortiment	Menge	Preis pro ME
Adventskalenderzahlen Holz	3.500 Stück	1,80 EUR
Bastelperlen div. Farben im Tausenderpaket	8.000 Pakete	0,30 EUR
Deko-Schneeflocken	80 kg	30,00 EUR
Drahtstern	4.500 Stück	1,20 EUR
Filzplatten rot 5 mm	400 lfd. m	7,50 EUR
Holzsterne 15 cm	15.000 Stück	0,13 EUR
Moosband	950 lfd. m	7,00 EUR
Papierkordel div. Farben	950 lfd. m	9,20 EUR
Pappmaschee	500 kg	6,80 EUR
Styroporformteile M	6.000 Stück	1,50 EUR
Tannenkranz	900 Stück	6,00 EUR
Tannenzapfen Silber	500 kg	8,50 EUR
Teelichthalter S-Form	6.000 Stück	0,75 EUR

Erstellen Sie eine Tabelle in übersichtlicher Form und geben Sie Ihrem Vorgesetzten eine begründete Empfehlung.

2. Ermitteln Sie für die „Styroporformteile M“ die optimale Bestellmenge. Der Jahresbedarf beträgt 6.000 Einheiten, der durchschnittliche Einkaufspreis beträgt 1,50 EUR und die Beschaffungskosten liegen pro Bestellung bei 8,90 EUR. Wir rechnen mit einem Lagerkostensatz von 5,5 %.

[1] *Hinweis: Die für die Bearbeitung der Aufgaben nötigen Unterlagen finden Sie in den Webcode-Materialien. Die nötigen Paragrafen entnehmen Sie dem BGB → www.gesetze-im-internet.de/bgb.*

Bestell-menge in Stück	Anzahl Bestellun-gen	Bestell-kosten in Euro	Durch-schnittlicher Lagerbestand in Stück	Durchschnitt-licher Lager-bestand in Euro	Lagerkosten in Euro	Gesamt-kosten in Euro
200						
400						
600						
1.000						
1.200						
2.000						
2.400						
3.000						
6.000						

3. Schreiben Sie heute (am 20.02.20..) für die optimale Bestellung eine Anfrage an die Formteile GmbH in der Industriestraße 25 in 72760 Reutlingen. Wir benötigen die Lieferung bis zum 25.03.20.. .

4. Neben der Formteile GmbH haben wir noch drei weitere Lieferanten für Styropor im Programm. Erstellen Sie einen quantitativen und qualitativen Angebotsvergleich für das Angebot der Formteile GmbH und für die bereits vorhandenen Angebote der Stammlieferanten (siehe Tabellen unten).

   Begründen Sie Ihre Entscheidung und bestellen Sie am 25.02.20.. beim optimalen Lieferanten.

Zusatzinformation
Laut unseren Kunden hat die Formteile GmbH Produkte höchster Qualität, selten gibt es etwas zu beanstanden und wenn, dann ist die Formteile GmbH sehr kulant. In der Regel wird auch sehr pünktlich geliefert.

Zusatzinformation zum Angebotsvergleich
Vorrangig legen wir Wert auf Qualität und Preis, außerdem verlangen unsere Kunden, dass wir ökologisch einwandfreie Produkte liefern.

Formteile GmbH

Formteile GmbH • Industriestraße 25 • 72760 Reutlingen

Dreier GmbH
Dornierstraße 12
88471 Laupheim

Ihr Zeichen:	MM
Ihre Nachricht vom:	20.02.20..
Unser Zeichen:	
Unsere Nachrichtvom:	
Name:	Friedel Form
Telefon:	07121 52-6000
Fax:	07121 52-6001
E-Mail:	info@formt.de
Homepage:	www.formt.de
Datum:	23.02.20..

Angebot über Styroporformteile M

Sehr geehrte Damen und Herren,

wir bedanken uns für Ihr Interesse an unseren Produkten. Gern übersenden wir Ihnen hiermit ein Angebot über die gewünschten Formteile. Bei einer Abnahmemenge von 1.200 Stück bieten wir Ihnen einen Gesamtpreis von 2.000,00 EUR zzgl. USt. an. Wir gewähren 5 % Rabatt und als Neukunde bekommen Sie im ersten Jahr 4 % Neukundenrabatt.
Lieferung erfolgt ab Bestelleingang innerhalb von zehn Tagen oder zum Wunschtermin für 10,00 EUR je Lieferung.

Zahlungsbedingungen: zahlbar innerhalb von zehn Tagen 1,5 % Skonto oder 30 Tage rein netto.

Lieferung garantieren wir bis zum 25.03.20.. .

Wir sind ein Unternehmen mit langer Tradition in der Kunststoffverarbeitung und haben seit vielen Jahren die Zertifizierung des Umweltministeriums.

Mit freundlichen Grüßen

Friedel Form

Friedel Form
stlv. Geschäftsführer

Formteile GmbH	Geschäftsleitung: Fred Form	Tel.: 07121 52-6000	Gerichtsstand: Reutlingen HRB 2435
Industriestraße 25	Sparkasse Reutlingen	Fax: 07121 52-6001	Steuer-Nummer: 99 777 92073
72760 Reutlingen	IBAN: DE02 6405 0000 0815 4711 11	E-Mail: info@formt.de	USt-IdNr.: DE122412210
	BIC: SOLADES1REU	Homepage: www.formt.de	

Lieferer	02	Firma	Styro KG	Donauweg 12, 89075 Ulm	Herr Mayer Tel.: 0731 243512
Lieferungsbedingungen		ab Werk	innerhalb von 10 Tagen	Bezugskosten	15,00 EUR
Zahlungsbedingungen		Rabatt	15 %	Skonto	–
interne Bewertungen		Qualität: sehr gut	Umweltbewusstsein: hoch	Kulanz: sehr gut	Lieferzeit und Termineinhaltung: 10 Tage/ pünktlich
Artikelbestellnummer	Artikelbezeichnung	letztes Angebot vom	Listenpreis	letzte Bestellung vom	Bemerkungen bzw. Beanstandungen
0815	Styroporformteile	20.11.20..	1,83 EUR	28.11.20..	–

Lieferer	03	Firma	Bastelbedarf GmbH	Hauptstraße 12, 88214 Ravensburg	Herr Heinz Tel: 0751 3465674
Lieferungsbedingungen		frei Haus	innerhalb von 14 Tagen	Bezugskosten	–
Zahlungsbedingungen		Rabatt	10 % ab 500 St., 15 % ab 1.000 St.	Skonto	3 %
interne Bewertungen		Qualität: sehr gut	Umweltbewusstsein: problematisch	Kulanz: gut	Lieferzeit und Termineinhaltung: 14 Tage/ pünktlich
Artikelbestellnummer	Artikelbezeichnung	letztes Angebot vom	Listenpreis	letzte Bestellung vom	Bemerkungen bzw. Beanstandungen
4711	Formteile	15.12.20..	2,17 EUR	20.12.20..	–

Lieferer	04	Firma	Kunststoff & Papier GmbH	Bayern Str. 12, 88239 Wangen	Herr Weber Tel.: 07522 3986
Lieferungsbedingungen		ab Werk	sofort	Bezugskosten	20,00 EUR
Zahlungsbedingungen		Rabatt		Skonto	
interne Bewertungen		Qualität: befriedigend	Umweltbewusstsein: vorbildlich	Kulanz: –	Lieferzeit und Termineinhaltung: 5 Tage/ meist pünktlich
Artikelbestellnummer	Artikelbezeichnung	letztes Angebot vom	Listenpreis	letzte Bestellung vom	Bemerkungen bzw. Beanstandungen
247356	Styroporformteile	10.10.20..	1,50 EUR	15.10.20..	teilweise Materialfehler

5. Hinsichtlich der weiteren Bestellungen überlegen wir, ob wir auf Just-in-time-Lieferung umstellen oder ob wir beim Bestellpunktverfahren bleiben. Beschreiben Sie beide Verfahren und bringen Sie Argumente vor, die gegen einen Wechsel zur Just-in-time-Lieferung sprechen.

6. Errechnen Sie für die Formteile den Meldebestand. Wir rechnen mit einem Sicherheitsbestand von 250 Stück und einem durchschnittlichen Verbrauch von 20 Stück am Tag, bestellt wurde bei der Formteile GmbH.

7. In Bezug auf die Papierkordel haben wir uns entschieden, wieder das Angebot unseres Stammlieferanten anzunehmen. Da wir zum jetzigen Zeitpunkt noch nicht wissen, welche Farben wir benötigen, möchten wir dies erst später dem Lieferanten mitteilen. Erläutern Sie in einer kurzen E-Mail an den Sachbearbeiter Herrn Müller (mueller@dreierbb.de), wie er den Kaufvertrag gestalten muss, um die Farben für die 950 lfm Papierkordeln erst nach der Bestellung beim Lieferanten zu bestimmen. Nutzen Sie dazu den § 375 Abs. 1 HGB.

8. Die Lieferung für die Kordeln sollte am 20.02.20.. eintreffen. Den Termin hat uns die Sachbearbeiterin mündlich zugesagt. Heute ist der 25.02.20.. und wir brauchen die Ware dringend. Schreiben Sie eine Mahnung an den Lieferanten, gehen Sie dabei auf unsere Rechte in diesem Fall ein.

Auszug aus der Bestellbestätigung vom Lieferanten Kunststoff & Papier GmbH

Bestätigung Datum: 15.02.20..

Sehr geehrte Damen und Herren,

hiermit bestätigen wir Ihnen die Lieferung von:

Artikelnummer	Bezeichnung	Menge
23453	Papierkordel blau	100 lfm
98623	Papierkordel grün	50 lfm
87632	Papierkordel weiß	100 lfm

Wie vereinbart bleiben 700 lfm auf Abruf bei uns, eine Bestimmung der Farbe erfolgt dann bei Bestellung.

Die Lieferung erfolgt sofort und frei Haus.

Danke für Ihre Bestellung

9. Aus einer früheren Bestellung werden heute (26.02.20..) fristgerecht die „Bastelperlen Holz" geliefert. Wir haben Perlen aus Buchenholz bestellt, leider hat uns der Hersteller Perlen aus Pappelholz geliefert. Notieren Sie unsere Rechte und schreiben Sie einen Brief an den Lieferanten, in dem Sie den Sachverhalt klären.

Lieferant Holzapfel OHG in der Brockenstraße 12 in Sorge (Harz) 38875
Bestellung vom 12.01.20..

10. Um zukünftig im Wareneingang ein einheitliches Vorgehen zu garantieren, sollen Sie eine Anweisung für die Wareneingangskontrolle schreiben. Diese Anweisung soll später in einer betrieblichen Unterweisung den Mitarbeiterinnen und Mitarbeitern nähergebracht werden.

11. Die Rechnung über die Styroporformteile ist mit der Ware eingetroffen (25.03.20..). Entsprechend den Zahlungsbedingungen sollen Sie entscheiden, ob wir Skonto in Anspruch nehmen sollen. Für den Fall, dass wir erst am Ende des Zahlungszieles überweisen sollten, können wir das Geld (Rechnungssumme abzüglich Skonto) kurzfristig verleihen und bekommen 5,5 % Zins p. a.
Entscheiden Sie über die Skontozahlung.

Formteile GmbH

Formteile GmbH • Industriestraße 25 • 72760 Reutlingen
Dreier GmbH
Dornierstraße 12
88471 Laupheim

Ihr Zeichen:	MM
Ihre Nachricht vom:	25.02.20..
Unser Zeichen:	
Unsere Nachrichtvom:	
Name:	Friedel Form
Telefon:	07121 52-6000
Fax:	07121 52-6001
E-Mail:	info@formt.de
Homepage:	www.formt.de
Datum:	20.03.20..

Rechnung/Lieferschein über Styroporformteile M

Menge	Artikel-Nr.	Beschreibung	Position gesamt	
1.200	2346	Styroporformteile M		2.000,00 EUR
			4 % Neukundenrabatt	80,00 EUR
			5 % Rabatt	100,00 EUR
			Zwischensumme	1.820,00 EUR
			Lieferung	10,00 EUR
			USt.	347,70 EUR
			Gesamt	2.167,70 EUR

Zahlungsbedingungen: zahlbar innerhalb von zehn Tagen ab Lieferung 1,5 % Skonto oder 30 Tage rein netto.

Mit freundlichen Grüßen

Friedel Form

Friedel Form
stlv. Geschäftsführer

Formteile GmbH
Industriestraße 25
72760 Reutlingen

Geschäftsleitung: Fred Form
Sparkasse Reutlingen
IBAN: DE02 6405 0000 0815 4711 11
BIC: SOLADES1REU

Tel.: 07121 52-6000
Fax: 07121 52-6001
E-Mail: info@formt.de
Homepage: www.formt.de

Gerichtsstand: Reutlingen HRB 2435
Steuer-Nummer: 99 777 92073
USt-IdNr.: DE122412210

Allen Prüfungsaufgaben liegen Daten in den Webcode-Materialien bei.

Die Vorlagen entsprechen dem Rechtsstand und dem Stand der DIN 5008 zum Zeitpunkt der Prüfung.

1 Prüfungsaufgaben Sommer 2018

Aufgabe 1

Die Natural Beauty KG mit Sitz in Heidelberg ist ein Hersteller hochwertiger Natur-Kosmetikprodukte für den Körper und das Gesicht. Als Teamassistent/-in unterstützen Sie Herrn Veith Pender, Leiter der Verkaufsabteilung.

1.1 Von der Geschäftsleitung wurde beschlossen, ein Dokumentenmanagementsystem (DMS) des Unternehmens bitfarm-IT GmbH einzuführen. Heute erhalten Sie hierzu einen Brief **(Anlage 1)**.

1.1.1 Ermitteln Sie unter Verwendung des Terminplaners (Datei: *1_1_1_Terminplaner*) die möglichen Termine. Web

Speichern Sie unter Anwendung der angegebenen Speicherregel.

1.1.2 Formulieren und gestalten Sie unter Verwendung der E-Mail-Vorlage (Datei: *1_1_2_E-Mail*) eine Einladung zur Einführungsbesprechung. Web

- Formulieren Sie zur Motivation einer Teilnahme vier Vorteile eines DMS für die tägliche Arbeit.
- Bieten Sie den Beschäftigten zwei Termine zur Auswahl an.

Speichern Sie unter Anwendung der angegebenen Speicherregel.

1.2 Aufgrund der großen Nachfrage bei der Produktlinie „Dekorative Kosmetik“ werden für die Verkaufsabteilung vier neue Mitarbeiter zusätzlich eingestellt. Diese benötigen jeweils einen geeigneten Arbeitsplatz, um ihre Bürotätigkeiten zu erledigen. Herr Pender hat Ihnen eine Übersicht der neuen Mitarbeiter und der Raumbelegungen **(Anlage 2)** vorgelegt und bittet Sie, für eine Besprechung Vorschläge für die Arbeitsplatzeinteilung zu machen.

- Erstellen Sie dafür eine Tischvorlage (Datei: *1_2_Tischvorlage*). Web
- Begründen Sie Ihre Auswahl.

Speichern Sie unter Anwendung der angegebenen Speicherregel.

1.3 Die Produktlinie „Dekorative Kosmetik“ ist bei unserem Kunden, DK Großhandel in Mannheim, auf sehr große Resonanz gestoßen. Sie betreuen diesen Kunden persönlich. Heute haben Sie mit Herrn Jahne von DK Großhandel telefoniert (**Anlage 3**). Ein Stammdatenblatt liegt Ihnen vor (**Anlage 4**).

Schreiben Sie ein normgerechtes Angebot an den Kunden (Datei: *1_3_Angebot*).

Speichern Sie unter Anwendung der angegebenen Speicherregel.

Aufgabe 2 (verändert)

Das Sport- und Tanzzentrum Sports & Dance GmbH in Mannheim bietet verschiedene Kurse im Bereich Tanz und Fitness an. Sie unterstützen die Geschäftsleitung, Frau Abel, als Assistenz.

2.1 Aufgrund der gestiegenen Nachfrage nach Fitnesskursen benötigt die Sports & Dance GmbH weitere Räumlichkeiten. Die Geschäftsleitung mietet ab dem 1. Juni 2018 zusätzliche Räume an (**Anlage 5**).

- Bereiten Sie die Zahlungen vor, die sich aus dem Mietvertrag ergeben.
- Begründen Sie die Wahl der Zahlungsformen im dafür vorgesehenen Feld. Nutzen Sie das Konto mit der IBAN DE20 6504 0000 5019 1012 53 (Datei: *2_1_Zahlung*).

Speichern Sie die Datei unter Anwendung der angegebenen Speicherregel.

2.2 Wegen der großen Nachfrage nach neuen „Erwachsenenkursen“ möchte Frau Abel, dass sich die Interessenten vor Ort sofort schriftlich anmelden können. Die Sports & Dance GmbH bietet folgende Vertragslaufzeiten an: einen Monat, sechs Monate und ein Jahr.

Entwerfen und gestalten Sie ein entsprechendes Anmeldeformular. Die Informationen zu den Kursen entnehmen Sie der Website (**Anlage 6**).

Speichern Sie unter Anwendung der angegebenen Speicherregel.

2.3 Die neu angemieteten Räumlichkeiten sollen mit 30 Spiegeln ausgestattet werden.

2.3.1 Ihnen liegen zwei Angebote vor (**Anlagen 7 und 8**). Führen Sie einen quantitativen Angebotsvergleich mithilfe eines Tabellenkalkulationsprogrammes durch.

Speichern Sie unter Anwendung der angegebenen Speicherregel.

2.3.2 Sie sind für den Auszubildenden Mattia Bartolini verantwortlich und beauftragen ihn mit der Bestellung der Spiegel. Kurze Zeit später erhalten Sie von ihm eine E-Mail (**Anlage 9**). Erläutern Sie ihm die rechtliche Situation und das weitere Vorgehen (**Anlage 10**) in einer E-Mail (Datei: *2_3_2_E-Mail*).

Speichern Sie unter Anwendung der angegebenen Speicherregel.

Anlage 1

bitfarm-IT GmbH

bitfarm-IT GmbH * Benzstraße 17 * 68159 Mannheim
Natural Beauty KG
Herrn Veith Pender
Lennisterweg 17
69115 Heidelberg

Ihr Zeichen:
Ihre Nachricht:
Unser Zeichen: rl
Unsere Nachricht:

Name: Rainer Lambrecht
Telefon: 0621 5389-10
Mobil:
Telefax: 0621 5389-15
E-Mail: r.lambrecht@bitfarm-it.com
Internet: www.bitfarm-it.com

Datum: 2018-05-03

Besprechungstermine zur Einführung eines DMS

Sehr geehrter Herr Pender,

wie mit Ihrer Geschäftsleitung besprochen, werden wir bis Anfang Juli die Software unseres Dokumentenmanagementsystems in das IT-System implementieren. Wir werden für Ihre Abteilung an zwei Terminen eine eintägige Einführungsbesprechung in unserem Hause durchführen. Wir beginnen um 08:30 Uhr und enden um 17:30 Uhr. Für Ihr leibliches Wohl ist bestens gesorgt.

Bitte legen Sie zwei Termine im Zeitraum Mai/Juni für Ihre Abteilung fest.

Nachdem die Anwender die Grundfunktionen durch einige Wochen praktischer Anwendung verinnerlicht haben, folgen aufbauende Schulungen im August und September in Ihrem Hause, sodass das DMS anschließend optimal genutzt werden kann.

Wir bedanken uns für Ihr Vertrauen in unsere DMS-Solution.

Freundliche Grüße

bitfarm-IT GmbH

Rainer Lambrecht

Rainer Lambrecht

Bankverbindung:
Sparbank Rhein-Neckar
IBAN DE45 6705 0505 5963 0130 00
BIC MANSDE66

Steuer-Nr.: 598724568
USt-IdNr.: DE 459872658
Gerichtsstand: Mannheim
HRB 4550 Mannheim

Geschäftsführer:
Rainer Lambrecht

Hausanschrift:
bitfarm-IT GmbH
Benzstraße 17
68159 Mannheim

Anlage 2

NATURAL·BEAUTY·KG

Info für neue Mitarbeiter – Arbeitsplatzauswahl

Name	Tätigkeitsbereich	Hinweise
Löwicke, Sonja	Außendienstmitarbeiterin „Großraum Mannheim“	Bürozeiten: ein- bis zweimal pro Woche
Kuhn, Simon	Außendienstmitarbeiter „Großraum Hamburg/Kiel“	familiär an zu Hause gebunden
Akyar, Mehmet	Sachbearbeiter Verkauf	Arbeitsvertrag in Vollzeit
Stein, Daniel	Außendienstmitarbeiter „Raum Süddeutschland“	unzureichende Internetversorgung

Übersicht Raumbelegung			
Raumformen	**Anzahl**	**Kapazität**	**Auslastung (belegt)**
Einzelbüro	6 Räume	6 Plätze	5 Plätze
Gruppenbüro Naturkosmetik „body & face“	3 Räume	40 Plätze	36 Plätze
Gruppenbüro „Dekorative Kosmetik“	2 Räume	25 Plätze	21 Plätze
Non-territorialer Arbeitsplatz	2 Arbeitsplätze mit 7 Containern	5 Mitarbeiter	online buchbar (durchschnittliche Auslastung 60 %)
Telearbeit	6 Homeoffice-Equipment	6 Homeoffice-Möglichkeiten	5 Homeoffice-Equipment
Business-Center	Geschäftspartner: business-office.com (bundesweit)		

Anlage 3

Auszug aus dem Telefongespräch zwischen Herrn Jahne, DK Großhandel, und Ihnen von heute Morgen:

	...
Herr Jahne:	„Wie Sie wissen, sind wir ja schon lange Kunde bei Ihnen. Ihre Produktlinie ‚Dekorative Kosmetik' ist bei unseren Kunden sehr beliebt. Vor allem das Produkt ‚Sheer Lipstick' ist ein Verkaufsschlager."
Sie:	*„Das freut mich zu hören. Wie kann ich Ihnen weiterhelfen?"*
Herr Jahne:	„Wir wollen das genannte Produkt verstärkt in unseren Filialen anbieten."
Sie:	*„Das hört sich sehr gut an!"*
Herr Jahne:	„Bitte unterbreiten Sie uns ein Angebot für das Produkt ‚Sheer Lipstick, 02 rosanna, 2 g'."
Sie:	*„Habe ich mir notiert. Wie viele möchten Sie bestellen?"*
Herr Jahne:	„Wir benötigen 25.000 Stück Lippenstift. Können Sie uns mit dem Preis entgegenkommen?"
Sie:	*„Das ist super! Ab einer Abnahmemenge von 20.000 Stück gewähren wir Ihnen auf das Produkt zusätzlich 2 % Rabatt."*
Herr Jahne:	„Sehr schön. Schicken Sie mir bitte ein ausführliches Angebot mit Prospektmaterial zu. Können Sie bis zum 18. Mai liefern?"
Sie:	*„Da sehe ich kein Problem, Herr Jahne. Vielen Dank für Ihre Anfrage. Das Angebot sende ich Ihnen gleich raus. Auf Wiederhören."*

Anlage 4

Stammdaten der Natural Beauty KG

Auszug aus der Artikeldatei

Artikelbezeichnung	Art. Nr.	Listenverkaufspreis
Foundation, 01 macadamia, 30 ml	3496	23,00 EUR
Reflecting Concealer, 00 translucent, 2,5 ml	3497	15,00 EUR
Colour Correcting Powder, 00 translucent, 8 g	3498	29,00 EUR
Blush Duo, 01 soft apricot, 5,7 g	3499	19,00 EUR
Volume Mascara, 01 black, 8 ml	3500	19,00 EUR
Sheer Lipstick, 02 rosanna, 2 g	3501	16,00 EUR

Auszug aus der Kundenkartei Deutschland

Kunde	Kd.-Nr.	PLZ	Ort	Straße	BZ-Kost.	Z-Bed.	Rabatt	Bonität	Ansprechpartner	Anrede
Drogerie Keller	4401	68165	Mannheim	P2, 3 – 5	BZ00	S00	R05	ja	Keller	Frau
Drogerie am Markt	4402	70173	Stuttgart	Königstraße 42	BZ00	S03	R08	ja	Knopfler	Herr
DK-Großhandel	4403	68161	Mannheim	Bismarckstraße 64	BZ03	S02	R05	ja	Jahne	Herr
Parfümerie Jenner	4404	70173	Stuttgart	Büchsenstraße 10	BZ05	S03	R03	ja	Gerstner	Frau
Beauty Corner	4405	68259	Mannheim	Scheffelstraße 53	BZ05	S00	R05	ja	Ehret	Frau

Bezugskosten

Beschreibung	Kürzel	Faktor
frei Haus	BZ00	**0%**
3 % vom Warenwert	BZ03	**3%**
5 % vom Warenwert	BZ05	**5%**
8 % vom Warenwert	BZ08	**8%**

Rabattstaffel

Beschreibung	Kürzel	Faktor
ohne Rabatt	R00	**0%**
3%	R03	**3%**
5%	R05	**5%**
8%	R08	**8%**

Zahlungsbedingungen

Beschreibung	Kürzel	Faktor	Skontozeitraum	Zahlungsziel
rein netto	S00	0%	0	0
2% Skonto 10 Tage, 30 Tage rein netto	S02	2%	10	30
3% Skonto 10 Tage, 30 Tage rein netto	S03	3%	10	30

Unterschriftenregelung:
Ab einem Angebotsgesamtwert von 20.000,00 EUR hat der Abteilungsleiter zu unterschreiben.

Anlage 5

Geschäftsraummietvertrag (Auszug)

Zwischen

1. **Sports & Dance GmbH, vertreten durch Frau Aynur Abel,**
   nachstehend kurz Mieterin genannt

   und

2. **Herrn Klaus Mayer**
   nachstehend kurz Vermieter genannt wird folgender

Geschäftsraummietvertrag

geschlossen:

§ 1 Mieträume

1. Vermietet werden im Haus in der Neustraße 12, 68165 Mannheim folgende Räume:
   a) Erdgeschoss: 3 Zimmer
   b) 0 Keller
   c) 0 Dachboden
   Die Mietfläche beträgt 250 qm.

(...)

§ 6 Mietzins

1. Die monatliche Grundmiete beträgt 1.600,00 EUR. Zusätzlich sind Heiz- und Warmwasserkosten in Höhe von 350,00 EUR zu entrichten.
2. Die Miete inklusive Nebenkosten ist im Voraus, spätestens am
3. Werktag jeden Monats, kostenfrei an den Vermieter zu zahlen,
   und zwar auf das Konto mit der
   IBAN: DE42 8502 0086 0022 7237 07.

(...)

§ 8 Mietkaution

Die Mieterin zahlt eine Kaution in Höhe von drei Monatskaltmieten.
Diese ist bis zum 07.05.2018 auf das in § 6 genannte Konto zu überweisen.
Die Kaution ist vom Vermieter auf einem gesondert geführten Konto aufzubewahren.
(...)

Mannheim, 03.05.2018
Ort, Datum

Klaus Mayer | Aynur Abel

Unterschrift Vermieter | Unterschrift Mieterin

Anlage 6

Startseite » Preise » Kursplan

Kursplan

Die neuen Fitness-Tanz-Kurse starten Anfang des Monats mit neuen Choreographien. Vereinbare einfach eine ***kostenlose Probestunde.***

Montag

16:00 Uhr	Hip Hop Teens	11 – 13 Jahre	Elisa
16:15 Uhr	Minis	4 – 6 Jahre	Tina
17:00 Uhr	Hip Hop Kids	7 – 9 Jahre	Tina
18:00 Uhr	Hip Hop Juniors	9 – 12 Jahre	Tina
20:00 Uhr	Hip Hop (F)*	Erwachsene	Gionni

Dienstag

16:15 Uhr	Minis	4 – 6 Jahre	Tina
17:00 Uhr	Hip Hop Juniors	9 – 12 Jahre	Sarah
18:00 Uhr	Contemporary (A)*	ab 12 Jahre	Tina
20:00 Uhr	Street Jazz (A)*	Erwachsene	Andrea

Mittwoch

15:15 Uhr	Hip Hop Juniors	9 – 12 Jahre	Gionni
16:00 Uhr	Minis	4 – 6 Jahre	Elisa
17:30 Uhr	Hip Hop Teens	ab 14 Jahre	Gionni
20:00 Uhr	Hip Hop Ü30 (A)*	Erwachsene	Sabrina

Donnerstag

15:30 Uhr	Hip Hop Kids	7 – 9 Jahre	Sarah
16:30 Uhr	Cloud Bandits	Juniors	Francesco
17:30 Uhr	Hip Hop Juniors (A)*	9 – 12 Jahre	Sarah
20:00 Uhr	Hip Hop (F)*	Erwachsene	Sabrina

Freitag

17:30 Uhr	Breakdance (A, F)*	alle	Yusuf
20:00 Uhr	Friday Special (F)*	alle	Patrick

*** (A) Anfänger, (F) Fortgeschrittene**

Noch Fragen?! Gerne beraten wir dich telefonisch unter: **0621 974358-12**

SPORTS & DANCE GmbH, Friedrichsring 35, 68161 Mannheim

Anlage 7

Sportgeräte Seitz GmbH **Time to sport**

Sportgeräte Seitz – Lange Str. 135 – 68165 Mannheim
Sports & Dance GmbH
Friedrichsring 35
68161 Mannheim

Name: Julia Müller
Tel.: 0621 123-456
Fax: 0621 123-556
@E-Mail: j.mueller@seitz.de
Internet: www.seitz.de
Datum: 26.04.2018

Angebot Spiegel „Allround"
Bitte bei Antwort angeben: **Kunden-Nr.: S-10-201-543**

Sehr geehrte Damen und Herren,

für Ihr Interesse an den 30 Wandspiegeln des Typs „Allround" danken wir und bieten Ihnen diese zu folgenden Konditionen an:

Best.-Nr. 8712 Spiegel „Allround", Farbe: Silber,
Größe: 230 cm × 150 cm × 5 cm

Der Listenverkaufspreis beträgt 123,50 EUR/Stück zuzüglich gesetzlich geltender USt. Wir bieten folgende Rabattstaffeln an:
- 20 % ab einem Umsatz von 3.000,00 EUR
- 25 % ab einem Umsatz von 5.000,00 EUR

Die Lieferung erfolgt ab Werk. Die Lieferzeit beträgt 14 Arbeitstage nach Auftragseingang. Die Transportkosten betragen 2,00 EUR/Stück.

Die Montage erfolgt durch unser Fachpersonal und kostet pauschal 500,00 EUR. Unsere Rechnung ist innerhalb von 20 Tagen nach Rechnungsdatum mit 3 % Skonto oder binnen 30 Tagen netto Kasse zu begleichen. Das Angebot ist freibleibend.

Wir sind ein zuverlässiger und erfahrener Partner im Bereich Sportgeräte und freuen uns auf Ihre Bestellung.

Mit freundlichen Grüßen

Sportgeräte Seitz GmbH

Julia Müller

i. A. Julia Müller

Sitz und Registergericht: Mannheim HRB 586 743, USt-IdNr. DE381456548, St.-Nr. 333/792
Geschäftsführer: Simona Peter
Bankverbindung: Sparbank Südwest, IBAN: DE01 0000 1111 0101 1010 00, BIC: SPAR65DE

Anlage 8

Spiegelmeisterei – Heinz Schlau

Spiegelmeisterei, Schubertstraße 22, 76344 Eggenstein

Sports & Dance GmbH
Friedrichsring 35
68161 Mannheim

Eggenstein, 27.04.2018

Angebot Spiegelkomplettlösung

Sehr geehrte Damen und Herren,

für Ihr Interesse an unserer Spiegelkomplettlösung danken wir Ihnen und bieten Ihnen diese zu folgenden Konditionen an:

Spiegelkomplettlösung, 30 Spiegel
(Größe 230 cm × 150 cm × 5 cm)

Der Listenverkaufspreis beträgt 145,00 EUR/Stück zuzüglich der gesetzlich geltenden USt. Wir bieten beim Kauf ab 15 Stück 5 % Mengenrabatt; ab 25 Stück gewähren wir Ihnen 8 %.

Die Lieferung erfolgt ab Werk inklusive Montage. Die Transportkosten betragen 2,00 EUR/Stück. Ab einem Bestellwert von mehr als 3.500,00 EUR (netto) erfolgt die Bestellung frei Haus. Die Lieferzeit beträgt 10 Arbeitstage nach Auftragseingang.

Unsere Rechnung ist innerhalb von 14 Tagen nach Rechnungsdatum mit 3 % Skonto oder binnen 30 Tagen netto Kasse zu begleichen.

Bitte beachten Sie: Das Angebot ist unverbindlich.

Gerne beraten wir Sie persönlich. Sie erreichen uns unter der Telefonnummer: 07242 763455.

Freundliche Grüße aus Eggenstein

Heinz Schlau

Heinz Schlau

Bankverbindung: Baden Bank, IBAN: DE02 1111 2221 2563 0770 00, BIC: BB6543DE
Sitz und Registergericht: Karlsruhe HRB 765 987, USt-IdNr. DE432654777, St.-Nr. 777/777

Anlage 9

E-Mail von Mattia Bartolini

An:	pruefling@sports-and-dance.de
Cc:	
Bcc:	
Betreff:	**Falsche Bestellmenge**

Hallo Prüfling,

wie du mir aufgetragen hast, habe ich die Spiegel bestellt. Als ich daraufhin die Auftragsbestätigung erhalten habe, stellte ich fest, dass ich versehentlich 33 statt 30 Spiegel bestellt habe.

Was soll ich tun?

Viele Grüße

Mattia Bartolini

E-Mail: bartolini@sports-and-dance.de
Internet: www.sports-and-dance.de
Telefon: 0621 974357-0
Telefax: 0621 974357-25
Hausanschrift: Friedrichsring 35, 68161 Mannheim

Geschäftsführerin: Aynur Abel
Unternehmenssitz: Mannheim
USt-IdNr.: DE965821436
St.-Nr.: 964328439
Handelsregister: HRB 8402 beim Amtsgericht Mannheim

Anlage 10

Auszug aus dem Bürgerlichen Gesetzbuch (BGB)

§ 119 Anfechtbarkeit wegen Irrtums

(1) Wer bei der Abgabe einer Willenserklärung über deren Inhalt im Irrtum war oder eine Erklärung dieses Inhalts überhaupt nicht abgeben wollte, kann die Erklärung anfechten, wenn anzunehmen ist, dass er sie bei Kenntnis der Sachlage und bei verständiger Würdigung des Falles nicht abgegeben haben würde.
(2) Als Irrtum über den Inhalt der Erklärung gilt auch der Irrtum über solche Eigenschaften der Person oder der Sache, die im Verkehr als wesentlich angesehen werden.

§ 120 Anfechtbarkeit wegen falscher Übermittlung

Eine Willenserklärung, welche durch die zur Übermittlung verwendete Person oder Einrichtung unrichtig übermittelt worden ist, kann unter der gleichen Voraussetzung angefochten werden wie nach § 119 eine irrtümlich abgegebene Willenserklärung.

§ 121 Anfechtungsfrist

(1) Die Anfechtung muss in den Fällen der §§ 119, 120 ohne schuldhaftes Zögern (unverzüglich) erfolgen, nachdem der Anfechtungsberechtigte von dem Anfechtungsgrund Kenntnis erlangt hat. Die einem Abwesenden gegenüber erfolgte Anfechtung gilt als rechtzeitig erfolgt, wenn die Anfechtungserklärung unverzüglich abgesendet worden ist.

(2) Die Anfechtung ist ausgeschlossen, wenn seit der Abgabe der Willenserklärung zehn Jahre verstrichen sind.

§ 123 Anfechtbarkeit wegen Täuschung oder Drohung

(1) Wer zur Abgabe einer Willenserklärung durch arglistige Täuschung oder widerrechtlich durch Drohung bestimmt worden ist, kann die Erklärung anfechten.

(2) Hat ein Dritter die Täuschung verübt, so ist eine Erklärung, die einem anderen gegenüber abzugeben war, nur dann anfechtbar, wenn dieser die Täuschung kannte oder kennen musste. Soweit ein anderer als derjenige, welchem gegenüber die Erklärung abzugeben war, aus der Erklärung unmittelbar ein Recht erworben hat, ist die Erklärung ihm gegenüber anfechtbar, wenn er die Täuschung kannte oder kennen musste.

§ 124 Anfechtungsfrist

(1) Die Anfechtung einer nach § 123 anfechtbaren Willenserklärung kann nur binnen Jahresfrist erfolgen.

(2) Die Frist beginnt im Falle der arglistigen Täuschung mit dem Zeitpunkt, in welchem der Anfechtungsberechtigte die Täuschung entdeckt, im Falle der Drohung mit dem Zeitpunkt, in welchem die Zwangslage aufhört. […]

(3) Die Anfechtung ist ausgeschlossen, wenn seit der Abgabe der Willenserklärung zehn Jahre verstrichen sind.

§ 323 Rücktritt wegen nicht oder nicht vertragsgemäß erbrachter Leistung

(1) Erbringt bei einem gegenseitigen Vertrag der Schuldner eine fällige Leistung nicht oder nicht vertragsgemäß, so kann der Gläubiger, wenn er dem Schuldner erfolglos eine angemessene Frist zur Leistung oder Nacherfüllung bestimmt hat, vom Vertrag zurücktreten.

(2) Die Fristsetzung ist entbehrlich, wenn

1. der Schuldner die Leistung ernsthaft und endgültig verweigert,
2. der Schuldner die Leistung bis zu einem im Vertrag bestimmten Termin oder innerhalb einer im Vertrag bestimmten Frist nicht bewirkt, obwohl die termin- oder fristgerechte Leistung nach einer Mitteilung des Gläubigers an den Schuldner vor Vertragsschluss oder auf Grund anderer den Vertragsabschluss begleitenden Umstände für den Gläubiger wesentlich ist, oder
3. im Falle einer nicht vertragsgemäß erbrachten Leistung besondere Umstände vorliegen, die unter Abwägung der beiderseitigen Interessen den sofortigen Rücktritt rechtfertigen.

[…]

§ 434 Sachmangel

(1) Die Sache ist frei von Sachmängeln, wenn sie bei Gefahrübergang den subjektiven Anforderungen, den objektiven Anforderungen und den Montageanforderungen dieser Vorschrift entspricht.

(2) Die Sache entspricht den subjektiven Anforderungen, wenn sie

1. die vereinbarte Beschaffenheit hat,
2. sich für die nach dem Vertrag vorausgesetzte Verwendung eignet und
3. mit dem vereinbarten Zubehör und den vereinbarten Anleitungen, einschließlich Montage- und Installationsanleitungen, übergeben wird.

Zu der Beschaffenheit nach Satz 1 Nummer 1 gehören Art, Menge, Qualität, Funktionalität, Kompatibilität, Interoperabilität und sonstige Merkmale der Sache, für die die Parteien Anforderungen vereinbart haben.

[...]

(5) Einem Sachmangel steht es gleich, wenn der Verkäufer eine andere Sache als die vertraglich geschuldete Sache liefert.

§ 437 Rechte des Käufers bei Mängeln

Ist die Sache mangelhaft, kann der Käufer, wenn die Voraussetzungen der folgenden Vorschriften vorliegen und soweit nicht ein anderes bestimmt ist,

1. nach § 439 Nacherfüllung verlangen,

[...]

§ 439 Nacherfüllung

(1) Der Käufer kann als Nacherfüllung nach seiner Wahl die Beseitigung des Mangels oder die Lieferung einer mangelfreien Sache verlangen.

(2) Der Verkäufer hat die zum Zwecke der Nacherfüllung erforderlichen Aufwendungen, insbesondere Transport-, Wege-, Arbeits- und Materialkosten zu tragen.

[...]

2 Prüfungsaufgaben Winter 2018/2019

Aufgabe 1

Das traditionsreiche Unternehmen PraliMa, Pralinenwelt Mannheim GmbH, stellt seit mehr als 100 Jahren Pralinen und hochwertige Schokoladen her. Sie unterstützen als Assistent/-in Herrn Gärtner, den Leiter der Einkaufsabteilung. Die Geschäftsführung erwägt die Einführung einer neuen Fair-Trade-Produktlinie.

1.1 Die Geschäftsführung und die Abteilungsleiter treffen sich heute um 08:00 Uhr zu einer abschließenden Sitzung im Konferenzraum 317, um über die Einführung zu entscheiden und einen Beschluss zu fassen. Sie sind mit der Protokollführung beauftragt (**Anlage 1**).

Erstellen Sie das Ergebnisprotokoll.

Speichern Sie Ihr Ergebnis unter Anwendung der Speicherregel.

1.2 Die Fair-Trade-Produktlinie erweist sich bereits nach wenigen Wochen als großer Verkaufsschlager. Die exzellente Qualität der Schokolade basiert auf der biologisch angebauten Kakaobohne „Cacao Nacional de Arriba“. Nach der ersten Testbestellung soll der Bestellprozess künftig kostengünstiger gestaltet werden.

- Ermitteln Sie die optimale Bestellmenge.
- Erläutern Sie Ihr Ergebnis.

(Datei: *1_2_Bestellmenge*)

Speichern Sie Ihr Ergebnis unter Anwendung der Speicherregel.

1.3 In der Einkaufsabteilung wird eine zunehmende Arbeitsunzufriedenheit festgestellt. Außerdem häufen sich die Krankmeldungen. Deshalb fand letzte Woche ein Meeting mit der Geschäftsleitung, dem Leiter Einkauf, dem Betriebsrat und Ihnen statt. Sie erhalten von Frau Jankuhn eine E-Mail mit Anhang (**Anlagen 2 und 3**).

Gestalten Sie ein Informationsblatt im DIN-A4-Format mit den bereitgestellten Grafiken (Ordner: *1_3_Grafiken*).

Speichern Sie Ihr Ergebnis unter Anwendung der Speicherregel.

Aufgabe 2

Der „ILove-HD-Store“ in der Heidelberger Altstadt bietet Stadtführungen und Wanderungen rund um Heidelberg an. Außerdem werden diverse Souvenirs verkauft. Sie sind seit 1. November 2018 als Assistent/-in der Geschäftsführung angestellt.

2.1 Während der Weihnachtszeit werden verschiedene Souvenirs angeboten. Sie sind für die Beschaffung folgender Artikel zuständig:

- Schneekugeln
- Weihnachtstassen
- Weihnachtsengel

Für den Weihnachtsmarkt werden 600 Stück Schneekugeln, 150 Stück Weihnachtstassen und 500 Stück Weihnachtsengel benötigt.

- Ermitteln Sie unter Verwendung eines Tabellenkalkulationsprogrammes und auf Basis der vorhandenen Informationen die zu bestellende Restmenge (Nettobedarf) für die jeweiligen Artikel (**Anlage 4**).
- Gestalten Sie das Tabellenblatt übersichtlich.

Speichern Sie Ihr Ergebnis unter Anwendung der Speicherregel.

2.2 Seit mehreren Jahren werden zu Weihnachten besondere Stadtführungen angeboten. Von der Gewerkschaftsjugend des Stadtverbandes Heidelberg erhalten Sie eine Anfrage bezüglich einer Stadtführung (**Anlage 5**).

Erstellen Sie ein detailliertes, normgerechtes Angebot (**Anlage 6**). Verwenden Sie hierfür die Vorlage (Datei: *2_2_Angebot*). Web

Speichern Sie Ihr Ergebnis unter Anwendung der Speicherregel.

2.3 Für die kommende Frühjahr-Sommer-Saison wird das Sortiment um Sonnenbrillen erweitert. Zur Auswahl eines neuen Lieferanten stehen Ihnen verschiedene Informationen der Geschäftsführung zur Verfügung (**Anlage 7**).

- Ermitteln Sie den am besten geeigneten Lieferanten.
- Erläutern Sie Ihr Ergebnis anhand von zwei Argumenten. Web
- Geben Sie eine Einschätzung über die Verlässlichkeit der Datenbasis.

(Datei: *2_3_Entscheidungsbewertungstabelle*)

Speichern Sie Ihre Ergebnisse unter Anwendung der Speicherregel.

Anlage 1

Frau Jankuhn Geschäftsführerin	„Guten Tag, ich begrüße Sie alle ganz herzlich zu unserer abschließenden Diskussionsrunde über die Einführung einer Fair-Trade-Produktlinie. Leider kamen wir bei den letzten Sitzungen zu keinem Ergebnis. Darum fassen Sie bitte nochmals kurz Ihre Pro-Kontra-Argumente zusammen. Heute muss ein Beschluss über die Einführung gefasst werden.“
Herr Gärtner Leiter Einkauf	„Unser gutes Renomée basiert auf der Verwendung hochwertiger Rohstoffe und unserer Verarbeitungstechnik. Unsere Kunden verlassen sich auf die Qualität und Güte unserer Produkte. Möglicherweise können wir bei einer Umstellung auf Fair Trade und somit auf neue Rohstoffe und Verarbeitungstechniken unseren hohen Qualitätsstandard nicht halten.“
Herr Melek Leiter Verkauf	„In den Industriestaaten wird Schokolade meist viel zu billig verkauft, um sie nachhaltig und fair produzieren zu können. Wenige Konzerne dominieren den Markt und vereinen viel Macht auf sich. Ihr Drängen auf niedrige Preise hat oftmals problematische Anbaubedingungen zur Folge. Fair Trade fördert traditionellen Anbau der Kakaobohnen; dies bewirkt eine höhere Qualität – so verbessern wir sogar unseren Qualitätsstandard.“

Herr Jankuhn Seniorchef	„Wozu die Einführung einer Fair-Trade-Linie? Wir können stolz auf unsere traditionellen Produkte sein. Kakao ist die wichtigste Basis für unsere Premium-Schokolade und Pralinen. Wir müssen doch gewährleisten, dass unsere Schokoladen-Kompositeure, die bei der Herstellung der Pralinen in ihrer wundervollen Vielfalt mit Leidenschaft agieren, weiterhin Kakaobohnen von höchster Qualität erhalten."
Frau Sander Leiterin Marketing	„Wir dürfen allerdings nicht den allgemeinen Trend außer Acht lassen. Fair-Trade-Produkte haben mittlerweile einen sehr hohen Marktanteil und diese Entwicklung dürfen wir nicht verschlafen. Im Jahr 2012 wurden in Deutschland bei der Schokoladenproduktion 990 Tonnen Fair-Trade-Kakaobohnen verwendet. 2013 waren es bereits 1.007 Tonnen, 2014 schon 7.590 Tonnen, 2015 erfolgte eine Steigerung auf 14.300 Tonnen und im vorletzten Jahr waren es unglaubliche 30.000 Tonnen."
Herr Lindner Produktentwickler	„Darf ich Ihnen unser Leitbild in Erinnerung rufen – darin steht doch: ‚Unser Handeln ist geprägt von Achtung und Wertschätzung gegenüber Mensch und Umwelt!' Mehr ist dazu nicht zu sagen!"
Frau Jankuhn Geschäftsführerin	„Danke für Ihr Statement. Kommen wir jetzt zur Abstimmung. Darf ich um Ihr Handzeichen bitten." (*Abstimmung erfolgt*) „Die Einführung der Fair-Trade-Linie wird mit zwei Gegenstimmen beschlossen. Vielen Dank." (*Herr Jankuhn verlässt enttäuscht den Raum*)
Herr Gärtner Leiter Einkauf	„Dann brauchen wir für die Einkaufsabteilung aber Verstärkung. Am besten jemand mit Erfahrung auf diesem Gebiet. Meine Mitarbeiter im Einkauf haben die Belastbarkeitsgrenze erreicht. Sie als Arbeitgeber stehen in der Fürsorgepflicht. Auch ich erinnere an unser Leitbild, indem wir den Mitarbeiterinnen und Mitarbeitern die Erhaltung und Förderung ihrer Gesundheit gewährleisten."
Frau Jankuhn Geschäftsführerin	„Da stimme ich Ihnen zu. Wir werden eine Stelle für die Abteilung Einkauf ausschreiben."
Frau Sander Leiterin Marketing	„Nehmen Sie bitte, Frau/Herr <Pruefling>, die Absatzentwicklung des Fair-Trade-Kakaos als Diagramm in das Protokoll auf, da diese Trendentwicklung maßgeblich für unsere Entscheidung war."
Frau Jankuhn Geschäftsführerin	„Die Sitzung ist jetzt um 08:30 Uhr beendet."

Anlage 2

An:	pruefling@pralima.com
Cc:	betriebsrat@pralima.com; gaertner@pralima.com
Bcc:	
Betreff:	Gesundheitsprobleme in der Abteilung „Einkauf“
Anhang:	Angebot_Work-Out-Shops.pdf

Sehr geehrte/-r Frau/Herr <Pruefling>,

in der letzten Sitzung hat Herr Gärtner die dringlichsten Probleme der Mitarbeiterinnen und Mitarbeiter aufgezeigt:

- Die Beschäftigten haben das Gefühl, dass sie unter ständigem Zeitdruck leiden.
- Fast alle klagen über Verspannung der Muskeln und über Kopfschmerzen.
- Einige leiden unter ständigen Magen- und Darmproblemen.
- Viele leiden unter Rückenschmerzen und Problemen der Wirbelsäule.
- Konzentrationsmangel führen sie auf Ein- und Durchschlafprobleme zurück.

Da uns die Gesundheit unserer Beschäftigten sehr am Herzen liegt, bieten wir für die Abteilung Einkauf kostenlose Workshops an. Wir haben bereits einen geeigneten Anbieter gefunden.

Bitte benachrichtigen Sie vorab Ihre Kollegen/-innen mit einem Informationsblatt:

- Motivieren Sie die Kollegen/-innen zur Teilnahme an unseren Gesundheitskursen.
- Wählen Sie fünf geeignete Kurse aus.

Die genaue Terminierung der Kurse wird zu einem späteren Zeitpunkt per Aushang kommuniziert.

Alle weiteren nötigen Angaben entnehmen Sie dem Anhang (**Anlage 3**).

Freundliche Grüße

D. Jankuhn
Geschäftsführerin

...

Anlage 3

Registergericht: Weinheim HRB 4739

BBHealth GmbH, Trajanstraße 18, 68526 Ladenburg
PraliMa GmbH
Frau Dagmar Jankuhn
Industriestraße 3 – 7
68169 Mannheim

Ihr Zeichen:
Ihre Nachricht:
Unser Zeichen: we
Unsere Nachricht:

Name: Andreas Weimert
Telefon: +49 6203 34979
Mobil:
Telefax: +49 6203 34974
E-Mail: a.weimert@bbhealth.de
Internet: www.bbhealth.de

Datum: 05.11.2018

„WORK-OUT-SHOPS" für Ihre Gesundheit

Guten Tag Frau Jankuhn,

vielen Dank für Ihre Anfrage nach unseren Kursen. Als Spezialisten des betrieblichen Gesundheitsmanagements bieten wir für Körper und Geist verschiedene Workshops an. Diese finden in Ihren Räumlichkeiten von 17:00 bis 18:00 Uhr statt. Wählen Sie aus unserem Programm fünf passende Workshops aus. Nach Auswahl der Kurse legen wir die Termine fest.

RÜCKEN	BEWEGUNG
• Rückenflex: Richtig Sitzen, Heben und Tragen • Rücken-Qigong: Mobilisation der Wirbelsäule • Impulsvortrag: 10 Tipps für ein langes Leben • Hallo Schweinehund! So setzen Sie Vorsätze erfolgreich um! • Muskelfunktionstest von Kopf bis Fuß	• Bewegung ist die beste Medizin. • Blutwertecheck • Leistungsdiagnostik auf dem Ergometer • Spaß und Bewegung bringen Sie in Schwung. • Nordic Walking
ERNÄHRUNG	**STRESS UND ENTSPANNUNG**
• Mission Powerstulle - das gesündeste Pausenbrot • Das 20-Minuten-Imbissbuden-Coaching für Eilige • Bio, Fair Trade und Superfood – alles Lüge oder was? • Gesunde Ernährung für Magen und Darm • Brainfood – natürliches Doping fürs Gehirn	• Business-Yoga – ausgeglichen am Arbeitsplatz • Autogenes Training zum Ein- und Durchschlafen • Mobbing – nein danke! • Leistung meistern! Berufliches und persönliches Stressmanagement • Progressive Muskelentspannung nach Feldenkrais

„Wer nicht jeden Tag etwas Zeit für seine Gesundheit aufbringt, muss eines Tages sehr viel Zeit für die Krankheit opfern." (Sebastian Kneipp)

Wir freuen uns auf die Zusammenarbeit mit Ihnen.

Ihr Behaviour-Based-Health-Team

Andreas Weimert

BBHealth GmbH Trajanstr. 18 68526 Ladenburg	Geschäftsführer: Andreas Weimert Sparkasse Rhein-Neckar-Nord IBAN DE07 6705 0505 0075 0538 25 BIC MANSDE66XX	Tel. +49 6203 34979 Fax +49 6203 34974 E-Mail: a.weimert@bbhealth.de Homepage: www.bbhealth.de	Gerichtsstand: Weinheim HRB 37230 Steuer-Nummer: 88 888 82073 USt-IdNr.: DE183214210

Anlage 4

W 0123 Schneekugel – Artikelkarte

Allgemein	Fakturierung	Beschaffung	Planung	Außenhandel

Nr.	W 0123	Lagerbestand	250
Beschreibung	Schneekugel	Menge in Bestellung	500
Basiseinheitencode	STÜCK	Reservierte Menge	150

W 0123 Schneekugel – Artikelkarte

Allgemein	Fakturierung	Beschaffung	**Planung**	Außenhandel

Wiederbeschaffungsverfahren	Bestellpunkt	Lieferzeit	7 Tage
		Meldebestand	110
		Sicherheitsbestand	50

W 2001 Weihnachtstasse – Artikelkarte

Allgemein	Fakturierung	Beschaffung	Planung	Außenhandel

Nr.	W 2001	Lagerbestand	45
Beschreibung	Weihnachtstasse	Menge in Bestellung	0
Basiseinheitencode	STÜCK	Reservierte Menge	8

W 2001 Weihnachtstasse – Artikelkarte

Allgemein	Fakturierung	Beschaffung	**Planung**	Außenhandel

Wiederbeschaffungsverfahren	Bestellpunkt	Lieferzeit	7 Tage
		Meldebestand	75
		Sicherheitsbestand	35

W 2015 Weihnachtsengel – Artikelkarte

Allgemein	Fakturierung	Beschaffung	Planung	Außenhandel

Nr.	W 2015	Lagerbestand	100
Beschreibung	Weihnachtsengel	Menge in Bestellung	0
Basiseinheitencode	STÜCK	Reservierte Menge	200

W 2015 Weihnachtsengel – Artikelkarte

Allgemein	Fakturierung	Beschaffung	**Planung**	Außenhandel

Wiederbeschaffungsverfahren	Bestellpunkt	Lieferzeit	7 Tage
		Meldebestand	100
		Sicherheitsbestand	60

Anlage 5

Von:	Gewerkschaftsjugend-HD@die-gewerkschaft.de
An:	<Pruefling>@i-love-hd.de
Cc:	
Bcc:	
Betreff:	Anfrage Weihnachtsausflug der Gewerkschaftsjugend

Sehr geehrte/-r Frau/Herr <Pruefling>,

wir, die Gewerkschaftsjugend des Stadtverbandes Heidelberg, möchten für unsere Mitglieder am 20.12.2018 um 14:00 Uhr eine Stadtführung anbieten.

Es nehmen 27 Personen teil, davon sind 16 Auszubildende.

Wir freuen uns sehr über ein detailliertes Angebot, aus dem auch der Endpreis ersichtlich ist.

Mit freundlichen Grüßen

Julian Hammer
(Referatsleitung Gewerkschaftsjugend Heidelberg)

Die Gewerkschaft
Gewerkschaftsjugend HD
Czernyring 18 – 22
69115 Heidelberg
06221 702919-26

Anlage 6

Preise für Stadtführungen in der Weihnachtszeit

Bezeichnung	Preis pro Person netto
regulärer Preis	9,00 EUR
ermäßigt*	7,00 EUR

* *Schüler, Studenten, Auszubildende, Behinderte mit Schwerbehindertenausweis, Rentner mit Rentnerausweis und Besitzer der HeidelbergCard*

Sonderkonditionen für Gruppen

Rabatte für ...	Rabatthöhe
1. Großgruppen (ab 30 Personen)	2%
2. ortsansässige Verbände, Vereine	5%
3. auswärtige Verbände, Vereine	2%
4. Schulen	5%

Auszug aus den Allgemeinen Geschäftsbedingungen

3. Allgemeine Zahlungsbedingungen

Unsere Rechnungen sind zahlbar innerhalb von 10 Tagen unter Abzug von 3 % Skonto oder innerhalb von 30 Tagen rein netto ab Rechnungsdatum. Skontoabzug ist nur dann zulässig, wenn sämtliche älteren Rechnungen bezahlt sind.

Bankverbindung:

La Moneda-Bank
BIC: LAMODE12XXX
IBAN: DE12 5000 3333 0012 3456 78

Anlage 7

Beachten Sie:

- *Unsere Kunden sind Tagestouristen, die Sonnenbrillen spontan kaufen sollen. Deshalb ist ein günstiger Preis von größter Bedeutung.*
- *Eine Mindestqualität ist zwar notwendig, da aber unsere Kunden keine Stammkunden sind (Touristen), ist diese eher weniger wichtig.*
- *Wichtiger ist die zuverlässige Lieferfähigkeit unseres Lieferanten.*
- *Auf den Kundenservice sind wir nur in Ausnahmefällen angewiesen. Er spielt deshalb für uns eine untergeordnete Rolle.*

Preise der Lieferanten (interne Berechnung)

	Glasses OHG	Brillen und mehr e. K.	Okulary Ltd.
Listeneinkaufspreis (je Stück)	70,00 EUR	65,00 EUR	72,00 EUR
Bezugspreis (je Stück)	61,20 EUR	63,06 EUR	49,98 EUR

AUF RICHTIGKEIT GEPRÜFT!

Recherche-Ergebnisse aus verschiedenen Online-Bewertungsplattformen

Lieferer / Kriterium	Glasses OHG	Brillen und mehr e. K.	Okulary Ltd.
Einhaltung des Liefertermins	zu 70 %	immer	zu 80 %
Qualität	sehr hochwertig, keine Beanstandungen	sehr hochwertig, 2 % Fehlerquote	ausreichend, 10 % Fehlerquote
Kundenservice	sehr kompetent, unfreundlich, Antwort innerhalb 24 Stunden	kompetent, freundlich, Antwort innerhalb 24 Stunden	kompetent, freundlich, Antwort innerhalb 5 Werktagen

3 Prüfungsaufgaben Sommer 2019

Aufgabe 1

Die Tidytec GmbH ist ein mittelständisches Unternehmen mit Sitz in Freiburg und hat sich auf die Reinigung von Büroräumen, Treppenhäusern und Sanitäreinrichtungen spezialisiert. Sie sind Sachbearbeiter/-in der Abteilung Einkauf. Die Abteilung leiter Herr Brugger.

Bei den Kunden werden täglich die entsprechenden Behälter mit den Artikeln Handseife und Papiertücher aufgefüllt.

1.1 In Kürze sollen wieder eine Million Stück Papiertücher bestellt werden. Bisher wurden diese von der Geopappe GmbH geliefert. Weil Sie über einen Lieferantenwechsel nachdenken, haben Sie zwei Angebote von alternativen Lieferanten eingeholt.

1.1.1 Führen Sie einen quantitativen Angebotsvergleich durch (**Anlage 1**, **Anlage 2**). (Datei: *1_1_1_Bezugskalkulation*) Web

Speichern Sie unter Anwendung der angegebenen Speicherregel.

1.1.2 Zur fundierten Entscheidungsfindung sind weitere Kriterien nötig (**Anlage 2**, **Anlage 3**, **Anlage 4**).

- Führen Sie einen qualitativen Angebotsvergleich durch (Datei: *1_1_2_Qualitativer_Angebotsvergleich*). Web

  Hinweis: Sind Sie in Aufgabe 1.1.1 zu keinem Ergebnis gekommen, dann gehen Sie von folgenden Bezugspreisen aus:
  Geopappe GmbH: 3.900,00 EUR; RBY GmbH: 4.100,00 EUR; Papier KG: 4.200,00 EUR

- Begründen Sie Ihre Entscheidung in einer E-Mail an Herrn Brugger anhand von zwei Argumenten (Datei: *1_1_2_E-Mail*). Web

Speichern Sie unter Anwendung der angegebenen Speicherregel.

1.2 Bisher wurde der Artikel Handseife immer zum 1. des Monats bei der Hygienekönig GmbH bestellt. Es kam allerdings vor, dass die Handseife bei der Tidytec GmbH nicht immer ausreichend im Lager verfügbar war.

Herr Brugger hat Sie deshalb beauftragt, für die nächste Teamsitzung einen Vorschlag zur Abhilfe dieses Problems vorzubereiten. Hierzu liegt Ihnen bereits Zahlenmaterial vor (Datei: *1_2_Lageranalyse*). Web

- Beschreiben Sie die aktuelle Situation.
- Stellen Sie die Lagerendbestände und Fehlbestände in einem Diagramm dar.
- Beschreiben Sie zwei Vorteile, die das Bestellpunktverfahren im Vergleich zur aktuellen Situation bietet.

Speichern Sie unter Anwendung der angegebenen Speicherregel.

Aufgabe 2

Die Bäckerei Backfein GmbH ist ein mittelständisches Unternehmen mit Geschäftssitz in Konstanz und verkauft Brote, Brötchen, Kuchen und Torten. Das Unternehmen zählt neben Privatpersonen auch regionale Unternehmen und Vereine zu seinen Abnehmern.

Das Sortiment für das Weihnachtsgeschäft 2019 wird um Weihnachtskuchen-to-go im Glas in drei Geschmacksrichtungen erweitert. Sie haben Ihre Kunden bereits informiert.

Sie unterstützen in der Abteilung Verkauf als Sachbearbeiter/-in die Abwicklung des Weihnachtsgeschäfts.

2.1 Aufgrund der Kundeninformation gibt es bereits eine Anfrage (**Anlage 5**).

Web

Erstellen Sie ein sach- und normgerechtes Angebot an die Möbelhaus Schön GmbH (**Anlage 6**, **Anlage 7**).
(Datei: *2_1_Angebot*)

Speichern Sie unter Anwendung der angegebenen Speicherregel.

2.2 Die Weihnachtskuchen-to-go werden in Ihren Bäckereifilialen in der Zeit vom 15. November bis 24. Dezember 2019 angeboten. Bestellungen werden bis zum 20. Dezember angenommen. Hierfür wird in den Bäckereifilialen für Privatkunden ein Bestellformular ausgelegt.

Gestalten Sie ein sach- und normgerechtes Bestellformular unter Verwendung der Informationen aus **Anlage 7**.

Speichern Sie unter Anwendung der angegebenen Speicherregel.

2.3 In einer Besprechung regen die Mitarbeiter eine Anpassung der AGB an (**Anlage 8**).

Web

Beurteilen Sie in einer E-Mail an Herrn Glöckner, ob die Vorschläge der Mitarbeiter in die AGB aufgenommen werden können (**Anlage 9**).
(Datei: *2_3_E-Mail*)

Speichern Sie unter Anwendung der angegebenen Speicherregel.

Anlage 1

Tidytec GmbH
Notiz
Thema: Bestellkonditionen – Papiertücher
Geopappe GmbH, Frau Zeller:
aktuelle Konditionen gelten weiterhin
Papier KG, Herr Kraut:
• bietet die Verpackungseinheit zu je 2.500 Stück für 11,00 EUR netto
• liefert frei Haus
• bietet keinen Neukunden-Rabatt
• Zahlung mit 2 % Skonto innerhalb von 7 Tagen, 14 Tage netto
RBY GmbH, Frau Bacher:
• Nettopreis pro Verpackungseinheit (10.000 Stück) 45,00 EUR
• 3 % Rabatt, 50,00 EUR Transportkosten
• Zahlung: innerhalb 10 Tagen mit 3 % Skonto, Zahlungsziel 2 Monate
Bemerkung: Bindefrist aller Angebote bis 30.06.2019

Datum	Erstellt von
2019-04-29	*Schülername*

Anlage 2

Kreditorenkarte

Allgemeines

Kreditoren-Nr.	44024
Kreditoren-Name	Geopappe GmbH
Straße	Hans-Jakob-Straße 107
PLZ	79117
Ort	Freiburg
Kontaktperson	Frau Dunja Zeller
Bank	Sparkasse Freiburg
IBAN	DE54 6805 0101 8849 2265 01
BIC	FRSPDE66XXX

Kommunikation

Vorwahl	0761
Rufnummer	664989-5
Fax	664989-10
E-Mail	zeller.dunja@geopappe.de

Lieferbedingungen

Lieferung	frei Haus
Lieferzeit	14 Tage ab Bestellung

Nachlässe

Menge Verpackungseinheit in Stück	Rabatt in %
0	0
ab 50	2
ab 100	4
ab 200	8

Zahlung

Zahlungsbedingungen	30 Tage
	2 % Skonto innerhalb 10 Tagen

Lieferprogramm

Art.-Nr.	Artikelbezeichnung	Listenpreis	Inhalt
1	Papiertücher	22,90 EUR je Karton	5.000 Blatt

Bemerkungen

- Papiertücher werden von Kunden als besonders saugfähig geschätzt.
- Es gab immer wieder verspätete Lieferungen.
- Verspätete Lieferungen wurden mittels Sonderrabatt entschuldigt.
- Das Unternehmen verfügt über kein Umweltmanagement.

Anlage 3

Tidytec GmbH

Mitarbeiterinformation – Januar 2019

Liebe Mitarbeiterinnen und Mitarbeiter,

Ihr Einsatz und Ihr Engagement machen uns leistungsstark und konkurrenzfähig.

Für das Jahr 2019 haben wir uns neue Ziele gesetzt, die wir gemeinsam mit Ihnen realisieren möchten. Der folgende Leitfaden soll Ihnen dabei Orientierung und Unterstützung geben:

- Seit Unternehmensgründung zeichnen wir uns durch hervorragende Qualität aus! Diese Qualität erreichen wir durch unsere Arbeitsleistung und durch die eingesetzten hochwertigen Reinigungsmittel und Hygieneartikel. Hier machen wir keine Kompromisse!
- Der Einsatz von umweltschonenden Produkten ist für uns eine Selbstverständlichkeit. Allerdings darf unsere Qualität nicht darunter leiden.
- Wir sind immer bestrebt, unsere Marktposition weiter auszubauen. Wir dürfen die Kosten und die Zuverlässigkeit unserer Lieferanten deshalb nicht vernachlässigen.
- Die Zusammenarbeit mit unseren Kunden und Lieferanten zeichnet sich durch Verständnis und Kooperation aus.

Wir bedanken uns für Ihr Engagement und grüßen Sie herzlich

Thomas Eich *Anton Brugger*

Thomas Eich
Geschäftsführung

Anton Brugger
Abteilungsleiter Einkauf

Anlage 4

Von:	Anton Brugger <brugger.anton@tidytec.de>
An:	Pruefling <pruefling@tidytec.de>
Cc:	
Datum:	2019-04-29
Betreff:	Informationen zu möglichen Lieferanten

Hier die von Ihnen gewünschten Informationen zu den möglichen Lieferanten:

RBY GmbH

- Gemäß Kundenbewertungen weisen die Papiertücher eine schwache Saugkraft auf.
- Bewertungen im Internet lassen auf einen unkomplizierten Umgang mit Reklamationen schließen.
- Es gibt Klagen über Lieferverzögerungen.
- Eine Fachzeitschrift berichtet über die anstehende Einführung eines Umweltmanagementsystems sowie über eine Auszeichnung in Bezug auf die Verwendung umweltschonender Herstellungsverfahren.
- Lieferzeit: 10 Tage

Papier KG

- Das Unternehmen hat im vergangenen Jahr seine Produktionsstätte um zwei neue Lagerhallen erweitert.
- Die Papiertücher haben bei einem unabhängigen Testverfahren mit mangelhaft abgeschlossen.
- Das Umweltmanagement wurde mit mehreren Umweltsiegeln ausgezeichnet.
- Lieferzeit: 8 Tage
- Kunden bewerten das Unternehmen in Bezug auf Termintreue als zuverlässig, bei Reklamationen als wenig entgegenkommend.

Freundliche Grüße

Anton Brugger
Abteilungsleiter Einkauf

Anlage 5

Von:	Peter Schön <peter.schoen@schoenmoebel.de>
An:	Pruefling <pruefling@backfein.de>
Cc:	
Datum:	30.04.2019
Betreff:	Anfrage Weihnachtskuchen

Sehr geehrter Prüfling,

vielen Dank für die Information zu Ihrem neuen Weihnachtssortiment. Wir wollen unsere Mitarbeiterinnen und Mitarbeiter mit einem kleinen Geschenk überraschen.

Wir bitten um ein Angebot unter Angabe des Netto-Rechnungsbetrages über:

- 50 Stück Weihnachtskuchen-to-go: Schoko, 250 g
- 25 Stück Weihnachtskuchen-to-go: Zimt, 250 g

Bitte beachten Sie, dass wir die Lieferung nur am 19. Dezember 2019 annehmen können.

Für Ihre Antwort danke ich Ihnen im Voraus.

Mit freundlichen Grüßen

Peter Schön

Möbelhaus Schön GmbH
Seestraße 11
78462 Konstanz

Tel.: 07531 2102-79
Fax: 07531 2102-11
E-Mail: info@schoenmoebel.de
Web: www.schoenmoebel.de

Geschäftsführer: Peter Schön
Sitz des Unternehmens: Konstanz
Amtsgericht: Konstanz HRB 290811
USt-IdNr.: DE101171207

Anlage 6

Debitorenkarte

Allgemeines

Debitoren-Nr.	7630
Debitoren-Name	Möbelhaus Schön GmbH
Straße	Seestraße 11
PLZ	78462
Ort	Konstanz
Kontaktperson	Peter Schön (Geschäftsführer)
Kontaktdaten	Tel.: 07531 2102-79 Fax: 07531 2102-11 E-Mail: info@schoenmoebel.de Web: www.schoenmoebel.de
Saldo	154,95 EUR
Kreditlimit	2.000,00 EUR

Lieferbedingungen

Code	30

Rabatt

Mindestbestellung Gesamtmenge in Stück	**Rabatt in %**
10	0
30	5
50	10
100	20

Zahlungsbedingungen

Code	10330

Anlage 7

Sortiment (Auszug)						
Art.-Nr.	Artikelbezeichnung	Zusatz	Inhalt/ Gewicht	Einkaufs-preis in Euro	Netto-verkaufs-preis in Euro	Ladenver-kaufspreis ein-schließ-lich USt. in Euro
2581	Weihnachtskuchen-to-go Vanille		250 g	4,00	10,95	11,72
2591	Weihnachtskuchen-to-go Vanille		500 g	6,00	14,95	16,00
2582	Weihnachtskuchen-to-go Zimt	glutenfrei	250 g	3,00	9,95	10,65
2592	Weihnachtskuchen-to-go Zimt	glutenfrei	500 g	5,00	13,95	14,93
2583	Weihnachtskuchen-to-go Schoko		250 g	3,00	9,95	10,65
2593	Weihnachtskuchen-to-go Schoko		500 g	5,00	13,95	14,93
4854	Kuchen Mandel	Nüsse	300 g	–	5,00	5,35
4954	Kuchen Mandel	Nüsse	600 g	–	7,00	7,49
4855	Kuchen Karamell		300 g	–	5,00	5,35
4955	Kuchen Karamell		600 g	–	7,00	7,49

Zahluntsbedingungen			
Code	Skontotage	Skonto %	Zahlungsziel in Tagen
00000	0	0	0
00300	0	3	0
10330	10	3	30
14230	14	2	30
14360	14	3	60

Lieferbedingungen	
Code	Bedingung
10	ab Werk
20	frachtfrei
30	frei Haus
40	unfrei

Anlage 8

Gesprächsverlauf:

Herr Glöckner (Geschäftsführer): *„Sehr geehrte Damen und Herren, Sie haben den Wunsch geäußert, die AGB zu überarbeiten. Bitte nennen Sie Ihre Argument.“*

Herr Jooß (Sachbearbeiter Einkauf): *„Ich bin dafür, dass wir eine Änderung vornehmen. Da die Rohstoffe großen Preisschwankungen unterliegen, sollten wir jederzeit unsere Preise nachträglich erhöhen können.“*

Frau Heller (Sachbearbeiterin Kundenreklamation): *„Mich ärgert es immer, wenn unsere Kunden reklamieren, obwohl sie noch gar nicht bezahlt haben. Wir sollten zukünftig bei Nacherfüllung auf vorherige Zahlung bestehen!“*

Frau Maier (Abteilungsleiterin Verkauf): *„Zum Weihnachtsgeschäft werden manche Produkte stärker nachgefragt als andere. Wenn wir alle vorrätigen Kuchen verkaufen möchten, dann sollten wir uns vorbehalten, die bestellten Weihnachtskuchen durch andere Geschmacksrichtungen zu ersetzen.“*

Herr Glöckner: *„Das sind jetzt einige Änderungswünsche. Bevor wir diese aufnehmen, muss zunächst geprüft werden, ob diese rechtlich überhaupt möglich sind.“*

Anlage 9: Auszug aus dem BGB

§ 307 Inhaltskontrolle

(1) Bestimmungen in Allgemeinen Geschäftsbedingungen sind unwirksam, wenn sie den Vertragspartner des Verwenders entgegen den Geboten von Treu und Glauben unangemessen benachteiligen. Eine unangemessene Benachteiligung kann sich auch daraus ergeben, dass die Bestimmung nicht klar und verständlich ist.

[...]

§ 308 Klauselverbote mit Wertungsmöglichkeit

In Allgemeinen Geschäftsbedingungen ist insbesondere unwirksam

1. (Annahme- und Leistungsfrist)
   eine Bestimmung, durch die sich der Verwender unangemessen lange oder nicht hinreichend bestimmte Fristen für die Annahme oder Ablehnung eines Angebots oder die Erbringung einer Leistung vorbehält; ausgenommen hiervon ist der Vorbehalt, erst nach Ablauf der Widerrufsfrist nach § 355 Absatz 1 und 2 zu leisten;
   [...]
2. (Nachfrist)
   eine Bestimmung, durch die sich der Verwender für die von ihm zu bewirkende Leistung abweichend von Rechtsvorschriften eine unangemessen lange oder nicht hinreichend bestimmte Nachfrist vorbehält;

3. (Rücktrittsvorbehalt)
   die Vereinbarung eines Rechts des Verwenders, sich ohne sachlich gerechtfertigten und im Vertrag angegebenen Grund von seiner Leistungspflicht zu lösen; dies gilt nicht für Dauerschuldverhältnisse;

4. (Änderungsvorbehalt)
   die Vereinbarung eines Rechts des Verwenders, die versprochene Leistung zu ändern oder von ihr abzuweichen, wenn nicht die Vereinbarung der Änderung oder Abweichung unter Berücksichtigung der Interessen des Verwenders für den anderen Vertragsteil zumutbar ist;
   [...]

§ 309 Klauselverbote ohne Wertungsmöglichkeit
Auch soweit eine Abweichung von den gesetzlichen Vorschriften zulässig ist, ist in Allgemeinen Geschäftsbedingungen unwirksam

1. (Kurzfristige Preiserhöhungen)
   eine Bestimmung, welche die Erhöhung des Entgelts für Waren oder Leistungen vorsieht, die innerhalb von vier Monaten nach Vertragsschluss geliefert oder erbracht werden sollen; dies gilt nicht bei Waren oder Leistungen, die im Rahmen von Dauerschuldverhältnissen geliefert oder erbracht werden;
   [...]

4. (Mahnung, Fristsetzung)
   eine Bestimmung, durch die der Verwender von der gesetzlichen Obliegenheit freigestellt wird, den anderen Vertragsteil zu mahnen oder ihm eine Frist für die Leistung oder Nacherfüllung zu setzen;
   [...]

8. (Sonstige Haftungsausschlüsse bei Pflichtverletzung)
   [...]
   b) (Mängel)
      eine Bestimmung, durch die bei Verträgen über Lieferungen neu hergestellter Sachen und über Werkleistungen
      aa) (Ausschluss und Verweisung auf Dritte)
          die Ansprüche gegen den Verwender wegen eines Mangels insgesamt oder bezüglich einzelner Teile ausgeschlossen, auf die Einräumung von Ansprüchen gegen Dritte beschränkt oder von der vorherigen gerichtlichen Inanspruchnahme Dritter abhängig gemacht werden;

bb) (Beschränkung auf Nacherfüllung)
die Ansprüche gegen den Verwender insgesamt oder bezüglich einzelner Teile auf ein Recht auf Nacherfüllung beschränkt werden, sofern dem anderen Vertragsteil nicht ausdrücklich das Recht vorbehalten wird, bei Fehlschlagen der Nacherfüllung zu mindern oder, wenn nicht eine Bauleistung Gegenstand der Mängelhaftung ist, nach seiner Wahl vom Vertrag zurückzutreten;
[...]

dd) (Vorenthalten der Nacherfüllung)
der Verwender die Nacherfüllung von der vorherigen Zahlung des vollständigen Entgelts oder eines unter Berücksichtigung des Mangels unverhältnismäßig hohen Teils des Entgelts abhängig macht;
[...]

4 Prüfungsaufgaben Winter 2019/2020

Aufgabe 1

Das Großhandelsunternehmen Kitchen Care GmbH ist ein mittelständisches Unternehmen, das Küchenelektrogeräte vertreibt. Sie arbeiten in der Abteilung Lager und unterstützen den Abteilungsleiter Herr Müller (E-Mail: andreas.mueller@kitchen-care.de).

1.1 Aufgrund einer geplanten Sortimentserweiterung ist in der kommenden Woche eine zwingende, zweistündige Besprechung erforderlich.

Es müssen teilnehmen: Herr Bayer, Geschäftsführer; Frau Schmidt, Abteilungsleiterin Controlling und Herr Müller, der Sie mit der Terminfindung beauftragt.

- Ermitteln Sie einen geeigneten Termin. Halten Sie dabei eine Verschiebung möglichst gering (**Anlage 1**).
- Erläutern Sie Ihre Wahl in einer E-Mail an Herrn Müller.

(Datei: *1_1_E-Mail*) Web

Speichern Sie unter Anwendung der angegebenen Speicherregeln.

1.2 Ein Ergebnis der Besprechung ist, dass die Sortimentserweiterung eine Lagerfläche von 600 m² bis zu 900 m² in Anspruch nehmen wird. Im Warenlager stehen zurzeit noch 200 m² freie Lagerfläche zur Verfügung. Es wird erwogen, eine Lagerhalle anzumieten oder alternativ einen Anbau durchzuführen.

1.2.1
- Führen Sie einen tabellarischen Kostenvergleich durch.
- Veranschaulichen Sie den Kostenvergleich grafisch.

(Datei: *1_2_1_Kostenvergleich*) Web

Speichern Sie unter Anwendung der angegebenen Speicherregeln.

1.2.2
- Werten Sie den Kostenvergleich und die weiteren Daten detailliert aus (**Anlage 2**).
- Leiten Sie eine begründete Handlungsempfehlung ab.
- Dokumentieren Sie die Auswertungen und die Handlungsempfehlung in einer Tischvorlage.

(Datei: *1_2_2_Tischvorlage*) Web

Speichern Sie unter Anwendung der angegebenen Speicherregeln.

Aufgabe 2

Sie arbeiten für die Unternehmensberatung CaroConsulting GmbH als Assistent/-in der Geschäftsleitung. Ein internes Projekt des laufenden Geschäftsjahres ist die Verbesserung der Ergonomie am Büroarbeitsplatz und die Gesunderhaltung der Mitarbeitenden.

2.1 Als erste Maßnahme sollen zwölf alte Bürostühle ausgetauscht werden.

2.1.1 Hierzu liegen folgende Angebote vor (**Anlagen 3–5**).

Führen Sie mithilfe eines Tabellenkalkulationsprogramms einen quantitativen Angebotsvergleich durch.

Speichern Sie unter Anwendung der angegebenen Speicherregeln.

2.1.2 Ihnen liegt der Schriftverkehr mit dem Unternehmen vor, das als Lieferant für die Bürostühle ausgewählt wurde (**Anlagen 5 und 6**).

Erläutern Sie, wie in diesem Fall ein Kaufvertrag zustande kommt.

Speichern Sie unter Anwendung der angegebenen Speicherregeln.

2.1.3 Die direkt nach der Lieferung am 18. November 2019 durchgeführte Kontrolle der zwölf Stühle hat ergeben, dass sich vier davon nicht in der Höhe verstellen lassen.

Formulieren Sie eine Mängelrüge.
(Datei: *2_1_3_Mängelrüge*)

Speichern Sie unter Anwendung der angegebenen Speicherregeln.

2.1.4 Der Ihnen vorliegende Schriftverkehr soll aufbewahrt werden (**Anlagen 3–6**).

Erstellen Sie eine Übersicht mithilfe einer normgerechten Tabelle (Leitwörter: Anlage Nr., Art des Schriftstücks, Aufbewahrungsfrist, Beginn, Ende).

Speichern Sie unter Anwendung der angegebenen Speicherregeln.

2.2 Ein weiterer Aspekt des Projekts ist, die Eigeninitiative der Mitarbeitenden zur Erhaltung ihrer Gesundheit am Büroarbeitsplatz zu wecken.

Formulieren Sie ein Motivationsschreiben an die Mitarbeitenden mit sechs Tipps für die Gesundheit am Büroarbeitsplatz.
(Grafik: *2_2_Ergonomischer Arbeitsplatz*)

Speichern Sie unter Anwendung der angegebenen Speicherregeln.

Anlage 1

Terminübersicht KW 46

Herr Bayer, Geschäftsführer (Termine sind nicht verschiebbar!)

Frau Schmidt, Abteilungsleiterin Controlling

Herr Müller, Abteilungsgsleiter Lager

Alle Termine sind inklusive eventueller Fahrzeiten.

Uhrzeit	Montag 11.11.2019			Dienstag 12.11.2019			Mittwoch 13.11.2019			Donnerstag 14.11.2019			Freitag 15.11.2019		
08:00 – 08:30	Abteilungsbesprechung Einkauf														Wirtschaftsprüfung
08:30 – 09:00			Neukundentermin									Planung Bauvorhaben bei Architekturbüro Planus			
09:00 – 09:30					Bewerbergespräche für Abteilung Controlling		Besprechung mit AL Schmidt	Besprechung mit AL Müller							
09:30 – 10:00															
10:00 – 10:30									Kreditgespräch Bauvorhaben bei der Bank						
10:30 – 11:00											letzte Sichtung Unterlagen Wirtschaftsprüfung	letzte Sichtung Unterlagen Wirtschaftsprüfung			
11:00 – 11:30			Projektgruppe Neuentwicklung												Projektgruppe Neuentwicklung
11:30 – 12:00															
12:00 – 12:30	Mittagspause														
12:30 – 13:00															
13:00 – 13:30		Besprechung mit GL	Besprechung mit Frau Schmidt												
13:30 – 14:00	Schulung IHK Stuttgart			Schulung IHK Stuttgart	Bewerbergespräche für Abteilung Controlling		Schulung IHK Stuttgart								
14:00 – 14:30								Entscheidungsfindung Bewerbergespräche	Entscheidungsfindung Bewerbergespräche (intern)			Vorbereitung Termin Wirtschaftsprüfung			privat
14:30 – 15:00															
15:00 – 15:30															
15:30 – 16:00															
16:00 – 16:30															
16:30 – 17:00															

Anlage 2

		Quartal					
		2017 Q1	2017 Q2	2017 Q3	2017 Q4	2018 Q1	2018 Q2
Umschlagshäufigkeit (Kitchen Care)		4,8	5,1	4,7	4,1	4,5	4,8
Umschlagshäufigkeit (Branche)		4,9	5,2	5,3	5,5	4,7	5,2
Belegte Fläche	Max	2.064 m^2	2.069 m^2	2.211 m^2	2.343 m^2	2.179 m^2	2.357 m^2
	Min	223 m^2	300 m^2	209 m^2	224 m^2	486 m^2	495 m^2
	Durchschnitt	1.144 m^2	1.185 m^2	1.210 m^2	1.284 m^2	1.333 m^2	1.426 m^2
Vorhandene Lagerfläche		2.400 m^2	2.400 m^2	2.400 m^2	2.400 m^2	2.600 m^2	2.600 m^2

		Quartal					
		2018 Q3	2018 Q4	2019 Q1	2019 Q2	2019 Q3	2019 Q4
Umschlagshäufigkeit (Kitchen Care)		4,8	3,9	4,1	4,2	4,4	3,7
Umschlagshäufigkeit (Branche)		5,1	4,8	5,5	4,7	4,9	5,2
Belegte Fläche	Max	2.343 m^2	2.547 m^2	2.481 m^2	2.505 m^2	2.636 m^2	2.873 m^2
	Min	460 m^2	423 m^2	580 m^2	557 m^2	552 m^2	556 m^2
	Durchschnitt	1.402 m^2	1.485 m^2	1.531 m^2	1.531 m^2	1.594 m^2	1.715 m^2
Vorhandene Lagerfläche		2.600 m^2	2.600 m^2	3.000 m^2	3.000 m^2	3.000 m^2	3.000 m^2

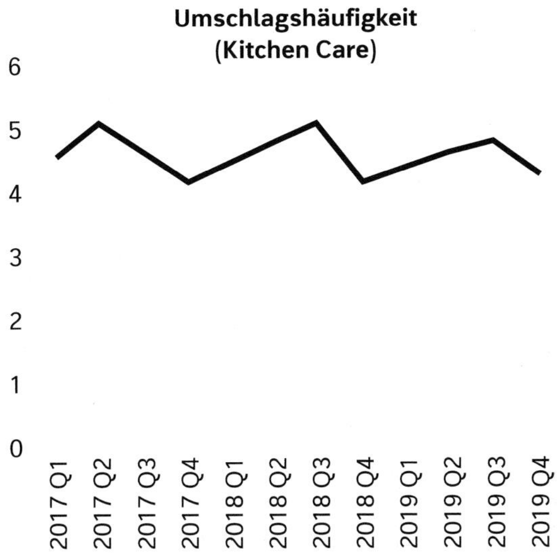
Umschlagshäufigkeit
(Kitchen Care)
6
5
4
3
2
1
0
2017 Q1
2017 Q2
2017 Q3
2017 Q4
2018 Q1
2018 Q2
2018 Q3
2018 Q4
2019 Q1
2019 Q2
2019 Q3
2019 Q4

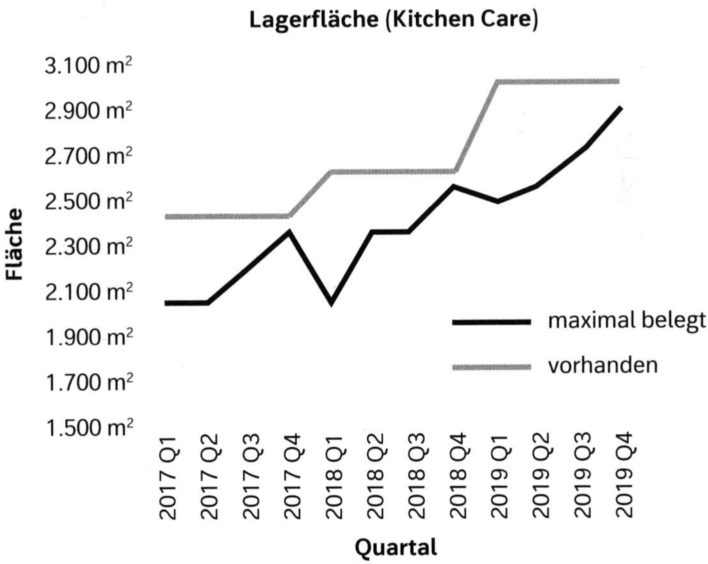
Lagerfläche (Kitchen Care)
3.100 m²
2.900 m²
2.700 m²
2.500 m²
2.300 m²
2.100 m²
1.900 m²
1.700 m²
1.500 m²
Fläche
maximal belegt
vorhanden
2017 Q1
2017 Q2
2017 Q3
2017 Q4
2018 Q1
2018 Q2
2018 Q3
2018 Q4
2019 Q1
2019 Q2
2019 Q3
2019 Q4
Quartal

Anlage 3

TOP BÜRO MÖBEL **G. Schmidt & Co.**

G. Schmidt & Co. – Salzburger Straße 78 – 71155 Altdorf

CaroConsulting GmbH
Abteilung Einkauf
Schiffgraben 12
70173 Stuttgart

Ihre Zeichen, Ihre Nachricht vom	Unsere Zeichen, Unsere Nachricht vom	Telefon, Name	Datum
cc-az, 2019-10-31	schu	07031 20001-11 Herr Schulze	2019-11-04

Angebot-Nr. AN-55319 über unsere TOP Bürostühle

Sehr geehrte Damen und Herren,

vielen Dank für Ihre Anfrage. Gerne liefern wir Ihnen spätestens 3 Tage nach Bestellung die angefragten Bürostühle „TOP Rio Support (weiß)" entsprechend Ihren Angaben zum Preis von 473,00 EUR je Stück. Sie erhalten 12 % Rabatt. Die Lieferung erfolgt frei Haus.

Bei Zahlung innerhalb von 10 Tagen nach Rechnungsdatum gewähren wir 3 % Skonto, ansonsten zahlen Sie innerhalb von 30 Tagen ohne Abzug.

Es handelt sich um ein unverbindliches Angebot.

Wir hoffen, dass Ihnen unsere Bedingungen zusagen, und freuen uns auf Ihre Bestellung.

Mit freundlichen Grüßen

TOP Büromöbel G. Schmidt & Co.

Schulze

i. A. Hermann Schulze

Geschäftsräume:
Salzburger Straße 78
71155 Altdorf
Steuer-Nr. 20/237/99128
USt-IdNr. DE735193377

Handelsregister:
Amtsgericht Stuttgart
HRA 9900
Geschäftsführer:
Günter Schmidt

Telefon: 07031 20001
Fax: 07031 20000
Internet: www.top-bueromoebel.de
E-Mail: info@top-bueromoebel.de

Bankverbindung:
Vereinigte Volksbank eG
IBAN DE21 6039 0000 0119 0326 50

Anlage 4

BRÜNNER AG

– BÜROMATERIAL –

Brünner AG, Muttergartenweg 16, 72631 Aichtal

CaroConsulting GmbH
Abteilung Einkauf
Schiffgraben 12
70173 Stuttgart

Ihr Zeichen: cc-az
Ihre Nachricht vom: 2019-10-31
Unser Zeichen: br-ne
Unsere Nachricht vom:

Name: Herr Neumann
Telefon: 07127 459-86
Telefax: 07127 459-70
E-Mail: paul.neumann@bruenner-ag.de

Datum: 2019-11-05

Angebot-Nr. 2019/553 über Bürostühle

Sehr geehrte Damen und Herren,

vielen Dank für Ihr Schreiben. Wir bieten Ihnen folgenden Artikel unverbindlich an:

Beschreibung	Preis/Einheit
Brünner OFFICE Open Point 218 ergonomischer Bürostuhl	378,00 EUR

Sie erhalten 2 % Skonto bei Zahlung innerhalb von 14 Tagen, sonst 30 Tage netto Kasse. Die Lieferung erfolgt ab Lager (Frachtkostenpauschale: 100,00 EUR). Ansonsten gelten unsere Allgemeinen Geschäftsbedingungen.

Wir freuen uns auf Ihre Bestellung.

Mit freundlichen Grüßen

Brünner AG

Neumann

i. A. Paul Neumann

Brünner AG
Muttergartenweg 16
72631 Aichtal
Steuer-Nr. 60/352/62147
USt-IdNr. DE465253591

Geschäftsführung:
Ulrich Brünner (Vorstandsvorsitzender)
Handelsregister:
Amtsgericht Stuttgart
HRB 215283

Telefon: 07127 4590
Fax: 07127 45987
Internet: www.bruenner-ag.de
E-Mail: info@bruenner-ag.de

Bankverbindung:
Volksbank Kirchheim-Nürtingen eG
IBAN DE50 6129 0120 4582 3658 98

Anlage 5

Habu GmbH

Habu GmbH – Uhlandstraße 67 b – 71229 Leonberg

CaroConsulting GmbH
Abteilung Einkauf
Schiffgraben 12
70173 Stuttgart

Ihre Zeichen, Ihre Nachricht vom	Unsere Zeichen, Unsere Nachricht vom	Telefon, Name 07152 976-	Datum
cc-az, 2019-10-31	ha-st	54 Herr Starke	2019-11-05

Angebot-Nr. 517 – Habu Spirit Bürostühle

Sehr geehrte Damen und Herren,

wir bieten Ihnen die gewünschten Bürostühle zu folgenden Bedingungen unverbindlich an:

Beschreibung	Preis/Einheit
Bürostuhl Habu Spirit 4711 Plus (schwarz)	406,00 EUR

Wir gewähren Ihnen als Neukunden einen Rabatt von 5 %.

Sie erhalten bei diesem Auftrag 3 % Skonto bei Zahlung innerhalb von 14 Tagen oder Sie zahlen innerhalb von 30 Tagen ohne Abzug.

Wir liefern ab Lager (Frachtkostenpauschale: 100,00 EUR) einschließlich Verpackung. Ab einer Bestellmenge von 10 Stück liefern wir frei Haus.

Die Ware bleibt bis zur vollständigen Bezahlung unser Eigentum.

Wir freuen uns auf Ihre Bestellung.

Mit freundlichen Grüßen

Habu GmbH

Starke

Heinrich Starke

Habu GmbH
Uhlandstraße 67 b
71229 Leonberg
Steuer-Nr. 34/198/75914
USt-IdNr. DE837571266

Geschäftsführer:
Harald Baumann
Handelsregister:
Amtsgericht Stuttgart
HRB 5544

Telefon: 07152 9760
Fax: 07152 97625
Internet: www.habu.de
E-Mail: info@habu.de

Bankverbindung:
Kreissparkasse Böblingen
IBAN DE21 6035 0130 0056 9236 58

Anlage 6

CaroConsulting GmbH

CaroConsulting – Postfach 39 39 17 – 70178 Stuttgart

Habu GmbH
Herrn Heinrich Starke
Uhlandstraße 67 b
71229 Leonberg

Ihr Zeichen: ha-st
Ihre Nachricht vom: 2019-11-05
Unser Zeichen: cc-bo
Unsere Nachricht vom: 2019-10-31

Name: Frau Bothe
Telefon: 0711 99123-45
Telefax: 0711 99123-20
E-Mail: bothe@caroconsulting.com

Datum: 2019-11-08

Bestellung von Bürostühlen Habu Spirit 4711 Plus

Sehr geehrter Herr Starke,

vielen Dank für Ihr Angebot Nr. 517 vom 5. November 2019.

Hiermit bestellen wir:

Artikel	Farbe	Menge	Stückpreis
Bürostuhl Habu Spirit 4711 Plus	Schwarz	12	406,00 EUR

Bitte liefern Sie binnen einer Woche, da wir die Bürostühle dringend benötigen.

Freundliche Grüße

Caro Consulting GmbH

Kerstin Bothe

i. A. Kerstin Bothe

Hausanschrift:
CaroConsulting GmbH
Schiffgraben 12
70173 Stuttgart

Kommunikationsdaten:
Telefon: 0711 99123-0
Telefax: 0711 99123-20
E-Mail: info@caroconsulting.com

Geschäftsführer/-in:
Franziska Böhme
Paul Wegener

Gerichtsstand Stuttgart
HRA 3380 Stuttgart
Steuer-Nr.: 1430671722
USt-IdNr.: DE183631402

Bankverbindung:
Stuttgarter Vereinsbank
IBAN DE89 3704 0044 0532 0130 00
SWIFT-Code 1122 49 22 123

5 Prüfungsaufgaben Sommer 2020

Aufgabe 1

Das aufstrebende Unternehmen LinnLeather e. K. stellt seit fünf Jahren trendige Lederartikel her. Sie sind Kaufmann/-frau für Büromanagement und unterstützen Frau Josy Linn, die Inhaberin des Unternehmens. Bei der letzten Teambesprechung kam zur Sprache, dass die Abläufe im Bestellwesen optimiert werden müssen.

1.1 Aus der Produktion kommen die Bedarfsmeldungen anhand eines Offline-Formulars (**Anlage 1**).

Erläutern Sie in einer internen Mitteilung an die Inhaberin, inwieweit das Formular hinsichtlich Gestaltung und Anwendbarkeit überarbeitet werden muss.
Web (Datei: *1_1_Interne_Mitteilung*)

Speichern Sie unter Anwendung der vorgegebenen Speicherregeln.

1.2 Für fast alle Produkte der LinnLeather e. K. wird „Büffelleder 3“ verwendet. Aus der Produktion kommen die Bedarfsmeldungen für dieses Leder auftragsbezogen. Dies hat in der Vergangenheit dazu geführt, dass bis zu 120-mal pro Jahr bestellt und die Lagerkapazität nicht ausgeschöpft wurde.

- Führen Sie mithilfe der Materialkarte eine tabellarische Berechnung der optimalen Bestellmenge durch (**Anlage 2**).
- Unterbreiten Sie anhand Ihrer Ergebnisse einen Beschaffungsvorschlag für das „Büffelleder 3“.

Web (Datei: *1_2_Optimale_Bestellmenge*)

Speichern Sie unter Anwendung der vorgegebenen Speicherregeln.

1.3 Beim bisherigen Lieferanten für „Büffelleder 3“ (Beschreibung in **Anlage 2**) kam es in der Vergangenheit verstärkt zu Lieferschwierigkeiten.

Auf der Fachmesse für Lederwaren und Accessoires im Februar 2020 haben Sie neue Lieferanten kennengelernt (**Anlage 3**).

Sie möchten kurzfristig noch ein Angebot der Backert Lederfabrik GmbH. Das Angebot sollte innerhalb einer Woche eintreffen, weil eine Probelieferung über 50 Stück bereits zum 1. Juni 2020 benötigt wird. Fordern Sie auch einen Katalog mit Musterkarte und Preisliste an.

Formulieren Sie die Anfrage.
Web (Datei: *1_3_Geschäftsbrief*)

Speichern Sie unter Anwendung der vorgegebenen Speicherregeln.

1.4 Um die täglichen Arbeitsabläufe zukünftig besser zu strukturieren, planen Sie ab sofort am Vorabend den Ablauf Ihres nächsten Arbeitstages von 08:00 Uhr–17:00 Uhr (**Anlagen 4–7**).

- Erstellen Sie eine tabellarische Tagesübersicht für Donnerstag, 7. Mai 2020.
- Begründen Sie in einer gesonderten Spalte, warum bestimmte Termine nur zu diesem Zeitpunkt stattfinden können.

Speichern Sie unter Anwendung der vorgegebenen Speicherregeln.

Aufgabe 2

Das Start-up-Unternehmen BeMobile GmbH hat sich auf den Verkauf von E-Bikes und passendem Zubehör spezialisiert. Sie sind als Sachbearbeiter/-in eingesetzt und unterstützen Frau Roth im Produktmanagement.

2.1 Der Lieferant Spezial Bikes GmbH hat uns am 4. Mai 2020 verschiedene Waren geliefert. Die Wareneingangskontrolle hat die Lieferung geprüft (**Anlage 8**).

Erstellen Sie das erforderliche Schreiben an den Lieferanten.
(Datei: *2_1_Geschäftsbrief*)

Web

Speichern Sie unter Anwendung der vorgegebenen Speicherregeln.

2.2 Bisher haben wir auf ausstehende oder verspätete Lieferungen nachlässig und unwissend reagiert. Zukünftig sollen Bestellungen laufend darauf überprüft werden, ob die Voraussetzungen für einen Lieferungsverzug bestehen. Dazu sollen die notwendigen Prüfschritte in einer Checkliste aufgeführt werden.
Erstellen Sie eine Checkliste unter Berücksichtigung der gesetzlichen Regelung (**Anlage 9**).

Speichern Sie unter Anwendung der vorgegebenen Speicherregeln.

2.3 Demnächst veranstalten wir den 1. Lieferantentag. Es sollen nur unsere einkaufsvolumenstärksten Lieferanten eingeladen werden.

Ermitteln Sie mithilfe einer AB-Analyse die Lieferanten, bei denen unser Einkaufsvolumen kumuliert 80 % beträgt.
(Datei: *2_3_Lieferantenliste*)

Web

Speichern Sie unter Anwendung der vorgegebenen Speicherregeln.

2.4 Frau Roth überreicht Ihnen einen Stapel mit Schriftstücken, die standardmäßig archiviert werden sollen (**Anlagen 8, 10–13** und das Dokument aus Aufgabe 2.1).

- Nennen Sie die Aufbewahrungsfristen und Wertstufen dieser Dokumente.
- Notieren Sie jeweils das Datum, an dem die Frist endet.
- Stellen Sie Ihre Ergebnisse übersichtlich dar.

Speichern Sie unter Anwendung der vorgegebenen Speicherregeln.

Anlage 1

Formular

bestellt von		Kundennummer:
Kurzzeichen Melder:		Artikelnummer:
Durchwahl		Termin
Bestand:		Durchwahl
Ansprechpartner des Kunden		Bemerkungen:
Auftragsnummer:		für den Auftrag zuständig:
Farbe	Lagerfach	

Anlage 2: Auszug aus der Materialkarte

Materialnummer	BL337403	**Material**	Büffelleder 3
Beschreibung	Lederhaut Vintage dunkelbraun, natürliche Struktur, glänzend, 2-Ton-Effekt. Maße einer Haut: 4,8–5,2 m^2 0,8–1,0 mm dick	**Stammlieferant**	440011
EK-Preis (in Euro) netto/Stück	489,00	**Stückbezeichnung**	Haut
USt-Satz (in Prozent)	19	**Enthaltene USt. (in Euro)**	92,91
EK-Preis (in Euro) brutto/Stück	581,91	**Kosten je Bestellung (in Euro)**	450,00
Lagerhaltungskostensatz (in Prozent)	7	**Durchschnittlicher Jahresbedarf (in Stück)**	10.000
		Maximale Lagerkapazität	300 Stück

Anlage 3

Anlage 4

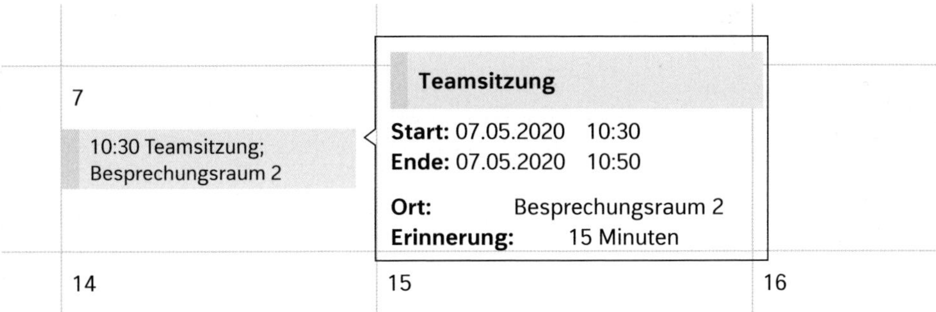

Anlage 5

Bitte um Erledigung

j.linn@linnleather.de
Mi. 06.05.2020 10:34
pruefling@linnleather.de

Lieber Prüfling,

denkst du bitte daran, dass du morgen an unserer Teamsitzung teilnimmst? Es wäre schön, wenn du das Protokoll führen könntest.

Als Anhang erhältst du von mir ein paar Grafiken und Inhalte, die du bitte in einer PowerPoint-Präsentation umsetzen solltest. Die PowerPoint-Präsentation ist Grundlage für die Sitzung. Könntest du mir die Präsentation bitte ca. eine halbe Stunde vor der Sitzung zusenden? Das wäre klasse!

Bitte reserviere morgen auch einen Tisch zum Mittagessen im „Passione" für zwei Geschäftspartner und mich. Danke!

Liebe Grüße

Josy

Anhang: Teamsitzung.zip

Erstellung der PowerPoint-Präsentation: ca. 30 Minuten

Anlage 6

To-do-Liste für Donnerstag, 7. Mai 2020

	- Angebot „Kleinschmidt" erstellen (ca. 20 Minuten)
	– „Treiber", „Paulus", und „Halfner" anrufen (je ca. 10 Minuten), Achtung! Herr Halfner ist nur bis 11:00 Uhr erreichbar!
	– Angebot „Großmann" erstellen (ca. 45 Minuten)
	– Protokoll erstellen (ca. 30 Minuten)
	– Ablage (ca. 15 Minuten)
	– Rechnungen „Schneidereibedarf Lempe" und „Leder Company" bezahlen (je ca. 10 Minuten)

Anlage 7

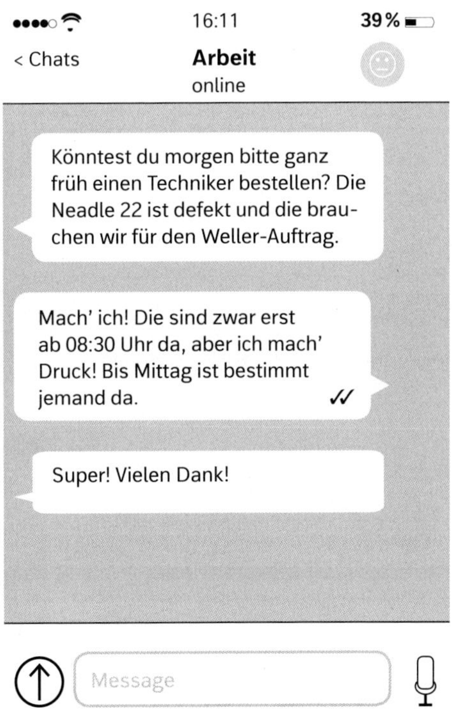

Anlage 8

Spezial Bikes GmbH

Spezial Bikes GmbH ❍ Roter Ring 70 ❍ 20095 Hamburg

BeMobileGmbH
Am Hang 12 a
70188 Stuttgart

Kunden-Nr.: 0815
Bestell-Nr.: 0815/141
Bestelldatum: 2020-04-13

Name: Karin Renner
Telefon: 040 746982-8
Telefax: 040 746982-20
E-Mail: renner@spezialbikes.de

Datum: 2020-05-04

Lieferschein-Nr. 0815/141/1

Wir bedanken uns für Ihr Vertrauen in unsere Produkte und liefern die folgenden Artikel:

Pos.	Artikel-Nr.	Artikelbezeichnung	Menge	Einheit
1	275489	TREKY Herren E-Mountainbike, grau	1	Stück
2	275953	PORTAL Damen E-Mountainbike, grün	3	Stück
3	145987	DOWNLIGHT Rücklicht für E-Bikes, rot/schwarz	4	Stück
4	684595	E-Bikes Scheibenbremsbeläge, HS12/13 *2 fehlen*	3	Stück
5	026598	Meise MTB 35, Schlauch, 28“	10	Stück
6	275411	PowerPack 700 Rahmenakku, anthrazit	7	Stück

Anmerkungen vom Lager:

- Herren E-Mountainbike hat mehrere Kratzer am Fahrradrahmen.
- Meise Schlauch: Montageanleitung fehlt
- Bei einem Damen E-Mountainbike lädt der Akku nicht.

Spezial Bikes GmbH
Roter Ring 70
20095 Hamburg

Amtsgericht Hamburg
HRB: 1648
USt-IdNr.: DE589732
IBAN: DE18 4520 0076 1355 8852 24

Geschäftsführer:
Thomas Mango

Telefon: 040 746982-0
Telefax: 040 746982-20
E-Mail: info@spezialbikes.de
Internet: www.spezialbikes.de

Anlage 9: Auszug aus dem BGB

§ 286 Verzug des Schuldners

(1) Leistet der Schuldner auf eine Mahnung des Gläubigers nicht, die nach dem Eintritt der Fälligkeit erfolgt, so kommt er durch die Mahnung in Verzug. Der Mahnung stehen die Erhebung der Klage auf die Leistung sowie die Zustellung eines Mahnbescheids im Mahnverfahren gleich.

(2) Der Mahnung bedarf es nicht, wenn

1. für die Leistung eine Zeit nach dem Kalender bestimmt ist,
2. der Leistung ein Ereignis vorauszugehen hat und eine angemessene Zeit für die Leistung in der Weise bestimmt ist, dass sie sich von dem Ereignis an nach dem Kalender berechnen lässt,
3. der Schuldner die Leistung ernsthaft und endgültig verweigert,
4. aus besonderen Gründen unter Abwägung der beiderseitigen Interessen der sofortige Eintritt des Verzugs gerechtfertigt ist.

(3) Der Schuldner einer Entgeltforderung kommt spätestens in Verzug, wenn er nicht innerhalb von 30 Tagen nach Fälligkeit und Zugang einer Rechnung oder gleichwertigen Zahlungsaufstellung leistet; dies gilt gegenüber einem Schuldner, der Verbraucher ist, nur, wenn auf diese Folgen in der Rechnung oder Zahlungsaufstellung besonders hingewiesen worden ist. Wenn der Zeitpunkt des Zugangs der Rechnung oder Zahlungsaufstellung unsicher ist, kommt der Schuldner, der nicht Verbraucher ist, spätestens 30 Tage nach Fälligkeit und Empfang der Gegenleistung in Verzug.

(4) Der Schuldner kommt nicht in Verzug, solange die Leistung infolge eines Umstands unterbleibt, den er nicht zu vertreten hat.

[...]

Anlage 10

SCHWARZ
Stuttgart & Dietrich KG

Fahrradzubehör

Schwarz & Dietrich KG – Postfach 10 20 30 – 70130 Stuttgart

BeMobile GmbH
Am Hang 12 a
70188 Stuttgart

Ihr Zeichen: rl-in
Ihre Nachricht vom: 2019-12-20
Unser Zeichen: ki-er
Unsere Nachricht vom:

Name: Sonja Michell
Telefon: 07071 123-456
Telefax: 07071 123-457
E-Mail: michell@schwarz-dietrich-kg.de
Internet: www.schwarz-dietrich-kg.de

Datum: 2019-12-23

Angebot über Fahrradzubehör

Sehr geehrte Frau Keller,

vielen Dank für das angenehme … nser Angebot über das von Ihnen gewünschte Fahrradzubehör.

Online bestellt am 8. Januar

Pos.	Artikelbezeichnung		…nzelpreis in Euro	Menge	Betrag in Euro
1	Schlauch Meise SV 19F 29“ …	8422265	6,50	200	1.300,00
2	JAGURT 8.P PERFORMANCE DISC 5/MT7 (Scheibenbremsbelag)	5422654	11,95	80	956,00
3	MANOSHI B019 DISC-Beläge NELKE BIKE	5512577	3,95	70	276,50
4	Angler Gepäckträger	2251487	29,99	15	449,85

Anlage 11

Giro Business — Kontoauszug 83

S-Bank Stuttgart UST-ID DE5784 — Blatt 1

Datum	Erläuterungen	Wert	Belastung	Gutschrift
Kontostand am	17.12.2019, Auszug 82			12.365,69 +
18.12.2019	Matz, E-Bike R.-Nr. 7589/20	18.12.		2.431,40 +
20.12.2019	Bargeldausz. Kasse		1.000,00–	
23.12.2019	ZERR, Trekking-Bike R.-Nr. 7592/20	23.12.		1.251,45 +
	Kontostand am 24.12.2019 um 08:55 Uhr			15.048,54 +

BeMobile GmbH
Am Hang 12 a
70188 Stuttgart

Int. Bank Account Number:
DE18 6045 0060 1000 9963 64
SWIFT-BIC: SOLAFES23TUEB

Anlage 12

BeMobile GmbH

„Ihr E-Bike-Spezialist!"

BeMobile GmbH ❍ Am Hang 12 a ❍ 70188 Stuttgart

Anders GmbH
Herrn Mino Wiedmann
Lenauweg 38
72138 Kirchentellinsfurt

Ihr Zeichen:
Ihre Nachricht vom:
Unser Zeichen: st
Unsere Nachricht vom:

Name: Frau Stetter
Telefon: 0711 86790-0
Telefax: 0711 86790-12
E-Mail: info@bemobile.de

Datum: 2018-07-09

Kunden-Nr.: 4256
Rechnung 365/2018

Wir erlauben uns, Ihnen folgende Positionen in Rechnung zu stellen:

Pos.	*Menge*	*Artikelbezeichnung*	*Artikelnummer*	*Betrag*
1	1	XYZ Unigasse 26 Zoll E-Bike <Renegade BS 3.0 Plus> 10 Gang Gelbpunkt Deore Schaltwerk, Kettenschaltung, Mittelmotor 250 W	53391	2.399,00 EUR
2	1	GEIST E-Bike <Hybride Seru B4.9 ALU> 11 Gang Fhimano XP RD-N8000 Shadow Plus 11-S Schaltwerk, Kettenschaltung, Heckmotor 250 W	53266	3.251,00 EUR
			Nettobetrag	**5.650,00 EUR**
			19 % MwSt.	**1.073,50 EUR**
			Bruttobetrag	**6.723,50 EUR**

Zahlbar sofort ohne Abzug.

Freundliche Grüße

BeMobile GmbH

i. A. Sandra Stetter

BeMobile GmbH
Am Hang 12 a
70188 Stuttgart

Amtsgericht Stuttgart
HRB: 7599
USt-IdNr.: DE5784

IBAN: DE18 6045 0060 1000 9963 64
S-Bank Stuttgart

Geschäftsführer:
Andres Schneider
Carola Mening

Telefon: 0711 86790-0
Telefax: 0711 86790-12
E-Mail: info@bemobile.de
Homepage: www.bemobile.de

Anlage 13

UR 859/2020 ZU 1068/2020/BR

Notarin Anna Kessler

Schulgasse 2 | 72072 Tübingen
Tel. 07071 96250
Fax 07071 602805
kanzlei@notarin-kessler.de

Beglaubigte Abschrift

Die Abschrift stimmt mit der mir vorliegenden Urschrift überein.

Tübingen, 01.04.2020

Klett

Klett
Notarassessorin
als amtlich bestellte Vertreterin
der Notarin Anna Kessler

Kaufvertrag

zwischen

Zweiradsport IMELE GmbH
Theodor-Heuss-Straße 20
72072 Tübingen

und

BeMobile GmbH
Am Hang 12 a
70188 Stuttgart

6 Prüfungsaufgaben Winter 2020/2021

Aufgabe 1

Die Contronic Medical GmbH in Stuttgart ist ein Unternehmen der Pharmaindustrie. Als Assistent/-in unterstützen Sie Herrn Bernhard Weber, Leiter der Abteilung Einkauf.

1.1 Sie haben gerade Ihre To-do-Liste für den heutigen Tag erstellt, als eine E-Mail von Herrn Weber eintrifft **(Anlage 1 und 2)**.

- Priorisieren Sie Ihre Aufgaben mithilfe des Eisenhower-Prinzips neu.
- Begründen Sie Ihre Entscheidungen.

(Datei: *1_1_Eisenhower*)

Web

Speichern Sie Ihr Ergebnis unter Anwendung der Speicherregeln.

1.2 Für umfangreiche und repräsentative Drucke benötigt die Contronic Medical GmbH einen Hochleistungsdrucker. Als Antwort auf Ihre Anfrage liegen drei Angebote vor. Außerdem haben Sie Zugriff auf die Lieferantendatei Ihres Unternehmens **(Anlage 3–6)**.

1.2.1 Führen Sie einen quantitativen Angebotsvergleich durch.

Speichern Sie Ihr Ergebnis unter Anwendung der Speicherregeln.

1.2.2 Formulieren Sie eine Bestellung beim preislich günstigsten Anbieter.
(Datei: *1_2_2_Bestellung*)

Web

Speichern Sie Ihr Ergebnis unter Anwendung der Speicherregeln.

1.3 Der Hochleistungsdrucker soll ausschließlich von geschulten Mitarbeitern bedient werden. Aus diesem Grund sollen die Druckaufträge über ein Onlineformular zur Bearbeitung abgegeben werden. In einem Brainstorming wurden die Inhalte für das Onlineformular festgelegt **(Anlage 7)**.

Gestalten Sie ein Onlineformular für einen Druckauftrag.

Speichern Sie Ihr Ergebnis unter Anwendung der Speicherregeln.

Aufgabe 2 (verändert)

Sie sind Mitarbeiter/-in der Abteilung Verkauf im Unternehmen GrilllookX, mit Sitz in Dillingen a. d. Donau. Zum Ende der Grillsaison soll der Restbestand des Allround-Grills (Auslaufmodell) „Happy Hot Dog“ abverkauft werden. Sie sind vom Abteilungsleiter Verkauf, Gerd Grillinger, mit der Abwicklung beauftragt.

2.1 Ihnen liegt die E-Mail von Herrn Grillinger vor **(Anlage 8)**.

2.1.1 Berechnen Sie den Nettoverkaufspreis für den Abverkauf **(Anlage 9)**.
(Datei: *2_1_1_Preisberechnung*)

Web

Speichern Sie unter Anwendung der angegebenen Speicherregel.

Web

2.1.2 Formulieren Sie ein Angebot an unsere Kunden. Sie haben das Produktkarteiblatt des „Happy Hot Dog“ vorliegen (**Anlage 9**).
(Datei: *2_1_2_Briefvorlage_Angebot*)

Speichern Sie unter Anwendung der angegebenen Speicherregel.

2.2 Einige Tage später erhalten Sie eine Excel-Tabelle von Herr Grillinger, in der die fünf eingegangenen Bestellungen aufgeführt sind.

Web

- Ermitteln Sie mithilfe der Bewertungskriterien der Kundenstammdaten und Gesprächsnotizen, welche Kunden mit welcher Menge beliefert werden sollen (**Anlage 9, Anlage 10 und Anlage 11**).
  (Datei: *2_2_Kundenauswahl)*

  Speichern Sie unter Anwendung der angegebenen Speicherregel.

Web

- Begründen Sie Herrn Grillinger Ihre Entscheidung.
  (Datei: *2_2_Antwort_E-Mail*)

  Speichern Sie unter Anwendung der angegebenen Speicherregel.

2.3 In der darauffolgenden Woche übergibt Ihnen Herr Grillinger folgendes Schreiben (**Anlage 9 und Anlage 12**).

Web

Erstellen Sie eine kundenorientierte, kaufmännisch sinnvolle Antwort unter Berücksichtigung der Gesetzeslage (**Anlage 13**).
(Datei: *2_3_Antwort*)

Speichern Sie unter Anwendung der angegebenen Speicherregel.

Anlage 1

To-do-Liste

To-do-Liste

- Unternehmenszeitschrift lesen
- Flugticket für den Messebesuch von Herrn Weber in zwei Wochen beim Reisebüro „Hin & Weg“ buchen
- Mit der Marketing-Leiterin, Frau Sommer, einen neuen Termin vereinbaren.
- Abteilungssitzung, die in zwei Wochen stattfindet, vorbereiten
- Dem neuen Praktikanten die Arbeitsabläufe in der Abteilung erklären. Die Betreuung erfolgt zusammen mit Herrn Schulz.

Anlage 2

An:	<pruefling>@contronic-gmbh.com
Cc:	
Bcc:	
Betreff:	Eilt! Bitte um schnelle Erledigung

Guten Morgen Frau/Herr <Prüfling>,

wie Sie wissen, haben wir ein großes Problem mit den Druckern in unserer Abteilung. Zu allem Überfluss ging heute mein Arbeitsplatzdrucker kaputt. Ich benötige sofort ein neues Gerät.

Bitte bestellen Sie mir umgehend bei unserem Büroausstatter Kohl & Schmidt GmbH das Modell Didrutec 5000.

Außerdem benötigen wir zwei weitere Geräte für unsere Abteilung.

Bitte kümmern Sie sich gleich darum. Vielen Dank.

Freundliche Grüße

Bernhard Weber

Anhang:	

Anlage 3

Unsere Lieferanten (Auszug):

Lieferant	L.-Nr.	PLZ	Ort	Straße	L-Bed.	Z-Bed.	Rabatt	Kontakt	Anrede
Theresien-Stiftung	4402	68394	Mannheim	Neckarufer 3	L00	S09	R05	Weber	Frau
Chemical AG	4403	20349	Hamburg	Kaiweg 9	L00	S09	R08	Knopfler	Herr
Vail & Partner OHG	4404	36493	Fulda	Keilstr. 3	L05	S02	R03	Gerstner	Frau
Burger & Söhne GmbH	4405	97349	Nürnberg	Steinstr. 4	L02	S02	R05	Ehret	Herr
Kohl & Schmidt GmbH	4406	70619	Stuttgart	Paprikastr. 4	L03	S02	R03	König	Frau

Lieferbedingungen (L-Bed.):

Kürzel	Faktor	Beschreibung
L00	0 %	frei Haus
L03	3 %	3 % vom Warenwert
L05	5 %	5 % vom Warenwert
L08	8 %	8 % vom Warenwert

Zahlungsbedingungen (Z-Bed.):

Kürzel	Faktor	Skontozeitraum in Tagen	Zahlungsziel in Tagen
S00	0 %	0	0
S02	2 %	10	30
S05	3 %	10	30
S08	2,5 %	15	40

Rabatt:

Kürzel	Faktor
R00	0 %
R03	3 %
R05	5 %
R08	8 %

Anlage 4

Auszug aus dem Telefongespräch zwischen Frau König, Kohl & Schmidt GmbH, und Ihnen von heute Morgen:

Frau König: *„Hallo guten Morgen. Vielen Dank für Ihre Anfrage. Selbstverständlich haben wir für Sie als unserem langjähren Kunden ein besonders ökologisch und ökonomisch hervorragendes Gerät ausgewählt, den IP 793 Color Laserjet. Wir empfehlen, dass nur geschulte Mitarbeiter dieses Gerät bedienen."*

Sie: *„Sehr schön, gerade ökologische Aspekte sind uns auch bei der Anschaffung als Voraussetzung für den Kauf sehr wichtig."*

Frau König: *„Wir können Ihnen dieses Hochleistungs-Multifunktionsgerät mit allen Leistungsmerkmalen zu einem Preis von 8.790,00 EUR anbieten."*

Sie: *„Es gelten die üblichen Liefer- und Zahlungsbedingungen?"*

Frau König: *„Ja, diese können Sie wieder aus Ihrer Lieferantendatei entnehmen. Aber die Versandkosten berechnen wir mit 150,00 EUR und nicht mit den üblichen 3 % des Warenwertes."*

Sie: *„Vielen Dank für Ihr Angebot, ich habe mir die Daten notiert …"*

Anlage 5

An:	weber@contronic-gmbh.com
Cc:	
Bcc:	
Betreff:	Angebot-Nr. 3392/297 für einen Hochleistungsdrucker

Sehr geehrter Herr Weber,

vielen Dank für Ihre Anfrage. Wir haben entsprechend Ihren Wünschen ein Hochleistungs-Multifunktionsgerät ausgesucht. Sowohl die ökologischen als auch die ökonomischen Leistungsmerkmale entsprechen den aktuell höchsten Standards.

Gerne bieten wir Ihnen folgenden Artikel unverbindlich an:

Xenong First 20 zum Preis von 9.600,00 EUR

Sie erhalten 10 % Rabatt; die Lieferung erfolgt frei Haus. Bei Zahlung innerhalb von 10 Tagen nach Rechnungsdatum gewähren wir 2 % Skonto, ansonsten zahlen Sie innerhalb von 30 Tagen ohne Abzug.

Wir hoffen, dass Ihnen unsere Bedingungen zusagen und freuen uns auf Ihre Bestellung.

Mit freundlichen Grüßen

David Verbraecken

Telefon: 0711 12345-678
Telefax: 0711 12345-910
E-Mail: vertrieb-brd@xenong.com
Internet: www.xenong.com

Anlage 6

Yrox-Corporation

Yrox-Corporation Ltd. - Preysingstraße 27 - 68549 Ilvesheim

Contronic Medical GmbH
Herrn Bernhard Weber
Unter den Linden 5
70619 Stuttgart

Ihr Zeichen:	
Ihre Nachricht vom:	
Unser Zeichen:	sche
Unsere Nachricht vom:	
Name:	Andrea Scheffel
Telefon:	+49 621 437-30
Telefax:	+49 621 437-31
E-Mail:	info@yrox.com
Datum:	2020-11-04

Angebot Nr. 2020/348
Hochleistungsdrucker Yrox-Pro 20

Sehr geehrter Herr Weber,

gerne unterbreiten wir Ihnen ein unverbindliches Angebot über unseren ökologischen und ökonomischen Hochleistungsdrucker:

Yrox-Pro 20, Hochleistungsdrucker der Superlative für 9.200,00 EUR!

Die Lieferkosten betragen 1,5 % vom Warenwert. Bei Zahlung innerhalb von 10 Tagen 2 % Skonto, innerhalb von 30 Tagen rein netto. Wir gewähren 9 % Rabatt.

Wir freuen uns, wenn Sie sich für den Yrox-Pro 20 entscheiden.

Freundliche Grüße

Yrox-Corporation

i. A. Andrea Scheffel

Yrox-Corporation
Preysingstraße 27
68549 Ilvesheim

Geschäftsleitung: Günther Sievert
Musterbank Mannheim
IBAN DE60 3403 0025 0028 0938 68
BIC MANSDEXXX

Tel. 0621 437-0
Homepage: www.yrox.com

Gerichtsstand: Mannheim HRB 38537
Steuer-Nummer: 98 3939 5757
USt-Id Nr.: DE184214490

Anlage 7

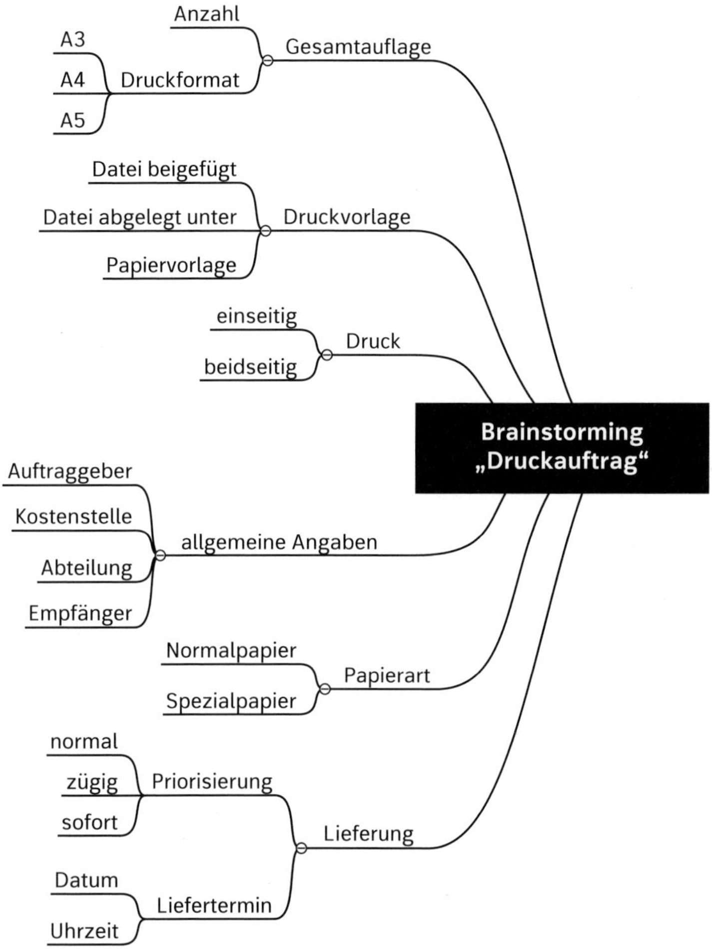
Brainstorming „Druckauftrag“
Gesamtauflage
Anzahl
Druckformat
A3
A4
A5
Druckvorlage
Datei beigefügt
Datei abgelegt unter
Papiervorlage
Druck
einseitig
beidseitig
allgemeine Angaben
Auftraggeber
Kostenstelle
Abteilung
Empfänger
Papierart
Normalpapier
Spezialpapier
Lieferung
Priorisierung
normal
zügig
sofort
Liefertermin
Datum
Uhrzeit

Anlage 8

An:	<pruefling>@grilllookx.de
Cc:	
Bcc:	
Betreff:	Abverkauf „Happy Hot Dog“

Sehr geehrter <Prüfling>,

wie in unserer letzten Besprechung festgelegt, sollen die letzten Grills unseres Produktes ,,Happy Hot Dog“ als Abverkauf mit Sonderpreis angeboten werden.

Unser aktueller Nettoverkaufspreis von 980,00 EUR ist für diesen Abverkauf nicht geeignet.

Den Selbstkostenpreis finden Sie im Produktkarteiblatt. Für den neuen Abverkaufspreis berücksichtigen Sie bitte einen Gewinnaufschlag von 5 % und einen Skonto von 2 %, bei Zahlung innerhalb von 20 Tagen. Weitere Preisnachlässe werden nicht gewährt.

Bitte runden Sie den neuen Verkaufspreis kaufmännisch auf volle zehn Euro.

Freundliche Grüße

Gerd Grillinger

Anhang:	

Anlage 9

Produktkarteiblatt

Happy Hot Dog	PNr.: 4711	325	Stück am Lager

Produktbeschreibung

Der „Happy Hot Dog“ ist ein Allrounder, der sowohl für die kleine Gartenparty als auch für den mittelgroßen Festempfang eingesetzt werden kann.

Ersatzteile		Stück	Euro
Thermostat Heat 35	standard	230	12,50
Thermostat Heat 45 S	premium	56	27,00
Griff „Cool 4 you“	standard	10	14,00
Seitenplatte (links)	standard	2	25,00
Seitenplatte (rechts)	standard	3	42,00
Standfuß „Stabilo“	standard	4	56,00

Technische Daten	
Höhe	80 cm Boden
Tiefe	55 cm
Breite	95 cm
Grillböden	3
Deckel	ja
Thermostat	ja, Heat 35
Standfuß	rechteckig

Selbstkostenpreis		460,00
Gewinnaufschlag	Regelwert 30 %	
Rabatt	bis zu 37 %	
Skonto	3 % fix	

Anlage 10: Auszug aus den Kundenstammdaten

Kunden	Kriterien					
	Beginn der Geschäftsbeziehung	Zahlungsmoral	Reklamationsverhalten	Image	Markt-bedeutung	Umsatz 2019 in Euro
Grill Mayer e. K. Hauptstraße 10 76189 Karlsruhe	01.01.1990	zahlt immer unter Skontoabzug	reklamiert jede Kleinigkeit	gutes Image	klein	20.000,00
Grillstation GmbH Moselweg 24 56841 Traben-Trarbach	25.02.2015	zahlt oft erst nach 1. Mahnung	kooperativ	Premium-Anbieter, unterschiedliche Kundenbewertungen	nur örtliche Bekanntheit	1.000,00
Huber Haustechnik OHG Boschstraße 120 76829 Landau	30.06.2000	zahlt meistens unter Skontoabzug	kleinlich, aber fair	gute Kundenberatung, zufriedene Kunden	keine Information	20.000,00
Gartencenter Süd GmbH Theresienstraße 12 80333 München	15.03.1995	zahlt immer unter Skontoabzug	erwartet meist die Rück-nahme leicht defekter Geräte	typisches Gartencenter, viele zufriedene Kunden	hoher Bekanntheitsgrad, überregional	49.000,00
Ambiente Lifestyle GmbH An der Bahn 5 74072 Heilbronn	31.10.2010	zahlt immer unter Skontoabzug	reklamiert nie	schlechte Internetbewertungen	kaum Bekanntheit außerhalb des Firmensitzes	15.000,00
Camping Schmidt GmbH Ulmenallee 20 89073 Ulm	31.10.2005	keine Information	kooperativ	gutes Image bei Campingfreunden	erst kurze Zeit am Markt	29.000,00
Outdoor and more KG Allgäuer Straße 48 87435 Kempten	17.11.2018	schlechter Zahler	sucht immer den eigenen Vorteil	Fachgeschäft mit zufriedenen Kunden	kleines Einzugsgebiet	2.000,00
Gartencenter Nord GmbH Leineweg 10–14 30916 Isernhagen	15.03.1995	zahlt meistens unter Skontoabzug	fair, aber umständlich	gute Internetbewertung	bedeutender Onlinehandel, hohe Bekanntheit	120.000,00

Anlage 11

Ihre Notizen aus dem vorangegangenen Gespräch zum Abverkauf des Grills ,,Happy Hot Dog" mit Herrn Grillinger.

Absolut vorrangig:
- Alle Grills „Happy Hot Dog" abverkaufen!
- Bestellungen der Größe nach bedienen!
- Möglichst wenig Aufwand betreiben!

Nachrangig Entscheidungskriterien der Geschäftsleitung und deren Gewichtung beachten.
- Zahlungsmoral (40 %)
- Reklamationsverhalten (30 %)
- Image (20 %)
- Dauer der Geschäftsbeziehung (10 %)

Anlage 12

Gartencenter Nord GmbH

Gartencenter Nord GmbH – Leineweg 10–14 – 30916 Isernhagen

GrilllookX
Röhmstraße 101
89407 Dillingen a. d. Donau

Ihr Zeichen:	LS/GG/np
Ihre Nachricht vom:	2020-11-19
Unser Zeichen:	hp
Unsere Nachricht vom:	
Name:	Horst Planken
Telefon:	0511 309-0
Telefax:	0511 309-10
E-Mail:	info@garten-cn.de
Datum:	2020-11-24

Ihre Lieferung vom 2020-11-23

Sehr geehrter Herr Grillinger,

vielen Dank, dass Sie uns bei Ihrem Abverkauf berücksichtigen konnten. Die Ware haben wir gestern vollständig erhalten.

Leider mussten wir feststellen, das bei zehn Grills der Thermostat nicht funktioniert.

Bitte liefern Sie uns umgehend zehn andere Grills im Austausch. Wie gewohnt erwarten wir eine rasche Abwicklung.

Mit freundlichen Grüßen

Gartencenter Nord GmbH

Horst Planken

Horst Planken

Gartencenter Nord GmbH
Leineweg 10–14
30916 Isernhagen

Tel.: 0511 309-0
Fax: 0511 309-12
E-Mail: info@garten-cn.de
Web: www.garten-cn.de

Geschäftsführer: Hartmut Holz
Sitz des Unternehmens: Hannover
Amtsgericht: Hannover HRB 303087
USt-IdNr.: DE301020183

Anlage 13: Auszug aus dem Bürgerlichen Gesetzbuch (BGB)

§ 275 Ausschluss der Leistungspflicht

(1) Der Anspruch auf Leistung ist ausgeschlossen, soweit diese für den Schuldner oder für jedermann unmöglich ist.
(2) Der Schuldner kann die Leistung verweigern, soweit diese einen Aufwand erfordert, der unter Beachtung des Inhalts des Schuldverhältnisses und der Gebote von Treu und Glauben in einem groben Missverhältnis zu dem Leistungsinteresse des Gläubigers steht. Bei der Bestimmung der dem Schuldner zuzumutenden Anstrengungen ist auch zu berücksichtigen, ob der Schuldner das Leistungshindernis zu vertreten hat.
(3) Der Schuldner kann die Leistung ferner verweigern, wenn er die Leistung persönlich zu erbringen hat und sie ihm unter Abwägung des seiner Leistung entgegenstehenden Hindernisses mit dem Leistungsinteresse des Gläubigers nicht zugemutet werden kann.
(4) Die Rechte des Gläubigers bestimmen sich nach den §§ 280, 283 bis 285, 311a und 326.

§ 434 Sachmangel

(1) Die Sache ist frei von Sachmängeln, wenn sie bei Gefahrübergang den subjektiven Anforderungen, den objektiven Anforderungen und den Montageanforderungen dieser Vorschrift entspricht.
(2) Die Sache entspricht den subjektiven Anforderungen, wenn sie

1. die vereinbarte Beschaffenheit hat,
2. sich für die nach dem Vertrag vorausgesetzte Verwendung eignet und
3. mit dem vereinbarten Zubehör und den vereinbarten Anleitungen, einschließlich Montage- und Installationsanleitungen, übergeben wird.

Zu der Beschaffenheit nach Satz 1 Nummer 1 gehören Art, Menge, Qualität, Funktionalität, Kompatibilität, Interoperabilität und sonstige Merkmale der Sache, für die die Parteien Anforderungen vereinbart haben.
(3) Soweit nicht wirksam etwas anderes vereinbart wurde, entspricht die Sache den objektiven Anforderungen, wenn sie

1. sich für die gewöhnliche Verwendung eignet,
2. eine Beschaffenheit aufweist, die bei Sachen derselben Art üblich ist und die der Käufer erwarten kann unter Berücksichtigung
   a) der Art der Sache und
   b) der öffentlichen Äußerungen, die von dem Verkäufer oder einem anderen Glied der Vertragskette oder in deren Auftrag, insbesondere in der Werbung oder auf dem Etikett, abgegeben wurden,
3. der Beschaffenheit einer Probe oder eines Musters entspricht, die oder das der Verkäufer dem Käufer vor Vertragsschluss zur Verfügung gestellt hat, und
4. mit dem Zubehör einschließlich der Verpackung, der Montage- oder Installationsanleitung sowie anderen Anleitungen übergeben wird, deren Erhalt der Käufer erwarten kann.

Zu der üblichen Beschaffenheit nach Satz 1 Nummer 2 gehören Menge, Qualität und sonstige Merkmale der Sache, einschließlich ihrer Haltbarkeit, Funktionalität, Kompatibilität und Sicherheit. Der Verkäufer ist durch die in Satz 1 Nummer 2 Buchstabe b genannten öffentlichen Äußerungen nicht gebunden, wenn er sie nicht kannte und auch nicht kennen konnte, wenn die Äußerung im Zeitpunkt des Vertragsschlusses in derselben oder in gleichwertiger Weise berichtigt war oder wenn die Äußerung die Kaufentscheidung nicht beeinflussen konnte.

(4) Soweit eine Montage durchzuführen ist, entspricht die Sache den Montageanforderungen, wenn die Montage

1. sachgemäß durchgeführt worden ist oder
2. zwar unsachgemäß durchgeführt worden ist, dies jedoch weder auf einer unsachgemäßen Montage durch den Verkäufer noch auf einem Mangel in der vom Verkäufer übergebenen Anleitung beruht.

(5) Einem Sachmangel steht es gleich, wenn der Verkäufer eine andere Sache als die vertraglich geschuldete Sache liefert.

§ 437 Rechte des Käufers bei Mängeln

Ist die Sache mangelhaft, kann der Käufer, wenn die Voraussetzungen der folgenden Vorschriften vorliegen und soweit nicht ein anderes bestimmt ist,

1. nach § 439 Nacherfüllung verlangen,
2. nach den §§ 440, 323 und 326 Abs. 5 von dem Vertrag zurücktreten oder nach § 441 den Kaufpreis mindern und
3. nach den §§ 440, 280, 281, 283 und 311a Schadensersatz oder nach § 284 Ersatz vergeblicher Aufwendungen verlangen.

§ 439 Nacherfüllung

(1) Der Käufer kann als Nacherfüllung nach seiner Wahl die Beseitigung des Mangels oder die Lieferung einer mangelfreien Sache verlangen.

(2) Der Verkäufer hat die zum Zwecke der Nacherfüllung erforderlichen Aufwendungen, insbesondere Transport-, Wege-, Arbeits- und Materialkosten zu tragen.

(3) Hat der Käufer die mangelhafte Sache gemäß ihrer Art und ihrem Verwendungszweck in eine andere Sache eingebaut oder an eine andere Sache angebracht, bevor der Mangel offenbar wurde, ist der Verkäufer im Rahmen der Nacherfüllung verpflichtet, dem Käufer die erforderlichen Aufwendungen für das Entfernen der mangelhaften und den Einbau oder das Anbringen der nachgebesserten oder gelieferten mangelfreien Sache zu ersetzen.

(4) Der Verkäufer kann die vom Käufer gewählte Art der Nacherfüllung unbeschadet des § 275 Abs. 2 und 3 verweigern, wenn sie nur mit unverhältnismäßigen Kosten möglich ist. Dabei sind insbesondere der Wert der Sache in mangelfreiem Zustand, die Bedeutung des Mangels und die Frage zu berücksichtigen, ob auf die andere Art der Nacherfüllung ohne erhebliche Nachteile für den Käufer zurückgegriffen werden könnte. Der Anspruch des Käufers beschränkt sich in diesem Fall auf die andere Art der Nacherfüllung; das Recht des Verkäufers, auch diese unter den Voraussetzungen des Satzes 1 zu verweigern, bleibt unberührt.

(5) Der Käufer hat dem Verkäufer die Sache zum Zweck der Nacherfüllung zur Verfügung zu stellen.

(6) Liefert der Verkäufer zum Zwecke der Nacherfüllung eine mangelfreie Sache, so kann er vom Käufer Rückgewähr der mangelhaften Sache nach Maßgabe der §§ 346 bis 348 verlangen. Der Verkäufer hat die ersetzte Sache auf seine Kosten zurückzunehmen.

7 Prüfungsaufgaben Sommer 2021

Aufgabe 1

Die Personal-For-U GmbH ist ein Personaldienstleister in Offenburg. Die geplante Erweiterung des Geschäftsfeldes Coaching wird sich im Bereich der Kommunikation, z. B. beim Drucken, auswirken. Um hier nachhaltig zu arbeiten, werden im Vorfeld verschiedene Betrachtungen durchgeführt. Sie unterstützen als Assistent/-in die Geschäftsleitung bei den kommenden Aufgaben.

1.1 Als Grundlage für weitere Entscheidungen und Gespräche benötigt die Geschäftsleitung zunächst den Papierverbrauch und die Betriebskosten der letzten Jahre für die einzelnen Abteilungsdrucker.

Berechnen Sie die Werte. Beachten Sie dabei, dass die Zählerstände zum Jahresbeginn NICHT auf null gestellt werden.
(Datei: *1_Drucker*) Verwenden Sie *Tabellenblatt 1.1.* Web

Speichern Sie Ihr Ergebnis unter Anwendung der Speicherregeln.

1.2 Nachdem Sie die Verbrauchs- und Kostenanalyse durchgeführt und die Zahlen vorgelegt haben, findet eine Besprechung mit der Geschäftsleitung statt.

Erstellen Sie das Kurzprotokoll zu dieser Besprechung (**Anlagen 1 und 2**). Web
(Datei: *1_2_Protokoll*)

Speichern Sie Ihr Ergebnis unter Anwendung der Speicherregeln.

1.3 Von der Abteilung Einkauf wurden Ihnen zwei Drucker empfohlen. Es wurden die einmaligen Kosten pro Jahr und die Kosten je Blatt beigefügt (*Tabellenblatt 1.3* in der Datei: *1_Drucker*). Web

- Berechnen Sie die Druckkosten unter Berücksichtigung aller ermittelten Druckvolumina (vgl. *Tabellenblatt 1.1*). Sollten Sie hier kein Ergebnis erzielen, verwenden Sie bitte als kleinstes Volumen 6.000 Blatt und als größtes Volumen 16.000 Blatt.
- Stellen Sie die Druckkosten in einem aussagefähigen Diagramm dar. Web
  (Datei: *1_Drucker*) Verwenden Sie *Tabellenblatt 1.3.*

Speichern Sie Ihr Ergebnis unter Anwendung der Speicherregeln.

1.4 Bei Ihren Recherchen zu einem DMS (Dokumentenmanagementsystem) sind Sie auf Unternehmen gestoßen, die in ihren Softwareprogrammen unterschiedlich interessante Möglichkeiten/Anwendungen bewerben. Für die zu schreibende erste Kontaktaufnahme haben Sie sich einige Notizen gemacht (**Anlage 3**).

Formulieren Sie einen entsprechenden E-Mail-Entwurf. Web
(Datei: *1_4_E-Mail*)

Speichern Sie Ihr Ergebnis unter Anwendung der Speicherregeln.

Aufgabe 2

Die Driller Electronics GmbH mit Sitz in Freiburg ist ein mittelständisches Unternehmen. Ein wesentliches Standbein des Sortiments ist die Unterhaltungselektronik. Zu den Kunden gehören Elektro-Großmärkte im süddeutschen Raum. Als Sachbearbeiter/-in unterstützen Sie Herrn Keck, den Abteilungsleiter Einkauf und Verkauf.

2.1 Herr Keck erhält eine Anfrage unseres Stammkunden, der MediaStore GmbH, die er an Sie mit einem Vermerk weiterleitet (**Anlage 4**).

Ermitteln Sie den Bruttopreis (**Anlage 5**).

Speichern Sie Ihr Ergebnis unter Anwendung der Speicherregeln.

2.2 Erstellen Sie ein sach- und normgerechtes Angebot (**Anlagen 5 und 6**).
Zur Berechnung der Beträge binden Sie eine Exceltabelle ein. (Sofern Sie in Aufgabe 2.1 kein Ergebnis haben, rechnen Sie mit 28,00 EUR netto pro Stück.)
(Datei: *2_2_Angebot*)

Speichern Sie Ihr Ergebnis unter Anwendung der Speicherregeln.

2.3 Im Zusammenhang mit dem Angebot an die MediaStore GmbH liegt Ihnen folgende E-Mail-Korrespondenz vor (**Anlage 7**).

- Formulieren Sie eine Antwort an den Kunden.
  (Datei: *2_3_E-Mail*)

  Speichern Sie Ihr Ergebnis unter Anwendung der Speicherregeln.

- Begründen Sie Ihre Vorgehensweise in einer Aktennotiz (**Anlage 8**).
  (Datei: *2_3_Aktennotiz*)

  Speichern Sie Ihr Ergebnis unter Anwendung der Speicherregeln.

Anlage 1: Auszug aus dem Teamkalender der Personal-4-U GmbH

Titel	Projektsitzung Nachhaltigkeit					
Beginn	Fr 07.05.2021	1	11:00	▾	☐ ganztägig	☐ Zeitzonen
Ende	Fr 07.05.2021	1	11:30	▾	in Serie umwandeln	
Ort	Besprechungsraum Panorama					

Anlage 2

Geschäftsführer, Herr Yildiz	Guten Morgen. Im Bereich Drucken haben wir die Kosten vorliegen. Vielen Dank an <Name Prüfling>, dass Sie sich um die Auswertung gekümmert haben. Wir haben festgestellt, dass wir sehr hohe Betriebskosten haben. Es ist notwendig, mindestens einen neuen Drucker anzuschaffen. <Name Prüfling>, bitte setzen Sie sich deshalb mit dem Einkauf in Verbindung. Danke. Wir müssen jedoch den gesamten Output betrachten. Dazu gehören nicht nur das Drucken, sondern auch das Verteilen von Dokumenten und die jeweiligen Arbeitsprozesse. Also der gesamte Workflow in der Informationsverwaltung.
Teammitglied, Frau Mortensen	Ja, richtig. Es fallen täglich sehr unterschiedliche „Informationen" an, die zu verarbeiten und zu archivieren sind. Und das sowohl digital als auch in Papierform. Kürzlich habe ich gelesen, dass laut einer Studie ein digitales Dokument in einem Unternehmen 19-mal vorliegt!
Geschäftsführer, Herr Yildiz	Das hätte ich nicht vermutet. Das heißt, wenn ich ein Dokument suche, kann das an mehreren Stellen abgelegt sein. Diese Suche kostet sehr viel Zeit und damit auch Geld! Gibt es hier eine Möglichkeit zu sparen?
Prüfling, <Name Prüfling>	Ja, die Möglichkeit gibt es, indem wir unser Informationsmanagement ganzheitlich betrachten und ein Dokumentenmanagementsystem einführen.
Teammitglied, Frau Mortensen	Was heißt das genau?
Prüfling, <Name Prüfling>	Nun, ein Dokumentenmanagementsystem, abgekürzt DMS, ermöglicht die komplette Verwaltung aller Dokumente. Was die „Informationen" in Papierform betrifft, die Sie vorher erwähnt haben, die werden gleich beim Posteingang eingescannt. Im Prinzip „betreut" die DMS-Software jedes Dokument über alle Prozessschritte hinweg, also von der Erstellung oder auch Erfassung über die Verteilung und Bearbeitung bis zur Archivierung oder auch Löschung. Und das Schöne dabei ist, dass alle Mitarbeitenden, immer und von überall auf das eine, aktuell gültige Dokument zugreifen können.
Teammitglied, Frau Mortensen	Da fallen mir spontan zwei Fragen ein. Wie finde ich denn diese eine Datei? Und haben da wirklich alle Mitarbeiter/-innen auf alle Dateien Zugriff?
Prüfling, <Name Prüfling>	Zu Ihrer ersten Frage, die Software bietet eine Volltextsuche an. Sie können also z. B. nach einem bestimmten Kundennamen suchen. Und zu Ihrer zweiten Frage, das Programm ermöglicht auch eine Zugriffsrechteverwaltung.
Geschäftsführer, Herr Yildiz	Ich bin begeistert. Das ist unsere Lösung! <Name Prüfling>, Sie kennen sich hier ja richtig gut aus. Recherchieren Sie doch bitte verschiedene Unternehmen zu diesem Thema und nehmen mit ihnen Kontakt auf. Wir benötigen ein Beratungsgespräch.
Prüfling, <Name Prüfling>	Gut, ich kümmere mich darum.
Geschäftsführer, Herr Yildiz	Die Abteilungsleitungen sollten wir schnellstmöglich über dieses Projekt informieren. Am besten laden wir sie zu unserer nächsten Projektsitzung ein. Für diese Sitzung nehmen wir das Thema „Anforderungsprofil der Abteilungen" in die Tagesordnung auf.

Prüfling, <Name Prüfling>	Ja, sehr gern.
Geschäftsführer, Herr Yildiz	Gut, dann sind wir soweit fertig. Bis nächste Woche. Auf Wiedersehen!

Anlage 3

Notizbuch <Name Prüfling>

Alle Notizen ⋮	Notizen für eine Kontaktaufnahme mit möglichen Unternehmen zum Thema DMS. *In ganzen Sätzen formulieren und mindestens folgende Punkte einbringen:* • Informationen, die die anbietenden Unternehmen von uns benötigen • Beratung vor Ort oder bei uns • Referenzen der anbietenden Unternehmen • prozessorientierte Einführung • Terminvorschlag für erstes Gespräch in KW 19 • Schulungen
Anfrage DMS	
Notizen **To-dos**	

Anlage 4

MEDIASTORE
GmbH

MediaStore GmbH, Freiburger Straße 45, 79539 Lörrach

Driller Electronics GmbH
Herrn Justin Keck
Tullastraße 54
79110 Freiburg

Ihr Zeichen:	
Ihre Nachricht:	
Unser Zeichen:	vm/ma
Unsere Nachricht:	
Name:	Mehmet Akyar
Telefon:	07621 5422-15
Telefax:	07621 5422-10
E-Mail:	m.akyar@mediastore.de
Homepage:	mediastore.de
Datum:	2021-04-30

Anfrage zu Ihrer JLC MagicBox

Sehr geehrter Herr Keck,

der „Bund der Selbstständigen“ Lörrach organisiert die „Aktionswoche Erlebniskauf Lörrach“, die in den letzten Jahren viele Kunden angezogen hat.

Ihre JLC MagicBox war immer ein verkaufsstarker Renner. Darum möchten wir diesen Verkaufsschlager wieder anbieten. Das Event findet in der Woche vom 17.05.2021 bis zum 22.05.2021 statt.

Können Sie uns bei einer Bestellmenge von 500 Stück günstige Konditionen gewähren?

Wir freuen uns auf Ihr Angebot und auf eine weiterhin gute Zusammenarbeit.

Freundliche Grüße aus Lörrach

MediaStore GmbH

i. A. Mehmet Akyar

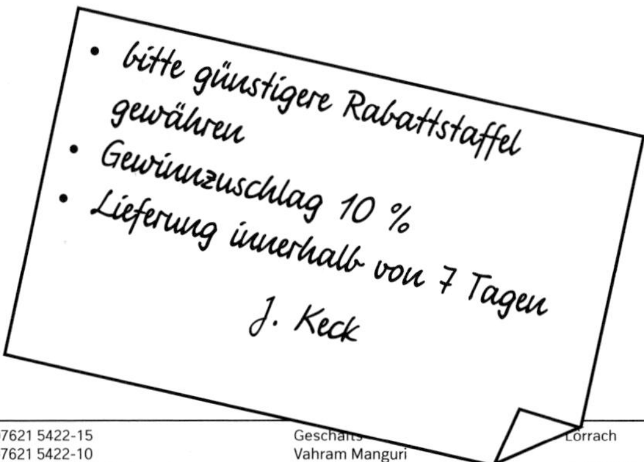

MediaStore GmbH
Freiburger Straße 45
79539 Lörrach

Tel.: 07621 5422-15
Fax: 07621 5422-10
E-Mail: m.akyar@mediastore.de
Web: www.mediastore.de

Geschä
Vahram Manguri
Postbank Lörrach
IBAN: DE19 4672 0098 3246 91

Lörrach

rf. DE3577841

Anlage 5: Stammdaten der Driller Electronics GmbH

Auszug aus der Artikelkartei

Artikelbezeichnung	Art.-Nr.	Selbstkosten
JLC Tablet I5	HE40U-198	215,00 EUR
Samsung Tablet, 7J	HE40U-199	195,00 EUR
JLC MagicBox	HE 40U-200	22,50 EUR

Auszug aus der Kundenkartei: Adresse und Ansprechpartner

Kunde	Kd.-Nr.	PLZ	Ort	Straße	Ansprechpartner	Anrede
E-Markt GmbH	4401	70173	Stuttgart	Lindenstraße 3	Meier	Frau
MediaStore GmbH	4402	79539	Lörrach	Freiburger Str. 45	Akyar	Herrn
Jupiter AG	4403	76131	Karlsruhe	Am Graben 12	Ludwig	Herrn
Media Shop KG	4404	68165	Mannheim	Rosenstraße 42	Hain	Frau

Auszug aus der Kundenkartei: Schlüssel für Bezugskosten, Rabattstaffel und Zahlungsbedingungen

Kunde	Bz-Kost	Z-Bed.	Rabatt
E-Markt GmbH	BZ02	S00	R03
MediaStore GmbH	BZ00	S02	R06
Jupiter AG	BZ02	S02	R08
Media Shop KG	BZ04	S00	R03

Bezugskosten

Beschreibung	Kürzel	Faktor
frei Haus	BZ00	0 %
2 % vom Warenwert	BZ02	2 %
4 % vom Warenwert	BZ04	4 %
6 % vom Warenwert	BZ06	6 %

Rabattstaffel

Beschneibung	Kürzel	Faktor
ohne Rabatt	R00	0 %
3 % Rabatt	R03	3 %
6 % Rabatt	R06	6 %
8 % Rabatt	R08	8 %

Zahlungsbedingungen

Beschreibung	Kürzel	Faktor	Skontozeitraum	Zahlungsziel
netto	S00	0 %	0	0
2 % Skonto 10 Tage, 30 netto	S02	2 %	10	30
3 % Skonto 10 Tage, 30 netto	S03	3 %	10	30

Anlage 6

Organisationshandbuch der Driller Electronics GmbH *(Auszug)*
Kapitel I – Geschäftsprozess Auftragsbearbeitung
3 Handlungsanweisung zu „Angebot erstellen“
3.1 Vorlagen:
• Es ist die Datei „2_2_Angebot“ zu verwenden. • Alle Berechnungen sind mit unserer Tabellenkalkulation zu erstellen. • Die Tabelle ist als Objekt einzubinden.
3.2 ...:
3.3 ...:
3.4 Tabellenkalkulation eines Angebotes:
Auszuweisen sind Einzel- und Gesamtpositionen, unter Berücksichtigung von mindestens: • Nettoverkaufspreis • Rabatt • Umsatzsteuer • Zahlbetrag
4 ...:
5 Unterschriftenregelung:
• Bis zu einem Betrag von 5.000,00 EUR unterschreibt der/die Sachbearbeiter/-in. • Über einem Betrag von 5.000,00 EUR muss der/die Abteilungsleiter/-in zusätzlich unterschreiben.

Anlage 7

Löschen **Kein Spam** **Antworten** **Weiterleiten** **Verschieben**

Bestellung 08.05.2021 um 11:25
Von: m.akyar@mediastore.de

Sehr geehrte/-r <Prüfling>,

vielen Dank für die schnelle Antwort. Wir bestellen hiermit verbindlich gemäß Ihrem Angebot vom 07.05.2021 500 Stück ***JLC MagicBox***.

Mit freundlichen Grüßen
MediaStore GmbH
i. A. Mehmet Akyar

Löschen Kein Spam | Antworten ▾ Weiterleiten | Verschieben ▾

Mängelrüge 15.05.2021 um 21:41
Von: m.akyar@mediastore.de

Sehr geehrte/-r <Prüfling>,

leider haben wir Anlass zur Beschwerde. Zwar traf heute endlich Ihre Lieferung der ***JLC MagicBox*** bei uns ein. Im Gegensatz zu der vereinbarten Liefermenge von 500 Stück konnten wir aber nur den Eingang von 350 Stück feststellen.

Wie wir schon bei unserer Anfrage ausdrücklich betont haben, ist es für uns unerlässlich, die ***JLC MagicBox*** für die Aktionswoche verfügbar zu haben.

Da wir mit der jetzt gelieferten Menge nur für den Anfang der Aktionswoche auskommen, setzen wir Ihnen eine Frist bis zum Mittwoch, 19.05.2021 um 15:00 Uhr. Eine spätere Nachlieferung wird von uns nicht mehr angenommen.

Wir bedauern diese Situation und hoffen auf eine pünktliche Nachlieferung.

Mit freundlichen Grüßen
MediaStore GmbH
i. A. Mehmet Akyar

Löschen Kein Spam | Antworten ▾ Weiterleiten | Verschieben ▾

Mängelrüge 2 19.05.2021 um 19:27
Von: m.akyar@mediastore.de

Sehr geehrte/-r <Prüfling>,

zu unserem Bedauern haben Sie die Restmenge der ***JLC MagicBox*** bis heute nicht geliefert. Damit befinden Sie sich in Lieferverzug. Wir mussten uns nun selbst behelfen und haben die restlichen 150 Stück ***JLC Magic Box*** bei einem anderen Händler gekauft. Da wir hier einen um in der Summe 187,50 EUR höheren Preis bezahlen mussten, fordern wir Sie freundlichst auf, uns den Schaden in dieser Höhe zu ersetzen. Die restliche Lieferung über 150 Stück benötigen wir nicht mehr.

Mit freundlichen Grüßen
MediaStore GmbH
i. A. Mehmet Akyar

Anlage 8: Auszug aus dem Bürgerlichen Gesetzbuch (BGB)

§ 266 Teilleistungen
Der Schuldner ist zu Teilleistungen nicht berechtigt.

§ 280 Schadensersatz wegen Pflichtverletzung
(1) Verletzt der Schuldner eine Pflicht aus dem Schuldverhältnis, so kann der Gläubiger Ersatz des hierdurch entstehenden Schadens verlangen. Dies gilt nicht, wenn der Schuldner die Pflichtverletzung nicht zu vertreten hat.
[...]
(3) Schadensersatz statt der Leistung kann der Gläubiger nur unter den zusätzlichen Voraussetzungen des § 281, des § 282 oder des § 283 verlangen.

§ 281 Schadensersatz statt der Leistung wegen nicht oder nicht wie geschuldet erbrachter Leistung
(1) Soweit der Schuldner die fällige Leistung nicht oder nicht wie geschuldet erbringt, kann der Gläubiger unter den Voraussetzungen des § 280 Abs. 1 Schadensersatz statt der Leistung verlangen, wenn er dem Schuldner erfolglos eine angemessene Frist zur Leistung oder Nacherfüllung bestimmt hat. [...]

§ 286 Verzug des Schuldners
(1) Leistet der Schuldner auf eine Mahnung des Gläubigers nicht, die nach dem Eintritt der Fälligkeit erfolgt, so kommt er durch die Mahnung in Verzug. Der Mahnung stehen die Erhebung der Klage auf die Leistung sowie die Zustellung eines Mahnbescheids im Mahnverfahren gleich.
[...]

§ 323 Rücktritt wegen nicht oder nicht vertragsgemäß erbrachter Leistung
(1) Erbringt bei einem gegenseitigen Vertrag der Schuldner eine fällige Leistung nicht oder nicht vertragsgemäß, so kann der Gläubiger, wenn er dem Schuldner erfolglos eine angemessene Frist zur Leistung oder Nacherfüllung bestimmt hat, vom Vertrag zurücktreten.
[...]
(5) Hat der Schuldner eine Teilleistung bewirkt, so kann der Gläubiger vom ganzen Vertrag nur zurücktreten, wenn er an der Teilleistung kein Interesse hat. Hat der Schuldner die Leistung nicht vertragsgemäß bewirkt, so kann der Gläubiger vom Vertrag nicht zurücktreten, wenn die Pflichtverletzung unerheblich ist.
[...]

§ 325 Schadensersatz und Rücktritt
Das Recht, bei einem gegenseitigen Vertrag Schadensersatz zu verlangen, wird durch den Rücktritt nicht ausgeschlossen.

8 Prüfungsaufgaben Winter 2021/2022

Aufgabe 1

Die Manz-Trade GmbH ist ein mittelständisches Unternehmen, welches sich auf den Handel mit Dekorationsartikeln spezialisiert hat. Sie sind Mitarbeiter/-in der Verkaufsabteilung und betreuen unter anderem den Kunden Kaufhalle GmbH.

Ihnen liegt die E-Mail von heute, weitergeleitet von Ihrem Vorgesetzten, Herrn Ruffin, vor (**Anlage 1**).

1.1 Der E-Mail sind zwei Anhänge beigefügt (**Anlagen 2 und 3**).

1.1.1 Prüfen Sie die Lieferfähigkeit.
(Datei: *1_1_1_Lieferfähigkeit*)

Speichern Sie Ihr Ergebnis unter Anwendung der Speicherregeln.

1.1.2
- Beurteilen Sie, ob der Gewährung des gewünschten Mengenrabatts bei allen angefragten Artikeln zugestimmt werden sollte (**Anlage 4**).
- Begründen Sie Ihre Entscheidung ausführlich in einer E-Mail an Herrn Ruffin.

(Datei: *1_1_2_Rabatt*)

Speichern Sie Ihr Ergebnis unter Anwendung der Speicherregeln.

1.2 Herr Ruffin hat mit dem Einkauf wegen des angefragten Jubiläumsproduktes gesprochen (**Anlage 5**).

Kalkulieren Sie den Nettoverkaufspreis (**Anlagen 4 und 5**).

Speichern Sie Ihr Ergebnis unter Anwendung der Speicherregeln.

1.3 Erstellen Sie ein sach- und normgerechtes Angebot für das Jubiläumsprodukt (**Anlagen 4 und 5**).

Hinweis: Sofern Sie in Aufgabe 1.2 kein Ergebnis haben, gehen Sie von einem Nettoverkaufspreis von 8,00 EUR aus.

(Datei: *1_3_Angebot*)

Speichern Sie Ihr Ergebnis unter Anwendung der Speicherregeln.

Aufgabe 2

Die Systemtraum KG ist ein mittelständisches Unternehmen und stellt moderne hochwertige Möbel in Serienfertigung her. Drei Büros sollen im Nachbargebäude untergebracht werden. Als Mitarbeiter/-in der Abteilung Einkauf arbeiten Sie auch im Projektteam „Umzug“ mit (**Anlagen 6 und 7**).

2.1 Die Räume im Nachbargebäude sollen überprüft werden, inwieweit sie den aktuellen Vorgaben der ergonomischen Büroraumgestaltung und -ausstattung entsprechen.

Erstellen Sie dafür eine Checkliste mit zehn zu prüfenden Aspekten.

Speichern Sie Ihr Ergebnis unter Anwendung der Speicherregeln.

2.2 Bei der nächsten Besprechung mit der Geschäftsleitung soll entschieden werden, welche Büros umziehen. Hierfür haben Sie die Aufgabe erhalten, eine Vorauswahl zu treffen. Als Entscheidungsgrundlage dienen die Grundrisse der Büroräume im Nachbargebäude und die Angaben der aktuellen Arbeitssituation **(Anlagen 6 und 7)**.

- Erstellen Sie eine Tischvorlage für Ihre Vorauswahl mit den Grafiken der Büroräume.
- Begründen Sie Ihre Entscheidung in der Tischvorlage.

Speichern Sie Ihr Ergebnis unter Anwendung der Speicherregeln.

2.3 Im Nachbargebäude wird ein neuer Konferenzbereich entstehen. Dazu werden 50 stapelbare Dreieckstische benötigt, die in Eigenfertigung hergestellt werden.

Ermitteln Sie sowohl den Brutto- als auch den Nettobedarf der benötigten einzelnen Teile für die Anfertigung der Dreieckstische.
(Datei: *2_3_Bedarf*, Tabellenblatt Stückliste und Tabellenblatt Bedarfsermittlung) Web

Speichern Sie Ihr Ergebnis unter Anwendung der Speicherregeln.

2.4 Die Abteilungsarchive sollen an einem Wochenende von dem örtlichen Umzugsunternehmen Leicht GmbH (info@leichl-gmbh.de) in die neuen Räume des Nachbargebäudes gebracht werden. In der Besprechung mit der Geschäftsleitung haben Sie sich dazu Notizen gemacht **(Anlage 8)**.

Formulieren Sie eine E-Mail an die Firma Leicht GmbH.
(Datei: *2_4_E-Mail*) Web

Speichern Sie Ihr Ergebnis unter Anwendung der Speicherregeln.

Anlage 1

Von:	irene.ludwig@kaufhalle.de
An:	ruffin@manz-trade.com
Betreff:	Anfrage nach verschiedenen Produkten

Sehr geehrter Herr Ruffin,

wir wollen unseren Warenbestand für die aktuelle Weihnachtssaison aufstocken und benötigen für unsere Filialen weitere Artikel:

- 3.600 Stück Lichterkette Classic
- 2.500 Stück Leuchtstern Star
- 6.000 Packungen Weihnachtsbaumkugeln Gold

Die Ware benötigen wir bis zum 19. November 2021.

Wir freuen uns, wenn Sie uns auf diese Bestellung einen Mengenrabatt von 10 % einräumen können.

Ab Februar 2022 beginnen wir unser Jubiläumsjahr „50 Jahre Kaufhalle“. Wir wollen unseren Kunden speziell ein Jubiläumsprodukt anbieten. Bitte senden Sie uns ein Angebot mit Angabe des Nettoverkaufspreises zu.
Wir sind gespannt auf Ihren Vorschlag.

Freundliche Grüße

Kaufhalle GmbH

i. A. Irene Ludwig

Anlage 2

Auszug aus dem Artikelsortiment Manz-Trade GmbH					
Artikelbezeichnung	**Art.-Nr.**	**Nettoverkaufspreis in Euro**	**Sicherheitsbestand in Stück**	**Aktueller Lagerbestand in Stück**	**Aktueller Auftragseingang in Stück** (bereits in Bearbeitung)
Lichterkette Classic	887701	12,50	450	4.500	5.200
Lichterkette extra large	887702	24,99	600	5.700	4.900
Weihnachtsbaum Kunststoff	887703	35,00	400	9.300	8.500
Leuchtstern Star	887704	7,99	100	6.200	430
Weihnachtsbaumkugeln Gold	887705	19,90	300	4.200	3.850

Auszug aus dem Artikelsortiment Manz-Trade GmbH					
Artikelbezeichnung	**Art.-Nr.**	**Nettoverkaufspreis in Euro**	**Sicherheitsbestand in Stück**	**Aktueller Lagerbestand in Stück**	**Aktueller Auftragseingang in Stück** (bereits in Bearbeitung)
Weihnachtsbaumkugeln Grün	887706	14,29	300	3.920	4.300
Spieluhr Thüringen	887707	22,50	200	1.465	490

Anlage 3

Von:	einkauf@manz-trade.com
An:	ruffin@manz-trade.com
Betreff:	AW: Einkaufsplanung November

Lieber Martin,

bezüglich Deiner Nachfrage kann ich Dir folgende aktuelle Übersicht geben:

Artikelbezeichnung	Art.-Nr.	Lieferzusagen bis 15. November 2021 unserer Lieferanten
Lichterkette Classic	887701	4.100
Lichterkette extra large	887702	2.500
Weihnachtsbaum Kunststoff	887703	7.000
Leuchtstern Star	887704	0
Weihnachtsbaumkugeln Gold	887705	7.500
Weihnachtsbaumkugeln Grün	887706	6.000
Spieluhr Thüringen	887707	500

Bitte beachte: Lichterketten erfreuen sich dieses Jahr an einer ungewohnt hohen Beliebtheit.

Größere Bestellmengen können daher kurzfristig nur mit deutlich höheren preislichen Aufschlägen eingekauft werden.

Grüße

Walter
Abteilung Einkauf

Anlage 4: Auszüge aus Stammdaten der Manz-Trade GmbH

Stammdaten								
Kunde	**Kd.-Nr.**	**PLZ**	**Ort**	**Straße**	**Lief.-Bed.**	**Zahl.-Bed.**	**Rabatt**	**Ansprech-partner**
Karka GmbH	88015	89073	Ulm	Münsterstr. 11	L00	S04	R07	Jana Kurz
Leudl AG	88016	69115	Heidelberg	Möhrenweg 103	L02	S03	R05	Franz Freund
Kauhalle GmbH	88017	86152	Augsburg	Domstra-ße 1	L02	S04	R03	Dr. Irene Ludwig
Deko-World KG	88018	69117	Heidelberg	Neckarstr. 53	L01	S02	R03	Severin Freitag
Einrichten GmbH	88019	88331	München	Industriestr. 15	L00	S03	R03	Mara Celik

Zahlungsbedingungen				
Beschreibung	**Kürzel**	**Skonto**	**Skontozeitraum**	**Zahlungsziel**
rein netto	S00	0 %	0	0
2 % Skonto 10 Tage, 30 Tage rein netto	S02	2 %	10	30
3 % Skonto 10 Tage, 30 Tage rein netto	S03	3 %	10	30
2,5 % Skonto 15 Tage, 40 Tage rein netto	S04	2,5 %	15	40

Rabatte		
Rabattstaffel	**Kürzel**	**Faktor**
ohne Rabatt	R00	0 %
3 %	R03	3 %
5 %	R05	5 %
7 %	R07	7 %

Lieferbedingungen		
Beschreibung	**Kürzel**	**Faktor**
frei Haus	L00	0
3 % vom Nettoverkaufspreis	L01	3 %
Lieferpauschale (BW, Bayern)	L02	250,00 EUR
Lieferpauschale (außerhalb BW, Bayern)	L03	450,00 EUR

Anlage 5

Gesprächsnotiz		Gesprächspartner	
		Firma:	Intern
		Kontakt:	
Datum:	10.11.2021	Telefon:	
Betreff:	**Kalkulation Jubiläumsprodukt – Kaufhalle GmbH**		

Der Kunde wünscht sich ein besonderes Produkt für sein 50-jähriges Jubiläum. In Abstimmung mit dem Einkauf können wir dem Kunden „Glitzer-Tischstreu" in einer dekorativen Schmuckbox versehen mit Schriftzug „50 Jahre Kaufhalle" anbieten.

Der Selbstkostenpreis beträgt 5,23 EUR pro Schmuckbox. Wir planen einen Gewinnzuschlag von 27,5 %. Die restlichen Daten sind entsprechend der Stammdaten zu berücksichtigen.

Eine Mindestabnahme von 6.000 Stück ist erforderlich.

Grüße

Martin Ruffin
Abteilung Verkauf

Anlage 6

(Abbildungen sind nicht maßstabsgetreu)

Raum 1

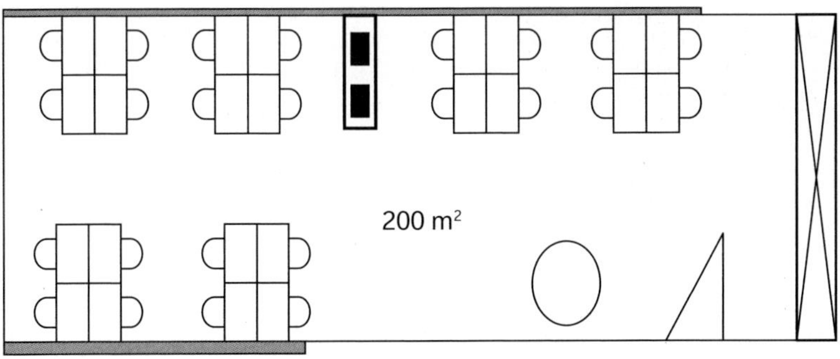

Raum 2

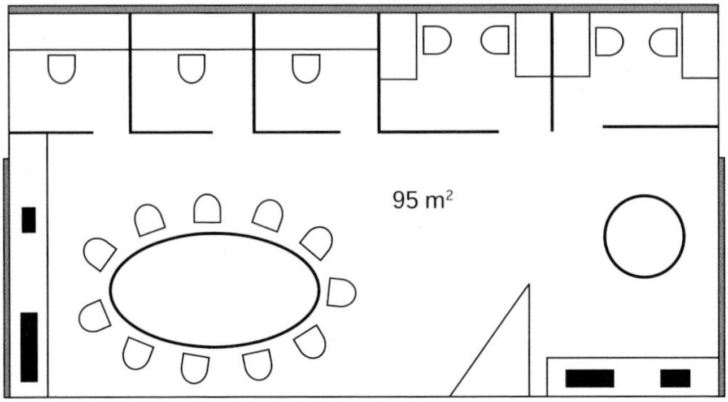

Raum 3

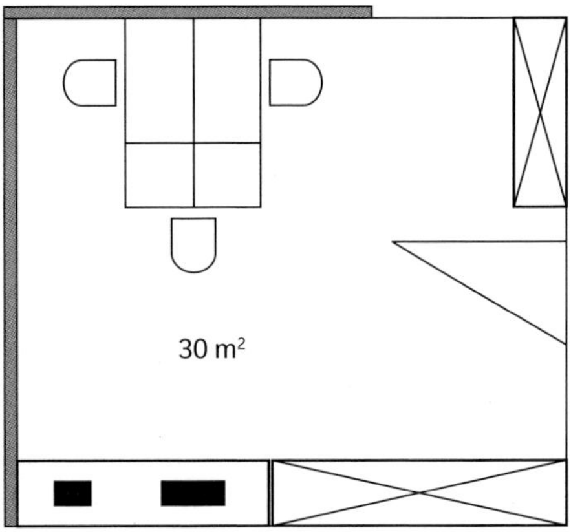

Anlage 7

Aktuelle Arbeitssituation bei der Systemtraum KG:

Abteilungen:	Anforderungen an Büros
– Einkauf	• aktuell sechs Mitarbeitende • Arbeitsplätze, aufgeteilt nach Sachgebieten • Zusatzarbeitsplätze für zwei Auszubildende • separates Besprechungszimmer
– Marketing	• aktuell sechs Mitarbeitende • ausgeprägte, kreative Teamarbeit • häufige Treffen mit anderen Abteilungen
– Verkauf	• aktuell 18 Mitarbeitende, davon vier zu unterschiedlichen Zeiten im Außendienst • schneller Austausch von Informationen • Zusatzarbeitsplätze für zwei Auszubildende
– Personalverwaltung	• aktuell drei Mitarbeitende, davon eine Teilzeitkraft • Verwaltung der Personalakten
– Konstruktion	• aktuell drei Mitarbeitende • umfangreiche technische Ausstattung (CAD-Anlage, DIN-A0-Plotter) • Platz für Modelle
– Betriebsrat	• aktuell drei Mitglieder • Besprechungsbereich

Anlage 8

Notizen Projektteam Umzug	
☐ Besprechung Geschäftsleitung	• Umzug Abteilungsarchive vom 2. Stock in Nachbargebäude 1. Stock • kein Lkw erforderlich • Akten müssen vom Transportunternehmen verpackt werden • Besichtigungstermin bzgl. Umzugsaufwand in KW 46 • Durchführung Umzug: Samstag, 11. Dezember

9 Prüfungsaufgaben Sommer 2022

Aufgabe 1

Die BLOSSOM OFFICE GmbH mit Sitz in Ulm wurde im Jahr 2020 gegründet. Das Unternehmen handelt unter anderem mit hochwertigen Systemen zur Begrünung von Wänden im Innen- und Außenbereich. Die ökologische und soziale Ausrichtung des Unternehmens ist im Leitbild fest verankert.

Sie sind als Sachbearbeiter/-in in der Abteilung Einkauf eingesetzt.

1.1 Eine mobile Pflanzenwand soll im Produktkatalog für das Jahr 2023 neu aufgenommen werden. Ihr Vorgesetzter Herr Fuchs bittet Sie, ihm einen Entwurf für eine Anfrage an mögliche Lieferanten per E-Mail zu erstellen **(Anlage 1)**.

Formulieren Sie die Anfrage.
(Datei: *1_1_Anfrage.docx*)

Speichern Sie unter Anwendung der angegebenen Speicherregel.

1.2 Inzwischen sind für die mobilen Pflanzenwände drei Angebote eingegangen **(Anlagen 2–4)**. Herr Fuchs bittet Sie, mithilfe eines Angebotsvergleichs einen Lieferanten auszuwählen.

- Berechnen Sie die Einstandspreise.
- Entscheiden Sie sich für einen Lieferanten unter Berücksichtigung unseres Leitbildes **(Anlage 5)**.

(Datei: *1_2_Angebotsvergleich.xlsx*)

Speichern Sie unter Anwendung der angegebenen Speicherregel.

1.3 Der BLOSSOM OFFICE GmbH steht für die Sortimentserweiterung der mobilen Pflanzenwände nicht genügend Lagerkapazität zur Verfügung. Die Geschäftsleitung steht nun vor der Entscheidung, den bestehenden Lagerraum zu erweitern oder die Dienste eines Lagerhalters in Anspruch zu nehmen.

1.3.1 Herr Fuchs bittet Sie, die Kosten der Eigenlagerung den Kosten der Fremdlagerung gegenüberzustellen. Im Zuge des Kostenvergleichs sollen auch geringere Absatzmengen berücksichtigt werden.

- Berechnen Sie die Lagerkosten.
- Stellen Sie Ihr Ergebnis grafisch dar.

(Datei: *1_3_1_Kostenvergleich.xlsx*)

Speichern Sie unter Anwendung der angegebenen Speicherregel.

1.3.2 In der nächsten Teamsitzung möchte Herr Fuchs das Thema Eigen- oder Fremdlagerung entscheiden.

Erörtern Sie die Vor- und Nachteile der beiden Lagermöglichkeiten. Berücksichtigen Sie dabei die Kostensituation.
(Datei: *1_3_2_Teamsitzung.docx*) Web

Speichern Sie unter Anwendung der angegebenen Speicherregel.

Aufgabe 2

Die GenussWELT GmbH ist ein regional bekannter Weinhändler. Unternehmenssitz ist in Konstanz.

Sie sind Sachbearbeiter/-in in der Auftragsbearbeitung.

2.1 Heute erreicht Sie eine E-Mail Ihres langjährigen Kunden soul hotel in Ulm. Mit Ihrem Lageristen, Herrn Peter, haben Sie bereits Kontakt aufgenommen (**Anlagen 6 und 7**).

- Analysieren Sie Ihre rechtliche Situation bei diesem Auftrag (**Anlage 8**).
- Formulieren Sie die für das Gespräch mit Herrn Gros relevanten Aspekte.

(Datei: *2_1_Formular.docx*) Web

Speichern Sie unter Anwendung der angegebenen Speicherregel.

2.2 Für die Beurteilung der Wirtschaftlichkeit des Weinlagers wurde bisher nur das Gesamtlager und nicht einzelne Artikel betrachtet. Um Lieferschwierigkeiten zukünftig zu vermeiden, soll nun die Lagersituation genauer analysiert werden.

- Ermitteln Sie mithilfe der Lagerkartei die Lagerkennzahlen für 2021 sowohl für das gesamte Weinlager als auch für den Artikel „Rosé“.
- Beurteilen Sie die Situation.
- Formulieren Sie einen Verbesserungsvorschlag.

(Datei: *2_2_Lagerkennzahlen.xlsx*) Web

Speichern Sie unter Anwendung der angegebenen Speicherregel,

2.3 Die GenussWELT GmbH hat beschlossen, das Lager zu erweitern. Im Zuge dessen muss dort ein neues Büro für einen Arbeitsplatz geschaffen werden.

Laut Plan, den Sie von Frau J. Rosner (Abteilung Grundstücke und Gebäude) erhalten haben, stehen zwei Räume zur Verfügung (**Anlage 9**).

- Entscheiden Sie sich für einen der beiden Räume.
- Begründen Sie Ihre Entscheidung anhand von vier Argumenten.

(Datei: *2_3_Email.docx*) Web

Speichern Sie unter Anwendung der angegebenen Speicherregeln.

Anlage 1

Aus der Warendatei stehen folgende Informationen zur Verfügung:	
Mobile Pflanzenwand: H × B × T, 1.635 mm × 1.200 mm × 400 mm Hauptrohstoff aus recyceltem, gepresstem und umweltschonend versiegeltem Material	
Optimistischer Jahresabsatz 2023: 800 Stück Produktbeschreibung: Mit dieser Pflanzenwand können verschiedene Innenbereiche, beispielsweise in Großraumbüros, akustisch voneinander getrennt werden. Zudem verbessern diese Wände messbar die Qualität der Raumluft und die Luftfeuchtigkeit am Arbeitsplatz.	**BLOSSOM OFFICE GMBH**

Anlage 2

Auszug aus dem Angebot „mobile Pflanzenwände“:

Sehr geehrte Damen und Herren,

vielen Dank für Ihre Anfrage.

Gemäß unserer AGB bieten wir Ihnen folgendes Produkt an:

Pflanzenwand „happy green“, mobil; Typ: automatische Bewässerung; Qualitätsnote: sehr robust, da aus Hartplastik produziert;
Listenpreis: 1.480,00 EUR pro Stück

Bei einer Abnahmemenge von mehr als 500 Stück räumen wir Ihnen einen Mengenrabatt von 10 % ein.

Die Ware wird Ihnen durch ein Speditionsunternehmen zugestellt. Dafür berechnen wir Ihnen einmalig 185,00 EUR.

Die Lieferzeit beträgt ab Auftragseingang 45 Tage.

Die Zahlung hat innerhalb von 30 Tagen netto Kasse zu erfolgen, bei Zahlung innerhalb von 8 Tagen können wir Ihnen 2 % Skonto gewähren.

Wir freuen uns über Ihre Auftragserteilung sowie auf eine gute Zusammenarbeit.

Mit freundlichen Grüßen

Hui Green Ltd.; Taiwan

M. Schneider *J. Cramer*

i. V. Matthias Schneider i. A. Johannes Cramer

Anlage 3

An:	pruefling@blossom.de
Cc:	
Bcc:	
Betreff:	Angebot 3441/367 – mobile Pflanzenwand

Sehr geehrte Damen und Herren,

vielen Dank für Ihr Schreiben. Wir bieten Ihnen gerne unsere mobile Pflanzenwand mit der Artikelnummer 32489 zu folgenden Konditionen an:

Preis je Stück:	1.420,00 EUR
Rabatt bei einer Abnahme von 200 Stück:	5 %
Rabatt bei einer Abnahme von 500 Stück:	10 %
Rabatt bei einer Abnahme von 700 Stück:	15 %

Wir garantieren bei unseren Produkten eine lange Lebensdauer, da die Bauelemente aus widerstandsfähigem Kunststoff gefertigt sind.

Wir stellen Ihnen den Betrag von 92,37 EUR Frachtkosten einmalig in Rechnung.

Die Ware bleibt bis zur vollständigen Bezahlung unser Eigentum. Ansonsten gelten unsere Allgemeinen Geschäftsbedingungen.

Wir freuen uns auf Ihre Bestellung und stehen für Rückfragen jederzeit zur Verfügung.

Mit den besten Grüßen

MaliPai Ltd., Shanghai

H. Wasser

i. A. Heiko Wasser

M A L I P A I

1261 Liangcheng Rd, Hongkou District, Shanghai, China

Anhang:	Allgemeine Geschäftsbedingungen

Anlage 4

Ihr Zeichen:
Ihre Nachricht vom:
Unser Zeichen: fl
Unsere Nachricht vom:

ingreen GmbH — Hauptstraße 35 — 73312 Geislingen/Steige
BLOSSOM OFFICE GmbH
Name des Prüflings
Magirusstraße 47
89077 Ulm

Name: Julia Flores
Telefon: 07331 251-25
Telefax: 07331 251-26
E-Mail: flores@ingreen.de

Datum: 10.06.2022

Angebot Pflanzen-Trennwand – Artikelnummer: 19429

Sehr geehrte Damen und Herren,

wir freuen uns über Ihr Interesse an unseren Produkten. Die Pflanzen-Trennwand können wir Ihnen zu folgenden Konditionen anbieten:

Artikelbezeichnung	Artikelnummer	Stückpreis (netto)
Pflanzen-Trennwand	19429	1.680,00 EUR

Die Lieferung erfolgt innerhalb von 5 Tagen nach Auftragseingang. Wir berechnen Ihnen eine Pauschale für Fracht und Verpackung in Höhe von 120,00 EUR. Das Zahlungsziel beträgt 30 Tage. Bei Zahlung innerhalb von 10 Tagen gewähren wir 3 % Skonto.

In unserem Unternehmen legen wir viel Wert auf den Umweltschutz. Vor diesem Hintergrund wird unsere Ware ausschließlich mit DHL „GoGreen" klimaneutral versandt. Seit 2018 sind wir nach dem Umweltmanagementsystem ISO 14001 zertifiziert.

Für Rückfragen stehe ich Ihnen gerne zur Verfügung.

Wir freuen uns auf Ihre Bestellung und eine gute Zusammenarbeit.
Mit freundlichen Grüßen

ingreen GmbH

Julia Flores

i. V. Julia Flores

ingreen GmbH
Hauptstr. 35
73312 Geislingen/Steige
Telefon: 07331 251-00
Telefax: 07331 251-01
E-Mail: info@ingreen.de
Internet: www.ingreen.de

Geschäftsführung:
Thorsten Mayer
Luisa Landsmann

Geschäftszeiten:
Mo.- Fr.: 9:00 — 20:00 Uhr
Sa.: 9:00 — 18:00 Uhr

Amtsgericht Ulm
HRB 732 254
Steuer-Nr.: .115/187/14538
USt-IdNr.: DE298927552

Bankverbindung: Baden-Württembergische Bank
Bankleitzahl: 600 501 01
Konto-Nr.: 435491912
BIC: SOLADEST600
IBAN: DE93 6005 0101 0435 4919 12

Anlage 5

BLOSSOM
OFFICE GMBH

Auszug aus dem Leitbild der BLOSSOM OFFICE GmbH

UNSER ANSPRUCH
Unser Ziel ist es, mit der Natur im Einklang zu wirtschaften. Dies erreichen wir unter anderem durch das Zertifikat DIN/ISO 14001.

UNSERE KUNDEN
Unsere Kunden sind der Motor und der wichtigste Teil unseres Unternehmens. Unser Ziel ist es, ihre Erwartungen bei jedem Auftrag zu erfüllen und zu übertreffen.

UNSERE PRODUKTE
Unsere Produkte sind durch Nachhaltigkeit in der gesamten Herstellungskette geprägt.

UNSERE LIEFERANTEN/DIENSTLEISTER
... werden ebenfalls nach höchsten Qualitäts- und Nachhaltigkeitsgesichtspunkten ausgewählt. Beispielsweise durch das Zertifikat DIN/ISO 14001.

UNSERE ZUKUNFT
Die Entwicklung unseres Unternehmens liegt uns am Herzen. Wir möchten unsere Position am Markt stärken und uns durch nachhaltiges Wachstum von unserer Konkurrenz abgrenzen.

UNSERE TEAM-KOLLEGEN
Die Seele unseres Unternehmens stellen unsere Team-Kollegen dar, die es lebendig machen. Wir fördern die Kompetenzen unserer Team-Kollegen. Als Ausbildungsbetrieb leisten wir einen wichtigen Beitrag für die Gesellschaft.

Anlage 6

Von:	gros.martin@soulhotel-ulm.de
An:	info@genusswelt.de
Cc:	
Betreff:	Nichtlieferung

Sehr geehrte Damen und Herren,

die von Ihnen für gestern fix zugesagte Weinlieferung haben wir nicht erhalten.

In Ihrer Auftragsbestätigung vom 1. Mai 2022 haben Sie als Liefertermin Mittwoch, den 4. Mai 2022 fest zugesagt. Wir benötigen den Wein „Creative Rosé" nur für die morgige Veranstaltung (Freitag, 6. Mai 2022). Danach wird der Wein nicht mehr benötigt.

Wir sind enttäuscht, da wir Sie bisher als zuverlässigen Lieferanten gekannt haben.

Für die morgige Veranstaltung besorgen wir uns heute Ersatz von einem örtlichen Händler. Den entstehenden gesamten Mehraufwand werden wir Ihnen in Rechnung stellen.

Mit freundlichen Grüßen

M. Gros

Martin Gros
Management

soul hotel & eventlocation am see KG
Friedrichsau 2
89073 Ulm/Donau
Telefon 0731 557788

Anhang:	Allgemeine Geschäftsbedingungen

Anlage 7

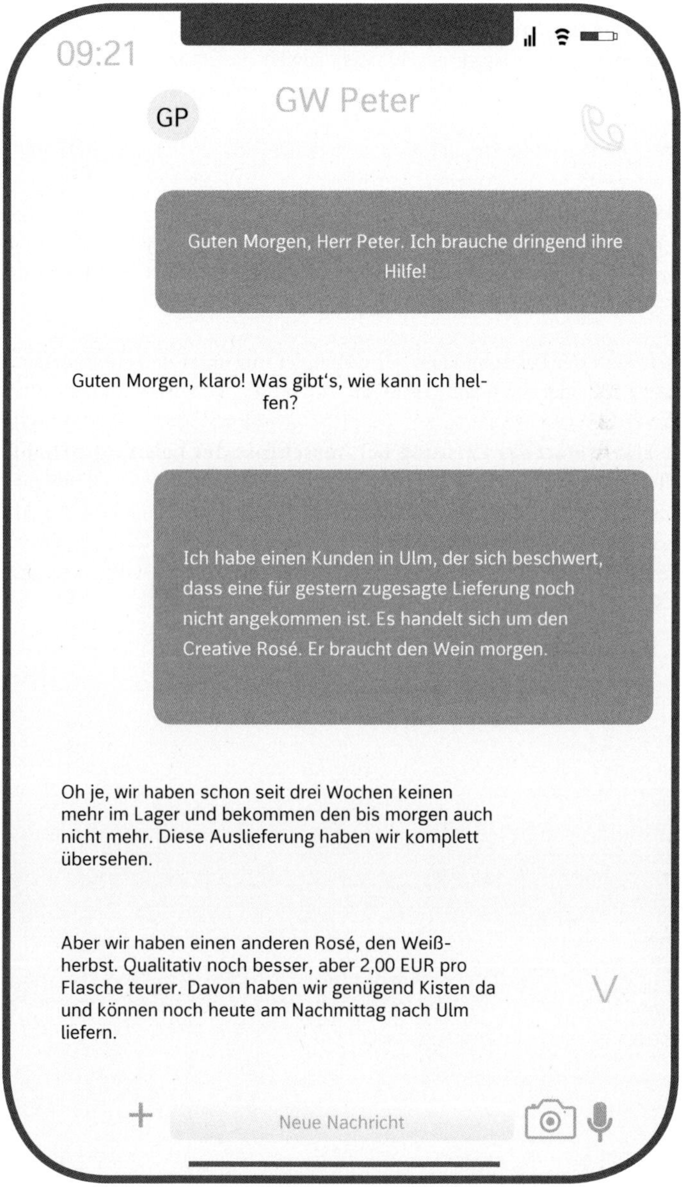
09:21
GP
GW Peter
Guten Morgen, Herr Peter. Ich brauche dringend ihre Hilfe!
Guten Morgen, klaro! Was gibt's, wie kann ich helfen?
Ich habe einen Kunden in Ulm, der sich beschwert, dass eine für gestern zugesagte Lieferung noch nicht angekommen ist. Es handelt sich um den Creative Rosé. Er braucht den Wein morgen.
Oh je, wir haben schon seit drei Wochen keinen mehr im Lager und bekommen den bis morgen auch nicht mehr. Diese Auslieferung haben wir komplett übersehen.
Aber wir haben einen anderen Rosé, den Weißherbst. Qualitativ noch besser, aber 2,00 EUR pro Flasche teurer. Davon haben wir genügend Kisten da und können noch heute am Nachmittag nach Ulm liefern.
Neue Nachricht

Anlage 8: Auszug aus dem Bürgerlichen Gesetzbuch (BGB)

§ 275 Ausschluss der Leistungspflicht

(1) Der Anspruch auf Leistung ist ausgeschlossen, soweit diese für den Schuldner oder für jedermann unmöglich ist.

[...]

(4) Die Rechte des Gläubigers bestimmen sich nach den §§ 280, 283 bis 285, 311a und 326.

§ 280 Schadensersatz wegen Pflichtverletzung

(1) Verletzt der Schuldner eine Pflicht aus dem Schuldverhältnis, so kann der Gläubiger Ersatz des hierdurch entstehenden Schadens verlangen. Dies gilt nicht, wenn der Schuldner die Pflichtverletzung nicht zu vertreten hat.

[...]

(3) Schadensersatz statt der Leistung kann der Gläubiger nur unter den zusätzlichen Voraussetzungen des § 281, des § 282 oder des § 283 verlangen.

§ 283 Schadensersatz statt der Leistung bei Ausschluss der Leistungspflicht

Braucht der Schuldner nach § 275 Abs. 1 bis 3 nicht zu leisten, kann der Gläubiger unter den Voraussetzungen des § 280 Abs. 1 Schadensersatz statt der Leistung verlangen. § 281 Abs. 1 Satz 2 und 3 und Abs. 5 findet entsprechende Anwendung.

Anlage 9

Bestandgebäude – Neue Funktion: Lagerhalle mit Büro Maßstab 1:50

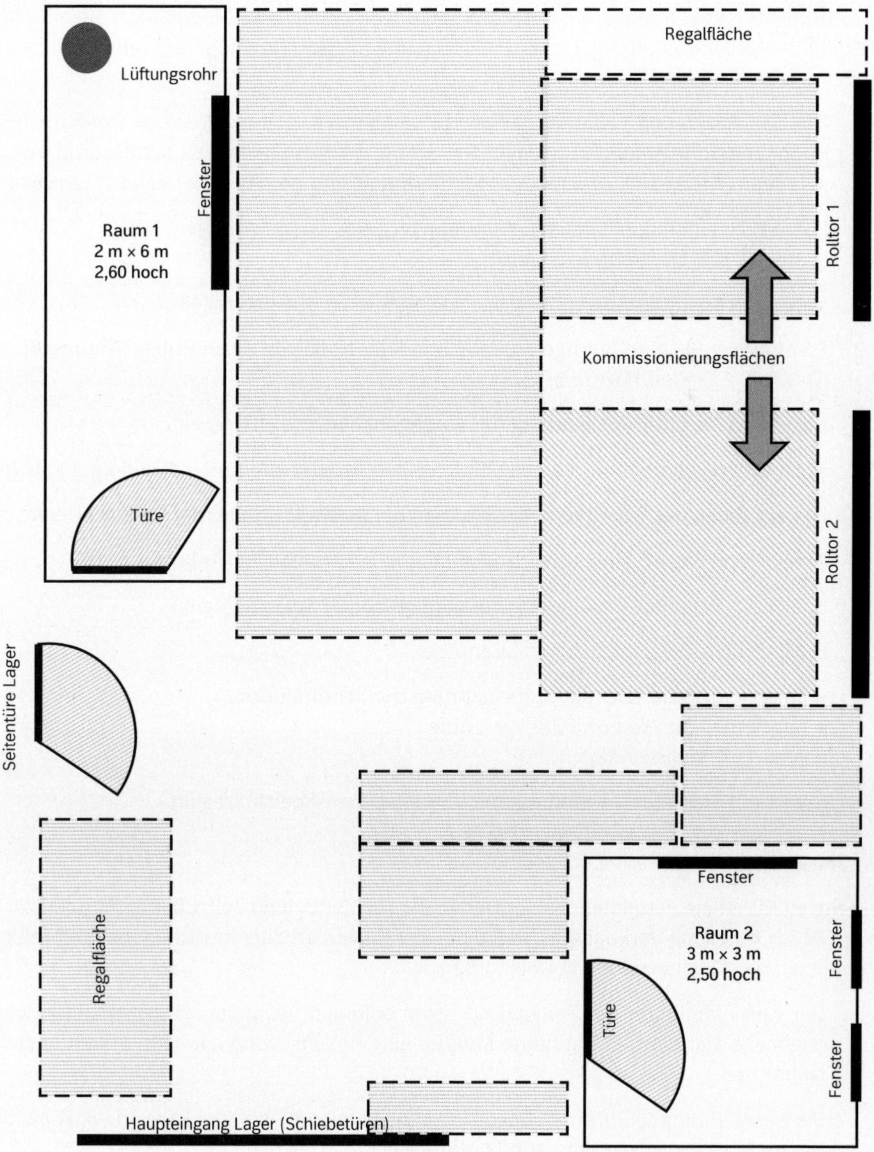

10 Prüfungsaufgaben Winter 2022/2023

Aufgabe 1

Die Zeltwelt KG ist ein mittelständischer Hersteller von Zelten und Zeltzubehör. Sie sind in der Abteilung Materialbeschaffung/Einkauf als Sachbearbeiter/-in tätig und unterstützen den Abteilungsleiter Christian Huber.

1.1 Um das Risiko von Lieferengpässen zu verkleinern, soll ein weiterer Lieferant für die Außenzeltstoffe gefunden werden. Die Stoffe müssen unseren Qualitätsstandards entsprechen (**Anlage 1**). Drei mögliche Lieferanten sind bereits in der engeren Auswahl.

1.1.1 Führen Sie einen qualitativen Lieferantenvergleich durch (**Anlagen 1–5**).
Web (Datei: *1_1_1_Lieferantenvergleich*)

Speichern Sie unter Anwendung der vorgegebenen Speicherregeln.

1.1.2 Formulieren Sie eine Anfrage entsprechend der Notiz von Herrn Huber (**Anlage 6**).
Web (Datei: *1_1_2_Geschäftsbrief*)

Speichern Sie unter Anwendung der vorgegebenen Speicherregeln.

1.2 Auch für Vorzeltstoff hat die Zeltwelt KG einen neuen Lieferanten ausfindig gemacht.

Es liegt Ihnen der Schriftverkehr zwischen der Zeltwelt KG und der Outtex KG vor.

Analysieren Sie, ob ein Kaufvertrag zustande gekommen ist (**Anlagen 7–10**).

Speichern Sie unter Anwendung der vorgegebenen Speicherregeln.

1.3 Die Schriftstücke sind zu archivieren.

- Entscheiden Sie über die Aufbewahrung der Schriftstücke.
- Begründen Sie die gewählte Wertstufe.

Web (Datei: *1_3_Archivierung*)

Speichern Sie unter Anwendung der vorgegebenen Speicherregeln.

Aufgabe 2

Die Zeltwelt KG ist ein mittelständischer Hersteller von Zelten und Zeltzubehör. Momentan helfen Sie in der Abteilung Verkauf aus, weil einer der Sachbearbeiter krankheitsbedingt fehlt. Sie unterstützen die Abteilungsleiterin Helena Binsch.

2.1 Der Geschäftsführer der Zeltwelt KG, Herr Hofmann, ist aufgrund der aktuellen Lieferengpässe alarmiert. Er hat heute Morgen eine Krisensitzung mit allen Abteilungsleitern einberufen.

Sie waren Protokollführer/-in bei der Krisensitzung am heutigen Tag von 08:00 bis 09:00 Uhr im Büro von Herrn Hofmann (**Anlage 11**).

Erstellen Sie das Kurzprotokoll.
Web (Datei: *2_1_Kurzprotokoll*)

Speichern Sie unter Anwendung der vorgegebenen Speicherregeln.

2.2 Frau Binsch bittet Sie bei der Berechnung der neuen Nettoverkaufspreise um Unterstützung.

- Kalkulieren Sie den neuen Nettoverkaufspreis für den Campingkocher Gourmet Adria.
- Berechnen Sie die prozentuale Preissteigerung.

(Datei: *2_2_Kalkulation*)

Web

Speichern Sie unter Anwendung der vorgegebenen Speicherregeln.

2.3 Sie erhalten eine E-Mail von Frau Binsch.

2.3.1 Analysieren Sie die rechtliche Situation (**Anlagen 12–14**).

Speichern Sie unter Anwendung der vorgegebenen Speicherregeln.

2.3.2 Formulieren Sie ein Antwortschreiben an den Kunden.
(Datei: *2_3_2_E-Mail*)

Web

Speichern Sie unter Anwendung der vorgegebenen Speicherregeln.

Anlage 1

Qualitätshandbuch

Zeltwelt KG **Zeltwelt KG**

Anforderungen an die Qualitäten

Alle unsere Zeltmaterialien müssen hohe Qualitätsstandards erfüllen, dazu gehören insbesondere:

– Wasserdichtigkeit (Wassersäule: mindestens 4.000 mm)
– UV-Beständigkeit (UVP-Wert: mindestens 50)

Anforderungen an unsere Lieferanten

Wir legen Wert darauf, dass unsere Lieferanten nach ISO 20 400 für nachhaltige Beschaffung sowie nach ISO 28 000 für die Sicherheit in der Lieferkette zertifiziert sind.

Anlage 2

Antworten	Von:	christian.huber@zeltwelt.de
	An:	<Pruefling>@zeltwelt.de
	Betreff:	Vorauswahl neue Lieferanten

Guten Morgen <Prüfling>,

gestern sind alle Informationen bezüglich der Vorauswahl der Lieferanten eingetroffen. Bitte sichten Sie die Informationen. Diese liegen Ihnen bereits vor.

Berücksichtigen Sie dabei folgende Gewichtung der Kriterien:

- Zuverlässigkeit, Nachhaltigkeit und Entfernung zum Lieferanten jeweils einfach
- Wasserdichtigkeit und UV-Beständigkeit jeweils doppelt

Mit freundlichen Grüßen

Christian Huber

Abteilungsleiter

Von: Jürgen Schäuffele <juergen.schaeuffele@zeltwelt.de>
Gesendet: Donnerstag, 10. November 2022,16:13 Uhr
An: Christian Huber <christian.huber@zeltwelt.de>
Betreff: Infos zu Herstellern

Hallo Christian,

du hattest mich gebeten, Informationen für drei potenzielle Lieferanten für unsere Außenzeltstoffe einzuholen. Folgendes konnte ich in Erfahrung bringen:

- MKK-Tex GmbH ist ein absoluter Spitzenhersteller, der die Anforderungen der ISO-Normen bei Weitem übertrifft. Alle Kunden, mit denen ich gesprochen habe, hatten noch nie Probleme mit der Auftragsabwicklung. Die Produktion befindet sich im europäischen Ausland.
- Der Hersteller Industrial Fibers Munich OHG befindet sich aktuell im Zertifizierungsprozess für ISO 28 000 und ISO 20 400. Kunden des Unternehmens berichten teilweise von verspäteten Lieferungen und von Unregelmäßigkeiten bei der Produktion in Asien.
- Die Verita AG erfüllt die gewünschten ISO-Normen und produziert in Baden-Württemberg.

Ich hoffe, meine Informationen sind dir nützlich.

Viele Grüße

Jürgen

Anlage 3

MKK – Tex GmbH
Hansestadt Kiel

Textilspezialist

MKK-Tex GmbH – Postfach 85 56 74 – 24106 Kiel

Zeltwelt KG
Herrn Christian Huber
Stuttgarter Straße 120
74211 Leingarten

Ihr Zeichen: ANF22110708HNX
Ihre Nachricht vom: 07.11.2022
Unser Zeichen: am
Unsere Nachricht vom:
Name: Andreas Müller
Telefon: 0431 654-375
Telefax: 0431 654-300
E-Mail: andreas.mueller@mkk-tex.de

Datum: 09.11.2022

Ihr Schreiben vom 07.11.2022 – ANF22110708HNX

Sehr geehrter Herr Huber,

vielen Dank für Ihr Interesse an unserem Unternehmen und an unseren Produkten. Für den von Ihnen gewünschten Zweck „Verwendung Außenzelt" eignet sich unser Produkt Outprotex 5000 Select.

Mit einer Wassersäule von 6.000 mm ist dieser Stoff wasserdicht. Es handelt sich um ein innen und außen beschichtetes Polychloridgewebe, das absolut verrottungsfest und UV-beständig ist (UVP-Wert: 70). Wie gewünscht, haben wir Ihnen ein Musterstück zur Prüfung beigelegt.

Unser Unternehmen legt großen Wert auf Nachhaltigkeit und Liefertreue, deshalb sind wir nach ISO 20 400 und ISO 28 000 zertifiziert.

Für alle weiteren Fragen stehe ich Ihnen gerne zur Verfügung.

Mit freundlichen Grüßen

MKK-Tex GmbH

i. A. Andreas Müller
Technischer Verkauf

Anlage

MKK-Tex GmbH	Telefon: 0431 654-0	Geschäftsführer:	Sitz: Kiel
Textilspezialist	Telefax: 0431 654-10	Julia Neumann	USt-IdNr.: DE74596521
Projensdorfer Straße 14	E-Mail: info@mkk-tex.de	Peter Konrad	Amtsgericht Kiel
24106 Kiel	Internet: www.mkk-tex.de		HRB 37652

Anlage 4

Industrial Fibers Munich OHG

Ihr Zeichen: ANF2211071OABC
Ihre Nachricht vom: 07.11.2022
Unser Zeichen: arbe
Unsere Nachricht vom:
Name: Aron Benktstrøm
Telefon: +49 89 226677-28
Telefax: +49 89 226677-99
E-Mail: ar.be@industrial-fibers.de

Datum: 09.11.2022

Industrial Fibers Munich OHG, Postfach 68 45, 80939 München
Zeltwelt KG
Herrn Christian Huber
Stuttgarter Straße 120
74211 Leingarten

Ihr Schreiben ANF22110710ABC

Sehr geehrter Herr Huber,

schön, dass Sie auf unser Unternehmen aufmerksam geworden sind. Wir stehen für moderne und innovative Lösungen. Natürlich haben wir auch für Ihr Problem eine Lösung.

Unser Ten-Cate-Gewebe (100 % Polyester) ist ein leichtes Material mit einer Wassersäule von 3.000 mm und einem hervorragenden UVP-Wert für die Lichtbeständigkeit von 30, optimal geeignet für den anspruchsvollen Outdooreinsatz bei jeder Witterung.

Unser beiliegendes Muster wird Sie von unserer einzigartigen Qualität überzeugen.

Aus unserer Erfahrung werden Ihre Kunden begeistert sein. Wir freuen uns auf eine innovative Partnerschaft, in der wir Sie und uns weiterbringen.

Liebe Grüße aus dem herbstlichen München

Industrial Fibers Munich OHG

i. A. Aron Benktstrøm
Customer Service

Anlage

Headquaters
Industrial Fibers Munich OHG
Lotte-Branz-Straße 44
80939 München

Fon: +49 89 226677-0
Fax: +49 89 226677-99
E-Mail: info@industrial-fibers.de
Website: www.industrial-fibers.de

Deutsche Bank München
BIC DEUTDEMMXXX
IBAN DE65 7007 0010 7474 5454 33

Amtsgericht München
Handelsregister A 63584/452
USt-IdNr. DE136584526

Anlage 5

Verita AG

Ihr Zeichen:
Ihre Nachricht vom:
Unser Zeichen: lb
Unsere Nachricht vom:

Name: Lisa Braun
Telefon: 07941 4585-46
Telefax: 07941 4585-41
E-Mail: lisa.braun@verita.de

Datum: 10.11.2022

Verita AG ▪ Leimengrube 88 ▪ 74613 Öhringen

Zeltwelt KG
Herrn Christian Huber
Stuttgarter Straße 120
74211 Leingarten

Auskunft Technical Cotton CT

Sehr geehrter Herr Huber,

bezüglich unseres Telefongesprächs können wir für Ihre gewünschten Anforderungen folgendes Material anbieten:

Artikelnummer	Materialbeschreibung	Einheit
100.4879	Technical Cotton CT Außenbeschichtung: Polyurethan Wassersäule: 4.000 mm UVP-Wert: 50	m^2

Nachhaltigkeit und Liefertreue sind uns wichtig, deshalb sind wir nach ISO 20 400 und ISO 28 000 zertifiziert.

Wir hoffen, dass Ihnen unser Material zusagt, und würden uns über eine Zusammenarbeit sehr freuen.

Mit freundlichen Grüßen

Verita AG

i. A. Lisa Braun
Verkauf

Anlage
Musterstoff zur Prüfung

Verita AG
Leimengrube 88
74613 Öhringen

Amtsgericht Öhringen
HRB: 3765
UID: DE3985451545
IBAN: DE23 6225 1550 0000 4568 62
Sparkasse Hohenlohekreis

Geschäftsführer:
Tim Hagenauer
Charlotte Windelburger

Telefon: 07941 4585-0
Telefax: 07941 4585-11
E-Mail: info@verita.de
Homepage: www.verita.de

Anlage 6

Hallo Prüfling,

vielen Dank für Ihre Lieferantenauswahl. Erstellen Sie bitte eine Anfrage und berücksichtigen Sie Folgendes:

- Bitte holen Sie ein verbindliches Angebot bei dem von Ihnen ausgewählten, besten Lieferanten ein.

- Nehmen Sie Bezug auf die Testung der Musterstücke. Diese haben unseren Qualitätsanforderungen genügt.

- Berücksichtigen Sie, dass wir die Hälfte unseres Jahresbedarfs an Außenzeltstoff bei diesem Unternehmen decken werden. Momentan produzieren wir an 220 Tagen und haben einen durchschnittlichen Tagesverbrauch pro Produktionstag von 1.200 m^2. Wir benötigen die erste Lieferung im Januar 2023. Danach werden wir alle zwei Monate bestellen.

- Die Zahlungs- und Lieferbedingungen sind uns auch noch unbekannt.

Vielen Dank.

Christian Huber

Anlage 7

Outtex KG

Ihr Zeichen:
Ihre Nachricht vom:
Unser Zeichen: ah
Unsere Nachricht vom:

Name: Anne Heisele
Telefon: 07142 402-589
Telefax: 07142 402-100
E-Mail: heisele@outtex.de

Datum: 07.11.2022

Outtex KG ■ Besigheimer Straße 48 ■ 74321 Bietigheim-Bissingen
Zeltwelt KG
Herrn Christian Huber
Stuttgarter Straße 120
74211 Leingarten

Angebot – Nr. 64352A

Sehr geehrter Herr Huber,

vielen Dank für das freundliche und informative Telefongespräch. Es freut uns, dass unser zugesendetes Musterstück Ihre Anforderungen übertroffen hat.

Für unseren Stoff Polyfabrics 100D (Artikelnummer: 100D.852) können wir Ihnen folgendes Angebot unterbreiten:

Abnahme	Nettopreis pro m^2 in Euro	Rabatt	Lieferung
ab 5.000 m^2 pro Bestellung	4,50	5 %	250,00 EUR
ab 15.000 m^2 pro Bestellung	4,50	7 %	frei Haus
ab 28.000 m^2 pro Bestellung	4,50	10 %	frei Haus
ab 50.000 m^2 pro Bestellung	4,50	15 %	frei Haus

Das Angebot ist bis zwei Wochen nach Erstellung bindend.

Die Lieferung erfolgt innerhalb von 10 Tagen nach Auftragseingang.

Bei Zahlung innerhalb von 10 Tagen gewähren wir 2 % Skonto, sonst 30 Tage auf Ziel.

Wir hoffen, dass unser Angebot Sie überzeugen kann. Über eine Zusammenarbeit mit Ihnen freuen wir uns sehr.

Mit freundlichen Grüßen

Outtex KG

i. A. Anne Heisele
Verkaufsleiterin

Outtex KG
Besigheimer Straße 48
74321 Bietigheim-Bissingen

Geschäftsleitung: Karl Reuschle
Kreissparkasse Ludwigsburg
IBAN DE25 6045 0050 001 6523 85
BIC SOLADES1LBG

Tel.: 07142 402-0
Fax.: 07142 402-100
E-Mail: info@outtex.de
Homepage: www.outtex.de

Gerichtsstand: Ludwigsburg HRA 8542
Steuer-Nummer: 22 2222 00815
USt-IdNr.: DE176384123

Anlage 8

Zeltwelt KG
naturverbunden – verantwortungsbewusst

Zeltwelt KG – Stuttgarter Straße 120 – 74211 Leingarten
Outtex KG
Frau Anne Heisele
Besigheimer Straße 120
74321 Bietigheim-Bissingen

Ihr Zeichen: ah
Ihre Angebot vom: 07.11.2022
Unser Zeichen: ch
Unsere Nachricht vom:

Name: Christian Huber
Telefon: 07131 985-5016
Telefax: 07131 985-1010
E-Mail: christian.huber@zeltwelt.de

Datum: 08.11.2022

Bestellung Nr.: BE221125TKM
Ihr Angebot 64352A

Sehr geehrte Frau Heisele,

vielen Dank für Ihr Angebot. Wir bestellen wie folgt:

Pos.	Anzahl	Einheit	Artikel-Nr.:	Bezeichnung		Gesamtpreis
1	24.000	m^2	100D.852	Polyfabrics 100D		108.000,00 EUR
					– 10 % Rabatt	10.800,00 EUR
					= Nettopreis	**97.200,00 EUR**

Die Lieferung soll frei Haus und innerhalb von 10 Tagen erfolgen.

Wir freuen uns auf eine intensive und vertrauensvolle Geschäftsbeziehung mit Ihnen.

Bei Fragen stehe ich Ihnen gerne zur Verfügung.

Mit freundlichen Grüßen

Zeltwelt KG

i. V. Christian Huber
Abteilungsleitung Einkauf

Zeltwelt KG Stuttgarter Straße 120 Kreissparkasse Heilbronn VR Bank Heilbronn Schwäbisch Hall eG Amtsgericht Heilbronn
Geschäftsführender 74211 Leingarten Handelsregister A 96612/123
Gesellschafter E-Mail info@zeltwelt.de BIC HEISDE66XXX BIC GENODES1SHA
Matthias Hofmann Internet www.zeltwelt.de IBAN DE04 6205 0000 0023 4417 32 IBAN DE12 6229 0110 0085 1956 20 USt-IdNr. DE19862703

Anlage 9

Outtex KG

Outtex KG ■ Besigheimer Straße 48 ■ 74321 Bietigheim-Bissingen

Zeltwelt KG
Herrn Christian Huber
Stuttgarter Straße 120
74211 Leingarten

Ihr Zeichen: ch
Ihre Nachricht vom: 08.11.2022
Unser Zeichen: ah
Unsere Nachricht vom: 07.11.2022

Name: Anne Heisele
Telefon: 07142 402-589
Telefax: 07142 402-100
E-Mail: heisele@outtex.de

Datum: 10.11.2022

Auftragsbestätigung
Ihre Bestellung BE221125TKM

Sehr geehrter Herr Huber,

wir danken für Ihre Bestellung und bestätigen gemäß unseren AGB folgende Positionen:

Position		Anzahl	Einheit	Rabatt	**Preis**	**Gesamt**
1	Art.-Nr.: 100D.852 Polyfabrics 100D Wassersäule: 6.500 UVP: 75	24.000	m^2	7 %	4,50 EUR	100.440,00 EUR
2	Lieferung Nr.: 71658L	1			frei Haus	
Gesamt netto						100.440,00 EUR
Umsatzsteuer (19 %)						19.083,60 EUR
Gesamt brutto						**119.523,60 EUR**

Lieferung erfolgt innerhalb von 10 Tagen.

Bei Zahlung innerhalb von 10 Tagen gewähren wir Ihnen 2 % Skonto, sonst 30 Tage auf Ziel.

Wir danken für Ihren Auftrag.

Mit freundlichen Grüßen

Outtex KG

i. A. Anne Heisele
Verkaufsleiterin

Outtex KG
Besigheimer Straße 48
74321 Bietigheim-Bissingen

Geschäftsleitung: Karl Reuschle
Kreissparkasse Ludwigsburg
IBAN DE25 6045 0050 001 6523 85
BIC SOLADES1LBG

Tel.: 07142 402-0
Fax.: 07142 402-100
E-Mail: info@outtex.de
Homepage: www.outtex.de

Gerichtsstand: Ludwigsburg HRA 8542
Steuer-Nummer: 22 2222 00815
USt-IdNr.: DE176384123

Anlage 10: Auszug aus dem Bürgerlichen Gesetzbuch (BGB)

§ 145 Bindung an den Antrag
Wer einem anderen die Schließung eines Vertrags anträgt, ist an den Antrag gebunden, es sei denn, dass er die Gebundenheit ausgeschlossen hat.

§ 146 Erlöschen des Antrags
Der Antrag erlischt, wenn er dem Antragenden gegenüber abgelehnt oder wenn er nicht diesem gegenüber nach den §§ 147 bis 149 rechtzeitig angenommen wird.

§ 147 Annahmefrist
(1) Der einem Anwesenden gemachte Antrag kann nur sofort angenommen werden. Dies gilt auch von einem mittels Fernsprechers oder einer sonstigen technischen Einrichtung von Person zu Person gemachten Antrag.
(2) Der einem Abwesenden gemachte Antrag kann nur bis zu dem Zeitpunkt angenommen werden, in welchem der Antragende den Eingang der Antwort unter regelmäßigen Umständen erwarten darf.

§ 148 Bestimmung einer Annahmefrist
Hat der Antragende für die Annahme des Antrags eine Frist bestimmt, so kann die Annahme nur innerhalb der Frist erfolgen.

§ 149 Verspätet zugegangene Annahmeerklärung
Ist eine dem Antragenden verspätet zugegangene Annahmeerklärung dergestalt abgesendet worden, dass sie bei regelmäßiger Beförderung ihm rechtzeitig zugegangen sein würde, und musste der Antragende dies erkennen, so hat er die Verspätung dem Annehmenden unverzüglich nach dem Empfang der Erklärung anzuzeigen, sofern es nicht schon vorher geschehen ist. Verzögert er die Absendung der Anzeige, so gilt die Annahme als nicht verspätet.

§ 150 Verspätete und abändernde Annahme
(1) Die verspätete Annahme eines Antrags gilt als neuer Antrag.
(2) Eine Annahme unter Erweiterungen, Einschränkungen oder sonstigen Änderungen gilt als Ablehnung verbunden mit einem neuen Antrag.

Anlage 11: Gesprächsverlauf der Krisensitzung

Herr Hofmann: *Geschäftsführer*
Wie Sie wissen, haben wir zurzeit ein großes Problem mit einigen Lieferanten. Herr Huber, bitte berichten Sie.

Herr Huber: *Beschaffung*
Ja, zurzeit sind überall die Rohstoffe knapp. Auch unser Lieferant für das Material der Zeltböden meldet einen Lieferstopp von ca. zwei Monaten.

Herr Muck: *Produktion*
Das ist ja eine Katastrophe! Dieses Material brauchen wir für ca. 50 % unserer Zeltmodelle. Da können wir die Produktion höchstens noch für zwei Wochen garantieren.

Frau Binsch: *Verkauf*	Ihnen allen ist schon klar, wir haben auf der Messe jede Menge Bestellungen angenommen. Darunter waren auch viele neue Kunden. Camping ist zur Zeit der Trend, ein Riesenwachstumsmarkt.
Herr Hofmann: *Geschäftsführer*	Genau! Wieso haben wir nicht mehr bestellt? Herr Huber, das ist Ihre Fehlplanung.
Herr Huber: *Beschaffung*	Es tut mir leid, aber den Lieferstopp konnten wir nicht vorhersehen.
Frau Schnabel: *Controlling*	Das kann doch nicht sein! Haben wir denn nur einen Lieferanten?
Herr Huber: *Beschaffung*	Jedenfalls nur einen, bei dem das Preis-Leistungs-Verhältnis passt.
Herr Muck: *Produktion*	Können wir für die Zeltböden nicht ein anderes Material verwenden?
Frau Binsch: *Verkauf*	Das müssten wir mit unseren Produktentwicklern klären. Herr Huber, können Sie sich bitte darum kümmern?
Herr Hofmann: *Geschäftsführer*	Ja, das ist eine gute Idee. Herr Huber, sprechen Sie bitte mit der Produktentwicklung, ob und welche anderen Materialien verwendet werden können.
Herr Huber: *Beschaffung*	Ok, das prüfe ich. Wann treffen wir uns das nächste Mal?
Herr Hofmann: *Geschäftsführer*	Vielen Dank! Dann treffen wir uns wieder in dieser Runde nächsten Mittwoch um 08:00 Uhr. Wie stark wirken sich eigentlich die gestiegenen Beschaffungskosten auf unsere Verkaufspreise aus? Frau Binsch, kalkulieren Sie bitte die neuen Nettoverkaufspreise für unsere gesamte Produktpalette ebenfalls bis zur nächsten Sitzung.
Frau Binsch: *Verkauf*	Selbstverständlich, das mache ich.
Herr Hofmann: *Geschäftsführer*	Dann sind wir für heute fertig. Den Termin habe ich gerade in den Kalender eingetragen. Auf Wiedersehen!

Anlage 12

Antworten		
	Von:	helena.binsch@zeltwelt.de
	An:	<Pruefling>@zeltwelt.de
	Betreff:	EILT – bitte sofort bearbeiten

Guten Tag <Prüfling>,

heute Morgen habe ich die untenstehende E-Mail von unserem Stammkunden Beck erhalten.

Laut Rücksprache mit Herrn Muck, steht die Ware zur Auslieferung bereit.

Vielen Dank, dass Sie sich kompetent darum kümmern.

Mit freundlichen Grüßen

Helena Binsch
Abteilungsleiterin Verkauf

Von: Reiner Beck<reiner.beck@beck-großhandel.de>
Gesendet: Freitag, 11. November 2022 08:50 Uhr
An: Helena Binsch <helena.binsch@zeltwelt.de>
Betreff: Ausbleibende Lieferung - Auftragsbestätigung AB221028KMK

Sehr geehrte Frau Binsch,

Ihre Lieferung ist bis heute immer noch nicht eingetroffen. Aus diesem Grund trete ich vom Kaufvertrag zurück.

Mit verärgerten Grüßen

Beck Großhandel e. K.

Reiner Beck
Inhaber Beck Großhandel

Beck Großhandel e. K.
Steinstraße 108
30559 Hannover
Inhaber: Reiner Beck

Internet: www.beck-grosshandel.de
Telefon: 0511 123-11
Telefax: 0511 123-10

Anlage 13

Zeltwelt KG
naturverbunden – verantwortungsbewusst

Zeltwelt KG – Stuttgarter Straße 120 – 74211 Leingarten
Beck Großhandel e. K.
Herrn Reiner Beck
Steinstraße 108
30599 Hannover

Ihre Kundennummer: 851256
Ihr Auftrag vom: 26.10.2022
Unser Angebot vom: 21.10.2022
Auftragsnummer: AB221028KMK

Name: Helena Binsch
Telefon: 07131 985 50 47
Telefax: 07131 985 50 40
E-Mail: helena.binsch@zeltwelt.de

Datum: 28.10.2022

Auftragsbestätigung (Nr. AB221028KMK)

Sehr geehrter Herr Beck,

vielen Dank für Ihre Bestellung vom 26.10.2022. Gerne liefern wir Ihnen wie folgt:

Pos.	Anzahl	Einheit	Artikelnr.	Bezeichnung	Gesamtpreis
1	10	Stück	475213	Adventure Family L Zelt	5.500,00 EUR
2	10	Stück	475215	Adventure Family XXL Zelt	8.100,00 EUR
3	10	Stück	348526	Schlafsack – Goodsleep	500,00 EUR
				= Nettoverkaufspreis	**14.100,00 EUR**
				+ 19 % Umsatzsteuer	2.679,00 EUR
				= Bruttoverkaufspreis	**16.779,00 EUR**

Die Lieferung erfolgt frei Haus und innerhalb 10 Tage nach Auftragsbestätigung.

Das Zahlungsziel beträgt 30 Tage, bei Zahlung innerhalb von 10 Tagen gewähren wir 2 % Skonto.

Bei Fragen stehen wir Ihnen gerne zur Verfügung.

Mit freundlichen Grüßen

Zeltwelt KG

i. V. Helena Binsch
Abteilungsleitung Verkauf

Zeltwelt KG Stuttgarter Straße 120 Kreissparkasse Heilbronn VR Bank Heilbronn Schwäbisch Hall eG Amtsgericht Heilbronn
Geschäftsführender 74211 Leingarten Handelsregister A 96612/123
Gesellschafter E-Mail info@zeltwelt.de BIC HEISDE66XXX BIC GENODES1SHA
Matthias Hofmann Internet www.zeltwelt.de IBAN DE04 6205 0000 0023 4417 32 IBAN DE12 6229 0110 0085 1956 20 USt-IdNr. DE19862703

Anlage 14: Auszug aus dem Bürgerlichen Gesetzbuch (BGB)

§ 271 Leistungszeit

(1) Ist eine Zeit für die Leistung weder bestimmt noch aus den Umständen zu entnehmen, so kann der Gläubiger die Leistung sofort verlangen, der Schuldner sie sofort bewirken.
(2) Ist eine Zeit bestimmt, so ist im Zweifel anzunehmen, dass der Gläubiger die Leistung nicht vor dieser Zeit verlangen, der Schuldner aber sie vorher bewirken kann.

§ 286 Verzug des Schuldners

(1) Leistet der Schuldner auf eine Mahnung des Gläubigers nicht, die nach dem Eintritt der Fälligkeit erfolgt, so kommt er durch die Mahnung in Verzug. Der Mahnung stehen die Erhebung der Klage auf die Leistung sowie die Zustellung eines Mahnbescheids im Mahnverfahren gleich.
(2) Der Mahnung bedarf es nicht, wenn
1. für die Leistung eine Zeit nach dem Kalender bestimmt ist,
2. der Leistung ein Ereignis vorauszugehen hat und eine angemessene Zeit für die Leistung in der Weise bestimmt ist, dass sie sich von dem Ereignis an nach dem Kalender berechnen lässt,
3. der Schuldner die Leistung ernsthaft und endgültig verweigert,
4. aus besonderen Gründen unter Abwägung der beiderseitigen Interessen der sofortige Eintritt des Verzugs gerechtfertigt ist.

[...]
(4) Der Schuldner kommt nicht in Verzug, solange die Leistung infolge eines Umstands unterbleibt, den er nicht zu vertreten hat.
[...]

§ 323 Rücktritt wegen nicht oder nicht vertragsgemäß erbrachter Leistung

(1) Erbringt bei einem gegenseitigen Vertrag der Schuldner eine fällige Leistung nicht oder nicht vertragsgemäß, so kann der Gläubiger, wenn er dem Schuldner erfolglos eine angemessene Frist zur Leistung oder Nacherfüllung bestimmt hat, vom Vertrag zurücktreten.
(2) Die Fristsetzung ist entbehrlich, wenn
1. der Schuldner die Leistung ernsthaft und endgültig verweigert,
2. der Schuldner die Leistung bis zu einem im Vertrag bestimmten Termin oder innerhalb einer im Vertrag bestimmten Frist nicht bewirkt, obwohl die termin- oder fristgerechte Leistung nach einer Mitteilung des Gläubigers an den Schuldner vor Vertragsschluss oder auf Grund anderer den Vertragsabschluss begleitenden Umstände für den Gläubiger wesentlich ist, oder
3. im Falle einer nicht vertragsgemäß erbrachten Leistung besondere Umstände vorliegen, die unter Abwägung der beiderseitigen Interessen den sofortigen Rücktritt rechtfertigen.

[...]

11 Prüfungsaufgaben Sommer 2023

Aufgabe 1

Die Schokotraum GmbH ist ein mittelständisches Großhandelsunternehmen in Zell unter Aichelberg, das verschiedene Schokoladenprodukte anbietet. Die Geschäftsleitung möchte die nachhaltige Ausrichtung in ihrem Betrieb auf das Sortiment ausweiten.

Sie sind Sachbearbeiter/-in in der Abteilung Einkauf und der Abteilungsleiterin Frau Fischer unterstellt.

1.1 Nach Abschluss einer Marktanalyse hat Frau Fischer entschieden, dass eine vegane und biologisch zertifizierte Tafelschokolade in das Sortiment eingeführt werden soll.

- Führen Sie einen quantitativen Angebotsvergleich durch **(Anlagen 1–3)**.
- Formulieren Sie Ihr Ergebnis auf dem Notizzettel in der Datei. Web

(Datei: *1_1_quantitativer Angebotsvergleich*)

Speichern Sie Ihr Ergebnis unter Anwendung der Speicherregeln.

1.2 Ihnen liegt die E-Mail von Frau Fischer vor **(Anlage 4)**.

Führen Sie einen qualitativen Angebotsvergleich durch **(Anlagen 1–4)**. Web
(Datei: *1_2_qualitativer Angebotsvergleich*)

Speichern Sie Ihr Ergebnis unter Anwendung der Speicherregeln.

Hinweis: Sollten Sie in Aufgabe 1.1 zu keinem Ergebnis gekommen sein, legen Sie folgende Bezugspreise zugrunde.

Müller Sport GmbH	Schneewittchen Schoko GmbH	Uwes Schokoladenmeisterei e. K.
1,07 EUR/St.	*1,10 EUR/St.*	*1,21 EUR/St.*

1.3 Die Geschäftsleitung nimmt Ihre Entscheidung an (Aufgabe 1.2) und beauftragt Sie, die erforderliche Menge bei diesem Lieferanten zu bestellen.

Gestalten Sie eine Bestellung **(Anlagen 1–4)**. Web
(Datei: *1_3_Bestellung*)

Speichern Sie Ihr Ergebnis unter Anwendung der Speicherregeln.

1.4 Im nächsten Schritt sollen alle bestehenden Lieferanten eine „Selbstauskunft zur Nachhaltigkeit" ausfüllen **(Anlage 5)**.

Gestalten Sie ein Formular.

Speichern Sie Ihr Ergebnis unter Anwendung der Speicherregeln.

Aufgabe 2

Die YogiWorld GmbH ist ein erfolgreiches Unternehmen in Göppingen, das Yogazubehör verkauft. Der absolute Renner für das kommende Jahr wird die Yogamatte „YM2000“, die auf der letzten YOGI-International vorgestellt wurde.

Sie sind Assistent/-in der Geschäftsleitung.

2.1 Die Prognose unserer Verkaufsabteilung spricht von einem jährlichen Bedarf von 3.200 Stück.

- Berechnen Sie die optimale Bestellmenge für die Yogamatte YM20D0 **(Anlage 6)**.
- Stellen Sie Ihre Ergebnisse in einem geeigneten Diagramm dar.
  (Datei: *2_1_optimale Bestellmenge*)

  Speichern Sie Ihr Ergebnis unter Anwendung der Speicherregeln.

- Beschreiben Sie drei Faktoren, die die exakte Umsetzung Ihrer errechneten Bestellmenge erschweren.

2.2 Für das neue Produkt soll Platz im Lager geschaffen werden. Dort liegt noch ein Restposten des Auslaufmodells Yogamatte „FLOWER“. Verschiedenen Fitnessstudios soll diese Yogamatte mit Preisnachlass angeboten werden **(Anlagen 7 und 8)**.

Web

Gestalten Sie den Entwurf für ein unverlangtes Angebot.
(Datei: *2_2_unverlangtes_Angebot*)

Speichern Sie Ihr Ergebnis unter Anwendung der Speicherregeln.

Anlage 1

Telefonnotiz

Datum 09.05.2023	**Abteilung** Einkauf
Gesprächsteilnehmer/-in Anton Minnich Müller Sport GmbH Prenzlauer Berg 5 75172 Pforzheim	Telefonnummer 07231 903451238
☒ hat angerufen ○ hat zurückgerufen	○ bittet um Termin ○ bittet um Rückruf

Betreff: Verbindliches Angebot

- 100-g-Tafel mit 50 % Kakaoanteil
- drei verschiedene Geschmacksrichtungen im Sortiment: Quinoa, Sesam und Chiasamen
- Ziel des Unternehmens: alle Schokoladenverpackungen bis 2025 aus nachwachsenden Rohstoffen
- aus fairem Handel (Fairtrade-Siegel) und mit BIIO-Siegel nach EG-Öko-Verordnung
- Rabatt 10 % ab Abnahme von 1.400 Tafeln
- Lieferung pauschal 65,00 EUR
- bei Zahlung innerhalb von 10 Tagen 2 % Skonto
- Listenpreis pro Tafel: 1,11 EUR
- Angebot gültig bis Ende der Woche

Uhrzeit 08:00 Uhr	**Aufgenommen von** <Prüfling>

Anlage 2

Schneewittchen Schoko GmbH

„Hier werden Träume wahr."

Schneewittchen Schoko GmbH – Talweg 3 – 70173 Stuttgart

Schokotraum GmbH
Frau Simone Fischer
Gutenbergstraße 3
73119 Zell unter Aichelberg

Ihr Zeichen: fi
Ihre Nachricht vom: 05.05.2023
Unser Zeichen: et
Unsere Nachricht vom:

Name: Erika Trauting
Telefon: 0711 5968-33
Telefax: 0711 5968-77
E-Mail: ek@schneeschoko.de
Internet: www.schneeschoko.de

Datum: 09.05.2023

Angebot

Sehr geehrte Frau Fischer,

vielen Dank für Ihre Anfrage. Gerne unterbreiten wir Ihnen folgendes verbindliches Angebot:

Produktbezeichnung	Einheit	Listenverkaufspreis EUR/Stück
Schneewittchens vegane Quinoa Schokolade 65 % Kakaoanteil	100 g	1,05 EUR

Verkaufsmenge	Rabatt
ab 1.250 Einheiten	3 %

Zahlungsbedingungen	3 % Skonto innerhalb 14 Tagen, 30 Tage netto Kasse
Lieferbedingungen	89,00 EUR pauschal pro Bestellung
Lieferzeit	3 – 6 Tage

Unser gesamtes Sortiment trägt das Fairtrade-Siegel, das Ökolandbau-Siegel sowie das Deutsche BIO-Siegel nach EG-Öko-Verordnung. Unsere Tafelschokoladen sind in Kunststofffolie verpackt.

Gerne beraten wir Sie persönlich und freuen uns von Ihnen zu hören.

Freundliche Grüße

Schneewittchen Schoko GmbH

Erika Trauting

i. A. Erika Trauting

Anlage 3

Uwes Schokoladenmeisterei e. K.

Uwes Schokoladenmeisterei e. K. - Mozartweg 20 - 73087 Bad Boll

Schokotraum GmbH
Frau Simone Fischer
Gutenbergstraße 3
73119 Zell unter Aichelberg

Ihr Zeichen:	fi
Ihre Nachricht vom:	05.05.2023
Unser Zeichen:	ub
Unsere Nachricht vom:	
Name:	Uwe Bloch
Telefon:	07164 9056-123
Telefax:	07164 9056-124
E-Mail:	info@uwe-schoko.de
Internet:	www.uwe-schoko.de
Datum:	09.05.2023

Angebot

Sehr geehrte Frau Fischer,

vielen Dank für Ihre Anfrage. Gerne unterbreiten wir Ihnen folgendes Angebot:

100 g vegane Tafelschokolade mit 70 % Kakaoanteil
in der Geschmacksrichtung Quinoa
zum Listenverkaufspreis von 1,16 EUR/Stück

Für Verpackung und Versand fallen pauschal 20,00 EUR an. Ab einer Bestellmenge von 1.700 Stück erhalten Sie einen Rabatt von 15 %. Die Lieferzeit beträgt 3 bis 5 Tage.

Unsere Schokolade wird der Umwelt zuliebe in komplett biologisch abbaubarer und aromaerhaltender Folie aus Holzfaser verpackt.

Unsere Schokoladenprodukte tragen das Fairtrade-Siegel, das Ökolandbau-Siegel sowie das Deutsche BIO-Siegel nach EG-Öko-Verordnung. Die Kakaobohnen werden ausschließlich aus nachhaltigem Anbau bezogen, weshalb unsere Produkte auch das Rainforest-Alliance-Zertifizierungssiegel tragen.

Über eine Zusammenarbeit freuen wir uns und stehen Ihnen für weitere Fragen zur Verfügung.

Freundliche Grüße

Uwes Schokoladenmeisterei e. K.

Uwe Bloch

Uwe Bloch

Anlage 4

An:	<pruefling@schokotraum.de>
Cc:	
Bcc:	
Betreff:	Auswahlkriterien Lieferanten

Sehr geehrter <Prüfling>,

vielen Dank für die Durchführung des quantitativen Angebotsvergleichs.

Wir planen mit einer Abnahmemenge von 1.500 Tafeln.

Für die endgültige Auswahl des Lieferanten beachten Sie bitte folgende Hinweise:

- Der Bezugspreis spielt für uns eine untergeordnete Rolle. Marktforschungsergebnisse zeigen, dass die Kunden für nachhaltige Produkte einen höheren Preis akzeptieren.
- Besonders wichtig ist, dass die Schokoladentafeln mit Gütesiegeln zertifiziert sind und einen hohen Kakaoanteil aufweisen.
- Die Schokoladentafeln sollten umweltfreundlich verpackt sein. Die umweltfreundliche Verpackung ist wichtiger als ein günstiger Bezugspreis, aber nicht so wichtig wie die Zertifizierung mit Gütesiegeln und ein hoher Kakaoanteil.

Vielen Dank.

Mit freundlichen Grüßen

Simone Fischer

Anlage 5

Team Einkauf

Fischer 10.05.2023, 06:00 Uhr

Hallo,

in der letzten Sitzung haben wir uns darauf verständigt, die Nachhaltigkeit unserer gesamten Produktpalette zu gewährleisten. Hierzu sollen alle unsere Lieferanten eine Selbstauskunft abgeben.

In dem von Ihnen zu erstellenden Formular soll der Lieferant die Möglichkeit haben, folgende Information einfach anzugeben und zu bestätigen:

- Standardangaben wie Firma, Anschrift usw.
- Bestätigung folgender Siegel: Fairtrade-Siegel, Bio-Siegel nach EG-Öko-Verordnung, Ökolandbau-Siegel, Rainforest-Alliance-Zertifizierungssiegel
- mögliche andere Siegel
- Auskunft über den prozentualen Anteil an nachhaltiger Verpackung

Anlage 6: Plandaten

Yogamatte „YM2000"	
Basiseinheitscode	Stück
Artikelnummer	0239
Beschaffung	
Einstandspreis	31,50 EUR
Bestellkosten	60,00 EUR
Beschaffungszeit	7 Tage
Kreditor	41023
Mindestabnahmemenge	500
Optimale Bestellmenge	
Lager	
Mindestbestand	200
Höchstbestand	1.400
Lagerkostensatz	6,5 %
Verkauf	
Verkaufspreis	54,20 EUR

Anlage 7: Produktbeschreibung

Bezeichnung:	Yogamatte FLOWER
Artikel-Nr.:	YM_FLR_342
Hersteller:	YOGA Manufaktur KG
Spezifikation:	• Material 100 % PVC • Länge 183 cm • Breite 61 cm • Gewicht 1,25 kg • Rutschfestigkeit gut • Waschmaschine 30 °C • Nachhaltigkeit OEKO-TEX
Beschreibung:	• Basismodell • für Einsteiger und Studio-Ausstattung • spezielle lasergravierte Textur für festeren Halt • Ausrichtungslinien für richtiges Positionieren der Hände und Füße

Anlage 8

Notizen
– Lagerräumung
– noch 823 Stück im Lager
– Sonderpreis 12,00 EUR/Stück
– ab 50 Stück Lieferung und Verpackung frei

12 Prüfungsaufgaben Winter 2023/2024

Aufgabe 1

Die MaToys GmbH ist ein Großhandelsunternehmen für Spielwaren in Mannheim. Das Unternehmen beliefert Einzelhändler für Spielwaren in Deutschland. Sie arbeiten in der Abteilung Einkauf. In den letzten Monaten gab es große Probleme beim Bezug des Plüsch-Jahresbären.

1.1 Der Geschäftsführer der MaToys GmbH, Herr Graubär, hat ein Meeting einberufen. Dieses findet heute im Sitzungsraum 3 um 09:00 Uhr statt. Teilnehmende sind Herr Böll, Abteilungsleiter Verkauf, Frau Kale, Abteilungsleiterin Einkauf, und Sie als Protokollant/-in (**Anlage 1**).

Erstellen Sie über das Meeting ein Kurzprotokoll. Web
(Datei: *1_1_Kurzprotokoll*)

Speichern Sie unter Anwendung der angegebenen Speicherregel.

1.2 Frau Kale legt Ihnen eine Spezifikationsübersicht für den Plüsch-Jahresbären 2025 sowie einen Auszug aus dem Lieferantenverzeichnis vor (**Anlagen 2 und 3**).

Formulieren Sie eine Anfrage per E-Mail an einen möglichen Lieferanten. Web
(Datei: *1_2_E-Mail*)

Speichern Sie unter Anwendung der angegebenen Speicherregel.

1.3 Zwischenzeitlich sind drei Angebote eingegangen (**Anlagen 4–6**).

1.3.1 Führen Sie einen quantitativen Angebotsvergleich durch. Web
(Datei: *1_3_1_Bezugskalkulation*)

Speichern Sie unter Anwendung der angegebenen Speicherregel.

1.3.2 Frau Kale schickt Ihnen eine E-Mail (**Anlage 7**).

Führen Sie einen qualitativen Angebotsvergleich durch. Web
(Datei: *1_3_2_Entscheidungsbewertungstabelle*)

Speichern Sie unter Anwendung der angegebenen Speicherregel.

Hinweis: Falls Sie in Aufgabe 1.3.1 keine Ergebnisse ermittelt haben, nutzen Sie folgende Einstandspreise: Wasmann KG: 45,00 EUR; Spielwaren Groß OHG: 50,00 EUR; Karlsruher Spielwarenfabrik: 53,00 EUR.

1.4 Formulieren Sie eine Bestellung an den von Ihnen ausgewählten Lieferanten. Web
(Datei: *1_4_Bestellung*)

Speichern Sie unter Anwendung der angegebenen Speicherregel.

Aufgabe 2

Die MaToys GmbH ist ein Großhandelsunternehmen für Spielwaren in Mannheim. Das Unternehmen beliefert Einzelhändler für Spielwaren in Deutschland. Sie arbeiten in der Abteilung Verkauf.

2.1 In Ihrem Posteingang ist eine E-Mail vom 10.11.2023 von Herrn Böll, Abteilungsleiter Verkauf (**Anlage 8**). Außerdem haben Sie Zugriff auf die Kundenkartei (**Anlage 9**).

Web

- Ermitteln Sie den Listenverkaufspreis.
  (Datei: *2_1_Kalkulation*)
- Erstellen Sie ein sach- und normgerechtes Angebot.
  (Datei: *2_1_Angebot*)

Speichern Sie unter Anwendung der angegebenen Speicherregel.

2.2 In Ihrem Posteingangskorb liegt eine Telefonnotiz (**Anlage 10**).

Analysieren Sie die rechtliche Situation (**Anlage 11**).

Aufgabe 3

Die MaToys GmbH ist ein Großhandelsunternehmen für Spielwaren in Mannheim. Das Unternehmen beliefert Einzelhändler für Spielwaren in Deutschland. Sie arbeiten als Assistent/-in der Geschäftsleitung.

In der Geschäftsleitung und den Abteilungen Einkauf, Verkauf, Personalabteilung sowie Lager und Versand arbeiten 29 Personen, zunehmend im Homeoffice. Weitere Abteilungen sind nicht vorhanden.

Pro Monat kommen ca. 200 neue Dokumente (Bestellungen, Eingangsrechnungen, Lieferscheine etc.) allein per Post an. Im letzten Jahr sind ca. 20 Dokumente verloren gegangen. Dies hat dazu geführt, dass ein Kunde nicht mehr bei uns bestellt und wir bei vier Rechnungen kein Skonto in Anspruch nehmen konnten. Außerdem haben wir mehrere Mahnungen erhalten.

Die Geschäftsleitung erwägt die Einführung eines Dokumentenmanagementsystems (DMS).

Stellen Sie in einer Argumentationsvorlage Vor- und Nachteile eines DMS für die MaToys GmbH stichwortartig gegenüber.

Speichern Sie unter Anwendung der angegebenen Speicherregel.

Anlage 1

Herr Graubär: Herzlich willkommen zu unserem Meeting. Wie Sie wissen, gibt es schon länger Probleme mit unseren Plüsch-Jahresbären. Frau Kale, vielleicht bringen Sie uns auf den neuesten Stand.

Frau Kale: In den letzten neun Jahren haben wir unseren Plüsch-Jahresbären, der bei Sammlern sehr beliebt ist, in China fertigen lassen. Seit 2022 gibt es aufgrund der Coronapandemie und den weltweiten Krisen in der Logistikbranche Schwierigkeiten. Unsere Bestellungen werden erst mit mehreren Monaten Verspätung geliefert.

Herr Böll: Ja, unsere Kunden waren sehr verärgert. Viele Einzelhändler wurden überrannt von Kunden, die den Plüsch-Jahresbären kaufen wollten.

Herr Graubär: Leider können wir für 2024 nichts mehr ändern, da die Planungen längst abgeschlossen sind. Aber für den Plüsch-Jahresbären 2025 brauchen wir eine Lösung. Haben Sie Vorschläge?

Frau Kale: Wir könnten die Plüschbären bei einem deutschen Hersteller fertigen lassen. Das ist gar nicht mehr so viel teurer als die Fertigung in China, da ja auch die Kosten für den Transport stark gestiegen sind.

Herr Böll: Das ist ein hervorragender Vorschlag. Die Käufer von Spielwaren legen inzwischen viel mehr Wert auf Produkte, die ökologisch und sozial verantwortlich hergestellt werden. Das können wir auch als zusätzliches Verkaufsargument im Marketing herausstellen.

Herr Graubär: Frau Kale, holen Sie bitte Angebote für unseren Plüsch-Jahresbären 2025 ein. In unserem nächsten Treffen können wir dann das weitere Vorgehen besprechen. Ich schlage dafür heute in zwei Wochen um 10:30 Uhr vor.

Frau Kale: Ja, das passt bei mir.

Herr Böll: Ja, bei mir ebenfalls.

Herr Graubär: Es ist jetzt 09:20 Uhr. Damit schließe ich unser heutiges Meeting.

Anlage 2: Spezifikationsübersicht „Plüsch-Jahresbär 2025“

- Größe: 30 cm
- Fell: Lammfell-Imitat in nussbraun (RAL 8011)
- Füllung: biologische Füllwatte
- Augen: Glasaugen (schwarz)
- Bekleidung: Trachtenlederhose (vergleichbar Oktoberfest, München)
- Stoffkörper waschbar (30 °C)
- Die Jahreszahl „2025“ soll unter der linken hinteren Tatze eingestickt sein (Farbe: weiß).

Zusätzliche Angaben:
- Abnahmemenge: 10.000 Stück
- Garantierter Wareneingang: so früh wie möglich, zwischen dem 31.01. und 28.02.2025
- Probeexemplar des Stoffbären erwünscht

Anlage 3: Lieferantenverzeichnis (Auszug zum Stichwort „Spielwaren“)

Anbieter	Anschrift/Mailadresse	Produkte
Karl Müller Spielwaren e. K.	Hildesheimer Str. 308 30169 Hannover info@kmueller.de	Holzspielwaren, Holzeisenbahnen, Holzbauklötze
Bärli Plüschspielwaren GmbH	Marburger Weg 10 73430 Aalen verkauf@baerli.de	Plüschbälle, Plüschtiere, Plüschdecken
Gigatoy AG	Im Industriepark 10 10115 Berlin info@gigatoy.de	Hart-Kunststoffspielzeug, Kiddy-Cars
Jüngli Spielwaren	Edamer Weg 5 3000 Bern/Schweiz nachricht@juengli.ch	Plüschtiere, Puppen, Puppenzubehör
Anselsburger Puzzlewerk	Erdinger Straße 33 81245 München verkauf@anselsburger.de	Puzzle, Brettspiele

Anlage 4

Wasmann KG

Wasmann KG – Gaillardstr. 147 – 13187 Berlin
MaToys GmbH
<Prüfling>
Industriestraße 46
68161 Mannheim

Ihr Zeichen:
Ihre Nachricht vom: 10.11.2023
Unser Zeichen: ow
Unsere Nachricht vom:

Name: Oliver Wanner
Telefon: 030 157756-45
Telefax: 030 157756-23
E-Mail: o-wanner@wasmann.de
Datum: 01.12.2023

Angebot 23-2654/Plüsch-Jahresbär 2025

Sehr geehrte/-r <Prüfling>,

sehr gerne bieten wir Ihnen den Plüsch-Jahresbären 2025 gemäß Ihrer Anfrage an:

Artikel	Nettopreis
Stoffbär (Sonderanfertigung): Lammfell-Imitat in nussbraun (RAL 8011), biologische Füllwatte (Typ: Krym), 30 cm groß, Trachtenlederhose, in Tatze eingestickte Jahreszahl „2025“ (weiß), waschbar bis 30 °C. Probeexemplar folgt in ca. 2 Wochen	49,00 EUR

Auf diesen Nettopreis gewähren wir Ihnen bei einer Mindestabnahmemenge von 5.000 Stück 10 % Rabatt und ab 15.000 Stück 20 % Rabatt.

An Frachtkosten fallen 1,20 EUR/Stück netto an.

Zahlungsbedingungen: zahlbar innerhalb 8 Tagen unter Abzug von 2 % Skonto, ansonsten 30 Tage netto

Aktuell produzieren wir zu 20 % klimaneutral und streben bis 2030 100 % an.

Wareneingang: verbindlich am 01.02.2025

Bei Fragen stehen wir Ihnen gerne jederzeit zur Verfügung.

Mit freundlichen Grüßen

Wasmann KG

Wanner

i. V. Oliver Wanner

Wasmann KG
Geschäftsführer
Andreas Wasmann

Gaillardstr.147
13187 Berlin
info@wasmann.de
www.wasmann.de

Berliner Sparkasse
BIC BELADEBEXX
IBAN DE44 1006 0000 0033 2211 80

Amtsgericht Berlin
Handelsregister A 9567/467
USt-IdNr. DE95436678

Anlage 5

Spielwaren Groß OHG

Spielwaren Groß OHG – Feldbergstraße 65 – 50667 Köln

MaToys GmbH
<Prüfling>
Industriestraße 46
68161 Mannheim

Ihr Zeichen:
Ihre Nachricht vom: 10.11.2023
Unser Zeichen: kp
Unsere Nachricht vom:

Name: Kai Petrovic
Telefon: 0221 8710-33
Telefax: 0221 5710-9
E-Mail: k-petrovic@gross.de
Datum: 23.11.2023

Angebot Jahresbär 2025

Sehr geehrte/-r <Prüfling>,

vielen Dank für Ihre Anfrage. Wir freuen uns, Ihnen folgendes Angebot unterbreiten zu können:

Pos.	Bezeichnung	Menge	Einzelpreis (netto) in €
1	Plüsch-Jahresbär 30 cm, biologische Füllwatte, Lammfellimitat (RAL 8011), Jahreszahl in Tatze eingestickt, Trachtenlederhose, waschbar bei 30 °C	1 Stück	51,00

Wir produzieren klimaneutral. Ein Probeexemplar des Plüsch-Jahresbären 2025 werden wir Ihnen binnen 6 Wochen zuschicken.

Die Lieferung erfolgt frei Haus bis zum 14. Februar. Aufgrund der angespannten Situation an den Beschaffungsmärkten ist eine Verzögerung um max. 2 Wochen möglich.

Ab einer Abnahmemenge von 10.000 Stück gewähren wir Ihnen einen Rabatt von 5 %.
Unsere Zahlungsbedingungen lauten: zahlbar innerhalb von 14 Tagen mit 2 % Skonto oder 30 Tage ohne Abzug.

Für Fragen steht Ihnen unsere Servicehotline von montags bis freitags zwischen 08:00 und 12:00 Uhr zur Verfügung.

Wir freuen uns auf Ihre Bestellung.

Mit freundlichen Grüßen

Spielwaren Groß OHG

Petrovic

ppa. Kai Petrovic
Leiter Verkauf

Spielwaren Groß OHG
Geschäftsführender Gesellschafter:
Peter Küster

Feldbergstraße 65
50667 Köln
info@gross.de
www.gross.de

Volksbank Köln
BIC: GENODED1BRS
IBAN: DE50 3806 0186 0000 3229 98

Amtsgericht Köln
Handelsregister: A 1430671722
USt-IdNr.: DE183631402

Anlage 6

Karlsruher Spielwarenfabrik GmbH

Bahnhofstr. 33, 76137 Karlsruhe

KSF GmbH • Bahnhofstraße 33 • 76137 Karlsruhe

MaToys GmbH
<Prüfling>
Industriestraße 46
68161 Mannheim

Ihr Zeichen:
Ihre Nachricht vom: 10.11.2023
Unser Zeichen: ul

Sachbearbeiter: Petra Ulrich
Telefon: 0721 29345-33
Telefax: 0721 29345-2
E-Mail: ulrich@ksf.de

Datum: 27.11.2023

Angebot Plüsch-Jahresbär 2025

Sehr geehrte/-r <Prüfling>,

wir bedanken uns für Ihre Anfrage. Gerne übernehmen wir die Produktion Ihres Plüsch-Jahresbären 2025:

Menge: 10.000 Stück
Außenmaterial: Plüsch aus Lammfellimitat, Farbe RAL 8011; Glasaugen; Jahreszahl eingestickt in die Tatze
Innenmaterial: biologische Füllwatte (schadstoffkontrolliert)
waschbar bis 30 Grad Celsius
Größe: 30 cm
Preis: 55,00 EUR je Stück (netto)

Unsere Produktion haben wir vor 3 Jahren auf klimaneutrale Energieversorgung umgestellt. Alle unsere Plüsch- und Fellimitatstoffe bestehen aus recycelten Kunstfasern und werden von einem unabhängigen Institut auf Schadstoffe kontrolliert. Ein Muster (Model 3034, analog Ihrer Spezifikationsanforderung) legen wir diesem Schreiben bei.

Die Lieferung erfolgt verbindlich frei Haus bis 25. Februar 2025.

Wir gewähren Ihnen einen Rabatt von 5 %, bei einer Abnahme ab 15.000 Stück 7 %.

Die Zahlungsfrist beträgt 60 Tage, bei Zahlung innerhalb 20 Tagen gewähren wir 2 % Skonto.

Als kompetenter Ansprechpartner steht Ihnen unser Außendienstmitarbeiter, gerne auch vor Ort, zur Verfügung.

Über Ihren Auftrag freuen wir uns.

Mit freundlichen Grüßen

KSF GmbH

Ulrich

i. V. Petra Ulrich
Leiterin Verkauf

Anlage

1 Musterbär

Karlsruher Spielwaren GmbH
Geschäftsführer
Peter Puth

Bahnhofstraße 33
76137 Karlsruhe
info@ksf.de
www.ksf.de

Deutsche Bank Karlsruhe
BIC DEUTDESM660
IBAN DE92 6607 0004 0003 3458 77

Amtsgericht Karlsruhe
Handelsregister B 9567/467
USt-IdNr. DE95436678

Anlage 7

Von:	kale@matoys.de
An:	<pruefling>@matoys.de
Cc:	
Bcc:	
Betreff:	Angebotsvergleich
Anhang:	

Hallo <Prüfling>,

auf der Suche nach einem neuen Lieferanten für den Plüsch-Jahresbären 2025 bitte ich Sie Folgendes zu beachten:

Bei der aktuellen Lieferantenauswahl ist der Preis nicht das wichtigste Kriterium. Dieses Mal wollen wir sicher sein, dass wir den Jahresbären pünktlich im März 2025 an die Spielwarengeschäfte liefern können. Deshalb spielt die Lieferzeit unseres Lieferanten die wichtigste Rolle. Genauso wichtig ist die Nachhaltigkeit, da Herr Böll diese im Marketing besonders herausstellen möchte.

Grüße

Sibel Kale

Anlage 8

Von:	boell@matoys.de
An:	<pruefling>@matoys.de
Cc:	
Bcc:	
Betreff:	Anfrage Herr Eber (Meister Petz e. K.)
Anhang:	

Hallo <Prüfling>,

Herr Eber, der Chef von Meister Petz e. K., hat gerade bei mir angerufen.

Er möchte ein Angebot für unseren Teddybären „Marek“ bei Abnahme von 50 Stück haben.

Unsere Selbstkosten liegen bei 22,10 EUR pro Stück. Wir kalkulieren mit 40 % Gewinn.

Da er ein langjähriger Kunde ist, berechnen wir ihm keine Lieferkosten. Das Produkt ist in ausreichender Stückzahl auf Lager.

Gruß

Klaus Böll

Anlage 9

Kunde		Kundennummer	
Spielwaren Maurer e. K. Franzenstraße 13 67061 Ludwigshafen		13049	
Ansprechpartner:	Petra Maurer		
Mail:	p_maurer@sp_maurer.de	Rabatt:	0 %
Bemerkung: Kunde seit 2022		Skonto:	0 %
		Zahlfrist (max.) Tage:	20
		Zahlfrist (Skonto) Tage:	0

Kunde		Kundennummer	
Meister Petz e. K. Ahornweg 13 67346 Speyer		13048	
Ansprechpartner:	Franz Eber		
Mail:	franz.eber@meisterpetz.de	Rabatt:	5 %
Bemerkung: Kunde seit 2008		Skonto:	2 %
		Zahlfrist (max.) Tage:	30
		Zahlfrist (Skonto) Tage:	10

<table>
<tr><td colspan="2">Kunde</td><td colspan="2">Kundennummer</td></tr>
<tr><td colspan="2">„Spiel mit“ GmbH
Südmährerstraße 3
73312 Geislingen</td><td colspan="2" rowspan="2">13047</td></tr>
<tr><td>Ansprechpartner:</td><td>Susanne Bier</td></tr>
<tr><td>Mail:</td><td>s.bier@spielmit.de</td><td>Rabatt:</td><td>10 %</td></tr>
<tr><td colspan="2" rowspan="4">Bemerkung:</td><td>Skonto:</td><td>3 %</td></tr>
<tr><td>Zahlfrist (max.) Tage:</td><td>40</td></tr>
<tr><td>Zahlfrist (Skonto) Tage:</td><td>10</td></tr>
</table>

Anlage 10

MaToys GmbH

Spielzeug mit Spaß und Qualität

Telefonnotiz

An: *<Prüfling>*

Abteilung: *Verkauf*

Aufgenommen von: *Andreas Dogan*

Datum: *21.11.2023*

Uhrzeit: *08:15 Uhr*

Firma: *Meister Petz e. K.*

Gesprächspartner/-in: *Herr Eber*

Telefonnr.: *06232 156213*

☒ hat angerufen ☐ ruft wieder an ☐ erbittet Rückruf
☐ hat zurückgerufen ☐ möchte Sie treffen ☐ war hier

Nachricht:

Bestellung 23/590

Herr Eber ist sehr aufgebracht! Bei der Lieferung der 50 Teddybären „Marek“ waren bei 12 Stück die Nähte angerissen. Er verlangt sein Geld zurück.

Anlage 11: Auszug aus dem Bürgerlichen Gesetzbuch (BGB)

§ 434 Sachmangel

(1) Die Sache ist frei von Sachmängeln, wenn sie bei Gefahrübergang den subjektiven Anforderungen, den objektiven Anforderungen und den Montageanforderungen dieser Vorschrift entspricht.
(2) Die Sache entspricht den subjektiven Anforderungen, wenn sie

1. die vereinbarte Beschaffenheit hat,
2. sich für die nach dem Vertrag vorausgesetzte Verwendung eignet und
3. mit dem vereinbarten Zubehör und den vereinbarten Anleitungen, einschließlich Montage- und Installationsanleitungen, übergeben wird.

Zu der Beschaffenheit nach Satz 1 Nummer 1 gehören Art, Menge, Qualität, Funktionalität, Kompatibilität, Interoperabilität und sonstige Merkmale der Sache, für die die Parteien Anforderungen vereinbart haben.
(3) Soweit nicht wirksam etwas anderes vereinbart wurde, entspricht die Sache den objektiven Anforderungen, wenn sie

1. sich für die gewöhnliche Verwendung eignet,
2. eine Beschaffenheit aufweist, die bei Sachen derselben Art üblich ist und die der Käufer erwarten kann unter Berücksichtigung
   a) der Art der Sache und
   b) der öffentlichen Äußerungen, die von dem Verkäufer oder einem anderen Glied der Vertragskette oder in deren Auftrag, insbesondere in der Werbung oder auf dem Etikett, abgegeben wurden, [...]

§ 437 Rechte des Käufers bei Mängeln

Ist die Sache mangelhaft, kann der Käufer, wenn die Voraussetzungen der folgenden Vorschriften vorliegen und soweit nicht ein anderes bestimmt ist,

1. nach § 439 Nacherfüllung verlangen,
2. nach den §§ 440, 323 und 326 Abs. 5 von dem Vertrag zurücktreten oder nach § 441 den Kaufpreis mindern und
3. nach den §§ 440, 280, 281, 283 und 311a Schadensersatz oder nach § 284 Ersatz vergeblicher Aufwendungen verlangen.

§ 439 Nacherfüllung

(1) Der Käufer kann als Nacherfüllung nach seiner Wahl die Beseitigung des Mangels oder die Lieferung einer mangelfreien Sache verlangen.
(2) Der Verkäufer hat die zum Zwecke der Nacherfüllung erforderlichen Aufwendungen, insbesondere Transport-, Wege-, Arbeits- und Materialkosten zu tragen.
(3) Hat der Käufer die mangelhafte Sache gemäß ihrer Art und ihrem Verwendungszweck in eine andere Sache eingebaut oder an eine andere Sache angebracht, bevor der Mangel offenbar wurde, ist der Verkäufer im Rahmen der Nacherfüllung verpflichtet, dem Käufer die erforderlichen Aufwendungen für das Entfernen der mangelhaften und den Einbau oder das Anbringen der nachgebesserten oder gelieferten mangelfreien Sache zu ersetzen.

(4) Der Verkäufer kann die vom Käufer gewählte Art der Nacherfüllung unbeschadet des § 275 Abs. 2 und 3 verweigern, wenn sie nur mit unverhältnismäßigen Kosten möglich ist. Dabei sind insbesondere der Wert der Sache in mangelfreiem Zustand, die Bedeutung des Mangels und die Frage zu berücksichtigen, ob auf die andere Art der Nacherfüllung ohne erhebliche Nachteile für den Käufer zurückgegriffen werden könnte. Der Anspruch des Käufers beschränkt sich in diesem Fall auf die andere Art der Nacherfüllung; das Recht des Verkäufers, auch diese unter den Voraussetzungen des Satzes 1 zu verweigern, bleibt unberührt.
(5) Der Käufer hat dem Verkäufer die Sache zum Zweck der Nacherfüllung zur Verfügung zu stellen.
[...]

§ 440 Besondere Bestimmungen für Rücktritt und Schadensersatz
Außer in den Fällen des § 281 Absatz 2 und des § 323 Absatz 2 bedarf es der Fristsetzung auch dann nicht, wenn der Verkäufer beide Arten der Nacherfüllung gemäß § 439 Absatz 4 verweigert oder wenn die dem Käufer zustehende Art der Nacherfüllung fehlgeschlagen oder ihm unzumutbar ist. Eine Nachbesserung gilt nach dem erfolglosen zweiten Versuch als fehlgeschlagen, wenn sich nicht insbesondere aus der Art der Sache oder des Mangels oder den sonstigen Umständen etwas anderes ergibt.

13 Prüfungsaufgaben Sommer 2024

Aufgabe 1

Die Grimm-Schulung GmbH in Stuttgart bietet Weiterbildungen an. Alle Teilnehmenden haben am Ende einer Schulung die Möglichkeit, diese zu beurteilen. Eine Auswertung der Rückmeldungen hilft der Grimm-Schulung GmbH, ihre Qualität zu verbessern. Bei der letzten Auswertung wurde deutlich, dass die Computerausstattung der Schulungsräume veraltet ist.

Sie sind als Assistenz für die Geschäftsleitung Frau Grimm tätig.

1.1 Heute findet eine erste Besprechung mit Frau Grimm in ihrem Büro statt. Zu dieser Besprechung sind

- die Leiterin der Abteilung Qualitätsmanagement Carola Faber,
- die Schulungsleiter Dirk Weber und Michael Keller
- und Sie (Prüfling)

eingeladen.

Erstellen Sie das Kurzprotokoll zur Besprechung (**Anlage 1**).
(Datei: *1_1_Protokoll*)

Speichern Sie unter Anwendung der angegebenen Speicherregel.

1.2 Formulieren Sie eine Einladung per E-Mail an alle relevanten Teilnehmenden für die nächste Besprechung (**Anlage 1**). Die E-Mail-Adressen der Grimm-Schulung GmbH sind nach folgendem Schema aufgebaut:
vorname.nachname@grimm-schulung.de
(Datei: *1_2_Mail*)

Speichern Sie unter Anwendung der angegebenen Speicherregel.

1.3 In der Besprechung vom 21. Mai wurde beschlossen, 20 neue Laptops zu bestellen. Hierzu liegen Ihnen Angebote vor (**Anlagen 2–4**).

Führen Sie für die infrage kommenden Angebote einen quantitativen Angebotsvergleich durch.

Speichern Sie unter Anwendung der angegebenen Speicherregel.

1.4 Die Geschäftsleitung hat am 13. Juni 2024 entschieden, den preisgünstigsten Anbieter zu beauftragen.

Formulieren Sie eine ausführliche Bestellung.
(Datei: *1_4_Bestellung*)

Speichern Sie unter Anwendung der angegebenen Speicherregel.

Aufgabe 2

Die Exornare GmbH mit Sitz in Stuttgart produziert und vertreibt Möbel für Endverbraucher. Das Unternehmen verkauft das Regal „Toronto“ auf der Messe „my Home“ in Stuttgart.

Sie sind als Assistenz des Geschäftsleiters Marvin Schmitt beschäftigt.

2.1 Auf der Messe erwartet das Unternehmen für das Regal „Toronto“ einen Absatz von 200 Stück.

Berechnen Sie die Nettobedarfe für das Regal „Toronto“ und die noch zu bestellenden Teile.
Web (Datei: *2_1_Bedarfsermittlung*)

Speichern Sie unter Anwendung der angegebenen Speicherregel.

2.2 Die Selbstkosten für das Regal „Toronto“ erhöhen sich um 17 %.
Folgende Werte liegen zugrunde:
bisherige Selbstkosten 19,82 EUR; Kundenrabatt 8 %; Gewinnzuschlag 35 %; Kundenskonto 2 %.

Berechnen Sie den neuen Verkaufspreis.

Speichern Sie unter Anwendung der angegebenen Speicherregel.

2.3 Die Besucher des Messestandes können an einem Gewinnspiel teilnehmen. Herr Schmitt hat eine E-Mail mit den Vorgaben für das Gewinnspiel gesendet **(Anlage 5)**.

Entwickeln Sie ein Teilnahmeformular für das Gewinnspiel unter Berücksichtigung der Vorgaben.

Speichern Sie unter Anwendung der angegebenen Speicherregel.

Anlage 1: Besprechungsverlauf

Karin Grimm	Hallo zusammen. Pünktlich um 10:00 Uhr beginnen wir mit unserer Besprechung. Wir müssen über die Auswertung der letzten Teilnehmerrückmeldungen sprechen. Diese ist nicht erfreulich. Die Schulungsteilnehmenden bewerten unsere technische Ausstattung als veraltet.
Michael Keller	Meiner Meinung nach wird bei diesen Rückmeldungen gerne negativ übertrieben. Bisher konnten wir an unseren Laptops alle Lern- und Übungsinhalte vermitteln.
Karin Grimm (aufgebracht)	Nein! Solche Rückmeldungen müssen wir unbedingt ernst nehmen! Die Aussagen der Teilnehmenden gehen doch alle in die gleiche Richtung: Die digitale Ausstattung ist veraltet! Frau Faber kann das mit exakten Zahlen belegen!

Carola Faber	Selbstverständlich, das Ergebnis ist ganz eindeutig. 85 % der Teilnehmenden waren unzufrieden mit ihrer Schulung. 90 % hiervon gaben an, dass sie gerne mit einem neueren Laptop gearbeitet hätten.
Karin Grimm (aufgebracht)	Da hören Sie es. Es muss dringend etwas geschehen, damit wir wettbewerbsfähig bleiben.
Michael Keller (beschwichtigend)	Natürlich möchten auch wir Schulungsleiter, dass die Kurse weiterhin mit stabilen Teilnehmerzahlen gebucht werden.
Dirk Weber	Dann lassen Sie uns doch mit den Fachleuten aus der IT-Abteilung klären, welche Laptops für uns infrage kommen würden.
Michael Keller	Das sollte allerdings schnellstmöglich geschehen.
Karin Grimm	Das sehe ich genauso. Wir müssen deshalb noch einmal zusammenkommen, um eine Entscheidung zu treffen. Bis zu diesem Termin soll Herr Julian Speicher von der IT-Abteilung eine Spezifikation für die Laptops erstellen und in dieser Besprechung vorstellen. Ich werde ihn entsprechend informieren. In meinem Terminkalender wäre der 21. Mai, direkt nach der Mittagspause um 13:00 Uhr, ganz passend. Ich habe an diesem Nachmittag keinen weiteren Termin. Alternativ könnte ich noch den 20. Mai, 09:00 Uhr, anbieten. Wie sieht es in Ihren Terminkalendern aus? Ich denke, dass eine Stunde für die Besprechung ausreicht.
Dirk Weber	Am 20. Mai habe ich durchgehend Kurse von 08:00 Uhr bis 12:00 Uhr und ansonsten keine weiteren Einträge.
Carola Faber	Frau Grimm, ich denke an diesem Termin muss ich nicht teilnehmen, oder halten Sie es für notwendig?
Karin Grimm	Nein. Besten Dank für die Auswertung.
Michael Keller	Ich kann an beiden vorgeschlagenen Terminen, Frau Grimm.
Karin Grimm	Moment. Ich sehe gerade, Herr Speicher hat auch Zeit. Dann bleibt es bei meinem ursprünglichen Vorschlag. *Frau/Herr Prüfling*, kümmern Sie sich bitte um die Einladung. Gibt es sonst noch etwas zu besprechen?
Michael Keller	Nein, von meiner Seite aus ist alles geklärt.
Dirk Weber	Bei mir sind auch keine Punkte mehr offen.
Karin Grimm	Vielen Dank, das war zügig. Genau 30 Minuten. Super! Der nächste Termin findet wieder in meinem Büro statt. Auf Wiedersehen.

Anlage 2

	GS GmbH
Telefonnotiz	
Firma *Klerin GmbH* *Heckentalstraße 86* *89518 Heidenheim*	Gesprochen mit *Frau Klerin*
Datum *10. Juni 2024*	Uhrzeit *10:45 Uhr*
Telefonnummer *07321 455-112*	E-Mail *klerin.anna@kleringmbh.de*
Thema des Telefonats: *Angebot Laptops laut angefragter Spezifikation*	
Inhalt • *Listenpreis 759,29 EUR/Stück zzgl. 19 % USt., ab 10 Stück Mengenrabatt 9 %* • *30 Tage Zahlungsziel, 3 % Skonto bei Zahlung innerhalb von 14 Tagen* • *Lieferbedingungen: ab Werk, Lieferpauschale: 29,99 EUR* • *Lieferung spätestens eine Woche nach Auftragseingang* • *An dieses Angebot hält sich der Anbieter 14 Tage gebunden.*	
Weitergeleitet an *Einkauf*	Unterschrift *Rainer Weinert*

Anlage 3

	GS GmbH
Telefonnotiz	
Firma *Münz-Hardware GmbH* *Tattersallstraße 28 – 30* *68165 Mannheim*	Gesprochen mit *Frau Bauer*
Datum *12. Juni 2024*	Uhrzeit *11:30 Uhr*

Telefonnummer *0621 180223-23*	E-Mail *bauer.ines@muenzmbh.de*
Thema des Telefonats: *Angebot Laptops laut angefragter Spezifikation*	
Inhalt • *Listenpreis 699,99 EUR/Stück zzgl. 19 % USt.* • *30 Tage Zahlungsziel, 2,5 % Skonto bei Zahlung innerhalb von 10 Tagen* • *Lieferbedingungen: ab Werk, Lieferkosten: 4,99 EUR je Stück* • *An dieses Angebot hält sich der Anbieter bis zum 30. Juni 2024 gebunden.*	
Weitergeleitet an *Einkauf*	Unterschrift *Rainer Weinert*

Anlage 4

	GS GmbH
Telefonnotiz	
Firma *Mola GmbH* *Kornhausplatz 7* *89073 Ulm*	Gesprochen mit *Frau Mola*
Datum *12. Juni 2024*	Uhrzeit *09:35 Uhr*
Telefonnummer *0731 33660-14*	E-Mail *mola.erna@molagmbh.de*
Thema des Telefonats: *Angebot Laptops laut angefragter Spezifikation*	
Inhalt • *Listenpreis 705,99 EUR/Stück zzgl. 19 % USt.* • *30 Tage Zahlungsziel, 2 % Skonto bei Zahlung innerhalb von 14 Tagen* • *Lieferbedingungen: frei Haus, Mindestbestellmenge: 80 Stück* • *An dieses Angebot hält sich der Anbieter 10 Tage gebunden..*	
Weitergeleitet an *Einkauf*	Unterschrift *Rainer Weinert*

Anlage 5

An:	pruefling@exornare.de
Cc:	
Bcc:	
Betreff:	Gewinnspiel Messe
Anhang:	

Lieber Prüfling,

bei der Messe bieten wir ein Gewinnspiel für volljährige Besucher/-innen an, bei dem ein Lösungswort zu finden ist.

Folgende Preise gibt es zu gewinnen:
- Glaswindlicht „Moonlight“
- Blumenvase „Coletti“
- Blumenampel „Flowerful“
- Einkaufsgutschein 10,00 EUR

Das Lösungswort soll auf dem Formular eingetragen werden.

Die Teilnehmer/-innen sollen im Formular angeben können, welchen Preis sie im Falle eines Gewinnes haben möchten.

Der Gewinn wird per Post zugestellt,

Außerdem möchten wir im Nachgang alle Teilnehmer/-innen per Mail über aktuelle Angebote informieren. Das Einverständnis hierzu soll im Formular als Ankreuzmöglichkeit aufgeführt werden.

Das ausgefüllte Formular ist auf dem Messestand in die „Los-Box“ einzuwerfen.

Mit freundlichen Grüßen

Exornare GmbH

Marvin Schmitt

14 Prüfungsaufgaben Winter 2024/2025

Aufgabe 1

Die Moser SPORT GmbH mit Sitz in Radolfzell ist ein Großhandelsunternehmen für Fitness- und Sportgeräte.

Sie sind Mitarbeiter/-in der Abteilung Verkauf.

1.1 Ihr Vorgesetzter, Herr Moser, beauftragt Sie zu prüfen, ob im vorliegenden Fall ein Angebot abgegeben werden kann (**Anlagen 1–3**).

Begründen Sie Ihr Ergebnis in einer Hausmitteilung an Herrn Moser.
(Datei: *1_1_Hausmitteilung*)

Speichern Sie Ihr Ergebnis unter Anwendung der Speicherregeln.

1.2 Herr Moser entscheidet, dass ein Angebot abgegeben wird.

1.2.1 Vervollständigen Sie die Kundendatei mit den Daten des neuen Kunden (**Anlagen 1, 3**).
(Datei: *1_2_1_Kundendatei*)

Speichern Sie Ihr Ergebnis unter Anwendung der Speicherregeln.

1.2.2 Berechnen Sie den Nettoverkaufspreis für eine Hantelbank (**Anlagen 1, 3**).
(Datei: *1_2_2_Verkaufspreisberechnung*)

Speichern Sie Ihr Ergebnis unter Anwendung der Speicherregeln.

1.2.3 Erstellen Sie ein Angebot an die PowerGym GmbH unter Berücksichtigung Ihres Ergebnisses aus 1.2.2 (**Anlagen 1, 3**).
(Datei: 1_2_3_Angebot)

Hinweis: Falls Sie in Aufgabe 1.2.2 kein Ergebnis ermittelt haben, verwenden Sie folgenden Nettoverkaufspreis pro Stück: 250,00 EUR.

Speichern Sie Ihr Ergebnis unter Anwendung der Speicherregeln.

1.2.4 Wir haben der PowerGym GmbH unser Angebot auf Wunsch von Herrn Moser als E-Mail-Anhang geschickt. Die PowerGym GmbH antwortet noch am selben Tag (**Anlagen 1, 3, 4**).

- Erläutern Sie die rechtliche Situation auf einem Notizzettel.
  (Datei: *1_2_4_Notizen*)
- Formulieren Sie eine situationsgerechte Antwort per E-Mail an die PowerGym GmbH.
  (Datei: *1_2_4_ E-Mail*)

Speichern Sie Ihr Ergebnis unter Anwendung der Speicherregeln.

Aufgabe 2

Die Bodensee-Marketing GmbH in Konstanz handelt mit Werbeartikeln. Das Unternehmen möchte sein Sortiment erweitern und zukünftig Kaffeetassen mit blauer Aufschrift „Bodensee“ vertreiben. Ihr Hauptlieferant ist die Werbealarm GmbH.

Sie sind Kaufmann/-frau für Büromanagement und unterstützen die Geschäftsführerin Frau Werner.

2.1 Die Werbealarm GmbH hat zugesagt, die Kaffeetassen mit der Aufschrift „Bodensee“ zu produzieren und zu liefern.

- Berechnen Sie die optimale Bestellmenge für die Kaffeetassen (**Anlage 5**).
- Leiten Sie anhand Ihrer Ergebnisse einen Beschaffungsvorschlag ab.
  (Datei: *2_1_Optimale_Bestellmenge*)

Speichern Sie unter Anwendung der vorgegebenen Speicherregeln.

2.2 Die Werbealarm GmbH liefert heute 400 Kaffeetassen, die vorab von der Geschäftsführerin Frau Werner bestellt wurden. Die Wareneingangskontrolle wurde durchgeführt (**Anlage 6**).

Erstellen Sie ein sachgerechtes Schreiben an die Werbealarm GmbH.
(Datei: *2_2_Geschäftsbrief*)

Speichern Sie unter Anwendung der vorgegebenen Speicherregeln.

2.3 Die Bodensee-Marketing GmbH bewirbt mit einem Aktionsangebot die neue Kaffeetasse. Dem Angebot soll ein Bestellformular beigelegt werden (**Anlage 7**).

Gestalten Sie ein sach- und normgerechtes Bestellformular.
(Datei: *2_3_Bestellformular*)

Speichern Sie unter Anwendung der vorgegebenen Speicherregeln.

2.4 Am 15.11.2024 werden Sie von der Geschäftsführerin Frau Werner beauftragt, die Rechnung zu bezahlen (**Anlage 8**).

Füllen Sie die Onlineüberweisung aus.
(Datei: *2_4_Online-Überweisung*)

Speichern Sie unter Anwendung der vorgegebenen Speicherregeln.

Anlage 1

PowerGym GmbH
Geisingen

PowerGym GmbH ° Bernauer Str. 17 ° 78187 Geisingen

Moser Sport GmbH
Goethestraße 28
78315 Radolfzell

Ihr Zeichen:
Ihre Nachricht vom:
Unser Zeichen: we
Unsere Nachricht vom:

Name: Thilo Weggenmann
Telefon: 07704 9572-25
Telefax: 07704 9572-100
E-Mail: weggenmann@powergym.de

Datum: 05.11.2024

Anfrage Hantelbank „shape 300“

Sehr geehrte Damen und Herren,

wir sind ein expandierendes Unternehmen der Fitnessbranche und betreiben derzeit 30 Fitnessstudios in Süddeutschland.

Auf der Sportfachmesse INTERSPORT-FN wurden wir auf Ihr Unternehmen aufmerksam und interessieren uns für die Hantelbank „shape 300“.

Bitte unterbreiten Sie uns ein Angebot über 12 Hantelbänke „shape 300“. Die Hantelbänke benötigen wir bis 29.11.2024.

Freundliche Grüße

PowerGym GmbH

i. V. Weggenmann

i. V. Thilo Weggenmann

Buchhaltung/Rechnungswesen

Die Bonität bzw. Zahlungsfähigkeit bei PowerGym ist in Ordnung!

Sitz	Kontaktdaten	Geschaftsführer/-in:	Gerichtsstand Freiburg	Bankverbindung:
PowerGym GmbH Bernauer Str. 17 78187 Geisingen	Telefon: 07704 9572-25 Telefax: 07704 9572-100 E-Mail: info@powergym.de Web: www.powergym.de	Emilia Strunz Sophia Strunz	HRA 3690 Freiburg Steuer-Nr.: 141908277 USt -IdNr.: DE240317215	Sparkbank Freiburg IBAN DE24 0420 0433 1980 2237 20

Anlage 2

Ablaufplan „Anfrage bearbeiten"

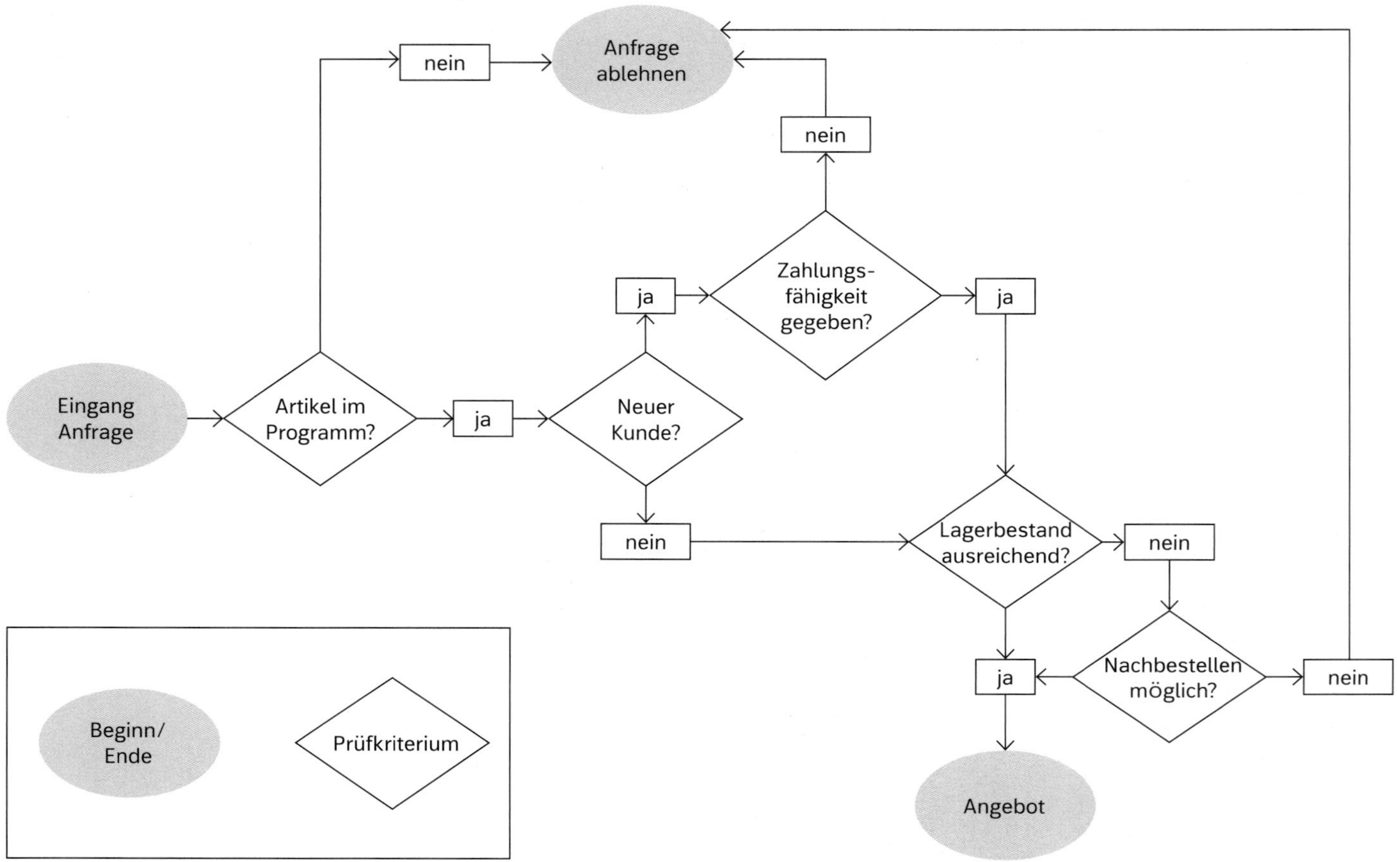

Anlage 3: Stammdaten der Moser SPORT GmbH

Auszug aus der Artikeldatei:

Artikelkarte					
Artikel-Nr.	2567	2568	2569	2570	2571
Art.-Bezeichnung	Langhantel-stange Iron Stick	Kurzhantel-stange Set Olymp	Hantelbank shape 300	Hantel-ständer Set 16-teilig	Kugelhantel Olymp
Verpackungseinheit	1	2	1	1	1
Farbe	silber	schwarz	schwarz/ silber	schwarz/ silber	blau
EAN	44808403	40079834	67388974	41285489	66998475
Gewicht	20 kg	20 kg	32 kg	230 kg	10 kg
Stammlieferant	TRICODI Ltd.	Mehrer Sport GmbH	SHAPE International	TWIEX	TRICODI Ltd.
Lieferanten Art.-Nr.	7898	MS 17	A231281	TWIE-03-03	7990
Beschaffungszeit	7 Tage	2 Wochen	5 Wochen	10 Tage	7 Tage
Selbstkosten	78,99 EUR	45,38 EUR	160,00 EUR	2.402,24 EUR	33,61 EUR
Gewinnzuschlag	20 %	15 %	30 %	10 %	30 %

Kundendatei:

Kunde	Kd-Nr.	PLZ	Ort	Straße	Bezugskosten	Skonto	Rabatt	Ansprechpartner	E-Mail-Adresse
Seefit GmbH	001	78462	Konstanz	Petersstraße 7	L00	S03	R08	Frau Kern	info@seefit.de
Fitnesslevel OHG	002	78682	Rottweil	Villinger Str. 20	L04	S03	R08	Herr Stolz	klaus.stolz@Fitnesslevel.com
Muskelbox KG	003	88605	Meßkirch	Waldstraße 10	L04	S00	R08	Frau Marte	Muskelbox.KG@webi.de

Auszug aus der Lagerdatei:

Lagerkarte				
Artikel-Nr.:	2569			
Artikelbezeichnung:	Hantelbank shape 300			
Mindestbestand:	3			
Höchstbestand:	24			
Datum	Zugang	Abgang	Lager-bestand	vorgemerkte/ reservierte Mengen
01.09.2024			5	
13.09.2024	10	4	11	
27.09.2024		5	6	
05.10.2024	10		16	
10.10.2024		12	4	
27.10.2024	14	12	6	
05.11.2024	8		14	2

Vorgaben für Angebote:

Bezugskosten

Beschreibung	Kürzel	Faktor
0 % vom Nettoverkaufspreis	L00	0 %
4 % vom Nettoverkaufspreis	L04	4 %
6 % vom Nettoverkaufspreis	L06	6 %

Rabatt

Beschreibung	Kürzel	Faktor
Rabatt	R08	8 %
Rabatt	R10	10 %

Skonto

Beschreibung	Kürzel	Faktor
ohne Abzug	S00	0 %
2 % Skonto	S02	2 %
3 % Skonto	S03	3 %

Skontozeitraum 7 Tage, Zahlungsziel 30 Tage

Für Neukunden gilt: L00, S03, R08

Anlage 4

An:	info@mosersport-gmbh.de
Betreff:	Bestellung 08.11.2024
Anhang:	

Sehr geehrte(r) Frau (Herr) Prüfling,

vielen Dank für Ihr Angebot vom 08.11.2024.

Wir bestellen somit 16 Hantelbänke „shape 300“ mit der Artikelnummer 2569 zu den von Ihnen im Angebot genannten Liefer- und Zahlungsbedingungen, die Sie uns bis spätestens 29.11.2024 liefern.

Wir freuen uns sehr auf eine zukünftige Zusammenarbeit.

Viele Grüße

Thilo Weggenmann

Anlage 5

Bodensee-Marketing GmbH

Plandaten für Kaffeetassen mit der Aufschrift „Bodensee“:

Artikelnummer	874567
Kosten für eine Kaffeetasse	8,90 EUR
Kosten pro Bestellung	250,00 EUR
Jahresbedarf	12.000 Stück
Mindestabnahmemenge	500 Stück
Maximale Lagerkapazität	1.500 Stück
Mindestbestand	100 Stück
Lieferzeit	14 Tage
Lagerkostensatz	10 %

Anlage 6

Werbealarm GmbH

Werbealam GmbH – Max–Weber-Straße 4 – 97080 Würzburg
Bodensee-Marketing GmbH
Gottliebstr. 1
78462 Konstanz

Ihre Kunden-Nr.: 1748
Ihre Bestell-Nr.: DE233116215
Ihre Bestellung vom: 29.10.2024
Auftragsbestätigung Nr.: 2320

Name: Eva Müller
Telefon: +49 931 46584
E-Mail: eva.mueller@werbealarm.de

Datum: 07.11.2024

Lieferschein Nr. 1320

Bitte geben Sie bei Rückfragen unbedingt die Lieferscheinnummer an! Vielen Dank!

Vielen Dank für Ihren Auftrag. Wie vereinbart liefern wir Ihnen folgende Ware:

Pos.	Art-Nr.	Bezeichnung	Menge	Einheit
1	874567	Kaffeetasse – Aufschrift: Bodensee – Textfarbe: blau	400,00	Stück

Die gelieferte Ware bleibt bis zur vollständigen Bezahlung unser Eigentum.

EINGEGANGEN
08.Nov.2024
Erled. ....

Wareneingangskontrolle
Mängel festgestell [x] **Ja** [ ] **Nein**
Bemerkungen:
Bei 50 Kaffeetassen (1 Karton) ist die Aufschrift schwarz

Werbealarm GmbH
Geschäftsführung: Gerda Henkel
Registergericht Würzburg: HRB 6880
USt-IdNr.: DE668039311

Bankverbindung
Werbealarm GmbH
IBAN: DE42 5002 0517 5435 4754 04
BIC: INGDDEFFXXX
Bank: ING-Diba

Anlage 7

Bodensee-Marketing GmbH

Ihr Zeichen:
Ihre Nachricht vom:
Unser Zeichen: wern
Unsere Nachricht vom:

Name: Sabine Werner
Telefon: 07531 62745-30
Telefax: 07531 62745-60
E-Mail: s.werner@bodensee-marketing.de

Datum: 08.11.2024

Bodensee-Marketing GmbH • Gottliebstr. 1 • 78467 Konstanz

Müller AG
Frau Müller
Kanzleistraße 15
78462 Konstanz

Angebot über Kaffeetasse „Bodensee"
Artikelnummer 874567

Guten Tag Frau Müller,

unseren guten Kunden möchten wir zum Abschluss des Jahres ein attraktives Angebot machen.

Wir haben die Kaffeetasse „Bodensee" neu im Sortiment.

Speziell für Sie haben wir folgendes Angebot: Stückpreis **15,00 EUR**, bei einer Mindestabnahmemenge von **50 Stück**.

Bitte bestellen Sie zeitnah mit dem beiliegenden Bestellformular. Wir liefern, solange der Vorrat reicht.

Mit freundlichen Grüßen
Bodensee-Marketing GmbH

Sabine Werner

Anlage
Bestellformular

Bodensee-Marketing GmbH
Gottliebstr. 1
D-78467 Konstanz

Amtsgericht Konstanz
HRB-Nr. 382113
USt-IdNr.: DE143295113
IBAN: DE35 6925 0035 0004 8921 70
Sparkasse Hegau-Bodensee

Geschäftsführerin:
Sabine Werner

Telefon: +49 (0) 7531 62745-30
Telefax:: +49 (0) 7531 62745-60
E-Mail: info@bodensee-marketing.de

Anlage 8

Werbealarm GmbH

Werbealarm GmbH • Max-Weber-Stral1e 4 • 97080 Wurzburg

Bodensee-Marketing GmbH
Gottliebstr. 1
78462 Konstanz

Ihr Zeichen: wern
Ihre Nachricht vom: 29.10.2024
Unser Zeichen: muel
Unsere Nachricht vom:

Name: Eva Müller
Telefon: +49 931 46584
Telefax: +49 931 46584
E-Mail: eva.mueller@werbealarm.de

Datum: 08.11.2024

Rechnung Nr. DE233116215

Ihre Kunden-Nr.: 1748
Ihre Bestellung-Nr.: DE233116215

Pos.	Art-Nr.	Bezeichnung	Menge	Einheit	Preis/Einheit (€)	Gesamt (€)
1	874567	**Kaffeetasse** – Aufschrift: Bodensee – Textfarbe: blau	400	Stück	8,90	3.560,00
					Zwischensumme	3.560,00
					Lieferung per Spedition	250,00
					Umsatzsteuer 19 %	723,90
					Gesamtbetrag	4.533,90

Der Rechnungsbetrag ist zahlbar innerhalb von 30 Tagen oder innerhalb von 14 Tagen unter Abzug von 2 % Skonto.

Vielen Dank für Ihre Bestellung!

Mit freundlichen Grüßen

Werbealarm GmbH

Eva Müller

i. A. Eva Müller

Rechnung geprüft

☒ **sachlich und rechnerisch richtig**

15.11.2024 *S.Werner*

Datum **Unterschrift**

Werbealarm GmbH
Geschäftsführung: Gerda Henkel
Registergericht Würzburg: HRB 6880
USt-IdNr.: DE668039311

Bankverbindung
Werbealarm GmbH
IBAN: DE42 5002 0517 5435 4754 04
BIC: INGDDEFFXXX
Bank: ING-Diba

Anlage zu den Teilaufgaben 1.2.4 und 2.2: Auszug aus dem Bürgerlichen Gesetzbuch (BGB)

§ 145 Bindung an den Antrag
Wer einem anderen die Schließung eines Vertrags anträgt, ist an den Antrag gebunden, es sei denn, dass er die Gebundenheit ausgeschlossen hat.

§ 146 Erlöschen des Antrags
Der Antrag erlischt, wenn er dem Antragenden gegenüber abgelehnt oder wenn er nicht diesem gegenüber nach den §§ 147 bis 149 rechtzeitig angenommen wird.

§ 147 Annahmefrist
(1) Der einem Anwesenden gemachte Antrag kann nur sofort angenommen werden. Dies gilt auch von einem mittels Fernsprechers oder einer sonstigen technischen Einrichtung von Person zu Person gemachten Antrag.
(2) Der einem Abwesenden gemachte Antrag kann nur bis zu dem Zeitpunkt angenommen werden, in welchem der Antragende den Eingang der Antwort unter regelmäßigen Umständen erwarten darf.

§ 150 Verspätete und abändernde Annahme
(1) Die verspätete Annahme eines Antrags gilt als neuer Antrag.
(2) Eine Annahme unter Erweiterungen, Einschränkungen oder sonstigen Änderungen gilt als Ablehnung verbunden mit einem neuen Antrag.

§ 151 Annahme ohne Erklärung gegenüber dem Antragenden
Der Vertrag kommt durch die Annahme des Antrags zustande, ohne dass die Annahme dem Antragenden gegenüber erklärt zu werden braucht, wenn eine solche Erklärung nach der Verkehrssitte nicht zu erwarten ist oder der Antragende auf sie verzichtet hat. Der Zeitpunkt, in welchem der Antrag erlischt, bestimmt sich nach dem aus dem Antrag oder den Umständen zu entnehmenden Willen des Antragenden.

§ 439 Nacherfüllung
(1) Der Käufer kann als Nacherfüllung nach seiner Wahl die Beseitigung des Mangels oder die Lieferung einer mangelfreien Sache verlangen.
(2) Der Verkäufer hat die zum Zwecke der Nacherfüllung erforderlichen Aufwendungen, insbesondere Transport-, Wege-, Arbeits- und Materialkosten zu tragen.
(3) Hat der Käufer die mangelhafte Sache gemäß ihrer Art und ihrem Verwendungszweck in eine andere Sache eingebaut oder an eine andere Sache angebracht, bevor der Mangel offenbar wurde, ist der Verkäufer im Rahmen der Nacherfüllung verpflichtet, dem Käufer die erforderlichen Aufwendungen für das Entfernen der mangelhaften und den Einbau oder das Anbringen der nachgebesserten oder gelieferten mangelfreien Sache zu ersetzen.
(4) Der Verkäufer kann die vom Käufer gewählte Art der Nacherfüllung unbeschadet des § 275 Abs. 2 und 3 verweigern, wenn sie nur mit unverhältnismäßigen Kosten möglich ist. Dabei sind insbesondere der Wert der Sache in mangelfreiem Zustand, die Bedeutung des Mangels und die Frage zu berücksichtigen, ob auf die andere Art der Nacherfüllung ohne

erhebliche Nachteile für den Käufer zurückgegriffen werden könnte. Der Anspruch des Käufers beschränkt sich in diesem Fall auf die andere Art der Nacherfüllung; das Recht des Verkäufers, auch diese unter den Voraussetzungen des Satzes 1 zu verweigern, bleibt unberührt.
(5) Der Käufer hat dem Verkäufer die Sache zum Zweck der Nacherfüllung zur Verfügung zu stellen.
[...]

§ 440 Besondere Bestimmungen für Rücktritt und Schadensersatz
Außer in den Fällen des § 281 Absatz 2 und des § 323 Absatz 2 bedarf es der Fristsetzung auch dann nicht, wenn der Verkäufer beide Arten der Nacherfüllung gemäß § 439 Absatz 4 verweigert oder wenn die dem Käufer zustehende Art der Nacherfüllung fehlgeschlagen oder ihm unzumutbar ist. Eine Nachbesserung gilt nach dem erfolglosen zweiten Versuch als fehlgeschlagen, wenn sich nicht insbesondere aus der Art der Sache oder des Mangels oder den sonstigen Umständen etwas anderes ergibt.

15 Prüfungsaufgaben Sommer 2025

Aufgabe 1

Sie sind Mitarbeiter/-in bei Welz Großhandel GmbH in Konstanz. Das Unternehmen vertreibt Sportartikel.
Im Sommer findet in Konstanz ein Triathlon statt.

Ihr Unternehmen möchte für dieses Event den regionalen Fachhändlern ein Produkt aus dem Sortiment anbieten.

1.1 Heute fand eine Besprechung statt, um festzulegen, welches Produkt den Fachhändlern in der Region als Aktion zum Triathlon angeboten werden soll. Sie nahmen an der Besprechung teil und schreiben anschließend das Protokoll (**Anlagen 1, 2 und 3**).

Erstellen Sie das Ergebnisprotokoll. Web
(Datei: *1_1_Protokollrahmen*)

Speichern Sie unter Anwendung der angegebenen Speicherregel.

1.2 Für die Verkaufspreisberechnung haben Sie das Produktdatenblatt und die Preisberechnungsgrundlagen (**Anlage 4**) vorliegen.

Berechnen Sie den Nettoverkaufspreis für diese Aktion auch unter Verwendung von **Anlage 2**. Web
(Datei: *1_2_Verkaufspreisberechnung* [Tabellenblätter „Berechnung“ und „Rabatte und Skonto“])

Speichern Sie unter Anwendung der angegebenen Speicherregel.

1.3 Frau Gruber hat den Verkaufspreis für die Aktion freigegeben und bittet Sie, einen Entwurf für das Angebot zu schreiben (**Anlagen 2 und 4**).

Web

Entwerfen Sie ein Angebot an die regionalen Fachhändler.
(Datei: *1_3_Geschäftsbrief*)

Hinweis: Wenn Sie bei der Aufgabe 1.2 zu keinem Ergebnis kommen, gehen Sie von einem Nettoverkaufspreis von 91,00 EUR aus.
Speichern Sie unter Anwendung der angegebenen Speicherregel.

Aufgabe 2

Die Weber IT Solutions OHG ist ein mittelständisches Unternehmen mit Sitz in Donaue schingen, das maßgeschneiderte IT-Lösungen und -Beratungen anbietet.

Sie sind als Assistent/-in der Geschäftsleitung, Herrn Weber, tätig.

2.1 Angesichts zunehmender gesundheitlicher Beschwerden von Mitarbeitenden am Arbeitsplatz, ausgelöst durch die überwiegend sitzenden Tätigkeiten, hat die Geschäftsleitung eine Umfrage unter Mitarbeitenden durchführen lassen.

Herr Weber beauftragt Sie, die gewonnenen Umfrageergebnisse aufzubereiten. Das Ergebnis soll in der nächsten Besprechung als Informationsgrundlage dienen.

- Berechnen Sie jeweils die Anzahl der Nennungen der unterschiedlichen gesundheitlichen
Beschwerden aller befragten Mitarbeitenden in absoluten Werten und in Prozentwerten.
- Prüfen Sie, ob Maßnahmen ergriffen werden sollen (**Anlage 5**).
- Erstellen Sie ein aussagekräftiges Diagramm.
(Datei: *2_1_Umfrageergebnisse* [Tabellenblätter „Umfrageergebnisse" und „Auswertung"])

Web

Speichern Sie unter Anwendung der angegebenen Speicherregel.

2.2 Herr Weber entscheidet aufgrund der Umfrageergebnisse, Maßnahmen für ein betriebliches Gesundheitsmanagement-Programm in die Wege zu leiten.

2.2.1 Frau Moser, Gesundheitsbeauftragte der Weber IT Solutions OHG, hat bereits zwei mögliche Anbieter ausgesucht.

- Führen Sie einen qualitativen Angebotsvergleich durch (**Anlagen 6, 7 und 8**).
- Formulieren Sie eine begründete Entscheidung für einen Anbieter.
(Datei: *2_2_1_Entscheidungsbewertungstabelle*)

Web

Speichern Sie unter Anwendung der angegebenen Speicherregel.

2.2.2 Herr Weber folgt Ihrem Vorschlag aus 2.2.1. Ein persönliches Treffen zwischen ihm und der Geschäftsführung des Anbieters soll in Kürze stattfinden. An dem Gesundheitsmanagement-Programm möchten 52 Mitarbeitende teilnehmen. Daher beabsichtigt Herr Weber, das Programm für diese Anzahl in Anspruch zu nehmen.

Web

Gestalten Sie einen Dienstvertrag (**Anlage 9**).
(Datei: *2_2_2_Dienstvertrag*)

Speichern Sie unter Anwendung der angegebenen Speicherregel.

Anlage 1

Speichern & schließen	Titel	Besprechung Produktauswahl für Triathlon				
	Beginn	07.05.2021 [1]	08:00 Uhr	Amsterdam, Berlin, Bern	Ganztägig	☑ Zeitzonen
	Ende	07.05.2021 [1]	08:00 Uhr	Amsterdam, Berlin, Bern	in Serie umwandeln	
	Ort	Besprechungsraum 1				
Informationsblatt Triathlon.pdf						

Anlage 2

Anna Gruber Vertriebsleiterin	„Guten Morgen. Schön, dass wir vollzählig sind. Wir wollen heute festlegen, welchen unserer Artikel wir im Zusammenhang mit dem Triathlon unseren Fachhändlern anbieten möchten. Das Infoblatt des Veranstalters zum Triathlon liegt Ihnen vor."
Klaus Klar Sachbearbeiter Vertrieb	„Fitness-Tracker liegen voll im Trend. Da haben wir verschiedene Varianten im Sortiment, die verschiedene Funktionen haben. Allerdings haben wir bei manchen nur noch Restposten auf Lager."
Anna Gruber Vertriebsleiterin	„Das hört sich schon mal gut an. Hat jemand noch eine andere Idee?"
Ludwig Lauf Sachbearbeiter Vertrieb	„Für den Triathlon passt doch prima eine Bikehose. Wir haben gerade die neue Bikehose Fitfun ins Sortiment aufgenommen. Mit ihrem guten Sitzpolster ist sie für lange Strecken gut geeignet. Die Bikehose wurde Anfang der Woche geliefert. Somit haben wir ausreichend Ware in allen Größen auf Lager."
Anna Gruber Vertriebsleiterin	„Mmh ... dann ist die Bikehose doch ideal. Wir haben ja das Produktdatenblatt für diese Bikehose bereits erstellt."
Ludwig Lauf Sachbearbeiter Vertrieb	„Dann schlage ich vor, wir kalkulieren für diese Aktion den Nettoverkaufspreis mit einem reduzierten Gewinnaufschlag."
Anna Gruber Vertriebsleiterin	„Da stimme ich Ihnen zu. Verwenden Sie für diese Aktion den halbierten Gewinnaufschlag. Außerdem gewähren wir allen regionalen Kunden die Konditionen S3 und R5. Diese Aktion gilt für Bestellungen vom 10. bis 31. Mai. Wer macht die Verkaufspreisberechnung?"
<Name Prüfling>	„Die mach ich."
Anna Gruber Vertriebsleiterin	„Super! Vielen Dank! Dann sind wir fertig. Lieber <Name Prüfling>, Sie erstellen ja auch das Protokoll. Bitte hängen Sie das Informationsblatt zum Triathlon-Event dem Protokoll an. Noch einen schönen Tag. Auf Wiedersehen!"

Anlage 3 Informationsblatt Triathlon

Das Sportevent 2025 in Konstanz!

City-Triathlon in der olympischen Distanz

am 8. Juni 2025

✔ 1.500 m Schwimmen
✔ 36 km Radfahren
✔ 10 km Laufen

Stell Dich der sportlichen Herausforderung.

Eine Anmeldung ist über die Homepage www.triathlon-konstanz.de bis 1. Juni 2025 möglich.

Anmeldegebühr: 95,00 EUR

Alle Informationen zum Zeitplan, Streckenverlauf und zur Kleiderabgabe findest Du auf unserer Homepage.

Wir freuen uns auf Deine Anmeldung!

Team Triathlon
Badgasse 3
78467 Konstanz

Analag 4

Weiz Großhandel GmbH

All for Sports

Produktdatenblatt	
Artikel	Bikehose Short Unisex Fitfun
Produktspezifikationen	Material: 78 % Polyamid, 22 % Spandex Eigenschaften: schweißabsorbierend, atmungsaktiv, antibakteriell, schnelltrocknend Größen: S, L, XL, XXL und XXXL Kundennutzen: Angenehmes, weiches Tragegefühl Perfekter Sitz Sicherheit und Komfort durch reflektierende Streifen und 3D-Sitzpolster Schutz vor Hautirritationen durch nahtloses Design

Preisberechnungsgrundlagen (Stand 05.05.2025)	
Bezugspreis	25,00 EUR
Selbstkostenpreis	46,75 EUR
Gewinnzuschlag	60 %
Skontomerkmale	
S0	
S2 Skonto innerhalb 7 Tage, 30 Tage netto	siehe Tabellenblatt „Skonto und Rabatte"
S3 Skonto innerhalb 14 Tage, 30 Tage netto	
Rabattmerkmale	
R0	siehe Tabellenblatt „Skonto und Rabatte"
R1	
R2	
R3	
R4	
R5	
Lieferzeit: 4 Werktage	

Anlage 5

Interne Notiz der Geschäftsleitung:
Bei Nennungen über 45 Prozent ist eine gesu n dh eitsfördern de Maßnahme zu ergreifen.

Anlage 6

WEBERIT SOLUTIONS

Gesprächsprotokoll

Anlass:	Herausarbeitung Kriterien BGM (Betriebliches Gesundheitsmanagement) nach Wichtigkeit für Auswahl eines Anbieters
Datum, Zeit:	30. April 2025
Ort, Raum:	Besprechungszimmer OG 12
Anwesend:	Geschäftsführer Thomas Weber, Gesundheitsbeauftragte Petra Moser, Betriebsrat Peter Knoll
Protokollant/-in:	Betriebsrat Peter Knoll

- Thomas Weber erläutert die Notwendigkeit mehrerer BGM-Workshops aufgrund der Ergebnisse der Mitarbeiterbefragung.

  Er möchte die Mitarbeitergesundheit intensiv fördern und gibt in diesem Jahr ein Budget in Höhe von maximal 500,00 EUR je Mitarbeiter frei. Somit ist der Preis, soweit er diesen Rahmen einhält, bei der Auswahl eines Anbieters am nachrangigsten.
- Frau Moser begrüßt diesen Betrag, denn allerwichtigstes Kriterium bei der Auswahl der Anbieter ist ein personalisiertes, auf das Unternehmen zugeschnittenes Maßnahmenkonzept, welches natürlich auch seinen Preis hat. Aufgrund der Befragung würde sie die Bereiche „Bewegung am Arbeitsplatz“, ,,mentale Gesundheit“ und „Ergonomie am Arbeitsplatz“ abdecken.
- Wichtig für sie ist ebenso eine Nachbetreuung, sodass die Mitarbeiter auch nach dem Präsenzworkshop Möglichkeiten haben, sich weiterhin professionell beraten zu lassen.
- Herr Weber stimmt zu, dass ein auf sein Unternehmen zugeschnittenes Konzept am allerwichtigsten sei. Da er aber in sämtlichen Bereichen professionell arbeitet, sollen auch in diesem Fall Expertisen, Referenzen, ausgebildete Trainer, etc. einen höheren Stellwert einnehmen, als die Nachbetreuung, welche aber durchaus nicht vernachlässigt werden dürfe.
- Herr Weber beauftragt Frau Moser, geeignete Anbieter herauszusuchen.

Ort, Datum	Für die Richtigkeit	Protokollführung
Donaueschingen, 30.April 2025	Thomas Weber	Peter Knoll, Betriebsrat

Anlage 7

C https://www.gesundheitsjack.de/home.php

In Radolfzell, im südlichen Baden-Württemberg gelegen, bietet Gesundheitsjack maßgeschneiderte Gesundheitskonzepte für Betriebe und Unternehmen an, die speziell auf ihre Bedürfnisse und Ziele abgestimmt werden. Unser Ziel ist es, Ihnen durch exzellent ausgebildetes Personal zu helfen, das Gesundheitspotenzial Ihrer Mitarbeiter und Mitarbeiterinnen bestmöglich zu fördern. Mit jahrelanger Erfahrung und einem Team aus qualifizierten und ständig in Weiterbildung befindlichen Experten führen wir Sie zum gesundheitlichen Erfolg.

Gesundheitsjack – Willkommen auf unserer Homepage!

GESUNDHEITSJACK

Unsere Dienstleistungen im Baukastensystem

Kosten je Baustein 150 EUR pro Person*). Individuelle Wünsche können jederzeit eingebaut werden.

Arbeitsplatz-Workout

Individuelles Training mit persönlicher Betreuung für optimale Ergebnisse.

Unsere zertifizierten Trainer führen mit Ihren Mitarbeiterinnen und Mitarbeitern kleine Workshops durch, die darauf abzielen, kleine Bewegungspausen während den langen Sitzphasen am Arbeitsplatz so einzubauen, dass sich Rückenverspannungen lösen.

Ergonomie am Arbeitsplatz

Bausteine zum Thema die ergonomische Gestaltung des Arbeitsplatzes. Konkrete Erarbeitung der Gegebenheiten vor Ort im Unternehmen. Bestandsaufnahme und Optimierung. Rückenschmerzen, Nacken und Schulterbeschwerden sowie Verspannungen durch ergonomische Maßnahmen am Arbeitsplatz reduzieren. Mögliche Maßnahmen Einstellung von Stühlen, Schreibtischen und Bildschirmen sowie Tipps zur richtigen Körperhaltung während der Arbeit.

Stressbewältigung

Dieser Workshop vermittelt Techniken zur Stressbewältigung, um den Umgang mit stressigen Situationen zu verbessern. Einüben von Atemübungen, Entspannungstechniken und Achtsamkeitsübungen, die die mentale Gesundheit fördern.

Einige unserver Referenzen und Expertisen:

„Seit Gesundheitsjack bei uns im Unternehmen war, haben unsere Mitarbeiter und Mitarbeiterinnen eine deutliche Verbesserung ihrer Gesundheitsprobleme bemerkt. Die persönliche Nachbetreuung ist dabei eine sehr große Unterstützung.“ Franz Hohner, Geschäftsführer Hohner OHG

„Maßgeschneiderte Gesundheitskonzepte haben vielen Kunden geholfen, Stress abzubauen und ihre Energie zu steigern. Durch gezielte Workshops und Trainingsmaßnahmen konnten Ihre Kunden eine deutliche Verbesserung ihres Wohlbefindens feststellen.“ Fitnessmagazin Ausgabe 4/2022

Die Fachzeitschrift „Fit im Alltag“ zeichnete unser Unternehmen mit 5 von 5 Sternen aus. Wir sind hierbei als Gewinner von 12 weiteren geprüften Gesundheitsanbietern hervorgegangen.

Was uns von anderen Anbietern unterscheidet:

Durch unseren digitalen Nachbetreuungs service (unkompliziert per Videocall) stehen wir Ihnen preisinkludiert auch noch nach Beendigung des Vor-Ort Workshops für mindestens 6 weitere Monate zur Verfügung.

Mit unseren firmeneigenen Fahrzeugen bieten wir unsere Dienstleistungen deutschlandweit an.

Standort:
Gesundheitsjack
Uferstraße 2
78315 Radolfzell
Geschäftsführer
Ralf Möller

*) alle Preise inklusive der gesetzlichen Mehrwertsteuer

Anlage 8

https:1/www.piahebelfrtness.com/start.php

Willkommen bei Pia Hebel Fitness

PIA HEBEL

Entdecken Sie mit Pia Hebel Fitness e. K. einzigattige Ansätze zur Steigerung Ihrer körperlichen und geistigen Gesundheit direkt am Arbeitsplatz. Unser Fokus liegt auf standardisietten Konzepten, welche schon mehrfach erfolgreich umgesetzt wurden. Unsere Module lassen sich in bestehende Strukturen des betrieblichen Gesundheitsmanagements integrieren oder können neu eingefüht werden.

Unsere Dienstleistungen kosten je Modul 130 EUR pro Person, als Komplettpaket 350 EUR pro Person. (Preise inkl. MsWt)

Unsere Dienstleistungsmodule:

Betriebliches Gesundheitsmanagement:

Abwechslungsreiche Fitnessprogramme für gesündere Mitarbeiter und ein besseres Arbeitsumfeld. *Mehr Info*

Lösungen für Stress:

Stressmanagement-Programme für ein gesundes Gleichgewicht und gesteigerte Arbeitsleistung. *Mehr Info*

Ergonomie am Arbeitsplatz:

Ergonomische Arbeitsplatzoptimierung zur Minimierung von Haltungsschäden und Steigerung des Wohlbefindens. *Mehr Info*

Unsere online-Rezensionen: ★★★★☆

„Innovative Programme und Bewegungskurse haben uns im Büroalltag viel gebracht.“

„Pia und ihr Team gehenprofessionell vor und sind flexibel auf Mitarbeiterwünsche eingegangen.“

Außerdem unterstützen wir regelmäßig nachhaltige Projekte, die unser Klima schützen.

„sehr gerne wieder! Unsere Belegschaft konnte viele Eurer vorgeschlagenen Maßnahmen umsetzen.“

Unser Team:

Frank Hägele, Fachkraft für Ergonomie am Arbeitsplatz

Tina Buser, Fitness- und Mentalcoach

Pia Hebel, Diplom- Sportwissenschaftlerin

Kontakt:

Pia Hebel Fitness e. K.
Pia Hebel (Inh.) Belchenweg 10
79089 Freiburg im Breisgau

Unser Alleinstellungsmerkmal:

Nachhaltigkeit und Umweltschutz haben bei uns einen hohen Stellwert, so dass wir ausschließlich mit öffentlichen Verkehrsmitteln innerhalb von Baden Württemberg zu Ihnen anreisen.

Außerdem unterstützen wir regelmäßig nachhaltige Projekte, die unser Klima schützen.

Bei Bedarf können Sie uns auch nach der Projektumsetzung per E-Mail kontaktieren.

Anlage 9

		WEBER IT SOLUTIONS
An: <Prüfling>	Abteilung: Assistenz und Sekretariat	
Telefonnotiz		
Telefonat mit: Anbieter Workshops für Gesundheitsmanagement	Datum: 4. Mai 2025	

Nachricht:

- Anbieter führt alle drei Module/Bausteine innerhalb von 3 Wochen bei uns durch. Pro Woche wird ein Modul/Baustein in allen 5 Abteilungen bei allen Mitarbeitenden (ohne Geschäftsführung) durchgeführt.
- Zeitraum: 2. Juni – 20. Juni 2025
- Informationen zu den noch zu berechnenden Gesamtkosten sind der Homepage zu entnehmen.
- Die Bezahlung erfolgt im Anschluss an die Workshopdurchführung 14 Tage nach Rechnungserstellung durch den Anbieter.
- Ein Dienstvertrag, als Grundlage für ein baldiges persönliches Treffen zwischen beiden Geschäftsführungen wird von der IT Solutions OHG aufgesetzt.

Protokolliert von:

Thomas Weber, Geschäftsführer

Sachwortverzeichnis

Bildquellenverzeichnis

Alamy Stock Photo (RMB), Abingdon/Oxfordshire: krissikunterbunt 50.1; MD Delwar Hossain/ Alamy Stock Vector 40.3; Vernimmen, Defijn 37.3.

BENE GmbH, Wien: Glassner, Mark 36.3.

Brauner, Angelika, Hohenpeißenberg: 39.1.

fotolia.com, New York: rod5150 84.3, 84.5; wabeno 84.2.

integra Software Services PVT Ltd, Pondicherry: 215.1.

iStockphoto.com, Calgary: ExperienceInteriors 36.1; Lavrentev, Sergey 84.4.

Microsoft Deutschland GmbH, München: 20.1, 20.2, 21.1, 21.2, 21.3, 22.1, 22.2, 23.1, 23.2, 24.1, 25.1, 25.2, 26.1, 26.2, 27.1, 28.1, 29.1, 29.2, 29.3, 127.1, 127.2, 137.1, 139.1, 139.2, 140.1, 140.2, 141.1, 141.2, 176.2, 177.1, 177.2, 181.1, 181.2, 181.3, 193.1, 194.1.

OKS Group, Delhi: 18.1, 18.2, 18.3, 31.1, 38.1, 48.1, 49.1, 49.2, 49.3, 51.1, 51.2, 52.1, 53.1, 55.1, 55.2, 65.1, 66.1, 69.1, 70.1, 77.1, 78.1, 80.1, 88.1, 90.1, 90.2, 92.1, 98.1, 102.1, 116.1, 116.2, 118.1, 129.1, 129.2, 129.3, 144.1, 146.1, 148.1, 149.1, 149.2, 152.1, 153.1, 153.2, 155.1, 161.1, 164.1, 165.1, 167.1, 174.1, 176.1, 179.1, 182.1, 182.2, 183.1, 184.1, 185.1, 187.1, 187.2, 187.3, 187.4, 187.5, 188.1, 201.1, 202.1, 203.1, 204.1, 205.1, 205.2, 214.1, 220.1, 226.1, 229.1, 236.1, 240.1.

Picture-Alliance GmbH, Frankfurt a.M.: Büttner, Jens 71.1; dpa Themendienst/Warnecke, Andrea 40.1, 40.2; Westend61/Dangubic, Zeljko 228.1.

Shutterstock.com, New York: Alhim 37.4; Ameida, Helder 84.1; Higginson, Mike 36.2; klyaksun 37.1; Who is Danny 37.2.

Steelcase, München: 36.4.

stock.adobe.com, Dublin: chekman 87.1; dreamer29 228.2.

YPS - York Publishing Solutions Pvt. Ltd.: 84.6, 123.1, 301.1, 323.1, 324.1, 324.2.